全国高等院校本科教材
全国高等院校专升本教材

# 中国现代文学经典选读

刘　勇　　主编
杨　志　李春雨　副主编

高等教育出版社

内容简介

本书是教育部师范司组织编写的中学教师进修高等师范本科（专科起点）教材《中国现代文学专题》（新编版）的配套教材。

本书分小说、散文、诗歌、戏剧四个部分，精选了中国现代文学史上有重大影响和鲜明风格的文学作品，在每部作品后面，附有对该作品的精讲评析，从背景资料、主题意蕴、艺术特色、经典评论四个角度对这些作品进行深入剖析，配以相应的思考练习。评析既可以帮助学生理解作品，加深对文学史的学习，也可以作为文学评论的典范及资料，指导中小学教师及本、硕层次学生习作。

本书内容丰富，重点突出，适用于中学教师汉语言文学专业“专升本”教学，也适用于汉语言文学本科专业教学，还可供社会读者自学。

**图书在版编目（CIP）数据**

中国现代文学经典选读 / 刘勇主编. －北京：高等教育出版社，2007.1（2014.5 重印）

ISBN 978－7－04－020595－4

Ⅰ.中…　Ⅱ.刘…　Ⅲ.现代文学－文学欣赏－中国－高等师范教育－教材　Ⅳ.I206.6

中国版本图书馆 CIP 数据核字（2006）第 147477 号

策划编辑　肖冬民　　责任编辑　杨　莉　　封面设计　于　涛　　版式设计　张　岚
责任校对　张　颖　　责任印制　朱学忠

出版发行　高等教育出版社
社　　址　北京市西城区德外大街 4 号
邮政编码　100120
印　　刷　天津新华二印刷有限公司
开　　本　787×960　1/16
印　　张　33
字　　数　610 000
购书热线　010-58581118

咨询电话　400-810-0598
网　　址　http://www.hep.edu.cn
　　　　　http://www.hep.com.cn
网上订购　http://www.landraco.com
　　　　　http://www.landraco.com.cn
版　　次　2007 年 1 月第 1 版
印　　次　2014 年 5 月第 4 次印刷
定　　价　36.00 元


物 料 号　20595-00

# 前　言

中国现代文学虽然仅有短短三十年的创作历程，但思潮叠起，流派众多，大家纷涌，佳作不断。三十年的时间里出现了如此众多的在中国文学史上留下深深印迹乃至蜚声世界文坛的作家作品，我们只能说这是时代历史对中国现代文学的特别赐予。

现代性、世界性、民族性以及作者的个性，均在这三十年的文学历程中得到了最剧烈的碰撞与融合，呈现出互相交织的复杂局面。现代文学这种异彩纷呈的状况，使广大学生准确地认知和把握其形态显得非常困难。解决这一难题最切近的一条道路，就是从解读原著本身入手，真正回到文学自身。现代文学的价值，说到底是由作品自身的价值决定的，读懂作品是研究文学史的必要途径。因此，我们对现代文学的真切体验，首先取决于对原著的阅读，不阅读原著，有关现代文学的任何认识都是浮光掠影、虚浮而没有基础的。为此，我们在编撰《中国现代文学专题》的同时，也编选了这本《中国现代文学经典选读》，希望为广大学生阅读现代文学原著提供帮助，使之零距离接触现代文学原著，准确地了解和把握现代文学的原貌。本书所选篇目，都是经过反复考虑、几经挑选的：诗歌、散文和短篇小说一般选用全篇；中篇小说（包括个别篇幅较长的短篇小说）则精选其中片断；长篇小说考虑到篇幅，采取梗概的方式；戏剧则选取经典剧作中最有代表性的片断。略有遗憾的是，由于版权原因，某些篇目最后未能入选。

现代文学原著与当今社会在时间上存在一定距离，难免给学生的阅读带来相当程度的困难。为此，我们在每一篇作品后都特意设置了五个阅读要素："背景资料"、"主题意蕴"、"艺术特色"、"经典评论"、"思考练习"。"背景资料"主要介绍作者创作该篇的时代背景、个人情况及创作动机；"主题意蕴"主要介绍该篇的思想内涵；"艺术特色"主要分析该篇在艺术形式上的特色及风格;“经典评论”则撷取现当代作家和学者对该作家或该篇的最经典、最精彩到位的评论;“思考练习”则针对同学在阅读该篇时会遇到的难点,精心设置了思考练习题。这五个阅读要素,都针对所选作品本身,强调问题的针对性、启发性,不求面面俱到,以促进学生解读原著为宗旨。

本书的编写分工如下:

小说篇　李　蕾　毛夫国　徐　敏

散文篇　刘　勇　凤　媛　刘　泉

诗歌篇　杨　志　李　雪　孟宏峰

戏剧篇　李春雨　姬学友　杨　莉

本书所选篇目及“精讲”部分的设计由刘勇确定,刘勇、杨志、李春雨三人对全书进行了统稿。

最后还要强调的是:本书与《中国现代文学专题》是配套使用的。学生在学习《中国现代文学专题》所获得的文学史知识,可以在学习本书时得到具体运用;反过来,学习本书所获得的原著阅读体验,也可以在学习《中国现代文学专题》时得到验证和提高。结合两本书认真学习,相信大家会有更多的收获。

编者

2006 年 10 月 15 日

# 目　录

## 小　说　篇

# 散　文　篇



# 诗　歌　篇

# 戏　剧　篇

# 小说篇

# 鲁迅

## 阿Q正传（梗概）

辛亥革命爆发前，阿Q是江南农村未庄的无业游民。他没有固定的职业，他姓什么不仅未庄人不清楚，就连他自己也茫然。只是在他活着的时候，人们叫他阿Quei。为了称呼上的便利，作者简称他为阿Q。

有一天地保叫阿Q到赵太爷那里去。赵太爷见到他斥责说："阿Q，你这个浑小子！你说我是你的本家么？"阿Q不回答。赵太爷跳过去给了他一个嘴巴："你怎么能会姓赵！——你哪里配姓赵！"阿Q没有抗辩，只用手摸着左颊退了出去。此后再也没有人提起他的氏族来。

阿Q既自尊又自负。所有未庄的居民全不在他眼里，和别人口角时，间或瞪着眼睛说："我们先前——比你阔得多啦！你算是什么东西！"就是对有钱有势的赵太爷、钱太爷也没有格外的崇奉。他鄙薄城里人：用3尺长3寸宽的木板做成的凳子，未庄人叫长凳，城里人却叫条凳，这是错的，可笑；油煎大头鱼，未庄都加上半寸长的葱叶，城里却加切细的葱丝，这也是错的，可笑。

在阿Q看来，自己几乎是一个完人，可惜他身体上还有一些弱点。在他头皮上，颇有几处癞疮疤。为此，他忌讳别人说"癞"，说"光"，说"亮"。一犯讳，不问有心与无心，估量了对手之后，口讷的便骂，气力小的便打。然而不知怎么回事，总还是阿Q吃亏的时候多。阿Q和闲人打架时总是失败，失败后他心里总会涌出这样的念头：我总算被儿子打了，现在的世界真不像样……于是心满意足得胜似的走了。

阿Q喜欢赌博，但总是输，很少赢。有一回，他真的赢了，铜钱变成角洋，角洋变成大洋，大洋又成了叠。正当他兴高采烈的时候，不知谁和谁打起架来，随之赌摊不见了，属于自己的那堆洋钱也不见了。这一回他真的感到失败的痛苦。他若有所失地走进土谷祠，擎起右手，狠狠地在自己脸上连打了两个嘴巴，打完之后，便心平气和起来，似乎打人的是自己，被打的是另一个人，不久便心满意足地躺下睡着了。

阿Q承蒙赵太爷打他嘴巴之后出了名，并得意了许多年。可有一天，他接连受到了两个屈辱：一是被他看不上眼的王胡扭住辫子在墙上碰了响头，接着又被假洋鬼子手中的"哭丧棒"（手杖）打了一顿。恰在这时，对面来了静修庵的小尼姑，于是他把愤怒转移到了小尼姑身上。"我不知道我今天为什么这样晦气，原来就是因为见了你"——他想，接着他迎上前去，向小尼姑挑衅，连拧带摸地调戏她。拧了小尼姑以后，阿 Q 觉得自己大拇指和第二个拇指有点古怪，仿佛比平常滑腻些……这一天，阿 Q 在赵太爷家里舂了一天米，吃过晚饭，便坐在厨房里吸旱烟。吴妈——赵太爷家里唯一的女仆，洗完了碗碟后在长凳下坐下和阿 Q 聊天。阿 Q 心里一直想着：“女人……女人……吴妈……这小孤孀……”吴妈还在唠叨，阿 Q 放下烟管，站了起来，忽然抢上前去，对着吴妈跪下说：“我和你困觉！我和你困觉！”吴妈被吓得连哭带叫地往外跑。为此，阿 Q 遭了赵秀才一顿大竹杠，罚了款，被赶出了赵家的门。从此以后，未庄再也没有人请阿 Q 干活了。

阿 Q 找不到活干，肚子饿得委实有点“妈妈的”。他留心打听，才知道未庄人有事都去叫小 D 。小 D 在阿 Q 的眼里位置是在王胡之下的，谁料这小子竟夺去了他的饭碗。一气之下，便找小 D 算账。要在平时，小 D 也不是阿 Q 的对手，可是阿 Q 近来挨了饿，又瘦又乏的小 D 与他便成了势均力敌，他们表演了一场精彩的“龙虎斗”。

为了生计，他打定了进城的主意。在未庄人们再看见阿 Q 的时候，是刚过了这年的中秋。阿 Q 走近酒店的柜台前，从腰间掏出满把银的和铜的，往柜台上一扔说：“现钱！打酒来！”他身穿新夹袄，看去腰间还挂着大褡裢，沉甸甸的将裤带坠成了很弯很弯的弧线。对于发了财的阿 Q 人们自然另眼相看。然而不久，人们打听出阿 Q 进城发迹是在城里做了小偷，而且不过也是一个小角色，不但不能上墙，并且不能进洞，只站在墙外接东西。于是人们对他又“敬而远之”了。

宣统三年九月十四日，平静的未庄掀起了轩然大波：城里的举人老爷连夜开来一只大船，把许多财物送到了赵太爷家里。茶坊酒肆里说革命便是造反，阿 Q 一向以为造反便是与他为难，所以一向是“深恶而痛绝之”的，可现在看到城里的举人老爷也这样害怕革命，未庄的男女十分慌张，于是对革命便有点神往了。“革命也好罢，”阿 Q 想，“革这伙妈妈的命，太可恶！太可恨！……便是我，也要投降革命党了。”

阿 Q 禁不住大声嚷道：“造反了！造反了！”未庄人都用惊惧的眼光看着他，就连十分威风的赵太爷也对他恭敬起来，叫他“老 Q ”，他的心像六月里喝了雪水一样舒服，飘飘然地在未庄飞了一通。回到土谷祠，独自躺在自己的小屋里，心里说不出的高兴，并且做起了“革命梦”：杀仇人、拿东西、选女人……阿 Q 还没想得十分停当，便已发出了隆隆的鼾声。第二天，他起得很迟，走出街上看时，样样都照旧。

未庄的人心日见安宁。据传来的消息，革命党虽然进了城，倒没有什么大异样，知县大老爷还是原官，举人老爷也做了什么官……最大的变化是城里的人剪了辫子。消息传到未庄，未庄将辫子盘在头上的人也多起来，阿 Q 也是其中的一个。阿Q投降了革命、盘了辫子之后仍然受到冷落，而赵秀才和假洋鬼子因为在胸前挂起了“柿油党”的银桃子越加神气了起来。阿Q于是认识到第一要紧的是要结识革命党，于是跑去找假洋鬼子，要求参加革命。可是，假洋鬼子却扬起“哭丧棒”将他赶了出来，不准他革命。

阿Q再也没有别的路，他所有的抱负和志向都被一笔勾销了。阿Q越想越气，终于忍不住满心痛恨起来：“不准我造反，只准你造反？妈妈的假洋鬼子，——好，你造反！造反是杀头的罪名呵，我总要告一状，看你抓进县里去杀头，——满门抄斩，——嚓！嚓！”过了几天，因为赵太爷家遭了抢，阿Q被作为替罪羊抓进城里关进了大牢。在大堂上他糊里糊涂地在准备好的状子上签了押，画了圆圈，被作为贼的一伙判了死刑。

第二天上午，阿Q被抬上了一辆没有篷的车，这时他突然感觉到这不是去杀头么？他一急，两眼发黑，耳朵里嗡的一声，似乎发昏。然而一会儿又变得安然起来，他觉得人生天地之间，大约本来有时未免要杀头的。于是他又得意地喊到“过了20年又是一个……”“好！！！”看热闹的人丛中发出豺狼嗥叫般的喝彩声。临死前，阿Q最遗憾的有两件事：一是画押时，圆圈画得不圆；二是游街时，没有唱出几句戏来。

阿Q死后，未庄的舆论都说阿Q坏，被枪毙便是他坏的证据。而城里的舆论却不同，他们多半不满足，以为枪毙没有杀头好看；而且游了那么久的街，竟然没有唱一句戏，使大家白跟了一趟。

## 【背景资料】

《阿Q正传》是鲁迅小说中最著名的一篇，也是中国现代文学史上最为杰出的小说。阿Q的形象已成为世界文学形象画廊中不朽的形象之一，小说写于1921年12月至1922年1月，最初于北京《晨报副刊》上连载。《阿Q正传》是章回体式的传记体中篇小说，它以辛亥革命前后闭塞落后的未庄为背景，以国民性格中精神胜利法为中心线索，以阿Q与封建势力的矛盾为主要线索，展开复杂情节，塑造了阿Q的典型形象，刻画了他的典型性格，反映了广阔的社会内容，更表现了作者深广的思想启蒙命意。

## 【主题意蕴】

阿Q最主要的性格特征就是“精神胜利法”，而鲁迅的创作初衷也就在于揭示国民的性格弱点，如他反复说过，写阿Q是为了“写出一个现代的我们国人的魂灵来”。《阿Q正传》是“暴露国民的弱点的”。阿Q形象寄寓了鲁迅深广的国民性批判精神作为最下层的农民，阿Q同时受着封建势力和现实政治势力的严重戕害。在小说中，鲁迅固然以深沉的哀痛展现了阿Q现实生活的悲惨，如：

卑微到连“姓”都没有的程度，穷困到只剩下一条万不可脱去的裤子了，可怜到连求爱的权利都没有，悲惨到只喊过“革命”就被枪毙了，鲁迅对阿Q的这种悲惨不幸的命运寄寓了极大的同情。但鲁迅更主要的还是揭示和批判阿Q的精神胜利法的性格，阿Q尽管现实处境十分悲惨，但他在精神常处失败的情况下用自我安慰等自欺欺人的方式获得精神的优胜，以掩盖事实上的失败，这是精神胜利法的实质。

在阿Q身上，精神胜利法具体表现为：一是妄自尊大，爱摆阔气。“我们先前——比你们阔多了！你们算是什么东西！”其实他连自己姓什么都不知道。又说：“我的儿子会阔得多了！”但他就是不说“现在的不阔”。头上的癞疮疤，虽讳言别人说，却又认为别人“还不配”。这种以自己没有的东西甚至是缺陷夸耀于人，是一种自大狂的表现。二是他又自轻自贱。被人打了，自认虫豸，“打虫豸，好不好？我是虫豸——还不放吗？”但是心里想的是“我总算被儿子打了，现在的世界真不像样……”又从自轻自贱走向自尊自大。三是阿Q处于被欺凌地位，但他又欺软怕硬。赵太爷、假洋鬼子、地保等他不敢招惹，便去欺负他所瞧不起的王胡，但被王胡碰了五个响头之后，转而去欺负更弱小的尼姑和小D，总是“估量了对手，口讷的便骂，气力小的便打”，自然，在气力大的面前只有缩了脖子等挨打。这是典型的奴性性格，如鲁迅反复揭示的，在狼的面前是羊，在羊的面前又成为狼，把先前狼对他的欺压统统移用到自己对更弱小者的欺压上。四是麻木健忘是阿Q精神胜利法的又一法宝。他平生最大的两个屈辱是被他瞧不起的王胡和假洋鬼子打了，但他马上就忘了。健忘使他麻木，受着各种各样的欺凌、侮辱反而永远能心安理得。鲁迅以阿Q为典型写出了整个国民性的弱点，有着极为深刻厚重的思想含量。鲁迅对阿Q形象的塑造和刻画，不仅写出他精神胜利法的实质，而且是将他置于特定的环境里，以他自身所面对的生存问题更进一步展开了他的性格。同时鲁迅还将阿Q放置于重大的政治历史事件中，更具体生动地刻画他的形象。辛亥革命发生后，阿Q因为看见革命使赵太爷惊慌而快意，加上自己无路可走，便做起革命党来了。他的革命要求虽然是朴素的但又是盲目的，他的革命目的只是报复和发财，鲁迅写出了阿Q的落后、愚昧、不觉悟和对革命的不理解。加上辛亥革命失败的结局，阿Q由“不准革命”继而不明不白被抓起来，又不明不白地带着没有把圆画好的遗憾“大团圆”了。鲁迅以此完成了对阿Q形象的塑造和性格的刻画，借此深刻地反思了辛亥革命失败的原因，形象地总结了其失败的教训。

## 【艺术特色】

鲁迅作为阿Q性格和命运的叙述者，先以一个客观者的身份介绍了阿Q的出身和性格，由“精神胜利法”的性格衍化出阿Q的现实行为，他的生存问题和革命行动正是他性格的现实化、行为化的体现，因为有这样的性格，所以才会有如此的现实遭逢。在阿Q故事的推进中，又是环环相扣的，因为有恋爱悲剧，所以出现了生计问题，因为出现了生存问题，所以他有革命的要求，才有阿Q式的革命行动及其最后的悲剧下场，每个情节的设置都不是孤立的，总是有着前因后果的逻辑关系。因此，可以说《阿Q正传》是一种环环相扣的链条式因果结构关系，最初和最终的“因”是国民性格中的精神胜利法。

鲁迅在塑造阿Q这一形象时，采取了高度典型化的艺术原则，通过阿Q这一具有精神胜利法的人物，写出了现实生活中的同一类型人物，写出了整个中国的国民性格的弱点。如茅盾很早就指出的：“我们不断地在社会的各方面遇见‘阿Q相’的人物：我们有时自己反省，常常疑惑自己身中也免不了带着一些‘阿Q相’的分子。……我又觉得‘阿Q相’未必全然是中国民族所特具，似乎这也是人类普遍弱点的一种。”①鲁迅从阿Q的生活和个性出发，按“模特也不用一个一定的人”，“杂取种种人，合成一个”的典型化原则，塑造出这样一个既有个性又有普遍性的、包含深刻思想性的人物。

在具体的艺术方法上，鲁迅提炼出了一系列生动形象而又真实的细节情节来塑造人物、刻画性格。如表现阿Q精神胜利法的两章“优胜记略”中的情节，就非常准确而传神地表现出阿Q的性格特征。同时，小说也用通俗、精练和高度性格化的语言来解释人物性格。如阿Q的语言：“我总算被儿子打了”，“革命也好罢……革这伙妈妈的命！太可恶！太可恨！……”等等。再如赵太爷的语言：“你怎么会姓赵——你哪里配姓赵！”显示出他的自以为优越的骄横，与阿Q的自大、自尊、欺软怕硬是一个类型。鲁迅作为语言艺术大师，在《阿Q正传》中，无论是叙述语言，还是对话描写，都十分传神，有力地表现了人物的性格特征。

## 【经典评论】

**茅盾在谈到鲁迅《阿Q正传》的艺术价值时说：**“至于《晨报副刊》所登巴人先生的《阿Q正传》虽只登到第四章，但以我看来，实是一部杰作。……阿Q这人，要在现代社会中去实指出来，是办不到的；但是我读这篇小说的时候，总觉得阿Q这人很是面熟。是呵，他是中国人品性的结晶呀！”

——《读呐喊》，《文学周报》第91期，1923年10月8日

**李长之这样评价鲁迅《阿Q正传》中的国民性描写：**“模糊的、不彻底的、健忘的、不健全的、封建的、自私而残忍的旁观者。因为不能适应环境，便只好利用

① 雁冰（茅盾）：《读呐喊》，《文学周报》第91期，1923年10月8日。

精神胜利法。由于数千年咬文嚼字的恶习惯，因而喜欢形式主义；由于数千年专制流毒，因而骨子里有着奴性和皇帝瘾，表现为不负责，争权利；由于生活是拘于历史上的农业经济的，眼光极小，容忍现状，不愿改革。”

——《〈阿Q正传〉之新评价》，《再生》第1卷第6期，1932年10月20日

## 【思考练习】

1. 阿Q这一中国底层农民形成精神胜利法的根本原因是什么？

2. 怎样理解阿Q身上的国民劣根性是中国的，又更是世界的？

3. 以阿Q形象为代表，参照其他鲁迅小说，说说其小说中农民形象的整体思想特征。

# 伤　逝

## ——涓生的手记

如果我能够，我要写下我的悔恨和悲哀，为子君，为自己。

会馆里的被遗忘在偏僻里的破屋是这样地寂静和空虚。时光过得真快，我爱子君，仗着她逃出这寂静和空虚，已经满一年了。事情又这么不凑巧，我重来时，偏偏空着的又只有这一间屋。依然是这样的破窗，这样的窗外的半枯的槐树和老紫藤，这样的窗前的方桌，这样的败壁，这样的靠壁的板床。深夜中独自躺在床上，就如我未曾和子君同居以前一般，过去一年中的时光全被消灭，全未有过，我并没有曾经从这破屋子搬出，在吉兆胡同创立了满怀希望的小小的家庭。

不但如此。在一年之前，这寂静和空虚是并不这样的，常常含着期待；期待子君的到来。在久待的焦躁中，一听到皮鞋的高底尖触着砖路的清响，是怎样地使我骤然生动起来呵！于是就看见带着笑窝的苍白的圆脸，苍白的瘦的臂膊，布的有条纹的衫子，玄色的裙。她又带了窗外的半枯的槐树的新叶来，使我看见，还有挂在铁似的老干上的一房一房的紫白的藤花。

然而现在呢，只有寂静和空虚依旧，子君却决不再来了，而且永远，永远地！……

子君不在我这破屋里时，我什么也看不见。在百无聊赖中，随手抓过一本书来，科学也好，文学也好，横竖什么都一样；看下去，看下去，忽而自己觉得，已经翻了十多页了，但是毫不记得书上所说的事。只是耳朵却分外地灵，仿佛听到大门外一切往来的履声，从中便有子君的，而且橐橐地逐渐临近，——但是，往往又逐渐渺茫，终于消失在别的步声的杂沓中了。我憎恶那不像子君鞋声的穿布底鞋的长班的儿子，我憎恶那太像子君鞋声的常常穿着新皮鞋的邻院的搽雪花膏的小东西！

莫非她翻了车么？莫非她被电车撞伤了么？……

我便要取了帽子去看她，然而她的胞叔就曾经当面骂过我。

蓦然，她的鞋声近来了，一步响于一步，迎出去时，却已经走过紫藤棚下，脸上带着微笑的酒窝。她在她叔子的家里大约并未受气；我的心宁贴了，默默地相视片时之后，破屋里便渐渐充满了我的语声，谈家庭专制，谈打破旧习惯，谈男女平等，谈伊孛生，谈泰戈尔，谈雪莱……她总是微笑点头，两眼里弥漫着稚气的好奇的光泽。壁上就钉着一张铜板的雪莱半身像，是从杂志上裁下来的，是他的最美的一张像。当我指给她看时，她却只草草一看，便低了头，似乎不好意思了。这些地方，子君就大概还未脱尽旧思想的束缚，——我后来也想，倒不如换一张雪莱淹死在海里的记念像或是伊孛生的罢；但也终于没有换，现在是连这一张也不知那里去了。

"我是我自己的，他们谁也没有干涉我的权利！"

这是我们交际了半年，又谈起她在这里的胞叔和在家的父亲时，她默想了一会之后，分明地，坚决地，沉静地说了出来的话。其时是我已经说尽了我的意见，我的身世，我的缺点，很少隐瞒；她也完全了解的了。这几句话很震动了我的灵魂，此后许多天还在耳中发响，而且说不出的狂喜，知道中国女性，并不如厌世家所说那样的无法可施，在不远的将来，便要看见辉煌的曙色的。

送她出门，照例是相离十多步远；照例是那鲇鱼须的老东西的脸又紧贴在脏的窗玻璃上了，连鼻尖都挤成一个小平面；到外院，照例又是明晃晃的玻璃窗里的那小东西的脸，加厚的雪花膏。她目不邪视地骄傲地走了，没有看见；我骄傲地回来。

"我是我自己的，他们谁也没有干涉我的权利！"这彻底的思想就在她的脑里，比我还透澈，坚强得多。半瓶雪花膏和鼻尖的小平面，于她能算什么东西呢？

我已经记不清那时怎样地将我的纯真热烈的爱表示给她。岂但现在，那时的事后便已模胡，夜间回想，早只剩了一些断片了；同居以后一两月，便连这些断片也化作无可追踪的梦影。我只记得那时以前的十几天，曾经很仔细地研究过表示的态度，排列过措辞的先后，以及倘或遭了拒绝以后的情形。可是临时似乎都无用，在慌张中，身不由己地竟用了在电影上见过的方法了。后来一想到，就使我很愧恧，但在记忆上却偏只有这一点永远留遗，至今还如暗室的孤灯一般，照见我含泪握着她的手，一条腿跪了下去……

不但我自己的，便是子君的言语举动，我那时就没有看得分明；仅知道她已经允许我了。但也还仿佛记得她脸色变成青白，后来又渐渐转作绯红，——没有见过，也没有再见的绯红；孩子似的眼里射出悲喜，但是夹着惊疑的光，虽然力避我的视线，张皇地似乎要破窗飞去。然而我知道她已经允许我了，没有知道她怎样说或是没有说。

她却是什么都记得：我的言辞，竟至于读熟了的一般，能够滔滔背诵；我的举动，就如有一张我所看不见的影片挂在眼下，叙述得如生，很细微，自然连那使我不愿再想的浅薄的电影的一闪。夜阑人静，是相对温习的时候了，我常是被质问，被考验，并且被命复述当时的言语，然而常须由她补足，由她纠正，像一个丁等的学生。

这温习后来也渐渐稀疏起来。但我只要看见她两眼注视空中，出神似的凝想着，于是神色越加柔和，笑窝也深下去，便知道她又在自修旧课了，只是我很怕她看到我那可笑的电影的一闪。但我又知道，她一定要看见，而且也非看不可的。

然而她并不觉得可笑。即使我自己以为可笑，甚而至于可鄙的，她也毫不以为可笑。这事我知道得很清楚，因为她爱我，是这样地热烈，这样地纯真。

去年的暮春是最为幸福，也是最为忙碌的时光。我的心平静下去了，但又有别一部分和身体一同忙碌起来。我们这时才在路上同行，也到过几回公园，最多的是寻住所。我觉得在路上时时遇到探索，讥笑，猥亵和轻蔑的眼光，一不小心，便使我的全身有些瑟缩，只得即刻提起我的骄傲和反抗来支持。她却是大无畏的，对于这些全不关心，只是镇静地缓缓前行，坦然如入无人之境。

寻住所实在不是容易事，大半是被托辞拒绝，小半是我们以为不相宜。起先我们选择得很苛酷，——也非苛酷，因为看去大抵不像是我们的安身之所；后来，便只要他们能相容了。看了二十多处，这才得到可以暂且敷衍的处所，是吉兆胡同一所小屋里的两间南屋；主人是一个小官，然而倒是明白人，自住着正屋和厢房。他只有夫人和一个不到周岁的女孩子，雇一个乡下的女工，只要孩子不啼哭，是极其安闲幽静的。

我们的家具很简单，但已经用去了我的筹来的款子的大半；子君还卖掉了她唯一的金戒指和耳环。我拦阻她，还是定要卖，我也就不再坚持下去了；我知道不给她加入一点股份去，她是住不舒服的。

和她的叔子，她早经闹开，至于使他气愤到不再认她做侄女；我也陆续和几个自以为忠告，其实是替我胆怯，或者竟是嫉妒的朋友绝了交。然而这倒很清静。每日办公散后，虽然已近黄昏，车夫又一定走得这样慢，但究竟还有二人相对的时候。我们先是沉默的相视，接着是放怀而亲密的交谈，后来又是沉默。大家低头沉思着，却并未想着什么事。我也渐渐清醒地读遍了她的身体，她的灵魂，不过三星期，我似乎于她已经更加了解，揭去许多先前以为了解而现在看来却是隔膜，即所谓真的隔膜了。

子君也逐日活泼起来。但她并不爱花，我在庙会时买来的两盆小草花，四天不浇，枯死在壁角了，我又没有照顾一切的闲暇。然而她爱动物，也许是从官太太那里传染的罢，不一月，我们的眷属便骤然加得很多，四只小油鸡，在小院子里和房主人的十多只在一同走。但她们却认识鸡的相貌，各知道那一只是自家的。还有一只花白的叭儿狗，从庙会买来，记得似乎原有名字，子君却给它另起了一个，叫作阿随。我就叫它阿随，但我不喜欢这名字。

这是真的，爱情必须时时更新，生长，创造。我和子君说起这，她也领会地点点头。

唉唉，那是怎样的宁静而幸福的夜呵！

安宁和幸福是要凝固的，永久是这样的安宁和幸福。我们在会馆里时，还偶有议论的冲突和意思的误会，自从到吉兆胡同以来，连这一点也没有了；我们只在灯下对坐的怀旧谭中，回味那时冲突以后的和解的重生一般的乐趣。

子君竟胖了起来，脸色也红活了；可惜的是忙。管了家务便连谈天的工夫也没有，何况读书和散步。我们常说，我们总还得雇一个女工。

这就使我也一样地不快活，傍晚回来，常见她包藏着不快活的颜色，尤其使我不乐的是她要装作勉强的笑容。幸而探听出来了，也还是和那小官太太的暗斗，导火线便是两家的小油鸡。但又何必硬不告诉我呢？人总该有一个独立的家庭。这样的处所，是不能居住的。

我的路也铸定了，每星期中的六天，是由家到局，又由局到家。在局里便坐在办公桌前钞，钞，钞些公文和信件；在家里是和她相对或帮她生白炉子，煮饭，蒸馒头。我的学会了煮饭，就在这时候。

但我的食品却比在会馆里时好得多了。做菜虽不是子君的特长，然而她于此却倾注着全力；对于她的日夜的操心，使我也不能不一同操心，来算作分甘共苦。况且她又这样地终日汗流满面，短发都粘在脑额上；两只手又只是这样地粗糙起来。

况且还要饲阿随，饲油鸡，……都是非她不可的工作。

我曾经忠告她：我不吃，倒也罢了；却万不可这样地操劳。她只看了我一眼，不开口，神色却似乎有点凄然；我也只好不开口。然而她还是这样地操劳。

我所预期的打击果然到来。双十节的前一晚，我呆坐着，她在洗碗。听到打门声，我去开门时，是局里的信差，交给我一张油印的纸条。我就有些料到了，到灯下去一看，果然，印着的就是：

> 奉
>
> 局长谕史涓生着毋庸到局办事
>
> 秘书处启　十月九号

这在会馆里时，我就早已料到了；那雪花膏便是局长的儿子的赌友，一定要去添些谣言，设法报告的。到现在才发生效验，已经要算是很晚的了。其实这在我不能算是一个打击，因为我早就决定，可以给别人去钞写，或者教读，或者虽然费力，也还可以译点书，况且《自由之友》的总编辑便是见过几次的熟人，两月前还通过信。但我的心却跳跃着。那么一个无畏的子君也变了色，尤其使我痛心；她近来似乎也较为怯弱了。

“那算什么。哼，我们干新的。我们……”她说。

她的话没有说完；不知怎地，那声音在我听去却只是浮浮的；灯光也觉得格外黯淡。人们真是可笑的动物，一点极微末的小事情，便会受着很深的影响。我们先是默默地相视，逐渐商量起来，终于决定将现有的钱竭力节省，一面登“小广告”去寻求钞写和教读，一面写信给《自由之友》的总编辑，说明我目下的遭遇，请他收用我的译本，给我帮一点艰辛时候的忙。

“说做，就做罢！来开一条新的路！”

我立刻转身向了书案，推开盛香油的瓶子和醋碟，子君便送过那黯淡的灯来。我先拟广告；其次是选定可译的书，迁移以来未曾翻阅过，每本的头上都满漫着灰尘了；最后才写信。

我很费踌蹰，不知道怎样措辞好，当停笔凝思的时候，转眼去一瞥她的脸，在昏暗的灯光下，又很见得凄然。我真不料这样微细的小事情，竟会给坚决的，无畏的子君以这么显著的变化。她近来实在变得很怯弱了，但也并不是今夜才开始的。我的心因此更缭乱，忽然有安宁的生活的影像——会馆里的破屋的寂静，在眼前一闪，刚刚想定睛凝视，却又看见了昏暗的灯光。

许久之后，信也写成了，是一封颇长的信；很觉得疲劳，仿佛近来自己也较为怯弱了。于是我们决定，广告和发信，就在明日一同实行。大家不约而同地伸直了腰肢，在无言中，似乎又都感到彼此的坚忍倔强的精神，还看见从新萌芽起来的将来的希望。

外来的打击其实倒是振作了我们的新精神。局里的生活，原如鸟贩子手里的禽鸟一般，仅有一点小米维系残生，决不会肥胖；日子一久，只落得麻痹了翅子，即使放出笼外，早已不能奋飞。现在总算脱出这牢笼了，我从此要在新的开阔的天空中翱翔，趁我还未忘却了我的翅子的扇动。

小广告是一时自然不会发生效力的；但译书也不是容易事，先前看过，以为已经懂得的，一动手，却疑难百出了，进行得很慢。然而我决计努力地做，一本半新的字典，不到半月，边上便有了一大片乌黑的指痕，这就证明着我的工作的切实。《自由之友》的总编辑曾经说过，他的刊物是决不会埋没好稿子的。

可惜的是我没有一间静室，子君又没有先前那么幽静，善于体贴了，屋子里总是散乱着碗碟，弥漫着煤烟，使人不能安心做事，但是这自然还只能怨我自己无力置一间书斋。然而又加以阿随，加以油鸡们。加以油鸡们又大起来了，更容易成为两家争吵的引线。

加以每日的“川流不息”的吃饭；子君的功业，仿佛就完全建立在这吃饭中。吃了筹钱，筹来吃饭，还要喂阿随，饲油鸡；她似乎将先前所知道的全都忘掉了，也不想到我的构思就常常为了这催促吃饭而打断。即使在坐中给看一点怒色，她总是不改变，仍然毫无感触似的大嚼起来。

使她明白了我的作工不能受规定的吃饭的束缚，就费去五星期。她明白之后，大约很不高兴罢，可是没有说。我的工作果然从此较为迅速地进行，不久就共译了五万言，只要润色一回，便可以和做好的两篇小品，一同寄给《自由之友》去。只是吃饭却依然给我苦恼。菜冷，是无妨的，然而竟不够；有时连饭也不够，虽然我因为终日坐在家里用脑，饭量已经比先前要减少得多。这是先去喂了阿随了，有时还并那近来连自己也轻易不吃的羊肉。她说，阿随实在瘦得太可怜，房东太太还因此嗤笑我们了，她受不住这样的奚落。

于是吃我残饭的便只有油鸡们。这是我积久才看出来的，但同时也如赫胥黎的论定"人类在宇宙间的位置"一般，自觉了我在这里的位置：不过是叭儿狗和油鸡之间。

后来，经多次的抗争和催逼，油鸡们也逐渐成为肴馔，我们和阿随都享用了十多日的鲜肥；可是其实都很瘦，因为它们早已每日只能得到几粒高粱了。从此便清静得多。只有子君很颓唐，似乎常觉得凄苦和无聊，至于不大愿意开口。我想，人是多么容易改变呵！

但是阿随也将留不住了。我们已经不能再希望从什么地方会有来信，子君也早没有一点食物可以引它打拱或直立起来。冬季又逼近得这么快，火炉就要成为很大的问题；它的食量，在我们其实早是一个极易觉得的很重的负担。于是连它也留不住了。

倘使插了草标到庙市去出卖，也许能得几文钱罢，然而我们都不能，也不愿这样做。终于是用包袱蒙着头，由我带到西郊去放掉了，还要追上来，便推在一个并不很深的土坑里。

我一回寓，觉得又清静得多了；但子君的凄惨的神色，却使我很吃惊。那是没有见过的神色，自然是为阿随。但又何至于此呢？我还没有说起推在土坑里的事。

到夜间，在她的凄惨的神色中，加上冰冷的分子了。

"奇怪。——子君，你怎么今天这样儿了?"我忍不住问。

"什么?"她连看也不看我。

"你的脸色……"

"没有什么，——什么也没有。"

我终于从她言动上看出，她大概已经认定我是一个忍心的人。其实，我一个人，是容易生活的，虽然因为骄傲，向来不与世交来往，迁居以后，也疏远了所有旧识的人，然而只要能远走高飞，生路还宽广得很。现在忍受着这生活压迫的苦痛，大半倒是为她，便是放掉阿随，也何尝不如此。但子君的识见却似乎只是浅薄起来，竟至于连这一点也想不到了。

我拣了一个机会，将这些道理暗示她；她领会似的点头。然而看她后来的情形，她是没有懂，或者是并不相信的。

天气的冷和神情的冷，逼迫我不能在家庭中安身。但是，往那里去呢？大道上，公园里，虽然没有冰冷的神情，冷风究竟也刺得人皮肤欲裂。我终于在通俗图书馆里觅得了我的天堂。

那里无须买票；阅书室里又装着两个铁火炉。纵使不过是烧着不死不活的煤的火炉，但单是看见装着它，精神上也就总觉得有些温暖。书却无可看：旧的陈腐，新的是几乎没有的。

好在我到那里去也并非为看书。另外时常还有几个人，多则十余人，都是单薄衣裳，正如我，各人看各人的书，作为取暖的口实。这于我尤为合式。道路上容易遇见熟人，得到轻蔑的一瞥，但此地却决无那样的横祸，因为他们是永远围在别的铁炉旁，或者靠在自家的白炉边的。

那里虽然没有书给我看，却还有安闲容得我想。待到孤身枯坐，回忆从前，这才觉得大半年来，只为了爱，——盲目的爱，——而将别的人生的要义全盘疏忽了。第一，便是生活。人必生活着，爱才有所附丽。世界上并非没有为了奋斗者而开的活路；我也还未忘却翅子的扇动，虽然比先前已经颓唐得多……

屋子和读者渐渐消失了，我看见怒涛中的渔夫，战壕中的兵士，摩托车中的贵人，洋场上的投机家，深山密林中的豪杰，讲台上的教授，昏夜的运动者和深夜的偷儿……子君，——不在近旁。她的勇气都失掉了，只为着阿随悲愤，为着做饭出神；然而奇怪的是倒也并不怎样瘦损……

冷了起来，火炉里的不死不活的几片硬煤，也终于烧尽了，已是闭馆的时候。又须回到吉兆胡同，领略冰冷的颜色去了。近来也间或遇到温暖的神情，但这却反而增加我的苦痛。记得有一夜，子君的眼里忽而又发出久已不见的稚气的光来，笑着和我谈到还在会馆时候的情形，时时又很带些恐怖的神色。我知道我近来的超过她的冷漠，已经引起她的忧疑来，只得也勉力谈笑，想给她一点慰藉。然而我的笑貌一上脸，我的话一出口，却即刻变为空虚，这空虚又即刻发生反响，回向我的耳目里，给我一个难堪的恶毒的冷嘲。

子君似乎也觉得的，从此便失掉了她往常的麻木似的镇静，虽然竭力掩饰，总还是时时露出忧疑的神色来，但对我却温和得多了。

我要明告她，但我还没有敢，当决心要说的时候，看见她孩子一般的眼色，就使我只得暂且改作勉强的欢容。但是这又即刻来冷嘲我，并使我失却那冷漠的镇静。

她从此又开始了往事的温习和新的考验，逼我做出许多虚伪的温存的答案来，将温存示给她，虚伪的草稿便写在自己的心上。我的心渐被这些草稿填满了，常觉得难于呼吸。我在苦恼中常常想，说真实自然须有极大的勇气的；假如没有这勇气，而苟安于虚伪，那也便是不能开辟新的生路的人。不独不是这个，连这人也未尝有！

子君有怨色，在早晨，极冷的早晨，这是从未见过的，但也许是从我看来的怨色。我那时冷冷地气愤和暗笑了；她所磨炼的思想和豁达无畏的言论，到底也还是一个空虚，而对于这空虚却并未自觉。她早已什么书也不看，已不知道人的生活的第一着是求生，向着这求生的道路，是必须携手同行，或奋身孤往的了，倘使只知道捶着一个人的衣角，那便是虽战士也难于战斗，只得一同灭亡。

我觉得新的希望就只在我们的分离；她应该决然舍去，——我也突然想到她的死，然而立刻自责，忏悔了。幸而是早晨，时间正多，我可以说我的真实。我们的新的道路的开辟，便在这一遭。

我和她闲谈，故意地引起我们的往事，提到文艺，于是涉及外国的文人，文人的作品：《诺拉》、《海的女人》。称扬诺拉的果决……也还是去年在会馆的破屋里讲过的那些话，但现在已经变成空虚，从我的嘴传入自己的耳中，时时疑心有一个隐形的坏孩子，在背后恶意地刻毒地学舌。

她还是点头答应着倾听，后来沉默了。我也就断续地说完了我的话，连余音都消失在虚空中了。

"是的，"她又沉默了一会，说，"但是……涓生，我觉得你近来很两样了。可是的？你，——你老实告诉我。"

我觉得这似乎给了我当头一击，但也立即定了神，说出我的意见和主张来：新的路的开辟，新的生活的再造，为的是免得一同灭亡。

临末，我用了十分的决心，加上这几句话：

"……况且你已经可以无须顾虑，勇往直前了。你要我老实说；是的，人是不该虚伪的。我老实说罢：因为，因为我已经不爱你了！但这于你倒好得多，因为你更可以毫无挂念地做事……"

我同时预期着大的变故的到来，然而只有沉默。她脸色陡然变成灰黄，死了似的；瞬间便又苏生，眼里也发了稚气的闪闪的光泽。这眼光射向四处，正如孩子在饥渴中寻求着慈爱的母亲，但只在空中寻求，恐怖地回避着我的眼。

我不能看下去了，幸而是早晨，我冒着寒风径奔通俗图书馆。

在那里看见《自由之友》，我的小品文都登出了。这使我一惊，仿佛得了一点生气。我想，生活的路还很多，——但是，现在这样也还是不行的。

我开始去访问久已不相闻问的熟人，但这也不过一两次；他们的屋子自然是暖和的，我在骨髓中却觉得寒冽。夜间，便蜷伏在比冰还冷的冷屋中。

冰的针刺着我的灵魂，使我永远苦于麻木的疼痛。生活的路还很多，我也还没有忘却翅子的扇动，我想。——我突然想到她的死，然而立刻自责，忏悔了。

在通俗图书馆里往往瞥见一闪的光明，新的生路横在前面。她勇猛地觉悟了，毅然走出这冰冷的家，而且，——毫无怨恨的神色。我便轻如行云，漂浮空际，上有蔚蓝的天，下是深山大海，广厦高楼，战场，摩托车，洋场，公馆，晴明的闹市，黑暗的夜……

而且，真的，我预感得这新生面便要来到了。

我们总算度过了极难忍受的冬天，这北京的冬天；就如蜻蜓落在恶作剧的坏孩子的手里一般，被系着细线，尽情玩弄，虐待，虽然幸而没有送掉性命，结果也还是躺在地上，只争着一个迟早之间。

写给《自由之友》的总编辑已经有三封信，这才得到回信，信封里只有两张书券：两角的和三角的。我却单是催，就用了九分的邮票，一天的饥饿，又都白挨给于己一无所得的空虚了。

然而觉得要来的事，却终于来到了。

这是冬春之交的事，风已没有这么冷，我也更久地在外面徘徊；待到回家，大概已经昏黑。就在这样一个昏黑的晚上，我照常没精打采地回来，一看见寓所的门，也照常更加丧气，使脚步放得更缓。但终于走进自己的屋子里了，没有灯火；摸火柴点起来时，是异样的寂寞和空虚！

正在错愕中，官太太便到窗外来叫我出去。

"今天子君的父亲来到这里，将她接回去了。"她很简单地说。

这似乎又不是意料中的事，我便如脑后受了一击，无言地站着。

"她去了么？"过了些时，我只问出这样一句话。

"她去了。"

"她，——她可说什么？"

"没说什么。单是托我见你回来时告诉你，说她去了。"

我不信；但是屋子里是异样的寂寞和空虚。我遍看各处，寻觅子君；只见几件破旧而黯淡的家具，都显得极其清疏，在证明着它们毫无隐匿一人一物的能力。我转念寻信或她留下的字迹，也没有；只是盐和干辣椒，面粉，半株白菜，却聚集在一处了，旁边还有几十枚铜元。这是我们两人生活材料的全副，现在她就郑重地将这留给我一个人，在不言中，教我借此去维持较久的生活。

我似乎被周围所排挤，奔到院子中间，有昏黑在我的周围；正屋的纸窗上映出明亮的灯光，他们正在逗着孩子玩笑。我的心也沉静下来，觉得在沉重的迫压中，渐渐隐约地现出脱走的路径：深山大泽，洋场，电灯下的盛筵，壕沟，最黑最黑的深夜，利刃的一击，毫无声响的脚步……

心地有些轻松，舒展了，想到旅费，并且嘘一口气。

躺着，在合着的眼前经过的预想的前途，不到半夜已经现尽；暗中忽然仿佛看见一堆食物，这之后，便浮出一个子君的灰黄的脸来，睁了孩子气的眼睛，恳托似的看着我。我一定神，什么也没有了。

但我的心却又觉得沉重。我为什么偏不忍耐几天，要这样急急地告诉她真话的呢？现在她知道，她以后所有的只是她父亲——儿女的债主——的烈日一般的严威和旁人的赛过冰霜的冷眼。此外便是虚空。负着虚空的重担，在严威和冷眼中走着所谓人生的路，这是怎么可怕的事呵！而况这路的尽头，又不过是——连墓碑也没有的坟墓。

我不应该将真实说给子君，我们相爱过，我应该永久奉献她我的说谎。如果真实可以宝贵，这在子君就不该是一个沉重的空虚。谎语当然也是一个空虚，然而临末，至多也不过这样地沉重。

我以为将真实说给子君，她便可以毫无顾虑，坚决地毅然前行，一如我们将要同居时那样。但这恐怕是我错误了。她当时的勇敢和无畏是因为爱。

我没有负着虚伪的重担的勇气，却将真实的重担卸给她了。她爱我之后，就要负了这重担，在严威和冷眼中走着所谓人生的路。

我想到她的死……我看见我是一个卑怯者，应该被摈于强有力的人们，无论是真实者，虚伪者。然而她却自始至终，还希望我维持较久的生活……

我要离开吉兆胡同，在这里是异样的空虚和寂寞。我想，只要离开这里，子君便如还在我的身边；至少，也如还在城中，有一天，将要出乎意表地访我，像住在会馆时候似的。

然而一切请托和书信，都是一无反响；我不得已，只好访问一个久不问候的世交去了。他是我伯父的幼年的同窗，以正经出名的拔贡，寓京很久，交游也广阔的。

大概因为衣服的破旧罢，一登门便很遭门房的白眼。好容易才相见，也还相识，但是很冷落。我们的往事，他全都知道了。

“自然，你也不能在这里了，”他听了我托他在别处觅事之后，冷冷地说，“但那里去呢？很难。——你那，什么呢，你的朋友罢，子君，你可知道，她死了。”

我惊得没有话。

“真的？”我终于不自觉地问。

“哈哈。自然真的。我家的王升的家，就和她家同村。”

“但是，——不知道是怎么死的？”

“谁知道呢。总之是死了就是了。”

我已经忘却了怎样辞别他，回到自己的寓所。我知道他是不说谎话的；子君总不会再来的了，像去年那样。她虽是想在严威和冷眼中负着虚空的重担来走所谓人生的路，也已经不能。她的命运，已经决定她在我所给予的真实——无爱的人间死灭了！

自然，我不能在这里了；但是，“那里去呢？”

四围是广大的空虚，还有死的寂静。死于无爱的人们的眼前的黑暗，我仿佛一一看见，还听得一切苦闷和绝望的挣扎的声音。

我还期待着新的东西到来，无名的，意外的。但一天一天，无非是死的寂静。

我比先前已经不大出门，只坐卧在广大的空虚里，一任这死的寂静侵蚀着我的灵魂。死的寂静有时也自己战栗，自己退藏，于是在这绝续之交，便闪出无名的，意外的，新的期待。

一天是阴沉的上午，太阳还不能从云里面挣扎出来，连空气都疲乏着。耳中听到细碎的步声和咻咻的鼻息，使我睁开眼。大致一看，屋子里还是空虚；但偶然看到地面，却盘旋着一匹小小的动物，瘦弱的，半死的，满身灰土的……

我一细看，我的心就一停，接着便直跳起来。

那是阿随。它回来了。

我的离开吉兆胡同，也不单是为了房主人们和他家女工的冷眼，大半就为着这阿随。但是，“那里去呢？”新的生路自然还很多，我约略知道，也间或依稀看见，觉得就在我面前，然而我还没有知道跨进那里去的第一步的方法。

经过许多回的思量和比较，也还只有会馆是还能相容的地方。依然是这样的破屋，这样的板床，这样的半枯的槐树和紫藤，但那时使我希望，欢欣，爱，生活的，却全都逝去了，只有一个虚空，我用真实去换来的虚空存在。

新的生路还很多，我必须跨进去，因为我还活着。但我还不知道怎样跨出那第一步。有时，仿佛看见那生路就像一条灰白的长蛇，自己蜿蜒地向我奔来，我等着，等着，看看临近，但忽然便消失在黑暗里了。

初春的夜，还是那么长。长久的枯坐中记起上午在街头所见的葬式，前面是纸人纸马，后面是唱歌一般的哭声。我现在已经知道他们的聪明了，这是多么轻松简截的事。

然而子君的葬式却又在我的眼前，是独自负着虚空的重担，在灰白的长路上前行，而又即刻消失在周围的严威和冷眼里了。

我愿意真有所谓鬼魂，真有所谓地狱，那么，即使在孽风怒吼之中，我也将寻觅子君，当面说出我的悔恨和悲哀，祈求她的饶恕；否则，地狱的毒焰将围绕我，猛烈地烧尽我的悔恨和悲哀。

我将在孽风和毒焰中拥抱子君，乞她宽容，或者使她快意……

但是，这却更虚空于新的生路；现在所有的只是初春的夜，竟还是那么长。我活着，我总得向着新的生路跨出去，那第一步，——却不过是写下我的悔恨和悲哀，为子君，为自己。

我仍然只有唱歌一般的哭声，给子君送葬，葬在遗忘中。

我要遗忘；我为自己，并且要不再想到这用了遗忘给子君送葬。

我要向着新的生路跨进第一步去，我要将真实深深地藏在心的创伤中，默默地前行，用遗忘和说谎做我的前导……

一九二五年十月二十一日毕。

（选自《鲁迅全集》第2卷，人民文学出版社1981年版）

## 【背景资料】

本篇完成于1925年10月21日，是鲁迅作品中唯一直接反映青年男女恋爱婚姻的小说。关于创作原因主要有三种解释：1. 周作人的观点："《伤逝》不是普通的恋爱小说，乃是假借了男女的死亡来哀悼兄弟恩情的断绝的，我这样说，或者世人都要以我为妄吧。但是我有我的感觉，深信这是不大会错的。"①2. 小说表现的是鲁迅自己深陷于人生困境之中对一系列矛盾问题的探索，如爱情与婚姻、个性解放与社会制度的冲突、理想与现实的碰撞等。3.《伤逝》是鲁迅于1923年12月26日在北京女子高等师范学校文艺会上所作的演讲《娜拉走后怎样》的小说版，是鲁迅对个性解放的认识在文学上的表现。这种观点是最具说服力的。

## 【主题意蕴】

小说通过描写涓生和子君的恋爱悲剧，揭示出"五四"以后的青年知识分子要求婚姻和个性的解放与自由，而解放和自由是不能脱离对社会现实的斗争的。子君大胆地说出："我是我自己的，他们谁也没有干涉我的权利！"能够做到这一点，在当时确实是不容易的。但是子君追求的只是爱情，当爱情面对现实的挑战时就越来越苍白。子君的目标是渺小的。涓生虽然屡受生活的打击，但他对现实生活还有一点勇气，可是他没有真正认识到社会的黑暗与压力，而是把不幸归结到和子君的结合上，他不想死，就急于摆脱子君而走自己的路，这是他的悲剧。

---

① 周作人：《知堂回想录》，河北教育出版社2002年版，第485页。

小说通过二人的爱情和生活悲剧，把爱情跟生活尖锐地对立起来，对涓生和子君来说，能够认识到生活是第一位的是要付出巨大代价的。

## 【艺术特色】

《伤逝》这篇小说采用第一人称的手法，运用手记的体裁，这种写法比较适宜于抒写内心的感受，可以一边叙述，一边评论，一边控诉，给人一种亲切的感觉。小说中具体细节的描写很少，对话也不多，没有铺叙细节的过程，而只把心理描写、情节发展、人物行动和具体感受结合起来，通过涓生第一人称的回忆抒写出来，因此抒情性很浓，有强烈的艺术感染力。① 其次，小说的叙事、议论、写景都有浓郁的抒情色彩。叙事、议论和抒情紧密结合。在具体结构中，作家不是按照事件的先后顺序安排文章，而是根据主人公的情感流动，有详有略，作跳跃式的追述。情感的基调是沉痛而有节制的。

## 【经典评论】

**茅盾评论说**："《幸福的家庭》和《伤逝》是鲁迅所不常做的现代青年的生活的描写。恋爱，是这两篇的主题。但当书中人出场的时候，他们都已过了恋爱的狂热期，只剩下幻灭的悲哀了。……《伤逝》的意义，我不大看得明白；或者是在说明一个脆弱的灵魂（子君）于苦闷和绝望的挣扎之后死于无爱的人们的面前。"

——《鲁迅论》，《茅盾全集》第19卷，人民文学出版社1991年版，第155～158页

## 【思考练习】

1. 你觉得涓生和子君的爱情为什么会失去？其根本原因在哪里？

2. 你同情子君吗？请联系胡适和鲁迅这个时期发表的关于探讨女性命运的作品，谈谈你对当时女性小资产阶级知识分子在社会中的地位和出路的看法。

3. 你觉得本篇采用第一人称的叙事手法对传达作品的思想内蕴有何作用？

---

① 王瑶：《鲁迅作品论集》，人民文学出版社1984年版，第115页。

# 肥　　皂

四铭太太正在斜日光中背着北窗和她八岁的女儿秀儿糊纸锭，忽听得又重又缓的布鞋底声响，知道四铭进来了，并不去看他，只是糊纸锭。但那布鞋底声却愈响愈逼近，觉得终于停在她的身边了，于是不免转过眼去看，只见四铭就在她面前耸肩曲背的狠命掏着布马褂底下的袍子的大襟后面的口袋。

他好容易曲曲折折的汇出手来，手里就有一个小小的长方包，葵绿色的，一径递给四太太。她刚接到手，就闻到一阵似橄榄非橄榄的说不清的香味，还看见葵绿色的纸包上有一个金光灿烂的印子和许多细簇簇的花纹。秀儿即刻跳过来要抢着看，四太太赶忙推开她。

"上了街？……"她一面看，一面问。

"唔唔。"他看着她手里的纸包，说。

于是这葵绿色的纸包被打开了，里面还有一层很薄的纸，也是葵绿色，揭开薄纸，才露出那东西的本身来，光滑坚致，也是葵绿色，上面还有细簇簇的花纹，而薄纸原来却是米色的，似橄榄非橄榄的说不清的香味也来得更浓了。

"唉唉，这实在是好肥皂。"她捧孩子似的将那葵绿色的东西送到鼻子下面去，嗅着说。

"唔唔，你以后就用这个……"

她看见他嘴里这么说，眼光却射在她的脖子上，便觉得颧骨以下的脸上似乎有些热。她有时自己偶然摸到脖子上，尤其是耳朵后，指面上总感着些粗糙，本来早就知道是积年的老泥，但向来倒也并不很介意。现在在他的注视之下，对着这葵绿异香的洋肥皂，可不禁脸上有些发热了，而且这热又不绝的蔓延开去，即刻一径到耳根。她于是就决定晚饭后要用这肥皂来拼命的洗一洗。

"有些地方，本来单用皂荚子是洗不干净的。"她自对自的说。

"妈，这给我！"秀儿伸手来抢葵绿纸；在外面玩耍的小女儿招儿也跑到了。四太太赶忙推开她们，裹好薄纸，又照旧包上葵绿纸，欠过身去搁在洗脸台上最高的一层格子上，看一看，翻身仍然糊纸锭。

"学程！"四铭记起了一件事似的，忽而拖长了声音叫，就在她对面的一把高背椅子上坐下了。

"学程！"她也帮着叫。

她停下糊纸锭，侧耳一听，什么响应也没有，又见他仰着头焦急的等着，不禁很有些抱歉了，便尽力提高了喉咙，尖利的叫：

"绖儿呀！"

这一叫确乎有效，就听到皮鞋声橐橐的近来，不一会，绖儿已站在她面前了，只穿短衣，肥胖的圆脸上亮晶晶的流着油汗。

"你在做什么？怎么爹叫也不听见？"她谴责的说。

"我刚在练八卦拳……"他立即转身向了四铭，笔挺的站着，看着他，意思是问他什么事。

"学程，我就要问你：'恶毒妇'是什么？"

"'恶毒妇'？……那是，'很凶的女人'罢？……"

"胡说！胡闹！"四铭忽而怒得可观。"我是'女人'么！？"

学程吓得倒退了两步，站得更挺了。他虽然有时觉得他走路很像上台的老生，却从没有将他当作女人看待，他知道自己答的很错了。

"'恶毒妇'是'很凶的女人'，我倒不懂，得来请教你？——这不是中国话，是鬼子话，我对你说。这是什么意思，你懂么？"

"我……我不懂。"学程更加局促起来。

"吓，我白花钱送你进学堂，连这一点也不懂。亏煞你的学堂还夸什么'口耳并重'，倒教得什么也没有。说这鬼话的人至多不过十四五岁，比你还小些呢，已经叽叽咕咕的能说了，你却连意思也说不出，还有这脸说'我不懂'！——现在就给我去查出来！"

学程在喉咙底里答应了一声"是"，恭恭敬敬的退出去了。

"这真叫作不成样子，"过了一会，四铭又慷慨的说，"现在的学生是。其实，在光绪年间，我就是最提倡开学堂的，可万料不到学堂的流弊竟至于如此之大：什么解放咧，自由咧，没有实学，只会胡闹。学程呢，为他花了的钱也不少了，都白花。好容易给他进了中西折中的学堂，英文又专是'口耳并重'的，你以为这该好了罢，哼，可是读了一年，连'恶毒妇'也不懂，大约仍然是念死书。吓，什么学堂，造就了些什么？我简直说：应该统统关掉！"

"对咧，真不如统统关掉的好。"四太太糊着纸锭，同情的说。

"秀儿她们也不必进什么学堂了。'女孩子，念什么书？'九公公先前这样说，反对女学的时候，我还攻击他呢；可是现在看起来，究竟是老年人的话对。你想，女人一阵一阵的在街上走，已经很不雅观的了，她们却还要剪头发。我最恨的就是那些剪了头发的女学生，我简直说，军人土匪倒还情有可原，搅乱天下的就是她们，应该很严的办一办……"

"对咧，男人都像了和尚还不够，女人又来学尼姑了。"

"学程！"

学程正捧着一本小而且厚的金边书快步进来，便呈给四铭，指着一处说：

"这倒有点像。这个……"

四铭接来看时，知道是字典，但文字非常小，又是横行的。他眉头一皱，擎向窗口，细着眼睛，就学程所指的一行念过去：

“‘第十八世纪创立之共济讲社之称’。——唔，不对。——这声音是怎么念的？”他指着前面的“鬼子”字，问。

“恶特拂罗斯(Oddfellows)。”

“不对，不对，不是这个。”四铭又忽而愤怒起来了。“我对你说：那是一句坏话，骂人的话，骂我这样的人的。懂了么？查去！”

学程看了他几眼，没有动。

“这是什么闷葫芦，没头没脑的？你也先得说说清，教他好用心的查去。”她看见学程为难，觉得可怜，便排解而且不满似的说。

“就是我在大街上广润祥买肥皂的时候，”四铭呼出了一口气，向她转过脸去，说。“店里又有三个学生在那里买东西。我呢，从他们看起来，自然也怕太噜苏一点了罢。我一气看了六七样，都要四角多，没有买；看一角一块的，又太坏，没有什么香。我想，不如中通的好，便挑定了那绿的一块，两角四分。伙计本来是势利鬼，眼睛生在额角上的，早就撅着狗嘴的了；可恨那学生这坏小子又都挤眉弄眼的说着鬼话笑。后来，我要打开来看一看才付钱：洋纸包着，怎么断得定货色的好坏呢。谁知道那势利鬼不但不依，还蛮不讲理，说了许多可恶的废话；坏小子们又附和着说笑。那一句是顶小的一个说的，而且眼睛看着我，他们就都笑起来了：可见一定是一句坏话。”他于是转脸对着学程道，“你只要在‘坏话类’里去查去！”

学程在喉咙底里答应了一声“是”，恭恭敬敬的退去了。

“他们还嚷什么‘新文化新文化’，‘化’到这样了，还不够？”他两眼盯着屋梁，尽自说下去。“学生也没有道德，社会上也没有道德，再不想点法子来挽救，中国这才真个要亡了。——你想，那多么可叹？……”

“什么？”她随口的问，并不惊奇。

“孝女。”他转眼对着她，郑重的说。“就在大街上，有两个讨饭的。一个是姑娘，看去该有十八九岁了。——其实这样的年纪，讨饭是很不相宜的了，可是她还讨饭。——和一个六七十岁的老的，白头发，眼睛是瞎的，坐在布店的檐下求乞。大家多说她是孝女，那老的是祖母，她只要讨得一点什么，便都献给祖母吃，自己情愿饿肚皮。可是这样的孝女，有人肯布施么？”他射出眼光来盯住她，似乎要试验她的识见。

她不答话，也只将眼光盯住他，似乎倒是专等他来说明。

“哼，没有。”他终于自己回答说。“我看了好半天，只见一个人给了一文小钱；其余的围了一大圈，倒反去打趣。还有两个光棍，竟肆无忌惮的说：‘阿发，你不要看得这货色脏。你只要去买两块肥皂来，咯支咯支遍身洗一洗，好得很哩！’哪，你想，这成什么话？”

“哼，”她低下头去了，久之，才又懒懒的问，“你给了钱么？”

"我么？——没有。一两个钱，是不好意思拿出去的。她不是平常的讨饭，总得……"

"嗡。"她不等说完话，便慢慢地站起来，走到厨下去。昏黄只显得浓密，已经是晚饭时候了。

四铭也站起身，走出院子去。天色比屋子里还明亮，学程就在墙角落上练习八卦拳：这是他的"庭训"，利用昼夜之交的时间的经济法，学程奉行了将近大半年了。他赞许似的微微点一点头，便反背着两手在空院子里来回的踱方步。不多久，那唯一的盆景万年青的阔叶又已消失在昏暗中，破絮一般的白云间闪出星点，黑夜就从此开头。四铭当这时候，便也不由的感奋起来，仿佛就要大有所为，与周围的坏学生以及恶社会宣战。他意气渐渐勇猛，脚步愈跨愈大，布鞋底声也愈走愈响，吓得早已睡在笼子里的母鸡和小鸡也都唧唧足足的叫起来了。

堂前有了灯光，就是号召晚餐的烽火，合家的人们便都齐集在中央的桌子周围。灯在下横；上首是四铭一人居中，也是学程一般肥胖的圆脸，但多两撇细胡子，在菜汤的热气里，独据一面，很像庙里的财神。左横是四太太带着招儿；右横是学程和秀儿一列。碗筷声雨点似的响，虽然大家不言语，也就是很热闹的晚餐。

招儿带翻了饭碗了，菜汤流得小半桌。四铭尽量的睁大了细眼睛瞪着看得她要哭，这才收回眼光，伸筷自去夹那早先看中了的一个菜心去。可是菜心已经不见了，他左右一瞥，就发见学程刚刚夹着塞进他张得很大的嘴里去，他于是只好无聊的吃了一筷黄菜叶。

"学程，"他看着他的脸说，"那一句查出了没有？"

"那一句？——那还没有。"

"哼，你看，也没有学问，也不懂道理，单知道吃！学学那个孝女罢，做了乞丐，还是一味孝顺祖母，自己情愿饿肚子。但是你们这些学生那里知道这些，肆无忌惮，将来只好像那光棍……"

"想倒想着了一个，但不知可是。——我想，他们说的也许是'阿尔特肤尔'。"

"哦哦，是的！就是这个！他们说的就是这样一个声音：'恶毒夫咧。'这是什么意思？你也就是他们这一党：你知道的。"

"意思，——意思我不很明白。"

"胡说！瞒我。你们都是坏种！"

"'天不打吃饭人'，你今天怎么尽闹脾气，连吃饭时候也是打鸡骂狗的。他们小孩子们知道什么。"四太太忽而说。

"什么？"四铭正想发话，但一回头，看见她陷下的两颊已经鼓起，而且很变了颜色，三角形的眼里也发着可怕的光，便赶紧改口说，"我也没有闹什么脾气，我不过教学程应该懂事些。”

“他那里懂得你心里的事呢。”她可是更气忿了。“他如果能懂事，早就点了灯笼火把，寻了那孝女来了。好在你已经给她买好了一块肥皂在这里，只要再去买一块……”

“胡说！那话是那光棍说的。”

“不见得。只要再去买一块，给她咯支咯支的遍身洗一洗，供起来，天下也就太平了。”

“什么话？那有什么相干？我因为记起了你没有肥皂……”

“怎么不相干？你是特诚买给孝女的，你咯支咯支的去洗去。我不配，我不要，我也不要沾孝女的光。”

“这真是什么话？你们女人……”四铭支吾着，脸上也像学程练了八卦拳之后似的流出油汗来，但大约大半也因为吃了太热的饭。

“我们女人怎么样？我们女人，比你们男人好得多。你们男人不是骂十八九岁的女学生，就是称赞十八九岁的女讨饭：都不是什么好心思。‘咯支咯支’，简直是不要脸！”

“我不是已经说过了？那是一个光棍……”

“四翁！”外面的暗中忽然起了极响的叫喊。

“道翁么？我就来！”四铭知道那是高声有名的何道统，便遇赦似的，也高兴的大声说。“学程，你快点灯照何老伯到书房去！”

学程点了烛，引着道统走进西边的厢房里，后面还跟着卜薇园。

“失迎失迎，对不起。”四铭还嚼着饭，出来拱一拱手，说。“就在舍间用便饭，何如？……”

“已经偏过了。”薇园迎上去，也拱一拱手，说。“我们连夜赶来，就为了那移风文社的第十八届征文题目，明天不是‘逢七’么？”

“哦！今天十六？”四铭恍然的说。

“你看，多么胡涂！”道统大嚷道。

“那么，就得连夜送到报馆去，要他明天一准登出来。”

“文题我已经拟下了。你看怎样，用得用不得？”道统说着，就从手巾包里挖出一张纸条来交给他。

四铭踱到烛台面前，展开纸条，一字一字的读下去：

“‘恭拟全国人民合词吁请贵大总统特颁明令专重圣经崇祀孟母以挽颓风而存国粹文’。——好极好极。可是字数太多了罢？”

“不要紧的！”道统大声说。“我算过了，还无须乎多加广告费。但是诗题呢？”

“诗题么？”四铭忽而恭敬之状可掬了。“我倒有一个在这里：孝女行。那是实事，应该表彰表彰她。我今天在大街上……”

“哦哦，那不行。”薇园连忙摇手，打断他的话。“那是我也看见的。她大概是‘外路人’，我不懂她的话，她也不懂我的话，不知道她究竟是那里人。大家倒都说她是孝女；然而我问她可能做诗，她摇摇头。要是能做诗，那就好了。”

“然而忠孝是大节，不会做诗也可以将就……。”

“那倒不然，而孰知不然！”薇园摊开手掌，向四铭连摇带推的奔过去，力争说。“要会做诗，然后有趣。”

“我们，”四铭推开他，“就用这个题目，加上说明，登报去。一来可以表彰表彰她；二来可以借此针砭社会。现在的社会还成个什么样子，我从旁考察了好半天，竟不见有什么人给一个钱，这岂不是全无心肝……”

“阿呀，四翁！”薇园又奔过来，“你简直是在‘对着和尚骂贼秃’了。我就没有给钱，我那时恰恰身边没有带着。”

“不要多心，薇翁。”四铭又推开他，“你自然在外，又作别论。你听我讲下去：她们面前围了一大群人，毫无敬意，只是打趣。还有两个光棍，那是更其肆无忌惮了，有一个简直说，‘阿发，你去买两块肥皂来，咯支咯支遍身洗一洗，好得很哩。’你想，这……”

“哈哈哈！两块肥皂！”道统的响亮的笑声突然发作了，震得人耳朵嗡嗡的叫。“你买，哈哈，哈哈！”

“道翁，道翁，你不要这么嚷。”四铭吃了一惊，慌张的说。

“咯支咯支，哈哈！”

“道翁！”四铭沉下脸来了，“我们讲正经事，你怎么只胡闹，闹得人头昏。你听，我们就用这两个题目，即刻送到报馆去，要他明天一准登出来。这事只好偏劳你们两位了。”

“可以可以，那自然。”薇园极口应承说。

“呵呵，洗一洗，咯支……唏唏……”

“道翁！！！”四铭愤愤的叫。

道统给这一喝，不笑了。他们拟好了说明，薇园誊在信笺上，就和道统跑往报馆去。四铭拿着烛台，送出门口，回到堂屋的外面，心里就有些不安逸，但略一踌躕，也终于跨进门槛去了。他一进门，迎头就看见中央的方桌中间放着那肥皂的葵绿色的小小的长方包，包中央的金印子在灯光下明晃晃的发闪，周围还有细小的花纹。

秀儿和招儿都蹲在桌子下横的地上玩；学程坐在右横查字典。最后在离灯最远的阴影里的高背椅子上发见了四太太，灯光照处，见她死板板的脸上并不显出什么喜怒，眼睛也并不看着什么东西。

“咯支咯支，不要脸不要脸……”

四铭微微的听得秀儿在他背后说，回头看时，什么动作也没有了，只有招儿还用了她两只小手的指头在自己脸上抓。

他觉得存身不住，便熄了烛，踱出院子去。他来回的踱，一不小心，母鸡和小鸡又唧唧足足的叫了起来，他立即放轻脚步，并且走远些。经过许多时，堂屋里的灯移到卧室里去了。他看见一地月光，仿佛满铺了无缝的白纱，玉盘似的月亮现在白云间，看不出一点缺。

他很有些悲伤，似乎也像孝女一样，成了“无告之民”，孤苦零丁了。他这一夜睡得非常晚。

但到第二天的早晨，肥皂就被录用了。这日他比平日起得迟，看见她已经伏在洗脸台上擦脖子，肥皂的泡沫就如大螃蟹嘴上的水泡一般，高高的堆在两个耳朵后，比起先前用皂荚时候的只有一层极薄的白沫来，那高低真有霄壤之别了。从此之后，四太太的身上便总带着些似橄榄非橄榄的说不清的香味；几乎小半年，这才忽而换了样，凡有闻到的都说那可似乎是檀香。

一九二四年三月二二日。

（选自《鲁迅全集》第2卷，人民文学出版社1981年版）

## 【背景资料】

《肥皂》初刊于《晨报副镌》（1924年3月27日、28日），后收入鲁迅小说集《彷徨》。20世纪初，弗洛伊德的精神分析学说开始在中国得到介绍。1924年鲁迅翻译了日本学者厨川白村的《苦闷的象征》，此书虽自成体系，但其理论来源是弗洛伊德的思想。鲁迅创作《肥皂》这篇精神分析色彩鲜明的小说，正是要借用弗洛伊德的性压抑潜意识理论来探究人的灵魂深处。

## 【主题意蕴】

小说通过写四铭在街上看到乞讨的孝女，在潜意识支配下给太太买了肥皂，回家不断发脾气发感慨的故事，塑造出四铭这个可笑的封建卫道者的形象。作品通过四铭的语言和动作充分暴露了他内心深处的潜意识，揭示了其虚伪的封建卫道士的本质，对所谓的封建卫道士作了深刻的讽刺和鞭挞。

## 【艺术特色】

鲁迅在创作时借鉴了精神分析的手法，通过对四铭语言和动作的展示，对他的潜意识心理的深层意识结构作了无情的挖掘，这是小说在塑造封建卫道士人物形象时采用的主要艺术手段。“鲁迅像一个用精神分析学诊治病人的医生一样，一步一步诱导”四铭“说出自己埋藏在潜意识中的淫欲意念来。他的行动、表情描写在这里起到的是辅助作用,主要表现他欲有所得而未得的恼怒焦躁心情"①。其次,作品设置了"肥皂"这样一个道具,使其具有丰富的象征性:肥皂是社会物质文明的表征,同时也象征着新思想、新道德;"皂荚子"则是封建传统思想和传统道德的象征。当社会的物质文明进入每个人的生活,也进入了传统卫道士的生活后,他们一方面拥有物质享受,感受着社会的新奇,但同时却攻击这种变化带来的思想和道德的进步,从而更见出卫道士的虚伪和荒谬。

## 【经典评论】

**王富仁认为**:"在《肥皂》中,四铭这个人物的喜剧构成的前提,便是他几乎没有一个非达到不可的目的和意志。他言词激烈地攻击着新思想、新道德,但他并不想为维护旧思想和旧道德而采取任何有实质性内容的措施和步骤,并不具有为此而努力的任何真诚的热情,他也没有非达目的不可的意志和热诚。所以他的变态的性欲的暴风雨和由此激发出来的攻击新思想、新道德的道德热诚,爆发得快也消失得快,过了一夜,他的心情便平静了。鲁迅在《肥皂》的结尾处制造了全文喜剧性的最高潮,就因为至此读者才真正看清了,这一切对于四铭都是无所谓的,他既没有因为社会的道德面貌依然如故而继续愤愤不平,也没有因为那个孝女仍在沿街讨饭而心忧如焚,甚至也没有为思念孝女而焦灼忧郁。这样一个人物,是连充当一个正剧的或悲剧的反面人物形象的资格也没有的,他只能充当一个喜剧的或笑剧的人物。"

——《中国反封建思想革命的一面镜子——〈呐喊〉、〈彷徨〉综论》,北京师范大学出版社 1986 年版,第 425 页

## 【思考练习】

1. 鲁迅是如何一步一步展示四铭内心世界的?
2. 作品中对肥皂包装和样式作了详细的描写,这个细节有什么意义?
3. 你认为哪些中国现代作家在创作中体现了弗洛伊德的精神分析学说,具体作品有哪些?

---

① 王富仁:《中国反封建思想革命的一面镜子——〈呐喊〉、〈彷徨〉综论》,北京师范大学出版社 1986 年版,第 331 页。

# 冰心

## 斯人独憔悴

一个黄昏，一片极目无际茸茸的青草，映着半天的晚霞，恰如一幅图画。忽然一缕黑烟，津浦路的晚车，从地平线边蜿蜒而来。

头等车上，凭窗立着一个少年。年纪约有十七八岁。学生打扮，眉目很英秀，只是神色非常的沉寂，似乎有重大的忧虑，压在眉端。他注目望着这一片平原，却不像是看玩景色，一会儿微微的叹口气，猛然将手中拿着的一张印刷品，撕得粉碎，扬在窗外，口中微吟道："安邦治国平天下，自有周公孔圣人。"

站在背后的刘贵，轻轻的说道："二少爷，窗口风大，不要尽着站在那里！"他回头一看，便坐了下去，脸上仍显着极其无聊。刘贵递过一张报纸来，他摇一摇头，却仍旧站起来，凭在窗口。

天色渐渐的暗了下来，火车渐渐的走近天津，这二少爷的颜色，也渐渐的沉寂。车到了站，刘贵跟着下了车，走出站外，便有一辆汽车，等着他们。呜呜的响声，又送他们到家了。

家门口停着四五辆汽车，门楣上的电灯，照耀得明如白昼。两个兵丁，倚着枪站在灯下，看见二少爷来了，赶紧立正，他略一点头，一直走了进去。

客厅里边有打牌说笑的声音，五六个仆役，出来进去的伺候着。二少爷从门外经过的时候，他们都笑着请了安，他却皱着眉，摇一摇头，不叫他们声响，悄悄的走进里院去。

他姊姊颖贞，正在自己屋里灯下看书。东厢房里，也有妇女们打牌喧笑的声音。

他走进颖贞屋里，颖贞听见帘子响。回过头来，一看，连忙站起来，说："颖石，你回来了，颖铭呢？"颖石说："铭哥被我们学校的干事部留下了，因为他是个重要的人物。"颖贞皱眉道："你见过父亲没有？"颖石道："没有，父亲打着牌，我没敢惊动。"颖贞似乎要说什么，看着他弟弟的脸，却又咽住。

这时化卿先生从外面进来，叫道："颖贞，他们回来了么？"颖贞连忙应道："石弟回来了，在屋里呢。"一面把颖石推出去。颖石慌忙走出廊外，迎着父亲，请了一个木强不灵的安。化卿看了颖石一眼，问："你哥哥呢？"颖石吞吞吐吐的答应道："铭哥病了，不能回来，在医院里住着呢。"化卿咄的一声道："胡说！你们在南京做了什么代表了，难道我不晓得！"颖石也不敢做声，跟着父亲进来。化卿一面坐下，一面从怀里掏出一封信来，掷给颖石道："你自己看罢！"颖石两手颤动着，拿起信来，原来是他们校长给他父亲的信，说他们两个都在学生会里，做什么代表和干事，恐怕他们是年幼无知，受人胁诱；请他父亲叫他们回来，免得将来惩戒的时候，玉石俱焚，有碍情面，等等的话。颖石看完了，低着头也不言语。化卿冷笑说："还有什么可辩的么？"颖石道："这是校长他自己误会，其实没有什么大不了的事情。就是因为近来青岛的问题，很是紧急，国民却仍然沉睡不醒。我们很觉得悲痛，便出去给他们演讲，并劝人购买国货，盼望他们一齐醒悟过来，鼓起民气，可以做政府的后援。这并不是作奸犯科……"化卿道："你瞒得过我，却瞒不过校长，他同我是老朋友，并且你们去的时候，我还托他照应，他自然得告诉我的。我只恨你们不学好，离了我的眼，便将我所嘱咐的话，忘在九霄云外，和那些血气之徒，连在一起，便想犯上作乱，我真不愿意有这样伟人英雄的儿子！"颖石听着，急得脸都红了，眼泪在眼圈里乱转，过一会子说："父亲不要误会！我们的同学，也不是血气之徒，不过国家危险的时候，我们都是国民一分子，自然都有一分热肠。并且这爱国运动，绝对没有一点暴乱的行为，极其光明正大；中外人士，都很赞美的。至于说我们要做英雄伟人，这也不是一件容易的事！现在学生们，在外面运动的多着呢，他们的才干，胜过我们百倍，就是有伟人英雄的头衔，也轮不到……"这时颖石脸上火热，眼泪也干了，目光奕奕的一直说下去。颖贞看见她兄弟热血喷薄，改了常态，话语渐渐的激烈起来，恐怕要惹父亲的盛怒，十分的担心着急，便对他使个眼色……

忽然一声桌子响，茶杯花瓶都摔在地下，跌得粉碎。化卿先生脸都气黄了，站了起来，喝道："好！好！率性和我辩驳起来了！这样小小的年纪，便眼里没有父亲了，这还了得！"颖贞惊呆了。颖石退到屋角，手足都吓得冰冷。厢房里的姨娘们，听见化卿声色俱厉，都搁下牌，站在廊外，悄悄的听着。

化卿道："你们是国民一分子，难道政府里面，都是外国人？若没有学生出来爱国，恐怕中国早就灭亡了！照此说来，亏得我有你们两个爱国的儿子，否则我竟是民国的罪人了！"颖贞看父亲气到这个地步，慢慢的走过来，想解劝一两句。化卿又说道："要论到青岛的事情，日本从德国手里夺过的时候，我们中国还是中立国的地位，论理应该归与他们。况且他们还说和我们共同管理，总算是仁至义尽的了！现在我们政府里一切的用款，那一项不是和他们借来的？像这样缓急相通的朋友，难道便可以随随便便的得罪了？眼看着这交情便要被你们闹糟了，日本兵来的时候，横竖你们也只是后退，仍是政府去承当。你这会儿也不言语了，你自己想一想，你们做的事合理不合理？是不是以怨报德？是不是不顾大局？"颖石低着头，眼泪又滚了下来。

化卿便一连叠声叫刘贵，刘贵慌忙答应着，垂着手站在帘外。化卿骂道："无用的东西！我叫你去接他们，为何只接回一个来？难道他的话可听，我的话不可听么？"刘贵也不敢答应。化卿又说："明天早车你再走一遭，你告诉大少爷说，要是再不回来，就永远不必回家了。”刘贵应了几声“是”，慢慢的退了出去。

四姨娘走了进来，笑着说：“二少爷年纪小，老爷也不必和他生气了，外头还有客坐着呢。”一面又问颖石说：“少爷穿得这样单薄，不觉得冷么？”化卿便上下打量了颖石一番，冷笑说：“率性连白鞋白帽，都穿戴起来，这便是‘无父无君’的证据了！”

一个仆人进来说：“王老爷要回去了。”化卿方站起走出，姨娘们也慢慢的自去打牌，屋里又只剩姊弟二人。

颖贞叹了一口气，叫：“张妈，将地下打扫了，再吩咐厨房开一桌饭来，二少爷还没有吃饭呢。”张妈在外面答应着。颖石摇手说：“不用了。”一面说：“哥哥真个在医院里，这一两天恐怕还不能回来。”颖贞道：“你刚才不是说被干事部留下么？”颖石说：“这不过是一半的缘由，上礼拜六他们那一队出去演讲，被军队围住，一定不叫开讲。哥哥上去和他们讲理，说得慷慨激昂。听的人愈聚愈多，都大呼拍手。那排长恼羞成怒，举着枪头的刺刀，向哥哥的手臂上扎了一下，当下……哥哥……便昏倒了。那时……”颖石说到这里，已经哭得哽咽难言。颖贞也哭了，便说：“唉，是真……”颖石哭着应道：“可不是真的么？

明天一清早，刘贵就到里院问道：“张姐，你问问大小姐有什么话吩咐没有。我要走了。”张妈进去回了，颖贞隔着玻璃窗说：“你告诉大少爷，千万快快的回来，也千万不要穿白帆布鞋子，省得老爷又要动气。”

两天以后，颖铭也回来了，穿着白官纱衫，青纱马褂，脚底下是白袜子，青缎鞋，戴着一顶小帽，更显得面色惨白。进院的时候，姊姊和弟弟，都坐在廊子上，逗小狗儿玩。颖石看见哥哥这样打扮着回来，不禁好笑，又觉得十分伤心，含着眼泪，站起来点一点头。颖铭反微微的惨笑。姐姐也没说什么，只往东厢房努一努嘴。颖铭会意，便伸了一伸舌头，笑了一笑，恭恭敬敬的进去。

化卿正卧在床上吞云吐雾，四姨娘坐在一旁，陪着说话。颖铭进去了，化卿连正眼也不看，仍旧不住的抽烟。颖铭不敢言语，只垂手站在一旁，等到化卿慢慢的坐起来，方才过去请了安。化卿道：“你也肯回来了么？我以为你是‘国尔忘家’的了！”颖铭红了脸道：“孩儿实在是病着，不然……”化卿冷笑了几声，方要说话。四姨娘正在那里烧烟，看见化卿颜色又变了，便连忙坐起来，说：“得了！前两天就为着什么‘青岛’‘白岛’的事，和二少爷生气，把小姐屋里的东西都摔了，自己还气得头痛两天，今天才好了，又来找事，他两个都已经回来了，就算了，何必又生这多余的气？”一面又回头对颖铭说：“大少爷，你先出去歇歇罢，我已经吩咐厨房里，替你预备下饭了。”化卿听了四姨娘一篇的话，便也不再说什么，就从四姨娘手里，接过烟枪来，一面卧下。颖铭看见他父亲的怒气，已经被四姨娘压了下去，便悄悄的退了出来，径到颖贞屋里。

颖贞问道："铭弟，你的伤好了么？"颖铭望了一望窗外，便卷起袖子来，臂上的绷带裹得很厚，也隐隐的现出血迹。颖贞满心的不忍，便道："快放下来罢！省得招了风要肿起来。"颖石问："哥哥，现在还痛不痛？"颖铭一面放下袖子，一面笑道："我要是怕痛，当初也不肯出去了！"颖贞问道："现在你们干事部里的情形怎么样？你的缺有人替了么？"颖铭道："刘贵来了，告诉我父亲和石弟生气的光景，以及父亲和你吩咐我的话，我那里还敢逗留，赶紧收拾了回来。他们原是再三的不肯，我只得将家里的情形告诉了，他们也只得放我走。至于他们进行的手续，也都和别的学校大同小异的。"颖石道："你还算侥幸，只可怜我当了先锋，冒冒失失的正碰在气头上。那天晚上的光景，真是……从我有生以来，也没有挨过这样的骂！唉，处在这样黑暗的家庭，还有什么可说的，中国空生了我这个人了。"说着便滴下泪来。颖贞道："都是你们校长给送了信，否则也不至于被父亲知道。其实我在学校里，也办了不少的事。不过在父亲面前，总是附和他的意见，父亲便拿我当做好人，因此也不拦阻我去上学。"说到此处，颖铭不禁好笑。

颖铭的行李到了，化卿便亲自出来逐样的翻检，看见书籍堆里有好几束的印刷物，并各种的杂志；化卿略一过目，便都撕了，登时满院里纸花乱飞。颖铭颖石在窗内看见，也不敢出来，只急得悄悄的跺脚，低声对颖贞说："姊姊！你出去救一救罢！"颖贞便出来，对化卿赔笑说："不用父亲费力了，等我来检看罢。天都黑了，你老人家眼花，回头把讲义也撕了，岂不可惜。"一面便弯腰去检点，化卿才慢慢的走开。

他们弟兄二人，仍旧住在当初的小院里，度那百无聊赖的光阴。书房里虽然也磊着满满的书，却都是制艺、策论和古文、唐诗等等。所看的报纸，也只有"公言报"一种，连消遣的材料都没有了。至于学校里朋友的交际和通信，是一律在禁止之列。颖石生性本来是活泼的，加以这些日子，在学校内很是自由，忽然关在家内，便觉得非常的不惯，背地里咳声叹气。闷来便拿起笔乱写些白话文章，写完又不敢留着，便又自己撕了，撕了又写，天天这样。颖铭是一个沉默的人，也不显出失意的样子，每天临几张字帖，读几遍唐诗，自己在小院子里，浇花种竹，率性连外面的事情，不闻不问起来。有时他们也和几个姨娘一处打牌，但是他们所最以为快乐的事情，便是和姊姊颖贞，三人在一块儿，谈话解闷。

化卿的气，也渐渐的平了，看见他们三人，这些日子，倒是很循规蹈矩的，心中便也喜欢；无形中便把限制的条件，松了一点。

有一天，颖铭替父亲去应酬一个饭局，回来便悄悄的对颖贞说："姊姊，今天我在道上，遇见我们学校干事部里的几个同学，都骑着自行车，带着几卷的印刷物，在街上走。我奇怪他们为何都来到天津，想是请愿团中也有他们，当下也不及打个招呼，汽车便走过去了。"颖石听了便说："他们为什么不来这里，告诉我们一点学校里的消息？想是以为我们现在不热心了，便不理我们了，唉，真是委屈！”说着觉得十分激切。颖贞微笑道：“这事我却不赞成。”颖石便问道：“为什么不赞成？”颖贞道：“外交内政的问题，先不必说。看他们请愿的条件，那一条是办得到的？就是都办得到，政府也决然不肯应许，恐怕启学生干政之渐。这样日久天长的做下去，不过多住几回警察厅，并且两方面都用柔软的办法，回数多了，也都觉得无意思，不但没有结果，也不能下台。我劝你们秋季上学以后，还是做一点切实的事情，颖铭，你看怎样？”颖铭点一点头，也不说什么。颖石本来没有成见，便也赞成兄姊的意思。

一个礼拜以后，南京学堂来了一封公函，报告开学的日期。弟兄二人，都喜欢得吃不下饭去，都催着颖贞去和父亲要了学费，便好动身。颖贞去说时，化卿却道：“不必去了，现在这风潮还没有平息，将来还要捣乱，我已经把他两个人都补了办事员，先做几年事，定一定性子。求学一节，日后再议罢！”颖贞呆了一呆，便说：“他们的学问和阅历，都还不够办事的资格，倘若……”化卿摇头道：“不要紧的，那里便用得着他们去办事？就是办事上有一差二错，有我在还怕甚么！”颖贞知道难以进言，坐了一会，便出来了。

走到院子里，心中很是游移不决，恐怕他们听见了，一定要难受。正要转身进来，只见刘贵在院门口，探了一探头，便走近前说：“大少爷说，叫我看小姐出来了，便请过那院去。”颖贞只得过来。颖石迎着姊姊，伸手道：“钞票呢？”颖贞微微的笑了一笑，一面走进屋里坐下，慢慢的一五一十都告诉了。兄弟二人听完了，都半天说不出话来。过了一会，颖石忍不住哭倒在床上道：“难道我们连求学的希望都绝了么？”颖铭眼圈也红了，便站起来，在屋里走了几转，仍旧坐下。颖贞也想不出甚么安慰的话来，坐了半天，便默默的出来，心中非常的难过，只得自己在屋里弹琴散闷。等到黄昏，还不见他们出来，便悄悄的走到他们院里，从窗外往里看时；颖石蒙着头，在床上躺着，想是睡着了。颖铭斜倚在一张藤椅上，手里拿着一本唐诗，心不在焉的只管往下吟哦。到了“出门搔白首，若负平生志，冠盖满京华，斯人独憔悴……”似乎有了感触，便来回的念了几遍。颖贞便不进去，自己又悄悄的回来，走到小院的门口，还听见颖铭低徊欲绝的吟道：“……满京华，斯人独憔悴！”

（选自卓如编《冰心全集》第1卷，海峡文艺出版社1999年版）

## 【背景资料】

本篇小说最初发表于1919年的《新潮》杂志上。它和冰心的另外两个短篇小说《两个家庭》、《去国》一起正式开创了“问题小说”的创作风气。冰心创作“问题小说”的时间最长，从1919年持续到1925年。她创作的数量也最多，共有20多篇，在当时的影响极大。冰心在谈到自己的创作动因时说：“我从书报（主要是《新青年》、《新潮》、《改造》等十几种新杂志）上，知道了杜威和罗素，也知道了托尔斯泰和泰戈尔。这时我才懂得小说里是有哲学的，我的爱小说的心情，又显著地浮现了。”“我酝酿了些时，写了一篇小说《两个家庭》……我一口气又做了下去，那时几乎每周都有出品，而且多半是问题小说，如《斯人独憔悴》、《去国》、《庄鸿的姊姊》之类。”①

## 【主题意蕴】

小说以“五四”运动为背景，写了颖铭、颖石两兄弟参加抗议政府的活动被顽固的父亲禁锢，并被剥夺继续上学权利的故事，表现了他们在父亲的高压下不能参加学生运动的苦闷，反映了具有一定时代意义的父子冲突。小说的创作符合“问题小说”的特色：作家只是提出了父子之间存在矛盾，青年人无法冲破家庭牢笼这些问题，却没有也没有能力提供解决这些问题的答案，所以结尾处颖铭兄弟只能无聊地打发时间或者是通过念诗来抒发心中的郁闷。

## 【艺术特色】

这篇小说敏锐地捕捉到时代的脉搏，透露出鲜明的时代气息，显示了冰心从小处——家庭这个窗口透视社会现实问题的独特手段。人物形象的塑造真实，既塑造出那个时代积极参加社会活动、不怕牺牲流血但是却慑于父辈压制的青年人的形象，同时也塑造出化卿这个专断、冷酷、自以为是、否认孩子独立存在的父辈形象。在人物形象的塑造上，采用一种对比的手法：颖铭、颖石的家里、家外的不同表现，父子之间对待社会的不同看法。作品的环境描写和人物形象相配合，颖铭、颖石所处的家庭状况、腐朽气氛是不容许他们反抗社会的。

## 【经典评论】

**茅盾认为**：“冰心最初的作品例如选在这里的《斯人独憔悴》，是‘问题小说’。冰心小说集共收二十八篇，大部分作于一九一九到一九二三年，而且大部分即使不是很显明的‘问题小说’，也是把‘人生究竟是什么’在研究探索的。”

——《中国新文学大系·小说二集·导言》，上海良友图书印刷公司 1935 年版

## 【思考练习】

1. 你如何看待颖铭、颖石两个兄弟？他们的悲剧性根源是什么？

2. 谈谈作家是从哪些方面塑造化卿这个人物的。

3. 联系现代文学史上其他反映父子冲突的作品，给颖铭、颖石两个兄弟设想一些出路。

---

① 冰心：《冰心全集自序》，《冰心散文选集》，百花文艺出版社 1992 年版，第 199 页。

# 许地山

## 命命鸟

敏明坐在席上，手里拿着一本《八大人觉经》，流水似的念着。她底席在东边的窗下，早晨底日光射在她脸上，照得她底身体全然变成黄金的颜色。她不理会日光晒着她，却不歇地抬头去瞧壁上底时计，好像等什么人来似的。

那所屋子是佛教青年会底法轮学校。地上满铺了日本花席，八九张矮小的几子横在两边的窗下。壁上挂的都是释迦应化的事迹，当中悬着一个卍字徽章和一个时计。一进门就知那是佛教底经堂。

敏明那天来得早一点，所以屋里还没有人。她把各样功课念过几遍，瞧壁上底时计正指着六点一刻。她用手挡住眉头，望着窗外低声地说："这时候还不来上学，莫不是还没有起床？"

敏明所等的是一位男同学加陵。他们是七八年的老同学，年纪也是一般大。他们底感情非常地好，就是新来的同学也可以瞧得出来。

"铿铛……铿铛……"一辆电车循着铁轨从北而来，驶到学校门口停了一会。一个十五六岁的美男子从车上跳下来。他底头上包着一条苹果绿的丝巾；上身穿着一件雪白的短褂；下身围着一条紫色的丝裙；脚下踏着一双芒鞋，俨然是一位缅甸底世家子弟。这男子走进院里，脚下底芒鞋拖得拍答拍答地响。那声音传到屋里，好像告诉敏明说："加陵来了！"

敏明早已瞧见他，等他走近窗下，就含笑对他说："哼哼，加陵！请你的早安。你来得算早，现在才六点一刻咧。"加陵回答说："你不要讥诮我，我还以为我是第一早的。"他一面说一面把芒鞋脱掉，放在门边，赤着脚走到敏明跟前坐下。

加陵说："昨晚上父亲给我说了好些故事，到十二点才让我去睡，所以早晨起得晚一点。你约我早来，到底有什么事？"敏明说："我要向你辞行。"加陵一听这话，眼睛立刻瞪起来，显出很惊讶的模样，说："什么？你要往那里去？"敏明红着眼眶回答说："我底父亲说我年纪大了，书也念够了；过几天可以跟着他专心当戏子去，不必再像从前念几天唱几天那么劳碌。我现在就要退学，后天将要跟他上普朗去。"加陵说："你愿意跟他去吗？"敏明回答说："我为什么不愿意？我家以演剧为职业是你所知道的。我父亲虽是一个很有名、很能赚钱的俳优，但这几年间他底身体渐渐软弱起来，手足有点不灵活，所以他愿意我和他一块儿排演。我在这事上很有长处，也乐得顺从他底命令。"加陵说："那么，我对于你底意思就没有挽回的余地了。”敏明说：“请你不必为这事纳闷。我们底离别必不能长久的。仰光是一所大城，我父亲和我必要常在这里演戏。有时到乡村去，也不过三两个星期就回来。这次到普朗去，也是要在那里耽搁八九天。请你放心……”

加陵听得出神，不提防外边早有五六个孩子进来，有一个顽皮的孩子跑到他们底跟前说：“请‘玫瑰’和‘蜜蜂’的早安。”他又笑着对敏明说：“‘玫瑰’花里底甘露流出来咧。”——他瞧见敏明脸上有一点泪痕，所以这样说。西边一个孩子接着说：“对呀！怪不得‘蜜蜂’舍不得离开她。”加陵起身要追那孩子，被敏明拦住。她说：“别和他们胡闹。我们还是说我们的罢。”加陵坐下，敏明就接着说：“我想你不久也得转入高等学校，盼望你在念书的时候要忘了我，在休息的时候要记念我。”加陵说：“我决不会把你忘了。你若是过十天不回来，或者我会到普朗去找你。”敏明说：“不必如此。我过几天准能回来。”

说的时候，一位三十多岁的教师由南边的门进来。孩子们都起立向他行礼。教师蹲在席上，回头向加陵说：“加陵，昙摩蜱和尚叫你早晨和他出去乞食。现在六点半了，你快去罢。”加陵听了这话，立刻走到门边，把芒鞋放在屋角的架上，随手拿了一把油伞就要出门。教师对他说：“九点钟就得回来。”加陵答应一声就去了。

加陵回来，敏明已经不在她底席上。加陵心里很是难过，脸上却不露出什么不安的颜色。他坐在席上，仍然念他底书。晌午的时候，那位教师说：“加陵，早晨你走得累了，下午给你半天假。”加陵一面谢过教师，一面检点他底文具，慢慢地走回家去。

加陵回到家里，他父亲婆多瓦底正在屋里嚼槟榔。一见加陵进来，忙把沫红唾出，问道：“下午放假么？”加陵说：“不是，是先生给我的假，因为早晨我跟昙摩蜱和尚出去乞食，先生说我太累，所以给我半天假。”他父亲说：“哦，昙摩蜱在道上曾告诉你什么事情没有？”加陵答道：“他告诉我说：我底毕业期间快到了，他愿意我跟他当和尚去。他又说：这意思已经向父亲提过了。父亲啊，他实在向你提过这话么？”婆多瓦底说：“不错，他曾向我提过。我也很愿意你跟他去。不知道你怎样打算？”加陵说：“我现时有点不愿意。再过十五六年，或者能够从他。我想再入高等学校念书，盼望在其中可以得着一点西洋底学问。”他父亲诧异说：“西洋底学问！啊！我底儿，你想差了。西洋底学问不是好东西，是毒药哟。你若是有了那种学问，你就要藐视佛法了。你试瞧瞧在这里的西洋人，多半是干些杀人的勾当，做些损人利己的买卖，和开些诽谤佛法的学校。什么圣保罗因斯提丢啦、圣约翰海斯苦尔啦，没有一间不是诽谤佛法的。我说你要求西洋底学问会发生危险就在这里。”加陵说：“诽谤与否，在乎自己，并不在乎外人底煽惑。若是父亲许我入圣约翰海斯苦尔，我准保能持守得住，不会受他们底诱惑。”婆多瓦底说："我是很爱你的，你要做的事情，若是没有什么妨害，我一定允许你。要记得昨晚上我和你说的话。我一想起当日你叔叔和你底白象主（缅甸王尊号）提婆底事，就不由得我不恨西洋人。我最沉痛的是他们在蛮得勒将白象主掳去；又在瑞大光塔设驻防营。瑞大光塔是我们底圣地，他们竟然叫些行凶的人在那里住，岂不是把我们底戒律打破了吗？……我盼望你不要入他们底学校，还是清清净净去当沙门。一则可以为白象主忏悔；二则可以为你底父母积福；三则为你将来往生极乐的预备。出家能得这几种好处，总比西洋底学问强得多。"加陵说："出家修行，我也很愿意。但无论如何，现在决不能办。不如一面入学，一面跟着昙摩蜱学些经典。"婆多瓦底知道劝不过来，就说："你既是决意要入别的学校，我也无可奈何。我很喜欢你跟昙摩蜱学习经典。你毕业后就转入仰光高等学校罢，那学校对于缅甸底风俗比较保存一点。"加陵说："那么，我明天就去告诉昙摩蜱和法轮学校底教师。"婆多瓦底说："也好。今天的天气很清爽，下午你又没有功课，不如在午饭后一块儿到湖里逛逛。你就叫他们开饭罢。"婆多瓦底说完，就进卧房换衣服去了。

原来加陵住的地方离绿绮湖不远。绿绮湖是仰光第一大、第一好的公园，缅甸人叫他做干多支；"绿绮"的名字是英国人替它起的。湖边满是热带植物。那些树木底颜色、形态，都是很美丽，很奇异。湖边远远望见瑞大光，那塔底金色光衬着湖边的椰树、蒲葵，直像王后站在水边，后面有几个宫女持着羽葆随着她一样。此外好的景致，随处都是。不论什么人，一到那里，心中的忧郁立刻消灭。加陵那天和父亲到那里去，能得许多愉快是不消说的。

过了三个月，加陵已经入了仰光高等学校。他在学校里常常思念他最爱的朋友敏明。但敏明自从那天早晨一别，老是没有消息。有一天，加陵回家，一进门仆人就递封信给他。拆开看时，却是敏明底信。加陵才知道敏明早已回来，他等不得见父亲底面，翻身出门，直向敏明家里奔来。

敏明底家还是住在高加因路，那地方是加陵所常到的。女仆玛弥见他推门进来，忙上前迎他说："加陵君，许久不见啊！我们姑娘前天才回来的。你来得正好，待我进去告诉她。"她说完这话就速速进里边去，大声嚷道："敏明姑娘，加陵君来找你呢。快下来罢。"加陵在后面慢慢地走，待要踏入厅门，敏明已迎出来。

敏明含笑对加陵说："谁教你来的呢？这三个月不见你底信，大概因为功课忙的缘故罢？"加陵说："不错，我已经入了高等学校，每天下午还要到昙摩蜱那里……唉，好朋友，我就是有工夫，也不能写信给你。因为我抓起笔来就没了主意，不晓得要写什么才能叫你觉得我底心常常有你在里头。我想你这几个月没有信给我，也许是和我一样地犯了这种毛病。"敏明说："你猜的不错。你许久不到我屋里了，现在请你和我上去坐一会。"敏明把手搭在加陵底肩胛上，一面吩咐玛弥预备槟榔、淡巴菰和些少细点，一面携着加陵上楼。

敏明底卧室在楼西。加陵进去，瞧见里面的陈设还是和从前差不多。楼板上铺的是土耳其绒毯。窗上垂着两幅很细致的帷子。她底衾具就放在窗边。外头悬着几盆风兰。瑞大光底金光远远地从那里射来。靠北是卧榻，离地约一尺高，上面用上等的丝织物盖住。壁上悬着一幅提婆和率裴雅洛观剧的画片。还有好些绣垫散布在地上。加陵拿一个垫子到窗边，刚要坐下，那女仆已经把各样吃的东西捧上来。“你嚼槟榔啵。”敏明说完这话，随手送了一个槟榔到加陵嘴里，然后靠着她底镜台坐下。

加陵嚼过槟榔，就对敏明说：“你这次回来，技艺必定很长进；何不把你最得意的艺术演奏起来，我好领教一下。”敏明笑说：“哦，你是要瞧我演戏来的。我死也不演给你瞧。”加陵说：“有什么妨碍呢？你还怕我笑你不成？快演罢，完了咱们再谈心。”敏明说：“这几天我父亲刚刚教我一套雀翎舞，打算在涅槃节期到比古演奏，现在先演给你瞧罢。我先舞一次，等你瞧熟了，再奏乐和我。这舞蹈的谱可以借用‘达撒罗撒’，歌调借用‘恩斯民’。这两支谱，你都会吗?”加陵忙答应说：“都会，都会。”

加陵善于奏巴打拉(一种竹制的乐器，详见《大清会典图》)，他一听见敏明叫他奏乐，就立刻叫玛弥把那种乐器搬来。等到敏明舞过一次，他就跟着奏起来。

敏明两手拿住两把孔雀翎，舞得非常的娴熟。加陵所奏的巴打拉也还跟得上，舞过一会，加陵就奏起“恩斯民”底曲调；只听敏明唱道：

孔雀！孔雀！你不必赞我生得俊美，
我也不必嫌你长得丑劣。
咱们是同一个身心，
同一副手脚。
我和你永远同在一个身里住着。
我就是你啊，你就是我。
别人把咱们底身体分做两个，
是他们把自己底指头压在眼上，
所以会生出这样的错。
你不要像他们这样的眼光。
要知道我就是你啊，你就是我。

敏明唱完，又舞了一会。加陵说：“我今天才知道你底技艺精到这个地步。你所唱的也是很好。且把这歌曲底故事说给我听。”敏明说：“这曲倒没有什么故事，不过是平常的恋歌，你能把里头的意思听出来就够了。”加陵说：“那么，你这支曲是为我唱的。我也很愿意对你说：我就是你，你就是我。”

他们二人底感情几年来就渐渐浓厚。这次见面的时候，又受了那么好的感触，所以彼此底心里都承认他们求婚底机会已经成熟。

敏明愿意再帮父亲二三年才嫁，可是她没有向加陵说明。加陵起先以为敏明是一个很信佛法的女子，怕她后来要到尼庵去实行她底独身主义，所以不敢动求婚底念头。现在瞧出她底心志不在那里，他就决意回去要求婆多瓦底底同意，把她娶过来。照缅甸底风俗，子女底婚嫁本没有要求父母同意底必要。加陵很尊重他父亲底意见，所以要履行这种手续。

他们谈了半晌工夫，敏明底父亲宋志从外面进来，抬头瞧见加陵坐在窗边，就说：“加陵君，别后平安啊！”加陵忙回答他，转过身来对敏明说：“你父亲回来了。”敏明待下去，她父亲已经登楼。他们三人坐过一会，谈了几句客套，加陵就起身告辞。敏明说：“你来的时间不短，也该回去了。你且等一等，我把这些舞具收拾清楚，再陪你在街上走几步。”

宋志眼瞧着他们出门，正要到自己屋里歇一歇，恰好玛弥上楼来收拾东西。宋志就对她说：“你把那盘槟榔送到我屋里去罢。”玛弥说：“这是他们剩下的，已经残了。我再给你拿些新鲜的来。”

玛弥把槟榔送到宋志屋里，见他躺在席上，好像想什么事情似的。宋志一见玛弥进来，就起身对她说：“我瞧他们两人实在好得太厉害。若是敏明跟了他，我必要吃亏。你有什么好方法教他们二人底爱情冷淡没有？”玛弥说：“我又不是蛊师，那有好方法离间他们？我想主人你也不必想什么方法，敏明姑娘必不至于嫁他。因为他们一个是属蛇，一个是属鼠的（缅甸底生肖是算日的，礼拜四生的属鼠，礼拜六生的属蛇），就算我们肯将姑娘嫁给他，他底父亲也不愿意。”宋志说：“你说的虽然有理，但现在生肖相克的话，好些人都不注重了。倒不如请一位蛊师来，请他在二人身上施一点法术更为得计。”

印度支那间有一种人叫做蛊师，专用符咒替人家制造命运。有时叫没有爱情的男女，忽然发生爱情；有时将如胶似漆的夫妻化为仇敌。操这种职业的人以暹罗底僧侣最多，且最受人信仰。缅甸人操这种职业的也不少。宋志因为玛弥底话提醒他，第二天早晨他就出门找蛊师去了。

晌午的时候，宋志和蛊师沙龙回来。他让沙龙进自己底卧房。玛弥一见沙龙进来，木鸡似的站在一边。她想到昨天在无意之中说出蛊师，引起宋志今天的实行，实在对不起她底姑娘。她想到这里，就一直上楼去告诉敏明。

敏明正在屋里念书，听见这消息，急和玛弥下来。蹑步到屏后，倾耳听他们底谈话。只听沙龙说：“这事很容易办。你可以将她常用的贴身东西拿一两件来，我在那上头画些符，念些咒，然后给回她用，过几天就见功效。”宋志说：“恰好这里有她一条常用的领巾,是她昨天回来的时候忘记带上去的。这东西可用吗?”沙龙说:“可以的,但是能够得着……”

敏明听到这里已忍不住,一直走进去向父亲说:“阿爸,你何必摆弄我呢?我不是你底女儿吗?我和加陵没有什么意,请你放心。”宋志蓦地里瞧见他女儿进来,简直不知道要用什么话对付她。沙龙也停了半晌才说:“姑娘,我们不是谈你底事。请你放心。”敏明斥他说:“狡猾的人,你底计我已知道了。你快去办你底事罢。”宋志说:“我底儿,你今天疯了吗?你且坐下,我慢慢给你说。”

敏明那里肯依父亲底话,她一味和沙龙吵闹,弄得她父亲和沙龙很没趣。不久,沙龙垂着头走出来;宋志满面怒容蹲在床上吸烟;敏明也忿忿地上楼去了。

敏明那一晚上没有下来和父亲用饭。她想父亲终久会用蛊术离间他们,不由得心里难过。她躺在床上翻来覆去,绣枕早已被她底眼泪湿透了。

第二天早晨,她到镜台梳洗,从镜里瞧见她满面都是鲜红色,——因为绣枕褪色,印在她底脸上——不觉笑起来。她把脸上那些印迹洗掉的时候,玛弥已捧一束鲜花、一杯咖啡上来。敏明把花放在一边,一手倚着窗棂,一手拿住茶杯向窗外出神。

她定神瞧着围绕瑞大光的彩云,不理会那塔底金光向她底眼睑射来,她精神因此就十分疲乏。她心里的感想和目前的光融洽,精神上现出催眠底状态。她自己觉得在瑞大光塔顶站着,听见底下的护塔铃叮叮当当地响。她又瞧见上面那些王侯所献的宝石,个个都发出很美丽的光明。她心里喜欢得很,不歇用手去摩弄,无意中把一颗大红宝石摩掉了。她忙要俯身去捡时,那宝石已经掉在地上。她定神瞧着那空儿,要求那宝石掉下的缘故,不觉有一种更美丽的宝光从那里射出来。她心里觉得很奇怪,用手扶着金壁,低下头来要瞧瞧那空儿里头的光景。不提防那壁被她一推,渐渐向后,原来是一扇宝石的门。

那门被敏明推开之后,里面的光直射到她身上。她站在外边,望里一瞧,觉得里头的山水、树木,都是她平生所不曾见过的。她在不知不觉中,已经向前走了几十步。耳边恍惚听见有人对她说:“好啊!你回来啦。”敏明回头一看,觉得那人很熟悉。只是一时不能记出他底名字。她听见“回来”这两字,心里很是纳闷,就向那人说:“我不住在这里,为何说我回来?你是谁?我好像在那里与你会过似的。这是什么地方?”那人笑说:“哈哈!去了这些日子,连自己家乡和平日间往来的朋友也忘了。肉体底障碍真是大哟。”敏明听了这话,简直莫名其妙。又问他说:“我是谁?有那么好福气住在这里。我真是在这里住过吗?”那人回答说:“你是谁?你自己知道。若是说你不曾住过这里,我就领你到处逛一逛,瞧你认得不认得。”

敏明听见那人要领她到处去逛逛,就忙忙答应。但所见的东西,敏明一点也记不清楚,总觉得样样都是新鲜的。那人瞧见敏明那么迷糊,就对她说:“你既然记不清,待我一件一件告诉你。”

敏明和那人走过一座碧玉牌楼。两边的树罗列成行,开着很好看的花。红的、白的、紫的、黄的,各色都备。树上有些鸟声,唱得很好听。走路时,有些微风慢慢吹来,吹得各色的花瓣纷纷掉下:有些落在人底身上;有些落在地上;有些还在空中飞来飞去。敏明底头上和肩膀上也被花瓣贴满,遍体熏得很香。那人说:“这些花木都是你底老朋友;你常和它们往来。它们底花是长年开放的。”敏明说:“这真是好地方,只是我总记不起来。”

走不多远,忽然听见很好的乐音。敏明说:“谁在那边奏乐?”那人回答说:“那里有人奏乐,这里的声音都是发于自然的。你所听的是前面流水底声音。我们再走几步就可以瞧见。”进前几步果然有些泉水穿林而流。水面浮着奇异的花草,还有好些水鸟在那里游泳。敏明只认得些荷花、鸂鶒;其余都不认得。那人很不惮烦,把各样的东西都告诉她。

他们二人走过一道桥,迎面立着一片琉璃墙。敏明说:“这墙真好看,是谁在里面住?”那人说:“这里头是乔答摩宣讲法要的道场。现时正在演说,好些人物都在那里聆听法音。转过这个墙角就是正门。到的时候,我领你进去听一听。”敏明贪恋外面的风景,不愿意进去。她说:“咱们逛会儿才进去罢。”那人说:“你只会听粗陋的声音,看简略的颜色和闻污劣的香味。那更好的、更微妙的,你就不理会了。……好,我再和你走走,瞧你了悟不了悟。”

二人走到墙底尽头,还是穿入树林。他们踏着落花一直进前;树上底鸟声,叫得更好听。敏明抬起头来,忽然瞧见南边的树枝上有一对很美丽的鸟呆立在那里,丝毫的声音也不从他们底嘴里发出。敏明指着问那人说:“只只鸟儿都出声吟唱,为什么那对鸟儿不出声音呢?那是什么鸟?”那人说:“那是命命鸟。为什么不唱,我可不知道。”

敏明听见“命命鸟”三字,心里似乎有点觉悟。她注神瞧着那鸟,猛然对那人说:“那可不是我和我底好朋友加陵么,为何我们都站在那里?”那人说:“是不是,你自己觉得。”敏明抢前几步,看来还是一对呆鸟。她说:“还是一对鸟儿在那里;也许是我底眼花了。”

他们绕了几个弯,当前现出一节小溪把两边的树林隔开。对岸的花草,似乎比这边更新奇。树上底花瓣也是常常掉下来。树下有许多男女:有些躺着的,有些站着的,有些坐着的。各人在那里说说笑笑,都现出很亲密的样子。敏明说:“那边的花瓣落得更妙,人也多一点,我们一同过去逛逛罢。”那人说:“对岸可不能去。那落的叫做情尘;若是望人身上落得多了就不好。”敏明说:“我不怕。你领我过去逛逛罢。”那人见敏明一定要过去,就对她说:“你必要过那边去,我可不能陪你了。你可以自己找一道桥过去。”他说完这话就不见了。敏明回头瞧见那人不在,自己循着水边,打算找一道桥过去。但找来找去总找不着,只得站在这边瞧过去。

她瞧见那些花瓣越落越多，那班男女几乎被葬在底下。有一个男子坐在对岸的水边，身上也是满了落花。一个紫衣的女子走到他跟前说："我很爱你，你是我底命。我们是命命鸟。除你以外，我没有爱过别人。"那男子回答说："我对于你底爱情也是如此。我除了你以外不曾爱过别的女人。"紫衣女子听了，向他微笑，就离开他。走不多远，又遇着一位男子站在树下，她又向那男子说："我很爱你，你是我的命。我们是命命鸟，除你以外，我没有爱过别人。"那男子也回答说："我对于你的爱情也是如此。我除了你以外不曾爱过别的女人。"

敏明瞧见这个光景，心里因此发生了许多问题，就是：那紫衣女子为什么当面撒谎；和那两位男子底回答为什么不约而同？她回头瞧那坐在水边底男子还在那里。又有一个穿红衣的女子走到他面前，还是对他说紫衣女子所说的话。那男子底回答和从前一样，一个字也不改。敏明再瞧那紫衣女子，还是挨着次序向各个男子说话。她走远了，话语底内容虽然听不见，但她底形容老没有改变。各个男子对她也是显出同样的表情。

敏明瞧见各个女子对于各个男子所说的话都是一样；各个男子底回答也是一字不改；心里正在疑惑，忽然来了一阵狂风把对岸底花瓣刮得干干净净，那班男女立刻变成很凶恶的容貌，互相啮食起来。敏明瞧见这个光景，吓得冷汗直流。她忍不住就大声喝道："嗳呀！你们底感情真是反复无常。"

敏明手里那杯咖啡被这一喝，全都泻在她底裙上。楼下底玛弥听见楼上底喝声，也赶上来。玛弥瞧见敏明周身冷汗，扑在镜台上头，忙上前把她扶起，问道："姑娘你怎样啦？烫着了没有？"敏明醒来，不便对玛弥细说，胡乱答应几句就打发她下去。

敏明细想刚才的异象，抬头再瞧窗外底瑞大光，觉得那塔还是被彩云绕住，越显得十分美丽。她立起来，换过一条绛色的裙子，就坐在她底卧榻上头。她想起在树林里忽然瞧见命命鸟变做她和加陵那回事情，心中好像觉悟他们两个是这边的命命鸟，和对岸自称为命命鸟的不同。她自己笑着说："好在你不在那边。幸亏我不能过去。"

她自经过这一场恐慌，精神上遂起了莫大的变化。对于婚姻另有一番见解；对于加陵的态度更是不像从前。加陵一点也觉不出来，只猜她是不舒服。

自从敏明回来，加陵没有一天不来找她。近日觉得敏明底精神异常，以为自己没有向她求婚，所以不高兴。加陵觉得他自己有好些难解决的问题，不能不对敏明说。第一，是他父亲愿意他去当和尚；第二，纵使准他娶妻，敏明底生肖和他不对，顽固的父亲未必承认。现在瞧见敏明这样，不由得不把衷情吐露出来。

加陵一天早晨来到敏明家里，瞧见她底态度越发冷静，就安慰她说："好朋友，你不必忧心，日子还长呢。我在咱们底事情上头已经有了打算。父亲若是不肯，咱们最终的办法就是‘照例逃走’。你这两天是不是为这事生气呢？”敏明说：“这倒不值得生气。不过这几晚睡得迟，精神有一点疲倦罢了。”

加陵以为敏明底话是真，就把前日向父亲要求的情形说给她听。他说：“好朋友，你瞧我底父亲多么固执。他一意要我去当和尚，我前天向他说些咱们底事，他还要请人来给我说法，你说好笑不好笑？”敏明说：“什么法？”加陵说：“那天晚上，父亲把昙摩蜱请来。我以为有别的事要和他商量，谁知他叫我到跟前教训一顿。你猜他对我讲什么经呢？好些话我都忘记了。内中有一段是很有趣、很容易记的。我且念给你听：

“佛问摩邓曰：‘女爱阿难何似？’女言：‘我爱阿难眼；爱阿难鼻；爱阿难口；爱阿难耳；爱阿难声音；爱阿难行走。’佛言：‘眼中但有泪；鼻中但有洟；口中但有唾；耳中但有垢；身中但有屎尿，臭气不净。’”

“昙摩蜱说得天花乱坠，我只是偷笑。因为身体上的污秽，人人都有，那能因着这些小事，就把爱情割断呢？况且这经本来不合对我说；若是对你念，还可以解释得去。”

敏明听了加陵末了那句话，忙问道：“我是摩邓吗？怎样说对我念就可以解释得去？”加陵知道失言，忙回答说：“请你原谅，我说错了。我底意思不是说你是摩邓，是说这本经合于对女人说。”加陵本是要向敏明解嘲，不意反触犯了她。敏明听了那几句经，心里更是明白。他们两人各有各底心事，总没有尽情吐露出来。加陵坐不多会，就告辞回家去了。

涅槃节近啦。敏明底父亲直催她上比古去，加陵知道敏明明日要动身，在那晚上到她家里，为的是要给她送行。但一进门，连人影也没有。转过角门，只见玛弥在她屋里缝衣服。那时候约在八点钟底光景。

加陵问玛弥说：“姑娘呢？”玛弥抬头见是加陵，就赔笑说：“姑娘说要去找你，你反来找她。她不曾到你家去吗？她出门已有一点钟工夫了。”加陵说：“真的么？”玛弥回了一声：“我还骗你不成。”低头还是做她底活计。加陵说：“那么，我就回去等她。……你请。”

加陵知道敏明没有别处可去，她一定不会趁瑞大光底热闹。他回到家里，见敏明没来，就想着她一定和女伴到绿绮湖上乘凉。因为那夜底月亮亮得很，敏明和月亮很有缘；每到月圆的时候，她必招几个朋友到那里谈心。

加陵打定主意，就向绿绮湖去。到的时候，觉得湖里静寂得很。这几天是涅槃节期，各庙里都很热闹；绿绮湖底冷月没人来赏玩，是意中底事。加陵从爱德华第七底造像后面上了山坡，瞧见没人在那里，心里就有几分诧异。因为敏明每次必在那里坐，这回不见她，谅是没有来。

他走得很累，就在凳上坐一会。他在月影朦胧中瞧见地下有一件东西；捡起来看时，却是一条蝉翼纱的领巾。那巾底两端都绣一个吉祥海云的徽识，所以他认得是敏明的。

加陵知道敏明还在湖边，把领巾藏在袋里，就抽身去找她。他踏一弯虹桥，转到水边底乐亭，瞧没有人，又折回来。他在山丘上注神一望，瞧见西南边隐隐有个人影；忙上前去，见有几分像敏明。加陵蹑步到野蔷薇垣后面，意思是要吓她。他瞧见敏明好像是找什么东西似的，所以静静伏在那里看她要做什么。

敏明找了半天，随在乐亭旁边摘了一枝优钵昙花，走到湖边，向着瑞大光合掌礼拜。加陵见了，暗想她为什么不到瑞大光膜拜去？于是再蹑足走近湖边底蔷薇垣。那里离敏明礼拜的地方很近。

加陵恐怕再触犯她，所以不敢做声。只听她底祈祷：

女弟子敏明，稽首三世诸佛：我自万劫以来，迷失本来智性；因此堕入轮回，成女人身。现在得蒙大慈，示我三生因果。我今悔悟，誓不再恋天人，致受无量苦楚。愿我今夜得除一切障碍，转生极乐国土。愿勇猛无畏阿弥陀，俯听恳求接引我。南无阿弥陀佛。

加陵听了她这番祈祷，心里很受感动。他没有一点悲痛，竟然从蔷薇垣里跳出来，对着敏明说："好朋友，我听你刚才的祈祷，知道你厌弃这世间，要离开它。我现在也愿意和你同行。"

敏明笑道："你什么时候来的？你要和我同行，莫不你也厌世吗？"加陵说："我不厌世。因为你底原故，我愿意和你同行。我和你分不开。你到那里，我也到那里。"敏明说："不厌世，就不必跟我去。你要记得你父亲愿你做一个转法轮的能手。你现在不必跟我去，以后还有相见的日子。"加陵说："你说不厌世就不必死，这话有些不对。譬如我要到蛮得勒去，不是嫌恶仰光，不过我未到过那城，所以愿意去瞧一瞧。但有些人很厌恶仰光，他巴不得立刻离开才好。现在，你是第二类底人；我是第一类底人。为什么不让我和你同行？"敏明不料加陵会来；更不料他一下就决心要跟从她。现在听他这一番话语，知道他与自己底觉悟虽然不同，但她常感得他们二人是那世界底命命鸟，所以不甚阻止他。到这时，她才把前几天的事告诉加陵。加陵听了，心里非常的喜欢，说："有那么好的地方，为何不早告诉我？我一定离不开你了，我们一块儿去罢。"

那时月光更是明亮。树林里萤火无千无万地闪来闪去，好像那世界底人物来赴他们底喜筵一样。

加陵一手搭在敏明底肩上，一手牵着她。快到水边的时候，加陵回过脸来向敏明底唇边啜了一下。他说："好朋友，你不亲我一下么？"敏明好像不曾听见，还是直地走。

他们走入水里，好像新婚的男女携手入洞房那般自在，毫无一点畏缩。在月光水影之中，还听见加陵说："咱们是生命底旅客，现在要到那个新世界，实在叫我快乐得很。"

现在他们去了！月光还是照着他们所走的路；瑞大光远远送一点鼓乐底声音来；动物园底野兽也都为他们唱很雄壮的欢送歌；唯有那不懂人情的水，不愿意替他们守这旅行底秘密，要找机会把他们底躯壳送回来。

（原载1921年《小说月报》12卷1号）

（选自《许地山选集》上，人民文学出版社1958年版）

## 【背景资料】

许地山中学毕业后，在缅甸仰光当过几年教师，对当地的风光及风俗极为熟悉。同时，他潜心研究过佛教及基督教等，一生与宗教有着不解之缘。这部小说创作于1921年，在改版后的《小说月报》上发表，是许地山的第一篇小说。当时他已经28岁了。国难家仇及个人的经历和老成，使得他的作品既关注现实的人生又有佛教出世的思想，作品一发表就以其独特的风格和题材引起了读者的关注。

## 【主题意蕴】

通过讲述世家子弟加陵和俳优之女敏明因爱情受到属相不和观念的阻挠和双方家庭的反对，双双携手投湖自尽的故事，表现了青年人对爱情自由的热烈追求，控诉了封建观念对青年的残害，这是“五四”时期作品的主要类型。另一方面，作品写敏明在梦境中看到尘世儿女之情的虚伪和易变，遂不再留恋人间，愿意转生极乐国土，而加陵虽留恋人间，可是愿意陪敏明赴死，他们的思想及行动体现出了浓重的佛家姻缘前定和涅槃轮回的思想。

## 【艺术特色】

作品体现了浪漫主义与现实主义的结合。小说的背景在缅甸，表现出鲜明的异国情调：人物的装扮、生活的环境、习俗、思想和情感都具有缅甸佛国的特色，体现了浪漫主义的丰富想象性。同时，小说又是写实的，加陵和敏明对爱情的追求在现实中是难以被认可的。所以“浪漫主义的成分是昂扬的积极的‘五四’初期的市民意识的产物，而写实主义的成分则是‘五四’的风暴过后觉得依然满眼是平凡灰色的迷惘心理的产物”①。这部小说又有强烈的宗教传奇性。小说佛教的色彩非常浓厚。加陵和敏明学习的是佛教的经典，敏明的顿悟是受了佛教的点化，体现了宗教的传奇性并对人生的意义进行了探讨。

---

① 茅盾：《中国新文学大系·小说二集·导言》，上海良友图书印刷公司1935年版。

## 【经典评论】

**茅盾认为**:“落花生在‘五四’初期的作家中,是顶不‘回避现实’的一人……他虽然最喜欢用‘异国情调’的材料,可是他在那些小说里试要给一个他所认为‘合理’的人生观;他并没建设了什么‘理想’的象牙塔,自己躲在里面唱赞歌。不过他的人生观是多少带点怀疑论的色彩罢了。”

——《落花生论》,《文学月刊》第3卷第4期,1934年10月1日

**沈从文认为**:“许地山作品的情绪是‘近代文明’与‘古旧情绪’的糅合,他用的是中国的乐器,奏出了异国的调子,就是那调子,那声音,那永远是东方的,静的,微带厌世倾向的,柔软忧郁的调子。”

——《论地山的小说》,香港《大公报》1941年9月21日

## 【思考练习】

1. 你怎样理解敏明和加陵离开人世的选择?他们的举动是对爱情的执著,还是对宗教极乐的追求?

2. 你怎样理解小说中敏明的梦境及她的转变?

3. 加陵和敏明的性格是怎样的?他们身上体现的是外国青年的特点还是“五四”时期中国青年的特点?

# 叶绍钧

## 潘先生在难中

### 一

车站里挤满了人，各有各的心事，都现出异样的神色，脚夫的两手插在号衣的袋里，睡着一般地站着；他们知道可以得到特别收入的时间离得还远，也犯不着老早放出精神来。空气沉闷得很，人们略微感到呼吸的受压迫，大概快要下雨了。电灯亮了一歇了，仿佛比平时昏黄一点，望去好像一切的人物都在雾里梦里。

揭示处的黑漆板上标明西来的快车须迟到四点钟。这个报告在几点钟以前早就教人家看熟了，现在便同风化了的戏单一样，没有一个人再望它一眼。像这种报告，在这一个礼拜里，几乎每天每趟的行车都有：所以本来是难得的事情，大家也习以为当然了。

不知几多人心系着的来车居然到了，闷闷的一个车站就一变而为扰扰的境界。来客的安心，候客者的快意，以及脚夫的小小发财，我们且都不提。单讲一位从让里来的潘先生。他当火车没有驶进站场之先，早已调排得十分周妥：他领头，右手提着个黑漆皮包，左手牵着个七岁的孩子；七岁的孩子牵着他的哥哥（今年九岁）；哥哥又牵着他的母亲，潘师母。潘先生说人多照顾不齐，这么牵着，首尾一气，犹如一条蛇，什么地方都好钻了。他又屡次叮嘱，教大家握得紧紧，切勿放手；尚恐大家万一忘了，又屡次摇荡他的左手，意思是教把这警告打电报一般一站站递过去。

首尾一气诚然不错，可是也不能全乎没有弊端。火车将停时，所有的客人和东西都要涌向车门，潘先生一家的一条蛇是有点尾大不掉了。他用黑漆皮包做前锋，胸腹部用力向前抵，居然进展到距车门只两个窗洞的地位。但是他的七岁的孩子还在距车门四个窗洞的地方，被挤在好些客人和坐椅的中间，一动不能动；两臂一前一后，伸得很长，前后的牵引力都很大，似乎快要把臂膊拉了去的样子。他急得直喊，"阿！我的臂膊！我的臂膊！"

一些客人听见了带哭的喊声，方才知道腰下挤着个孩子；留心一看，见他们四个人一串，手联手牵着。一个客人呵斥道，"赶快放手；要不然，把孩子拉做两半了！"

“怎么弄的，孩子不抱在手里！”又一个客人鄙夷的声气自语，他一方面仍注意在攫得向前进行的机会。

“不，”潘先生心想他们的话不对的，牵着自有牵着的妙用；再转一念，妙用岂是人人能够了解的，向他们辩白，也不过徒劳唇舌，不如省些精神罢，就把以下的话咽了下去。而七岁的孩子还是“臂膊！臂膊！”喊着，潘先生前进后退都没有希望，只得自己失约先放了手。随即惊惶地发命令道，“你们看着我！你们看着我！”

车轮一顿，在轨道上立定了；车门里弹出去似的跳下许多的人。潘先生觉得前头松动了些；但是后面的力量突然增加，他的脚作不得一点主，只得向前推移；要回转头来招呼自己的队伍，也不得自由，于是对着前头的人的后脑叫喊，“你们跟着我！你们跟着我！”

他居然从车门里被弹出来了。旋转身子看，后面没有他的儿子同夫人。心知他们还挤在车中，守住车门老等总是稳当的办法。又下来了百多人，方才看见脚踏上人丛中现出七岁的孩子的上半身，承着电灯光，面目作哭泣的形相。他走前去，几次被跳下来的客人冲回，才用左臂把孩子抱了下来。再等了一歇，潘师母同九岁的孩子也下来了；她吁吁地呼着气，连喊“阿唷，阿唷”，凄然的眼光相着潘先生的脸，似乎乞求抚慰的孩子。

潘先生到底镇定，看见自己的队伍全下来了，重又发命令道，“我们仍旧同刚才这样联起来。你们看月台上的人这么多，收票处又挤得厉害，不是联着，就要走散了！”

七岁的孩子觉得害怕，拦住他的膝头说，“爸爸，抱。”

“没用的东西！”潘先生颇有点愤怒，但随即耐住，蹲下身子把孩子抱了起来。同时关照大的孩子拉着他的长衫的后幅，一手要紧紧牵着母亲，因为他自己一只手也没得空了。

潘师母向来不曾受过这样的困累，好容易下了车，却还有可怕的拥挤在前头，不禁发怨道，“早知道这样子，宁可死在家里，再也不要逃难的了！”

“悔什么！”潘先生一半发气，一半又觉得怜惜。“到了这里，懊悔也是没用。并且，性命到底安全了。走罢，当心脚下。”于是四个一串向人丛中蹒跚地移过去。

一阵的拥挤，潘先生如在梦里似的，出了收票处的隘口。他仿佛急流里的一滴水滴，没有回旋侧向的余地，只有顺着大众的势，脚不点地地走。一会儿，已经出了车站的铁栅栏，跨过了电车轨道，来到水门汀的旁路上。慌忙地回转身来，只见数不清的给电灯光耀得发白的面孔以及数不清的提箱与包裹，一齐向自己这边涌来，忽然觉得长衫后幅上的小手没有了，不知什么时候放了的；心头怅惘到不可说，只无意识地把身子乱转。转了几回，一丝影踪也没有。家破人亡之感立时袭进他的心门，禁不住渗出两滴眼泪来，望出去电灯人形都有点模糊了。

幸而抱着的孩子眼光敏锐，他瞥见母亲的疏疏的额发，便认识了，举起手来指点道，“妈妈，那边。”

潘先生一喜；但是还有点不大相信，眼睛凑近孩子的衣衫擦了擦，然后望去。搜寻了一歇，果然看见他的夫人呆鼠一般在人丛中瞎撞，前面护着那大的孩子：他们还没有跨过电车轨道呢。他便向前迎上去，连喊着“阿大，”把他们引到刚才站定的旁路上。于是放下手中的孩子，舒畅地吐一口气，一手抹着脸上的汗说，“现在好了！”的确好了，只要跨出那一道铁栅栏，就有人保着险，什么兵火焚掠都遭逢不到；而已经散失的一妻一子，又幸福得很，一寻即着：岂不是四条性命，一个皮包，都从毁灭和危难的当中捡了回来么？岂不是“现在好了？”

“黄包车！”潘先生很入调地喊着。

车夫们听见了，一齐拉着车围拢来，问他到什么地方。

他昂起一点头，似乎增加好几分威严，伸出两个指头扬着说，“只消两辆！两辆！”他想了一想，续说，“十个铜子，四马路，去的就去！”这分明表示他是个“老上海”。

辩论了好一会，终于讲定十二个铜子一辆。潘师母带着大的孩子坐一辆，潘先生带着小的孩子同黑漆皮包坐一辆。

车夫刚欲拔脚前奔，一个背枪的印度巡捕一臂在前面一横，只得缩住了。小的孩子看这个人的形相可怕，不由得回过脸来，贴着父亲的胸际。

潘先生领悟了，连忙解释道，“不要害怕，那就是印度巡捕，你看他的红包头。我们因为本地没有他，所以要逃到这里来；他背着枪保护我们。他的胡子很好玩的，你可以看一看，同罗汉的胡子一个样子。”

孩子总觉得怕，便是同罗汉一样的胡子也不想看。直到听见当当的声音，才从侧边斜睨过去，只见很亮很亮的一个房间一闪就过去了；那边一家家都是花花灿灿的，都点得亮亮；他于是不再贴着父亲的胸际。

到了四马路，一连问了八九家旅馆，都大大的写着客满的牌子；而且一望而知情商也没有用，因为客堂里都搭起床铺，可知确实是住满了。最后到一家也标着客满，但是一个伙计懒懒地开口道，“找房间么？”

“是找房间，这里还有么？”一缕安慰的心直透潘先生的周身，仿佛到了家的样子。

“有是有一间，客人刚刚搬走，他自己租了房子了。你先生若是迟来一刻，说不定就没有了。”

“那一间就是我们住好了。”他放了小的孩子，回身去扶下夫人同大的孩子来，说，“我们总算运气好，居然有房间住了！”随即付车钱，慷慨地照原价加上一个铜子；他相信运气好的时候多给人一些好处，以后好的运气会续续而来的。但是车夫偏不知足，说跟着他们回来回去的走了这多时，非加上五个铜子不可。结果旅馆里的伙计出来调停，潘先生又多破费了四个铜子。

这房间就在楼下，有一个床，一盏电灯，一桌，两椅，此外就只有烟雾一般的一间的空气了。潘先生一家跟着茶房走进去时，立刻闻到刺鼻的油腥味，中间又混着阵阵的尿臭。潘先生不快地自语道，“讨厌的气味！”随听见隔壁有食料投下油锅的声音，才知道原是一间厨房。再一思想，气味虽讨厌，究比吃枪子睡露天好多了；也就觉得没有什么，舒舒泰泰在一张椅子上坐下。

“用晚饭吧？”茶房摆下皮包回头问。

“我要吃火腿汤淘饭，”小的孩子咬着指头说。

潘师母马上对他看个白眼，凛然说，“火腿汤淘饭！是逃难呢，有得吃就好了。还要这样那样点戏！”

大的孩子也不懂看看风色，央着潘先生说，“今天到上海了，你可给我吃大菜。”

潘师母竟然发怒了，她回头呵斥道，“你们都是没有心肝的，只配什么也没得吃，活活地饿……”

潘先生有点儿窘，却作没事的样子说，“小孩子懂得什么，”便吩咐茶房道，“我们在路上吃了东西了，现在只消来两客蛋炒饭。”

茶房似答非答地一点头就走，刚出房门，潘先生又把他喊回来道，“带一斤绍兴，一毛钱熏鱼来”。

茶房的脚声听不见了，潘先生舒快地对着潘师母道，“这一刻该得乐一乐，喝一杯了。你想，从兵祸凶险的地方，来到这绝无其事的境界，第一件可乐。刚才你们忽然离开了我，找了半天找不见，真把我急得要死了；倒是阿二乖觉，（他说着，把阿二拖在身边，一手轻轻地拍着，）他一眼便看见了你，于是我迎上来：这是第二件可乐。乐哉，乐哉，陶陶酌一杯。”他作举杯就口的样子，迷迷地笑着。

潘师母不响，她正想着家里呢。细软的虽然已经带在皮包里以及寄到教堂里去了，但是留下的东西究竟还不少。不知王妈到底可靠不可靠；又不知隔壁那家穷人家曾不曾知晓他们一家统出来了，只剩个王妈在家里看守；又不知王妈睡觉时，要不要忘记关上一扇门或是一扇窗。她又想起院子里的三只母鸡，没有做完的阿二的裤子，厨房里的一碗白熬鸭……真同通了电一般，一刻之间，种种的事情都涌上心头，觉得异样地不舒服；便叹口气道，“不知弄到怎样呢！”

两个孩子都怀着失望的心情，茫昧地觉得这样的上海没有平时父母嘴里的上海来得好玩而有味。

疏疏的雨点从窗外洒进来，潘先生站起来说，“果真下雨了，幸亏在这一刻下，”就把窗关上。突然看见本来给窗子掩没的旅客须知单，他便想起一件顶紧要的事情，一眼不眨地直注着那单子看。

“不折不扣，两块！”他惊讶地喊。回转头时，眼珠瞪视着潘师母，一段舌头从嘴里伸了出来。

## 二

明天早上，走廊中茶房们正蜷在几条长凳上熟睡，狭得只有一条的天井上面很少有晨光透下来，几许房间里的电灯还是昏黄地亮着。但是潘先生夫妇两个已经在那里谈话了；两个孩子希望今天的上海或许比昨晚的好一点，也醒了一歇了，只因父母教他们再睡一会，所以还躺在床上，彼此呵痒为戏。

“我说你一定不要回去，”潘师母焦心地说。“这报纸上的话知道它靠得住靠不住的。既然千难万难地逃了出来，那有立刻又回去的道理！”

“料是我早先也料到的。顾局长的脾气就是一点不肯马虎。‘地方上又没有战事，学自然照常要开的，’这句话确然是他的声口。这个通信员我也认识，就是教育局里的职员，又那里会靠不住？回去是一定要回去的。”

“你要晓得，回去危险呢！”潘师母凄然地说，“说不定三天两天他们就会打到我们那地方去，你就回去开学，有什么学生来念书？就是不打到我们那地方，将来教育局长怪你为什么不开学时，你也有话回答。你只要问他，到底性命要紧还是学堂要紧？他也是一条性命，想来决不会对你过不去。”

“你懂得什么！”潘先生颇怀着鄙薄的意思，“这种话只配躲在家里，伏在床角里，由你这种女人去说：你道我们也说得出口的么！你切不要拦阻我，（这时候他已转为抚慰的声调，）回去是一定要回去的；但是决定没有一点危险，我自有保全自己的法子。而且，（他自喜心思的灵捷，微微笑着，）你不是很不放心家里的东西么？我回去了，就可以自己照看，你也得定心定意住在这里了。等到时局平定了，我马上来接你们回去。”

潘师母知道丈夫的回去是万无挽回的了。回去能得照看东西固然很好；但是风声这样地紧，一去之后，犹如珠子抛在海里，谁保得定必能捞回来呢！生离死别的哀感涌上她的心头，再不敢正眼看她的丈夫，眼泪早在眼角边偷偷地想跑出来了。她又立刻想起这不大吉利，现在并没有什么不好的事情，怎能凄惨地流起泪来。于是勉强忍住，聊作自慰的请求道，“那么你去看看情形，假使教育局长并没有照常开学这句话，如还来得及，你就趁了今天下午的车来，不然，趁了明天的早车来。你要知道，（她到底忍不住，一滴眼泪落在手背，立刻在衫子上擦去了，）我不放心呢！”

潘先生心里也着实有点烦乱，局长的意思照常开学，自己万无主张暂缓开学之理，回去当然是天经地义，但是又怎么放得下这里！看他夫人这样的依依之情，决计一走，未免太没有恩义。又况一个女人两个孩子都是很懦弱的，一无依傍，寄住在外边，怎能断言决没有意外？他这样想时，不禁深深地发恨：恨这人那人调兵遣将，预备作战，恨教育局长主张照常开课，又恨自己没有个已经成年，可以帮助一臂的儿子。

但是他究竟不比女人，他更从利害远近种种方面着想，觉得回去终于是天经地义。便把恼恨搁在一旁，脸上也不露一毫形色，顺着夫人的口气点头道，“假若打听明白局长并没有这意思，依你的话，就趁了下午的车来。”

两个孩子约略听得回去和再来的话，小的就伏在床沿作娇道，“我也要回去。”

“我同爸爸妈妈回去，剩下你独个住在这里，”大的孩子扮着鬼脸说。

小的听着，便迫紧喉咙喊作啼哭的腔调，小手擦着眉眼的部分，但眼睛里实在没有眼泪。

“你们都跟着妈妈留在这里，”潘先生提高了声音说，“再不许胡闹了，好好儿起来待吃早饭罢。”说罢，又嘱咐了潘师母几句，径出雇车，赶往车站。

模糊地听得行人在那里说铁路已断火车不开的话，潘先生想，“火车如果不开，倒死了我的心，就是立刻免职也只得由他了。”同时又觉得这消息很使他失望；因想他若是运气好，未必会逢到这等失望的事，那么行人的话也未必可靠。欲决此疑，只希望车夫三步并作一步跑。

他的运气诚然不坏，赶到车站一看，并没有火车不开的通告；揭示处只标明夜车要迟四点钟才到，这一刻还没有到呢。买票处绝不拥挤，时时有一两个人前去买票。聚在站中的人却不少，一半是候客的，一半是为看看来的，也有带着照相器具的，专等夜车到时摄取车站拥挤的情形，好作将来风云变幻史的一页。行李房满满地堆着箱子铺盖，各色各样，几乎碰到铅皮的屋面。

他心中似乎很安慰，又似乎有点儿怅惘，顿了一顿，终于前去买了张三等票，就走入车厢里坐着。晴明的阳光照得一车通亮，温温地不嫌燠热；座位很宽舒，就是勉强要躺躺也可以。他想，“这是难得逢到的。倘若心里没有事，真是趟愉快的旅行呢。”

这趟车一路耽搁，听候军人的命令，等待兵车的通过。直到抵达让里，已是下午三点过了。潘先生下了车，急忙赶到家，看见大门紧紧关着，心便一定，原来昨天再四叮嘱王妈的就是这一件。

扣了十几下，王妈方才把门开了。一见潘先生，出惊地说，“怎么，先生回来了！不用逃难了么？”

潘先生含糊回答了她；奔进里面四周一看，便开了房门的锁，闯进去上下左右打量着。没有变更，一点没有变更，什么都同昨天一样。于是他吊起的一半心放下来了。还有一半心没放下，便又锁上房门，回身出门；吩咐王妈道，“你照旧好好把门关上了。”

王妈摸不清头绪，关了门进去只是思索。她想主人们一定就住在本地，恐怕她也要跟了去，所以骗她说逃到上海去。“不然，怎么先生又回来了？奶奶同两个孩子不一同来，又躲在什么地方呢？但是，他们为什么不让我跟了去？这自然嫌得人多了不好。——他们一定就住在那洋人的红房子里，那些兵都讲通的，打起仗来不打那红房子。——其实就是老实告诉我，要我跟了去，我也不高兴呢。我在这里一点也不怕；如果打仗打到这里来，横竖我的老衣早做好了。”她随即想起甥女儿送她的一双绣花鞋真好看，穿了这鞋子上西方，阎王一定另眼相看；于是她感到一种微妙的舒快，不复想那主人究竟在哪里的问题。

潘先生出门，就去访那当通信员的教育局职员，问他局长究竟有没有照常开学的意思。那人回答道：“怎么没有？他还说有一些教员只顾逃难，不顾职务，这就是表示教育的事业，不配他们干的；乘此淘汰一下也是好处。”潘先生听了，仿佛觉得一凛；但又赞赏自己的有主意，决定回来到底是不错的。一口气奔到自己的学校里，提起笔来就草送给学生家属的通告。意思是说兵乱虽然可虑，子弟的教育犹如布帛菽粟，是一天一刻不可废离的，现在暑假期满，我校照常开学。从前欧洲大战的时候，他们天空里布着御防炸弹的网，下面学校里却依然在那里上课：这种非常的精神，我们应当不让他们专美于前。希望家长们能够体谅这一层意思，如无其事地依旧把子弟送来：这不但是家庭和学校的益处，实也是地方和国家的荣誉。

他起完这草，往复看了三遍，觉得再没有可以增损，局长看见了，至少也得说一声“先得我心”，便得意地誊上蜡纸，又自己动手印刷了百多张，命校役向一个个学生家里送去。公事算是完毕了，开始想到私事：既要开学，上海是去不成了，他们母子三个住在旅馆里怎么弄得下去！但也没有办法，唯有教他们一切留意，安心住着。于是蘸着刚才的残墨写寄与夫人的信。

明天，他从茶馆里得到确实的信息，铁路真个不通了！他心头突然一沉，似乎觉得最亲热的一妻两儿忽地乘风飘去，飘得很远，几至于渺茫。没精没采地踱到学校里，校役回报昨天的使命道：“昨天出去派通告，有二十多家是关上大门的，打也打不开，只好从门缝里插了进去。有三十多家只有佣人在家里，主人逃到上海去了，孩子当然跟着去，不一定几时才能回来念书。其余的都说知道了；有的又说性命还保不定安全，读书的事情再说罢。”

“哦，知道了。”潘先生并不留心在这些上边，更深的忧虑正萦绕于心曲。抽完了一支香烟以后，应走的路途决定了，便赶到红十字会分会的办事处。

他缴纳会费愿做会员；又宣言自己的学校房屋还宽阔，也愿意作为妇女收容所，到万一的时候收容妇女。这是慈善的举措，当然受热诚的欢迎，更兼潘先生本来是体面的大家知道的人物。办事处就给他红十字的旗子，好在学校门前张起来;又给他红十字的徽章,标明这是红十字会的一员。

潘先生接旗子和徽章在手,如捧着救命的神符,心头起一种神秘的快慰。“现在什么都安全了!但是……”想到这里,便笑向办事处的职员道,“多给我一面旗,几个徽章罢?”他的理由是学校还有个侧门,也得张一面旗,而徽章这东西不很大,恐怕偶尔遗失了,不如多拿几个备在那里。

办事员同他说笑话,这些东西又不好吃的,拿着玩也没什么意思,多拿几份仍旧只作一个会员,不如不要多拿罢。但是终于依他的话给了他。

两面红十字旗立刻在新秋的轻风中招展着;可是学校的侧门上并没有,原来移到潘先生家的大门上去了。一枚红十字徽章早已跳上潘先生的衣襟,闪耀着慈善庄严的光,给予潘先生一种新的勇气。其余几枚呢,潘先生重重包裹着,藏在贴身小衫的一个口袋里。他想,“一个是她的,一个是阿大的,一个是阿二的。”虽然他们离处在那渺茫难接的上海,但是仿佛给他们加保了一重稳当可靠的险,他们也就各各增加一种新的勇气。

## 三

碧庄地方两军开火了!

让里的人家很少有开门的,店铺自然更不用说,路上时时有兵士经过。他们快要开拔到前方去,觉得最高的权威附灵在自己的身上,什么东西都不在眼里,只要高兴提起脚来踏,总可踏做泥团踏做粉。这就来了拉夫的事情:恐怕被拉的人乘隙脱逃,便用长绳一个联一个缚着臂膊,几个弟兄在前,几个弟兄在后,一串一串牵着走。因此,大家对于出门这事都觉得危惧,万不得已时,也只从小巷僻路走,甚至佩有红十字徽章如潘先生之辈,也不免怀着戒心,不敢大模大样地踱来踱去。于是让里的街道见得清静且宽阔起来了。

上海的报纸好几天没有来。本地的军事机关却常常有前方的战报公布出来,无非是些“敌军大败,我军进攻若干里”的话。街头巷口贴出一张新鲜的来时,慢慢聚集,也有好些人注目看着。但大家看罢以后依然不能定心,好似这布告的背后还伏着许多的话,于是怅怅地各自散了,眉头照旧皱着。

这几天潘先生无聊极了。最难堪的,自然是妻儿的远离,而且不通消息,而且似乎有永远难通的朕兆。次之便是自身的问题,“碧庄冲过来只一百多里路,这徽章虽说有用处,可是没有人写过笔据,万一没有用,又向谁去说话?——枪子炮弹劫掠放火都是真家伙,不是耍的,到底要多打听多走门路才行。”他于是这里那里探听前方的消息,只要这消息与外间传说的不同,便觉得真实的分数越多,即根据着盘算对于自身的利害。街上如其有一个人神色仓皇急忙行走时,他便突地一惊,以为这个人一定探得确实而又可怕的消息了;只因与他不相识,

"什么!"一声就在喉际咽住了。

红十字会派人在前方办理救护的事情,常有人附着兵车回来,要打听消息自然最可靠了。潘先生虽然是个会员,却不常到办事处去探听,以为这样就对公众表示胆怯,很不好意思。然而红十字会究竟是可以得到真消息的机关,舍此他求未免有点傻,于是每天傍晚,到姓吴的办事员家里打听去。姓吴的告诉他没有什么,或者说前方抵住在那里,他才透了口气回家。

这一天傍晚,潘先生又到姓吴的家里;等了好久,姓吴的才从外面走进来。

"没有什么罢?"潘先生急切地问。"照布告上说,昨天正向对方总攻击呢。"

"不行,"姓吴的忧愁地说;但随即咽住了,捻着唇边仅有的几根二三分长的髭须。

"什么!"潘先生心头突地跳起来,周身有种拘牵不自由的感觉。

姓吴的悄悄地回答,似乎防着人家偷听了去的样子,"确实的消息,正安(距碧庄八里的一个镇)今天早上失守了!"

"啊!"潘先生发狂似的喊出来。顿了一顿,回身就走,一壁说道,"我回去了!"

路上的电灯似乎特别昏暗,背后又仿佛有人追赶着的样子,惴惴地,歪斜的急步赶到了家,叮嘱王妈道,"你关着门就可安睡,我今夜有事,不回来住了。"他看见衣橱里有件绉纱的旧棉袍,当时没有收拾在寄出去的箱子里,丢了也可惜;又有孩子的几件布夹衫,仔细看实在还可以穿穿;又有潘师母的一条旧绸裙,她不一定舍得便不要它:便胡乱包在一起,提着出门。

"车!车!福星街红房子,一毛钱。"

"那里有一毛钱的?"车夫懒懒地说。"你看这几天路上有几辆车?不是拼死寻饭吃的,早就躲起来了。随你要不要,三毛钱。"

"就是三毛钱;"潘先生迎上去,跨上脚踏坐稳了,"你也得依着我,跑得快一点!"

"潘先生,你到那里去?"一个姓黄的同业在途中瞥见了他,立定了问。

"哦,先生,到那边……"潘先生失措地回答,也不辨这是谁的声音;忽然想起回答他实是多事,——车轮滚得绝快,那个人决不至于赶上来再问,——便缩住了。

红房子里早已住满了人,大部是十天以前就搬来的,儿啼人语,灯火这边那边亮着,颇有点热闹的气象。主人翁相见之后,说"这里实在没有余屋了。但是先生的东西都寄在这里,却也不好拒绝。刚才有几位匆忙地赶来,也因不好拒绝,权且把一间做饭吃的厢房给他们安顿。现在去同他们商量,总可以多插你先生一个。"

"商量商量总可以,"潘先生到了家一般地安慰,"况且在这么的时候。我也不预备睡觉,随便坐坐就得了。”

他提着包裹跨进厢房的当儿,疑惑自己受惊太厉害了,眼睛生了翳,因而引起错觉。但是闭了一闭再张开来时,所见依然如前,这靠窗坐着,在那里同对面的人谈话,上唇翘起两笔浓须的,不就是教育局长么?

他顿时踌躇起来,已跨进去的一只脚想要缩出来,又似乎不大好。那局长也望见了他,尴尬的脸上故作笑容说,“潘先生,你来了,进来坐坐。”主人翁听了,知道他们是相识的,转身自去。

“局长先在这里了。这方便罢,再容一个人?”

“我们只三个人,当然还可以容你。我们带着席子;好在天气不很凉,可以轮流躺着歇歇。”

潘先生觉得今晚的局长特别可亲,全不同平日那副庄严的神态,便忘形地直跨进去说,“那么不客气,就要陪三位先生过一夜了。”

这厢房不很宽阔。地上铺着一张席,一个戴眼镜的中年人坐在上面,略微有疲倦的神色,但绝无欲睡的意思。锅灶等东西贴着一壁。靠窗一排摆着三只凳子,局长坐一只,头发梳得很光的二十多岁的人,局长的表弟,坐一只,一只空着。那边的墙角有一只柳条箱,三个衣包,大概就是三位先生带来的,仅仅这些,房里已没有空地了。电灯的光本来很弱,又蒙上了一层灰尘,照得房里的人物都昏黯模糊。

潘先生也把衣包摆在那边的墙角,与三位的东西合伙。回过来谦逊地坐上那只空凳子。局长给他介绍了自己的同伴,随说,“你也听到了正安的消息么?”

“是呀,正安。正安失守,碧庄未必靠得住呢。”

“大概这方面对于南路很疏忽,正安失守,便是明证。那方面从正安袭取碧庄是最便当的,说不定此刻已被他们得手了。要是这样,不堪设想!”

“要是这样,这里非糜烂不可!”

“但是,这方面的杜统帅不是庸碌无能的人,他是著名善于用兵的,大约见得到这一层,总有方法抵挡得住。也许就此反守为攻,势如破竹,直捣那方面的巢穴呢。”

“但得这样,战事便收场了,那就好了!——我们办学的就可以开起学来,照常进行。”

局长一听到办学,立刻感到自己的尊严,捻着浓须叹道,“别的不要讲,这一场战争,大大小小的学生吃亏不小呢!”他把坐在这间小厢房里的局促不舒的感觉遗忘了,仿佛堂皇地坐在教育局的办公室里。

坐在席上的中年人仰起头来含恨似的说,“那方面的朱统帅实在可恶!这方面打过去,他抵抗些什么,——他没有不终于吃败仗的。他若肯漂亮点儿让了,战事早就没有了。”

“他是傻子，”局长的表弟顺着说；“不到尽头不肯死心的。只是连累了我们，这当儿坐在这又暗又窄的房间里。”他带着玩笑的神气。

潘先生却想念起远在上海的妻儿来了。他不知他们可安好，不知他们出了什么乱子没有，不知他们此刻已经睡了不曾，抓既抓不到，想象也极模糊；因想自己的被累要算最深重了，凄然望着窗外的小院子默不作声。

“不知到底怎样呢！”他又转想到那个可怕的消息以及意料所及的危险，不自主地吐露了这一句。

“难说，”局长表示富有经验的样子说。“用兵全在趁一个机，机是刻刻变化的，也许竟不被我们所料，此刻已……所以我们……”他对着中年人一笑。

中年人，局长的表弟同潘先生三个已经领会这一笑的意味；大家想坐在这地方总不至于有什么，也各安慰地一笑。

小院子里长满了草，是蚊虫同各种小虫的安适的国土。厢房里灯光亮着，它们齐向那里飞去。四位怀着惊恐的先生就够受用了；扑头扑面的全是那些小东西，蚊虫突然一针，痛得直跳起来。又时时停语侧耳，惶惶地听外边有没有枪声或人众的喧哗。睡眠当然是无望了，只实做了局长所说的轮流躺着歇歇。

明天清晨，潘先生的眼球上添了几缕红丝；风吹过来，觉得身上很冷。他急欲知道外面的情形，独个闪出红房子的大门。路上同平时的早晨一样，街犬竖起了尾巴高兴地这头那头望，偶尔走过一两个睡眼惺忪的人。他走过去，转入又一条街，也不听见什么特别的风声。回想昨夜的匆忙情形，不禁心里好笑。但是再转一念，又觉得实在并无可笑，小心一点总比冒险好。

二十余天之后，战事停止了。大众点头自慰道，“这就好了！只要不打仗，什么都平安了！”但是潘先生还不大满意，铁路还没有通，不能就把避居上海的妻儿接回来。信是来过两封了，但简略得很，比较不看更教他想念。他又恨自己到底没有先见之明；不然，这一笔冤枉的逃难费可以省下，又免得几十天的孤单。

他知道教育局里一定要提到开学的事情了，便前去打听，跨进招待室，看见局里的几个职员在那里裁纸磨墨，像是办喜事的样子。

一个职员喊出来道，“巧得很，潘先生来了！你写得一手好颜字，这个差就请你当了罢。”

“这么大的字，非得潘先生写不可，”其余几个人附和着。

“写什么东西？我完全茫然。”

“我们这里正筹备欢迎杜统帅凯旋的事务。车站的两头要搭起对对的四个彩牌坊，让统帅的花车在中间通过。现在要写的就是牌坊上的几个字。”

“我那里配写这上边的字。”

“当仁不让，”“一致推举，”几个人一哄地说；笔杆便送到潘先生的手里。

潘先生觉得这当儿很有点滋味，接了笔便在墨盆里蘸墨汁。凝想一下，提起笔来在蜡笺上一并排写“功高岳牧”四个大字。第二张写的是“威镇东南”，又写第三张，是“德隆恩溥”——他写到“溥”字，仿佛觉得许多的影片，拉夫，开炮，烧房屋，淫妇人，菜色的男人，腐烂的死尸，在眼前一闪。

旁边看写字的一个人赞叹说，“这一句更见恳切。字也越来越好了。”

“看他对上一句什么，”又一个说。

一九二四，一一，二七

（原载1925年1月《小说月报》16卷1号）

（选自《叶圣陶文集》，人民文学出版社1958年版）

## 【背景资料】

《潘先生在难中》写于1924年，当时正是江浙军阀混战比较激烈的时期。第一次国共合作刚刚开始，而全国政治形势并不平稳，军阀依旧各据一方，人民依旧处在水深火热中。《潘先生在难中》以江浙军阀战争为时代背景，集中描写了混战中一个小学校长潘先生的逃难过程，塑造了一个在动荡时事中苟且偷安、自私自利的小市民知识分子形象。

## 【主题意蕴】

小说细腻地描写了潘先生两次逃难的全过程。战争风声很紧，他带着妻儿和一个黑皮包，从居住地逃难到上海；战争暂停时，他在报纸上看到教育局长主张照常开学，怕丢掉饭碗只身回到学校，返校后听到战火重燃便迅速逃进红十字会的房子避难。虽然战争并没有真正降临到潘先生头上，但这一系列逃而复归、归又避难的行动，充分暴露出他“临虚惊而失色，暂苟安而又喜”（茅盾语）的特征。整个逃难的过程充分体现了潘先生没有头脑、没有气节、事事为自己打算的小知识分子的劣根性。作者着笔于此，旨在暴露和揭示在国家危难的大背景下，担当社会重要角色的知识分子身上暗藏的自私、庸俗和浅薄。从这个意义上来说，小说具有深厚的文化批判色彩。

## 【艺术特色】

作者塑造人物性格的功力颇深，通过人物自身的语言和行为，生动刻画了潘先生这一典型人物的动态心理特征，将人物丰富而微妙的心理变化和情绪起伏融入到具体的情境及人物言行中。小说在描述潘先生一家逃到上海后的情景时，作者首先给我们提供了视觉上的景象，潘先生临下车前早已周妥安排好的“一条长蛇”：他在前，右手提着黑漆提包，左手牵着七岁的孩子，七岁的孩子牵着九岁的哥哥，哥哥又牵着母亲，首尾一气。接着作品从下车写到出站，顺次写到坐车、住店、吃饭，由这一系列动作，传神地揭示出潘先生时而惊惧、时而庆幸、时而忧愁、时而喜悦、时而焦躁、时而得意的心理曲线。他不断惊惧、庆幸，不断地计较得失，本就是一个自私自利的人物，但看到教育局长的命令后，俨然是教育事业为重的人，教诲老婆，撰写复学通知，反而清晰地暴露了他的虚伪和矛盾。在回到家后，他首先关心自己的房产，不顾廉耻地将红十字会的旗子挂在家门前，并厚着脸皮向红十字会索要徽章。

小说将战争的动荡和知识分子的各种反应细致严谨地刻画出来，深见作者的功力。这里没有直接描写战火，却处处可见战火，这战火从潘先生的一举一动中折射出来，与逃难者的心理浑然交织在一起。作者塑造了这样一个悲剧人物，对之进行了辛辣的嘲讽，将讽刺无声地寓于客观的描写中，人物自身的言行充分暴露了他的可笑之处。小说语言也极富特色，用语准确鲜明，庄谐结合，描写细致绵密，艺术风格鲜明。

## 【经典评论】

**杨义如此评论叶绍钧刻画人物的笔法**："他（叶绍钧）把战火和逃难者心理浑然一体地交织起来，不是孤立地写逃难，也不是静止地写心理，而是随战事的张弛，写人物的心波百折，从而深刻地展示了一个难以把握自身命运的小资产阶级知识分子仓皇、犹豫、动摇、自慰的诸多心理侧面。"

——《中国现代小说史》第1卷，人民文学出版社1993年，第324页

## 【思考练习】

1. 小说中潘先生两次逃难历程作者力图挖掘的侧重点有何不同？

2. 在现代文学作品中，叶绍钧的《潘先生在难中》是早期比较成功地描绘战争中小市民知识分子生存的小说之一，分析作品中作者采用了哪些描绘手法？

3. 作者在刻画潘先生形象时不时使用讽刺笔法，这种笔法背后蕴涵了作者怎样的文化眼光？

# 郁达夫

## 沉沦(节选)

### 五

秋天又到了。浩浩的苍空,一天一天的高起来。他的旅馆旁边的稻田,都带起黄金色来。朝夕的凉风,同刀也似的刺到人的心骨里去,大约秋冬的佳日,来也不远了。

一礼拜前的有一天午后,他拿了一本 Wordsworth 的诗集,在田塍路上逍遥漫步了半天。从那一天以后,他的循环性的忧郁症,尚未离他的身过。前几天在路上遇着的那两个女学生,常在他的脑里,不使他安静:想起那一天的事情,他还是一个人要红起脸来。

他近来无论上什么地方去,总觉得有坐立难安的样子。他上学校去的时候,觉得他的日本同学都似在那里排斥他。他的几个中国同学,也许久不去寻访了,因为去寻访了回来,他心里反觉得空虚。他的几个中国同学,怎么也不能理解他的心理。他去寻访的时候,总想得些同情回来的,然而谈了几句之后,他又不得不自悔寻访错了。有时候讲得投机,他就任了一时的热意,把他的内外的生活都讲了出来,然而到了归途,他又自悔失言,心理的责备,倒反比不去访友的时候更加厉害。他的几个中国朋友,因此都说他是染了神经病了。他听了这话之后,对了那几个中国同学,也同对日本学生一样,起了一种复仇的心。他同他的几个中国同学,一日一日的疏远起来。虽在路上,或在学校里遇见的时候,他同那几个中国同学,也不点头招呼。中国留学生开会的时候,他当然是不去出席的。因此他同他的几个同胞,竟宛然成了两家仇敌。

他的中国同学的里边,也有一个很奇怪的人:因为他自家的结婚有些道德上的罪恶,所以他专喜讲人的丑事,以掩己之不善,说他是神经病,也是这一位同学说的。

他交游离绝之后,孤冷得几乎到将死的地步,幸而他住的旅馆里,还有一个主人的女儿,可以牵引他的心,否则他真只能自杀了。他旅馆的主人的女儿,今年正是十七岁,长方的脸儿,眼睛大得很,笑起来的时候,面上有两颗笑靥,嘴里有一颗金牙看得出来,因为她的笑容是非常可爱,所以她也时常在那里笑的。

他心里虽然非常爱她,然而她送饭来或来替他铺被的时候,他总装出一种兀不可犯的样子来。他心里虽想对她讲几句话，然而一见了她，他总不能开口。她进他房里来的时候，他的呼吸竟急促到吐气不出的地步。他在她的面前实在是受苦不起了，所以近来她进他的房里来的时候，他每不得不跑出房外去。然而他思慕她的心情，却一天一天的浓厚起来。有一天礼拜六的晚上，旅馆里的学生都上N市去行乐去了。他因为经济困难，所以吃了晚饭，上西面池上去走了一回，就回来了。

回家来坐了一会，他觉得那空旷的二层楼上，只有他一个人在家。静悄悄的坐了不耐烦起来的时候，他又想跑出外面去。然而要跑出外面去，不得不由主人的房门口经过，因为主人和他女儿的房，就在大门的边上。他记得刚才进来的时候，主人和他的女儿正在那儿吃饭。他一想到经过她面前的时候的苦楚，就把跑出外面去的心思丢了。

拿出一本 G. Gissing 的小说来读了三四页之后，静寂的空气里，忽然传了几声煞煞的泼水声音过来。他静静儿的听了一听，呼吸又一霎时的急了起来，面色也涨红了。迟疑了一会，他就轻轻的开了房门，拖鞋也不拖，幽手幽脚的走下扶梯去。轻轻的开了便所的门，他尽兀自的站在便所的玻璃窗口偷看。原来他旅馆里的浴室，就在便所的间壁，从便所的玻璃窗里看去，浴室里的动静了了可见。他起初以为看一看就可以走的，然而到了一看之后，他竟同被钉子钉住的一样，动也不能动了。

那一双雪样的乳峰！

那一双肥白的大腿！

这全身的曲线！

呼气也不呼，仔仔细细的看了一会，他面上的筋肉都发起痉挛来了。愈看愈颤得厉害，他那发颤的前额部竟同玻璃窗冲击了一下。被蒸气包住的那赤裸裸的“伊扶”便发了娇声问说：

“是谁呀……”

他一声也不响，急忙跳出了便所，就三脚两步的跑上楼上去了。

他跑到了房里，面上同火烧的一样，口也干渴了。一边他自家打自家的嘴巴，一边就把他的被窝拿出来睡了。他在被窝里翻来复去，总睡不着，便立起了两耳，听起楼下的动静来。他听听泼水的声音也息了，浴室的门开了之后，他听见她的脚步声好像是走上楼来的样子。用被包着了头，他心里的耳朵明明告诉他说：

“她已经立在门外了。”

他觉得全身的血液都往上奔注的样子。心里怕得非常，羞得非常，也喜欢得非常，然而若有人问他，他无论如何，总不肯承认说，这时候他是喜欢的。

他屏住了气息，尖着了两耳听了一会，觉得门外并无动静，又故意咳嗽了一声，门外亦无声响。他正在那里疑惑的时候，忽听见她的声音，在楼下同她的父亲在那里说话。他手里捏了一把冷汗，拼命想听出她的话来，然而无论如何总听不清楚。停了一会，她的父亲高声的笑了起来，他把被蒙头的一罩，咬紧了牙齿说：

"她告诉了他了！她告诉了他了！"

这一天的晚上，他一睡也不曾睡着。第二天的早晨，天亮的时候，他就惊心吊胆的走下楼来。洗了手面，刷了牙，趁主人和他的女儿还没有起来之先，他就同逃也似的出了那个旅馆，跑到外面来。

官道上的沙尘，染了朝露，还未曾干着。太阳已经起来了。他不问皂白，一直的往东走去。远远有一个农夫，拖了一车野菜慢慢的走来。那农夫同他擦过的时候，忽然对他说：

"你早啊！"

他倒惊了一跳，那清瘦的脸上又起了一层红潮，胸前又乱跳起来，他心里想：

"难道这农夫也知道了么？"

无头无脑的跑了好久，他回转头来看看他的学校，已经远得很了。太阳也升高了。他摸摸表看，那银饼大的表也不在身边。从太阳的角度看起来，大约已经是九点钟前后的样子。他虽然觉得饥饿得很，然而无论如何，总不愿意再回到那旅馆里去，同主人和他的女儿相见。想去买些零食充一充饥，然而他摸摸自家的袋看，袋里只剩了一角二分钱在那里。他到一家乡下的杂货店内，尽那一角二分钱，买了些零碎的食物，想去寻一处无人看见的地方去吃去。走到了一处两路交叉的十字路口，他朝南一望，只见与他的去路横交的那一条自北趋南的路上，行人稀少得很。那一条路是向南斜低下去的，两面更有高壁在那里，他知道这路是从一条小山中开辟出来的。他刚才走来的那条大道，便是这山的岭脊，十字路当作了中心，与岭脊上的那条大道相交的横路，是两边低斜下去的。在十字路口迟疑了一会，他就取了那一条向南斜下的路走去。走尽了两面的高壁，他的去路就穿入大平原去，直通到彼岸的市内。平原的彼岸有一簇深林，划在碧空的心里，他心里想：

"这大约就是A神宫了。"

他走尽了两面的高壁，向左手斜面上一望，见沿高壁的那山面上有一道女墙，围住着几间茅舍，茅舍的门上悬着了"香雪海"三字的一方匾额。他离开了正路，走上几步，到那女墙的门前，顺手的向门一推，那两扇柴门竟自开了。他就随随便便的踏了进去：门内有一条曲径，自门口通过了斜面，直达到山上去的。曲径的两旁，有许多苍老的梅树种在那里，他知道这就是梅林了。顺了那一条曲径，往北的从斜面上走到山顶的时候，一片同图画似的平地，展开在他的眼前。这园自从山脚上起，跨有朝南的半山斜面，同顶上的一块平地，布置得非常幽雅。

山顶平地的西面是千仞的绝壁，与隔岸的绝壁相对峙，两壁的中间，便是他刚走过的那一条自北趋南的通路。背临着了那绝壁，有一间楼屋，几间平屋造在那里。因为这几间屋，门窗都闭在那里，他所以知道这定是为梅花开日卖酒食用的。楼屋的前面有一块草地，草地中间有几方白石，围成了一个花圈，圈子里，卧着一枝老梅。那草地的南尽头，山顶的平地正要向南斜下去的地方，有一块石碑立在那里，系记这梅林的历史的。他在碑前的草地上坐下之后，就把买来的零食拿出来吃了。

吃了之后，他兀兀的在草地上坐了一会。四面并无人声，远远的树枝上时有一声两声的鸟鸣声飞来。他仰起头来看看澄清的碧空，同那皎洁的日轮，觉得四面的树枝房屋，小草飞禽，都一样的在和平的太阳光里受大自然的化育。他那昨天晚上的犯罪的记忆，正同远海的帆影一般，不知消失到哪里去了。

这梅林的平地上和斜面上，又来又去的曲径很多。他站起来走来走去的走了一会，方晓得斜面上梅树的中间，更有一间平屋造在那里。从这一间房屋往东的走去几步，有眼古井，埋在松叶堆中。他摇摇井上的唧筒看：呷呷的响了几声，却抽不起水来。他心里想：

“这园大约只有梅花开的时候开放一下，平时总没有人住的。”

想到这里，他又自言自语的说：

“既然空在这里，我何妨去问园主人去借住借住。”

想定了主意，他就跑下山来，打算去寻园主人去。他将走到门口的时候，却好遇见一个五十来岁的农夫走进园来。他对那农夫道歉之后，就问他说：

“这园是谁的，你可知道么？”

“这园是我经管的。”

“你住在什么地方的？”

“我住在路的那面的。”

一边这样的说，一边那农民指着道路西边的一间小屋给他看。他向西一看，果然在西边的高壁尽头的地方，有一间小屋在那里。他点了点头，又问说：

“你可以把园内的那间楼屋租给我住住么？”

“可是可以的，你只一个人么？”

“我只一个人。”

“那你可不必搬来的。”

“这是什么缘故呢？”

“你们学校的学生，已经有几次搬来过了，大约都因为冷静不过，住不上十天就搬走的。”

“我可同别人不同，你但能租给我，我是不怕冷静的。”

“这样岂有不租的道理，你想什么时候搬来？”

"就是今天午后吧。"

"可以的,可以的。"

"请你替我扫一扫干净,免得搬来之后着忙。"

"可以可以,再会!"

"再会!"

## 六

搬进了山上梅园之后,他的忧郁症(hypochondria)又变起形状来了。

他同他的北京的长兄,为了一些儿细事,竟生起龃龉来。他发了一封长长的信,寄到北京,同他的长兄绝了交。

那一封信发出之后,他呆呆的在楼前草地上想了许多时候。他自家想想看,他便是世界上最不幸的人了。其实这一次的决裂,是发始于他的。同室操戈,事更甚于他姓之相争,自此之后,他恨他的长兄竟同蛇蝎一样。他被他人欺侮的时候,每把他长兄拿出来作比:

"自家的弟兄尚且如此,何况他人呢!"

他每达到这一个结论的时候,必尽把他长兄待他苛刻的事情,细细回想出来。把各种过去的事迹列举出来之后,就把他长兄判决是一个恶人,他自家是一个善人。他又把自家的好处列举出来,把他所受的苦处夸大的细数起来。他证明得自家是一个世界上最苦的人的时候,他的眼泪就同瀑布似的流下来。他在那里哭的时候,空中好像有一种柔和的声音在对他说:

"啊呀,哭的是你么?那真是冤屈了你了。像你这样的善人,受世人的那样的虐待,这可是真冤屈了你了。罢了罢了,这也是天命,你别再哭了,怕伤害了你的身体!"

他心里一听到这一种声音,就舒畅起来。他觉得悲苦的中间,也有无穷的甘味在那里。

他因为想复他长兄的仇,所以就把所学的医科丢弃了,改入文科里去。他的意思,以为医科是他长兄要他改的,仍旧改回文科,就是对他长兄宣战的一种明示。并且他由医科改入文科,在高等学校须迟卒业一年。他心里想,迟卒业一年,就是早死一岁,你若因此迟了一年,就到死可以对你长兄含一种敌意。因为他恐怕一二年之后,他们兄弟两人的感情,仍旧和好起来;所以这一次的转科,便是帮他永久敌视他长兄的一个手段。

气候渐渐儿的寒冷起来,他搬上山来之后,已经有一个月了。几日来天气阴郁,灰色的层云,天天挂在空中。寒冷的北风吹来的时候,梅林的树叶已将凋落起来。

初搬来的时候，他卖了些旧书，买了许多炊饭的器具，自家烧了一个月饭，因为天冷了，他也懒得烧了。他每天的伙食，就一切包给了山脚下的园丁家包办，他近来只同退院的闲僧一样，除了怨人骂己之外，更没有别的事了。

有一天早晨，他侵早的起来。把朝东的窗门开了之后，他看见前面的地平线上有几缕红云，在那里浮荡。东天半角，反照出一种银红的灰色。因为昨天下了一天微雨，所以他看了这清新的旭日，比平日更添了几分欢喜。他走到山的斜面上，从那古井里汲了水，洗了手面之后，觉得满身的气力，一霎时都回复转来的样子。他便跑上楼去，拿了一本黄仲则的诗集下来，一边高声朗读，一边尽在那梅林的曲径里，跑来跑去的跑圈子。不多一会，太阳起来了。

从他住的山顶向南方看去，眼下看得出一大平原。平原里的稻田都尚未收割起。金黄的谷色，以绀碧的天空作了背景，反映着一天太阳的晨光，那风景正同看密来(Millet)的田园清画一般。

他觉得自家好像已经变了几千年前的原始基督教徒的样子，对了这自然的默示，他不觉笑起自家的气量狭小起来。

“饶赦了！饶赦了！你们世人得罪于我的地方，我都饶赦了你们罢！来，你们来，都来同我讲和罢！”

手里拿着了那一本诗集，眼里浮着了两泓清泪，正对了那平原的秋色呆呆的立在那里想这些事情的时候，他忽听见他的近边，有两人在那里低声的说：

“今晚上你一定要来的哩！”

这分明是男子的声音。

“我是非常想来的，但是恐怕……”

他听了这娇滴滴的女子的声音之后，好像是被电气贯穿了的样子，觉得自家的血液循环都停止了。原来他的身边有一丛长大的苇草生在那里，他立在苇草的右面，那一对男女，大约是在苇草的左面，所以他们两个还不晓得隔着苇草，有人站在那里。那男人又说：

“你心真好，请你今晚来吧，我们到如今还没在被窝里××。”

“…………”

他忽然听见两人的嘴唇，咂咂的好像在那里吮吸的样子。他正同偷了食的野狗一样，就惊心吊胆的把身子屈倒去听了。

“你去死罢，你去死罢，你怎么会下流到这样的地步。”

他心里虽然如此的在那里痛骂自己，然而他那一双尖着的耳朵却一言半语也不愿意遗漏，用了全副精神在那里听着。

地上的落叶索息索息的响了一下。

解衣带的声音。

男人嘶嘶的吐了几口气。

舌尖吮吸的声音。

女人半轻半重,断断续续的说:

"你!……你!……你快……快××罢。……别……别……别被人……被人看见了。"

他的面色,一霎时的变了灰色了。他的眼睛同火也似的红了起来。他的上颚骨同下颚骨呷呷的发起颤来。他再也站不住了。他想跑开去,但是他的两只脚,总不听他的话。他苦闷了一场,听听两人出去了之后,就同落水的猫狗一样,回到楼上房里去,拿出被窝来睡了。

## 七

他饭也不吃,一直在被窝里睡到午后四点钟的时候才起来。那时候夕阳洒满了远近。平原的彼岸的树林里,有一带苍烟,悠悠扬扬的笼罩在那里。他踉踉跄跄的走下了山,上了那一条自北趋南的大道,穿过了那平原,无头无绪的尽是向南走去。走尽了平原,他已经到了A神宫前的电车停留处了。那时候恰好从南面有一乘电车到来,他不知不觉就跳了上去,既不知道他究竟为什么要乘电车,也不知道这电车是往什么地方去的。

走了十五六分钟,电车停了,开车的教他换车,他就换了一乘车。走了二三十分钟,电车又停了,他听见说是终点了,他就走了下来。他的面前就是筑港了。

前面一片汪洋的大海,横在午后的太阳光里,在那里微笑。朝海而南有一发青山,隐隐的浮在透明的空气里。西边是一脉长堤,直驰到海湾的心里去。堤外有一处灯台,同巨人似的立在那里。几艘空船和几只舢板,轻轻的在系着的地方浮荡。海中近岸的地方,有许多浮标,饱受了斜阳,红红的浮在那里。远处风来,带着几句单调的话声,既听不清楚是什么话,也不知道是从哪里来的。

他在岸边上走来走去走了一会,忽听见那一边传过了一阵击磬的声来。他跑过去一看,原来是为唤渡船而发的。他立了一会,看有一只小火轮从对岸过来了。跟着了一个四五十岁的工人,他也进了那只小火轮去坐下了。

渡到东岸之后,上前走了几步,他看见靠岸有一家大庄子在那里。大门开得很大,庭内的假山花草,布置得楚楚可爱。他不问是非,就踱了进去。走不上几步,他忽听得前面家中有女人的娇声叫他说:

"请进来呀!"

他不觉惊了一下,就呆呆的站住了。他心里想:

"这大约就是卖酒食的人家,但是我听见说,这样的地方,总有妓女在那里的。"

一想到这里,他的精神就抖擞起来,好像是一桶冷水浇上身来的样子。他的面色立时变了。要想进去又不能进去，要想出来又不得出来；可怜他那同兔儿似的小胆，同猿猴似的淫心，竟把他陷到一个大大的难境里去了。

“进来呀！请进来呀！”里面又娇滴滴的叫了起来，带着笑声。

“可恶东西，你们竟敢欺我胆小么？”

这样的怒了一下，他的面色更同火也似的烧了起来。咬紧了牙齿，把脚在地上轻轻的蹬了一蹬，他就捏了两个拳头向前进去，好像是对了那几个年轻的侍女宣战的样子。但是他那青一阵红一阵的面色，和他的面上微微儿在那里振动的筋肉，他总隐藏不过。他走到那几个侍女的面前的时候，几乎要同小孩似的哭出来了。

“请上来！”

“请上来！”

他硬了头皮，跟了一个十七八岁的侍女走上楼去，那时候他的精神已经有些镇静下来了。走了几步，经过一条暗暗的夹道的时候，一阵恼人的花粉香气，同日本女人特有的一种肉的香味，和头发上的香油气息合作了一处，扑上他的鼻孔里来。他立刻觉得头晕起来，眼睛里看见了几颗火星，向后面跌也似的退了一步。他再定睛一看，只见他的前面黑暗暗的中间，有一长圆形的女人的粉面，堆着了微笑在那里问他说：

“你！你还是上靠海的地方去呢，还是怎样？”

他觉得女人口里吐出来的气息，也热和和的喷上他的面来。他不知不觉把这气息深深的吸了一口。他的意识感觉到他这行为的时候，他的面色又立刻红了起来。他不得已只能含含糊糊的答应她说：

“上靠海的房间里去。”

进了一间靠海的小房间，那侍女便问他要什么菜。他就回答说：

“随便拿几样来吧。”

“酒要不要？”

“要的。”

那侍女出去之后，他就站起来推开了纸窗，从外边放了一阵空气进来。因为房里的空气沉浊得很，他刚才在夹道中闻过的那一阵女人的香味，还剩在那里，他实在是被这一阵气味压迫不过了。

一湾大海，静静的浮在他的面前。外边好像是起了微风的样子，一片一片的海浪，受了阳光的返照，同金鱼的鱼鳞似的在那里微动。他立在窗前看了一会，低声的吟了一句诗出来：

“夕阳红上海边楼。”

他向西一望，见太阳离西南的地平线只有一丈多高了。呆呆的看了一会，他的心思怎么也离不开刚才的那个侍女。她的口里的头上的面上的和身体上的那一种香味,怎么也不容他的心思去想别的东西。他才知道他想吟诗的心是假的,想女人的肉体的心是真的了。

停了一会,那侍女把酒菜搬了进来,跪坐在他的面前,亲亲热热的替他上酒。他心里想仔仔细细的看她一看,把他的心里的苦闷都告诉了她,然而他的眼睛怎么也不敢平视她一眼,他的舌根怎么也不能摇动一摇动。他不过同哑子一样,偷看着她那搁在膝上的一双纤嫩的白手,同衣缝里露出来的一条粉红的围裙角。

原来日本的妇人都不穿裤子,身上贴肉只围着一条短短的围裙。外边就是一件长袖的衣服,衣服上也没有纽扣,腰里只缚着一条一尺多宽的带子,后面结着一个方结。她们走路的时候,前面的衣服每一步一步的掀开来,所以红色的围裙,同肥白的腿肉,每能偷看。这是日本女子特别的美处,他在路上遇见女子的时候,注意的就是这些地方。他切齿的痛骂自己,畜生!狗贼!卑怯的人!也便是这个时候。

他看了那侍女的围裙角,心里便乱跳起来。愈想同她说话,他觉得愈讲不出话来。大约那侍女是看得不耐烦起来了,便轻轻的问他说:

"你府上是什么地方?"

一听了这一句话,他那清瘦苍白的面上,又起了一层红色;含含糊糊的回答了一声,他呐呐的总说不出话来。可怜他又站在断头台上了。

原来日本人轻视中国人,同我们轻视猪狗一样。日本人都叫中国人作"支那人",这"支那人"三字,在日本,比我们骂人的"贱贼"还更难听,如今在一个如花的少女前头,他不得不自认说"我是支那人"了。

"中国呀中国,你怎么不强大起来!"

他全身发起抖来,他的眼泪又快滚下来了。

那侍女看他发颤发得厉害,就想让他一个人在那里喝酒,好教他把精神安静安静,所以对他说:

"酒就快没有了,我再去拿一瓶来吧。"

停了一会,他听得那侍女的脚步声又走上楼来。他以为她是上他这里来的,所以就把衣服整了一整,姿势改了一改。但是他被她欺骗了。她原来是领了两三个另外的客人,上间壁的那一间房间里去的。那两三个客人都在那里对那侍女取笑,那侍女也娇滴滴的说:

"别胡闹了,间壁还有客人在那里。"

他听了就立刻发起怒来。他心里骂他们说:

"狗才!俗物!你们都敢来欺侮我么?复仇复仇,我总要复你们的仇。世间哪里有真心的女子!那侍女的负心东西,你竟敢把我丢了么?罢了罢了,我再也不爱女人了,我再也不爱女人了。我就爱我的祖国,我就把我的祖国当作了情人吧。"

他马上就想跑回去发愤用功。但是他的心里，却很羡慕那间壁的几个俗物。他的心里，还有一处地方在那里盼望那个侍女再回到他这里来。

他按住了怒，默默的喝干了几杯酒，觉得身上热起来。打开了窗门，他看看太阳就快要下山去了。又连饮了几杯，他觉得他面前的海景都朦胧起来。西面堤外的那灯台的黑影，长大了许多。一层茫茫的薄雾，把海天融混作了一处。在这一层混沌不明的薄纱影里，西方那将落不落的太阳，好像在那里惜别的样子。他看了一会，不知道是什么缘故，只觉得好笑。呵呵的笑了一回，他用手擦擦自家那火热的双颊，便自言自语的说：

"醉了醉了！"

那侍女果然进来了。见他红了脸，立在窗口在那里痴笑，便问他说：

"窗开了这样大，你不冷的么？"

"不冷不冷，这样好的落照，谁舍得不看呢？"

"你真是一个诗人呀！酒拿来了。"

"诗人！我本来是一个诗人。你去把纸笔拿了来，我马上写一首诗给你看看。"

那侍女出去了之后，他自家觉得奇怪起来。他心里想：

"我怎么会变了这样大胆的？"

痛饮了几杯新拿来的热酒，他更觉得快活起来，又禁不得呵呵的笑了一阵。他听见间壁房间里的那几个俗物，高声的唱起日本歌来，他也放大了嗓子唱着说：

"醉拍栏杆酒意寒，江湖寥落又冬残。剧怜鹦鹉中州骨，未拜长沙太傅官。一饭千金图报易，五噫几辈出关难。茫茫烟水回头望，也为神州泪暗弹。"

高声的念了几遍，他就在席上醉倒了。

## 八

一醉醒来，他看见自家睡在一条红绸的被里，被上有一种奇怪的香气。这一间房间也不很大，但已不是白天的那一间房间了。房中挂着一盏十烛光的电灯，枕头边上摆着了一壶茶，两只杯子。他倒了二三杯茶，喝了之后，就踉踉跄跄的走到房外去。他开了门，却好白天的那侍女也跑过来了。她问他说：

"你！你醒了么？"

他点了一点头，笑微微的回答说：

"醒了。厕所是在什么地方的？"

"我领你去吧。"

他就跟了她去。他走过日间的那道夹道的时候，电灯点得明亮得很。远近有许多歌唱的声音,三弦的声音,大笑的声音,传到他的耳朵里来。白天的情节,他都想了出来。一想到酒醉之后,他对那侍女说的那些话的时候,他觉得面上又发起烧来。

从厕所回到房里之后,他问那侍女说:

“这被是你的么?”

侍女笑着说:

“是的。”

“现在是什么时候了?”

“大约是八点四五十分的样子。”

“你去开了账来罢!”

“是。”

他付清了账,又拿了一张纸币给那侍女,他的手不觉微颤起来。那侍女说:

“我是不要的。”

他知道她是嫌少了。他的面色又涨红了,袋里摸来摸去,只有一张纸币了,他就拿了出来给她说:

“你别嫌少了,请你收了吧。”

他的手震动得更加厉害。他的话声也颤动起来了。那侍女对他看了一眼,就低声的说:

“谢谢!”

他一直的跑下了楼,套上了皮鞋,就走到外面来。

外面冷得非常,这一天,大约是旧历的初八九的样子。半轮寒月,高挂在天空的左半边。淡青的圆形天盖里,也有几点疏星,散在那里。

他在海边上走了一会,看看远岸的渔灯,同鬼火似的在那里招引他。细浪中间,映着了银色的月光,好像是山鬼的眼波,在那里开闭的样子。不知是什么道理,他忽想跳入海里去死了。

他摸摸身边看,乘电车的钱也没有了。想想白天的事情看,他又不得不痛骂自己。

“我怎么会走上那样的地方去的,我已经变了一个最下等的人了。悔也无及,悔也无及。我就在这里死了吧。我所求的爱情,大约是求不到的了。没有爱情的生涯,岂不同死灰一样么?唉,这干燥的生涯,这干燥的生涯。世上的人又都在那里仇视我,欺侮我,连我自家的亲兄弟,自家的手足,都在那里挤我出去到这世界外去。我将何以为生,我又何必生存在这多苦的世界里呢!”

想到这里,他的眼泪就连连续续的滴下来。他那灰白的面色,竟同死人没有分别了。他也不举起手来揩揩眼泪,月光射到他的面上,两条泪线倒变了叶上的朝露一样放起光来。他回转头来,看看他自家的那又瘦又长的影子,不觉心痛起来。

“可怜你这清影，跟了我二十一年，如今这大海就是你的葬身地了。我的身子，虽然被人家欺辱，我可不该累你也瘦弱到这地步的。影子呀影子，你饶了我罢！”

他向西面一看，那灯台的光，一霎变了红一霎变了绿的，在那里尽它的本职。那绿的光射到海面上的时候，海面就现出一条淡青的路来。再向西天一看，他只见西方青苍苍的天底下，有一颗明星，在那里摇动。

“那一颗摇摇不定的明星的底下，就是我的故国，也就是我的生地。我在那一颗星的底下，也曾送过十八个秋冬。我的乡土呀，我如今再不能见你的面了。”

他一边走着，一边尽在那里自伤自悼的想这些伤心的哀话。走了一会，再向那西方的明星看了一眼，他的眼泪便同骤雨似的落下来。他觉得四边的景物，都模糊起来。把眼泪揩了一下，立住了脚，长叹了一声，他便断断续续的说：

“祖国呀祖国！我的死是你害我的！

“你快富起来，强起来吧！

“你还有许多儿女在那里受苦呢！”

一九二一年五月九日改作

（原载小说集《沉沦》，一九二一年十月十五日上海泰东图书局初版）

（选自《郁达夫小说全编》，浙江文艺出版社 1989 年版）

## 【背景资料】

《沉沦》这篇小说作于 1921 年 5 月，后收在 1921 年 10 月出版的小说集《沉沦》中，这部小说集由《银灰色的死》、《南迁》和《沉沦》三篇小说组成，是郁达夫自己、也是中国现代文学史上第一部白话短篇小说集，由上海泰东书局出版，属于“创造社丛书”系列。这部小说集塑造了“零余者”的形象。在五四运动的高潮中，一大批小资产阶级青年知识分子热情地歌颂自由，追求真理和光明，但是随着“五四”的落潮，这些青年人在黑暗的现实面前无能为力，个人的爱情、前途渺茫，感到自己被社会和国家抛弃，徘徊在社会边缘，成为“零余者”。在《沉沦》中，郁达夫表现了这些“零余者”的病态性格及其苦闷心理。另外，由于作品中有很多大胆的性的和自我暴露描写，小说一发表就引起了社会轰动。当时很多人对其进行非议，是周作人站出来，指出这部作品的精神和精彩之处，才使得它被大众认可。《沉沦》是郁达夫跻身现代文坛的成名作，也是郁达夫小说的典型样式。

## 【主题意蕴】

主人公“他”是一个留学日本的青年，有着敏感的神经和孱弱的体质，又有着强烈的忧郁症。作为青年人他热烈地渴望真挚的友情和纯洁的爱情，但是“弱国子民”的身份使他得不到追求的这一切。他不甘沉沦，却又不可自拔地沉沦下去，在酒馆妓院毁掉了自己纯洁的情操，最后他跳海自杀，以洗去道德的污垢，也是以一己之死表达对现实的反抗和对祖国强盛的呼唤。小说强烈地表现出小知识分子对个性解放的追求和作为“零余者”在时代中的哀怨，也传达出一定的爱国主义和人道主义情怀，体现了五四时代精神。

## 【艺术特色】

首先，作品塑造出一个“零余者”的形象，表现了“五四”落潮后一代知识分子在理想和现实矛盾中孤独和凄惨的命运。在表现手法上，郁达夫采用了“自叙传”的体式，他认为小说都是带些自叙传色彩的。作品中的“他”在外表、性格、心理、经历等方面都有作家自己的影子。这种手法使小说能更深入表现人物的内心世界。同时，作品中有大胆的自我内心欲望和变态行为的描写，郁达夫对“他”病态的心理和对性的追求作了大胆的揭示，撕破了知识分子所谓的道德面纱，使主人公孱弱、卑琐的心理暴露无遗，显示出“人”的真相。

## 【经典评论】

**周作人评论说：**“《沉沦》是一件艺术的作品，但他是‘受戒者的文学’，而非一般人的读物……已经受过人生的密戒，有他的光与影的性的生活的人，自能从这些书里得到稀有的力。”

——《沉沦》，《晨报副镌·文艺批评》1922年3月26日

**温儒敏认为：**“郁达夫用小说的形式那么大胆地真率地写青春期的忧郁和因情欲问题引起的心理紧张，这在中国历来的文学中都是罕见的，郁达夫因此被视为敢于彻底暴露自我的作家。……他在用作诗写散文的笔法写小说，不讲求结构，语言也少锤炼，如果从小说的一般要求来衡量，似乎写得‘不到位’，但读起来又很觉随意和畅快。这种不拘形式的写法，也是郁达夫这篇小说获得成功的因素之一。”

——《关于〈沉沦〉的病态描写以及文体特征》，《中国现代文学课程学习指导》，北京大学出版社2001年版，第48~49页

## 【思考练习】

1. 结合郁达夫的小说观，谈谈他为什么常常采用“自叙传”的体式，《沉沦》这篇小说采用“自叙传”的叙事方式有何作用？

2. 你怎样看待作品主人公“他”的性格特点，这种性格怎样和爱国主义的内涵结合起来？

3. 你觉得郁达夫小说中的“零余者”形象和俄国文学作品中的“多余人”形象有何异同？

# 茅 盾

## 子夜（梗概）

1930年的5月，吴荪甫把父亲吴老太爷从动乱的乡下接到上海，吴老太爷受不了现代都市的刺激生活，一到家就一命呜呼了。在吴老太爷的葬礼上，来了很多人，有各行的民族资本家，有军人，有金融资本家，还有一些文人。他们谈论政局、军事情况，还有公债投机。在上海赫赫有名的买办金融资本家赵伯韬想借此机会拉吴荪甫做公债投机。吴荪甫一心想办实业，心怀发展民族工业的伟大抱负，但是他的工厂里工人不停地闹罢工，乡下他的双桥镇王国也有农民暴动和红军的威胁，处于这样不利的状况，他决定试一试投机。在办丧事的时候，吴荪甫还联合了其他的一些资本家通过集中资本、押款、租用等形式吞并了八个小厂，成立了益中信托公司。

由于西方经济危机的影响，军阀的混战，农村经济的凋敝，吴荪甫的工厂面临原料不足、产品滞销的困境。他一方面开除工人削减工资，另一方面又指使心腹分裂工人，消除工潮。乡下发生了农民暴动，双桥镇的投资全部落空。吴荪甫只能寄希望于工厂的生产和证券投机来挽回败局。

国民政府为了支付庞大的军政开支，大量发放公债。在公债交易所的残酷角逐中，赵伯韬控制行情，买空卖空，成了最大的赢家。一些人挖空心思想打听赵伯韬是买进还是卖出，好跟着获利。一个小地主冯云卿甚至赔上了女儿。在投机的开始，吴荪甫获了一些利，他雄心勃勃地想以自己的实力和赵伯韬较量，但是又总是落入赵伯韬的圈套。赵伯韬企图介绍自己的心腹尚仲礼做益中信托公司的总经理，被吴荪甫拒绝，赵就加紧了对吴荪甫的打击，对他进行经济封锁，挑拨他和银行业的关系。由于杜竹斋的退出，吴荪甫陷入了更大的被动，他只能再次削减工人，克扣工资。工厂里，工人的罢工更加汹涌，吴荪甫的得力助手屠维岳也孤掌难鸣，他想出的计策被争风吃醋的同行破坏，根本无法控制工人的罢工。

“五卅”纪念日的时候，上海工人开始总同盟罢工，吴荪甫的丝厂停工了，刚刚成立了两个月的益中信托公司垮了，他的公债投机也损失惨重。当他想孤注一掷集中所有资本再与赵伯韬一决雌雄时，他的姐夫杜竹斋再次倒戈，吴荪甫彻底失败了。他的妻子整日想着旧情人做着白日梦，他的弟弟成为纨绔子弟，妹妹躲在《太上感应篇》中打发青春。吴荪甫对事业、生活完全绝望了，他还想到过自杀。最后，在丁医生的提示下他连夜带着妻子林佩瑶到牯岭去“避暑”了。

## 【背景资料】

1930年4月,茅盾从日本回到上海,结束了他在日本的流亡生活。但是,到上海后,茅盾还是不能公开露面。另外,他的眼睛有疾,因此,他一边在家里休养身体,一边在上海的一些同乡故旧家中串门,一方面是为了解闷,一方面是想了解当时上海社会乃至中国社会的实际情况。在与这些同乡故旧的广泛接触中,他渐渐对当时的社会有了整体的认识。同时,20世纪30年代爆发了关于中国社会性质的论争,争论焦点在于中国的社会性质是资本主义还是半殖民地半封建。茅盾经过认真构思,决定用作品来回答这个问题,于是有了《子夜》的诞生。

## 【主题意蕴】

《子夜》是茅盾用小说来传达他对社会时代重大问题思考的成果。这部长篇小说以上海的民族工业资本家吴荪甫的奋斗历程为中心展开,真实地刻画了20世纪30年代中国民族资产阶级的两重性。一方面,吴荪甫不屈服于帝国主义的强权,和买办资产阶级的代表赵伯韬展开斗法;另一方面,他又兼并一些势力弱的同业者,并对工人和农民进行残酷压迫。除了塑造出吴荪甫这个民族资产阶级的代表外,作品还写出了围绕在吴荪甫身边的各个阶层的人物众生相,并写到了工人阶级的反抗和农民的暴动,全面呈现出30年代初期中国社会的急剧变化和时代风貌,形象地回答了30年代思想界关于中国社会性质的论战,指出了中国不可能在帝国主义侵略下走上独立发展的资本主义道路,只能越来越殖民地化。

## 【艺术特色】

首先,《子夜》成功塑造了众多的艺术形象,尤其是各类资本家的形象系列极具典型意义。在形象的塑造中,不是单一的呈现,而是把人物放在复杂激烈的社会关系及其变化中来全面展现人物丰富的性格。其中,吴荪甫的塑造最为突出。其次,作品的结构宏大,体现了茅盾对现代长篇小说结构的总体把握能力。作品采用了辐射式的结构方式,尤其是第二章,通过老太爷的葬礼让作品中几乎所有的人物登场,在人物的谈话和行动中涉及了作品中反映的所有内容。在各个章节的具体安排中,体现了张弛有度的特点。另外,作品的心理描写也很成功。茅盾在创作中努力把时代背景、社会环境与人物的心理统一起来加以表现。他既善于通过人物的动作、对话展示人物复杂的心态,又善于对人物的心理进行直接的剖析。作品中还有潜意识、幻觉和心理变态的描写,这使得《子夜》的心理描写,更加复杂细微。

## 【经典评论】

**瞿秋白认为**:《子夜》“差不多要反映中国的全社会,不过是以大都市作中心的,是1930年的两个月中间的‘片断’而相当地暗示着过去和未来的联系。这是中国第一部写实主义的成功的长篇小说。

应用真正的社会科学,在文艺上表现中国的社会关系和阶级关系,在《子夜》不能够不说是很大的成绩。

1933年在将来的文学史上,没有疑问地要记录《子夜》的出版。”

——《〈子夜〉和日货年》,《申报·自由谈》1933年4月2、3日

**吴宓认为**:“吾人所为最激赏此书者,第一,以此书乃作者著作中结构最佳之书;第二,此书写人物典型性与个性极轩豁,而环境之配置殊妙,吴荪甫之为人固最跃然如在吾人目前;第三,茅盾君之文字系一种可读可听近于口语之文学。”

——《茅盾著长篇小说〈子夜〉》,《大公报》文学副刊1933年4月10日

## 【思考练习】

1. 谈谈你对吴荪甫这个人物形象的认识。

2. 你怎样理解《子夜》的行文结构?这种结构在表现社会历史小说的宏大规模上有何意义?

3. 请谈谈《子夜》的心理描写对于塑造人物形象的作用。

# 林家铺子

## 一

林小姐这天从学校回来就撅起着小嘴唇。她掼下了书包，并不照例到镜台前梳头发搽粉，却倒在床上看着帐顶出神。小花噗的也跳上床来，挨着林小姐的腰部摩擦，咪呜咪呜地叫了两声。林小姐本能地伸手到小花头上摸了一下，随即翻一个身，把脸埋在枕头里，就叫道：

"妈呀！"

没有回答。妈的房就在间壁，妈素常疼爱这唯一的女儿，听得女儿回来就要摇摇摆摆走过来问她肚子饿不饿，妈留着好东西呢，——再不然，就差吴妈赶快去买一碗馄饨，但今天却作怪，妈的房里明明有说话的声音，并且还听得妈在打呃，却是妈连回答也没一声。

林小姐在床上又翻一个身，翘起了头，打算偷听妈和谁谈话，是那样悄悄地放低了声音。

然而听不清，只有妈的连声打呃，间歇地飘到林小姐的耳朵。忽然妈的嗓音高了一些，似乎很生气，就有几个字很听得分明：

——这也是东洋货，那也是东洋货，呃！……

林小姐猛一跳，就好像理发时候颈脖子上粘了许多短头发似的浑身都烦躁起来了。正也是为了这东洋货问题，她在学校里给人家笑骂，她回家来没好气。她一手推开了又挨到她身边来的小花，跳起来就剥下那件新制的翠绿色假毛葛驼绒旗袍来，拎在手里抖了几下，叹一口气。据说这怪好看的假毛葛和驼绒都是东洋来的，她撩开这件驼绒旗袍，从床下拖出那口小巧的牛皮箱来，赌气似的扭开了箱子盖，把箱子底朝天向床上一撒，花花绿绿的衣服和杂用品就滚满了一床。小花吃了一惊，噗的跳下床去，转一个身，却又跳在一张椅子上蹲着望住它的女主人。

林小姐的一双手在那堆衣服里抓捞了一会儿，就呆呆地站在床前出神。这许多衣服和杂用品越看越可爱，却又越看越像是东洋货呢！全都不能穿了么？可是她——舍不得，而且她的父亲也未必肯另外再制新的！林小姐忍不住眼圈儿红了。她爱这些东洋货，她又恨那些东洋人：好好儿的发兵打东三省干么呢？不然，穿了东洋货有谁来笑骂。

"呃——"

忽然房门边来了这一声。接着就是林大娘的摇摇摆摆的瘦身形。看见那乱丢了一床的衣服，又看见女儿只穿着一件绒线短衣站在床前出神，林大娘这一惊非同小可。心里愈是着急，她那个"呃"却愈是打得多，暂时竟说不出半句话。

林小姐飞跑到母亲身边，哭丧着脸说：

"妈呀！全是东洋货，明儿叫我穿什么衣服？"

林大娘摇着头只是打呃，一手扶住了女儿的肩膀，一手揉磨自己的胸脯，过了一会儿，她方才挣扎出几句话来：

"阿囡，呃，你干么脱得——呃，光落落？留心冻——呃——我这毛病，呃，生你那年起了这个病痛，呃，近来越发凶了！呃——"

"妈呀！你说明儿我穿什么衣服？我只好躲在家里不出去了，他们要笑我，骂我！"

但是林大娘不回答。她一路打呃，走到床前拣出那件驼绒旗袍来，就替女儿披在身上，又拍拍床，要她坐下。小花又挨到林小姐脚边，昂起了头，眯细着眼睛看看林大娘，又看看林小姐；然后它懒懒地靠到林小姐的脚背上，就林小姐的鞋底来磨擦它的肚皮。林小姐一脚踢开了小花，就势身子一歪，躺在床上，把脸藏在她母亲的身后。

暂时两个都没有话。母亲忙着打呃，女儿忙着盘算"明天怎样出去"；这东洋货问题不但影响到林小姐的所穿，还影响到她的所用；据说她那只常为同学们艳羡的化妆皮夹以及自动铅笔之类，也都是东洋货，而她却又爱这些小玩意儿比爱那小花更甚。

"阿囡，呃——肚子饿不饿？"

林大娘坐定了半晌以后，渐渐少打几个呃了，就又开始她日常的疼爱女儿的老功课。

"不饿。嗳，妈呀，怎么老是问我饿不饿呢，顶要紧是没有了衣服明天怎样去上学！"

林小姐撒娇说，依然那样拳曲着身体躺着，依然把脸藏在母亲背后。

自始就没弄明白为什么女儿尽嚷着没有衣服穿的林大娘现在第三次听得了这话儿，不能不再注意了，可是她那该死的打呃很不作美地又连连来了，恰在此时林先生走了进来，手里拿着一张字条儿，脸上乌霉霉地像是涂着一层灰。他看见林大娘不住地打呃，女儿躺在满床乱丢的衣服堆里，他就料到了几分，一双眉头就紧紧地皱起。他唤着女儿的名字说道：

"明秀，你的学校里有什么抗日会么？刚送来了这封信。说是明天你再穿东洋货的衣服去，他们就要烧呢——无法无天的话语，咳……"

"呃——呃——"

"真是岂有此理，那一个人身上没有东洋货，却偏偏找定了我们家来生事！那一家洋广货铺子里不是堆足了东洋货，偏是我的铺子就犯法，一定要封存！

咄！”

林先生气愤愤地又加了这几句，就颓然坐在床边的一张椅子里。

“呃，呃，救苦救难观世音，呃——”

“爸爸，我还有一件老式的棉袄，光景不是东洋货，可是穿出去人家又要笑我。”

过了一会儿，林小姐从床上坐起来说，她本来打算进一步要求父亲制一件不是东洋货的新衣，但瞧着父亲的脸色不对，便又不敢冒昧。同时，她的想象中就展开了那件旧棉袄惹人讪笑的情形，她忍不住哭起来了。

“呃，呃——啊哟！——呃，莫哭，——没有人笑你——呃，阿囡……”

“阿秀，明天不用去读书了！饭快要没得吃了，还读什么书！”

林先生懊恼地说，把手里那张字条儿扯得粉碎，一边走出房去，一边叹气跺脚。然而没多几时，林先生又匆匆地跑了回来，看着林大娘的面孔说道：

“橱门上的钥匙呢？给我！”

林大娘的脸色立刻变成灰白，瞪出了眼睛望着她的丈夫；永远不放松她的打呃忽然静定了半晌。

“没有办法，只好去斋斋那些闲神野鬼了——”

林先生顿住了，叹一口气，然后又接下去说：

“至多我花四百块。要是党部里还嫌少，我拼着不做生意，等他们来封！——我们对过的裕昌祥，进的东洋货比我多，足足有一万块钱的码子呢，也只花了五百块，就太平无事了。——五百块！算是吃了几笔倒账罢！——钥匙！咳！那一个金项圈，总可以兑成三百块……”

“呃，呃，真——好比强盗！”

林大娘摸出那钥匙来，手也颤抖了，眼泪扑簌簌地往下掉。林小姐却反不哭了，瞪着一对泪眼，呆呆地出神，她恍惚看见那个曾经到她学校里来演说而且饿狗似的钉住看她的什么委员，一个怪叫人讨厌的黑麻子，捧住了她家的金项圈在半空里跳，张开了大嘴巴笑。随后，她又恍惚看见这强盗似的黑麻子和她的父亲吵嘴，父亲被他打了……

“啊哟！”

林小姐猛然一声惊叫，就扑在她妈的身上。林大娘慌得没有工夫尽打呃，挣扎着说：

“阿囡，呃，不要哭，——过了年，你爸爸有钱，就给你制新衣服，——呃，那些狠心的强盗！都咬定我们有钱，呃，一年一年亏空，你爸爸做做肥田粉生意又上当，呃——店里全是别人的钱了。阿囡，呃，呃，我这病，活着也受罪，——呃，再过两年，你十七岁，招得个好女婿，呃，我死也放心了！——救苦救难观世音菩萨！呃——”

## 二

第二天，林先生的铺子里新换过一番布置。将近一星期不曾露脸的东洋货又都摆在最惹眼的地位了。林先生又摹仿上海大商店的办法，写了许多“大廉价照码九折”的红绿纸条，贴在玻璃窗上。这天是阴历腊月廿三，正是乡镇上洋广货店的“旺月”。不但林先生的额外支出“四百元”指望在这时候捞回来，就是林小姐的新衣服也靠托在这几天的生意好。

十点多钟，赶市的乡下人一群一群的在街上走过了。他们臂上挽着篮，或是牵着小孩子，粗声大气地一边在走，一边在谈话。他们望到了林先生的花花绿绿的铺面，都站住了。仰起着脸，老婆唤丈夫，孩子叫爹娘，啧啧地夸羡那些货物。新年快到了，孩子们希望穿一双新袜子，女人们想到家里的面盆早就用破，全家合用的一条面巾还是半年前的老家伙，肥皂又断绝了一个多月，趁这里“卖贱货”，正该买一点。林先生坐在账台上，抖擞着精神，堆起满脸的笑容，眼睛望着那些乡下人，又带睄着自己铺子里的两个伙计，两个学徒，满心希望货物出去，洋钱进来。但是这些乡下人看了一会，指指点点夸羡了一会，竟自懒洋洋地走到斜对门的裕昌祥铺面前站住了再看。林先生伸长了脖子，望到那班乡下人的背影，眼睛里冒出火来。他恨不能拉他们回来！

“呃——呃——”

坐在账台后面那道分隔铺面与“内宅”的蝴蝶门旁边的林大娘把勉强忍住了半晌的“呃”放出来。林小姐倚在她妈的身边，呆呆地望着街上不作声，心头却是卜卜地跳；她的新衣服至少已经走脱了半件。

林先生赶到柜台前睁大了妒忌的眼睛看着斜对门的同业裕昌祥。那边的四五个店员一字儿摆在柜台前，等候做买卖。但是那班乡下人没有一个走近到柜台边，他们看了一会儿，又照样的走过去了。林先生觉得心头一松，忍不住望着裕昌祥的伙计笑了一笑。这时又有七八人一队的乡下人走到林先生的铺面前，其中有一位年轻的居然上前一步，歪着头看那些挂着的洋伞。林先生猛转过脸来，一对嘴唇皮立刻嘻开了；他亲自兜揽这位意想中的顾客了：

“喂，阿弟，买洋伞么？便宜货，一只洋卖九角！看看货色去。”

一个伙计已经取下了两三把洋伞，立刻撑开了一把，热剌剌地塞到那年轻乡下人的手里，振起精神，使出夸卖的本领来：

“小当家，你看！洋缎面子，实心骨子，晴天，落雨，耐用好看！九角洋钱一顶，再便宜没有了！……那边是一只洋一顶，货色还没这等好呢，你比一比就明白。”

那年轻的乡下人拿着伞，没有主意似的张大了嘴巴。他回过头去望着一位五十多岁的老头子，又把手里的伞撷了一撷，似乎说："买一把罢？"老头子却老大着急地吆喝道：

"阿大！你昏了，想买伞！一船硬柴，一古脑儿只卖了三块多钱，你娘等着量米回去吃，那有钱来买伞！"

"货色是便宜，没有钱买！"

站在那里观望的乡下人都叹着气说，懒洋洋地都走了。那年轻的乡下人满脸涨红，摇一下头，放了伞也就要想走，这可把林先生急坏了，赶快让步问道：

"喂，喂，阿弟，你说多少钱呢？——再看看去，货色是靠得住的！"

"货色是便宜，钱不够。"

老头子一面回答，一面拉住了他的儿子，逃也似的走了。林先生苦着脸，踱回到账台里，浑身不得劲儿。他知道不是自己不会做生意，委实是乡下人太穷了，买不起九毛钱的一顶伞。他偷眼再望斜对门的裕昌祥，也还是只有人站在那里看，没有人上柜台买。裕昌祥左右邻的生泰杂货店和万甡糕饼店那就简直连看的人都没有半个。一群一群走过的乡下人都挽着篮子，但篮子里空无一物；间或有花蓝布的一包儿，看样子就知道那是米：甚至一个多月前乡下人收获的晚稻也早已被地主们和高利贷的债主们如数逼光，现在乡下人不得不一升两升的量着贵米吃。这一切，林先生都明白，他就觉得自己的一份生意至少是间接的被地主们和高利贷者剥夺去了。

时间渐渐移近正午，街上走的乡下人已经很少了，林先生的铺子就只做成了一块多钱的生意，仅仅够开销了"大廉价照码九折"的红绿纸条的广告费。林先生垂头丧气走进"内宅"去，几乎没有勇气和女儿老婆相见。林小姐含着一泡眼泪，低着头坐在屋角；林大娘在一连串的打呃中，挣扎着对丈夫说：

"花了四百块钱，——又忙了一个晚上摆设起来，呃，东洋货是准卖了，却又生意清淡，呃——阿囡的爷呀！……吴妈又要拿工钱——"

"还只半天呢！不要着急。"

林先生勉强安慰着，心里的难受，比刀割还厉害。他闷闷地踱了几步，所有推广营业的方法都想遍了，觉得都不是路。生意清淡，早已各业如此，并不是他一家呀；人们都穷了，可没有法子。但是他总还希望下午的营业能够比较好些。本镇的人家买东西大概在下午。难道他们过新年不买些东西？只要他们存心买，林先生的营业是有把握的。毕竟他的货物比别家便宜。

是这盼望使得林先生依然抖擞着精神坐在账台上守候他意想中的下午的顾客们。

这下午照例和上午显然不同：街上并没很多的人，但几乎每个人都相识，都能够叫出他们的姓名，或是他们的父亲和祖父的姓名。林先生靠在柜台上，用了异常温和的眼光迎送这些慢慢地走着谈着经过他那铺面的本镇人。他时常笑嘻嘻地迎着常有交易的人喊道：

“呵，××哥，到清风阁去吃茶么？小店里大放盘，交易点儿去！”

有时被唤着的那位居然站住了，走上柜台来，于是林先生和他的店员就要大忙而特忙，异常敏感地伺察着这位未可知的顾客的眼光，瞧见他的眼光瞥到什么货物上，就赶快拿出那种货物请他考较。林小姐站在那对蝴蝶门边看望，也常常被林先生唤出来对那位未可知的顾客叫一声“伯伯”。小学徒送上一杯便茶来，外加一枝小联珠。

在价目上，林先生也格外让步；遇到那位顾客一定要除去一毛钱左右尾数的时候，他就从店员手里拿过那算盘来算了一会儿，然后不得已似的把那尾数从算盘上拨去，一面笑嘻嘻地说：

“真不够本呢！可是老主顾，只好遵命了。请你多作成几笔生意罢！”

整个下午就是这么张罗着过去了。连现带赊，大大小小，居然也有十来注交易。林先生早已汗透棉袍。虽然是累得那么着，林先生心里却很愉快。他冷眼偷看斜对门的裕昌祥，似乎赶不上他自己铺子的“热闹”。常在那对蝴蝶门旁边看望的林小姐脸上也有些笑意，林大娘也少打几个呃了。

快到上灯时候，林先生核算这一天的“流水账”：上午是等于零，下午卖进十六元八角五分，八块钱是赊账。林先生微微一笑，但立即皱紧了眉头了；他今天的“大放盘”确是照本出卖，开销都没着落，官利更说不上。他呆了一会儿，又开了账箱，取出几本账簿来翻着打了半天算盘；账上“人欠”的数目共有一千三百余元，本镇六百多，四乡七百多；可是“欠人”的客账，单是上海的东昇字号就有八百，合计不下二千哪！林先生低声叹一口气，觉得明天以后如果生意依然没见好，那他这年关就有点难过了。他望着玻璃窗上“大放盘照码九折”的红绿纸条，心里这么想：“照今天那样当真放盘，生意总该会见好；亏本么？没有生意也是照样地要开销。只好先拉些主顾来再慢慢儿想法提高货码……要是四乡还有批发生意来，那就更好！——”

突然有一个人来打断林先生的甜蜜梦想了。这是五十多岁的一位老婆子，巍颤颤地走进店来，手里拿着一个小小的蓝布包。林先生猛抬起头来，正和那老婆子打一个照面，想躲避也躲避不及，只好走上前去招呼她道：

“朱三太，出来买过年东西么？请到里面去坐坐。——阿秀，来扶朱三太。”

林小姐早已不在那对蝴蝶门边了，没有听到。那朱三太连连摇手，就在铺面里的一张椅子上坐了，郑重地打开她的蓝布手巾包，——包里仅有一扣折子，她抖抖簌簌地双手捧了，直送到林先生的鼻子前，她的瘪嘴唇扭了几扭，正想说话，林先生早已一手接过那折子，同时抢先说道：

“我晓得了。明天送到你府上罢。”

“哦，哦；十月，十一月，十二月，一总是三个月，三三得九，是九块罢？——

明天你送来？哦，哦，不要送，让我带了去。嗯！”

朱三太扭着她的瘪嘴唇，很艰难似的说。她有三百元的“老本”存在林先生的铺子里，按月来取三块钱的利息，可是最近林先生却拖欠了三个月，原说是到了年底总付，今天是送灶日，老婆子要买送灶的东西，所以亲自上林先生的铺子来了。看她那股扭起了一对瘪嘴唇的劲儿，光景是钱不到手就一定不肯走。

林先生抓着头皮不作声。这九块钱的利息，他何尝存心白赖，只是三个月来生意清淡，每天卖得的钱仅够开伙食，付捐税，不知不觉就拖欠下来了。然而今天要是不付，这老婆子也许会就在铺面上嚷闹，那就太无脸，对于营业的前途很有影响。

“好，好，带了去罢，带了去罢！”

林先生终于斗气似的说，声音有点儿哽咽。他跑到账台里，把上下午卖得的现钱归并起来，又从腰包里掏出一个双毫，这才凑成了八块大洋，十角小洋，四十个铜子，交付了朱三太。当他看见那老婆子把这些银洋铜子郑重地数了又数，而且抖抖簌簌地放在那蓝布手巾上包了起来的时候，他忍不住叹一口气，异想天开地打算拉回几文来；他勉强笑着说：

“三阿太，你这蓝布手巾太旧了，买一块老牌麻纱白手帕去罢？我们有上好的洗脸手巾，肥皂，买一点儿去新年里用罢。价钱公道！”

“不要，不要；老太婆了，用不到。”

朱三太连连摇手说，把折子藏在衣袋里，捧着她的蓝布手巾包竟自去了。

林先生哭丧着脸，走回“内宅”去。因这朱三太的上门来讨利息，他记起还有两注存款，桥头陈老七的二百元和张寡妇的一百五十元，总共十来块钱的利息，都是“不便”拖欠的，总得先期送去。他抡着指头算日子：廿四，廿五，廿六，——到廿六，放在四乡的账头该可以收齐了，店里的寿生是前天出去收账的，极迟是廿六应该回来了；本镇的账头总得到廿八九方才有个数目。然而上海号家的收账客人说不定明后天就会到，只有再向恒源钱庄去借了。但是明天的门市怎样？……

他这么低着头一边走，一边想，猛听得女儿的声音在他耳边说：

“爸爸，你看这块大绸好么？七尺，四块二角，不贵罢？”

林先生心里蓦地一跳，站住了，睁大着眼睛，说不出话。林小姐手里托着那块绸，却在那里憨笑。四块二角！数目可真不算大，然而今天店里总共只卖得十六块多，并且是老实照本贱卖的呀！林先生怔了一会儿，方才没精打采地问道：

“你那来的钱呢？”

“挂在账上。”

林先生听得又是欠账，忍不住皱一下眉头。但女儿是自己宠惯了的，林大娘又抵死偏护着，林先生没奈何只有苦笑。过一会儿，他到底叹一口气，轻轻埋怨道：

“那么性急！过了年再买岂不是好！”

## 三

又过了两天，“大放盘”的林先生的铺子，生意果然很好，每天可以做三十多元的生意了。林大娘的打呃，大大减少，平均是五分钟来一次；林小姐在铺面和“内宅”之间跳进跳出，脸上红喷喷地时常在笑，有时竟在铺面帮忙招呼生意，直到林大娘再三唤她，方才跑进去，一边擦着额上的汗珠，一边兴冲冲地急口说：

“妈呀，又叫我进来干么！我不觉得辛苦呀！妈！爸爸累得满身是汗，嗓子也喊哑了！——刚才一个客人买了五块钱东西呢！妈！不要怕我辛苦，不要怕！爸爸叫我歇一会儿就出去呢！”

林大娘只是点头，打一个呃，就念“大慈大悲菩萨”。客堂里本就供奉着一尊瓷观音，点着一炷香，林大娘就摇摇摆摆走过去磕头，谢菩萨的保佑，还要祷请菩萨一发慈悲，保佑林先生的生意永远那么好，保佑林小姐易长易大，明年就得个好女婿。

但是在铺面张罗的林先生虽然打起精神做生意，脸上笑容不断，心里却像有几根线牵着。每逢卖进了一块钱，看见顾客欣然挟着纸包而去，林先生就忍不住心里一顿，在他心里的算盘上就加添了五分洋钱的血本的亏折。他几次想把这个“大放盘”时每块钱的实足亏折算成三分，可是无论如何，算来算去总得五分。生意虽然好，他却越卖越心疼了。在柜台上招呼主顾的时候，他这种矛盾的心理有时竟至几乎使他发晕。偶尔他偷眼望望斜对门的裕昌祥，就觉得那边闲立在柜台边的店员和掌柜嘴角上都带着讥讽的讪笑，似乎都在说：“看这姓林的傻子呀！当真亏本放盘哪！看着罢，他的生意越好，就越亏本，倒闭得越快！”那时候，林先生便咬一下嘴唇，决定明天无论如何要把货码提高，要把次等货标上头等货的价格。

给林先生斡旋那“封存东洋货”问题的商会长当走过林先生铺子的时候，也微微笑着，站住了对林先生贺喜，并且拍着林先生的肩膀，轻声说：

“如何？四百块钱花得不冤枉呢！——可是，卜局长那边，你也得稍稍点缀，防他看得眼红，也要来敲诈。生意好，妨忌的人就多；就是卜局长不生心，他们也要去挑拨呀！”

林先生谢商会长的关切，心里老大吃惊，几乎连做生意都没有精神。

然而最使他心神不宁的，是店里的寿生出去收账到现在还没回来。林先生是等着寿生收的钱来开销“客账”。上海东昇字号的收账客人前天早已到镇，直催逼得林先生再没有话语支吾了。如果寿生再不来，林先生只有向恒源钱庄借款的一法，这一来，林先生又将多负担五六十元的利息，这在见天亏本的林先生委实比割肉还心疼。

到四点钟光景，林先生忽然听得街上走过的人们乱哄哄地在议论着什么，人们的脸色都很惶急，似乎发生了什么大事情了。一心惦念着出去收账的寿生是否平安的林先生就以为一定是快班船遭了强盗抢，他的心卜卜地乱跳。他唤住了一个过路人焦急地问道：

"什么事？是不是栗市快班遭了强盗抢？"

"哦！又是强盗抢么？路上真不太平！抢，还是小事，还要绑人去哪！"

那人，有名的闲汉陆和尚，含糊地回答，同时睐着半只眼睛看林先生铺子里花花绿绿的货物。林先生不得要领，心里更急，丢开陆和尚，就去问第二个走近来的人，桥头的王三毛！

"听说栗市班遭抢，当真么？"

"那一定是太保阿书手下人干的！太保阿书是枪毙了，他的手下人多么厉害！"

王三毛一边回答，一边只顾走。可是林先生却急坏了，冷汗从额角上钻出来。他早就估量到寿生一定是今天回来，而且是从栗市——收账程序中预定的最后一处，坐快班船回来；此刻已是四点钟，不见他来，王三毛又是那样说，那还有什么疑义么？林先生竟忘记了这所谓"栗市班遭强盗抢"乃是自己的发明了！他满脸急汗，直往"内宅"跑；在那对蝴蝶门边忘记跨门槛，几乎绊了一交。

"爸爸！上海打仗了！东洋兵放炸弹烧闸北——"

林小姐大叫着跑到林先生跟前。

林先生怔了一下。什么上海打仗，原就和他不相干，但中间既然牵连着"东洋兵"，又好像不能不追问一声了。他看着女儿的很兴奋的脸孔问道：

"东洋兵放炸弹么？你从那里听来的？"

"街上走过的人全是那么说。东洋兵放大炮，掷炸弹。闸北烧光了！"

"哦，那么，有人说栗市快班遭强盗抢么？"

林小姐摇头，就像扑火的灯蛾似的扑向外面去了。林先生迟疑了一会儿，站在那蝴蝶门边抓头皮。林大娘在里面打呃，又是喃喃地祷告："菩萨保佑，炸弹不要落到我们头上来！"林先生转身再到铺子里，却见女儿和两个店员正在谈得很热闹。对门生泰杂货店里的老板金老虎也站在柜台外边指手画脚地讲谈。上海打仗，东洋飞机掷炸弹烧了闸北，上海已经罢市，全都证实了。强盗抢快班船么？没有听人说起过呀！栗市快班么？早已到了，一路平安。金老虎看见那快班船上的伙计刚刚背着两个蒲包走过的。林先生心里松一口气，知道寿生今天又没回来，但也知道好好儿的没有逢到强盗抢。

现在是满街都在议论上海的惨变了。小伙计们夹在闹里骂"东洋乌龟！"竟也有人当街大呼："再买东洋货就是忘八！"林小姐听着，脸上就飞红了一大片。林先生却还不动神色。大家都卖东洋货，并且大家花了几百块钱以后，都已经奉着特许："只要把东洋商标撕去了就行。"他现在满店的货物都已经称为"国货"，买主们也都是"国货，国货"地说着，就拿走了。在此满街人人为了上海的战事而没有心思想到生意的时候，林先生始终在筹虑他的正事。他还是不肯花重利去借庄款。他去和上海号家的收账客人情商，请他再多等这么一天两天。他的寿生极迟明天晚快边总该会到。

"林老板，你也是明白人，怎么说出这种话来呀！现在上海开了火，说不定明后天火车就不通，我是巴不得今晚上就动身呢！怎么再等一两天？请你今天把账款缴清，明天一早我好走。我也是吃人家的饭，请你照顾照顾罢！"

上海客人毫无通融地拒绝了林先生的情商。林先生看来是无可商量了，只好忍痛去到恒源钱庄上商借。他还恐怕那"钱猢狲"知道他是急用，要趁火打劫，高抬利息。谁知钱庄经理的口气却完全不对了。那痨病鬼经理听完了林先生的申请，并没作答，只管捧着他那老古董的水烟筒卜落落卜落落的呼，直到烧完一根纸吹，这才慢吞吞地说：

"不行了！东洋兵开仗，上海罢市，银行钱庄都封关，知道他们几时弄得好！上海这路一断，敝庄就成了没脚蟹，汇划不通，比尊处再好些的户头也只好不做了。对不起，实在爱莫能助！"

林先生呆了一呆，还总以为这痨病鬼经理故意刁难，无非是为提高利息作地步，正想结结实实说几句恳求的话，却不料那经理又逼进一步道：

"刚才敝东吩咐过，他得的信，这次的乱子恐怕要闹大，叫我们收紧盘子！尊处原欠五百，廿三那天，又是一百，总共是六百，年关前总得扫数归清；我们也算是老主顾，今天先透一个信，免得临时多费口舌，大家面子上难为情。"

"哦——可是小店里也实在为难。要看账头收得怎样。"

林先生呆了半晌，这才呐出这两句话。

"嘿！何必客气！宝号里这几天来的生意比众不同，区区六百块钱，还为难么？今天是同老兄说明白了，总望扫数归清，我在敝东跟前好交代。"

痨病鬼经理冷冷地说，站起来了。林先生冷了半截身子，瞧情形是万难挽回，只好硬着头皮走出了那家钱庄。他此时这才明白原来远在上海的打仗也要影响到他的小铺子了。今年的年关当真是难过：上海的收账客人立逼着要钱，恒源里不许宕过年，寿生还没回来，知道他怎样了，镇上的账头，去年只收起八成，今年瞧来连八成都捏不稳——横在他前面的路，只有一条："暂停营业，清理账目！"而这条路也就等于破产，他这铺子里早已没有自己的资本，一旦清理，剩给他的，光景只有一家三口三个光身子！

林先生愈想愈灰，走过那座望仙桥时，他看着桥下的浑水，几乎想纵身一跳完事。可是有一个人在背后唤他道：

"林先生，上海打仗了，是真的罢？听说东栅外刚刚调来了一支兵，到商会里要借饷，开口就是二万，商会里正在开会呢！"

林先生急回过脸去看，原来正是那位存有两百块钱在他铺子里的陈老七，也是林先生的一位债主。

"哦——"

林先生打一个冷噤，只回答了这一声，就赶快下桥，一口气跑回家去。

## 四

这晚上的夜饭，林大娘在家常的一荤二素以外，特又添了一个碟子，是到八仙楼买来的红焖肉，林先生心爱的东西。另外又有一斤黄酒。林小姐笑不离口，为的铺子里生意好，为的大绸新旗袍已经做成，也为的上海竟然开火，打东洋人。林大娘打呃的次数更加少了，差不多十分钟只来一回。

只有林先生心里发闷到要死。他喝着闷酒，看看女儿，又看看老婆，几次想把那炸弹似的恶消息宣布，然而终于没有那样的勇气。并且他还不曾绝望，还想挣扎，至少是还想掩饰他的两下里碰不到头。所以当商会里议决了答应借饷五千并且要林先生摊认五十元的时候，他毫不推托，就答应下来了。他决定非到最后五分钟不让老婆和女儿知道那家道困难的真实情形。他的划算是这样的：人家欠他的账收一个八成罢，他还人家的账也是个八成，——反正可以借口上海打仗，钱庄不通；为难的是人欠我欠之间尚差六百光景，那只有用剜肉补疮的方法拼命放盘卖贱货，且捞几个钱来渡过了眼前再说。这年头儿，谁能够顾到将来呢？眼前得过且过。

是这么想定了方法，又加上那一斤黄酒的力量，林先生倒酣睡了一夜，恶梦也没有半个。

第二天早上，林先生醒来时已经是六点半钟，天色很阴沉。林先生觉得有点头晕。他匆匆忙忙吞进两碗稀饭，就到铺子里，一眼就看见那位上海客人板起了脸孔在那里坐守"回话"。而尤其叫林先生猛吃一惊的，是斜对门的裕昌祥也贴起红红绿绿的纸条，也在那里"大放盘照码九折"呢！林先生昨夜想好的"如意算盘"立刻被斜对门那些红绿纸条冲一个摇摇不定。

"林老板，你真是开玩笑！昨晚上不给我回音。轮船是八点钟开，我还得转乘火车，八点钟这班船我是非走不行！请你快点——"

上海客人不耐烦地说，把一个拳头在桌子上一放。林先生只有赔不是，请他原谅，实在是因为上海打仗，钱庄不通；彼此是多年的老主顾，务请格外看承。

"那么叫我空手回去么？"

“这，这，断乎不会。我们的寿生一回来，有多少就付多少，我要是藏落半个钱不是人！”

林先生颤着声音说，努力忍住了滚到眼眶边的眼泪。

话是说到尽头了，上海客人只好不再噜嗦，可是他坐在那里不肯走。林先生急得什么似的，心是卜卜地乱跳。近年来他虽然万分拮据，面子上可还遮得过；现在摆一个人在铺子里坐守，这件事要是传扬开去，他的信用可就完了，他的债户还多着呢，万一群起效尤，他这铺子只好立刻关门。他在没有办法中想办法，几次请这位讨账客人到内宅去坐，然而讨账客人不肯。

天又索索地下起冻雨来了。一条街上冷清清地简直没有人行。自有这条街以来，从没见过这样萧索的腊尾岁尽。朔风吹着那些招牌，叹叹地响。渐渐地冻雨又有变成雪花的模样。沿街店铺里的伙计们靠在柜台上仰起了脸发怔。

林先生和那位收账客人有一句没一句的闲谈着。林小姐忽然走出蝴蝶门来站在街边看那索索的冻雨。从蝴蝶门后送来的林大娘的呃呃的声音又渐渐儿加勤。林先生嘴里应酬着，一边看看女儿，又听听老婆的打呃，心里一阵一阵酸上来，想起他的一生简直毫没幸福，然而又不知道坑害他到这地步的，究竟是谁。那位上海客人似乎气平了一些了，忽然很恳切地说：

“林老板，你是个好人。一点嗜好都没有，做生意很巴结认真。放在廿年前，你怕不发财么？可是现今时势不同，捐税重，开销大，生意又清，混得过也还是你的本事。”

林先生叹一口气苦笑着，算是谦逊。

上海客人顿了一顿，又接着说下去：

“贵镇上的市面今年又比上年差些，是不是？内地全靠乡庄生意，乡下人太穷，真是没有法子，——呀，九点钟了！怎么你们的收账伙计还没来呢？这个人靠得住么？”

林先生心一跳，暂时回答不出来。虽然是七八年的老伙计，一向没有出过岔子，但谁能保到底呢！而况又是过期不见回来。上海客人看着林先生那迟疑的神气，就笑；那笑声有几分异样。忽然那边林小姐转脸对林先生急促地叫道：

“爸爸，寿生回来了！一身泥！”

虽然林小姐的叫声也是异样的，林先生跳起来，又惊又喜，着急的想跑到柜台前去看，可是心慌了，两腿发软。这时寿生已经跑了进来，当真是一身泥，气喘喘地坐下了，说不出话来。林先生估量那情形不对，吓得没有主意，也不开口。上海客人在旁边皱眉头。过了一会儿，寿生方才喘着气说：

“好险呀！差一些儿被他们抓住了！”

“到底是强盗抢了快班船么？”

林先生惊极，心一横，倒逼出话来了。

"不是强盗。是兵队拉夫呀！昨天下午赶不上趁快班，今天一早趁航船，那里知道航船听得这里要捉船，就停在东栅外了。我上岸走不到半里路，就碰到拉夫。西面宝祥衣庄的阿毛被他们拉去了。我跑得快，抄小路逃了回来。他妈的，性命交关！"

寿生一面说，一面撩起衣服，从肚兜里掏出一个手巾包来递给了林先生，又说道：

"都在这里了。栗市的那家黄茂记很可恶，这种户头，我们明年要留心！——我去洗一个脸，换件衣服再来。"

林先生接了那手巾包，捏一把，脸上有些笑容了。他到账台里打开那手巾包来，先看一看那张"清单"，打了一会儿算盘，然后点检银钱数目：是大洋十一元，小洋二百角，钞票四百二十元，外加到期庄票两张，一张是规元五十两，又一张是规元六十五两。这全部都付给上海客人，照账算也还差一百多元。林先生凝神想了半晌，斜眼偷看了坐在那里吸烟的上海客人几次，方才叹一口气，割肉似的拿起那两张庄票和四百元钞票捧到上海客人跟前，又说了许多话，方才得到上海客人点一下头，说一声"对啦"。

但是上海客人把庄票看了两遍，忽又笑着说道：

"对不起，林老板，这庄票，费神兑了钞票给我罢！"

"可以，可以。"

林先生没口地回答，慌忙在庄票后面盖了本店的书柬图章，派一个伙计到恒源庄去取现，并且叮嘱了要钞票。又过了半晌，伙计却是空手回来。恒源庄把票子收了，但不肯付钱；据说是扣抵了林先生的欠款。天是在当真下雪了，林先生也没张伞，冒雪到恒源庄去亲自交涉，结果是徒然。

"林老板，怎样了呢？"

看见林先生苦着脸跑回来，那上海客人很不耐烦地问了。

林先生几乎想哭出来，没有话回答，只是叹气。除了央求那上海客人再通融，还有什么别的办法？寿生也来了，帮着林先生说。他们赌咒：下欠的二百多元，赶明年初十边一定汇到上海。是老主顾了，向来三节清账，从没半句话，今儿实在是意外之变，大局如此，没有办法，非是他们刁赖。

然而不添一些，到底是不行的。林先生忍痛又把这几天内卖得的现款凑成了五十元，算是总共付了四百五十元，这才把那位叫人头痛的上海收账客人送走了。

此时已有十一点了，天还是飘飘扬扬落着雪。买客没有半个。林先生纳闷了一会儿，和寿生商量本街的账头怎样去收讨。两个人的眉头都皱了，都觉得本镇的六百多元账头收起来真没有把握。寿生挨着林先生的耳朵悄悄地说道：

"听说南栅的聚隆，西栅的和源，都不稳呢！这两处欠我们的，就有三百光景，这两笔倒账倒要预先防着，吃下了，可不是玩的！”

林先生脸色变了，嘴唇有点抖。不料寿生把声音再放低些，支支吾吾地说出了更骇人的消息来：

“还有，还有讨厌的谣言，是说我们这里了。恒源庄上一定听得了这些风声，这才对我们逼得那么急。说不定上海的收账客人也有点晓得——只是，谁和我们作对呢？难道就是斜对门么？”

寿生说着，就把嘴向裕昌祥那边呶了一呶。林先生的眼光跟着寿生的嘴也向那边瞥了一眼，心里直是乱跳，哭丧着脸，好半天说不出话来。他的又麻又痛的心里感到这一次他准是毁了！——不毁才是作怪：党老爷敲诈他，钱庄压逼他，同业又中伤他，而又要吃倒账；凭谁也受不了这样重重的磨折罢？而究竟为了什么他应该活受罪呀！他，从父亲手里继承下这小小的铺子，从没敢浪费；他，做生意多么巴结；他，没有害过人，没有起过歹心！就是他的祖上，也没害过人，做过歹事呀！然而他真如此命苦！天老爷没有眼睛！

“不过，师傅，随他们去造谣罢，你不要发急。荒年传乱话，听说是镇上的店铺十家有九家没法过年关。时势不好，市面清得不成话，素来硬朗的铺子今年都打饥荒，也不是我们一家困难！天塌压大家，商会里总得议个办法出来；总不能大家一齐拖倒，弄得市面更加不像市面。”

看见林先生急苦了，寿生姑且安慰着，忍不住也叹了一口气。

雪是愈下愈密了，街上已经见白。偶尔有一条狗垂着尾巴走过，抖一抖身体，摇落了厚积在毛上的那些雪，就又悄悄地夹着尾巴走了。自从有这条街以来，从没见过这样冷落凄凉的年关！而此时，远在上海，日本军的重炮正在发狂地轰毁那边繁盛的市廛！

## 五

凄凉的年关，终于也过去了。镇上的大小铺子倒闭二十八家。内中有一家“信用素著”的绸庄。欠了林先生三百元货账的聚隆与和源也毕竟倒了。大年夜的白天，寿生到那两个铺子里磨了半天，也只拿了二十多块来；这以后，就听说没有一个收账员拿到半文钱，两家铺子的老板都躲得不见面了。林先生自己呢，多亏商会长一力斡旋，还无须往乡下躲，然而欠下恒源钱庄的四百多元非要正月十五以前还清不可；并且又订定了苛刻的条件：从正月初五开市那天起，恒源就要派人到林先生铺子里“守提”，卖得的钱，八成归恒源扣账。

新年那四天，林先生家里就像一个冰窖。林先生常常叹气，林大娘的打呃像连珠炮。林小姐虽然不打呃，也不叹气，但是呆呆地好像害了多年的黄病。她那件大绸新旗袍，为的要付吴妈的工钱，已经上了当铺了；小学徒从清早七点钟就去那家唯一的当铺门前守候，直到九点钟方才从人堆里拿了两块钱挤出来。以后，当铺就止当了。两块钱！这已是最高价。随你值多少钱的贵重衣饰，也只能当得两块呢！叫做“两块钱封门”。乡下人忍着冷剥下身上的棉袄递上柜台去，那当铺里的伙计拿起来抖了一抖，就直丢出去，怒声喊道：“不当！”

元旦起，是大好的晴天。关帝庙前那空场上，照例来了跑江湖赶新年生意的摊贩和变把戏的杂耍。人们在那些摊子面前懒懒地拖着腿走，两手扪着空的腰包，就又懒懒地走开了。孩子们拉住了娘的衣角，赖在花炮摊前不肯走，娘就给他一个老大的耳光。那些特来赶新年的摊贩们连伙食都开销不了，白赖在“安商客寓”里，天天和客寓主人吵嘴。

只有那班变把戏的出了八块钱的大生意：党老爷们唤他们去点缀了一番“升平气象”。

初四那天晚上，林先生勉强筹措了三块钱，办一席酒请铺子里的“相好”吃照例的“五路酒”，商量明天开市的办法。林先生早就筹思过熟透：这铺子开下去呢，眼见得是亏本的生意；不开呢，他一家三口儿简直没有生计，而且到底人家欠他的货账还有四五百，他一关门就更难讨取；唯一的办法是减省开支，但捐税派饷是逃不了的，“敲诈”尤其无法躲避，裁去一两个店员罢，本来他只有三个伙计，寿生是他的左右手，其余的两位也是怪可怜见的，况且辞歇了到底也不够招呼生意；家里呢，也无可再省；吴妈早已辞歇。他觉得只有硬着头皮做下去，或者靠菩萨的保佑，乡下人春蚕熟，他的亏空还可以补救。

但要开市，最大的困难是缺乏货品。没有现钱寄到上海去，就拿不到货。上海打得更厉害了，赊账是休转这念头。卖底货罢，他店里早已淘空，架子上那些装卫生衣的纸盒就是空的，不过摆在那里装幌子。他铺子里就剩了些日用杂货，脸盆毛巾之类，存底还厚。

大家喝了一会儿闷酒，抓腮挖耳地想不出好主意。后来谈起闲天来，一个伙计忽然说：

“乱世年头，人比不上狗！听说上海闸北烧得精光，几十万人都只逃得一个光身子。虹口一带呢，烧是还没烧，人都逃光了，东洋人凶得很，不许搬东西。上海房钱涨起几倍，逃出来的人都到乡下来了。昨天镇上就到了一批，看样子都是好好的人家，现在却弄得无家可归！”

林先生摇头叹气。寿生听了这话，猛的想起了一个好办法；他放下了筷子，拿起酒杯来一口喝干了，笑嘻嘻对林先生说道：

“师傅，听得阿四的话么？我们那些脸盆，毛巾，肥皂，袜子，牙粉，牙刷，就可以如数销清了。”

林先生瞪出了眼睛，不懂得寿生的意思。

“师傅，这是天大的机会。上海逃来的人，总还有几个钱，他们总要买些日用的东西,是不是?这笔生意,我们赶快去张罗!"

寿生接着又说,再筛出一杯酒来喝了,满脸是喜气。两个伙计也省悟过来了,哈哈大笑。只有林先生还不很了然。近来的逆境已经把他变成糊涂。他惘然问道:

"你拿得稳么?脸盆,毛巾,别家也有,——"

"师傅,你忘记了!脸盆毛巾一类的东西只有我们存底独多!裕昌祥里拿不出十只脸盆,而且都是拣剩货。这笔生意,逃不出我们的手掌心的了!我们赶快多写几张广告到四栅去分贴,逃难人住的地方——嗳,阿四,他们住在什么地方?我们也要去贴广告。"

"他们有亲戚的住到亲戚家里去了,没有的,还借住在西栅外茧厂的空房子。"

叫做阿四的伙计回答,脸上发亮,很得意自己的无意中立了大功。林先生这时也完全明白了,心里一快乐,就又灵活起来。他马上拟好了广告的底稿,专拣店里有的日用品开列上去,约莫也有十几种。他又摹仿上海大商店卖"一元货"的方法,把脸盆、毛巾、牙刷、牙粉配成一套卖一块钱,广告上就大书"大廉价一元货"。店里本来还有余剩下的红绿纸,寿生大张的裁好了,拿笔就写。两个伙计和学徒就乱哄哄地拿过脸盆,毛巾、牙刷、牙粉来装配成一组。人手不够,林先生叫女儿出来帮着写,帮着扎配,另外又配出几种"一元货",全是零星的日用必需品。

这一晚上,林家铺子里直忙到五更左右,方才大致就绪。第二天清早,开门鞭炮响过,排门开了,林家铺子布置得又是一新。漏夜赶起来的广告早已漏夜分头贴出去。西栅外茧厂一带是寿生亲自去布置,哄动那些借住在茧厂里的逃难人,都起来看,当做一件新闻。

"内宅"里,林大娘也起了个五更,瓷观音面前点了香,林大娘爬着磕了半天响头。她什么都祷告全了,就只差没有祷告菩萨要上海的战事再扩大再延长,好多来些逃难人。

一切都很顺利,一切都不出寿生的预料,新正开市第一天就只林家铺子生意很好,到下午四点多钟,居然卖了一百多元,是这镇上近十年来未有的新纪录。销售的大宗,果然是"一元货",然而洋伞、橡皮、雨鞋之类却也带起了销路。并且那生意也做得干脆有味。虽然是"逃难人",却毕竟住在上海,见过大场面,他们不像乡下人或本镇人那么小格式,他们买东西很爽利,拿起货来看了一眼,现钱交易,从不拣来拣去,也不硬要除零头。

林大娘看见女儿兴冲冲地跳进来夸说一回,就爬到瓷观音面前磕了一回头。她心里还转了这样的念头:要不是岁数相差一半多,把寿生招做女婿倒也是好的!说不定在寿生那边也时常用半只眼睛看望着这位厮熟的十五岁"师妹"。

只有一点，使林先生扫兴；恒源庄毫不顾面子地派人来提取了当天营业总数的八成。并且存户朱三阿太，桥头陈老七，还有张寡妇，不知听了谁的怂恿，都借了“要量米吃”的借口，都来预支息金；不但支息金，还想提拔一点存款呢！但也有一个喜讯，听说又到了一批逃难人。

晚餐时，林先生特添了两碟荤菜，酬劳他的店员。大家称赞寿生能干。林先生虽然高兴，却不能不惦念着朱三阿太等三位存户要提存款的事情。大新年碰到这种事，总是不吉利。寿生愤然说：

“那三个懂得什么呢！还不是有人从中挑拨！”

说着，寿生的嘴又向斜对门呶了一呶。林先生点头。可是这三位不懂什么的，倒也难以对付；一个是老头子，两个是孤苦的女人，软说不肯，硬来又不成，林先生想了半天觉得只有去找商会长，请他去和那三位宝贝讲开。他和寿生说了，寿生也竭力赞成。

于是晚饭后算过了当天的“流水账”，林先生就去拜访商会长。

林先生说明了来意后，那商会长一口就应承了，还夸奖林先生做生意的手段高明，他那铺子一定能够站住，而且上进。摸着自己的下巴，商会长又笑了一笑，伛过身体来说道：

“有一件事，早就想对你说，只是没有机会。镇上的卜局长不知在那里见过令爱来，极为中意；卜局长年将四十，还没有儿子，屋子里虽则放着两个人，都没生育过；要是令爱过去，生下一男半女，就是现成的局长太太。呵，那时，就连我也沾点儿光呢！”

林先生做梦也想不到会有这样的难题，当下怔住了做不得声。商会长却又郑重地接着说：

“我们是老朋友。什么话都可以讲个明白。论到这种事呢，照老派说，好像面子上不好听；然而也不尽然。现在通行这一套，令爱过去也算是正的。——况且，卜局长既然有了这个心，不答应他，有许多不便之处。答应了，将来倒有巴望。我是替你打算，才说这个话。”

“咳，你怕不是好意劝我仔细！可是，我是小户人家，小女又不懂规矩，高攀卜局长，实在不敢！”

林先生硬着头皮说，心里卜卜乱跳。

“哈，哈，不是你高攀，是他中意。——就这么罢，你回去和尊夫人商量商量，我这里且搁着，看见卜局长时，就说还没机会提过，行不行呢？可是你得早点给我回音！”

“嗯——”

筹思了半晌，林先生勉强应着，脸色像是死人。

回到家里，林先生支开了女儿，就一五一十对林大娘说了。他还没说完，林大娘的呃就大发作，光景邻舍都很听得清。她勉强抑住了那些涌上来的呃，喘着气说道：

“怎么能够答应，呃，就不是小老婆，呃，呃——我也舍不得阿秀到人家去做媳妇！”

“我也是这个意思，不过——”

“呃，我们规规矩矩做生意，呃，难道我们不肯，他好抢了去不成！呃——”

“不过他一定要来找讹头生事！这种人比强盗还狠心！”

林先生低声说，几乎落下眼泪来。

“我拼了这条老命！呃！救苦救难观世音呀！”

林大娘颤着声音站了起来，摇摇摆摆想走。林先生赶快拦住，没口地叫道：

“往那里去？往哪里去？”

同时林小姐也从房外来了，显然已经听见了一些，脸色灰白，眼睛死瞪瞪的。林大娘看见女儿，就一把抱住了，一边哭，一边打呃，一边喃喃地挣扎着喘着气说：

“呃，阿囡，呃，谁来抢你去，呃，我同他拼老命！呃，生你那年我得了这个——病，呃，好容易养到十五岁，呃，呃，死也死在一块儿！呃，早给了寿生多么好呢！呃！强盗，不怕天打的！”

林小姐也哭了，叫着“妈！”林先生搓着手叹气。看看哭得不像样，窄房浅屋的要惊动邻舍，大新年也不吉利，他只好忍着一肚子气来劝母女两个。

这一夜，林家三口儿都没有好生睡觉。第二天一早，林先生还得起来做生意，在一夜的转侧愁思中，他偶尔听得屋面上一声响，心就卜卜地跳，以为是卜局长来寻他生事来了；然而定了神仔细想起来，自家是规规矩矩的生意人，又没犯法，只要生意好，不欠人家的钱，难道好无端生事，白诈他不成？而他的生意呢，眼前分明有一线生机。生了个女儿长得还端正，却又要招祸！早些定了亲，也许不会出这岔子？——商会长是不是肯真心帮忙呢？只有恳求他设法——可是林大娘又在打呃了，咳，她这病！

天刚发白，林先生就起身，眼圈儿有点红肿，头里发昏。可是他不能不打起精神招呼生意。铺面上靠寿生一个到底不行，这小伙子近几天来也就累得够了。

林先生坐在账台里，心总不定。生意虽然好，他却时时浑身地肉发抖。看见面生的大汉子上来买东西，他就疑惑是卜局长派来的人，来侦察他，来寻事；他的心直跳得发痛。

却也作怪，这天生意之好，出人意料。到正午，已经卖了五六十元，买客们中间也有本镇人，那简直不像买东西，简直是抢东西；只有倒闭了铺子拍卖底货的时候才有这种光景。林先生一边有点高兴，一边却也看着心惊，他估量起来是“这样的好生意气色不正”。果然，在午饭的时候，寿生就悄悄告诉道：

“外边又有谣言，说是你拆烂污卖一批贱货，捞到几个钱，就打算逃走！”

林先生又气又怕，开不得口。突然来了两个穿制服的人，直闯进来问道：

“谁是林老板？”

林先生慌忙站了起来，还没回答，两个穿制服的拉住他就走。寿生追上去，想要拦阻，又想要探询，那两个人厉声吆喝道：

“你是谁？滚开！党部里要他去问话！”

## 六

那天下午，林先生就没有回来。店里生意忙，寿生又不能抽空身子尽自去探听，里边林大娘本来还被瞒着，不防小学徒漏了嘴，林大娘那一急几乎一口气死去。她又死不放林小姐出那对蝴蝶门儿，说是：

“你的爸爸已经被他们捉去了，回头就要来抢你！呃——”

她只叫寿生进来问底细，寿生瞧着情形不便直说，只含糊安慰了几句道：

“师母，不要着急，没有事的！师傅到党部里去理直那些存款呢。我们生意好，怕什么的！”

背转了林大娘的面，寿生悄悄告诉林小姐，“到底为什么，还没得个准信儿，”他叮嘱林小姐且安心伴着“师母”，外边事有他呢。林小姐一点主意也没有，寿生说一句，她就点一下头。

这样又要招顾外面的生意，又要挖空心思找出话来对付林大娘不时的追询，寿生更没有工夫去探听林先生的下落。直到上灯时分，这才由商会长来给他一个信：林先生是被党部扣住了，为的外边谣言林先生打算卷款逃走，然而林先生除有庄款和客账未清外，还有朱三阿太，桥头陈老七，张寡妇三位孤苦人儿的存款共计六百五十元没有保障，党部里是专替这些孤苦人儿谋利益的，所以把林先生扣起来，要他理直这些存款。

寿生吓得脸都黄了，呆了半晌，方才问道：

“先把人保出来，行么？人不出来，那里去弄钱来呢？”

“嘿！保出人来！你空手去，让你保么？”

“会长先生，总求你想想法子，做好事。师傅和你老人家向来交情也不差，总求你做做好事！”

商会长皱着眉头沉吟了一会儿，又端相着寿生半晌，然后一把拉寿生到屋角里悄悄说道：

“你师傅的事，我岂有袖手旁观之理。只是这件事现在弄僵了！老实对你说，我求过卜局长出面讲情，卜局长只要你师傅答允一件事，他是肯帮忙的；我刚才到党部里会见你的师傅，劝他答应，他也答应了，那不是事情完了么？不料党部里那个黑麻子真可恶，他硬不肯——”

“难道他不给卜局长的面子?”

“就是呀！黑麻子反而噜哩噜嗦说了许多，卜局长几乎下不得台。两个人闹翻了！这不是这件事弄得僵透?”

寿生叹了口气，没有主意；停一会儿，他又叹一口气说：

“可是师傅并没犯什么罪。”

“他们不同你讲理！谁有势，谁就有理！你去对林大娘说，放心，还没吃苦，不过要想出来，总得花点儿钱！”

商会长说着，伸两个指头一扬，就匆匆地走了。

寿生沉吟着，没有主意；两个伙计攒住他探问，他也不回答。商会长这番话，可以告诉“师母”么？又得花钱？“师母”有没有私蓄，他不知道；至于店里，他很明白，两天来卖得的现钱，被恒源提了八成去，剩下只有五十多块，济得什么事！商会长示意总得两百。知道还够不够呀！照这样下去，生意再好些也不中用。他觉得有点灰心了。

里边又在叫他了，他只好进去瞧光景再定主张。

林大娘扶住了女儿的肩头，气喘喘地问道：

“呃，刚才，呃——商会长来了，呃，说什么?”

“没有来呀!”

寿生撒一个谎。

“你不用瞒我，呃——我，呃，全知道了；呃，你的脸色吓得焦黄！阿秀看见的，呃!”

“师母放心，商会长说过不要紧。——卜局长肯帮忙——”

“什么？呃，呃——什么卜局长肯帮忙！——呃，呃，大慈大悲的菩萨，呃，不要他帮忙！呃，呃。我知道，你的师傅，呃呃，没有命了！呃，我也不要活了！呃，只是这阿秀，呃，我放心不下！呃，呃，你同了她去！呃，你们好好的做人家！呃，呃，寿生，呃，你待阿秀好，我就放心了！呃，去呀！他们要来抢！呃——狠心的强盗！观世音菩萨怎么不显灵呀!”

寿生睁大了眼睛，不知道怎样回话。他以为“师母”疯了，但可又一点不像疯。他偷眼看他的“师妹”，心里有点跳；林小姐满脸通红，低了头不作声。

“寿生哥，寿生哥，有人找你说话!”

小学徒一路跳着喊进来。寿生慌忙跑出去，总以为又是商会长什么的来了，那里知道竟是斜对门裕昌祥的掌柜吴先生。“他来干什么?”寿生肚子里想，眼光钉住在吴先生的脸上。

吴先生问过了林先生的消息，就满脸笑容，连说“不要紧”。寿生觉得那笑脸有点异样。

“我是来找你划一点货色——”

吴先生收了笑容，忽然转了口气，从袖子里摸出一张纸来。是一张横单，写着十几行，正是林先生所卖“一元货”的全部。寿生一眼瞧见就明白了，原来是这个把戏呀！他立刻说：

“师傅不在，我不能作主。”

“你和你师母说，还不是一样！”

寿生踌躇着不能回答。他现在有点懂得林先生之所以被捕了。先是谣言林先生要想逃，其次是林先生被扣住了，而现在却是裕昌祥来挖货，这一连串的线索都明白了。寿生想来有点气，又有点怕。他很知道，要是答应了吴先生的要求，那么，林先生的生意，自己的一番心血，都完了。可是不答应呢，还有什么把戏来，他简直不敢想下去了。最后，他姑且试一试说：

“那么，我去和师母说，可是，师母女人家专要做现钱交易。”

“现钱么？哈，寿生，你是说笑话罢？”

“师母是这个脾气，我也是没法。最好等到明天再谈罢。刚才商会长说，卜局长肯帮忙讲情，光景师傅今晚上就可以回来了。”

寿生故意冷冷地说，就把那张横单塞还吴先生的手里。吴先生脸上的肉一跳，慌忙把横单又推回到寿生手里，一面没口应承道：

“好，好，现账就是现账。今晚上交货，就是现账。”

寿生皱着眉头再到里边，把裕昌祥要挖货的事情对林大娘说了，并且劝她：

“师母，刚才商会长来，确实说师傅好好地在那里，并没吃苦；不过总得花几个钱，才能出来。店里只有五十多块。现在裕昌祥来挖货，照这单子上看，总也有一百五十块光景，还是挖给他们罢，早点救师傅出来要紧！”

林大娘听说又要花钱，眼泪直淌，那一阵呃，当真打得震天响，她只是摇手，说不出话，头靠在桌子上，把桌子捶得怪响。寿生瞧来不是路，悄悄地退出去，但在蝴蝶门边，林小姐追上来了。她的脸色像死人一样白，她的声音抖而且哑，她急口地说：

“妈是气糊涂了！总说爸爸已经被他们弄死了！你，你赶快答应裕昌祥，赶快救爸爸！寿生哥，你——”

林小姐说到这里，忽然脸一红，就飞快地跑进去了。寿生望着她的后影，呆立了半分钟光景，然后转身，下决心担负这挖货给裕昌祥的责任，至少“师妹”是和他一条心要这么办了。

夜饭已经摆在店铺里了，寿生也没有心思吃，立等着裕昌祥交过钱来，他拿一百在手里，另外身边藏了八十，就飞跑去找商会长。

半点钟后，寿生和林先生一同回来了。跑进“内宅”的时候，林大娘看见了倒吓一跳。认明是当真活的林先生时，林大娘急急爬在瓷观音前磕响头，比她打呃的声音还要响。林小姐光着眼睛站在旁边，像是要哭，又像是要笑。寿生从身边掏出一个纸包来，放在桌子上说：

“这是多下来的八十块钱。”

林先生叹了一口气，过一会儿，方才有声没气地说道：

“让我死在那边就是了，又花钱弄出来！没有钱，大家还是死路一条！”

林大娘突然从地下跳起来，着急地想说话，可是一连串的呃把她的话塞住了。林小姐忍住了声音，抽抽咽咽地哭。林先生却还不哭，又叹一口气，哽咽着说：

“货是挖空了！店开不成，债又逼得紧——”

“师傅！”

寿生叫了一声，用手指蘸着茶，在桌子上写了一个“走”字给林先生看。

林先生摇头，眼泪扑索索地直淌；他看看林大娘，又看看林小姐，又叹一口气。

“师傅，只有这一条路了。店里并凑起来，还有一百块，你带了去，过一两个月也就够了；这里的事，我和他们理直。”

寿生低声说。可是林大娘却偏偏听得了，她忽然抑住了呃，抢着叫道：

“你们也去！你，阿秀，放我一个人在这里好了，我拼老命！呃！”

忽然异常少健起来，林大娘转身就跑到楼上去了。林小姐叫着“妈”，随后也追了上去。林先生望着楼梯发怔，心里感到有什么要紧的事，却又乱麻麻地总是想不起。寿生又低声说：

“师傅，你和师妹一同走罢！师妹在这里，师母不放心的！她总说他们要来抢——”

林先生淌着眼泪点头，可是打不起主意。

寿生忍不住眼圈儿也红了，叹一口气，绕着桌子走。

忽然听得林小姐的哭声。林先生和寿生都一跳。他们赶到楼梯头时，林大娘却正从房里出来，手里捧一个皮纸包儿。看见林先生和寿生都已在楼梯头了，她就缩回房去，嘴里说“你们也来，听我的主意”。她当着林先生和寿生的跟前，指着那纸包说道：

“这是我的私房，呃，光景有两百多块。分一半你们拿去。呃，阿秀，我做主配给寿生！呃，明天阿秀和她爸爸同走。呃，我不走！寿生陪我几天再说。呃，知道我还有几天活，呃，你们就在面前拜一拜，我也放心！呃——”

林大娘一手拉着林小姐，一手拉着寿生，就要他们“拜一拜”。

都拜了，两个人脸上飞红，都低着头。寿生偷眼看林小姐，看见她的泪痕中含着一些笑意，寿生心头卜卜地乱跳了，反倒落下两滴眼泪。

林先生松一口气，说道：

“好罢，就是这么。可是寿生，你留在这里对付他们，万事要细心！”

## 七

林家铺子终于倒闭了。林老板逃走的新闻传遍了全镇。债权者中间的恒源庄首先派人到林家铺子里封存底货。他们又搜寻账簿。一本也没有了。问寿生。寿生躺在床上害病。又去逼问林大娘。林大娘的回答是连珠炮似的打呃和眼泪鼻涕。为的她到底是“林大娘”，人们也没有办法。

十一点钟光景，大群的债权者在林家铺子里吵闹得异常厉害。恒源庄和其他的债权者争执怎样分配底货。铺子里虽然淘空，但连“生财”合计，也足够偿还债权者七成，然而谁都只想给自己争得九成或竟至于十成。商会长说得舌头都有点僵硬了，却没有结果。

来了两个警察，拿着木棍站在门口吆喝那些看热闹的闲人。

“怎么不让我进去？我有三百块钱的存款呀！我的老本！”

朱三阿太扭着瘪嘴唇和警察争论，巍颤颤地在人堆里挤。她额上的青筋就有小指头儿那么粗。她挤了一会儿，忽然看见张寡妇抱着五岁的孩子在那里哀求另一个警察放她进去。那警察斜着眼睛，假装是调弄那孩子，却偷偷地用手背在张寡妇的乳部揉摸。

“张家嫂呀——”

朱三阿太气喘喘地叫了一声，就坐在石阶沿上，用力地扭着她的瘪嘴唇。

张寡妇转过身来，找寻是谁唤她；那警察却用了亵昵的口吻叫道：

“不要性急！再过一会儿就进去！”

听得这句话的闲人都笑起来了。张寡妇装作不懂，含着一泡眼泪，无目的地又走了一步，却好看见朱三阿太坐在石阶沿上喘气。张寡妇跌撞似的也到了朱三阿太的旁边，也坐在那石阶沿上，忽然就放声大哭。她一边哭，一边喃喃地诉说着：

“阿大的爷呀，你丢下我去了，你知道我多么苦！强盗兵打杀了你，前天是三周年……绝子绝孙的林老板又倒了铺子，——我十个指头做出来的百几十块钱，丢在水里了，也没响一声！啊哟！穷人命苦，有钱人心狠——”

看见妈哭，孩子也哭了；张寡妇搂住了孩子，哭得更伤心。

朱三阿太却不哭；弩起了一对发红的已经凹陷的眼睛，发疯似的反复说着一句话：

“穷人是一条命，有钱人也是一条命；少了我的钱，我拼老命！”

此时有一个人从铺子里挤出来，正是桥头陈老七。他满脸紫青，一边挤，一回过头去嚷骂道：

“你们这伙强盗！看你们有好报！天火烧，地火爆，总有一天现在我陈老七眼睛里呀！要吃倒账，就大家吃，分摊到一个边皮儿，也是公平，——”

陈老七正骂得起劲，一眼看见了朱三阿太和张寡妇，就叫着她们的名字说：

“三阿太，张家嫂，你们怎么坐在这里哭！货色，他们分完了！我一张嘴吵不过他们十几张嘴，这班狗强盗不讲理，硬说我们的钱不算账，——”

张寡妇听说，哭得更加苦了。先前那个警察忽然又踅过来，用木棍子拨着张寡妇的肩膀说：

“喂，哭什么？你的养家人早就死了，现在还哭那一个！”

“狗屁！人家抢了我们的，你这东西也要来调戏女人家么？”

陈老七怒冲冲地叫起来，用力将那警察推了一把。那警察睁圆了怪眼睛，扬起棍子就想要打。闲人们都大喊，骂那警察。另一个警察赶快跑来，拉开了陈老七说：

“你在这里吵，也是白吵。我们和你无怨无仇，商会里叫来守门，吃这碗饭，没有办法。”

“陈老七，你到党部里去告状罢！”

人堆里有一个声音这么喊。听声音就知道是本街有名的闲汉陆和尚。

“去，去！看他们怎样说。”

许多声音乱哄了。但是那位作调人的警察却冷笑，扳着陈老七的肩膀道：

“我劝你少找点麻烦罢。到那边，中什么用！你还是等候林老板回来和你算账，他倒不好白赖。”

陈老七虎起了脸孔，弄得没有主意了。经不住那些闲人们都撺怂着“去”，他就看着朱三阿太和张寡妇说道：

“去去怎样？那边是天天大叫保护穷人的呀！”

“不错。昨天他们扣住了林老板，也是说防他逃走，穷人的钱没有着落！”

又一个主张去的拉长了声音叫。于是不由自主似的，陈老七他们三个和一群闲人都向党部所在那条路去了。张寡妇一路上还是啼哭，咒骂打杀了她丈夫的强盗兵，咒骂绝子绝孙的林老板，又咒骂那个恶狗似的警察。

快到了目的地时，望见那门前排立着四个警察，都拿着棍子，远远地就吆喝道：

“滚开！不准过来！”

“我们是来告状的。林家铺子倒了，我们存在那里的钱都拿不到——”

陈老七走在最前排，也高声的说。可是从警察背后突然跳出一个黑麻子来，怒声喝打。警察们却还站着，只用嘴威吓。陈老七背后的闲人们大噪起来。黑麻子怒叫道：

“不识好歹的贱狗，我们这里管你们那些事么？再不走，就开枪了！”

他跺着脚喝那四个警察动手打。陈老七是站在最前,已经挨了几棍子。闲人们大乱,朱三阿太老迈,跌倒了,张寡妇慌忙中落掉了鞋子,给人们一冲,也跌在地下,她连滚带爬躲过了许多跳过的和踏上来的脚,站起来跑了一段路,方才觉到她的孩子没有了。看衣襟上时,有几滴血。

"啊哟!我的宝贝!我的心肝!强盗杀人了,玉皇大帝救命呀!"

她带哭带嚷地快跑,头发纷散;待到她跑过那倒闭了的林家铺面时,她已经完全疯了!

一九三二年六月十八日作完

(原载《申报月刊》一九三二年七月十五日第一卷第一号)

(选自《中国新文学大系1927—1937·小说集二》,上海文艺出版社1984年版)

## 【背景资料】

20世纪30年代初期,茅盾的创作进入了一个更为自觉的阶段,他有意识地制订了一个创作计划,要"大规模地描写中国社会现实",并通过这种描写来展示当时中国社会错综复杂的矛盾状态,进而揭示出中国社会的根本性质。在这种意识指导下,茅盾先后完成了《子夜》、《农村三部曲》等一系列优秀现实主义力作。1932年6月完成的短篇小说《林家铺子》就是这一系列作品中的杰出代表作。

## 【主题意蕴】

《林家铺子》的小商人林老板破产的悲剧命运,深刻地揭示了帝国主义经济侵略和国民党反动派的统治给中国底层各类民众带来的深重苦难。林老板是个头脑灵活、善于经营,同时又安分守己、克勤克俭的底层商人,在安稳的社会里,他不仅可以保持自家的小康生活,而且可以有所作为。然而时代社会却恰恰显示了他的悲剧性命运,社会伸出的无数看不见的黑手,把他一步步推向深渊,层层转嫁而来的危机,种种不知来自何方的迫害和打击,一齐压到林老板头上。他谁也没惹,但似乎谁都跟他过不去。终于这个家庭在无以言说的悲凉处境中破产倒闭。全文清楚地表明:当时的中国社会,由于帝国主义的侵略和国民党的统治,正在加速殖民化,越来越陷入崩溃的边缘。大鱼吃小鱼、小鱼吃虾米是当时社会的普遍现象,林老板不过是无数受害者中普通的一个。而像林老板这样善于经营、勤俭持家且稍有家底的人都不得不破产,广大底层贫困的老百姓其贫困程度可想而知,其命运更加凄凉。

## 【艺术特色】

《林家铺子》的主题深刻沉重,展示的社会背景十分广阔,所描写的矛盾冲突也是线索复杂，但作品并没有因为在短篇里要表现复杂的内容而显得杂乱、臃肿，其艺术结构非常精巧，作者巧妙地将各种线索和矛盾都集中在一个商铺里集中展现，通过细致剖析林家铺子的命运而深刻有力地分析了当时的整个社会背景。作品既朴素又不失生动曲折，具有一定的戏剧性效果，给读者留下了充足的思考空间。

## 【经典评论】

**林非在谈到茅盾小说的社会剖析笔法时这样说：**“茅盾善于择取和概括当时风云变幻和丰富复杂的社会现象，进行宏大而又精细的艺术构思，中篇小说《蚀》三部曲和《虹》，长篇小说《子夜》和《腐蚀》，短篇小说《林家铺子》和《春蚕》，都可以说是这方面出色的代表作。”

——《〈茅盾名作欣赏〉序言》，中国和平出版社 1996 年版，第 3 页

**杨义在论著中评价茅盾的小说时说：**“作家在 30 年代中期所写的一些短篇小说中，多是《子夜》所遗落的题材的横向扩展，其中尤其是由《春蚕》、《秋收》、《残冬》组成的农村三部曲，以及《林家铺子》和中篇小说《多角关系》，别开生面地展示了农村和小市镇的阶级矛盾、经济状况和社会心理。”

——《中国现代小说史》第 2 卷，人民文学出版社 1993 年版，第 112 页

## 【思考练习】

1. 《林家铺子》出色描绘了江南水乡的景色，这对小说本身有何作用？

2. 你如何认识林老板这个形象？说说你对林老板破产原因的理解。

3. 《林家铺子》与《子夜》分别描绘了 20 世纪 30 年代中国城乡两种典型形象，说说你对这两种形象异同点的认识。

# 巴 金

## 家（梗概）

故事发生在成都高公馆一个有五房儿孙的大家庭，大家庭的长者是高老太爷，五房中的长房有觉新、觉民、觉慧三兄弟，他们的继母及继母的女儿淑华等，现在是大哥觉新当家。

觉新在中学毕业那天放弃了自己所爱的、能够了解他安慰他的钱家表妹，和父亲指定的姑娘结了婚。他在西蜀实业公司事务所上班，那是父亲生前为他找好的位置。一天，觉慧和觉民跟往常一样，买了几本新书，来到觉新的办公室里，这时姑母张太太和她的女儿琴小姐来了。琴是高家亲戚里面最美丽、最活泼的姑娘，她给大家带来了一个不寻常的消息：钱家大姨妈回省城来了，梅表姐嫁了不到一年就守了寡，现在变得有点憔悴。这个梅表姐就是大哥觉新所挚爱的钱家表妹，而这时觉新并不知道这个消息。

觉慧和觉民离开了觉新的事务所，觉民去了琴的家里，而觉慧在路上遇见同学张惠如，并从他口中了解到当兵的打了学生。觉慧义愤填膺地和一些学生们参加了向总督示威游行的队伍。祖父高老太爷很快知道了他游行的事，让觉新把他囚禁在家里。

旧历新年，高家洋溢着欢乐的气氛，在盛大的家庭宴席上，高老太爷看见自己子孙满堂，心里非常地高兴。然而新年刚过，四川军阀之间为争权夺利而展开混战，搞得民不聊生，高氏家庭也受到惊扰。此时琴也正在高家，她没有地方可去，只能呆在这里。她从前还相信自己是一个勇敢的女性，而这时她发现自己还是一个柔弱的女子，没有能力反抗。觉民弟兄的几个同学创刊了《黎明周报》，刊载新文化运动的消息，介绍新的思想，批评和攻击不合理的旧制度和旧思想。觉慧热心地参加《周报》的工作，经常在《周报》上发表文章。至于觉民，对于《周报》并不像觉慧那样热心。

琴因为她的好朋友倩如把长辫剪了，她也想这么做，但遭到母亲的反对，并要把她嫁出去。琴心里爱的是觉民，她伤心地哭了起来。高老太爷乘着66岁大庆生日的兴头，却答应将封建遗老冯乐山的侄女许配给觉民。这给觉民以沉重的打击，他急怒之下，在觉慧的帮助下实行逃婚；祖父被迫在病榻上答应冯家的亲事暂时不提了，他终于取得胜利。同时高老太爷要鸣凤做冯乐山的姨太太，她没有办法，觉慧是她唯一的希望了，而此时的觉慧正忙着写他的文章，无暇顾及鸣凤，待她要说时，觉民的到来使得她不得不走了。鸣凤彻底地绝望了，她带着对觉慧深深的爱和对这世上的不公平的恨跳进了湖里。

高氏家族的第二代高克安和高克定过着荒淫无耻的生活，对光宗耀祖的“正业”毫无兴趣，而把全部生活寄托于赌场、烟枪和女人上面。高老太爷发现最疼爱的儿子克定骗妻子的钱去组织小公馆，并在外欠下大笔债务，老四克安也大嫖戏子，他感到十分地痛惜。在高老太爷病危之际，觉慧敢于坚决地反对驱捉鬼怪的迷信把戏，在他的批驳下，使得主持这场把戏的陈姨太和随从这套把戏的克明、觉新都哑口无言。高老太爷一气之下而死。觉新明知这个家庭成员之间尔虞我诈，有着许多的不义行为，然而他对长辈们的无理蛮横的事端采取敷衍了事的办法，终于祸事又降到他头上。当他的爱妻瑞珏怀胎足月即将临产之时，陈姨太以高老太爷灵柩在家，不能在家分娩，不然会遭“血光之灾”为借口，逼迫瑞珏搬到缺衣少药的乡下去住。在这关系到瑞珏生命安危的时刻，觉新仍然不敢说一个“不”字，结果使瑞珏在照顾不周的情况下难产而死。直到此时觉新才懂得“我们这个家需要一个叛徒”，他也愤慨了。

觉慧真的无法在这个家中呆下去了，他终于逃离了这个大家庭而走向社会，去寻求新的生活。

## 【背景资料】

《家》是巴金自己最喜欢的作品，动笔写于 1931 年 4 月。最初，小说在《时报》上连载，取名为《激流》，1933 年由开明书店出版单行本，改书名为《家》。据统计，开明出版社出版的《家》自 1933 年到 1951 年期间，先后再版达 33 次之多，成为现代文学史上最畅销的作品之一。

巴金的《家》具有一定的自传性。他出生于官僚地主大家庭，十多岁时，巴金的父母相继去世，失去父母庇护的他常受大家庭中他房长辈的欺压，对大家庭内部的钩心斗角和相互倾轧以及封建家庭的虚伪和丑恶，有着深切的体验和洞察。

## 【主题意蕴】

“我要为过去那无数的无名的牺牲者‘喊冤’！我要从恶魔的爪牙下救出那些失掉了青春的青年。”①巴金创作《家》有明确的社会功利目的，即抨击中国社会中强大的封建宗法专制制度，并力图为青年们指出一条生存的道路。小说中所表现的是他以及他的亲友们的痛苦和呼号——实际上，小说正是写给以他的大哥为代表的身受封建专制迫害的青年们的，具有强烈的现实针对性，可以说是

---

① 巴金：《关于〈家〉（十版代序——给我的一个表哥）》，《巴金全集》，人民文学出版社 1986 年版，第 442 页。

中国文学“文以载道”传统的另一表现。

## 【艺术特色】

《家》的主要艺术特点为现实主义描写，刻画了典型环境中的典型性格。但《家》和那种冷静客观的现实主义描写不同，具有巴金独特的风格，主要表现在：一是具有很浓的抒情色彩。主要的抒情方式是人物的心灵倾诉，通过心理描写抒情，平易的文字，洋溢着浓郁的情感。行文时经常出现作者不加克制的主观表述，率真饱满激情的宣泄，使作品在展示情节的同时，流泻着强烈的激荡的情绪，这在觉慧这个人物形象身上有集中的表现。二是充满感情的细腻的心理描写。这种心理描写是人物发自肺腑的心灵倾诉，以女性居多，因细腻而饱含感情，又因各人的性格处境而各具特色。例如作品对于鸣凤初恋心态的描写就很好地呈现了这个初恋女孩子对于异性之爱的既惊又喜，以及青春期的萌动和羞涩。三是典型化的方法，写出了人物性格的复杂性和多层次性，比如对高觉新的复杂性格的描写。另外，结构上没有一个贯穿首尾的完整的故事情节，而是把高家三个青年的爱情互相穿插，构成全篇，显示了巴金驾驭长篇小说的卓越艺术才华。语言如行云流水，不尚雕琢。

## 【经典评论】

**杨义提示《家》的主题时说：**“《家》所反映的封建家庭制度的罪恶，乃是特定历史时代的‘正常’的罪恶，它所描写的人间悲剧，乃是特定历史时代的‘平凡’的悲剧。”

——《中国现代小说史》第3卷，人民文学出版社1986年版，第722页

**谭兴国评价人物描写时说：**“巴金写人物之间的冲突，常常突出人物的感情纠葛，思想斗争、性格冲突都富于感情色彩。《家》中觉慧和高老太爷的冲突，反映的是代表民主势力和代表专制势力的斗争，尖锐、不可调和，但毕竟是发生在一个大家庭里祖孙两人之间的冲突。爱和恨，尊敬和鄙弃，勇敢和畏惧，同情、烙印、惋惜……种种感情交织在一起，把这场冲突表现得绚丽多姿，拨动人心。”

——《巴金美学思想初探》，《巴金研究论集》，重庆出版社1988年版，第43～44页

## 【思考练习】

1. 觉新这一人物形象的主要特点是什么？
2. 作者在《家》中多处直接宣泄自己的情感，你认为这有什么优点和缺点？
3. 小说中鸣凤投湖自尽，是什么原因使她结束了自己的生命？

# 寒夜（梗概）

故事发生在抗日战争时期的重庆。汪文宣夫妇都是上海某大学毕业生，由于日寇入侵，他们才辗转来到重庆，找了份自己不太愿意干的工作以维持生计。汪文宣在一家图书公司管理处当校对员，妻子曾树生在大川银行当职员，家中还有汪文宣的母亲和一个正在念小学的儿子。

一天，曾树生接到银行差役送来的一封信，引起汪文宣的怀疑，便多问了几句。曾树生感到委屈，愤然离家出走。第二天中午下班后，汪文宣去大川银行找曾树生，看见她和一个30多岁的男子谈着并肩走进一个高级咖啡馆，妻子的行为刺痛了他的心，他曾几次找曾树生要她回家，可是曾树生说她不愿回家看婆婆的冷眼。汪文宣的母亲是一个思想守旧的人，对曾树生没有举行婚礼就和儿子同居很瞧不起，所以婆媳关系比较紧张。她对儿子几次去找媳妇回家的行为很恼火，责备儿子不该向曾树生低头。家庭的矛盾让汪文宣心烦意乱，于是走到一家小酒店中喝闷酒，恰巧他过去一位老同学也在那儿，向他诉说自己的不幸遭遇。于是两人借酒浇愁，喝得酩酊大醉，当汪文宣醉倒在马路上时，正值曾树生路过这里，便把他扶回家中，尽管她回家后仍受婆婆的气，但并未再离家出走，一场风波算是暂时平息了。

这样过了十多天的平静生活后，汪文宣见到曾树生还是照常同那个男子出入高级餐馆，并常去参加舞会，很晚才回家，他又重新陷入苦恼之中。他不敢将情况告诉母亲，怕再引起家庭矛盾。由于生活费用上涨，日子也越过越艰难。寄宿在小学的儿子写信来要伙食费，他拿不出。而为给公司的周主任祝寿，他不得不掏出最后一点钱凑份子。他拼命挣扎着工作，终于在一次躲避日寇飞机空袭时吐了血，但他不愿让母亲和妻子知道，第二天仍然照常上班。

日本侵略者的进攻日益迫近重庆，时局越来越坏，母亲和妻子又爆发了争吵。汪文宣在内外煎迫下，吐血病倒，母亲和妻子都悉心看护，婆媳之间的争吵才又一次暂时平息下来。

和曾树生关系密切的大川银行的陈主任调往兰州分行升任经理，他要曾树生和他同去兰州，并向曾树生求爱，这使得曾树生陷入思想矛盾的痛苦中。她既想从此摆脱家庭中这种寂寞痛苦的日子，去追求幸福；又不忍心离开正在害病的丈夫和正在上学的儿子。

为了生活，汪文宣仍然带病去上班，可是校对文稿时，他又吐了血。公司不但不同情，几天后竟送来了辞退通知书，失业的痛苦使他不由哭了起来。这时他抓住曾树生的手，问她会不会离家而去，让树生异常矛盾。

母亲为了给汪文宣治病，卖掉了自己的结婚戒指，可是她却妒忌曾树生对儿子的怜爱。于是婆媳之间又一次发生争吵,母亲甚至嚷着要曾树生滚出家门。

曾树生终于跟随陈主任去兰州了,但她仍常写信并按月寄钱来。汪文宣的病,时好时坏,他盼望树生能写封长信来向母亲道歉。不久,他果然收到了曾树生的一封长信,却提出要与他脱离夫妻关系。他的病一天天加重了。

经过几年的艰苦岁月,终于传来了日本投降的喜讯,人们欢欣若狂。在鞭炮声欢呼声中,汪文宣凄然地死去。

两个月后的一个夜晚,曾树生回到重庆探家,这时,故居已易主,汪母已带着小宣不知去了何方。曾树生茫然地在寒夜里走着,她不知道该去哪里。“夜的确太冷了,她需要温暖”。

## 【背景资料】

巴金于1944年冬开始创作《寒夜》,1946年底完稿,当时正值抗战胜利前后。在整个抗日战争的漫长岁月里,巴金先后在上海、武汉、桂林、成都、重庆等地奔走,广泛地了解和熟悉人民的生活。于是,巴金在抗战中所见所闻的记忆的闸门被打开,从而创作了《寒夜》。他后来追述:“整个故事就在我当时住处四周进行,在我住房的楼上,在这座大楼的大门口,在民国路和附近的几条街。人们躲警报、喝酒、吵架、生病……这一类的事每天都在发生。物价飞涨,生活困难,战场失利,人心惶惶……我不论到哪里,甚至坐在小屋内,也能听到一般‘小人物’的诉苦和呼吁。”①

小说的情节与作者的生活几乎是同步展开的:都是在抗战时期的重庆;写完这部小说是1946年的最后一天,上海一个寒冷的冬夜,小说结尾也正是在一个寒冷的夜晚。巴金先生曾经说过,他本人就生活在《寒夜》所描述的生活背景中。在那几年中,散文家缪崇群、小说家王鲁彦,还有他的老朋友陈范予,都是害着肺病痛苦地死去的;抗战胜利后回到上海,他又亲手埋葬了因病得不到很好医治的三哥李尧林。所以,当小说中写到汪文宣为生计而无着、为疾病而痛苦的时候,这些亲友的面孔一一浮现在巴金的脑海中,成为写作的素材。

## 【主题意蕴】

巴金在《寒夜》里,卓绝地刻画了人性的冲突。小说主要围绕汪文宣母子和曾树生三人之间的矛盾展开情节,结构上似无刻意的布局。另外,作品前后呼

① 巴金:《谈〈寒夜〉》,《巴金文集》第14卷,人民文学出版社1962年版,第432页。

应，开头、主要情节活动、结尾都在寒夜里，作品紧扣“寒夜”的命题，创造了一种悲寒凄切的悲剧氛围。《寒夜》中的主人公汪文宣夫妇原先都是理想主义者，他们大学毕业，因爱情而同居，对生活充满着信心与勇气。可是经过八年的抗战的磨难，特别是在长期仰人鼻息的社会关系下生活，他们的理想、性格以及心理状态都发生了变化。小说着力塑造了小人物的悲惨命运。

## 【艺术特色】

在艺术上，这部小说体现了巴金的美学理想：无技巧的艺术。巴金早期，浪漫主义的激情使他的作品经常出现戏剧化的场面。而《寒夜》则不同，作品中没有任何人为安排的紧张情节，一切都是平凡的，从小说开头，凄厉的防空警报声把人们带进了抗战后国民党统治下的典型环境：战争失利、物价飞涨……小公务员汪文宣的悲剧正是在这样一种环境下展开的。生活的艰难造成了婆媳失和，无穷无尽的争吵又导致家庭破裂。整部作品在结构上仿佛没有刻意的安排，而又浑然一体。情节的每一场起伏变化，都是在一系列日常生活琐事中不知不觉地推进，读起来好像进入现实生活本身一样，自然朴素。其次，真实、细腻地描写人的感情，展现人物的内心世界。小说有大量的心理描写，作者把对话、激情、动作、场景等有机地组织在一起，通过对话可以窥见人物心灵的声音和微妙的心理变化。写《寒夜》时巴金已人到中年，对生活和社会有了更多的认识和体验，由早期的激情宣泄变为细腻的客观写实，鲜明的爱憎变为对人物的深刻理解和同情。

## 【经典评论】

**唐金海这样评价：**“《寒夜》写的不是‘可以载入史册的大事’，而是几个‘小人物’的生老病死，围绕这些‘小人物’展现在读者面前的，也是诸如喝酒、吵架、生病这些旧社会司空见惯的日常生活，在这些‘小人物’之间展开的矛盾，也是生活中随处可见的婆媳、夫妻、母子之间的矛盾。但是作家却巧妙地把这些‘小人物’，把这引起普通生活中的矛盾，放在较为广阔的社会背景和重大的社会矛盾斗争中去表现。”

——《“挖掘人物内心”的现实主义佳作——评巴金的〈寒夜〉》，《钟山》1980 年第 3 期

**王德威评价说：**“到 47 年以后的作品如《寒夜》(1947)，我们才得见其洞察人情世故，呈现道德视景的功力。”

——《想像中国的方法》，生活 · 读书 · 新知三联书店 1998 年版，第 147 页

## 【思考练习】

1. 与巴金早期作品相比,《寒夜》在行文上有何不同?

2.《寒夜》中有不少心理描写,你认为这些心理描写具有什么作用?

3.《寒夜》展示了汪文宣和曾树生等小人物的悲剧生活,有何现实意义?体现了作者怎样的人生理想?

# 老舍

## 断魂枪

"生命是闹着玩，事事显出如此；从前我这么想过，现在我懂得了。"

沙子龙的镖局已改成客栈。

东方的大梦没法子不醒了。炮声压下去马来与印度野林中的虎啸。半醒的人们，揉着眼，祷告着祖先与神灵；不大会儿，失去了国土、自由与权利。门外立着不同面色的人，枪口还热着。他们的长矛毒弩，花蛇斑彩的厚盾，都有什么用呢；连祖先与祖先所信的神明全不灵了啊！龙旗的中国也不再神秘，有了火车呀，穿坟过墓的破坏着风水。枣红色多穗的镖旗，绿鲨皮鞘的钢刀，响着串铃的口马，江湖上的智慧与黑话，义气与声名，连沙子龙，他的武艺，事业，都梦似的变成昨夜的。今天是火车，快枪，通商与恐怖。听说，有人还要杀下皇帝的头呢！

这是走镖已没有饭吃，而国术还没被革命党与教育家提倡起来的时候。

谁不晓得沙子龙是利落，短瘦，硬棒，两眼明得像霜夜的大星？可是，现在他身上放了肉。镖局改了客栈，他自己在后小院占着三间北房，大枪立在墙角，院子里有几只楼鸽。只是在夜间，他把小院的门关好，熟习熟习他的"五虎断魂枪"。这条枪与这套枪，二十年的工夫，在西北一带，给他创出来："神枪沙子龙"五个字，没遇见过敌手。现在，这条枪与这套枪不会再替他增光显胜了；只是摸摸这凉，滑，硬而发颤的杆子，使他心中少难过一些而已。只有在夜间独自拿起枪来，才能相信自己还是"神枪沙"。在白天，他不大谈武艺与往事；他的世界已被狂风吹了走。

在他手下创练起来的少年们还时常来找他。他们大多数是没落子的，都有点武艺，可是没地方去用。有的在庙会上去卖艺：踢两趟腿，练套家伙，翻几个跟头，附带着卖点大力丸，混个三吊两吊的。有的实在闲不起了，去弄筐果子，或挑些毛豆角，赶早儿在街上论斤吆喝出去。那时候米贱肉贱，肯卖膀子力气本来可以混个肚儿圆；他们可是不成：肚量既大，而且得吃口管事儿的；干饽饽、辣饼子咽不下去。况且他们还时常去走会：五虎棍，开路，太狮少狮……虽然算不了什么——比起走镖来——可是到底有个机会活动活动，露露脸。是的，走会捧场是买脸的事，他们打扮的得像个样儿，至少得有条青洋绉裤子，新漂白细市布的小褂，和一双鱼鳞洒鞋——顶好是青缎子抓地虎靴子。他们是神枪沙子龙的徒弟——虽然沙子龙并不承认——得到处露脸,走会得赔上俩钱,说不定还得打场架。没钱,上沙老师那里去求。沙老师不含糊,多少不拘,不让他们空着手儿走。可是,为打架或献技去讨教一个招数,或是请给说个对子——什么空手夺刀,或虎头钩进枪——沙老师有时说句笑话,马虎过去:“教什么？拿开水浇吧!”有时直接把他们逐出去。他们不大明白沙老师是怎么了,心中也有点不乐意。

可是,他们到处为沙老师吹腾,一来是愿意使人知道他们的武艺有真传授,受过高人的指教;二来是为激动沙老师:万一有人不服气而找上老师来,老师难道还不露一两手真的么？所以:沙老师一拳就砸倒了个牛!沙老师一脚把人踢到房上去,并没使多大的劲!他们谁也没见过这种事,但是说着说着,他们相信这是真的了,有年月,有地方,千真万确,敢起誓!

王三胜——沙子龙的大伙计——在土地庙拉开了场子,摆好了家伙。抹了一鼻子茶叶末色的鼻烟,他抡了几下竹节钢鞭,把场子打大一些。放下鞭,没向四围作揖,叉着腰念了两句:“脚踢天下好汉,拳打五路英雄!”向四围扫了一眼:“乡亲们,王三胜不是卖艺的;玩艺儿会几套,西北路上走过镖,会过绿林中的朋友。现在闲着没事,拉个场子陪诸位玩玩。有爱练的尽管下来,王三胜以武会友,有赏脸的,我陪着。神枪沙子龙是我的师傅;玩艺地道!诸位,有愿下来的没有?”他看着,准知道没人敢下来,他的话硬,可是那条钢鞭更硬,十八斤重。

王三胜,大个子,一脸横肉,努着对大黑眼珠,看着四围。大家不出声。他脱了小褂,紧了紧深月白色的“腰里硬”,把肚子杀进去,给手心一口吐沫,抄起大刀来:

“诸位,王三胜先练趟瞧瞧。不白练,练完了,带着的扔几个;没钱,给喊个好,助助威。这儿没生意口。好,上眼!”

大刀靠了身,眼珠努出多高,脸上绷紧,胸脯子鼓出,像两块老桦木根子。一跺脚,刀横起,大红缨子在肩前摆动。削砍劈拨,蹲越闪转,手起风生,忽忽直响。忽然刀在右手心上旋转,身弯下去,四围鸦雀无声,只有缨铃轻叫。刀顺过来,猛的一个“跺泥”,身子直挺,比众人高着一头,黑塔似的。收了势:“诸位!”一手持刀,一手叉腰,看着四围。稀稀的扔了几个铜钱,他点点头。“诸位!”他等着,等着,地上依旧是那几个亮而削薄的铜钱,外层的人偷偷散去。他咽了口气:“没人懂!”他低声的说,可是大家全听见了。

“有功夫!”西北角上一个黄胡子老头儿答了话。

“啊?”王三胜好似没听明白。

“我说:你——有——功——夫!”老头子的语气很不得人心。

放下大刀,王三胜随着大家的头往西北看。谁也没看起这个老人:小干巴个儿,披着件粗蓝布大衫,脸上窝窝瘪瘪,眼陷进去很深,嘴上几根细黄胡,肩上扛着条小黄草辫子,有筷子那么细,而绝对不像筷子那么直顺。王三胜可是看出这老家伙有功夫，脑门亮，眼睛亮——眼眶虽深，眼珠可黑得像两口小井，深深的闪着黑光。王三胜不怕：他看得出别人有功夫没有，可更相信自己的本事，他是沙子龙手下的大将。

“下来玩玩，大叔！”王三胜说得很得体。

点点头，老头儿往里走。这一走，四外全笑了。他的胳臂不大动；左脚往前迈，右脚随着拉上来，一步步的向前拉扯，身子整着，像是患过瘫痪病。蹭到场中，把大衫扔在地上，一点没理会四围怎样笑他。

“神枪沙子龙的徒弟，你说？好，让你使枪吧；我呢？”老头子非常的干脆，很像久想动手。

人们全回来了，邻场耍狗熊的无论怎么敲锣也不中用了。

“三截棍进枪吧？”王三胜要看老头子一手，三截棍不是随便就拿得起来的家伙。

老头子又点点头，拾起家伙来。

王三胜努着眼，抖着枪，脸上十分难看。

老头子的黑眼珠更深更小了，像两个香火头，随着面前的枪尖儿转，王三胜忽然觉得不舒服，那俩黑眼珠似乎要把枪尖吸进去！四外已围得风雨不透，大家都觉出老头子确是有威。为躲那对眼睛，王三胜要了个枪花。老头子的黄胡子一动：“请！”王三胜一扣枪，向前躬步，枪尖奔了老头子的喉头去，枪缨打了一个红旋。老人的身子忽然活展了，将身微偏，让过枪尖，前把一挂，后把撩王三胜的手。拍，拍，两响，王三胜的枪撒了手。场外叫了好。王三胜连脸带胸口全紫了；抄起枪来，一个花子，连枪带人滚了过来，枪尖奔了老人的中部。老头子的眼亮得发着黑光；腿轻轻一屈，下把掩裆，上把打着刚要抽回的枪杆；拍，枪又落在地上。

场外又是一片彩声。王三胜流了汗，不再去拾枪，努着眼，木在那里。老头子扔下家伙，拾起大衫，还是拉拉着腿，可是走得很快了。大衫搭在臂上，他过来拍了王三胜一下：

“还得练哪，伙计！”

“别走！”王三胜擦着汗，“你不离，姓王的服了！可有一样，你敢会会沙老师？”

“就是为会他才来的！”老头子的干巴脸上皱起点来，似乎是笑呢。“走；收了吧；晚饭我请！”

王三胜把兵器拢在一处，寄放在变戏法二麻子那里，陪着老头子往庙外走。后面跟着不少人，他把他们骂散。

“你老贵姓？”他问。

“姓孙哪，”老头子的话与人一样，都那么干巴。“爱练；久想会会沙子龙。”

沙子龙不把你打扁了！王三胜心里说。他脚底下加了劲，可是没把孙老头落下。他看出来，老头子的腿是老走着查拳门中的连跳步；交起手来，必定很快。但是，无论他怎么快，沙子龙是没对手的。准知道孙老头要吃亏，他心中痛快了些，放慢了些脚步。

"孙大叔贵处？"

"河间的，小地方。"孙老者也和气了些，"月棍年刀一辈子枪，不容易见功夫！说真的，你那两手就不坏！"

王三胜头上的汗又回来了，没言语。

到了客栈，他心中直跳，唯恐沙老师不在家，他急于报仇。他知道老师不爱管这种事，师弟们已碰过不少回钉子，可是他相信这回必定行，他是大伙计，不比那些毛孩子；再说，人家在庙会上点名叫阵，沙老师还能丢这个脸么？

"三胜，"沙子龙正在床上看着本《封神榜》，"有事吗？"

三胜的脸又紫了，嘴唇动着，说不出话来。

沙子龙坐起来："怎么了，三胜？"

"栽了跟头！"

只打了个不甚长的哈欠，沙老师没别的表示。

王三胜心中不平，但是不敢发作；他得激动老师："姓孙的一个老头儿，门外等着老师呢；把我的枪，枪，打掉了两次！"他知道"枪"字在老师心中有多大分量。没等吩咐，他慌忙跑出去。

客人进来，沙子龙在外间屋等着呢。彼此拱手坐下，他叫三胜去泡茶。三胜希望两个老人立刻交了手，可是不能不沏茶去。孙老者没话讲，用深藏着的眼睛打量沙子龙。沙很客气：

"要是三胜得罪了你，不用理他，年纪还轻。"

孙老者有些失望，可是看出沙子龙的精明。他不知怎样好了，不能拿一个人的精明断定他的武艺。"我来领教领教枪法！"他不由的说出来。

沙子龙没接碴儿。王三胜提着茶壶走进来——急于看二人动手，他没管水开了没有，就沏在壶中。

"三胜，"沙子龙拿起个茶碗来，"去找小顺们去，天汇见，陪孙老者吃饭。"

"什么？"王三胜的眼珠几乎掉出来。看了看沙老师的脸，他敢怒而不敢言的说了声"是啦！"走出去，撅着大嘴。

"教徒弟不易！"孙老者说。

"我没收过徒弟。走吧，这个水不开！茶馆去喝，喝饿了就吃。"沙子龙从桌子上拿起缎子褡裢，一头装着鼻烟壶，一头装着点钱，挂在腰带上。

"不，我还不饿！"孙老者很坚决，两个"不"字把小辫从肩上抡到后边去。

"说会子话儿。"

“我来为领教领教枪法。”

“功夫早搁下了，”沙子龙指着身上，“已经放了肉！”

“这么办也行，”孙老者深深的看了沙老师一眼，“不比武，教给我那趟五虎断魂枪。”

“五虎断魂枪？”沙子龙笑了，“早忘净了！早忘净了！告诉你，在我这儿住几天，咱们逛逛各处，临走，多少送点盘缠。”

“我不逛，也用不着钱，我来学艺！”孙老者立起来，“我练趟给你看看，看够得上学艺不够！”一屈腰已到了院中，把楼鸽都吓飞起去。拉开架子，他打了趟查拳：腿快，手飘洒，一个飞脚起去，小辫儿飘在空中，像从天上落下来一个风筝；快之中，每个架子都摆得稳，准，利落；来回六趟，把院子满都打到，走得圆，接得紧，身子在一处，而精神贯串到四面八方。抱拳收势，身儿缩紧，好似满院乱飞的燕子忽然归了巢。

“好！好！”沙子龙在台阶上点着头喊。

“教给我那趟枪！”孙老者抱了抱拳。

沙子龙下了台阶，也抱着拳：“孙老者，说真的吧；那条枪和那套枪都跟我入棺材，一齐入棺材！”

“不传？”

“不传！”

孙老者的胡子嘴动了半天，没说出什么来。到屋里抄起蓝布大衫，拉拉着腿：“打搅了，再会！”

“吃过饭走！”沙子龙说。

孙老者没言语。

沙子龙把客人送到小门，然后回到屋中，对着墙角立着的大枪点了点头。

他独自上了天汇，怕是王三胜们在那里等着。他们都没有去。

王三胜和小顺们都不敢再到土地庙去卖艺，大家谁也不再为沙子龙吹腾；反之，他们说沙子龙栽了跟头，不敢和个老头儿动手；那个老头子一脚能踢死个牛。不要说王三胜输给他，沙子龙也不是“个儿”。不过呢，王三胜到底和老头子见了个高低，而沙子龙连句硬话也没敢说。“神枪沙子龙”慢慢似乎被人们忘了。

夜静人稀，沙子龙关好了小门，一气把六十四枪刺下来；而后，拄着枪，望着天上的群星，想起当年在野店荒林的威风。叹一口气，用手指慢慢摸着凉滑的枪身，又微微一笑，“不传！不传！”

（原载《大公报》一九三五年九月二十二日文艺副刊第十三期）

（选自《中国新文学大系 1927—1937 · 小说集三》，上海文艺出版社 1984 年版）

## 【背景资料】

小说写作于1935年，原来是一部长篇小说的底子，因为“索稿火急”，所以把它改成短篇。老舍自己说过：“它本是我要写的‘二拳师’中的一小块。‘二拳师’是个——假如能写出来——武侠小说。在《断魂枪》里，我表现了三个人，一桩事。这三个人与这一桩事是我由一大堆材料中选出来的，他们的一切都在我心中想过了许多回，所以他们都能立得住。那件事是我所要在长篇中表现的许多事实之一，所以它很利落。拿这么一件小小的事，联系上三个人，所以全篇是从从容容的，不多不少正合适。”①

## 【主题意蕴】

小说写了过去名满西北的武术大师沙子龙在西方列强侵入中国后，把镖局改成了客栈，也不再把武术传人的故事。小说中主要写了三个人物，沙子龙不传因为他感到已无可传，他看到今后再也不是中国功夫与刀枪的时代，而他的徒弟王三胜年轻无知，仍然沉浸在东方大梦中。孙老头则代表着对中国传统的执著，他还未觉悟到世界已起变化。小说在短短的四千多字中写出了中国的历史尴尬，也透露出作家缅怀、无奈和愤激的心情。

## 【艺术特色】

首先，作品运用白描手法塑造人物，三个人物之间是烘托和对比的关系，使得人物简洁而传神。其次，作者使用了暗示和象征的手法：“断魂”不仅是沙子龙技艺的名称，也是他的技艺在现代武器前的无力，象征着中国魂魄的消失。再次，作品制造了冲突。小说以白天开始，白天，沙子龙的镖局已改成了客栈，他的东方大梦没法不醒。小说结束时，在夜静人稀的晚上，沙子龙在后院耍断魂枪。白天是现代，是属于洋枪洋炮的，黑夜是过去，是中国武术称雄的时代。这种日夜的冲突象征着沙子龙，也就是中国人内心里新与旧的冲突，这是现代中国人面临的困境，也是中国的困境。

## 【经典评论】

**樊峻认为**：“沙子龙之所以这般矜持、孤傲，是因为那支枪和那套枪（法）代表了昔日的光荣，与自己的全部价值、尊严以至于整个生命融为一体了——他对它怀着至死不渝的忠贞，它也只能为他个人所独占，两者共同地远离不再属于他

① 老舍：《我怎样写短篇小说》，《老舍文集》第15卷，人民文学出版社1991年版，第198页。

们的纷扰俗世。沙子龙宛如一个坚定虔诚的殉道者。作者珍惜他的这种操守与品德。超越了一般的惆怅伤感，作品传出的是深沉的人生感叹。整篇小说，特别是结尾，因为渗透着这样的情愫，而笼罩在诗意葱茏的氛围之中。这样的作品，都强烈地表现出作家思想感情上的这种倾斜。”

——《认识老舍》（下），《文学评论》1996年第6期

**杨义认为**：“小说真切而精致地写出了一个蜕变时代旧风气的衰微，精湛的构思包含着浓郁而复杂的感情，既灌注着国道不振而国术没落的感慨，也流露了与昨天告别时的留恋和悲凉。小说充满着一种古老文化兴衰嬗变的历史悲凉感。”

——《推荐老舍〈断魂枪〉》，《语文建设》2003年第2期

## 【思考练习】

1. 你认为沙子龙是怎样的一个人？
2. 作品设置的三个人物之间有何关系，他们有何象征意义？
3. 小说结尾处沙子龙所说的“不传，不传”的含义是什么？

# 骆驼祥子(梗概)

身强力壮的青年农民祥子,失去父母和土地后,被迫跑到城里,在刘四开办的人和车厂当上了人力车夫。好胜、要强的祥子凭着力气拉车挣钱,指望自己能买一辆漂亮的洋车,不再受人的气,做一个“自由的洋车夫”。他早出晚归,忍饥受冻,不抽烟不喝酒,风里雨里整整拼了三年,终于攒足了钱买了一辆新车。他非常激动,感到生活充满了希望,拉车也拉得越来越起劲儿。

但好景不长,北平城外军阀混战,大兵到处抓人抓车。有一天,祥子为了多挣两块钱,抱着侥幸心理拉客出城。不料走到半路,连人带车被十来个兵捉去。他在兵营里只好每天给大兵们扛行李,挑水烧水喂牲口。他心疼那辆自己用血汗挣来的车。后来大兵们吃了败仗,祥子趁黑从兵营里偷跑回来,还顺手拉了三匹大兵撤退时落下的骆驼,把它们卖了35块钱,从此他就有了“骆驼祥子”的外号。

祥子没有家,他就住在老板刘四爷的车厂里。刘四爷开的车厂有60多辆车,女儿虎妞协助他管理。虎妞是个三十七八岁的老姑娘,长得虎头虎脑,像个男人一样。刘四爷管外,虎妞管内,父女俩把人和车厂治理得铁桶一般。祥子对车有一种特殊的喜好,平时也不愿闲着,擦车、打气、晒雨布、抹油……干得高高兴兴。因此有时祥子虽然不拉刘四爷的车,刘四爷仍允许他一直住在厂里。虎妞为人泼辣,没人敢惹。她爱上了比自己小十多岁、老实巴交的祥子。一天晚上,虎妞诱使他喝酒,然后和祥子睡了一夜。祥子清醒后十分懊闷,并开始竭力躲避她,来到大学教授曹先生家里拉包月车。祥子把挣的钱都攒在闷葫芦罐里,一心还想买辆车。

不料一天晚上,虎妞找上门来,硬说有了身孕,一定要和祥子成亲。祥子脑子里乱哄哄的,虎妞临走时,把祥子存在刘四爷那里的30元钱还给他,要他在她父亲生日那天去给刘四爷拜寿,讨老头子喜欢,再设法让刘四爷招他为女婿。

祭灶的那一天,祥子拉着曹先生回家,这时,一个跟踪曹先生的侦缉队员来到下房,把祥子辛辛苦苦攒的钱全抢走了。连遭厄运的祥子只好离开曹家,又回到人和车厂,去给刘四爷拜寿。地痞流氓出身的刘四,认定祥子高攀虎妞,是惦记他那60多辆洋车,认为女儿嫁给一个车夫是丢他的脸,扬言宁肯放火把车厂烧了,也不让他们得到便宜。虎妞表示非嫁给祥子不可,和祥子一起离开了,祥子只得和虎妞成了亲。

祥子和虎妞在一个大杂院租了两间大房子,婚后祥子才知道,虎妞并没有真怀孕,祥子感到受了骗,十分讨厌她。于是又开始拉车,但是,他发现自己越来越不行了,浑身没有力气。过了一段时间,虎妞去人和车厂找刘四爷,才知道刘四卖掉了车厂，人也无影无踪了。

祥子婚后住在穷苦人生活的大杂院里，继续拉车，天热下暴雨后，祥子生了一场大病，在家躺了整整一个月，吃了不少药，花费了不少钱。病情轻了后又去拉车，可是没拉几天，又病倒了，躺了一个多月后，只好再去拉车赚钱。这时虎妞真的怀孕了，她成天不出门，不下炕，只是躺在炕上吃零食，这样，他们的生活更加贫困。街坊二强子也是拉车的，他为了一家人活命竟逼女儿小福子卖身为娼，祥子对小福子的遭遇充满了同情。不久，虎妞难产而死，小福子心中早已隐藏着对祥子的感情，可是穷困却不能使他们结合。祥子对小福子说："你等着，等我混好了就来接你！"然而，生活的煎熬，使小福子再不能等待了。当对未来充满希望的祥子去接她时，只见到树杈上挂着她上吊的绳套。他回到车厂，昏睡了两天，醒来后，祥子什么也不管，将就着活下去就是一切，他什么也无需再想了。好胜心强的祥子在绝望中走向毁灭。

## 【背景资料】

《骆驼祥子》是老舍的长篇代表作，创作于 1936 年。作者曾受英国作家狄更斯影响，创作过《老张的哲学》、《赵子曰》等小说，幽默嬉笑的色彩比较重。但 1930 年老舍从英国回来，面对满目疮痍的祖国，作品的格调开始变得沉重起来，《骆驼祥子》就是他那个时期的作品。老舍曾说，"这本书和我的写作生活有很重要的关系。在写它以前，我总是以教书为正职，写作为副业"，但这时他教书教厌了，想当作家："《骆驼祥子》是我作职业写家的第一炮，这一炮要放响了，我就可以放胆的作下去，每年预计着写出两部长篇小说来。不幸这一炮若是不过火，我便只好再去教书，也许因为扫兴而完全放弃了写作。"①作品于 1936 年 9 月开始在《宇宙风》上连载。

## 【主题意蕴】

小说反映了 20 世纪 20 年代末 30 年代初旧中国个体劳动者的悲惨命运，以主人公祥子买车的三起三落为叙述的中心线索，淋漓尽致地表现了旧社会人力车夫的苦难生活，艺术地概括了祥子从充满希望，到挣扎苦斗，直到精神崩溃，走向堕落的悲惨一生，愤怒地揭露和声讨了把祥子逼进深渊的黑暗社会。小说有力地说明了在旧社会仅凭个人奋斗发家只不过是一种幻想。

---

① 老舍：《我怎样写〈骆驼祥子〉》，《老舍研究资料》，北京十月文艺出版社 1985 年版，第 606、607 页。

## 【艺术特色】

小说以祥子买车为情节发展线索，将笔锋伸向了广阔的社会生活领域，描绘了一幅动荡不安、恐怖黑暗的社会众生图，展现了高超的艺术技巧：首先，作品采用了传统小说的单线结构方式。作品紧紧围绕祥子的希望—奋斗—绝望—堕落这条生活道路的主线，安排事件，展开情节，并引出其他人物，单纯严谨，不枝不蔓，既充分展示了主人公祥子性格发展变化的轨迹，又深刻揭示了祥子性格的发展变化与其所处的广阔而复杂的社会环境之间的密切关系。其次，作品运用心理描写的方法成功地塑造了祥子的形象。在无朋、无友、无依靠的生活环境中，祥子养成了爱想不爱说的沉默寡言的性格。他的眼老看着自己的心，想好了就干，不爱和别人商量。大段的心理描写不但刻画了性格，代祥子述说内心的痛苦和愤怒，也表达了作者对祥子命运深切的同情和对黑暗社会强烈的义愤。除了直接的心理描写之外，作品还通过外在的故事情节书写了祥子的心灵、心理的变迁历程：希望—失望—绝望。再次，在语言方面，熟练、准确地运用北方人民的口头语言，朴实、平易、简洁明快，又富有浓郁的地方色彩和生活气息。同时在叙述、描写之中插入议论。最后，作品含有深厚文化的意蕴。写北京的生活，北京的车夫，旁及北京种种的人情风俗，在炎凉的世态中揭示文化。

## 【经典评论】

**刘中树等认为：**“我们读《骆驼祥子》，感到整个作品充满了北京地区的生活风光，一幅幅色彩鲜明的北京风俗画和世态画活生生地展现在我们眼前。祥子、虎妞、刘四、小福子……个个都具有鲜明的性格特征，他们每说一句话，每发出的一个声音，都达到了闻其声如见其人的地步。”

——《中国现代百部中长篇小说论析》上卷，吉林大学出版社 1986 年版，第 518 页

**司徒珂的评价是：**“与其说《骆驼祥子》是祥子一生的历史，不如说是影响祥子生活、左右祥子幸与不幸的社会的一个写照。”

——《评〈骆驼祥子〉》，《中国文艺》第 1 卷第 6 期，1940 年

## 【思考练习】

1. 身强力壮、有上进心的祥子，为何后来会自暴自弃、不思进取？
2. 作品是如何运用心理描写展现祥子内心世界的？
3. 作品中的虎妞是一个怎样的形象？她对祥子性格的变化有何影响？

# 沈从文

## 阿　金

黄牛寨十五赶场，鸦拉营的地保，在场头上一个狗肉铺子里，向预备与一个寡妇结婚的阿金进言。他说话的本领与吃狗肉的本领一样好，成天不会餍足。

“阿金管事，你让我把话说尽了。听不听在你。我告你的事是清清楚楚的。事情摆在你面前，要是不要，你自己决定。你不是小孩子了。你懂得别人不懂的许多事，——譬如扒算盘，九九归一，就使人佩服。你头脑明白，不是醉酒。你要讨老婆，这是你的事情。不过我说，女人的脾气太难捉摸了。我们看到过许多会管账的人管不了一个老婆。我们又承认，有许多人带兵管将有作为，有独断，一到女人面前就糟糕。为什么巡防军的游击大人的笑话会遐迩皆知？为什么有人说知县怕老婆还拿来扮戏？为什么在鸦拉营地方为人正直的阿金也……”

话是说有些人是讨不得的。所谓阿金者，这时听厌了，起了身，想走。

地保隔了桌子把阿金拉着，不放手。走是不行的。地保力气大，能敌两个阿金。

“别着急！你得听完我的话再走不迟！我不怕人说我有私心，愿意鸦拉营的正派人阿金做地保的侄婿。我不图财，不图名，劝你多想一天两天。为什么这样缺少耐心？我的话你不能听完，将来哪里能同那女人相处长久？”

“我的哥，你放我，我听你说！”

地保笑了，他望阿金笑，笑阿金的为女人着迷，全无考虑，又笑自己做老朋友非把话说完不可。见到阿金样子像求情，倒觉得好笑起来了。不拘是这时，是先前，地保对阿金原完完全全是一番好意的。

除了口多，地保是在鸦拉营被所有人称为好人的。就是口多，爱说话，在许多人面前也仍然不算坏人啊！爱说话，在他自己是无恶意的。一个地保，他若不爱说话，成天到各处去吃酒坐席，仿佛哑子，地保的身份，要在什么地方找呢？一个知县太爷的本分，可以说是专拿来坐轿子下乡，把个一百四十八斤结结实实的身体，给那三个轿夫压一身臭汗，此外用处不多。一个地保不善于说话可不成其为地保。

这时地保见阿金重复又坐下了，他把拉阿金那一只右手，拿起桌上的刀来就割，割了就往口里送。（割的是狗肉！）他嚼着那肥狗肉，从口中发出咀嚼的声音，把眼睛略闭复睁开，话又说到了阿金的婚事。

…………

总而言之是他要阿金多想一天。就只一天,因为不能说不赞成这事,所以他说应多想一个时间,仿佛这一天有极大关系存在,一到明天就“革命”似的,使世界一切发生了变化。这婚事阿金原是预备今晚上就定规的,抱兜里的钱票一束就是预备下定钱作聘礼用的东西。这乡下人今年三十三岁,他手摸钞票洋钱摸厌了。一双数惯钱钞的手,如今存心想换换花样,算不得是怎样不合理的欲望!但是经不住地保用他的老友资格一再劝告,且所说的只是一天的事,只想一天,想不想还是由自己,不让步真像对不起这好人,他到后只好答应下来了。

为了使地保相信,——也似乎为了使地保相信才能脱身的缘故,阿金管事举起杯,喝了一杯白酒,当天赌了咒,说是今天决不上媒人家走动,绝对要回家考虑,绝对要想想利害。赌过咒,地保方面得了保证,到后是近于开释把阿金管事放走了。

阿金在乡场上各处走动,今天场上苗族女人格外多。各处是年轻的风仪,年轻的声音,年轻的气味,因此阿金更不能忘记那寡妇。乌婆族的女人是妖是神,比酒还使人沉醉,不承认是不行的。这管事,打量娶进门的女人,就正是乌婆族中身体顶壮肌肤顶白的一个女人!

别的许多大地方,有钱的人照例可以做许多事情,钱总有个花处。阿金是苗人,生长在苗地,他不明白这些城里人事情。他只按照一个平常人的希望,要得到一种机会,将自己的精力,用在一个妇人身上去。精致的物品只合那有钱的人享用,这话凡是世界上用货币的地方都通行。这妇人的聘礼值五头黄牛,凡出得起这个价的人都有作丈夫资格,所以阿金管事就很有理由的想娶这个妇人了。

妇人是新寡,出名的美。大致因为美,引起了许多人的不平,许多无从与这个妇人亲近的汉子中就有了只有男子才会有的谣言,地保既是阿金的老友,自然就觉到一分责任了。地保劝阿金,不是为自己有侄女看上了阿金,也不是自己看上了那妇人,这意思是得到了阿金管事谅解的。既然谅解了老友,阿金当真是不方便在今天上媒人家了。

知道了阿金不久将为那美妇人的新夫的大有其人。这些人,同样的今天来到了黄牛寨场上会集,见了阿金就问,什么时候可吃酒。这正直乡下人,在心上好笑,说是快了吧,在一个月以内吧,答着这样话时的阿金管事是非常快乐的。因为照规矩一面说吃酒,一面就有送礼物道贺意思。如今是十月,十月小阳春,山桃也开了花,正是各处吹唢呐接亲的好节季!

说起这妇人,阿金管事就仿佛捏到了妇人腿上的白肉,或贴着了妇人的脸,有说不出的兴奋。他的身虽在场坪里打转,他的心是在媒人那一边。人家那一边也正等待阿金一言为定。

虽然赌了小咒,说决定想一天再看,然而终归办不到,他到后又向做媒那家走去了。走到了街的一端狗肉摊前时,遇见了好心的地保,把手一摊,拦住了去路。

“阿金管事,这是你的事,我本来不必管。不过你答应了我想一天!”

原来地保等候在那里。阿金连话也不多听,就回头走了。

地保是候在那去媒人家的街口,预备拦阻阿金的。这关切真来得深厚。阿金知道这意思,只有赶快回头一个办法。

他回头时就绕了这场走,到卖牛羊处去,看别人做牛羊买卖。认得到阿金管事的,都来问他要不要牛羊。他只要人。他预备是用值得五只黄牛的钱去换一个人。望到别人的牛羊全成了交易,心中难过,不知不觉又往媒人家路上走去。老远就听到那地保和他人说话的声音,知道还守在那里,像狗守门,所以第二次又回了头。

第三次是已走过了地保身边,却又被另一人拉着讲话,所以为地保见到,又不能进媒人家的。

第四次他还只起了心,就有另一个熟人来,说是地保还坐在那狗肉摊边不动,和人谈天。阿金真不好意思再过去冒险了。

地保的好心肠的的确确全为阿金打算的。他并不想从中叨光,也不想拆散鸳鸯。究竟为什么一定不让阿金抱兜的钱,送上媒人的门,是一件很不容易明白的事,但他是有道理的。好管闲事的脾气,这地保平素有一点也不多,独独今天他却特别关心到阿金的婚事。为什么缘故?因为妇人太美,相书上是克夫。

为了避开这麻烦,决计让地保到夜炊时回家,再上媒人家去下定钱,阿金管事无意中走到赌场里面去看看热闹。进了赌场以后,出来时,天是真已入夜了。这时无论如何地保应回家吃红炖猪脚去了,但阿金抱兜已空,所有钱财业已输光,好像已无须乎再上媒人家了。

过了几天,鸦拉营为人正直执情的地保,在路上遇到那为阿金做媒的人,问到阿金管事的婚事究竟如何。媒人说阿金管事出不起钱,妇人已归一个远方绸商带走了。亲眼见到阿金抱兜里一大束钞票的地保,以为好友阿金已相信了他的忠告,觉得美妇人是不能做妻,因此将做亲事的念头打消了,即刻就带了一大葫芦烧酒走到黄牛寨去看阿金管事,为老朋友的有决断致贺。

一九二八年十二月作

(选自《沈从文文集》第8卷,花城出版社,生活·读书·新知三联书店香港分店1983年版)

## 【背景资料】

1922年,沈从文离开湘西去北京,在外面环境的影响和自己的写作过程中他深察了包括从前的他自己在内的湘西人随波浮沉的生命状态。1928年,沈从文离开新文学的首都北京到了新的文化中心上海。在这里,古老的湘西世界在与现代都市上海的对照中获得了丰富的意义和价值。当沈从文1928年12月写作《阿金》时,他已经跳出古老的湘西,开始理智地思考并把握自身命运。但是故乡湘西人大多仍如一叶扁舟,在各种偶然与必然相互撞击的人生之海中泛上落下,他们把捉不到自己生命的舵桨。对于不但“需要活的幸福更需要活的尊贵的生命”而言,这种无法逆料的环境恰是一张无常之网。于是他写下了这个小故事。

## 【主题意蕴】

小说写了年轻强壮的管事阿金在求婚的路上被好事的地保阻拦,地保让他多考虑一天并作了行为上的阻拦。在多次受阻后,阿金在赌场上输光了钱,没有再娶青年寡妇的可能了。这是一个非常简单、不见血泪甚至带点谐趣的乡村平凡故事。从中可以看到在湘西牧歌似的环境中人们随波浮沉、任人摆布的现实处境,展现出一幅平淡而内蕴深厚的真正的人生悲剧的画面,表现出作家对小人物在特定生存条件下所做的一切事情的理解、宽容与祈愿,以及对一切人性美丑模糊处的近乎诗意的关照,传达出作家对湘西人民生存状态的沉忧隐痛及内心对这些人的真正关爱。

## 【艺术特色】

作家用平淡的笔墨进行讲述,环境和风情的描写带着浓厚的湘西风情,人物的塑造也没有过多的笔墨,只是从人物所处的环境来折射其心理。沈从文以写实的笔法,描写了湘西人的生存状态:他们是知足,懵懂,没有主动权的,一个漂亮女人等于五头黄牛,而她没有自由选择夫婿的可能。作品还以质朴的语言表现了湘西人的心理:原始、落后及一种认命的心理,他们觉得任何事情都有规矩,即县太爷有县太爷的气派,而地保的私心是不成为私心的。在行文上,小说的文笔非常优美,给读者以阅读散文的感觉。

## 【经典评论】

**凌宇在《从边城走向世界》中评论说:**“沈从文对‘乡下人’性格的刻画,很少或几乎不在激烈的外部冲突中完成。这里,极少生活表层的血、泪与生的挣扎,而是集中以平常的生活事件揭示人物的灵魂。”

——《从边城走向世界》生活·读书·新知三联书店1985年版,第287页

## 【思考练习】

1. 谈谈你对阿金性格的认识,沈从文在他的身上寄托了怎样的情怀?
2. 你觉得地保为何要阻止阿金,是有个人目的,还是为朋友考虑?
3. 请联系沈从文的其他湘西小说作品,思考其中塑造了几种人物类型?

# 边城（梗概）

湘西边境，有一个名叫茶峒的小小的山城。城外有条小溪，溪边有一位管理渡船的70岁的老人，他和女儿的遗孩“翠翠”生活在一起。翠翠在外祖父的爱抚和大自然的哺育下渐渐地长大了。她聪明活泼，乖巧善良，从小练就了一身摆渡的本领，成为外祖父的好助手。祖孙二人相依为命，年复一年地辛劳在溪边。

边城茶峒傍山依水，临水一面在城外设有码头。贯穿码头有一条河街，居民们便在这僻远的“水乡”过着安静和平的生活。掌管码头的船总名叫顺顺，他为人慷慨无私，在茶峒河街上算得上是个德高望重的人物。他有两个彪壮的儿子：大老叫天保，二老叫傩送。两个年轻人都结实如小公牛，能驾船，能泅水，善走长路。大老豪放豁达，不拘常套小节，颇近父亲的气质；二老聪明洒脱，富有感情，仪表出众，船家人给他起了个诨名叫“岳云”。

翠翠13岁那年，和外祖父一道进城去看赛舟。外祖父放心不下渡口先回。翠翠完全陶醉在端午节日的欢乐里，直到天色渐晚时也不见外祖父回来接她，才感到有些惶惑。二老傩送想帮她却遭到了误解而挨骂，然而二老并不计较，回去后派人拿了废缆绳做的火把把翠翠护送回家。途中，翠翠才知道方才那个漂亮的少年就是她早就听说过的“岳云”二老。从此，二老的影子就悄悄地嵌进了这位纯真少女的心房。

又是一个端午节，二老傩送亲到溪边，邀请翠翠和外祖父去看龙舟，翠翠在人群中听到了关于二老的议论。原来，住在巾寨的王团总正在为女儿以一座崭新的碾坊作陪嫁向顺顺家里的二老求婚。翠翠听到这消息，小小的心腔里竟充满了一种说不分明的东西。

不久，顺顺家里竟让杨马兵做媒人，到溪边向驾船的攀亲来了。不过不是为“岳云”二老，而是为大老天保。翠翠不知如何处理这个崭新的问题。翠翠的婚事不仅打破了自家多年来固有的宁静，在顺顺家也掀起了出人意料的风波。大老和二老都知道了双方的心事，两人达成协议，用对歌的风俗来决定各自的幸福。

第二天，老船夫借故去送药，探听情形。在河街见到了大老，原来昨晚哥哥因为走车路占了先，无论如何不肯先开腔唱歌，一定让弟弟先唱。弟弟一开口，哥哥就明知不是对手，便一直没有开腔。翠翠同外祖父听到的歌声全是二老所唱。可是那缠绵的歌声以后却再也没有响起过。

老船夫实在忍不住了，到城里去寻那个年轻的小伙子。小伙子没有找到，却得到了一个意外的消息：天保知道翠翠喜欢傩送，为了成全弟弟，外出闯滩，遇意外而死。傩送觉得自己对哥哥的死负有责任，抛下翠翠出走他乡。

老船夫精神受到刺激，一下子苍老了许多，脸上的笑容明显减少了，因翠翠的婚事操心担忧，在风雨之夜去世。屋后的白塔也已倒塌。

老船夫突然病故的消息随着翠翠的痛哭声，很快传遍了小小的边城。船总顺顺立即派人找了一只空船，带了副白木棺过去。杨马兵同另一个老军人也赶到溪边，做成筏子作为临时的渡船，城里的道士也赶来为这辛劳一生的老人办理念经诸事。丧事料理完毕，好心的顺顺也一再来商量着接翠翠到家里去住，可翠翠却想着守外祖父的坟山，不愿进城。

翠翠辫子上扎了白绒，驾着一只新做的渡船，热情地摆渡来往的旅客，默默地等候着心上人。到了冬天，那座倒塌了的白塔，又重新修好了，可那个在月下唱歌，使翠翠在睡梦里因歌声把灵魂浮起的年轻人，却不曾回到茶峒来。

这个人也许永远不回来了，也许明天回来！

## 【背景资料】

《边城》写于1933年，刊于1934年《国闻周报》第11卷，同年由上海生活书店出单行本。创作《边城》时，作者由于对社会政治的疏离，厌恶所谓的现代文明，痛恨现实的黑暗，于是在《边城》中构筑了一个理想世界，以此寄托他重造民族的希望，表达自己对理想人生的执著追求，后来他在谈及《边城》时说："我要表现的本是一种'人生的形式'，一种'优美、健康、自然，而又不悖乎人性的人生形式'。"①

## 【主题意蕴】

《边城》以湘西小山城茶峒及附近乡村为背景，描写一个老船夫和他的外孙女翠翠的生活，以及翠翠与船总的儿子天保、傩送之间曲折的爱情故事。它是一曲充满爱和美的田园牧歌。翠翠俨然是爱和美的化身，她是一个刚刚脱离儿童气的船家少女，一举一动带着稚气，体现了一种童真美。她心灵美好，犹如一曲湘西边地的淳朴、天真的歌谣。作品细腻地刻画了纯真的男女之爱、和美的亲属之情、质朴的邻里之睦，生动地展现了边城人民健康、优美、淳朴的民风和人情，讴歌一种淳厚的象征着"爱"与"美"的人性与人生，表达了作者内心对理想人生的执著追求。

## 【艺术特色】

沈从文善于描写湘西边地特有的民俗风情，水光山色，以构成其理想的人生

---

① 沈从文：《〈边城〉题记》，《沈从文选集》第5卷，四川人民出版社1983年版，第231页。

形态。代表作《边城》即体现了这样一种审美追求。首先,小说通过翠翠的淳朴,渲染了一种强烈的人性美和人情美。翠翠的童真纯情、害羞矜持却又始终不渝,与当时的时代女性形成了强烈反差。其次,小说描写了湘西边地特有的风俗美,这种原始野性的风情和田园牧歌的情调淡化了社会矛盾;再次,小说不以曲折的情节取胜,而是创造了一种诗化的意境,给读者留下了回味的空间。小说是存在着情节性的,但是它把情节性埋藏在诗情画意之中。《边城》擅长以景物的描写来烘托人物的性情遭遇,渲染气氛,推动情节的发展。

《边城》语言风格独具特色,古朴、深沉、简隽。对人物形象的刻画极其简洁,注重以人物外部的行为动作描写来代替肖像描绘,着重表现人物心灵深处若有若无的情思以及对爱情的那种朦朦胧胧的情怀,从而更加鲜明地突现了人物的个性形象。没有直接描写人物外貌,但人物的神态、举止和个性特征却栩栩如生地立在读者面前。

## 【经典评论】

**夏志清这样评价《边城》的艺术特色**:"玲珑剔透牧歌式的文体,里面的山水人物呼之欲出。……《边城》是最完善的代表作。"

——《中国现代小说史》,复旦大学出版社 2005 年版,第 146 页

**王晓明认为**:"沈从文已初步形成自己的个人文体了。先以歌咏田园诗般的散文笔调缓缓地展开对湘西人纯朴风情的细致描述,最后却以一个出人意料的转折,一下子打断前面的歌咏,把你推入对人生无常的强烈预感之中:这就是沈从文个人文体的最显著的形式特征。"

——《潜流与漩涡》,中国社会科学出版社 1991 年版,第 122 页

## 【思考练习】

1.《边城》向我们展示了一个怎样的湘西世界?

2.《边城》中对田园式湘西世界的描写,表达了作者什么样的人生追求?

3.《边城》最后写到了屋后白塔倒塌,又重新建成,这有什么象征意义?

# 废名

## 桃园

王老大只有一个女孩儿，一十三岁，病了差不多半个月了。王老大一向以种桃为业，住的地方就叫做桃园，——桃园简直是王老大的另一个名字。在这小小的县城里再没有别个种了这么多的桃子。

桃园孤单得很，唯一的邻家是县衙门，——这也不能够叫桃园热闹，衙门口的那一座“照墙”望去已经不现其堂皇了，一眨眼就要钻进地底里去似的，而照墙距“正堂”还有好几十步之遥。照墙外是杀场，自从离开十字街头以来，杀人在这上面。说不定王老大得了这么一大块地就因为与杀场接壤哩。这里，倘不是有人来栽树木，也只会让野草生长下去。

桃园的篱墙的一边又给城墙做了。但这时常惹得王老大发牢骚，城上的游人可以随手摘他的桃子吃。他的阿毛倒不大在乎，她还替城墙栽了一些牵牛花，花开的时候，许多女孩子跑来玩，兜了花回去。上城看得见红日头，——这是指西山的落日，这里正是西城。阿毛每每因了这一个日头再看一看照墙上画的那天狗要吃的一个，也是红的。当那春天，桃花遍树，阿毛高高的望着园里的爸爸道：

“爸爸，我们桃园两个日头。”

话这样说，小小的心儿实在满了一个红字。

你这日头，阿毛消瘦得多了，你一点也不减你的颜色！

秋深的黄昏。阿毛病了也坐在门槛上玩，望着爸爸取水。桃园里面有一口井。桃树，长大了的不算又栽了小桃，阿毛真是爱极了，爱得觉着自己是一个小姑娘，清早起来辫子也没有梳！桃树仿佛也知道了，阿毛姑娘今天一天不想端碗扒饭吃哩。爸爸担着水桶林子里穿来穿去，不是把背弓了一弓就要挨到树叶子。阿毛用了她的小手摸过这许多的树，不，这一棵一棵的树是阿毛一手抱大的！——是爸爸拿水浇得这么大吗？她记起城外山上满山的坟，她的妈妈也有一个，——妈妈的坟就在这园里不好吗？爸爸为什么同妈妈打架呢？有一回一箩桃子都踢翻了，阿毛一个一个的朝箩里拣！天狗真个把日头吃了怎么办呢？……

阿毛看见天上的半个月亮了。天狗的日头，吃不掉的，到了这个时分格外的照澈她的天，——这是说她的心儿。

秋天的天实在是高哩。这个地方太空旷吗？不，阿毛睁大了的眼睛叫月亮装满了，连爸爸已经走到了园的尽头她也没有去理会。月亮这么早就出来！有的时候清早也有月亮！

古旧的城墙同瓦一般黑，墙砖上青苔阴阴的绿，——这个也逗引阿毛。阿毛似乎看见自己的眼睛是亮晶晶的！她不相信天是要黑下去，——黑了岂不连苔也看不见？——她的桃园倘若是种橘子才好，苔还不如橘子的叶子是真绿！她曾经在一个人家的院子旁边走过，一棵大橘露到院子外，——橘树的浓阴俨然就遮映了阿毛了！但小姑娘的眼睛里立刻又是一园的桃叶。

阿毛如果道得出她的意思，这时她要说不称意罢。

桃树已经不大经得起风，叶子吹落不少，无有精神。

阿毛低声的说了一句：

"桃树你又不是害病哩。"

她站在树下，抱着箩筐，看爸爸摘桃，林子外不像再有天，天就是桃，就是桃叶，——是这个树吗？这个树，到明年又是那么茂盛吗？那时她可不要害病才好！桃花她不见得怎样的喜欢，风吹到井里去了她喜欢！她还丢了一块石头到井里去了哩，爸爸不晓得！（这就是说没有人晓得）……

"阿毛，进去，到屋子里去，外面风很凉。"

王老大走到了门口，低下眼睛看他的阿毛。

阿毛这才看见爸爸脚上是穿草鞋，——爸爸走路不响。

"爸爸，你还要上街去一趟不呢？"

"今天太晚了，不去，——起来。"

王老大歇了水桶伸手挽他的阿毛。

"瓶子的酒我看见都喝完了。"

"喝完了我就不喝。"

爸爸实在是好，阿毛可要哭了！——当初为什么同妈妈打架呢？半夜三更还要上街去！家里喝了不算还要到酒馆里去喝！但妈妈明知道爸爸在外面没有回也不应该老早就把门关起来！妈妈现在也要可怜爸爸罢！

"阿毛，今天一天没有看见你吃点什么，老是喝茶，茶饱得了肚子吗？我爸爸喝酒是喝得饱肚子的。"

"不要什么东西吃。"

慢慢又一句：

"爸爸，我们来年也买一些橘子来栽一栽。"

"买一些橘子来栽一栽！你晓得你爸爸活得几年？等橘子结起橘子来爸爸进了棺材！"

王老大向他的阿毛这样说吗？问他他自己也不答应哩。但阿毛的橘子连根拔掉了。阿毛只有一双瘦手。刚才，她的病色是橘子的颜色。

王老大这样的人，大概要喝了一肚子酒才不是醉汉。

"这个死人的地方鬼也晓得骗人！张四说他今天下午来，到了这么时候影子也不看见他一个!”

“张四叔还差我们钱吗?”阿毛轻声的说。

“怎么说不差呢?差两吊。”

这时月亮才真个明起来,就在桃树之上,屋子里也铺了一地。王老大坐下板凳脱草鞋,——阿毛伏在桌上睡哩。

“阿毛,到床上去睡。”

“我睡不着。”

“你想橘子吃吗?”

“不。”

阿毛虽然说栽橘子,其实她不是想到橘子树上长橘,一棵橘树罢了。她还没有吃过橘子。

“阿毛,你手也是热的哩!”

阿毛——心里晓得爸爸摸她的脑壳又捏一捏手,枕着眼睛真在哭。

王老大一门闩把月光都闩出去了。闩了门再去点灯。

半个月亮,却也对着大地倾盆而注,王老大的三间草房,今年盖了新黄稻草,比桃叶还要洗得清冷。桃叶要说是浮在一个大池子里,篱墙以下都湮了,——叶子是刚湮过的!地面到这里很是低洼,王老大当初砌屋,就高高的砌在桃树之上了。但屋是低的。过去,都不属桃园。

杀场是露场,在秋夜里不能有什么另外的不同,“杀”字偏风一般的自然而然的向你的耳朵吹,打冷噤,有如是点点无数的鬼哭的凝和,巴不得月光一下照得它干!越照是越湿的,越湿也越照。你不会去询问草,虽则湿的就是白天里极目而绿的草,——你只再看一看黄草屋!分明的蜿蜒着,是路,路仿佛说它在等行人。王老大走得最多,月亮底下归他的家,是惯事,——不要怕他一脚踏到草里去,草露湿不了他的脚,正如他的酒红的脖子算不上月下的景致。

城垛子,一直排;立刻可以伸起来,故意缩着那么矮,而又使劲的白,是衙门的墙;簇簇的瓦,成了乌云,黑不了青天……

这上面为什么也有一个茅屋呢?行人终于这样免不了出惊。

茅屋大概不该有。

其实,就王老大说,世上只有三间草房,他同他的阿毛睡在里面,他也着实难过,那是因为阿毛睡不着了。

衙门更锣响。

“爸爸,这是打更吗?”

“是。”

爸爸是信口答着。

这个令阿毛爽快:深夜响锣。她懂得打更,很少听见过打更。她又紧紧的把眼闭住——她怕了。这怕,路上的一块小石头恐怕也有关系。声音是慢慢的度来,度过一切,到这里,是这个怕。

接着是静默。

"我要喝茶。"

阿毛说。

灯是早已吹熄了的,但不黑,王老大翻起来摸茶壶。

"阿毛,今天十二,明天,后天,十五我引你上庙去烧香,去问一问菩萨。"

"是的。"

阿毛想起一个尼姑,什么庙的尼姑她不知道,记得面孔,——尼姑就走进了她的桃园!

那正是桃园茂盛时候的事,阿毛一个人站在篱墙门口,一个尼姑歇了化施来的东西坐在路旁草上,望阿毛笑,叫阿毛叫小姑娘。尼姑的脸上尽是汗哩。阿毛开言道:

"师父你吃桃子吗?"

"小姑娘你把桃子我吃吗?——阿弥陀佛!"

阿毛回身家去,捧出了三个红桃。阿毛只可惜自己上不了树到树上去摘!

现在这个尼姑走进了她的桃园,她的茂盛的桃园。

阿毛张一张眼睛——

张了眼是落了幕。

阿毛心里空空的,什么也没有想,只晓得她是病。

"阿毛,不说话一睡就睡着了。"

王老大就闭了眼睛去睡。但还要一句——

"要什么东西吃明天我上街去买。"

"桃子好吃。"

阿毛并不是说话说给爸爸听,但这是一声霹雳,爸爸的眼睛简直呆住了,突然一张,——上是屋顶。如果不是夜里,夜里睡在床上,阿毛要害怕她说了一句什么叫爸爸这样!

桃子——王老大为得桃子同人吵过架,成千成万的桃子逃不了他的巴掌,他一口也嚼得一个,但今天才听见这两个字!

"现在那里有桃子卖呢?"

一听声音话是没有说完。慢慢却是——

"不要说话,一睡就睡着了。"

睡不着的是王老大。

窗孔里射进来月光。王老大不知怎的又是不平!月光居然会移动,他的酒瓶放在一角,居然会亮了起来!王老大怒目而视。

阿毛说过,酒都喝完了。瓶子比白天还来得大。

王老大恨不得翻起来一脚踢破了它！世界就只是这一个瓶子——踢破了什么也完了似的！

王老大挟了酒瓶走在街上。

“十五，明天就是十五，我要引我的阿毛上庙去烧香。”

低头丧气的这么说。

自然，王老大是上街来打酒的。

“桃子好吃，”阿毛的这句话突然在他的心头闪起来了，——不，王老大是站住了，街旁歇着一担桃子，鲜红夺目得厉害。

“你这是桃子吗！?”

王老大横了眼睛走上前问。

“桃子拿玻璃瓶子来换。”

王老大又是一句：

“你这是桃子吗！?”

同时对桃子半鞠了躬，要伸手下去。

桃子的主人不是城里人，看了王老大的样子一手捏得桃子破，也伸下手来保护桃子，拦住王老大的手——

“拿瓶子来换。”

“拿钱买不行吗？”

王老大抬了眼睛，问。但他已经听得背后有人嚷——

“就拿这一个瓶子换。”

一看是张四，张四笑嘻嘻的捏了王老大的酒瓶，——他从王老大的肋下抽出瓶子来。

王老大喜欢极了：张四来了，帮同他骗一骗这个生人！——他的酒瓶那里还有用处呢？

“喂，就拿这一个瓶子换。”

“真要换，一个瓶子也不够。”

张四早已瞧见了王老大的手心里有十好几个铜子，道：

“王老大，你找他几个铜子。”

王老大耳朵听，嘴里说，简直是在自己桃园卖桃子的时候一般模样。

“我把我的铜子都找给你行吗？”

“好好，我就给你换。”

换桃子的收下了王老大的瓶子，王老大的铜子张四笑嘻嘻的接到手上一溜烟跑了。

王老大捧了桃子——他居然晓得朝回头的路上走！桃子一连三个，每一个一大片绿叶，王老大真是不敢抬头了。

"王老大,你这桃子好!"

路上的人问。王老大只是笑,——他还同谁去讲话呢?

围拢来四五个孩子,王老大道:

"我替我阿毛买来的。我阿毛病了要桃子。"

"这桃子又吃不得哩。"

是的,这桃子吃不得,——王老大似乎也知道!但他低头看桃子一看,想叫桃子吃得!

王老大的欢喜确乎走脱不少。然而还是笑——

"我拿我阿毛看一看……"

乒乓!

"哈哈哈,桃子玻璃做的!"

"哈哈哈,玻璃做的桃子!"

孩子们并不都是笑,——桃子是一个孩子撞跌了的,他,他的小小的心儿没有声响的碎了,同王老大双眼对双眼。

一九二七年九月

(选自严家炎选编《中国现代各流派小说选》(三),北京大学出版社 1986 年版)

## 【背景资料】

短篇小说《桃园》作于 1927 年 9 月,载《小说月报》1928 年 1 月 10 日第 19 卷第 1 号,后收入上海开明书店 1928 年出版的短篇小说集《桃园》。这是作者早期创作的短篇小说集。

## 【主题意蕴】

《桃园》展示了以种桃为生的王老大和女儿阿毛相依为命的平凡人生。主人公是一个 13 岁的病女孩阿毛,作品主要以她的眼睛来观察周围人生。小说中的王老大与阿毛父女俩以种桃为业,以桃园为家。王老大无钱给女儿治病,为安慰生病的女儿,用酒瓶换回的三只玻璃桃子,但也被撞碎了。这玻璃碎片是多么深地扎进了一个父亲的心里,也带给读者心中久久难以抚慰的丝丝隐痛。作者在《桃园》中创造了一个象征世界,刻意编织了阿毛的梦,抒写着她的愿望:希望变态的灵魂回归自然,追求美、爱与真实,阿毛的理想也是作者的理想。然而在当时的现实中,这种理想多么脆弱。作者由衷地感叹理想与现实的冲突,他既追寻人的灵魂的真和美,却又有着美梦难圆的忧伤与不安。

## 【艺术特色】

小说具有明显的诗化风格，外在的形式简约与内在的情绪弥漫之间造成一种特有的张力，形成废名小说中明显的诗化风格。作品中父女俩的对话语言从来不是大段大段娓娓道来的谈话风格，而是极其简略、率真、平淡，却耐人寻味。除了对话语言之外，小说中的心理意识的描写也体现出《桃园》的诗化特征。作品自始至终贯穿着阿毛的意识流动，展示人物跳跃思绪联想，也形成作品情节和行文的诗式跳跃，句与句也有断隔，意象跳动，思路飘忽，为读者留下可想象的空白。与此相应的是，小说不很重视铺叙情节，带有明显的诗与散文的某些特征。作品中的景物描写，明显带有主观的感觉色彩，这些不同于通常的联想比喻，捕捉的是人物的主观感觉，特别表现一种孩子的天真意趣，同时又努力在人物心灵深处寻求美感和诗意，从而使作品产生出清新淡远的意境。

语言是活的、跳脱的、简约的、生辣的，能像诗词那样推敲锤炼，不时闪出新意，生发出美感。如《桃园》中写晚间关门："王老大一门闩把月光都闩出去了。闩了门再去点灯。"把月光闩出去，似乎是把来到屋里的客人闩出去一样。这里把月光拟人化了，轻灵而有诗意。

## 【经典评论】

**周作人认为**："文坛上也有做得流畅或华丽的文章的小说家，但废名君那样简练的却很不多见。"在人物刻画上，"废名君小说里的人物也是颇可爱的。这里边常出现的是老人、少女与小孩，这不是著者所见闻的实人世的，而是所梦想的幻景的写象"，"他们的身边总是围绕着悲哀的空气"。

——《〈桃园〉跋》，《苦雨斋序跋文》天马书店 1934 年版，第 132 页

**凌宇认为**："这是平凡而悲哀的故事。它使我们看到人物灵魂的痛苦的战栗。"但"作者对社会矛盾冲突缺少正面描写，即使是内心的矛盾冲突，也常常是一闪而过。……废名的作品，虽有哀愁，却少荡气回肠的深沉；虽有不平，却无震撼灵魂的伟力，情感与道德的力量都不足以通向深广博大。"

——《从〈桃园〉看废名艺术风格的得失》，《十月》1981 年第 1 期

**杨义这样评价作者的创作主旨**："废名笔下的风景画往往受诗情的启发，体现为意境的追求。《桃园》于稚趣中散发微微的感伤。……《桃园》以一种冲淡而有几分稚气的笔触来抒写作者的理想，但小说把这个桃园安排在城西，夕阳晚月，已经减退了《竹林的故事》中那种青春气息。"

——《废名小说的田园风味》，《中国现代文学研究丛刊》1982 年第 1 期

## 【思考练习】

1. 从王老大买玻璃桃子的事件中，你感受到什么？
2. 作品中阿毛的形象寄托着作者怎样的理想？
3. 你对废名小说的语言有什么感受？

# 柔　石

## 二月（梗概）

阳历二月初，厌倦了都市生活的青年知识分子萧涧秋应老同学陶慕侃的邀请，来到芙蓉镇中学任教。世外桃源般的芙蓉镇吸引了他，他对学校的环境非常满意，愿意在这里住上二三年。可是在来的船上遇到愁苦的青年妇人和她两个孩子的情景一直在他的脑海里浮现。

晚上，他和一些同事上校长陶慕侃家中吃饭，认识了陶慕侃的妹妹陶岚。这是一个美丽、聪明、高傲而有勇气的青年女性，她渴望飞出家庭狭小的笼子，去做一些有意义的事。萧涧秋也从他人的口中得知那愁苦的青年妇人叫文嫂，是他过去一位老同学的妻子，而老同学在最近的北伐战争中牺牲了，只留下了文嫂和两个孩子，家中无以为生。第二天，萧涧秋冒雪去看文嫂，决定把自己每月薪水的一半给她养家，并且带女孩采莲上学。陶岚邀请萧涧秋去家中弹琴，从琴声中感受到了萧涧秋内心深处的惆怅和茫然，被他深深地吸引了。晚上她就让哥哥给萧涧秋带来了信，表达了自己内心的痛苦和对萧涧秋的爱慕。面对陶岚的天真可爱，萧涧秋不知如何来回答，他觉得姑娘放出的爱丝几乎将他缠得不能动弹。在回信中，他以弟称陶岚，两个人达到了心灵的沟通。

学校的同事钱正兴是一个纨绔子弟，正在拼命追求陶岚，而且愿意答应一切刁钻的条件，但是萧涧秋的到来，让他的追求变得不可实现。因求婚不允，钱正兴威胁校长要辞职。采莲来学校读书，引起了很多人的侧目。刚刚一个月，萧涧秋在芙蓉镇就受到校内校外人的攻击了。他常到年轻寡妇文嫂家及他对孩子们亲昵的态度在小镇人看来是有目的的，他们到处猜测谈论。但是萧涧秋摆着笑骂由人、我行我素的态度，仍然快乐地帮助文嫂。在校内，他和陶岚互递书信，密切接触遭来了同事们的嫉妒。这也影响到学校的正常工作。这时，被文嫂视为生命的小儿子得了重病不幸夭折，为了挽救孤苦的母女，萧涧秋决定牺牲自己的爱情而与文嫂结婚，但他的计划还未实施的时候，文嫂就上吊了。

各方面的打击，让萧涧秋病了，他决定去女佛山旅游。萧涧秋走了以后，没有再回来，在给陶慕侃的信中，他回顾了自己在芙蓉镇几个月的生活，诉说了自己在文嫂和陶岚之间的摇摆，并说决定去上海看看，等一切安排好后就来接采莲。

## 【背景资料】

柔石于1925年离开家乡,在北京一边读书,一边写作,他发觉自己和社会格格不入,于是在1926年回南方从事了一段教育工作,后处境险恶避祸到上海,结识了鲁迅。柔石自从接近鲁迅后,鲁迅的战斗锋芒和对社会解剖的深刻性,以及文学要真实地表现血肉人生的现实主义观点,直接影响了柔石,使他小说的题材和描写技巧都比以前有了大的开拓和丰富。他不再只是倾吐个人的忧伤和不幸,而是能写出大时代背景下青年知识分子的真实状况并作出理智的分析。鲁迅称赞《二月》这部小说描写技术的工妙,誉为优秀之作,欣然写了《二月小引》。我们也能在萧涧秋的身上看到柔石的影子。

## 【主题意蕴】

小说描写了一个青年知识分子跟黑暗社会鏖战而终于败北的一段经历。主人公萧涧秋是一个追求精神自由的"寻梦者",他浪迹天涯而感到生活的茫然,于是应约来到他想象中的"桃源"——芙蓉镇教书。但他刚到这里,便被卷进了生活的漩涡:一个漂亮、聪明而又勇敢的女性陶岚爱上了他,他又同情帮助孤苦无依的寡妇文嫂。萧涧秋的作为引来了校内校外人的种种猜疑、忌恨和攻击,再有因小儿的夭折文嫂自缢,陶岚追求萧涧秋引起的学校和陶家的波动,这一切使萧涧秋失去了精神的平衡,不得不逃离此地。小说通过芙蓉镇这个小角落,反映出军阀盘踞下社会的黑暗,人们思想的守旧,更塑造出萧涧秋想作为而又多顾虑的犹疑姿态,体现了一代青年人在环境压迫下的困境、无法排遣的苦闷及追求的不可实现。

## 【艺术特色】

《二月》结构单纯、匀称、完整。它从萧涧秋这一中心点辐射开去,荡起一层层光波,最后由于文嫂自尽等变故,这层层光波又逐步收拢,以萧涧秋的出走收束全篇。这种不枝不蔓、首尾圆契的结构手法,使作品呈现出和谐、严整的特色。语言的清俊秀丽,亦使作品弥漫着月下林泉般的迷离诗意,超越了当时革命文学的概念化倾向,具有较高的文学价值。

## 【经典评论】

**鲁迅对《二月》的评论是:**浊浪在拍岸,站在山冈上者和飞沫不相干,弄潮儿则于涛头且不在意,唯有衣履尚整,徘徊海滨的人,一溅水花,便觉得有所沾湿,狼狈起来。这从上述的两类人们看来,是都觉得诧异的。但我们书中的青年萧君,便正落在这境遇里。他极想有为,怀着热爱,而有所顾惜,过于矜持,终于连安住几年之处，也不可得。他其实并不能成为一小齿轮，跟着大齿轮转动，他仅是外来的一粒石子，所以轧了几下，发几声响，便被挤到女佛山——上海去了。

——《二月小引》，《鲁迅全集》第4卷，人民文学出版社1981年版，第158～159页

## 【思考练习】

1. 结合鲁迅的评论，谈谈萧涧秋这个人物形象具有的社会意义。
2. 萧涧秋得到了陶岚的爱，但又决定和文嫂结婚，他为什么这么做？
3. “二月”这个题目有什么含义？

# 张天翼

## 华威先生

转弯抹角算起来——他算是我的一个亲戚。我叫他“华威先生”。他觉得这种称呼不大好。

“天翼兄你真是!”他说。“为什么一定要个‘先生’呢。你应当叫我‘威弟’。再不然叫我‘阿威’。”

把这件事交涉过了之后,他立刻戴上了帽子:

“我们改日再谈好不好,天翼兄。我总想畅畅快快跟你谈一次——唉,可总是没有时间。今天刘主任起草了一个县长公余工作方案,硬要叫我参加意见,叫我替他修改。三点钟又还有一个集会。”

这里他摇摇头,没奈何地苦笑了一下。他声明他并不怕吃苦:在抗战时期大家都应当苦一点。不过——时间总要够支配呀。

“王委员又打了三个电报来,硬要请我到汉口去一趟。我怎么跳得开呢,我的天!”

于是匆匆忙忙跟我握了握手,跨上他的包车。

他永远挟着他的公文皮包。并且永远带着他那根老粗老粗的黑油油的手杖。左手无名指上戴着他的结婚戒指。拿着雪茄的时候就叫这根无名指微微地弯着,而小指翘得高高的构成一朵兰花的图样。

这个城市里的黄包车谁都不作兴跑,一脚一脚挺踏实地踱着,好像饭后散步似的。可是包车例外:Ding dang,ding dang,ding dang!——一下子就抢到了前面。黄包车立刻就得往左边躲开。小推车马上打斜。担子很快地就让到路边。行人赶紧就避到两旁的店铺里去。

包车踏铃不断地响着。钢丝在闪着亮。还来不及看清楚——它就跑得老远老远的了。像闪电一样地快。

而——据这里有几位救亡工作者的上层分子的统计,跑得顶快的是那位华威先生的包车。

他的时间很要紧。他说过——

“我恨不得取消晚上睡觉的制度。我还希望一天不止二十四小时。救亡工作实在太多了。”

接着掏出表来看一看,他那一脸丰满的肌肉立刻紧张了起来。眉毛皱着,嘴唇使劲撮着,好像他在把全身的精力都要收敛到脸上似的。他立刻就走:他要到难民救济会去开会。

照例——会场里的人全到齐了坐在那里等着他。他在门口下车的时候总得顺便把踏铃踏它一个:Ding。

同志们彼此看看:唔,华威先生到会了。有几位透了一口气。有几位可就拉长了脸瞧着会场门口。有一位甚至于要准备决斗似的——抓着拳头瞪着眼。

华威先生的态度很庄严,用种从容的步子走进去,他先前那副忙劲儿好像被他自己的庄严态度消解掉了。他在门口稍为停了一会儿,让大家好把他看个清楚,仿佛要唤起同志们的一种信任心,仿佛要给同志一种担保——什么困难的大事也都可以放下心来。他并且还点点头。他眼睛并不对着谁,只看着天花板。他是在对整个集体打招呼。

会场里很静。会议就要开始。有谁在那里翻着什么纸张,窸窸窣窣的。

华威先生很客气地坐到一个冷角落里,离主席位子顶远的一角。他不大肯当主席。

"我不能当主席,"他拿着一支雪茄烟打手势。"工人救亡工作协会的指导部今天开常会。通俗文艺研究的会议也是今天。伤兵工作团也要去的,等一下。你们知道我时间不够支配:只容许我只在这里讨论十分钟。我不能当主席。我想推举刘同志当主席。"

说了就在嘴角上闪起一丝微笑,轻轻地拍几下手板。

主席报告的时候,华威先生不断地在那里括洋火点他的烟。把表放在面前,时不时像计算什么似地看着它。

"我提议!"他大声说。"我们的时间是很宝贵的:我希望主席尽可能报告得简单一点。我希望主席能够在两分钟之内报告完。"

他括了两分钟洋火之后,猛的站了起来,对那正在哗啦哗啦的主席摆摆手:

"好了,好了。虽然主席没有报告完,我已经明白了。我现在还要去赴别的会,让我先发表一点意见。"

停了一停。抽两口雪茄,扫了大家一眼。

"我的意见很简单,只有两点,"他舐舐嘴唇。"第一点,就是——每个工作人员不能够怠工。而是相反,要加紧工作。这一点不必多说,你们都是很努力的青年,你们都能热心工作:我很感激你们。但是还有一点——你们要时时刻刻不能忘记,那就是我要说的第二点。"

他又抽了两口烟,嘴里吐出来的可只有热气。这就又括了一根洋火。

"这第二点呢就是:青年工作人员要认定一个领导中心。你们只有在这一个领导中心的领导之下,大家团结起来,统一起来。也只有在一个领导中心的领导之下,救亡工作才能够展开。青年是努力的,是热心的,但是因为理解不够,工作经验不够,常常容易犯错误。要是上面没有一个领导中心,往往要弄得不可收拾。”

瞧瞧所有的脸色，他脸上的肌肉耸动了一下——表示一种微笑。他往下说：

“你们都是青年同志，所以我说得很坦白，很不客气。大家都要做救亡工作，没有什么客气可讲。我想你们诸位青年同志一定会接受我的意见。我很感激你们。好了。抱歉得很，我要先走一步。”

把帽子一戴，把皮包一挟，瞧着天花板点点头，挺着肚子走了出去。

到门口可又想起了一件什么事。他把当主席的同志拖开，小声儿谈了几句。

“你们工作——有什么困难没有？”他问。

“我刚才报告提到了这一点，我们……”

华威先生伸出个食指顶着主席的胸脯：

“唔，唔，唔。我知道我知道。我没有多余的时间来谈这件事。以后——你们凡是想到的工作计划，你们可以到我家里去找我商量。”

坐在主席旁边的那个长头发的青年注意地看着他们，现在可忍不住插嘴了：

“星期三我们到华先生家里去过三次，华先生不在家……”

那位华先生冷冷地瞅他一眼，带着鼻音哼了一句——“唔，我有别的事，”又对主席低声说下去：

“要是我不在家，你们跟密司黄接头也可以。密司黄知道我的意见，她可以告诉你们。”

密司黄就是他的太太。他对第三者说起她来总是这么称呼她的。

他交代过了这才真的走开。这就到了通俗文艺研究会的会场。他发现别人已经在那里开会，正有一个人在那里发表意见。他坐了下来，点着了雪茄，不高兴地拍了三下手板。

“主席！”他叫。“我因为今天另外还有一个集会，我不能等到终席。我现在有一点意见，想要先提出来。”

于是他发表了两点意见：第一，他告诉大家——在座的人都是当地的文化人，文化人的工作是很重要的，应当加紧地做去。第二，文化人应当认清一个领导中心，文化人在当地的领导中心的领导之下团结起来，统一起来。

五点三刻他到了工人救亡协会指导部的会议室。

这回他脸上堆上了笑容，并且对一个人点头。

“对不住得很，对不住得很：迟到了三刻钟。”

主席对他微笑一下，他还笑着伸了伸舌头，好像闯了祸怕挨骂似的。他四面瞧瞧形势，就拣在一个小胡子的旁边坐下来。

他带着很机密很严重的脸色——小声儿问那个小胡子：

“昨晚你喝醉了没有？”

“还好，不过头有点子晕。你呢？”

"我啊——我不该喝了那三杯猛酒,"他严肃地说。"尤其是汾酒,我不能猛喝。刘主任硬要我干掉——嗨,一回家就睡倒了。密司黄说要跟刘主任去算账呢:要质问他为什么要把我灌醉。你看!"

一谈了这些,他赶紧打开皮包,拿出一个纸条——写几个字递给了主席。

"请你稍为等一等,"主席打断了一个正在发言的人的话。"华威先生还有别的事情要走。现在他有点意见:要求先让他发表。"

华威先生点点头站了起来。

"主席!"腰板微微地一弯。"各位先生!"腰板微微地一弯。"兄弟首先要请求各位原谅:我到会迟了一点,而又要提前退席。……"

随后他说出了他的意见。他声明——这个指导部是个领导机关,这个指导部应该时时刻刻起领导中心作用。

"群众是复杂的。尤其是现在的群众——分子非常复杂。我们要是不能起领导作用,那就很危险,很危险。事实上,此地各方面的工作也非有个领导中心不可。我们的担子真是太重了,但是我们不怕怎样的艰苦,也要把这担子担起来。"

他反复地说明了领导中心作用的重要,这就戴起帽子去赴一个宴会。他每天都这么忙着。要到刘主任那里去办事。要到各团体去开会。而且每天——不是有别人请他吃饭,就是他请人吃饭。

华威太太每次遇到我,总是代替华威先生诉苦。

"唉,他真是苦死了!工作这么多,连吃饭的工夫都没有。"

"他不可以少管一点,专门去做某一种工作么?"我问。

"怎么行呢?许多工作都要他去领导呀。"

可是有一次,华威先生简直吃了一大惊。妇女界有些人组织了一个战时保婴会,竟没有去找他!

他开始打听,调查。他设法把一个负责人找来。

"我知道你们委员会已经选出来了。我想还可以多添加几个。"

他看见对方在那里踌躇,他把下巴挂了下来:

"问题是在这一点:你们的委员是不是能够真正领导这工作。你能不能够对我担保——你们会内没有不良分子?你能不能担保——你们以后工作不至于错误,不至于怠工?你能不能担保,你能不能?你能够担保的话,那我要请你写个书面的东西给我。以后万一——如果你们的工作出了毛病,那你就要负责。"

接着他又声明:这并不是他自己的意思。他不过是一个执行者。这里他食指点点对方的胸脯:

"如果我刚才说那些你们办不到,那不是就成非法团体了么?"

这么谈判了两次,华威先生当了战时保婴的委员。于是在委员会开会的时候,华威先生挟着皮包去坐这么五分钟,发表了一两点意见就跨上了包车。

有一天他请我吃晚饭。他说因为家乡带来了一块腊肉。

我到他家里的时候,他正在那里对两个学生样的人发脾气。

“你昨天为什么不去,为什么不去?”他吼着。“我叫你拖几个人去的。但是我在台上一开始演讲,一看——连你都没有去听!我真不懂你们干了些什么!”

“昨天——我到了新组织的一个难民读书会去的。”

华威先生猛跳起来了:

“什么!什么!——新组织的一个难民读书会?怎么我不知道,怎么不告诉我?”

“我们那天大家决议了的。我来找过华先生,华先生又是不在家——”

“好啊,你们秘密行动!”他瞪着眼。“你老实告诉我——这个读书会到底是什么背景,你老实告诉我!”

对方似乎也动了火:

“什么背景呢,都是中华民族!什么秘密行动也没有。……华先生又不到会去,开会也不终席,来找又找不到……我们总不能把工作停顿起来……”

华威先生把雪茄一摔,狠命在桌上捶了一拳:Bung。

“混蛋!”他咬着牙,嘴唇在颤抖着。“你们小心!——你们!哼,你们!你们!——”他倒到了沙发上,嘴巴痛苦地抽得歪着。“妈的!这个这个——你们青年!……”

五分钟之后他抬起头来,害怕似地四面看一看。那两个客人已经走了。他叹一口长气:

“唉,你看你看!天翼兄你看!现在的青年怎么办,现在的青年!”

这晚他没命地喝了许多酒,嘴里嘶嘶嘶地骂着那些小伙子。他打碎了一只茶杯。密司黄扶着他上了床,他忽然打个寒噤说:

“明天十点钟有个集会……”

(原载《文艺阵地》一九三八年四月十六日第一卷第一期)

(选自《中国新文学大系1937—1949·短篇小说卷一》,
上海文艺出版社1990年版)

## 【背景资料】

《华威先生》这篇讽刺小说发表在1938年4月16日的《文艺阵地》一卷一期上。后来与《谭九先生的工作》、《“新生”》收在1941年《速写三篇》小说集中。

全面抗战爆发以后,中国共产党积极动员一切力量参加救亡运动,蒋介石集团虽然被迫抗日,却十分害怕人民力量在民族革命战争中得到发展壮大。于是,他们在暗中奉行“消极抗日，积极反共”的政策，对共产党和人民抗日团体进行监视、污蔑、压制和打击。《华威先生》正是揭露蒋介石反动集团在抗战一开始就挂着“抗日”招牌干着破坏抗日勾当的小说。

## 【主题意蕴】

这是张天翼短篇小说的代表作，也是抗战初期最有影响的一篇小说。抗日战争全面爆发后，国共两党建立了抗日统一战线，全国一时出现了不少描写抗日运动的文学作品，但这些作品大都表现出一种盲目乐观的情绪，对国民党当局拼命争夺统一战线领导权、破坏和压制人民抗日缺乏清醒的认识。张天翼却以敏锐目光观察到这一潜伏的矛盾，于一天之内赶写了讽刺小说《华威先生》，通过对国民党“新派”官僚华威先生的讽刺，揭露了国民党政府反共、限共的本质面貌，暴露了民族矛盾掩盖下的阶级矛盾——统一战线内部争夺领导权的斗争。

这篇讽刺小说的主人公华威先生，是抗战初期文化界的一个国民党小官僚。他是一个虚伪、骄傲、庸俗、粗暴的无耻党棍。他披着从事抗战工作的外衣，俨然以“要人”自居，终日装腔作势地忙着出席会议，用威胁恫吓等手段插足各种抗日活动，控制和监视抗日群众团体，不遗余力地鼓吹国民党一党专政，干着压制民主、破坏抗日的无耻勾当。小说通过华威先生这一讽刺形象，生动地揭露了抗战初期国民党党徒阻挠、压制、破坏人民群众抗日运动的罪行，揭示了国民党消极抗战、不务实际和专门争权夺势的本质。

## 【艺术特色】

这篇小说成功地塑造了华威先生这个典型形象，它在艺术上的最大特点是讽刺手法的运用。小说以第一人称的角度，把作者所截取的几个生活片段连接起来，通篇都运用了特写的手法，把人物描绘得具体形象。作者还特意让主人公华威先生在不同场合里机械地重复“认定一个领导中心”这句话，这样的特写手法，不仅表现了华威先生拼命鼓吹国民党“一党专政”的政策，还使读者对此产生单调和厌恶的感觉。此外，小说还运用特写手法来刻画人物，通过他挟皮包、拿手杖、抽雪茄、戴戒指、坐包车及同小胡子密谈、和青年人冲突等细节的精彩描写，反映出他活动的年代、社会环境以及他的性格和精神状态。尤其是写到他左手上的“结婚戒指”和拿雪茄时“构成一朵兰花图样”，更是对这位庸俗不堪、内心丑陋的华威先生的绝妙讽刺。小说还用突出人物言行的矛盾来表现人物性格，把华威先生明显矛盾的言论与行动相对照，揭示了他的虚伪和欺骗。华威先生一味地标榜自己如何“忙”，实际上他不务实事，不过是蜻蜓点水，到处插手。他口头上说“抗战时期大家都应该苦一点”，实际上他手戴戒指，吃着腊肉，喝着汾酒，每天一宴，喝得酩酊大醉。他参加会议时，一面故作姿态地说“我不能当主席”,一面又对会议主席发号施令;他一面询问别人工作有什么困难,一面堵别人的嘴“我没有多余的时间来谈”,岔开话题。把这些自相矛盾的言行集中起来,加以对照,对塑造华威先生这个讽刺形象起了重要作用。

## 【经典评论】

**茅盾评价说**:“‘华威先生’那样典型的出现,而且引起普遍的注意,而且更引起了青年作家对于隐伏在光明中的丑恶的研究和搜索,——这也是近半年来文坛的新趋向。”

——《八月的感想——抗战文艺一年的回顾》,《文艺阵地》第1卷第9期,1938年8月

**蒋星煜认为**:“华威先生是中国国民精神病状的凝结和综合:他名义上在刘主任那里办事,其实整天在别的地方鬼混,在官场上这种情形最普遍不过了。”

——《论华威先生——华威先生的时代还没有死去》,
《民主世界》第1卷第4期,1944年12月

## 【思考练习】

1. 华威先生有许多言行上的矛盾,这对华威先生形象的塑造有何作用?
2. 小说所运用的讽刺手法有何特点?
3. 华威先生的形象在当时的社会有何典型意义?

# 沙汀

## 在其香居茶馆里

坐在其香居茶馆里的联保主任方治国，当他看见从东头走来，嘴里照例扰攘不休的邢幺吵吵，他简直立刻冷了半截，觉得身子快要坐不稳了。

使他发生这种异状的有下面几个原因：为了种种糊涂的措施，他目前正处在全镇市民的围攻当中，这是一；其次，幺吵吵第二个儿子，因为缓役了四次，好多人在讲闲话了。加之新县长又是宣言了要整顿兵役的，于是他胡胡涂涂地上了一封密告，而在三天前被兵役科捉进城了。

但最重要的是：如全市所批评，幺吵吵是不忌生冷的人，甚么话都说得出来的。而他本人虽不可怕，但他的大哥是全县极有威望的耆宿，他的舅子是财务委员，县政上的活动分子。并且，就是主任的令尊在世的时候，也是对幺吵吵那张嘴表示头痛的。

但幺吵吵终于吵过来了。这是那种精力充足，对这世界上任何物事都抱了一种毫不在意的态度的典型男性。在这类人身上是找不出悲观和扫兴的。他常打着哈哈在茶馆里自白道：

“老子这张嘴么，就这样！说是要说的，吃也是要吃的；说够了回去两杯甜酒一喝，倒下去就睡！……”

现在，他一面跨上其香居的阶沿，拖了把圈椅坐了下去，一面直着嗓子，干笑着嚷道：

“嗨，对！看阳沟里还把船翻了么！”

他所参加的桌子已经有着三个茶客，全是熟人：十年前当过视学的俞视学；前征收局的管账，现在靠着利金生活的汪二；纸店老板董光锐。

他们大家，以及旁的茶客，都向他打着招呼：

“拿碗茶来，钱我给了。”

“坐上来好吧，”视学客气道，“这里要舒服些。”

“我要那么舒服的做甚么哇，”出乎意外，吵吵红着脸叫嚷道：“你知道么，我坐了上席会昏头的，——没有那个资格！”

本分人的视学禁不住红起脸来。但他立刻觉得幺吵吵是针对着联保主任说的，因为在说的时候，他看见他满含恶意的瞥了坐在后面首席上的方治国一眼。

除却主任，那桌子上还坐的有张三监爷。他们都说他是方治国的军师，但实际上，他只能跟主任坐坐酒馆，在紧要关头，进点忠告。但这又并不特别，他原是对甚么事也关心的，而往往忽略了自己。他的老婆在家里是经常饿着饭的。

同监爷对坐着的是黄毛牛腩，正在吞服着一种秘制的戒烟丸药。他是主任的重要助手；虽然并无过人之才，唯一的特点是毫无顾忌："现在的事你管那么多做甚么哇，"他常常说，"拿得到的你就拿！"

他应付这世界上一切足以使人大惊小怪的事变，只有一种态度：装做不懂。因此，他小声向主任说道：

"你不要管他的，"他眨眼而且嘮嘴，"发神经！"

"这回子把蜂窝戳破了，"主任发出苦笑说。

"我看要赶紧'缝'啊，"监爷捧着暗淡无光的黄铜水烟袋，沉吟道；"另外找一个人'抵'怎样？"

"已经来不及了呀。"

"不要管他的，"牛腩道，"他是个火炮性子。"

这时，幺吵吵已经拍着桌子，放开嗓子叫了。但他的战术还停留在第一阶段上，即并不指出被攻击的人的姓名，只是隐射着，似乎像一通没头没脑的谩骂。

"搞到我名下来了，"他佯装着打了一串哈哈，"好得很！老子今天就要看他是甚么鸡巴人出来的：人鸡巴？狗鸡巴？你们见过狗鸡巴么，嗨，那才有趣！"

于是他又比又说的形容起来了。虽然已经蓄了十年上下的胡子，但他是以说粗鲁话出名的。许多闲着无事的人，有时甚至故意挑弄他说下流话。他所谓的"狗"是指他的仇人说的，因为主任的外祖当过衙役，而这又是方府上下人等最大的忌讳。

因为他形容得太难堪了，那视学插嘴道：

"少造点口孽，有道理讲得清的。"

"我有甚么道理哇！"吵吵忽然正色道，"有道理我也当甚么鸡巴主任了，两眼墨黑，见钱就拿！"

"吓，邢表叔！"

气得脸青面黑的瘦小的主任，一下子忍不住站起来了。

"吓，邢表叔，"他说，"你说话要负责啊！"

"甚么叫做负责哇？！我就不懂！——甚么人是你表叔，你认错人了！是你表叔你也不吃我了！"

"对，对，对，我吃你，"主任解嘲的说，一面坐了下去。

"不是吗？"吵吵拍了一掌桌子，"兵役科的人亲口对我老大说的！你的报告真做得好呢。我倒要看你今天是长的几个卵子！……"

他愈说，就愈觉得这并非玩笑的事，如一向以来的瞎吵瞎闹一样，他感到愤激了。

他相信，要是一年或者半年以前，他是用不着怎样着急的，事情好办得很，只需给他大哥一个通知，他的老二就会自自由由走回来的。而且以往他就避掉过四次。但现在是不同了，一切都要照规矩办了。而且更重要的，他的老二已经抓进城了。

照经验，事情一露了头，弄到县长面前去了，就难办的。他已经派了老大进城，但带回来的口信是：因为新县长的脾味还不清楚，而且一接印就宣布他是要整顿兵役的，所以他的伯父和舅父都表示情形的险恶。额外那捎信人又说，壮丁就要送进省了。

凡是邢大老爷们都感觉棘手的事，人还能有甚么办法呢？这也就是说，他的老二只有作炮灰了。

"你怕我是聋子吧！"幺吵吵简直在咆哮了，"去年蒋家寡母子的儿子五百，你放了；陈二靴子两百，你也放了！你比土匪头儿肖大个子还厉害，钱也拿了，脑壳也保住了，——老子也有钱！你要张一张嘴呀？……"

"说话要负责啊！邢幺老爷！"

主任咕噜着，而且现出假装的笑容。

这是一个糊涂而胆怯的人。胆怯是因为富有，而且在这个边野地方，从来没有摸过枪炮的原故。这里是每一个人都能来两手的。他一直规规矩矩地吃着祖宗的田产，在好几年以前，因为预征太多，许多人怕当公事，于是在一种策动下，他当团总了。

他明白这是阴谋。但一向忍气吞声的日子引诱他接受了这个挑战。他起初老是垫钱，但后来他发觉甜头了：回扣，黑粮等等。并且走进茶馆的时候，招呼茶钱的声音也来得更响亮，更众多了。

而在五年以前，他的大门上已经有了一道县长颁赠的匾额：

"尽瘁桑梓"

但不管怎样，如他自己所感觉的一般，在回龙镇，还是有人压住他的。他看得清楚，所以他现在很失悔做了糊涂事情。他老是强笑着，满不在意似地说道：

"你发气做甚么啊，都不是外人。……"

"你也知道不是外人么？"对方反问道；"你知道不是外人，就不该搞我了，告我的密了！"

"我只问你一句！"

主任又站起来了，他笑问道：

"你说一句就是了：兵役科甚么人告诉你的？"

"总有那个人呀！"

吵吵说，十分气派地摊在圈椅里面；一面冷笑着加添道：

"像还是我造谣呢。"

"不是，你要告诉我呀。"

看见吵吵松了劲，主任知道可以说理的机会到了，他就势坐向视学侧面去，赌咒发誓地分辩起来，说他是一辈子都不会做出这样胆大糊涂的事情来的。

但却并不向着吵吵，而是视学们。他说：

“你们想吧，”他平摊开手，侧仰着他那瘦瘦的铁青的脸蛋，“你们想，我是吃饭长大的呀，并且，我一定要他去做甚么呢？难道×××会给我一个状元当么？没讲的话，这街上的事，一向糊得圆我总是糊的”！

“你才会糊！”吵吵叹着气抵了一句。

“那总是我吹牛啊！”主任无可奈何地说：“别的不讲，就拿公债来说吧，别人写的多少，你写的多少？”

他又挨近视学的耳朵呻唤道：

“连丁八字都是五百元呀！”

他其所以说得如此秘密的有两个原因。其一，是想充分显示出事情的重要性；又其一，是因为街上看热闹的人已经多了，公开宣布出来究竟太不光彩，而且容易引起纠纷。

大约视学相信了他的话，或者被他的诚意所感动了，兼之又是出名的好好先生；因此他劝解道：

“幺哥！我看这样啊，”他斯斯文文地扫了扫喉咙，“人不抓，已经抓去了，横竖是为了国家。……”

“这你才会说呢！”吵吵一下撑起来了：“这样会说，你怎么不把你自己的送去呢。”

“好！我不同你讲。”

视学红着脸说，故意勾下脑袋吃茶去了。

“你讲呀！”吵吵重又坐了下去，继续道：“真是没有生过娃娃不晓得×痛！怎么把你个好好先生遇到了啊：冬瓜做不做得樽子？做得。蒸垮了呢？那是要垮的，——你个老哥子真是！”

他的形容引来了一片笑声。但他自己并不笑，他把他那结实的身子移动了一下，抹抹胡子，宣言道：

“闲话少讲！方大主任，说不清楚你走不掉的！”

“好呀，”对方慢应着，一面懒懒地退还原地方去：“回龙镇只有这样大一个地方哩，往那里跑？要跑也跑不脱的。”

他的声口和表情照例带着一种嘲笑的意味，至于是嘲笑自己或者对方，那就要凭你猜了。他是经常凭借了这点武器来掩护他自己的。而且经常弄得顽强的敌手哭笑不是。他们叫他做软硬人。

当回到原位的时候，他的助手一面吞服着戒烟丸，生气道：

“我白还懒得答呢：你就让他去！”

"不行不行,"监爷意味深长地说,"事情不同了。"

他一直这样坚持自己的意见是有理由的。他确信镇上已在进行一种大规模的控告;而且邢大老爷是可以左右它的;他可以使这成为事实,也可以打消它,所以联络邢家乃是一个必要的步骤。

何况谁知道新县长是怎样一副脾气的人呢!

这时候,茶堂里的来客已增多了。连平时懒于出门的陈新老爷也走来了。新老爷是科举时代最末一次的秀才,当了十年团总,十年哥老会的头目,八年前才退休的。但他的说话还是同团总一样有效。

这可见幺吵吵已经布置好一台讲茶了。茶堂里响着一片呼唤声,有单向堂倌叫拿茶来的,有站起来让座位的:有的至于怒气冲冲地吼道:

"不准乱收钱哇,嗨!这个龟儿子听到没?……"

于是立刻跑去塞一张钞票在堂倌手里。

在这种种热情的骚动中间,争执的双方,已经变平静了。主任知道自己会亏理的,他在殷勤地争取着客人,希望能于自己有利,而幺吵吵则一直闷气着;这是因为当着这许多漂亮人面前,他忽然直觉到,既然他的老二被抓,这就等于说他已经没面子了。

这镇上是流行着这样一种风气的;凡是按规矩行事的,就是平常人,重要人物都是站在一切规矩之外的。比如陈新老爷,他并不是惜疼金钱的脚色,但就连打醮这种小事他也是没有份的;不然便会惹起人们大惊小怪,以为新老爷失了面子,快倒霉了。

面子在这里就如此的厉害,所以吵吵闷着脸,只是懒懒地打着招呼。直到新老爷问起他是否欠安的时候,他才稍稍振作地答道:

"人倒是好的,"他苦笑着,"就是眉毛快给人剪光了!"他一连打了一串干燥无味的哈哈。

"你瞎说!"新老爷严肃地晃着脑袋,切断他。"你瞎说!"

"当真哩,不然也不敢劳驾你老哥子动步了。"

为了表示关切,新老爷叹了口气,并且问道:

"大哥有信来没有呢?"

"他也没办法呀!"

吵吵呻唤了。但为了免除人们的误会,以为他的大哥已经成了没面子的脚色,遂又立刻加上一番解释:

"你想吧,新县长的脾气又没有摸到,他怎么办呢?常言说,新官上任三把火,他又是闹起要搞兵役的;谁晓得他会发甚么猫儿毛病呢!前天我又托蒋门神打听去了。"

"这个人怕难说话,"一个新近从城里回来的小商人插入道,"看样子就晓得了:带他妈副黑眼镜子……”

但严肃沉默的空气没有使小商人说下去。

大家都不知道应该如何表示自己的感情才好。表示高兴是会得罪人的,因为情形确乎有些严重;但说是严重吧,也不对,这又将显得邢府上太无能了。所以彼此只好暧昧不明地摇头叹气,喝起茶来。

看出主任有点焦灼和担心的神情,似乎正在考虑一种行动,牛腩包着丸药,小声道:

“不要管,这么快县长就叫他们喂家了么!?”

“去找找新老爷是对的,”监爷说。

这个脸面浮肿,常以足智多谋自负的没落者的建议正投了主任的机,他是已经在考虑着这个必要的办法的了。

使他迟疑的是他和新老爷的关系,去与新老爷和邢的关系的比较。他觉得差得多。并且虽然在派款和收粮上面,他没有对不住团总的地方,但在几件小事情上,他是开罪过他的。

比如,有一回曾布客想压制他,抬出老团总的招牌来,说道:

“好的,我们在新老爷那里去说!”

“你把时候记错了!”他发火道,“前几年的皇历用不上了!——你想吓倒我不行!”

后来,事情虽然依然在团总的意志下和平解决,但他的话语也一定散播开去,团总给记下一笔账了。可是他终于站起身来,向了新老爷走去。

这行动立刻使人们振作起来了,他们都期待着一个新的开端和发展。有几人在大叫拿开水来,以图缓和一下他们紧张的心情。吵吵自然也是注意到主任的攻势的,但他不当作攻势看,以为他是要求新爷转圜的。但他却猜不准转圜的方式。

而且,他又觉得,在他目前的处境上,任何调解他都是难于接受的。这不能道歉了事,也不能用金钱的赔偿弥补,那么剩下的只有上法庭了。然而在一个整饬兵役的县长面前这件事他会操胜算么!

他觉得苦恼,而且一切都不对劲。这个坚实乐观的人第一次被烦扰所袭击了。

他在桌面上拍了一掌,苦笑着自言自语道:

“哼,乱整吧,老子大家乱整!”

“你又来了,”那视学说,“他总会拿话出来说呀。”

“这还有甚么说的呢?你个老哥子怎么不想想啊:难道甚么天王老子还有面子把人给我取脱手么!?”

“不是那么讲。取不出来也有取不出来的办法的”。

“那我就请教你，”吵吵依旧忍耐着说，“甚么办法呢?！说一句对不住了事?打死了让他赔命？……”

“也不是那样讲。……”

“那又是怎样讲?!”他简直大发其火了：“老实说吧！他就没有办法！我们只有到场外前大河里去喝水!”

他愤怒地吼嚷着，真像要拼掉他的命了。

这宣言引起一阵新的骚动。许多人都像预感到节目的精彩部分了。一个看客，他是立在阶沿下人堆里的，他大声回绝着朋友的催促：

“你走你的嘛！我还要玩一会!”

茶堂倌也在兴高采烈地叫道：

“让开点！你个龟儿子，看把脑壳烫肿!”

在当街的最末一张桌子上，那里离幺吵吵隔着四张桌子，一种平心静气的谈判已近结束。但效果显然很少，因为长条子的团总，忽然板着脸站起来了。

他仰着脸把颈子一扭，大叫道：

“你倒说条鸟啊!”

但他随又坐了下去，手指很响地击着桌面。

“老弟!”他一直望着主任，“我不会害你的！一个人眼光要远大点，目前的事是谁也料不到的。”

“我知道呀！你都会害我么?”

“那你就该听大家劝呀?”

“查出来要这样呀，我的老先人!”

他苦滞地叫着，用手在后颈一比：他怕杀头。

这确也可虑，因为严惩兵役舞弊的明令，已经来过三四次了。这就算不上数，我们这里隔上峰还远，但县长于我们的情形却全然不相同了：他简直就在你的鼻子下面。并且既已捉去，要额外买人替换是更难了。

加之前一任县长正为壮丁问题撤职的，而新县长一上任便宣称他要扫除兵役上的种种积弊。谁知道也如一般新县长一样，说过了事，或者他要认真干一下？他的脾气又是怎样的呢？

此外，他还有不能冒这危险的理由。他已经四十岁了，但他还没有取得父亲的资格。他的两个太太都不中用，虽然一般人把这责任归在他的先天不足上面，好像就是再活下去，他也将永远无济于事。

但不管如何，便从他那畏惧的性格着想，他也是决不冒险的了。所以停停，他又解嘲地继续道：

“我的老先人！这个险我是不敢冒的。你说认真是我密告他的我都想得过……”

他佯笑着，而且装得很安静的神情。同幺吵吵一样，他也看出了事情的诸般困难的；而他应该否决那密告的责任。但他没料到，他是把新老爷激恼了。

那个人并不让他说完便很生气地，截住他道：

“你才会装呢！可惜是大老爷亲自听兵役科说的！”

“方大主任，”吵吵也直接地插入了，“是人鸡巴搞出来的你就撑住吧！我告诉你：赖是赖不脱的！”

“嘴巴不要伤负人啊！”

主任认真起来了；但对方的嗓子也更提高了：

“是的，老子说了，是人×出来的你撑住！”

“好嘛，你多凶啊。”

“老子就是这样！”

“对对对，你是老子！哈哈！……”

联保主任干笑着，一壁退回自己原先的座位上去。他觉得他在全市镇的人家面前受了辱，他决心要向他的敌人斗了。

他的同伴依旧担心着他。那牛脯说：

“你愈让他就愈来了，是吧！”

“不行不行，事情不同了，”监爷叹着气。

许多人都感到事情已经闹僵了局，接着而来的一定是谩骂，是散场了。因为情形很明显，争吵的双方都是不会动拳头的；有的人是在准备回家吃午饭了。

但茶客们却谁也不能动身，这会很失体统，得罪人的。并且新老爷已经请了吵吵过去，在互相商量着，希望能有一个顾全体面的办法；虽然一个二十岁的青年人的生命不会恰恰就和体面相等。

然而由于一种不得已的苦衷，幺吵吵终至让步了；他带着决然忍受一切的神情，说道：

“好好，就照你哥子说的做吧！”

“那么方主任，”于是团总站起来宣布了，“这一下就看你怎样：一切用费幺老爷出，人由你找，事情由你进城办；办不通还有他们大老爷，——”

“就请林大老爷不更方便些么！”主任插入说。

“是呀！也请他们大老爷，不过你负责就是了。”

“我负不了这个责。”

“甚么呀？”

“你想，我怎么能负责呢？”

“好！”

新老爷简紧地说，闷着脸坐下去了。他显然是被对方弄得不快意了；但沉默一会，他随耐着性子问道：

“你是怕用的钱会推在你身上么?”

“笑话！我怕甚么,又不是我的事。”

“那是甚么人的事呢?”

“我晓得的呀!”

主任说这些话的时候一直带着一种做作的安闲态度,而且嘲弄似的笑着;好像他甚么都不懂,因此甚么也不觉可怕;但他没有料到吵吵冲过来了。而且那个气得胡子发抖的汉子一把扭牢了他。

他扭住他的领口朝街面上拖,嚷叫道:

“我晓得你是个软硬人、我晓得你是个软硬人!”

“有话好好的说啊!”人们劝解着,“都是熟人熟事的!”

但一面劝解,一面偷溜开的人也就不少。堂倌已经在忙着收茶碗了。监爷在四处向人求援。

“这太不成了,”他摇着头说,“大家把他们分开吧!”

“我管不了!”视学微笑着说,“看血喷在我身上。”

牛腩在包裹着戒烟丸药,一面咭咕道:

“这样就好！那个没有生得有手么！好得很!”

但当他收拾停当的时候,他的朋友已经吃了亏了。他淌着鼻血,左眼睛已经青肿。他已被团总解救出来;他一只手摸着眼睛,嚷叫道:

“你姓邢的是对的:你打得好！……”

“你嘴硬吧!”吵吵则在唾着牙血,喘气着,“你嘴硬吧!”

黄牛腩建议主任应该即到医生那里去,但他被绝拒了,反而要他赶快去租滑竿。他觉得还是保持原样的好,因为他就要进城向县署控告去了。

他的眷属,尤其是他的母亲,那个以悭吝出名的小老太婆,一看过主任的成绩便连连叫道:

“咦,兴这样打么！这样眼睛不认人么!”

邢幺太太也在丈夫耳朵边咕咕哝哝着:

“眼睛都肿来像毛桃子了!”

“不要管,”吵吵吐着牙血,一面说,“打死了还有我报命!”

别的来看热闹的妇女也不少,整个市镇几乎全给翻了转来。吵架和打架本身就值得看,一对有面子的人的动手动脚,自然也就更可观了!

但正当这人心沸腾的时候,一个左腿微跛,满脸胡须的矮汉子忽然挤将进来。这正是蒋米贩子,因为人呆滞尴尬,他又叫蒋门神。前天进城吵吵就托过他捎信的。所以他立刻为大家所注意了。首先抓住他的是幺太太。

这是个顶着假发的胖妇人,爱做作,爱谈话,诨名九娘子。她担心地,颤声颤气地问道:

“怎么样了？——你坐下来说吧！”

“怎么样，”跛子冷淡地说，“人已经出来了。”

“当真的呀！”许多人吃惊了。

“那还是假话么！我走的时候还在十字口牌桌子上呢。昨天夜里点名，报数报错了，队长说他不够资格打国仗就开格了；打了一百军棍。”

“一百军棍？”又是许多声音。

“不是面子大，你就挨一百也出来不了呢。起初都讲新县长厉害，其实很好说话。前天大老爷请客，一个人早就到了；带他妈副黑眼镜子……”

正说着，他忽然注意到了幺吵吵和联保主任。纵然是一个那么迟钝的人，他们的形状，也不免略略叫他吃惊起来了。

“你们，怎么搞的？”他问着，“你牙齿痛吗？你的眼睛怎么肿了？……”

（原载《抗战文艺》一九四〇年十二月一日第六卷第四期）

（选自《中国新文学大系 1937—1949·短篇小说卷一》，
上海文艺出版社 1990 年版）

## 【背景资料】

抗日战争结束后，沙汀重回故乡，目睹大小官吏利用抽壮丁、发抚恤、选举、救灾等冠冕堂皇的机会搜刮、鱼肉人民，他怀着极大的愤怒，于 1940 年写下了《在其香居茶馆里》这篇著名的讽刺小说，最初发表于《抗战文艺》第六卷第四期上。

## 【主题意蕴】

《在其香居茶馆里》是沙汀的代表作，也是抗战时期讽刺文学的名篇。小说以四川一个小镇的茶馆为背景，妙趣横生地为读者演了一出国民党地方官吏联保主任方治国和土豪恶棍邢幺吵吵为“抽壮丁”而发生在茶馆里的一场闹剧，生动描画了地主阶级当权派之间的互相倾轧的情形，深刻地揭露了国民党兵役制度的欺骗性和迫害人民的实质。在国统区，兵役问题非但不是动员广大人民群众参加抗日战争的爱国措施，反而成了国民党官僚和农村豪绅集团营私舞弊的借口和互相倾轧的手段。这就是作品深刻的思想意义。

## 【艺术特色】

沙汀是短篇创作的高手，作品向以篇幅精练、结构严谨著称。本篇只写了一场争吵过程，却展示了扣人心弦的矛盾冲突，情节发展步步进逼，整个故事一气呵成，充分显示了结构紧凑、集中的特点。故事发生在其香居茶馆这个典型的环境里，方治国和邢幺吵吵，作为回龙镇的重要人物，都是“其香居”的常客。另外，作为茶馆，这里也是其他人等出出进进的地方，经常可以集中社会上的“三教九流”。小小“其香居”便成了回龙镇乃至国统区上层社会的“缩影”。

本篇艺术上的另一特色是入木三分的讽刺，其特点表现为含蓄深沉，在人物形象的自我暴露中达到讽刺效果。其香居茶馆是个不大的场面，发生在这里的斗争也不过是从争吵到殴斗，情节并不复杂，但作者却把这个故事组织安排得很有气势，很有波澜，很有戏剧性，从而构成了一出讽刺闹剧。

作品在语言上最突出的特点是人物语言的个性化。人物个性鲜明，给读者以鲜活深刻的印象。人物描写的主要方法是富有个性特征的人物语言描写和动作描写，以此既揭示他们的反动共性，又刻画各人的独特个性。邢幺吵吵是个“不忌生冷”的土棍，他的语言蛮横、粗俗，就是那些幽默的开心话，从他的嘴里说出来也变得俗不可耐。其他如“毫无顾忌”的黄毛牛肉，“好好先生”俞视学等的语言，也都各具特色，令人听其声而如见其人。

## 【经典评论】

**杨义这样评价小说的主题：**“小说的独创性在于以一个富有世俗画的‘吃讲茶’的场面，容纳了一个牵涉到抗日战争时期政治的清浊和民族的存亡的兵役问题，以小见大，既能世态毕现，又能韵味深藏。它无情地揭露所谓抗战大后方政治上的腐败，兵役负担由地方上的权势和金钱来决定，县长的政令可以在筵席上朝出而夕改。”

——《中国现代小说史》第2卷，人民文学出版社1986年版，第471页

## 【思考练习】

1.《在其香居茶馆里》围绕新县长“整顿兵役”而展开，然而新县长并没有出场，作者写这个人物的目的是什么？

2. 张天翼和沙汀都是运用讽刺手法的高手，这篇小说的讽刺手法运用与《华威先生》有何异同？

3. 这篇小说具有浓郁的地方色彩，举例并说明其作用。

# 艾芜

## 山峡中

江上横着铁链作成的索桥，巨蟒似的，现出顽强古怪的样子，终于渐渐吞蚀在夜色中了。

桥下凶恶的江水，在黑暗中奔腾着，咆哮着，发怒地冲打崖石，激起吓人的巨响。

两岸蛮野的山峰，好像也在怕着脚下的奔流，无法避开一样，都把头尽量地躲入疏星寥落的空际。

夏天的山中之夜，阴郁，寒冷，怕人。

桥头的神祠，破败而荒凉的，显然已给人类忘记了，遗弃了，孤零零地躺着，只有山风江流送着它的余年。

我们这几个被世界抛却的人们，到晚上的时候，趁着月色星光，就从远山那边的市集里，悄悄地爬了下来，进去和残废的神们，一块儿住着，作为暂时的自由之家。

黄黑斑驳的神龛面前，烧着一堆煮饭的野火，跳起熊熊的红光，就把伸手取暖的阴影，鲜明地绘在火堆的周遭。上面金衣剥落的江神，虽也在暗淡的红色光影中，显出一足踏着龙头的悲壮样子，但人一看见那只扬起的握剑的手，是那么地残破，危危欲坠了，谁也要怜惜他这位末路英雄的。锅盖的四围，呼呼地冒出白色的蒸汽，咸肉的香味和着松柴的芬芳，一时到处弥漫起来。这是宜于哼小曲吹口哨的悠闲时候，但大家都是静默地坐着，只在暖暖手。

另一边角落里，燃着一节残缺的蜡烛，摇曳地吐出微黄的光辉，展画出另一个暗淡的世界。没头的土地菩萨侧边，躺着小黑牛，污腻的上身完全裸露出来，正无力地呻唤着，衣和裤上的血迹，有的干了，有的还是湿渍渍的。夜白飞就坐在旁边，给他揉着腰杆，擦着背，一发现重伤的地方，便惊讶地喊：

“呵呀，这一处！”

接着咒骂起来：

“他妈的！这地方的人，真毒！老子走尽天下，也没碰见过这些吃人的东西！……这里的江水也可恶，像今晚要把我们冲走一样！”

夜愈静寂，江水也愈吼得厉害，地和屋宇和神龛都在震颤起来。

“小伙子，我告诉你，这算什么呢？对待我们更要残酷的人，天底下还多哩……苍蝇一样的多哩！”

这是老头子不高兴的声音，由那薄暗的地方送来，仿佛在责备着："你为什么要大惊小怪哪。"他躺在一张破烂虎皮的毯子上面，样子却望不清楚，只是铁烟管上的旱烟，现出一明一暗的红焰。复又吐出教训的话语：

"我么？人老了，拳头棍棒可就挨得不少。……想想看，吃我们这行饭，不怕挨打就是本钱哪！……没本钱怎么做生意呢？"

在这边烤火的鬼冬哥把手一张，脑袋一仰，就大声插嘴过去，一半是讨老人的好，一半是夸自己的狠。

"是呀，要活下去，我们这批人打断腿子倒是常有的事情……像那回在鸡街，鼻血打出了，牙齿打脱了，腰杆也差不多伸不起来，我回来的时候，不是还在笑吗？……"

"对哪！"老头子高兴地坐了起来，"还有，小黑牛就是太笨了，嘴巴又不会扯谎，有些事情一说就说脱了的……像今天，你说，也掉东西，谁还拉着你哩……只晓得说'不是我，不是我'就是这一句，人家怎不搜你身上呢？……不怕挨打，也好嘛？……呻唤，呻唤，尽是呻唤！"

我虽是没有就着火光看书了，但却仍旧把书拿在手里的。鬼冬哥得了老头子的赞许，就动手动足起来，一把抓着我的书喊道：

"看什么？书上的废话，有什么用呢？一个钱也不值……烧起来还当不得这一根干柴……听，老人家在讲我们的学问哪！"

一面就把一根干柴，送进火里。

老头子在砖上叩去了铁烟管上的余烬，很矜持地说道：

"我们的学问，没有写在纸上……写来给傻子读么？……第一……一句话，就是不怕和扯谎！……第二……我们的学问，哈哈哈。"

似乎一下子觉出了，我才同他合伙没久的，便用笑声掩饰着更深一层的话了。

"烧了吧，烧了吧，你这本傻子才肯读的书！"

鬼冬哥作势要把书抛进火里去，我忙抢着喊：

"不行！不行！"

侧边的人就叫了起来：

"锅碰倒了！锅碰倒了！"

"同你的书一块去跳江吧！"

鬼冬哥笑着把书丢给了我。

老头子轻徐地向我说道：

"你高兴同我们一道走，还带那些书做什么呢。……那是没用的，小时候我也读过一两本。"

"用处是不大的，不过闲着的时候，看看罢了，像你老人家无事时吸烟一样。……”

我不愿同老头子引起争论，因为就有再好的理由也说不服他这顽强的人的，所以便这样客气地答复他。他得意地笑了，笑声在黑暗中散播着。至于说到要同他们一道走，我却没有如何决定，只是一路上给生活压来说气忿话的时候，老头子就误以为我真的要入伙了。今天去干的那一件事，无非由于他们的逼迫，凑凑角色罢了，并不是另一个新生活的开始。我打算趁此向老头子说明，也许不多几天，就要独自走我的，但却给小黑牛突然一阵猛烈的呻唤，打断了。

大家皱着眉头沉默着。

在这些时候，不息地打着桥头的江涛，仿佛要冲进庙来，扫荡一切似的。江风也比往天晚上大些，挟着尘沙，一阵阵地滚入，简直要连人连锅连火吹走一样。

残烛熄灭，火堆也闷着烟，全世界的光明，统给风带走了，一切重返于无涯的黑暗。只有小黑牛痛苦的呻吟，还表示出了我们悲惨生活的存在。

野老鸦拨着火堆，尖起嘴巴吹，闪闪的红光，依旧喜悦地跳起，周遭不好看的脸子，重又画出来了。大家吐了一口舒适的气。野老鸦却是流着眼泪了，因为刚才吹的时候，湿烟熏着了他的眼睛，他伸手揉揉之后，独自悠悠地说：

“今晚的大江，吼得这么大……又凶……像要吃人的光景哩，该不会出事吧……”

大家仍旧沉默着。外面的山风江涛，不停地咆哮，不停地怒吼，好像诅咒我们的存在似的。

小黑牛突然大声地呻唤，发出痛苦的呓语；

“哎呀……哎……害了我了……害了我了……哎呀……哎呀……我不干了！我不……”

替他擦着伤处的夜白飞，点燃了残烛，用一只手挡着风，照映出小黑牛打坏了的身子——正痉挛地做出要翻身不能翻的痛苦光景，就赶快替他往腰部揉一揉，狠狠地抱怨他：

“你在说什么？你……鬼附着你哪！”

同时掉头回去，恐怖地望望黑暗中的老头子。

小黑牛突地翻过身，沙声嘶叫：

“你们不得好死的！你们！……菩萨呀！菩萨呀！”

已经躺下的老头子突然坐了起来，轻声说道：

“这样吗？……哦……”

忽又生气了，把铁烟管用力地往砖上扣了一下，说：

“菩萨，菩萨，菩萨也同你一样的倒楣！”

交闪在火光上面的眼光，都你望我，我望你地，现出不安的神色。

野老鸦向着黑暗的门外，看了一下，仍旧静静地说：

“今晚的江水实在吼得太大了！……我说嘛……”

“你说……你一开口，就是吉利的！”

鬼冬哥粗暴地盯了野老鸦一眼，狠狠地诅咒着。

一阵风又从破门框上刮了进来，激起点点红艳的火星，直朝鬼冬哥的身上溅射。他赶快退后几步，向门外黑暗中的风声，扬着拳头骂：

“你进来！你进来！……”

神祠后面的小门一开，白色鲜朗的玻璃灯光和着一位油黑脸蛋的年轻姑娘，连同笑声，挤进我们这个暗淡的世界里来了。黑暗，沉闷和忧郁，都悄悄地躲去。

“嗳，懒人们！饭煮得怎样了？……孩子都要饿哭了哩！”

一手提灯，一手抱着一块木头人儿，亲昵地偎在怀里，做出母亲那样高兴的神情。

蹲着暖手的鬼冬哥把头一仰，手一张，高声哗笑起来：

“哈呀，野猫子……一大半天，我说你在后面做什么？……你原来是在生孩子哪！……”

“呸，我在生你！”

接着“颇”的响了一声。野猫子生气了，睖起原来就是很大的乌黑眼睛，把木人儿打在鬼冬哥的身旁，一下子冲到火堆边上，放下了灯，揭开锅盖，用筷子查看锅里翻腾滚沸的咸肉。白蒙蒙的蒸汽，便在雪亮的灯光中，袅袅地上升着。

鬼冬哥拾起木人儿，做模做样地喊道：

“啊呀……尿都跌出来了！……好狠毒的妈妈！”

野猫子不说话，只把嘴巴一尖，头颈一伸，向他做个顽皮的鬼脸，就撕着一大块油腻腻的肉，有味地嚼她的。

小骡子用手肘碰碰我，斜起眼睛打趣说：

“今天不是还在替孩子买衣料吗？……”

接着大笑起来；

“吓吓……酒鬼……吓吓，酒鬼。”

鬼冬哥也突地记起了，哗笑着，向我喊：

“该你抱！该你抱！”

就把木人儿递在我的面前。

野猫子将锅盖骤然一盖，抓着木人儿，抓着灯，像风一样蓦地卷开了。

小骡子的眼珠跟着她的身子溜，点点头说：

“活像哪，活像哪，一条野猫子！”

她把灯，木人儿，和她自己，一同蹲在老头子的面前，撒娇地说：

“爷爷，你抱抱！娃儿哭哩！”

老头子正生气地坐着，虎着脸，耳根下的刀疤，绽出红涨的痕迹，不答理他的女儿。女儿却不怕爸爸的，就把木人儿的蓝色小光头，伸向短短的络腮胡上，顽皮地乱闯着，一面努起小嘴巴，娇声娇色地说：

“抱，嗯，抱，一定要抱！”

“不！”

老头子的牙齿缝里挤出这么一声。

“嗯，一定要抱，一定要，一定！”

老头子在各方面，都很顽强的，但对女儿却每一次总是无可奈何地屈伏了。接着木人儿，对在鼻子尖上，睐大眼睛，粗声粗气地打趣道：

“你是哪个的孩子？……喊声外公吧！喊，蠢东西！”

“不给你玩！拿来，拿来！”

野猫子一把抓去了，气得翘起了嘴巴。

老头子却粗暴地哗笑起来。大家都感到了异常的轻松，因为残留在这个小世界里的怒气，这一下子也已完全冰消了。

我只把眼光放在书上，心里却另外浮起了今天那一件新鲜而有趣的事情。

早上，他们叫我装做农家小子，拿着一根长烟袋，野猫子扮成农家小媳妇，提着一只小竹篮，同到远山那边的市集里，假作去买东西。他们呢，两个三个地，远远尾在我们的后面，也装做忙忙赶市的样子。往日我只是留着守东西，从不曾伙他们去干的，今天机会一到，便逼着扮演一位不重要的角色，可笑而好玩地登台了。

山中的市集，也很热闹的，拥挤着许多远地来的庄稼人。野猫子同我走到一家布摊子的面前，她就把竹篮子套在手腕上，乱翻起摊子上的布来，选着条纹花的说不好，选着棋盘格的也说不好，惹得老板也感到烦厌了。最后她扯出一匹蓝底白色的印花布，喜孜孜地叫道：

“呵呀，这才好看哪！”

随即掉转身来，仰起乌溜溜的眼睛，对我说：

“爸爸……买一件给阿狗吧！”

我简直想笑起来——天呀，她怎么装得这样像！幸好始终板起了面孔，立刻记起了他们教我的话。

“不行，太贵了！……我没那样多的钱花！”

“酒鬼，我晓得！你的钱，是要喝马尿水的！”

同时在我的鼻子尖上，竖起一根示威的指头，点了两点。说完就一下子转过身去，气狠狠地把布丢在摊子上。

于是，两个人就小小地吵起嘴来了。

满以为狡猾的老板总要看我们这幕滑稽剧的，那知道他才是见惯不惊了，眼睛始终照顾着他的摊子。

野猫子最后赌气说：

“不买了，什么也不买了！”

一面却向对面街边上的货摊子望去。突然做出吃惊的样子，低声地向我也是向着老板喊：

“呀！看，小偷在摸东西哪！”

我一望去，简直吓灰了脸，怎么野猫子会来这一着？在那边干的人不正是夜白飞小黑牛他们吗？

然而，正因为这一着，事情却得手了。后来，小骡子在路上告诉我，就是在这个时候，狡猾的老板始把时时刻刻都在提防的眼光，引向远去，他才趁势偷去一匹上好的细布的。当时我却不知道，只听得老板幸灾乐祸地袖着手说：

“好呀！好呀！王老三，你也倒楣了！”

我还呆着看，野猫子便揪了我一把，喊道：

“酒鬼，死了么？”

我便跟着她赶快走开，却听着老板在后面冷冷地笑着，说风凉话哩。

“年纪轻轻，就这样的泼辣！咳！”

野猫子掉回头来啐了一口。

……

“看进去了！看进去了！”

鬼冬哥一面端开燉肉的锅，一面打趣着我。

于是，我的回味便同山风刮着的火烟一道儿溜走了。

中夜，纷乱的足声和嘈杂的低语，惊醒了我；我没有翻爬起来，只是静静地睡着。像是野猫子吧，走到我所睡的地方，站了一会，小声说道：

“睡熟了，睡熟了。”

我知道一定有什么瞒我的事在发生着了，心里禁不住惊跳起来，但却不敢翻动，只是尖起耳朵凝神地听着。忽然听见夜白飞哀求的声音，在暗黑中颤抖地说着：

“这太残酷了，太，太残酷了……魏大爷，可怜他是……”

尾声低小下去，听着的只是夜深打岸的江涛。

接着老头子发出钢铁一样的高音，叱责着。

“天底下的人，谁可怜过我们？……小伙子，个个都对我们捏着拳头哪！要是心肠软一点，还活得到今天吗？你……哼，你！小伙子，在这里，懦弱的人是不配活的。……他，又知道我们的……咳，那么多！怎好白白放走呢？”

那边角落里躺着的小黑牛，似乎被人抬了起来，一路带着痛苦的声唤和着杂色的足步，流向神祠的外面去。一时屋里静悄悄的了，简直空洞得十分怕人。

我轻轻地抬起头，朝破壁缝中望去，外面一片清朗的月色，已把山峰的姿影，崖石的面部，和林木的参差，或浓或淡地画了出来，更显着峡壁的阴森和凄郁，比黄昏时候看起来还要怕人些。山脚底，汹涌着一片蓝色的奔流，碰着江中的石礁，不断地在月光中，溅跃起，喷射起银白的水花。白天，尤其黄昏时候，看起来像是顽强古怪的铁索桥呢，这时却在皎洁的月下，露出妩媚的修影了。

老头子和野猫子站在桥头。影子投在地上。江风掠飞着他们的衣裳。

另外抬着东西的几个阴影，走到索桥的中部，便停了下来。蓦地一个人那么样的形体，很快地，丢下江去。原先就是怒吼着的江涛，却并没有因此激起一点另外的声息，只是一霎时在落下处，跳起了丈多高亮晶晶的水珠，然而也就马上消灭了。

我明白了，小黑牛已经在这世界上，凭借着一只残酷的巨手，完结了他的悲惨的命运了。但他往天那样老实而苦恼的农民样子，却还遗留在我的心里，搅得我一时无法安睡。

他们回来了。大家都是默无一语地，悄然睡下，显见得这件事的结局，是不得已的，谁也不高兴做的。

在黑暗中，野老鸦翻了一个身，自言自语地低声说道：

"江水实在吼得太大了！"

没有谁答一句话，只有庙外的江涛和山风，鼓噪地应和着。

我回忆起小黑牛坐在坡上息气时，常常爱说的那一句话了。

"那多好呀！……那样的山地！……还有那小牛！"

随着他那忧郁的眼睛，了望去，一定会在晴明的远山上面，看出点点灰色的茅屋和正在缕缕升起的蓝色轻烟的。同伴们也知道，他是被那远处人家的景色，勾引起深沉的怀乡病了，但却没有谁来安慰他，只是一阵地瞎打趣。

小骡子每次都爱接着他的话说：

"还有那白白胖胖的女人罗！"

另一人插嘴道：

"正在张太爷家里享福哪，吃好穿好的。"

小黑牛呆住了，默默地低下了头。

"鬼东西，总爱提这些！……我们打几盘再走吧，牌呢？牌呢？……谁捡着？"

夜白飞始终袒护着小黑牛；众人知道小黑牛的悲惨故事，也是由他的嘴巴传达出来的。

"又是在想，又是在想！你要回去死在张太爷的拳头下才好的！……同你的山地牛儿一块去死吧！"

鬼冬哥在小黑牛的鼻子尖上，示威似地摇一摇拳头，就抽身到树荫下打纸牌去了。

小黑牛在那个世界里躲开了张太爷的拳击，掉过身来在这个世界里却仍然又免不了江流的吞食，不禁就由这想起，难道穷苦人的生活本身，便原是悲痛而残酷的么？也许地球上还有另外的光明留给我们的吧？明天我终于要走了。

次晨醒来，只有野猫子和我留着。

破败凋残的神祠，尘灰满积的神龛，吊挂蛛网的屋角，俱如我枯燥的心地一样，是灰色的，暗淡的。

除却时时刻刻都在震人心房的江声而外，在这里简直可以说没有一样东西使人感到兴奋了。

野猫子先我起来，穿着青花布的短衣，大脚统的黑绸裤，独自生着火，燉着开水，悠悠闲闲地坐在火旁边唱着：

> "……
> 江水呵，
> 慢慢流，
> 流呀流，
> 流到东边大海头，
> ……"

我一面爬起来扣着衣纽，听着这样的歌声，越发感到岑寂。便没精打采地问(其实自己也是知道的)：

"野猫子，他们哪里去了?"

"发财去了!"

接着又唱她的。

> "那儿呀，没有忧!
> 那儿呀，没有愁!"

她见我不时朝昨夜小黑牛睡的地方了望，便打探似地说道：

"小黑牛昨夜可真叫得凶！大家都吵来睡不着。"

一面闪着她乌黑的狡猾的眼睛。

"我没听见。"

打算听她再捏造些什么话，便故意这样地回答。

她便继续说：

"一早就抬他去医伤去了！……他真是个该死的家伙，不是爸爸估着他，说着好,他还不去呢!”

她比着手势,很出色地形容着,好像真有那么一回事一样。

刚在火堆边坐着的我简直感到忿怒了,便低下头去,用干枝拨着火冷冷地说:

“你的爸爸,太好了,太好了!……可惜我却不能多跟他老人家几天了。”

“你要走了吗?”她吃了一惊,随即生气地骂道:“你也想学小黑牛了!”

“也许……不过……”

我一面用干枝划着灰,一面犹豫地说。

“不过什么?不过!……爸爸说的好,懦弱的人,一辈子只有给人踏着过日子的。……伸起腰杆吧!抬起头吧!……羞不羞哪,像小黑牛那样子。”

“你的爸爸,说的话,是对的,做的事,却错了!”

“为什么?”

“你说为什么?并且昨夜的事情,我通通看见了!”

我说着,冷冷的眼光浮了起来。看见她突然变了脸色,但又一下子恢复了原状,而且狡猾地笑着:“吓吓,就是为了这才要走吗?你这不中用的!”

马上揭开开水罐子看,气冲冲地骂:

“还不开!还不开!”

蓦地像风一样卷到神殿后面去,一会儿,抱了一抱干柴出来。一面拨大火,一面柔和地说:

“害怕吗?要活下去,怕是不行的。昨夜的事,多着哩,久了就会见惯了的。……是吗?规规矩矩地跟我们吧……你这阿狗的爹,哈哈哈。”

她狂笑起来,随即抓着昨夜丢下了的木人儿,顽皮地命令我道:

“木头,抱,抱,他哭哩!”

我笑了起来,但却仍然去整顿我的衣衫和书。

“真的要走么?来来来,到后面去!”

她的两条眉峰一竖,眼睛露出恶毒的光芒,看起来,却是又美丽又可怕的。

她比我矮一个头,身子虽是结实,但却总是小小的,一种好奇的冲动作弄着我,于是无意识地笑了一下,便尾着她到后面去了。

她从柴草中抓出一把雪亮的刀来,半张不理地,递给我,斜瞬着狡猾的眼睛,命令道:

“试试看,哪,你砍这棵树!”

我由她摆布,接着刀,照着面前的黄果树,用力砍去,结果只砍了半寸多深。因为使刀的本事,我原是不行的。

“让我来!”

她突地活跃了起来,夺去了刀,做出一个侧面骑马的姿势,很结实地一挥,喳的一刀，便没入树身三四寸的光景，又毫不费力地拔了出来，依旧放在柴草里面，然后气昂昂地走来我的面前，两手插在腰上，微微地撅起嘴巴，笑嘻嘻地嘲弄我：

“你怎么走得脱呢？……你怎么走得脱呢？”

于是，在这无人的山中，我给这位比我小块的野女子，窘住了。正还打算这样地回答她：

“你的爸爸会让我走的！”

但她却忽地抽身跑开了，一面高声唱着，仿佛奏着凯旋一样。

“这儿呀……也没有忧，
这儿呀……也没有愁，
……”

我慢步走到江边去，无可奈何地徘徊着。

峰尖浸着粉红的朝阳。山半腰，抹着一两条淡淡的白雾。崖头苍翠的树丛，如同洗后一样的鲜绿。峡里面，到处都流溢着清新的晨光。江水仍旧发着声吼，但却没有夜来那样的怕人。清亮的波涛，碰在嶙峋的石上，溅起万朵灿然的银花，宛若江在笑着一样。谁能猜到这样美好的地方，曾经发生过夜来那样可怕的事情呢？

午后，在江流的澎湃中，迸裂出马铃子连击的声响，渐渐强大起来。野猫和我都感到非常的诧异，赶快跑出去看。久无人行的索桥那面，从崖上转下来一小队人，正由桥上走了过来。为首的一个胖家伙，骑着马，十多个灰衣的小兵，尾在后面。还有两三个行李挑子，和一架坐着女人的滑竿。

“糟了！我们的对头呀！”

野猫子恐慌起来，我却故意喜欢地说道：

“那么，是我的救星了！”

野猫子恨恨地看了我一眼，把嘴唇紧紧地闭着，两只嘴角朝下一弯，傲然地说：

“我还怕么？……爸爸说的，我们原是在刀上过日子哪！迟早总有那么一天的。”

他们一行人来到庙前，便息了下来。老爷和太太坐在石阶上，互相温存地问询着。勤务兵似的孩子，赶忙在挑子里面，找寻着温水瓶和毛巾。抬滑竿的伕子，满头都是汗，走下江边去喝江水。兵士们把枪横在地上，从耳上取下香烟缓缓地点燃，吸着。另一个班长似的灰衣汉子，军帽挂在后脑，毛巾缠在颈上，走到我们的面前。枪兜子抵在我的足边，眼睛盯着野猫子，盘问我们是做什么的，从什么地方来，到什么地方去。

野猫子咬着嘴唇，不做声。

我就从容地回答他，说我们是山那边的人，今天从丈母家回来，在此息息气的。同时催促野猫子说：

“我们走吧！——阿狗怕在家里哭哩！”

“是呀，我很担心的。……唉，我的足怪疼哩！”

野猫子做出焦眉愁眼的样子，一面就摸着她的足，叹气。

“那就再息一会吧。”

我们便开始讲起山那边家中的牛马和鸡鸭，竭力做出一对庄稼人的应有的风度。

他们息一会，就忙着赶路走了。

野猫子欢喜得直是跳，抓着我喊：

“你怎么不叫他们抓我呢？怎么不呢？怎么不呢？”

她静下来叹一口气，说：

“我倒打算杀你哩；唉，我以为你是恨我们的。……我还想杀了你，好在他们面前显显本事。……先前，我还不曾单独杀过一个人哩。”

我静静地笑着说：

“那么，现在还可以杀哩。”

“不，我现在为什么要杀你呢？……”

“那么，规规矩矩地让我走吧！”

“不！你得让爸爸好好地教导一下子！……往后再吃几个人血馒头就好了！”

她坚决地吐出这话之后，就重又唱着她那常常在哼的歌曲，我的话，我的祈求，全不理睬了。

于是，我只好待着黄昏的到来，抑郁地。

晚上，他们回来了，带着那么多的“财喜”，看情形，显然是完全胜利，而且不像昨天那样小干的了。老头子喝得泥醉，由鬼冬哥的背上放下，便呼呼地睡着。原来大家因为今天事事得手，就都在半路上的山家酒店里，喝过庆贺的酒了。

夜深都睡得很熟，神殿上交响着鼻息的鼾声。我却不能安睡下去，便在江流激湍中，思索着明天怎样对付老头子的话语，同时也打算趁夜深人静，悄悄地离开此地。但一想到山中不熟悉的路径，和夜间出游的野物，便又只好等待天明了。

大约将近黎明的时候，我才昏昏地沉入梦中。醒来时，已快近午，发现出同伴们都已不见了，空空洞洞的破残神祠里，只我一人独自留着。江涛仍旧热心地打着崖石，不过比往天却显得单调些，寂寞些了。

我想着，这大概是我昨晚独自儿在这里过夜，做了一场荒诞不经的梦，今朝从梦中醒来，才有点感觉异常吧。

但看见躺在砖地上的灰堆，灰堆旁边的木人儿，与乎留在我书里的三块银元时，烟霭也似的遐思和怅惘，便在我岑寂的心上，缕缕地升起来了。

（原载《青年界》一九三四年三月第五卷第三号）

（选自《中国新文学大系1927—1937·小说集二》，上海文艺出版社1984年版）

## 【背景资料】

青年时代的艾芜曾在我国西南边境和缅甸、马来西亚、新加坡等地漂泊，过着贫困的流浪生活，当过小学教师、杂役和报纸编辑等，他目睹了许多人间的不幸和悲哀，并以此为题材写出了许多优秀作品，写于1932年底的《山峡中》就是具有代表性的一篇。1934年3月发表在《青年界》上，后收入艾芜的短篇小说集《南行记》。

## 【主题意蕴】

作为《南行记》中的第一篇，它是作者"南行"漂流生活的艺术记录。它描写了在滇缅边境地区一些为社会所不容、被人们视为"不法"的下层人物的生活和命运，提示了旧世界的一个侧面。作品写以魏大爷为首的一伙窃贼"在刀上过日子"，固然不无凄惨，其行为也不失残酷性，但他们终究是不合理社会制度的产儿，正是因为无法过正常生活才被抛出社会的正常轨道，走上冒险一途。这是一群被黑暗势力扭曲了的形象，他们在荒野山峡的舞台上，充当着扒手、强盗，演出了一幕幕令人战栗的悲剧。他们为了保全自己，挣扎着活下去，甚至残酷地将受伤而又想离开他们的同伙——小黑牛抛进江心。作者通过这令人战栗的生活图景，从一个特殊的角度暴露了畸形社会的血腥罪恶。

## 【艺术特色】

这篇小说题材新颖独特，色彩绚烂斑驳，充满着浓烈的浪漫主义情调，这情调鲜明地表现在主观抒情上，熔叙事、议论与抒情于一炉的表现方式。当小黑牛被丢进江心之后，作者采用直抒胸臆的方式，强烈地抒发了自己的感受："我明白了，小黑牛已经在这世界上，凭借一只残酷的巨手，完结了他的悲惨的命运了"，"小黑牛在那个世界里躲开了张太爷的拳头，掉过身来在这个世界里却仍然又免不了江流的吞食……难道穷苦人的生活本身，便原是悲痛而残酷的么？"这画龙点睛之笔，如同在读者心中点燃了一把火，一下子把整个作品的思想照亮。其次表现在环境描写和气氛的渲染上。野蛮的山峰，凶恶的江水，破败而荒凉的神祠，吐出微黄的光的残烛，再伴以小黑牛痛苦的呻吟，魏老头如钢铁般的话语，不仅为我们描绘出阴森可怖的画面，而且也浓重地烘托出了作者内心的沉重，达到了借景抒情的艺术境界，为作品增添了迷人的神韵。此外，作者还将自然风光的旖旎与山贼的命运悲苦，小黑牛遭遇的悲惨与“我”出走的顺畅作了鲜明的对照，起到了深化主题的作用。

## 【经典评论】

**杨义认为：**“小说在阴森疏野的环境气氛中，对奇特、野蛮的情节进行圆转自如的剪裁和穿插，又把野兽性、家畜性和人性容纳在一群强盗的两三天的生活中，任其凶猛地、你死我活地撞击，从而既声态毕现地绘出了野猫子天真泼辣、粗犷强悍的性格，又意匠别具地剥视和肯定了追求光明的人性，从而使整篇小说升华到一个深邃的哲理境界。”

——《中国现代小说史》第2卷，人民文学出版社1986年版，第480页

## 【思考练习】

1.《山峡中》有多处景物描写，你认为有什么作用？
2. 作品中“我”贯穿文章始终，说说“我”的形象特点及其在作品中的作用。
3.《山峡中》的浪漫主义色彩表现在哪些地方？

# 萧 红

## 小城三月

### 一

三月的原野已经绿了,像地衣那样绿,透出在这里,那里。郊原上的草,是必须转折了好几个弯儿才能钻出地面的,草儿头上还顶着那涨破了种粒的壳,发出一寸多高的芽子,欣幸的钻出了土皮。放牛的孩子,在掀起了墙脚片下面的瓦片时,找到了一片草芽了,孩子们到家里告诉妈妈,说:“今天草芽出土了!”妈妈惊喜的说:“那一定是向阳的地方!”抢根菜的白色的圆石似的籽儿在地上滚着,野孩子一升一斗的在拾。蒲公英发芽了,羊咩咩的叫,乌鸦绕着杨树林子飞,天气一天暖似一天,日子一寸一寸的都有意思。杨花满天照地的飞,像棉花似的。人们出门都是用手捉着,杨花挂着他了。草和牛粪都横在道上。放散着强烈的气味,远远的有用石子打船的声音,空空……的大响传来。

河冰发了,冰块顶着冰块,苦闷的又奔放的向下流。乌鸦站在冰块上寻觅小鱼吃,或者是还在冬眠的青蛙。

天气突然的热起来,说是“二八月,小阳春”,自然冷天气还是要来的,但是这几天可热了。春天带着强烈的呼唤从这头走到那头……

小城里被杨花给装满了,在榆钱还没变黄之前,大街小巷到处飞着,像纷纷落下的雪块……

春来了,人人像久久等待着一个大暴动,今天夜里就要举行,人人带着犯罪的心情,想参加到解放的尝试……春吹到每个人的心坎,带着呼唤,带着蛊惑……

我有一个姨,和我的堂哥哥大概是恋爱了。

姨母本来是很近的亲属,就是母亲的姊妹。但是我这个姨,她不是我的亲姨,她是我的继母的继母的女儿。那么她可算与我的继母有点血统的关系了,其实也是没有的。因为我这个外祖母已经做了寡妇之后才来到的外祖父家,翠姨就是这个外祖母的原来在另外的一家所生的女儿。

翠姨还有一个妹妹,她的妹妹小她两岁,大概是十七八岁,那么翠姨也就是十八九岁了。

翠姨生得并不是十分漂亮,但是她长得窈窕,走起路来沉静而且漂亮,讲起话来清楚的带着一种平静的感情。她伸手拿樱桃吃的时候，好像她的手指尖对那樱桃十分可怜的样子，她怕把它触坏了似的轻轻的捏着。

假若有人在她的背后招呼她一声，她若是正在走路，她就会停下，若是正在吃饭，就要把饭碗放下，而后把头向着自己的肩膀转过去，而全身并不大转，于是她自觉的闭合着嘴唇，像是有什么要说而一时说不出来似的……

而翠姨的妹妹，忘记了她叫什么名字，反正是一个大说大笑的，不十分修边幅，和她的姐姐完全不同。花的绿的，红的紫的，只要是市上流行的，她就不大加以选择，做起一件衣服来赶快就穿在身上。穿上了而后，到亲戚家去串门，人家恭维她的衣料怎样漂亮的时候，她总是说，和这完全一样的，还有一件，她给了她的姐姐了。

我到外祖父家去，外祖父家里没有像我一样般大的女孩子陪着我玩，所以每当我去，外祖母总是把翠姨喊来陪我。

翠姨就住在外祖父的后院，隔着一道板墙，一招呼，听见就来了。

外祖父的院子和翠姨住的院子，虽然只隔一道板墙，但是却没有门可通，所以还得绕到大街上去从正门进来。

因此有时翠姨先来到板墙这里，从板墙缝中和我打了招呼，而后回到屋去装饰了一番，才从大街上绕了个圈来到她母亲的家里。

翠姨很喜欢我，因为我在学堂里念书，而她没有，她想什么事我都比她明白。所以她总是有许多事务向我商量，看看我的意见如何。

到夜里，我住在外祖父家里了，她就陪着我也住下的。

每每从睡下了就谈，谈过了半夜，不知为什么总是谈不完……

开初谈的是衣服怎么穿，穿什么样的颜色的。穿什么样的料子。比如走路应该快或是应该慢。有时白天里她买了一个别针，到夜里她拿出来看看，问我这别针到底是好看或是不好看。那时候，大概是十五年前的时候，我们不知别处如何装扮一个女子，而在这个城里几乎个个都有一条宽大的绒绳结的披肩，蓝的，紫的，各色的也有，但最多多不过枣红色了。几乎在街上所见的都是枣红色的大披肩了。

那怕红的绿的那么多，但总没有枣红色的最流行。

翠姨的妹妹有一张，翠姨有一张，我的所有的同学，几乎每人有一张。就连素不考究的外祖母的肩上也披着一张，只不过披的是蓝色的，没有敢用那最流行的枣红色的就是了。因为她总算年纪大了一点，对年轻人让了一步。

还有那时候都流行穿绒绳鞋，翠姨的妹妹就赶快的买了穿上。因为她那个人很粗心大意，好坏她不管，只是人家有她也有，别人是人穿衣裳，而翠姨的妹妹就好像被衣服所穿了似的。芜芜杂杂。但永远合乎着应有尽有的原则。

翠姨的妹妹的那绒绳鞋，买来了，穿上了。在地板上跑着，不大一会工夫，那每只鞋脸上系着一只毛球，竟有一个毛球已经离开了鞋子，向上跳着，只还有一根绳连着，不然就要掉下来了。很好玩的，好像一颗大红枣被系到脚上去了。因为她的鞋子也是枣红色的。大家都在嘲笑着她的鞋子一买回来就坏了。

翠姨，她没有买，她怀疑了好久，不管什么新样的东西到了，她总不是很快的就去买了来，也许她心里边早已经喜欢了，但是看上去她都像反对似的，好像她都不接受。

她必得等到许多人都开始采办了，这时候看样子，她才稍稍有些动心。

好比买绒绳鞋，夜里她和我谈话，问过我的意见，我说也是好看的，我有很多的同学，她们也都买了绒绳鞋。

第二天翠姨就要求我陪着她上街，先不告诉我去买什么，进了铺子选了半天别的，才问到绒绳鞋。

走了几家铺子，都没有，都说是已经卖完了。我晓得店铺的人总是这样瞎说的。表示他家这店铺平常总是最丰富的，只恰巧你要的这件东西，他就没有了。我劝翠姨说咱们慢慢的走，别家一定会有的。

我们是坐马车从街梢上的外祖父家来到街中心的。

见了第一家铺子，我们就下了马车。不用说，马车我们已经是付过了价钱的。等我们买好了东西回来的时候，会另外叫一辆的。因为我们不知道要得多久。大概看见什么好，虽然不需要也要买点，或是东西已经买全了不必要再多留连，也要留连一会，或是买东西的目的，本来只在一双鞋，而结果鞋子没有买到，反而啰里啰索的买回来许多用不着的东西。

这一天，我们辞退了马车，进了第一家店铺。

在别的大城市里没有这种情形，而在我家乡里往往是这样，坐了马车，虽然是付过了钱，让他去自由去兜揽生意，但是他常常还仍旧等候在铺子的门外，等一出来，他仍旧请你坐他的车吧。

我们走进第一个铺子，一问没有。于是就看了些别的东西，从绸缎看到呢绒，从呢绒再看到绸缎，布匹是根本不看的，并不像母亲们进了店铺那样子，这个买去做被单，那个买去做棉袄的，因为我们管不了被单棉袄的事，母亲们一月不进店铺，一进店铺又是这个便宜应该买，那个不贵，也应该买。比方一块在夏天才用得的花洋布，母亲们冬天里就买起来了，说是趁着便宜多买点，总是用得着的。而我们就不然了，我们是天天进店铺的，天天搜寻些个看的是贵的，值钱的，平常时候，绝对的用不到想不到的。

那一天我们就买了许多花边回来，钉着光片的，带着琉璃的。说不上要做什么样的衣服才配得着这种花边。也许根本没有想到做衣服，就贸然的把花边买下了。一边买着，一边说好，翠姨说好，我也说好。到了后来，回到家里，当众打开了让大家批判，这个一言，那个一语，让大家说得也有点没有主意了，心里已经五六分空虚了。于是赶快的收拾了起来,或者从别人的手中夺过来,把它包起来,说她们不识货,不让她们看了。

勉强说着:

“我们要做一件红金丝绒的袍子把这个黑琉璃边镶上。”

或是:

“这红的我们送人去……”

说虽仍旧如此说,心里已经八九分空虚了,大概是这些所心爱的,从此就不会再出头露面的了。

在这小城里,商店究竟没有多少,到后来又加上看不到绒绳鞋,心里着急,也许跑得更快些,不一会工夫,只剩了三两家了。而那三两家,又偏偏是不常去的,铺子小,货物少。想来它那里也是一定不会有的了。

我们走进一个小铺子里去,果然有三四双,非小即大,而且颜色都不好看。

翠姨有意要买,我就觉得奇怪,原来就不十分喜欢,既然没有好的,又为什么要买呢?让我说着,没有买成,回家去了。

过了两天,我把买鞋子这件事情早已忘了。

翠姨忽然又提议要去买。

从此我知道了她的秘密,她早就爱上了那绒绳鞋了,不过她没有说出来就是,她的恋爱的秘密就是这样子的,她似乎要把它带到坟墓里去,一直不要说出口,好像天底下没有一个人值得听她的告诉……

在外边飞着满天的大雪,我和翠姨坐着马车去买绒绳鞋。我们身上围着皮褥子,赶车的车夫高高的坐在车夫台上,摇晃着身子唱着沙哑的山歌:“喝咧咧……”耳边的风呜呜的啸着,从天上倾下来的大雪迷乱了我们的眼睛,远远的天隐在云雾里,我默默的祝福翠姨快快买到可爱的绒绳鞋,我从心里愿意她得救……

市中心远远的朦朦胧胧的站着,行人很少,全街静悄无声。我们一家挨一家的问着,我比她更急切,我想赶快买到吧,我小心的盘问着那些店员们,我从来不放弃一个细微的机会,我鼓励翠姨,没有忘记一家。使她都有点儿诧异,我为什么忽然这样热心起来,但是我完全不管她的猜疑,我不顾一切的想在这小城里,找出一双绒绳鞋来。

只有我们的马车,因为载着翠姨的愿望,在街上奔驰得特别的清醒,又特别的快。雪下的更大了,街上什么人都没有了,只有我们两个人,催着车夫,跑来跑去。

一直到天都很晚了,鞋子没有买到。翠姨深深的看到我的眼里说:“我的命,不会好的。”我很想装出大人的样子,来安慰她,但是没有等到找出什么适当的话来,泪便流出来了。

# 二

翠姨以后也常来我家住着，是我的继母把她接来的。

因为她的妹妹订婚了，怕是她一旦的结了婚，忽然会剩下她一个人来，使她难过。因为她的家里并没有多少人，只有她的一个六十多岁的老祖父，再就是一个也是寡妇的伯母，带一个女儿。

堂妹妹照理本该在一起玩耍解闷的，但是因为性格的相差太远，一向是水火不同炉的过着日子。

她的堂妹妹，我见过，永久是穿着深色的衣裳，黑黑的脸。一天到晚陪着母亲坐在屋子里，母亲洗衣裳，她也洗衣裳，母亲哭，她也哭，也许她帮着母亲哭她死去的父亲，也许哭的是她们的家穷。那别人就不晓得了。

本来是一家的女儿，翠姨她们两姊妹却像有钱的人家的小姐，而那个堂妹妹，看上去却像乡下丫头。这一点使她得到常常到我们家里来住的权利。

她的亲妹妹订婚了，再过一年就出嫁了。在这一年中，妹妹大大的阔气了起来，因为婆家那方面一订了婚就来了聘礼。这个城里，从前不用大洋票，而用的是广信公司出的帖子，一百吊一千吊的论。她妹妹的聘礼大概是几万吊。所以她忽然不得了起来，今天买这样，明天买那样，花别针一个又一个的，丝头绳一团一团的，带穗的耳坠子，洋手表，样样都有了。每逢出街的时候，她和她的姐姐一道，现在总是她付车钱了，她的姐姐要付，她却百般的不肯，有时当着人面，姐姐一定要付，妹妹一定不肯，结果闹得很窘，姐姐无形中觉得一种权力被人剥夺了。

但是关于妹妹的订婚，翠姨一点也没有羡慕的心理。妹妹未来的丈夫，她是看过的，没有什么好看，很高，穿着蓝袍子黑马褂，好像商人，又像一个小土绅士。又加上翠姨太年轻了，想不到什么丈夫，什么结婚。

因此虽然妹妹在她的旁边一天比一天的丰富了起来。妹妹是有钱了，但是妹妹为什么才有钱的，她没有考查过。

所以当妹妹尚未离开她之前，她绝对的没有重视"订婚"的事。

就是妹妹已经出嫁了，她也还是没有重视"订婚"的这事。

不过她常常的感到寂寞。她和妹妹出来进去的，因为家庭环境的孤寂，竟好像一对双生子似的，而今去了一个。不但翠姨自己觉得单调，就是她的祖父也觉得她可怜。

所以自从她的妹妹嫁了，她就不大回家，总是住在她的母亲的家里，有时我的继母也把她接到我们家里。

翠姨非常聪明，她会弹大正琴，就是前些年所流行在中国的一种日本琴，她还会吹箫或是会吹笛子。不过弹那琴的时候却很多。住在我家里的时候，我家的伯父，每在晚饭之后必同我们玩这些乐器的。笛子，箫，口琴，日本琴，风琴，月琴，还有什么打琴。真正的西洋的乐器，可一样也没有。

在这种正玩得热闹的时候，翠姨也来参加了，翠姨弹了一个曲子，和我们大家立刻就配合上了。于是大家都觉得在我们那已经天天闹熟了的老调子之中，又多了一个新的花样。于是立刻我们就加倍的努力，正在吹笛子的把笛子吹得特别响，把笛膜振抖得似乎就要爆裂了似的滋滋的叫着。十岁的弟弟在吹口琴，他摇着头，好像要把那口琴吞下去似的，至于他吹的是什么调子，已经是没有人留意了。在大家忽然来了勇气的时候，似乎只需要这种胡闹。

而那按风琴的人，因为越按越快，到后来也许是已经找不到琴键了，只是那踏脚板越踏越快，踏的呜呜的响，好像有意要毁坏了那风琴，而想把风琴撕裂了一般地。

大概所奏的曲子是梅花三弄，也不知道接连的弹过了多少回，看大家的意思都不想要停下来。不过到了后来，实在是气力没有了，找不着拍子的，找不着拍子，跟不上调的跟不上调，于是在大笑之中，大家停下来了。

不知为什么，在这么快乐的调子里边，大家都有点伤心，也许是乐极生悲了，把我们都笑得一边流着眼泪，一边还笑。

正这时候，我们往门窗处一看，我的最小的小弟弟，刚会走路，他也背着一个很大的破手风琴来参加了。

谁都知道，那手风琴从来也不会响的。把大家笑死了。在这回得到了快乐。

我的哥哥（伯父的儿子，钢琴弹得很好），吹箫吹得最好，这时候他放下了箫，对翠姨说："你来吹吧！"翠姨却没有言语，站起身来，跑到自己的屋子去了，我的哥哥，好久好久的看住那帘子。

## 三

翠姨在我家，和我住一个屋子。月明之夜，屋子照得通亮，翠姨和我谈话，往往谈到鸡叫，觉得也不过刚刚才夜。

鸡叫了，才说："快睡吧，天亮了。"

有的时候，一转身，她又问我：

"是不是一个人结婚太早不好，或许是女子结婚太早是不好的？"

我们以前谈了很多话，但没有谈到这些。

总是谈什么，衣服怎样穿，鞋子怎么买，颜色怎样配，买了毛线来，这毛线应该打个什样的花纹，买了帽子来，应该批判这帽子还微微有点缺点，这缺点究竟在什么地方，虽然说是不要紧，或者是一点关系也没有，但批评总是要批评的。

有时再谈得远一点，就是表姊表妹之类订了婆家，或是什么亲戚的女儿出嫁了。或是什么耳闻的，听说的，新娘子和新姑爷闹别扭之类。

那个时候，我们的县里，早就有了洋学堂了，小学好几个，大学没有。只有一个男子中学，往往成为谈论的目标，谈论这个，不单是翠姨。外祖母，母亲，姑姑，姐姐之类，都愿意讲究这当地的中学的学生，因为他们一切洋化，穿着裤子，把裤腿卷起来一寸，一张口格得毛宁外国话，他们彼此一说话就答答答，听说这是什么毛子话。而更奇怪的就是他们见了女人不怕羞。这一点，大家都批评说是不如从前了，从前的书生，一见了女人脸就红。

我家算是最开通的了，叔叔和哥哥他们都到北京和哈尔滨那些大地方去读书了，他们开了不少的眼界，回到家里来，大讲他们那里都是男孩子和女孩子同学。

这一题目，非常的新奇，开初都认为这是造了反。后来因为叔叔也常和女同学通信，因为叔叔在家庭里是有点地位的人。并且父亲从前也加入过国民党，革过命，所以这个家庭都“咸与维新”起来。

因此在我家里一切都是很随便的，逛公园，正月十五看花灯，都是不分男女，一齐去。

而且我家里设了网球场，一天到晚的打网球，亲戚家的男孩子来了，我们也一齐的打。

这都不谈，仍旧来谈翠姨。

翠姨听了很多的故事，关于男学生结婚的事情，就是我们本县里，已经有几件事情是不幸的了。有的结婚了，从此就不回家了，有的娶来了太太，把太太放在另一间屋子里住着，而且自己却永久住在书房里。

每逢讲到这些故事时，多半别人都是站在女的一面，说那男子都是念书念坏了，一看了那不识字的又不是女学生之类就生气。觉得处处都不如他。天天总说是婚姻不自由，可是自古至今，都是爹许娘配的，偏偏到了今天，都要自由，看吧，这还没有自由呢，就先来了花头故事了，娶了太太的不回家，或是把太太放在另一个屋子里。这些都是念书念坏了的。

翠姨听了许多别人家的评论。大概她心里边也有些不平，她就问我不读书是不是很坏的，我自然说是很坏的。而且她看了我们家里男孩子，女孩子通通到学堂去念书的。而且我们亲戚家的孩子也都是读书的。

因此她对我很佩服，因为我是读书的。

但是不久，翠姨就订婚了。就是她妹妹出嫁不久的事情。

她的未来的丈夫，我见过。在外祖父的家里。人长得又低又小，穿一身蓝布棉袍子，黑马褂，头上戴一顶赶火车的人所戴的四耳帽子。

当时翠姨也在的，但她不知道那是她的什么人，她只当是那里来了这样一位乡下的客人。外祖母偷着把我叫过去，特别告诉了我一番，这就是翠姨将来的丈夫。

不久翠姨就很有钱，她的丈夫的家里，比她妹妹丈夫的家里还更有钱得多。婆婆也是个寡妇，守着个独生的儿子。儿子才十七岁，是在乡下的私学馆里读书。

翠姨的母亲常常替翠姨解说，人小点不要紧，岁数还小呢，再长上两三年两个人就一般高了。劝翠姨不要难过，婆家有钱就好的。聘礼的钱十多万都交过来了，而且就由外祖母的手亲自交给了翠姨，而且还有别的条件保障着，那就是说，三年之内绝对的不准娶亲，借着男的一方面年纪太小为辞，翠姨更愿意远远的推着。

翠姨自从订婚之后，是很有钱的了，什么新样子的东西一到，虽说不是一定抢先去买了来，总是过不了多久，箱子里就要有的了。那时候夏天最流行银灰色市布大衫，而翠姨的穿起来最好，因为她有好几件，穿过两次不新鲜就不要了，就只在家里穿，而出门就又去做一件新的。

那时候正流行着一种长穗的耳坠子，翠姨就有两对，一对红宝石的，一对绿的，而我的母亲才能有两对，而我才有一对。可见翠姨是顶阔气的了。

还有那时候就已经开始流行高跟鞋了。可是在我们本街上却不大有人穿，只有我的继母早就开始穿，其余就算是翠姨。并不是一定因为我的母亲有钱，也不是因为高跟鞋一定贵，只是女人们都没有那么摩登的行为，或者说她们不很容易接受新的思想。

翠姨第一天穿起高跟鞋来，走路还很不安定，但到第二天就比较的习惯了。到了第三天，就是说以后，她就是跑起也是很平稳的。而且走路的姿态更加可爱了。

我们有时也去打网球玩玩，球撞到她脸上的时候，她才用球拍遮了一下，否则她半天也打不到一个球。因为她一上了场站在白线上就是白线上，站在格子里就是格子里，她根本的不动。有的时候，她竟拿着网球拍子站着一边去看风景去。尤其是大家打完了玩球，吃东西的吃东西去了，洗脸的洗脸去了，唯有她一个人站在短篱前面，向着远远的哈尔滨市影痴望着。

有一次我同翠姨一同去做客。我继母的族中娶媳妇。她们是八旗人，也就是满人，满人才讲究场面呢，所有的族中的年轻的媳妇都必得到场，而个个打扮得如花似玉。似乎咱们中国的社会，是没这么繁华的社交的场面的，也许那时候，我是小孩子，把什么都看得特别繁华，就只说女人们的衣服吧，就个个都穿得和现在西洋女人在夜会里边那么庄严。一律都穿着绣花大袄。而她们是八旗人，大袄的襟下一律的没有开口。而且很长。大袄的颜色枣红的居多，绛色的也有，玫瑰紫的也有。而那上边绣的花的颜色，有的荷花，有的玫瑰，有的松竹梅，一句话，特别的繁华。

她们的脸上，都擦着白粉，她们的嘴上都染得桃红。

每逢一个客人到了门前，她们是要列着队出来迎接的，她们都是我的舅母，一个一个的上前来问候了我和翠姨。

翠姨早就熟识她们的，有的叫表嫂子，有的叫四嫂子。而在我，她们就都是一样的，好像小孩子的时候，所玩的用花纸剪成的纸人，这个和那个都是一样，完全没有分别。都是花缎的袍子，都是白白的脸，都是很红的嘴唇。

就是这一次，翠姨出了风头了，她进到屋里，靠着一张大镜子旁坐下了。

女人们就忽然都上前来看她，也许从来她没有这么漂亮过，今天把别人都惊住了。

以我看来翠姨还没有她从前漂亮呢，不过她们说翠姨漂亮得像棵新开的腊梅。翠姨从来不擦胭脂的，而那天又穿了一件为着将来新娘子而准备的蓝色缎子满是金花的夹袍。

翠姨让她们围起看着，难为情了起来，站起来想要逃掉似的，迈着很勇敢的步子，茫然的往里边的房间里闪开了。

谁知那里边就是新娘房呢，于是许多的嫂嫂们，就哗然的叫着，说：

“翠姐姐不要急，明年就是个漂亮的新娘子，现在先试试去。”

当天吃饭饮酒的时候，许多客人从别的屋子来呆呆的望着翠姨。翠姨举着筷子，似乎是在思量着，保持着镇静的态度，用温和的眼光看着她们。仿佛她不晓得人们专门在看着她似的。但是别的女人们羡慕了翠姨半天了，脸上又都突然的冷落起来，觉得有什么话要说出，又都没有说，然后彼此对望着，笑了一下，吃菜了。

## 四

有一年冬天，刚过了年，翠姨就来到了我家。

伯父的儿子——我的哥哥，就正在我家里。

我的哥哥，人很漂亮，很直的鼻子，很黑的眼睛，嘴也好看，头发也梳得好看，人很长，走路很爽快。大概在我们所有的家族中，没有这么漂亮的人物。

冬天，学校放了寒假，所以来我们家里休息。大概不久，学校开学就要上学去了。哥哥是在哈尔滨读书。

我们的音乐会，自然要为这新来的角色而开了。翠姨也参加的。

于是非常的热闹，比方我的母亲，她一点也不懂这行，但是她也列了席，她坐在旁边观看，连家里的厨子，女工，都停下了工作来望着我们，似乎他们不是听什么乐器，而是在看人。我们聚满了一客厅。这些乐器的声音，大概很远的邻居都可以听到。

第二天邻居来串门的，就说：

“昨天晚上，你们家又是给谁祝寿？”

我们就说，是欢迎我们的刚到的哥哥。

因此我们家是很好玩的，很有趣的。不久就来到了正月十五看花灯的时节了。

我们家里自从父亲维新革命，总之在我们家里，兄弟姊妹，一律相待，有好玩的就一齐玩，有好看的就一齐去看。

伯父带着我们，哥哥，弟弟，姨……共八九个人，在大月亮地里往大街里跑去了。那路之滑，滑得不能站脚，而且高低不平，他们男孩子们跑在前面，而我们因为跑得慢就落了后。

于是那在前边的他们回头来嘲笑我们，说我们是小姐，说我们是娘娘。说我们走不动。

我们和翠姨早就连成一排向前冲去，但是不是我倒，就是她倒。到后来还是哥哥他们一个一个的来扶着我们，说是扶着未免的太示弱了，也不过就是和他们连成一排向前进着。

不一会到了市里，满路花灯。人山人海。又加上狮子，旱船，龙灯，秧歌，闹得眼也花起来，一时也数不清多少玩艺。那里会来得及看，似乎只是在眼前一晃，就过去了，而一会别的又来了，又过去了。其实也不见得繁华得多么了不得了，不过觉得世界上是不会比这个再繁华的了。

商店的门前，点着那么大的火把，好像热带的大椰子树似的。一个比一个亮。

我们进了一家商店，那是父亲的朋友开的。他们很好的招待我们，茶，点心，橘子，元宵。我们那里吃得下去，听到门外一打鼓，就心慌了。而外边鼓和喇叭又那么多，一阵来了，一阵还没有去远，一阵又来了。

因为城本来是不大的，有许多熟人，也都是来看灯的都遇到了。其中我们本城里的在哈尔滨念书的几个男学生，他们也来看灯了。哥哥都认识他们。我也认识他们，因为这时候我也到哈尔滨念书去了。所以一遇到了我们，他们就和我们在一起，他们出去看灯，看了一会，又回到我们的地方，和伯父谈话，和哥哥谈话。我晓得他们，因为我们家比较有势力，是很愿意和我们讲话的。

所以回家的一路上，又多了两个男孩子。

无管人讨厌不讨厌，他们穿的衣服总算都市化了。个个都穿着西装，戴着呢帽，外套都是到膝盖的地方，脚下很利落清爽。比起我们城里的那种怪样子的外套，好像大棉袍子似的好看得多了。而且颈间又都束着一条围巾，那围巾自然也是全丝全线的花纹。似乎一束起那围巾来，人就更显得庄严，漂亮。

翠姨觉得他们个个都很好看。

哥哥也穿的西装，自然哥哥也很好看。因此在路上她直在看哥哥。

翠姨梳头梳得是很慢的，必定梳得一丝不乱，擦粉也要擦了洗掉洗掉再擦，一直擦到认为满意为止，花灯节的第二天早晨她就梳得更慢，一边梳头一边在思量。本来按规矩每天吃早饭，必得三请两请才能够出席，今天必得请到四次，她才来了。

我的伯父当年也是一位英雄，骑马，打枪绝对的好。后来虽然已经五十岁了，但是风采犹存。我们都爱伯父的，伯父从小也就爱我们。诗，词，文章，都是伯父教我们的。翠姨住在我们家里，伯父也很喜欢翠姨。今天早饭已经开好了。催了翠姨几次，翠姨总是不出来。

伯父说了一句："林黛玉……"

于是我们全家的人都笑了起来。

翠姨出来了，看见我们这样的笑，就问我们笑什么。我们没有人肯告诉她。翠姨知道一定是笑的她，她就说：

"你们赶快的告诉我，若不告诉我，今天我就不吃饭了，你们读书识字，我不懂，你们欺侮我……"

闹嚷了很久，还是我的哥讲给她听了。伯父当着自己的儿子面前到底有些难为情，喝了好些酒，总算是躲过去了。

翠姨从此想到了念书的问题，但是她已经廿岁了，上那里去念书？上小学没有她这样大的学生，上中学，她是一字不识怎样可以。所以仍旧住在我们家里。

弹琴，吹笛，看纸牌，我们一天到晚的玩着。我们玩的时候，全体的参加，我的伯父，我的哥哥，我的母亲。

翠姨对我的哥哥没有什么特别的好，我的哥哥对翠姨就像对我们，也是完全的一样。

不过哥哥讲故事的时候，翠姨总比我们留心听些，那是因为她的年龄稍稍比我们大些，当然在理解力上，比我们更接近一些哥哥的了。哥哥对翠姨比对我们稍稍的客气一点。他和翠姨说话的时候，总是"是的""是的"的，而和我们说话则"对啦""对啦"。这显然因为翠姨是客人的关系，而且在名分上比他大。

不过有一天晚饭之后，翠姨和哥哥都没有了。每天饭后大概总要开个音乐会的。这一天也许因为伯父不在家，没有人领导的缘故。大家吃过饭也就散了。客厅里一个人也没有。我想找弟弟和我下一盘棋，弟弟也不见了。于是我就一个人在客厅里按起风琴来，玩了一下也觉很没有趣。客厅是静得很的，在我关上了风琴盖子之后，我就听见了，在后屋里，或者在我的房子里是有人的。

我想一定是翠姨在屋里。快去看看她，叫她出来张罗着看纸牌。

我跑进去一看，不单是翠姨，还有哥哥陪着她。

看见了我，翠姨就赶快的站起来说：

"我们玩去吧。"

哥哥也说：

“我们下棋去，下棋去。”

他们出来陪我来玩棋，这次哥哥总是输，从前是他回回赢我的，我觉得奇怪，但是心里高兴极了。

不久寒假终了，我就回到哈尔滨的学校念书去了。可是哥哥没有同来，因为他上半年生了点病，曾在医院里休养了一些时候，这次伯父主张他再请两个月的假，留在家里。

以后家里的事情，我就不大知道了。都是由哥哥或母亲讲给我听的。我走了以后，翠姨还住在我的家里。

后来母亲还告诉过，就是在翠姨还没有订婚之前，有过这样一件事情。我的族中有一个小叔叔，和哥哥一般大的年纪，说话口吃，没有风采，也是和哥哥在一个学校里读书。虽然他也到我们家里来过，但怕翠姨没有见过。那时外祖母就主张给翠姨提婚。那族中的祖母，一听就拒绝了，说是寡妇的儿子，命不好，也怕没有家教，何况父亲死了，母亲又出嫁了，好女不嫁二夫郎，这种人家的女儿，祖母不要。但是我母亲说，辈分合，他家还有钱，翠姨过门是一品当朝的日子，不会受气的。

这件事情翠姨是晓得的，而今天又见了我的哥哥，她不能不想哥哥大概是那样看她的。她自觉的觉得自己的命运不会好的，现在翠姨自己已经订了婚，是一个人的未婚妻。二则她是出嫁了的寡妇的女儿，她自己一天把这个背了不知有多少遍，她记得清清楚楚。

## 五

翠姨订婚，转眼三年了，正这时，翠姨的婆家，通了消息来，张罗要娶。她的母亲来接她回去整理嫁妆。

翠姨一听就病了。

但没有几天，她的母亲就带着她到哈尔滨采办嫁妆去了。

偏偏那带着她采办嫁妆的向导又是哥哥给介绍来的他的同学。他们住在哈尔滨的秦家岗上，风景绝佳，是洋人最多的地方。那男学生们的宿舍里边，暖气，洋床。翠姨带着哥哥的介绍信，像一个女同学似的被他们招待着。又加上已经学了俄国人的规矩，处处尊贵女子，所以翠姨当然受了他们不少的尊敬，请她吃大菜，请她看电影。坐马车的时候，上车让她先上，下车的时候，人家扶她下来。她每一动别人都为她服务，外套一脱，就接过去了。她刚一表示要穿外套，就给她穿上了。

不用说，买嫁妆她是不痛快的，但那几天，她总算一生中最开心的时候。

她觉得到底是读大学的人好，不野蛮，不会对女人不客气的，绝不能像她的妹夫常常打她的妹妹。

经这到哈尔滨去一买嫁妆，翠姨就更不愿意出嫁了。她一想那个又丑又小的男人，她就恐怖。

她回来的时候，母亲又接她来到我们家来住着，说她的家里又黑，又冷，说她太孤单可怜。我们家是一团暖气的。

到了后来，她的母亲发现她对于出嫁太不热心，该剪裁的衣裳，她不去剪裁。有一些零碎还要去买的，她也不去买。做母亲的总是常常要加以督促，后来就要接她回去，接到她的身边，好随时提醒她。她的母亲以为年轻的人必定要随时提醒的，不然总是贪玩。而况出嫁的日子又不远了，或者就是二三月。

想不到外祖母来接她的时候，她从心的不肯回去，她竟很勇敢的提出来她要读书的要求。她说她要念书，她想不到出嫁。

开初外祖母不肯，到后来，她说若是不让她读书，她是不出嫁的，外祖母知道她的心情，而且想起了很多可怕的事情……

外祖母没有办法，依了她。给她在家里请了一位老先生，就在自己家院子的空房子里边摆上了书桌，还有几个邻居家的姑娘，一齐念书。

翠姨白天念书，晚上回到外祖母家。

念了书，不多日子，人就开始咳嗽，而且整天的闷闷不乐。她的母亲问她，有什么不如意吗？陪嫁的东西买得不顺心吗？或者是想到我们家去玩吗？什么事都问到了。

翠姨摇着头不说什么。

过了一些日子，我的母亲去看翠姨，带着我的哥哥，他们一看见她，第一个印象，就觉得她苍白了不少。而且母亲断言的说，她活不久了。

大家都说是念书累的，外祖母也说是念书累的。没有什么要紧的，要出嫁的女儿们，总是先前瘦的，嫁过去就要胖了。

而翠姨自己则点点头，笑笑，不承认，也不加以否认。还是念书，也不到我们家来了，母亲接了几次，也不来，回说没有工夫。

翠姨越来越瘦了，哥哥去到外祖母家看了她两次，也不过是吃饭，喝酒，应酬了一番。而且说是去看外祖母的。在这里年轻的男子，去拜访年轻的女子，是不可以的。哥哥回来也并不带回什么欢喜或是什么新奇的忧郁，还是照样和我们打牌下棋。

翠姨后来支持不了啦，躺下了，她的婆婆听说她病，就要娶她，因为花了钱，死了不是可惜了吗？这一种消息，翠姨听了病就更加严重。婆家一听她病重，立刻要娶她。因为在迷信中有这么一章，病新娘娶过来一冲，就冲好了。翠姨听了就只盼望赶快死，拼命的糟蹋自己的身体，想死得越快一点儿越好。

母亲记起了翠姨，叫哥哥去看翠姨。是我的母亲派哥哥去的，母亲拿了一些钱让哥哥给翠姨送去，说是母亲送她在病中随便买点什么吃的。母亲晓得他们年轻人是很拘泥的，或者不好意思去看翠姨，也或者翠姨是很想看他的，他们好久不能看见了。同时翠姨不愿出嫁，母亲很久的就在心里边猜疑着他们了。

男子是不好去专访一位小姐的，这城里没有这样的风俗。母亲给了哥哥一件礼物，哥哥就可去了。

哥哥去的那天，她家里正没有人，只是她家的堂妹妹应接着这从未见过生疏的年轻的客人。

那堂妹妹还没问清客人的来由，就往外跑，说是去找她们的祖父去，请他等一等。大概她想是凡男客就是来会祖父的。

客人只说了自己的名字，那女孩子连听也没有听就跑出去了。

哥哥正想，翠姨在什么地方？或者在里屋吗？翠姨大概听出什么人来了，她就在里边说：

“请进来。”

哥哥进去了，坐在翠姨的枕边，他要去摸一摸翠姨的前额，是否发热，他说：

“好了点吗？”

他刚一伸出手去，翠姨就突然的拉住了他的手而且大声的哭起来了，好像把一颗心也哭出来了似的。哥哥没有准备，就很害怕，不知道说什么作什么。他不知道现在应该是保护翠姨的地位，还是保护自己的地位。同时听得见外边已经有人来了，就要开门进来了。一定是翠姨的祖父。

翠姨平静的向他笑着，说：

“你来得很好，一定是姐姐我的母亲告诉你来的，我心里永远纪念着她，她爱我一场，可惜我不能去看她了……我不能报答她了……不过我总会记起在她家里的日子的……她待我也许没有什么，但是我觉得已经太好了……我永远不会忘记的……我现在也不知道为什么，心里只想死得快一点就好，多活一天也是多余的……人家也许以为我是任性……其实是不对的，不知为什么，那家对我也是很好的，我要是过去，他们对我也会是很好的，但是我不愿意。我小时候，就不好，我的脾气总是不从心的事，我不愿意……这个脾气把我折磨到今天了……可是我怎能从心呢……真是笑话……谢谢姐姐她还惦着我……请你告诉她，我并不像她想的那么苦呢，我也很快乐……”翠姨痛苦笑了一笑，“我心里很安静，而且我求的我都得到了……”

哥哥茫然的不知道说什么，这时祖父进来了。看了翠姨的热度，又感谢了我的母亲，对我哥哥的降临，感到荣幸。他说请我母亲放心吧，翠姨的病马上就会好的，好了就嫁过去。

哥哥看了翠姨就退出去了，从此再没有看见她。

哥哥后来提起翠姨常常落泪，他不知翠姨为什么死，大家也都心中纳闷。

## 尾　声

等我春假回来，母亲还当我说：

“要是翠姨一定不愿意出嫁，那也是可以的，假如他们当我说。”

……

翠姨坟头的草籽已经发芽了，一掀一掀的和土粘成了一片，坟头显出淡淡的青色，常常会有白色的山羊跑进了。

这时城里的街巷，又装满了春天。

暖和的太阳，又转回来了。

街上有的提着筐子卖蒲公英的了，也有卖小根蒜的了。更有些孩子们他们按着时节去折了那刚在发芽的柳条，正好可以拧成哨子，就含在嘴里满街的吹。声音有高有低，因为那哨子有粗有细。

大街小巷，到处的呜呜呜，呜呜呜。好像春天是从他们的手里招呼回来了似的。但是这为期甚短，一转眼，吹哨子的不见了。

接着杨花飞起来了，榆钱飘满了一地。

在我的家乡那里，春天是快的，五天不出屋，树发芽了，再过五天不看树，树长叶了，再过五天，这树就会绿得使人不认识它了。使人想，这棵树，就是前天的那棵树吗？自己回答自己，当然是的。春天就像跑着似的那么快。好像人能够看见似的，春天从老远的地方跑来了，跑到这个地方只向人的耳朵吹一句小小的声音：“我来了呵”，而后很快的就跑过去了。

春，好像它不知多么忙迫，好像无论什么地方都在招呼它，假若它晚到一刻，阳光会变色的，大地会干成石头，尤其是树木，那真是好像再多一刻工夫也不能忍耐，假若春天稍稍在什么地方留连了一下，就会误了不少的生命。

春天为什么它不早一点来，来到我们这城里多住一些日子。而后再慢慢的到另外的一个城里去，在另外的一个城里也多住一些日子。

但那是不能的了，春天的命运就是这么短。

年轻的姑娘们，她们三两成双，坐着马车，去选择衣料去了，因为就要换春装了。她们热心的弄着剪刀，打着衣样，想装成自己心中想得出的那么好。她们白天黑夜的忙着，不久春装都换起来了，只是不见载着翠姨的马车来。

一九四一，夏重抄

（原载《时代文学》一九四一年七月一日第一卷第二期）

（选自《中国新文学大系 1937—1949 · 短篇小说卷一》，上海文艺出版社 1990 年版）

## 【背景资料】

《小城三月》是萧红的绝笔。此时萧红已重疾在身，在病床上追思童年见闻的东北妇女的生活悲剧，伏枕写出本篇。据说，这部作品是她构思之后只花了两个晚上就完成的。小说虽是忆旧而作，但字里行间渗透着萧红对自身悲剧命运的清醒认识。

## 【主题意蕴】

《小城三月》描写了旧时代封建制度下一个少女——翠姨的恋爱、婚姻悲剧。在作者的笔下，“翠姨生得并不是十分漂亮，但是她长得窈窕，走起路来沉静且漂亮，讲起话来清楚的带着一种平静的感情”。但翠姨的命运却很悲惨，家贫、被许配给一有钱的乡下人家、丈夫又小又丑，她一想到他就恐怖。翠姨爱上了“我”在哈尔滨念书的堂哥。这是深藏于内心的无望的爱，她不敢表露出来，只得压抑自己，也无法反抗既定的命运，终于，一个鲜活又美丽的生命死去了。作者在赞美和欣赏翠姨柔美、雅致、娴静、孤傲的气质的同时，肯定了她对新生活的向往。世俗力量的强大，封建礼教的强大，终于夺去了翠姨追求新生活的意愿，淹灭了她的求生志向。《小城三月》是对于封建旧传统的控诉，又是祭奠，是一曲对于被埋没的青春的挽歌。

## 【艺术特色】

《小城三月》有着萧红小说创作的特点——散文化，没有紧张的情节冲突，但由于贯穿了一个总的情感基调和指向，颇为紧凑。小说以写春及春天带给人们的感觉而引出翠姨，将翠姨拉到情感的中心，笔致由清新转为优雅，忧愁、焦虑、悲苦、思念，直至走完全文的情感历程，如行云流水，毫不阻滞。

作者成功地运用侧面描写、对比烘托、细节描写等手法，刻画了翠姨的特点。尤其擅长于以女性作家的敏感，通过年轻女性的生活琐事，写出人物性格特点。如买绒绳鞋一节，把翠姨内向的性格和感伤气质，写得细腻传神。翠姨形象塑造的成功，得力于人物描写手法的多样。

另外，全篇语言细致、优美，读来让人回味不已。

## 【经典评论】

**邢富君认为：**《小城三月》写的是“在新时代的春天将临，而仍然生活在残冬之中，听到了春的呼唤，却没有力量迎接春天的少女的悲剧”。

——《萧红代表作·前言》，《萧红代表作》，黄河文艺出版社 1987 年版，第 14 页

**皇甫晓涛评价：**“《小城三月》是对人的情感方式的一个历史检验，对其‘剪不断，理还乱’的隐微心理世界的追求与探索，尤其是一向具有含蓄、婉致而代表了传统文化品格的东方女性，对于这一心理现实的挖掘使作品接触到了具有东方悲剧意味的某些文化物质。”

——《萧红现象》，天津人民出版社 1991 年版，第 94 页

## 【思考练习】

1. 简析翠姨形象，你认为她悲剧的社会根源是什么？
2. 《小城三月》的人物描写手法有何特点？
3. 《小城三月》首尾都有对“春”的描写，这样有什么艺术作用？

# 穆时英

## 上海的狐步舞(一个断片)

上海。造在地狱上面的天堂!

沪西,大月亮爬在天边,照着大原野。浅灰的原野,铺上银灰的月光,再嵌着深灰的树影和村庄的一大堆一大堆的影子。原野上,铁轨画着弧线,沿着天空直伸到那边儿的水平线下去。

林肯路。(在这儿,道德给践在脚下,罪恶给高高地捧在脑袋上面。)

拎着饭篮,独自个儿在那儿走着,一只手放在裤袋里,看着自家儿嘴里出来的热气慢慢儿的飘到蔚蓝的夜色里去。

三个穿黑绸长褂,外面罩着黑大褂的人影一闪,三张在呢帽底下只瞧得见鼻子和下巴的脸遮在他前面。

"慢着走,朋友!"

"有话尽说,朋友!"

"咱们冤有头,债有主,今儿不是咱们有什么跟您过不去,各为各的主子,咱们也要吃口饭,回头您老别怨咱们不够朋友。明年今儿是您的周年,记着!"

"笑话了! 咱也不是那么不够朋友的——"一扔饭篮,一手抓住那人的枪,就是一拳过去。

"碰!"手放了,人倒下去,按着肚子。"碰!"又是一枪。

"好小子! 有种!"

"咱们这辈子再会了,朋友!"

"黑绸长褂"把呢帽一推,叫搁在脑勺上,穿过铁路,不见了。

"救命!"爬了几步。

"救命!"又爬了几步。

嘟的吼了一声儿,一道弧灯的光从水平线底下伸了出来。铁轨隆隆地响着,铁轨上的枕木像蜈蚣似地在光线里向前爬去,电杆木显了出来,马上又隐没在黑暗里边,一列"上海特别快"突着肚子,达达达,用着狐步舞的节拍,含着颗夜明珠,龙似地跑了过去。绕着那条弧线,又张着嘴吼了一声儿,一道黑烟直拖到尾巴那儿,弧灯的光线钻到地平线下,一会儿便不见了。

又静了下来。

铁道交通门前,交错着汽车的弧灯的光线,管交通门的倒拿着红绿旗,拉开了那白脸红嘴唇,带了红宝石耳坠子的交通门。马上,汽车就跟着门飞了过去,一长串。

上了白漆的街树的腿，电杆木的腿，一切静物的腿…… Revue 似地，把擦满了粉的大腿交叉地伸出来的姑娘们……白漆的腿的行列。沿着那条静悄的大路，从住宅的窗里，都会的眼珠子似地，透过了窗纱，偷溜了出来淡红的，紫的，绿的，处女的灯光。

汽车在一座别墅式的小洋房前停了，叭叭的拉着喇叭。刘有德先生的西瓜皮帽上的珊瑚结子从车门里探了出来，黑毛葛背心上两只小口袋里挂着的金表链上面，几个小金镑叮当地响着，把他送出车外，送到这屋子里。他把半段雪茄扔在门外，走到客室里，刚坐下，楼梯的地毯上响着轻捷的鞋跟，嗒嗒地。

“回来了吗?”活泼的笑声，一位在年龄上是他的媳妇，在法律上是他的妻子的夫人跑了进来，扯着他的鼻子道：“快！给我签张三千块钱的支票。”

“上礼拜那些钱又用完了吗?”

不说话，把手里的一叠账单交给他，便拉他的蓝缎袍的大袖子往书房里跑，把笔送到他手里。

“我说……”

“你说什么?”嘟着小红嘴。

瞧了她一眼便签了。她就低下脑袋把小嘴凑到他大嘴上。“晚饭你独自个儿吃吧，我和小德要出去。”便笑着跑了出去，“碰”的阖上门。他掏出手帕来往嘴上一擦，麻纱手帕上印着 Tangee。“倒像我的女儿呢，成天的缠着要钱。”

“爹!”

一抬脑袋，小德不知多喒溜了进来，站在他旁边，见了猫的耗子似地。

“你怎么又回来啦?”

“姨娘打电话叫我回来的。”

“干吗?”

“拿钱。”

刘有德先生心里好笑，这娘儿俩真有他们的。

“她怎么会叫你回来问我要钱? 她不会要不成?”

“是我要钱。姨娘叫我伴她去玩。”

忽然门开了!“你有现钱没有?”刘颜蓉珠又跑了进来。

“只有……”

一只刚用过蔻丹的小手早就伸到他口袋里把皮夹拿了出来！红润的指甲数着钞票：一五，一十，二十……三百。“五十留给你，多的我拿去了。多给你晚上又得不回来。”做了个媚眼，拉了她法律上的儿子就走。

儿子是衣架子，成天地读着给 Gigolo 看的时装杂志，把烫得有粗大明朗的折纹的裤子穿到身上，领带打得在中间留了个涡，拉着母亲的胳膊坐到车上。

上了白漆的街树的腿,电杆木的腿,一切静物的腿……Revue 似地,把擦满了粉的大腿交叉地伸出来的姑娘们……白漆腿的行列。沿着那条静悄的大路,从住宅区的窗里,都会的眼珠子似地,透过了窗纱,偷溜了出来淡红的,紫的,绿的,处女的灯光。

开着一九三二年的新别克,却一个心儿想一九八零年的恋爱方式。深秋的晚风吹来,吹动了儿子的领带,母亲的头发,全有点儿觉得凉。法律上的母亲偎在儿子的怀里道:

“可惜你是我的儿子。”嘻嘻地笑着。

儿子在父亲吻过的母亲的小嘴上吻了一下,差点儿把车开到行人道上去啦。

Neon Light 伸着颜色的手指在蓝墨水似的夜空里写着大字。一个英国绅士站在前面,穿了红的燕尾服,挟着手杖,那么精神抖擞地在散步。脚下写着:“Johnny Walker:Still Going Strong.”路旁一小块草地上展开了地产公司的乌托邦,上面一个抽吉士牌的美国人看着,像在说:“可惜这是小人国的乌托邦;那片大草原里还放不下我的一只脚呢!”

汽车前显出个人的影子,喇叭吼了一声儿,那人回过脑袋来一瞧,就从车轮前溜到行人道上去了。

“蓉珠,我们上那去?”

“随便那个 Cabaret 里去闹个新鲜的吧;礼查,大华我全玩腻了。”

跑马厅屋顶上,风针上的金马向着红月亮撒开了四蹄。在那片大草地的四周泛滥着光的海,罪恶的海浪,慕尔堂浸在黑暗里,跪着,在替这些下地狱的男女祈祷,大世界的塔尖拒绝了忏悔,骄傲地瞧着这位迂牧师,放射着一圈圈的灯光。

蔚蓝的黄昏笼罩着全场,一只 Saxophone 正伸长了脖子,张着大嘴,呜呜地冲着他们嚷。当中那片光滑的地板上,飘动的裙子,飘动的袍角,精致的鞋跟,鞋跟,鞋跟,鞋跟,鞋跟。蓬松的头发和男子的脸。男子的衬衫的白领和女子的笑脸。伸着的胳膊,翡翠坠子拖到肩上。整齐的圆桌子的队伍,椅子却是零乱的。暗角上站着白衣侍者。酒味,香水味,火腿蛋的气味,烟味……独身者坐在角隅里拿黑咖啡刺激着自家儿的神经。

舞着:华尔滋的旋律绕着他们的腿,他们的脚站在华尔滋的旋律上飘飘地,飘飘地。

儿子凑在母亲的耳朵旁说:“有许多话是一定要跳着华尔滋才能说的,你是顶好的华尔滋的舞伴——可是,蓉珠,我爱你呢!”

觉得在轻轻地吻着鬓角,母亲躲在儿子的怀里,低低的笑。

一个冒充法国绅士的比利时珠宝掮客,凑在电影明星殷芙蓉的耳朵旁说:“你嘴上的笑是会使天下的女子妒忌的——可是我爱你呢!”

觉得轻轻地在吻着鬓角,便躲在怀里低低地笑,忽然看见手指上多了一只钻戒。

珠宝掮客看见了刘颜蓉珠，在殷芙蓉的肩上跟她点了点脑袋，笑了一笑。小德回过身来瞧见了殷芙蓉也Gigolo地把眉毛扬了一下。

舞着，华尔滋的旋律绕着他们的腿，他们的脚踏在华尔滋上面，飘飘地，飘飘地。

珠宝掮客凑在刘颜蓉珠的耳朵旁，悄悄的说："你嘴上的笑是会使天下的女子妒忌的——可是，我爱你呢！"

觉得轻轻地在吻着鬓角，便躲在怀里低低地笑，把唇上的胭脂印到白衬衫上面。

小德凑在殷芙蓉的耳朵旁，悄悄的说："有许多话是一定要跳着华尔滋才能说的，你是顶好的华尔滋的舞伴——可是，芙蓉，我爱你呢！"

觉得在轻轻地吻着鬓角，便躲在怀里，低低地笑。

独身者坐在角隅里拿黑咖啡刺激着自家儿的神经。酒味，香水味，火腿蛋的气味，烟味……暗角上站着白衣侍者。椅子是凌乱的，可是整齐的圆桌子的队伍。翡翠坠子拖到肩上，伸着的胳膊。女子的笑脸和男子的衬衫的白领。男子的脸和蓬松的头发。精致的鞋跟，鞋跟，鞋跟，鞋跟，鞋跟。飘荡的袍角，飘荡的裙子，当中是一片光滑的地板。呜呜地冲着人家嚷，那只Saxophone伸长了脖子，张着大嘴。蔚蓝的黄昏笼罩着全场。

推开了玻璃门，这纤弱的幻景就打破了。跑下扶梯，两溜黄包车停在街旁，拉车的分班站着，中间留了一道门灯光照着的路，争着"Ricksha?"奥斯汀轿车，爱山克水，福特，别克跑车，别克小九，八汽缸，六汽缸……大月亮红着脸蹒跚地走上跑马厅的大草原上来了。街角卖《大美晚报》的，用卖大饼油条的嗓子嚷：

"Evening Post!"

电车当当地驶进布满了大减价的广告旗和招牌的危险地带去。脚踏车挤在电车的旁边瞧着也可怜。坐在黄包车上的水兵挤箍着醉眼，瞧准了拉车的屁股踹了一脚便哈哈地笑了。红的交通灯，绿的交通灯，交通灯的柱子和印度巡捕一同地垂直在地上。交通灯一闪，便涌着人的潮，车的潮。这许多人，全像没了脑袋的苍蝇似的！一个Fashion Model穿了她铺子里的衣服来冒充贵妇人。电梯用十五秒钟一次的速度，把人货物似地抛到屋顶花园去。女秘书站在绸缎铺的橱窗外面瞧着全丝面的法国Crepé，想起了经理的刮得刀痕苍然的嘴上的笑劲儿。主义者和党人挟了一大包传单踱过去，心里想，如果给抓住了便在这里演说一番。蓝眼珠的姑娘穿了窄裙，黑眼珠的姑娘穿了长旗袍儿，腿股间有相同的媚态。

街旁，一片空地里，竖起了金字塔似的高木架，粗壮的木腿插在泥里，顶上装了盏弧灯，倒照下来，照到底下每一条横木板上的人。这些人吆喝着："嗳嗳呀!”几百丈高的木架顶上的木桩直坠下来,碰!把三抱粗的大木柱撞到泥里去,四角上全装着弧灯,强烈的光探照着这片空地。空地里:横一道,竖一道的沟,钢骨,瓦砾堆。人扛着大木柱在沟里走,拖着悠长的影子。在前面的脚一滑,摔倒了,木柱压到脊梁上,脊梁断了,嘴里哇的一口血……弧灯……碰!木桩顺着木架又溜了上去……光着身子在煤屑路滚铜子的孩子……大木架顶上的弧灯在夜空里像月亮……捡煤渣的媳妇……月亮有两个……月亮叫天狗吞了——月亮没有了。

死尸给搬了开去。空地里:横一道竖一道的沟,钢骨,瓦砾,还有一堆他的血。在血上,铺上了士敏土,造起了钢骨,新的饭店造起来了!新的舞场造起来了!新的旅馆造起来了!把他的力气,把他的血,把他的生命压在底下,正和别的旅馆一样地,和刘有德先生正在跨进去的华东饭店一样地。

华东饭店里——

二楼:白漆房间,古铜色的鸦片香味,麻雀牌,《四郎探母》,《长三骂淌白小娼妇》,古龙香水和淫欲味,白衣侍者,娼妓掮客,绑票匪,阴谋和诡计,白俄浪人……

三楼:白漆房间,古铜色的鸦片香味,麻雀牌,《四郎探母》,《长三骂淌白小娼妇》,古龙香水和淫欲味,白衣侍者,娼妓掮客,绑票匪,阴谋和诡计,白俄浪人……

四楼:白漆房间,古铜色的鸦片香味,麻雀牌,《四郎探母》,《长三骂淌白小娼妇》,古龙香水和淫欲味,白衣侍者,娼妓掮客,绑票匪,阴谋和诡计,白俄浪人……

电梯把他吐在四楼,刘有德先生哼着《四郎探母》踏进了一间响着骨牌声的房间。点上了茄立克,写了张局票,不一会,他也坐到桌旁,把一张中风,用熟练的手法,怕碰伤了它似地抓了进来,一面却:“怎么一张好的也抓不进来?”一副老抹牌的脸,一面却细心地听着因为不束胸而被人家叫做沙利文面包的宝月老八的话:“对不起,刘大少,还得出条子,等会儿抹完了牌请过来坐。”

“到我们家坐坐去哪!”站在街角,只瞧得见黑眼珠子的石灰脸,躲在建筑物的阴影里,向来往的人喊着,拍卖行的伙计似地;老鸨尾巴似的拖在后边儿。

“到我们家坐坐去哪!”那张瘪嘴说着,故意去碰在一个扁脸身上。扁脸笑,瞧了一瞧,指着自家儿的鼻子,探着脑袋:“好寡老,碰大爷?”

“年纪轻轻,朋友要紧!”瘪嘴也笑。

“想不到我这印度小白脸儿今儿倒也给人家瞧上咧。”手往她脸上一抹,又走了。

旁边一个长头发不刮胡须的作家正在瞧着好笑,心里想到了一个题目:第二回巡礼——都市黑暗面检阅 Sonata;忽然瞧见那瘪嘴的眼光扫到自家儿脸上来了，马上就慌慌张张的往前跑。

石灰脸躲在阴影里，老鸨尾巴似地拖在后边儿——躲在阴影里的石灰脸，石灰脸，石灰脸……

作家心里想：

第一回巡礼赌场，第二回巡礼街头娼妓，第三回巡礼舞场，第四回巡礼……再说《东方杂志》《小说月报》《文艺月刊》，第一句就写大马路北京路野鸡交易所……不行——

有人拉了拉他的袖子："先生！"一看，是个老婆儿装着苦脸，抬起脑袋望着他。

"干吗？"

"请您给我看封信。"

"信在那儿？"

"请您跟我到家里去拿，就在这胡同里边。"

便跟着走。

中国的悲剧，这里边一定有小说资料。一九三一年是我的年代了。《东方》《小说》《北斗》每月一篇，单行本，日译本，俄译本，各国译本都出版，诺贝尔奖金又伟大又发财……

拐进了一条小胡同，暗得什么都看不见。

"你家在那儿？"

"就在这儿，不远儿，先生。请您看封信。"

胡同的那边儿有一支黄路灯，灯下是个女人低着脑袋站在那儿。老婆儿忽然又装着苦脸，扯着他的袖子道："先生，这是我的媳妇。信在她那儿。"走到女人那地方儿，女人还不抬起脑袋来。老婆儿说："先生，这是我的媳妇。我的儿子是机器匠，偷了人家东西，给抓进去了，可怜咱们娘儿们四天没吃东西啦。"

（可不是吗，那么好的题材，技术不成问题，她讲出来的话，意识一定正确的，不怕人家再说我人道主义咧……）

"先生，可怜儿的，您给几个钱，我叫媳妇陪你一晚上，救救咱们两条命！"

作家愣住了。那女人抬起脑袋来，两条影子拖在瘦腮帮儿上，嘴角浮出笑劲儿来。

嘴角浮出笑劲儿来。冒充法国绅士的比利时珠宝掮客凑在刘颜蓉珠的耳朵旁，悄悄的说："你嘴上的笑是会使天下的女子妒忌的——喝一杯吧。"

在高脚玻璃杯上，刘颜蓉珠的两只眼珠子笑着。

在别克里，那两只浸透了 Cocktail 的眼珠子，从外套的皮领上笑着。

在华懋饭店的走廊里，那两只浸透了 Cocktail 的眼珠子，从披散的头发边上笑着。

在电梯上，那两只眼珠子在紫眼皮下笑着。

在华懋饭店七层楼上一间房间里，那两只眼珠子，在焦红的腮帮儿上笑着。

珠宝掮客在自家儿的鼻子底下发现了那对笑着的眼珠子。

笑着的眼珠子！

白的床巾！

喘着气……

喘着气动也不动的躺在床上。

床巾：溶了的雪。

“组织个国际俱乐部吧！”猛的得了这么个好主意，一面淌着细汗。

淌着汗，在静寂的街上，拉着醉水手往酒吧间跑。街上，巡捕也没有了，那么静，像个死了的城市。水手的皮鞋搁到拉车的脊梁盖儿上面，哑嗓子在大建筑物的墙上响着：

啦得儿……啦得——

啦得儿

啦得……

拉车的脸上，汗冒着；拉车的心里，金洋钱滚着，飞滚着。醉水手猛的跳了下来，跌到两扇玻璃门后边儿去啦。

“Hullo，Master！Master！”

那么他嚷着追到门边。印度巡捕把手里的棒冲着他一扬，笑声从门缝里挤出来，酒香从门缝里挤出来，Jazz从门缝里挤出来……拉车的拉了车杠，摆在他前面的是十二月的江风，一个冷月，一条大建筑物中间的深巷。给扔在欢乐外面，他也不想到自杀，只“妈妈的”骂了一声儿，又往生活里走去了。

空去了这辆黄包车，街上只有月光啦。月光照着半边街，还有半边街浸在黑暗里边，这黑暗里边蹲着那家酒吧，酒吧的脑门上一盏灯是青的，青光底下站着个化石似的印度巡捕，开着门又关着门，鹦鹉似的说着：

“Good Bye，Sir.”

从玻璃门里走出个年轻人来，胳膊肘上挂着条手杖。他从灯光下走到黑暗里，又从黑暗里走到月光下面，叹息了一下，悉悉地向前走去，想到了睡在别人的床上的恋人，他走到江边，站在栏杆旁边发怔。

东方的天上，太阳光，金色的眼珠子似地在乌云间睁开了。

在浦东，一声男子的最高音：

“嗳……呀……嗳……”

直飞上半天，和第一线的太阳光碰在一起。接着便来了雄伟的合唱。睡熟了的建筑物站了起来，抬着脑袋，卸了灰色的睡衣，江水又哗啦哗啦的往东流，工厂的汽笛也吼着。

歌唱着新的生命,夜总会里的人们的命运!

醒回来了,上海!

上海,造在地狱上的天堂。

（原载《现代》一九三二年十一月一日第二卷第一期）

（选自《中国新文学大系 1927—1937·小说集二》,上海文艺出版社 1984 年版）

## 【背景资料】

20 世纪 30 年代,中国文坛存在着"京派"和"海派"两大文学流派,穆时英是"海派"的重要代表。其小说受日本新感觉派的影响,多描写上海贵族男女们的腐朽生活,给当时文坛带来了一种描写都市爱情生活的"洋场文学"风气,获得了"中国新感觉派的圣手"的称誉。穆时英在这篇小说中描写的有十里洋场之称的上海,虽然繁华热闹,多彩多姿,却也危机四伏,充满罪恶。上海是一个文化多元的都市,容纳着不同背景的人,受到西方的影响相当深。作者不但描写了这一点,更将富人和穷人的夜生活作了强烈的对比。虽然他没有直接地抨击这一切,但小说的描述流露出了作者的批判之思。

## 【主题意蕴】

本篇的主题,正如开头和结尾的两个短语所概括的:"上海,造在地狱上面的天堂!"在这一主旨统率下,作品描述的是快镜头展示的几件互不连贯的事情:路上行人被杀,富豪人家的乱伦生活,大舞厅灯红酒绿,小胡同里老婆子迫于生活在替沦为暗娼的媳妇拉客,这一切组合成地狱般的"天堂"的形象。小说托出的是一个病态的城市社会,从中可以窥见那个荒唐时代的一些侧影。

## 【艺术特色】

作品描绘的是流动场景,情节多线头并进,大幅度跳跃,看不出一个完整的故事,集中体现了现代派小说只重主观感觉、不重故事情节的表现技巧。小说写人的感觉、幻觉,特别突出光、影、色给予人的感觉,这对于展现出光怪陆离的生活画面以衬托主题,起了重要作用。

在技巧上,小说深受电影蒙太奇的影响,如同蒙太奇组接的方式写成的电影分镜头本。小说强调主观的心理感觉,但这种心理描写不同之处在于通过群像式的特写展现主观心理,字里行间充斥着这种主观心理感受的倾泻。小说还借鉴西方现代主义的创作手法,注重现代性的数字、时间、速度和空间转换。

文中穿插了很多英文、法文和德文,有非常欧式的感觉。运用了很多强烈的形容词,将整个上海的夜生活构成一幅立体而具有空间感的画卷。

## 【经典评论】

**杜衡曾说**:“中国是有都市而没有描写都市的文学,或者描写了都市而没有采取了适合这种描写的手法。在这方面,刘呐鸥算是开了一个端,但是他没有好好地继续下去,而且他的作品还有着‘非中国’即‘非现实’的缺点。能够避免这缺点而继续努力的,这是时英。”

——《关于穆时英的创作》,《现代出版界》第9期,1933年2月

**司马长风这样评价作者及其作品**:“检点穆时英的遗作,写的多是苍白的爱情、性的纠葛……他纤细、机敏,有涌流不尽的才情。他是堕落的天才、夭折的天才,是垃圾粪土里孤生的一株娇艳的花。”

——《中国新文学史》中卷,香港昭明出版有限公司1978年版,第86页

**严家炎在分析新感觉派小说的特点时说**:“有一部分作品存在着相当突出的颓废、悲观及至绝望、色情的倾向。”

——《〈新感觉派小说选〉前言》,人民文学出版社1985年版

## 【思考练习】

1. 作品中跳跃的镜头展示了上海的什么面貌?对全文主旨有何作用?

2. 作品主要体现了“新感觉派”的什么特点?

3. 小说的开头和结尾都是:“上海,造在地狱上面的天堂。”这体现了作者什么样的写作意图?

# 施蛰存

## 上元灯

### 十三日

孩子们都在忙忙碌碌的把他们在闹市里买来的各式花灯点上。天色已傍晚了。一阵一阵的冥鸦在天井上飞过，看见这些红红绿绿的兔子灯，马头灯，被这般高兴的孩子们牵着要，也准得要觉得满心欢喜地归到它们的平铺着天鹅绒的巢中消度这个灯节。

忽然间，我想起前几天正听说她在忙着扎花灯，此时想必早已完工，满挂在她书室中了。自从初四那一天我曾到她家去拜年以后，就没有看见她过。我想借着看灯的原由去看她一遭也好。

打定了主意之后，不由的俯下头来向我身上一瞧。唉！

我走入内室，妈正坐着啜茶，我说："妈，我要换一件袍子穿。"

"我原叫你穿那件新袍子，谁叫你不愿意！"妈说。

"那件新袍子颜色浅得奇难看，谁肯穿着出去吃人家讪笑！"

"谁会讪笑你？还不是崭新的杭绸皮袍，比你身上这件脱了线脚的旧袍子好看得多，我看你还是穿了出去罢，你又没有第三件皮袍子。"

妈这样诚恳的说。

勉强披上了新袍子，趑趑趄趄的穿过了几条小巷——只因为我不敢走大街，来到了她家。照例招呼了她的母亲和她家诸人，便走入了她的书房。她正在挂她自制的花灯；纸的，纱的，绸的，倒也不下十多个，也有六角形的，也有方的，也有鲸鱼式的，果然夺目得很。她这时高高地站在一只方凳上，手中提了一只彩灯，扎成一座高楼的形式，正将它挂在中间。她看见我便从凳上跳了下来：她原是从来就那样的可爱。她笑盈盈的说："你来看灯吗？你看我这许多灯哪一架最好。"

我约略将这许多灯都看了一遍；实在我以为都是扎得非常精巧，没奈何，指定了她手中的那一座楼式纱灯。

"你说这一架最好吗！"她将那架灯提高了些说。

我说："可不是这架最精致！"

她很得意似的道："这架果然不算坏，可是最精致的还轮不到它呢！"

她说着不住地将两缕柔黑的眼波浏览她底成绩，最后转看着我，她此时似乎得意极了，这般多情的天真啊！

我便问她那一架灯是最精致的，她只是抿着朱唇浅笑。指着她手中的灯，她说："你猜，我这架灯替它取个什么名字？"

"我可猜不出你替它取了怎样雅致的名字。"

"我叫它做'玉楼春'，你看好不好？"

她这般说，脸上现出一派天真的愉快的骄矜。

"好，我早就猜着你准是替它取了一个雅致的名字。过了元宵，你该将这架灯送给我。"

"为什么我该送给你这架灯？"她又笑着说。

"这架灯要是不该送给我的，为什么你将它扎得这样精致？"我也微笑着向她说，害她脸上薄薄地飞上了一阵红霞。

她俯首将她的"玉楼春"拨弄了些时，才抬起头来；我看她还有些余霞未褪。她说："为什么此刻你不要拿去，却要待过了元宵？"

"我家里也没有什么精巧的灯能一齐挂起来欣赏；横竖挂在你这里，我也一样看得。还是挂在你这里格外有趣味些。"我如此答她。她沉吟了半晌说：

"好，过了元宵节你准来摘了去罢。"

"谢谢你！"我谢了她使她又害羞了。她一瞥眼看见我穿着这样一件浅色的皮袍，便说："你为甚穿着这件袍子，怪刺眼的？还是穿那件旧的好。"

我轻轻的向她叹了一声。她也不再说什么，依旧将两缕眼波注视着我。啊！我懂得她的表情；我是如何难受！

我们沉静了一刻儿，我便分别了。

## 十　四　日

下午四点多钟，我偷闲又到她家。走进她的书房，一眼看见她的表兄在与她闲谈；含含糊糊地招呼了之后，便默默地坐下。偏是他刺刺不休地与她多说，冷落得我一点没有与她谈话的机会；但我既然来了，却也不甘就走，只好抑郁地闲坐着。

好容易她母亲在内室叫了他去。她便移着一缕懊恼的眼波向我：

"多讨厌，噜噜嗦嗦地强要人与他谈天！怪不耐烦的！"

我但向她微笑，也不便多说什么。她问我；"今天不穿那新袍子了吗？"

我笑着道："遵你的命，所以不穿了。"

这时我才有闲心去浏览她的花灯——在十多个灯中间却遍寻不到昨天的那架"玉楼春"！不觉得纳罕。我便问她"玉楼春"在哪里。

“早给他摘了去了。”她很简约地答我。

“谁摘了去？是你表兄吗？为什么你失约于我？”我很急切的问。

“我又不存心失约，我何尝不竭力想留着给你！可奈他执拗着要，涎着脸向我讨；妈妈又偏说换一架八角灯给你，他便不由我分说地强摘了去，叫我也奈何他们不得。”她这样断断续续地说，声音颤抖得怪伤心的。

我只觉得有些懊恼，默默地坐在椅上，也不打话。我暗自沉思，愈想愈觉得不自在。我自言自语地说：“只差了一条……”

她忽然站起身来，走到我所坐的椅旁另一椅上坐了；她脸向着我：

“你在说什么？”她很急切地问我。

我为烦恼的神经所刺激，说：“我只差了一项条件：我不像人家能穿着猞猁猕袍子博得许多方便。我这般衣着的人便连一架花灯的福分也没处消受！”

我这样愤激地说，她早就两个眼眶中充满了欲堕不堕的珠泪。她将手帕掩拭着眼泪，身子渐渐地靠近了我，低低地说：“你为什么说些这话？你想我何曾有一天因为你的衣着而冷淡你！那架‘玉楼春’也不是我存心要送给他，你也得谅我处的地位。你想我难道为这些事而使妈生气吗？况且如果我今天将那架灯执拗着要留给你，也要听妈的絮聒，反而使你将来不方便，你难道不懂得吗？”

她这样的说，我有些懊悔不该这样说得使她伤心了。

但总含着这一段烦恼。我对着花灯，对着她，不觉得飘落些眼泪。过了半晌，她断断续续地说：“不要为什么条件而烦恼罢！”

她的表兄来了，我们掩饰地各自拭去了泪痕，没精打采地胡乱敷衍了一阵。看看天色已晚，我便想走：她邀着我在她家吃晚饭，我便坚辞了出来；走到仪门还见她在高声地说：“明天来吃元宵！”

独自打从小巷中回去，眼前一片的花灯在浮动，心中也不觉得是欢喜，是忧郁，只想起了李义山的伤心诗句；我走着吟着：

“珠箔飘灯独自归。”

## 十　五　日

想昨天的事情，真够我伤心。她会叫我去吃元宵，还是去呢不去？饭后我踌躇了半晌，决定了姑且去走一遭。到她家，幸喜她表兄已去，她母亲也不在家；我们能有安闲的机会谈天。

才坐下，她便问我昨晚何以不肯吃了晚饭走。

我说：“我哪里愿意和你表兄同桌？假如我昨晚在此吃饭，准听见他和你妈两个人的冷嘲;不用说我不能听,便是你怕也一百二十分的难受。"

她沉吟着也不则一声;我看她胸部一起一伏地呼吸似乎异常的紧张。她徐徐地说:"我本想等饭后他去了再给你一个灯作是'玉楼春'的补偿品,却不知道你不愿意在这里吃夜饭,匆匆地便走了。……其实……其实你还是不吃饭好。"

"什么,他们昨晚说些了什么?"我问她。

"他们说什么呢!左右不过是些听不进的话。"

我很想听他们究竟在背后说我些什么。我又问她:

"他们究竟说我什么?"

"我不愿意说给你听。……说起我该得告诉你……昨天……昨天他竟向我说了……"她说着将两眼深深地注视我。

"他向你说什么?"我问。

"你想说什么?"她以为我故意那样问她,所以很不好意思地答我。

于是我明白了,不觉的心中跳踊得很猛烈。我急急地问:

"你如何答他?"

"我也用不着答他,拒绝了就完了。"她很坚决似的说。

"真个拒绝了?"

"我为什么要骗你!为此事昨晚妈还批评了我好些,我也由她。"

"那么如果你妈要勉强你,怎么办呢?"我问。

"由他们,我总是拒绝!"她如是的答我,两眼注视着我,含着一缕隐现的笑纹;她将她的身子移近了我。我垂头坐着,在竭力的搜索。但却不明白我究竟在搜索些什么。我们又沉默了一会儿;呼吸都很短促。不多时,她站起身来,招呼我道:"来,我给你一件东西。"说着,她在前走着,出了书房。我便随着她。她引我上楼,到了她的卧室,以前我从没有机会来过。我还未曾将她的精美的卧室浏览清楚,她已指着中间挂着的一架淡青纱灯问我道:

"你看,我留了这架最精致的灯给你好吗?"

我看那架灯果然比"玉楼春"精致得多。四面都画着工笔的孩童迎灯戏,十分的古雅。我说:"好,这个给我也好。"

她很快活的道:"你看比'玉楼春'如何?我这画是仿南宋画院本画起来的,足足费了我两天工夫呢。"

"这个比'玉楼春'自然要精致得多。"我说着便将灯摘了下来。"此刻我再不摘去,明天又要不得到手了。"我又说。

她笑着道:"我这个灯因此挂在房里,他哪里能够摘去!"

我说:"他难道不能来要你这个灯?"

"我可不准他进我的房。"她正色地说。

“但是为什么我可以进来?”我笑问她。

她两颊不觉得又红了一阵,低着头只是不开口。我便将灯安放在桌上。走到她身旁,轻轻地在她身边说:“倘若你表兄向你说的话变了是我说的,你可要拒绝也不?”

她猛然间听我如此说,不觉得有些吃惊,脸上忽然转成灰白,她抬头将她的多情的眼波又瞟了我一次,忽然脸上又升满了红霞。她又垂着头,只是不则一声。我又轻轻地问:

“你不会拒绝吗?”

她依然不则一声,将她的眼波投视着我,旋又移开了去。

吃过了元宵,转瞬间,天色又晚了。我提了灯儿与她道别,她说:

“当心着别将灯撞损了。”

含着笑眼看着她,我说:

“即使这个灯儿全坏了,我也不可惜,因为今天我得到的真太多了。”

她红着脸送我到门边,我也不记得如何与她分别。我走热闹的大街回家,提着青纱彩画的灯儿,很光荣地回家。在路上,我以为我已是一个受人欢颂的胜利者了。

但是,低下头去,一眼看见了我这件旧衣服,又不觉地轻轻地太息。

(选自《施蛰存小说选》,中国文学出版社 1999 年版)

## 【背景资料】

施蛰存在现代文学史上以创作弗洛伊德式的心理分析小说而著名。弗洛伊德的精神分析学说注重分析人的潜在心理活动,20 世纪的许多作家都有意识地将心理分析手法运用到小说创作之中。现代文学中,鲁迅、郭沫若早期尝试过;施蛰存是尝试者中比较成功的一位,他把弗洛伊德、蒙太奇、意识流等新兴的创作手法合理地融入到创作中,《上元灯》是早期代表作,已经可以看出他心理分析小说的淡淡影子。

## 【主题意蕴】

《上元灯》以日记体的形式,叙写了主人公“我”与一个少女的感情经历,抒情意味很浓,氤氲全篇。小说以上元灯为感情的桥梁,写了元宵节时三天的经历和感情变化。整篇小说将“我”由得灯而失灯,最后失而复得的心理过程细致绵密地描绘出来,上元灯只是一个线索,线索背后是一对青春男女心底纯真的感情,上元灯更是一个象征,传神地比拟了少年懵懂、纯真的心理世界和情感世界。小说中少女将自己的心爱之灯赠与“我”,隐喻着将心底最美好的感情赠与对方,小说由灯及人,由灯传情,物象、人物、情感三位一体,在感伤的气氛中谱写了一曲动人的恋歌。

## 【艺术特色】

小说在艺术上的独特之处在于对少年初恋心理的准确把握和传神描写，细致入微到一举手、一投足、一皱眉、一脸红、一微笑，都能在对象敏感的心里激起反应。小说中无论是动作、表情还是神态，都力图表现人物的心理，种种描写又都符合爱情初萌之际人物的心理变化和感情波动，尤其是小说写到一对少年在举手投足、凝目回首、轻言慢语之间已心心相印，感情共鸣中又有波折，整个恋爱心理过程，细致准确。如写到“我”要去她家看灯，却不满意自己的旧衣服，闹着要换新袍子穿，生动地表现出少年想在恋人心中留下美好印象的心理。换了新袍子后却并未得到她的赞赏，于是第二天就马上换上了她喜欢的旧袍子，将恋人的喜好奉若神明，言听计从。而最后得到灯后，本应高兴，一低头，“一眼看见了我这件旧衣服，又不觉地轻轻地太息”，穷家少年的自尊心跃上纸面。

小说并不以情节见长，也不是主人公恋爱心理无节制的宣泄，而是重在为心理描写营造一种氛围，将主人公甜蜜的初恋、失意的感伤、淡淡的哀愁、哀婉的人生叹息、纯真的初恋颂歌并置在这一氛围中，以感伤哀婉的艺术感觉唤起读者的共鸣。

## 【经典评论】

**对于心理分析在施蛰存小说中的地位和作用，学者余凤高这样评论：**“但由于作家充分把握了人物的意识活动，又具有比较丰富的心理分析的理论知识和相当娴熟的文学表现技巧，他能够对人物心理进行层层剖析，在读者面前展露出人物复杂的内心世界，从而完全把读者吸引住。这样的艺术效果也正是施蛰存所追求的。”

——《“心理分析”与中国现代小说》，中国社会科学出版社 1987 年版，第 203 页

**著名学者李欧梵这样评价施蛰存的作品：**“在这类作品中，透过表现生活在上海的中产阶级心理，他时而制造出一种歌德式的魔幻意境，时而用一种极主观的叙事手法描写潜意识中的色欲，外界的感官刺激，以及内心压抑问题……从我的立场看来，施蛰存作品的历史价值，正在于他的非写实倾向。”

——《现代性的追求》，生活·读书·新知三联书店 2000 年版，第 112 ~ 113 页

## 【思考练习】

1. 列举小说中作者刻画少年恋爱过程的几处成功的心理描写。

2. 本篇采用了日记体的形式，谈谈这种叙事方式在传达人物内心世界时有哪些作用？

3. 本篇充溢了氤氲的情调，以小说语言为例，列举作者在使用现代技法时借鉴了哪些古典文学笔法？

# 李劼人

## 死水微澜（梗概）

距离成都二十里有一个小乡镇叫天回镇，镇上有一家名叫兴顺号的杂货铺。掌柜蔡兴顺继承父业老实地做着生意。蔡兴顺的表兄罗歪嘴加入了哥老会，当上了本地码头舵把子朱大爷的大管事，声望很高，他手中过钱无数，但不愿成家，过着到处流动的日子。罗歪嘴对蔡兴顺很照顾，所以蔡掌柜的生意一直不错。

蔡大嫂早年做姑娘的时候被叫做邓幺姑，她常听邻居韩二奶奶讲成都的故事，渐渐对日常的生活不安心起来，总是向往大城市的生活。在多次相亲以后，父母给她选择了蔡兴顺。嫁人以后，因为她人长得灵气，常受镇上一些地痞的纠缠，罗歪嘴发了话后，他们的生活就比较安稳了。但蔡大嫂看不起老实胆小、没有见识的丈夫，常常感到生活的乏味，总觉得能说会道、见多识广的罗歪嘴比丈夫强多了。而罗歪嘴也觉得蔡大嫂不像个乡下女人，对她开始留意起来。

罗歪嘴从外地带回了妓女刘三金，两个人住在云集客栈。客栈后院是赌场，因为生意清淡，罗歪嘴等人便商量着设下了骗局，让刘三金出面引诱乡下粮户顾天成，把他的银钱骗了个精光。顾天成情知有诈想抗议，反挨了罗歪嘴等人的打。回家后，他的老婆因生病不肯花钱买药死了。

刘三金因为参与了诈骗顾天成怕东窗事发，决定离开此地。离开前，她牵线把蔡大嫂和罗歪嘴扯到了一起。

在某年正月成都的元宵会上，顾天成带着女儿招弟进城观灯，碰巧看到罗歪嘴和蔡大嫂也在观灯，他纠集了几个人去戏弄蔡大嫂。罗歪嘴同顾天成展开了一场混战。顾天成在混战中吃了亏，女儿招弟也丢失了，他恼羞成怒，回家后大病了一场。后在邻居钟幺嫂的帮助下入了教，决心靠洋人的力量去报复罗歪嘴。

当义和团、红灯教、董福祥攻打外国使馆的消息传到成都时，虽然也稍稍起了一点震动，但官场里并不惊慌，反倒拿这些事摆龙门阵。顾天成在这个时候入教，厄运临头，家产被亲戚侵占殆尽。后来八国联军进了北京，光绪、慈禧外逃，形势又发生了变化。朝廷下旨要优待洋人。这时，郫县三道堰出了件案子，肇事者逃之夭夭。顾天成借机诬陷罗歪嘴等人，于是罗歪嘴闻风而逃，蔡掌柜被捕，蔡大嫂也被打成重伤。蔡大嫂回娘家以后，顾天成多次去看望，想询问出罗歪嘴的下落，后来以担保蔡掌柜出狱为条件，要蔡大嫂改嫁他。蔡大嫂为了救出丈夫，考虑到顾天成有钱有势，便答应成为顾三奶奶。

## 【背景资料】

《死水微澜》创作于1935年7月，次年由上海中华书局出版发行，1940年再版。建国后作家出版社于1955年再版时，作者作了少许的改动。1980年四川人民出版社收入《李劼人选集》再版。

李劼人在《死水微澜》的《前记》中写道："从1925年起，一面教书一面仍旧写些短篇小说时，便起了一个念头，打算把几十年来所生活过，所切感过，所体验过，在我看来意义非常重大，当时起历史转捩点的这一段社会现象，用几部有连续性的长篇小说，一段落一段落地把它反映出来。"但是，"我想，直接从辛亥革命入手太仓促了些，这个革命并不是突然而来的，它有历史渊源、历史上积累了很多因素，积之既久才结出这个大瓜。要写，就必须追源溯流，从最早的时候写起。写鸦片战争，我不熟悉，熟悉的是庚子年以后的事，听见过八国联军的事情，也看见过当时成都所受的影响。第二年成都闹红灯教，杀红灯教的首领之一廖观音，打教堂，这些事我最清楚，我就从这时候写起。从庚子年写到辛亥革命，写所闻，写所见，写身所经历，三段一系列，这就是大家所说的三部曲。第一部叫《死水微澜》，第二部叫《暴风雨前》，第三部叫《大波》。从书名可以看出当时革命进程的"①。

## 【主题意蕴】

小说以出身乡野的邓幺姑三次身份的改变为叙述的线索：她起初渴望过上成都富豪人家的生活，无望后退而求其次，与一个懦弱无能的男人结婚；但她又不甘心，便与丈夫的表哥、袍哥小头领罗歪嘴公开偷情，得到了暂时的满足；最后，她为了救丈夫，又嫁给了投靠洋教有钱有势的顾天成。作品通过邓幺姑这个小人物思想意识和观念的变化，通过天回镇这个小地方袍哥势力和教民势力的消长，写出了成都附近社会各阶层的众生相，体现了中国从近代向现代转型的巨大变动，展现了中国社会在变动和转型期的复杂状况。这是"五四"革命之前社会的真实写照。

## 【艺术特色】

小说涉及的历史事件很多，比如有康梁变法、有义和团运动，但是这些历史是被作为淡远的背景处理的，凸显在舞台中央的是天回镇这个小地方的乡风民俗，是邓幺姑这个小人物的人生经历，但是作品中人物的遭遇又无不与现实历史

---

① 李劼人：《李劼人谈创作经验》，《草地》1957年12月号。

相联系，因此，这部长篇小说是从小角度入手反映大的社会问题的典型作品。在人物形象的塑造方面，作家能够结合人物的成长经历，生动、鲜明地塑造出在那块土地上生活的人物，尤其是邓幺姑，她的三次婚嫁体现了生长在乡下的女人追求都市生活不得，只能因势而动的一种顽强的生命力。由于李劼人对法国文学的谙熟，所以在《死水微澜》的人物形象、结构和叙事视角方面，可以看到《包法利夫人》的影响。邓幺姑身上有包法利夫人的影子，蔡兴顺和包法利也有性格上的接近。在结构安排上，小说一开始是由一个游离在主体故事之外的“我”讲述邓幺姑的出场，当故事主体展开后，“我”消失了，开始了一种传统的第三人称式的讲故事。这种由第一人称有限视角向第三人称视角的转变，体现出作家对外国作品的学习，也表现出作家对现代文学小说叙事模式创作的贡献。

## 【经典评论】

**郭沫若认为**：“作者的规模之宏大已经相当地足以惊人，而各个时代的主流及其递禅，地方上的风土气韵，各个阶层的人物之生活样式，心理状态，言语口吻，无论是男的女的老的少的，都亏他研究得那样透辟，描写得那样自然。……我是想称颂劼人的小说为‘小说的近代史’，至少是‘小说的近代《华阳国志》’。”

——《中国左拉之待望》，《中国文艺》第1卷第2期，1937年7月

## 【思考练习】

1. 你喜欢蔡大嫂的性格吗？你觉得她和罗歪嘴之间是否存在真正的爱情？
2. 你怎样看待罗歪嘴这个人物？
3. 你怎样理解“死水微澜”这个题目？

# 赵树理

## 小二黑结婚（节选）

### 一　神仙的忌讳

刘家峧有两个神仙，邻近各村无人不晓：一个是前庄上的二诸葛，一个是后庄上的三仙姑。二诸葛原来叫刘修德，当年做过生意，抬脚动手都要论一论阴阳八卦，看一看黄道黑道。三仙姑是后庄于福的老婆，每月初一十五都要顶着红布摇摇摆摆装扮天神。

二诸葛忌讳"不宜栽种"，三仙姑忌讳"米烂了"。这里边有两个小故事：有一年春天大旱，直到阴历五月初三才下了四指雨。初四那天大家都抢着种地，二诸葛看了看历书，又掐指算了一下说："今日不宜栽种"。初五日是端午，他历年就不在端午这天做什么，又不曾种；初六倒是个黄道吉日，可惜地干了，虽然勉强把他的四亩谷子种上了，却没有出够一半。后来直到十五才又下雨，别人家都在地里锄苗，二诸葛却领着两个孩子在地里补空子。邻家有个后生，吃饭时候在街上碰上二诸葛便问道："老汉！今天宜栽种不宜？"二诸葛翻了他一眼，扭转头返回去了，大家就嘻嘻哈哈传为笑谈。

三仙姑有个女孩叫小芹。一天，金旺他爹到三仙姑那里问病，三仙姑坐在香案后唱，金旺他爹跪在香案前听。小芹那年才九岁，晌午做捞饭，把米下进锅里了，听见她娘哼哼得很中听，站在桌前听了一会，把做饭也忘了。一会，金旺他爹出去小便，三仙姑趁空子向小芹说："快去捞饭！米烂了！"这句话却不料就叫金旺他爹听见，回去就传开了。后来有些好玩笑的人，见了三仙姑就故意问别人"米烂了没有"？

### 二　三仙姑的来历

三仙姑下神，足足有三十年了。那时三仙姑才十五岁，刚刚嫁给于福，是前后庄上第一个俊俏媳妇。于福是个老实后生，不多说一句话，只会在地里死受。于福的娘早死了，只有个爹，父子两个一上了地，家里就只留下新媳妇一个人。村里的年轻人们觉得新媳妇太孤单，就慢慢自动的来跟新媳妇作伴，不几天就集合了一大群，每天嘻嘻哈哈，十分红火。于福他爹看见不像个样子，有一天发了脾气，大骂一顿，虽然把外人挡住了，新媳妇却跟他闹起来。新媳妇哭了一天一夜，头也不梳，脸也不洗，饭也不吃，躺在炕上，谁也叫不起来，父子两个没了办法。邻家有个老婆替她请了一个神婆子，在她家下了一回神，说是三仙姑跟上她了。她也哼哼唧唧自称吾神长吾神短，从此以后每月初一十五就下起神来。别人也给她烧起香来求财问病，三仙姑的香案便从此设起来了。

青年们到三仙姑那里去，要说是去问神，还不如说是去看圣像。三仙姑也暗暗猜透大家的心事，衣服穿得更新鲜，头发梳得更光滑，首饰擦得更明，官粉搽得更匀，不由青年们不跟着她转来转去。

这是三十来年前的事。当时的青年，如今都已留下胡子，家里大半又都是子媳成群，所以除了几个老光棍，差不多都没有那些闲情到三仙姑那里去了。三仙姑却和大家不同，虽然已经四十五岁，却偏爱当个老来俏，小鞋上仍要绣花，裤腿上仍要镶边，顶门上的头发脱光了，用黑手帕盖起来，只可惜官粉涂不平脸上的皱纹，看起来好像驴粪蛋上下上了霜。

老相好都不来了，几个老光棍不能叫三仙姑满意，三仙姑又团结了一伙孩子们，比当年的老相好更多，更俏皮。

三仙姑有什么本领能团结这伙青年呢？这秘密在她女儿小芹身上。

## 三　小　芹

三仙姑前后共生过六个孩子，就有五个没有成人，只落了一个女儿，名叫小芹。小芹当两三岁时候，就非常伶俐乖巧，三仙姑的老相好们，这个抱过来说是“我的”，那个抱起来说是“我的”，后来小芹长到五六岁，知道这不是好话，三仙姑教她说：“谁再这么说，你就说‘是你的姑姑’。”说了几回，果然没有人再提了。

小芹今年十八了，村里的轻薄人说，比她娘年轻时候好得多。青年小伙子们，有事没事，总想跟小芹说句话。小芹去洗衣服，马上青年们也都去洗；小芹上树采野菜，马上青年们也都去采。

吃饭时候，邻居们端上碗爱到三仙姑那里坐一会，前庄上的人来回一里路，也并不觉得远。这已经是三十年来的老规矩，不过小青年们也这样热心，却是近二三年来才有的事。三仙姑起先还以为自己仍有勾引青年的本领，日子长了，青年们并不真正跟她接近，她才慢慢看出门道来，才知道人家来了为的是小芹。

不过小芹却不跟三仙姑一样：表面上虽然也跟大家说说笑笑，实际上却不跟人乱来，近二三年，只是跟小二黑好一点。前年夏天，有一个前晌，于福去地里，三仙姑去串门，家里只留下小芹一个人，金旺来了，嬉皮笑脸向小芹说：“这会可算是个空子吧？”小芹板起脸来说：“金旺哥！咱们以后说话要规矩些！你也是娶媳妇大汉了！”金旺撇撇嘴说：“咦！装什么假正经？小二黑一来管保你就软了！有便宜大家讨开点，没事；要正经除非自己锅底没有黑！”说着就拉住小芹的胳膊悄悄说：“不用装模作样了！”不料小芹大声喊道：“金旺！”金旺赶紧放手跑出来。一边还咄念道：“等得住你！”说着就悄悄溜走了。

## 四 金旺弟兄

提起金旺来，刘家峧没有人不恨他，只有他一个本家兄弟名叫兴旺的跟他对劲。

金旺他爹虽是个庄稼人，却是刘家峧一只虎，当过几十年老社首，捆人打人是他的拿手好戏。金旺长到十七八岁，就成了他爹的好帮手，兴旺也学会了帮虎吃食，从此金旺他爹想要捆谁，就不用亲自动手，只要下个命令，自有金旺兴旺代办。

抗战初年，汉奸敌探溃兵土匪到处横行，那时金旺他爹已经死了，金旺兴旺弟兄两个，给一支溃兵作了内线工作，引路绑票，讲价赎人，又做巫婆又做鬼，两头出面装好人。后来八路军来，打垮溃兵土匪，他两人才又回到刘家峧。

山里人本来就胆子小，经过几个月大混乱，死了许多人，弄得大家更不敢出头了。别的大村子都成立了村公所、妇救会、武委会，刘家峧却除了县府派来一个村长以外，谁也不愿意当干部。不久，县里派人来刘家峧工作，要选举村干部，金旺跟兴旺两个人看出这又是掌权的机会，大家也巴不得有人愿干，就把兴旺选为武委会主任，把金旺选为村政委员，连金旺老婆也被选为妇救会主席，其他各干部，硬捏了几个老头子出来充数。只有青抗先队长，老头子充不得。兴旺看见小二黑这个小孩子漂亮好玩，随便提了一下名就通过了，他爹二诸葛虽然不愿，可是惹不起金旺，也没有敢说什么。

村长是外来的，对村里情形不十分了解，从此金旺兴旺比前更厉害了，只要瞒住村长一个人，村里人不论那个都得由他两个调遣。这几年来，村里别的干部虽然调换了几个，而他两个却好像铁桶江山。大家对他两个虽是恨之入骨，可是谁也不敢说半句话，都恐怕扳不倒他们，自己吃亏。

## 五 小 二 黑

小二黑，是二诸葛的二小子，有一次反“扫荡”打死过两个敌人，曾得到特等射手的奖励。说到他的漂亮，那不只在刘家峧有名，每年正月扮故事，不论去到那一村，妇女们的眼睛都跟着他转。

小二黑没有上过学，只是跟着他爹识了几个字。当他六岁时候，他爹就教他识字。识字课本既不是五经四书，也不是常识国语，而是从天干、地支、五行、八卦、六十四卦名等学起，进一步便学些《百中经》、《玉匣记》、《增删卜易》、《麻衣神相》、《奇门遁甲》、《阴阳宅》等书。小二黑从小就聪明，像那些算属相、卜六壬课、念大小流年或“甲子乙丑海中金”等口诀，不几天就都弄熟了，二诸葛也常把他引在人前卖弄。因为他长得伶俐可爱，大人们也都爱跟他玩；这个说：“二黑，算一算十岁属什么？”那个说：“二黑，给我卜一课！”后来二诸葛因为说“不宜栽种”误了种地，老婆也埋怨，大黑也埋怨，庄上人也都传为笑谈，小二黑也跟着这事受了许多奚落。那时候小二黑十三岁，已经懂得好歹了，可是大人们仍把他当成小孩来玩弄。好跟二诸葛开玩笑的，一到了家，常好对着二诸葛问小二黑道：“二黑！算算今天宜不宜栽种？”和小二黑年纪相仿的孩子们，一跟小二黑生了气，就连声喊道：“不宜栽种不宜栽种……”小二黑因为这事，好几个月见了人躲着走，从此就和他娘商量成一气，再不信他爹的鬼八卦。

小二黑跟小芹相好已经二三年了。那时候他才十六七，原不过在冬天夜长时候，跟着些闲人到三仙姑那里凑热闹，后来跟小芹混熟了，好像是一天不见面也不能行。庄上也有人愿意给小二黑跟小芹做媒人，二诸葛不愿意，不愿意的理由有三：第一小二黑是金命，小芹是火命，恐怕火克金；第二小芹生在十月，是个犯月；第三是三仙姑的声名不好。恰好在这时候彰德府来了一伙难民，其中有个老李带来个八九岁的小姑娘，因为没有吃的，愿意把姑娘送给人家逃个活命。二诸葛说是个便宜，先问了一下生辰八字，掐算了半天说：“千里姻缘使线牵”，就替小二黑收作童养媳。

虽然二诸葛说是千合适万合适，小二黑却不认账。父子俩吵了几天，二诸葛非养不行，小二黑说：“你愿意养你就养着，反正我不要！”结果虽把小姑娘留下了，却到底没有说清楚算什么关系。

## 六　斗　争　会

金旺自从碰了小芹的钉子以后，每日怀恨，总想设法报一报仇。有一次武委会训练村干部，恰巧小二黑发疟疾没有去。训练完毕之后，金旺就向兴旺说：“小二黑是装病，其实是被小芹勾引住了，可以斗争他一顿。”兴旺就是武委会主任，从前也碰过小芹一回钉子，自然十分赞成金旺的意见，并且又叫金旺回去和自己的老婆说一下，发动妇救会也斗争小芹一番。金旺老婆现任妇救会主席，因为金旺好到小芹那里去，早就恨得小芹了不得。现在金旺回去跟她说要斗争小芹，这才是巴不得的机会，丢下活计，马上就去布置。第二天，村里开了两个斗争会，一个是武委会斗争小二黑，一个是妇救会斗争小芹。

小二黑自己没有错，当然不承认，嘴硬到底，兴旺就下命令，把他捆起来送交政权机关处理。幸而村长脑筋清楚，劝兴旺说：“小二黑发疟是真的，不是装病，至于跟别人恋爱,不是犯法的事,不能捆人家。”兴旺说:“他已是有了女人的。”村长说:“村里谁不知道小二黑不承认他的童养媳。人家不承认是对的;男不过十六女不过十五,不到订婚年龄。十来岁小姑娘,长大也不会来认这笔账。小二黑满有资格跟别人恋爱,谁也不能干涉。”兴旺没话说了,小二黑反要问他:“无故捆人犯法不犯?”经村长双方劝解,才算放了完事。

兴旺还没有离村公所,小芹拉着妇救会主席也来找村长,她一进门就说:“村长!捉贼要赃,捉奸要双,当了妇救会主席就不说理了?”兴旺见拉着金旺的老婆,生怕说出这事与自己有关,赶紧溜走。后来村长问了问情由,费了好大一会唇舌,才给她们调解开。

## 七　三仙姑许亲

两个斗争会开过以后,事情包也包不住了,小二黑也知道这事是合理合法的了,索性就跟小芹公开商量起来。

三仙姑却着了急。她跟小芹虽是母女,近几年来却不对劲。三仙姑爱的是青年们,青年们爱的是小芹。小二黑这个孩子,在三仙姑看来好像鲜果,可惜多一个小芹,就没了自己的份儿。她本想早给小芹找个婆家推出门去,可是因为自己声名不正,差不多都不愿意跟她结亲。开罢斗争会以后,风言风语都说小二黑要跟小芹自由结婚,她想要真是那样的话,以后想跟小二黑说句笑话都不能了,那是多么可惜的事,因此托东家求西家要给小芹找婆家。

“插起招军旗,就有吃粮人。”有个吴先生是在阎锡山部下当过旅长的退职军官,家里很富,才死了老婆。他在奶奶庙大会上见过小芹一面,愿意续她,媒人向三仙姑一说,三仙姑当然愿意。不几天过了礼帖,就算定了,三仙姑以为了却一宗心事。

小芹已经和小二黑商量得差不多了,如何肯听她娘的话?过礼那一天,小芹跟她娘闹起来,把吴先生送来的首饰绸缎扔了一地。媒人走后,小芹跟她娘说:“我不管!谁收了人家的东西谁跟人家去!”

三仙姑愁住了,睡了半天,晚饭以后,说是神上了身,打了两个呵欠就唱起来。她起先责备于福管不了家,后来说小芹跟吴先生是前世姻缘,还唱些什么“前世姻缘由天定,不顺天意活不成……”于福跪在地下哀求,神非教他马上打小芹一顿不可。小芹听了这话,知道跟这个装神弄鬼的娘说不出什么道理来,干脆躲了出去,让她娘一个人胡说。

小芹一个人悄悄跑到前庄上去找小二黑,恰在路上碰上小二黑去找她,两个就悄悄拉着手到一个大窑里去商量对付三仙姑的法子。

## 八　拿　双

小芹把她娘怎样主婚怎样装神，唱些什么，从头至尾细细向小二黑说了一遍，小二黑说："不用理她！我打听过区上的同志，人家说只要男女本人愿意，就能到区上登记，别人谁也作不了主……"说到这里，听见外边有脚步声，小二黑伸出头来一看，黑影里站着四五个人，有一个说："拿双拿双！"他两人都听出是金旺的声音，小二黑起了火，大叫道："拿？没有犯了法！"兴旺也来了，下命令道："捉住捉住！我就看你犯法不犯法，给你操了好几天心了！"小二黑说："你说去那里咱就去那里，到边区政府你也不能把谁怎么样！走！"兴旺说："走？便宜了你！把他捆起来！"小二黑挣扎了一会，无奈没有他们人多，终于被他们七手八脚打了一顿捆起来了。兴旺说："里边还有个女的，也捆起来，捉奸要双，这是她自己说的！"说着就把小芹也捆起来了。

前庄上的人都还没有睡，听见有人吵架，有些人就跑出来看，麻秆火把下看见捆着的两个人，大家不问就都知道了八九分。二诸葛也出来了，见小二黑被人家捆起来，就跪在兴旺面前哀求道："兴旺！咱两家没有什么仇！看在我老汉面上，请你们诸位高高手……"兴旺说："这事情，我们管不了，送给上级再说吧！"小二黑说："爹！你不用管！送到那里也不犯法！我不怕他！"兴旺说："好小子！要硬你就硬到底！"又逼住三个民兵说："带他们走！"一个民兵问："带到村公所？"兴旺说："还到村公所干什么？上一回不是村长放了的？送给区武委会主任按军法处理！"说着就把他两个人拥上走了。

（选自《赵树理文集》，工人出版社 1980 年版）

## 【背景资料】

《小二黑结婚》是赵树理的成名作和代表作，写于 1943 年。1942 年，毛泽东在延安文艺座谈会上发表的讲话在解放区引起了强烈反响，赵树理也深受鼓舞，《小二黑结婚》即是他在"讲话"精神鼓舞下完成的，赵树理曾说过自己的作品是"问题小说"，写作就是要用小说暴露解放区的实际问题，进而解决问题，也正是这样，《小二黑结婚》一经发表，立即受到群众的欢迎，并迅速流传。

## 【主题意蕴】

作品写了小二黑、小芹一对青年男女为争取婚姻自由同封建传统思想和势力做斗争的曲折过程。这对青年男女虽然生活在新政权已经建立的抗日民主根据地，但封建家长因为他们"命相不对"反对这门亲事。小芹的母亲贪财想卖掉女儿；村上恶霸想占有小芹，进行了恶意的破坏。小二黑和小芹经过曲折的努力和斗争，最终在人民政府支持下结了婚。小说不仅歌颂自由恋爱，而且以此歌颂新一代农民为掌握自己的命运而斗争的精神，歌颂农民中先进思想对愚昧、迷信思想斗争的胜利，对以金旺兄弟为代表的封建势力斗争的胜利。

小说设置了三组人物，二诸葛和三仙姑是封建家长、封建迷信和落后农民的代表，他们以家长的权威，还以因袭传统的婚姻习俗，约束儿女的婚姻，干涉他们的婚姻和恋爱自主。第二组人物是金旺兄弟，他们是农村恶势力的代表，新政权建立后，他们混进了村委会，为了满足个人私欲，公报私仇。第三组人物是与他们斗争的小二黑和小芹。他们是解放区农民中一代新人的代表，敢于追求自己的爱情和幸福，对于金旺兄弟的打击和报复，他们并不惧怕，而是坚信政府的力量。最终，他们不但获得了胜利，并且在新社会里树立了新的道德标准、新的思想品质和新的理想。

三组人物形成了两种矛盾、三种冲突。第一种矛盾是小二黑、小芹和二诸葛、三仙姑的矛盾，派生出两种冲突，一是父子关系在新时代下的冲突，一是封建迷信、封建婚姻制度和新思想、新制度的冲突。第二种矛盾是小二黑、小芹和金旺兄弟的矛盾，这代表着农村中进步的、正义的力量和恶势力的斗争。前者以家庭矛盾形式存在，后者则以社会矛盾形式体现。这两组矛盾在作品中互相交织，互为因果，由家庭矛盾带出社会矛盾，社会矛盾反过来又激化了家庭矛盾，在多重矛盾冲突中，作品的主题意蕴不断深化。

## 【艺术特色】

这篇小说符合中国人的审美习惯，故事性强。在结构上，由一个人物引出另一个人物，一个故事套着另一个故事，环环相扣，节与节之间相连，第一节到第五节介绍人物，铺垫故事；第六节至第九节形成故事高潮，人物之间关系互相遇合，形成尖锐冲突；第十节至第十一节形成故事的大团圆结局。结构完整，中心突出，主次分明。作者不仅是讲故事的能手，还是写人物的好手。他吸收了传统评书中的一些艺术手法，如悬念的设置，使得故事波澜起伏，扣人心弦。

## 【经典评论】

**周扬盛赞《小二黑结婚》的思想价值**：“《小二黑结婚》写的是一个农村中恋爱的故事……作者是在这里讴歌自由恋爱胜利吗？不是的！他是在讴歌新社会的胜利（只有在这种社会里，农民才能享受自由恋爱的胜利），讴歌农民的胜利（他们开始掌握自己的命运，懂得为更好的命运斗争），讴歌农民中开明、进步的因素对愚昧、落后、迷信等等因素的胜利……‘文艺座谈会’以后，艺术各部门都达到了重要的收获，开创了新的局面，赵树理同志的作品是文学创作上的一个重要收获，是毛泽东文艺思想在创作上实践的一个胜利，我欢迎这个胜利，拥护这个胜利！”

——《论赵树理的创作》，《周扬文集》第1卷，人民文学出版社1984年版，第486～498页

**郭沫若曾经这样谈及对《小二黑结婚》的阅读感受**：“我是完全被陶醉了，被那新颖、健康、素朴的内容与手法。这儿有新的天地，新的人物，新的感情，新的作风，新的文化。谁读了，我相信都会感兴趣的。”

——《〈板话〉及其他》，《郭沫若全集》（文学编）第20卷，人民文学出版社1992年版，第129页

## 【思考练习】

1. 赵树理描绘的农民形象与现代文学画廊里以往的农民形象有何不同？

2. 如何理解《小二黑结婚》中的地域文化色彩？以这篇小说为例，说说你对赵树理为代表的“山药蛋”派风格的理解。

3. 赵树理小说吸收了民间文学的营养，甚至有人指出赵树理的创作结合了上党梆子的一些元素，你如何看待这些说法？

# 孙　犁

## 荷　花　淀

### ——白洋淀记事之一

月亮升起来，院子里凉爽得很，干净得很，白天破好的苇眉子潮润润的，正好编席。女人坐在小院当中，手指上缠绞着柔滑修长的苇眉子。苇眉子又薄又细，在她怀里跳跃着。

要问白洋淀有多少苇地？不知道。每年出多少苇子？不知道。只晓得，每年芦花飘飞苇叶黄的时候，全淀的芦苇收割，垛起垛来，在白洋淀周团的广场上，就成了一条苇子的长城。女人们，在场里院里编着席。编成了多少席？六月里，淀水涨满，有无数的船只，运输银白雪亮的席子出口，不久，各地的城市村庄，就全有了花纹又密、又精致的席子用了。大家争着买：

"好席子，白洋淀席！"

这女人编着席。不久在她的身子下面，就编成了一大片。她像坐在一片洁白的雪地上，也像坐在一片洁白的云彩上。她有时望望淀里，淀里也是一片银白世界。水面笼起一层薄薄透明的雾，风吹过来，带着新鲜的荷叶花香。

但是大门还没关，丈夫还没回来。

很晚丈夫才回来了。这年轻人不过二十岁，头戴一顶大草帽，上身穿一件洁白的小褂，黑单裤卷过了膝盖，光着脚。他叫水生，小苇庄的游击组长，党的负责人。今天领着游击组到区上开会去来。女人抬头笑着问：

"今天怎么回来的这么晚？"站起来要去端饭。水生坐在台阶上说：

"吃过饭了，你不要去拿。"

女人就又坐在席子上。她望着丈夫的脸，她看出他的脸有些红胀，说话也有些气喘。她问：

"他们几个哩？"

水生说：

"还在区上。爹哩？"

女人说：

"睡了。"

"小华哩？"

"和他爷爷去收了半天虾篓，早就睡了。他们几个为什么还不回来？"

水生笑了一下。女人看出他笑的不像平常。

“怎么了，你？”

水生小声说：

“明天我就到大部队上去了。”

女人的手指震动了一下，想是叫苇眉子划破了手，她把一个手指放在嘴里吮了一下。水生说：

“今天县委召集我们开会。假若敌人再在同口按上据点，那和端村就成了一条线，淀里的斗争形势就变了。会上决定成立一个地区队。我第一个举手报了名的。”

女人低着头说：

“你总是很积极的。”

水生说：

“我是村里的游击组长，是干部，自然要站在头里，他们几个也报了名。他们不敢回来，怕家里的人拖尾巴。公推我代表，回来和家里人们说一说。他们全觉得你还开明一些。”

女人没有说话。过了一会，她才说：

“你走，我不拦你，家里怎样办？”

水生指着父亲的小房叫她小声一些。说：

“家里，自然有别人照顾。可是咱的庄子小，这一次参军的就有七个。庄上青年人少了，也不能全靠别人，家里的事，你就多做些，爹老了，小华还不顶事。”

女人鼻子里有些酸，但她并没有哭。只说：

“你明白家里的难处就好了。”

水生想安慰她。因为要考虑准备的事情还太多，他只说了两句：

“千斤的担子你先担吧，打走了鬼子，我回来谢你。”

说罢，他就到别人家里去了，他说回来再和父亲谈。

鸡叫的时候，水生才回来。女人还是呆呆的坐在院子里等他，她说：

“你有什么话嘱咐嘱咐我吧。”

“没有什么话了，我走了，你要不断进步，识字，生产。”

“嗯。”

“什么事也不要落在别人后面！”

“嗯，还有什么？”

“不要敌人汉奸捉活的。捉住了要和他拼命。”这才是那最重要的一句，女人流着眼泪答应了他。

第二天，女人给他打点好一个小小的包裹，里面包了一身新单衣，一条新毛巾，一双新鞋子。那几家也是这些东西，交水生带去。一家人送他出了门。父亲一手拉着小华对他说：

“水生，你干的是光荣事情，我不拦你，你放心走吧。大人孩子我给你照顾，什么也不要惦记。”

全庄的男女老少也送出他来，水生对大家笑一笑上船走了。

女人们到底有些藕断丝连。过了两天，四个青年妇女集在水生家里来，大家商量：

“听说他们还在这里没走。我不拖尾巴，可是忘下了一件衣裳。”

“我有句要紧的话得和他说说。”

水生的女人说：

“听他说鬼子要在同口按据点……”

“那里就碰的那么巧，我们快去快回来。”

“我本来不想去，可是俺婆婆非叫我再去看看他，有什么看头啊！”

于是这几个女人偷偷坐在一只小船上，划到对面马庄去了。

到了马庄，她们不敢到街上去找，来到村头一个亲戚家里，亲戚说：你们来的不巧，昨天晚上他们还在这里，半夜里走了，谁也不知开到那里去。你们不用惦记他们，听说水生一来就当了副排长，大家都是欢天喜地的……

几个女人羞红着脸告辞出来，摇开靠在岸边上的小船。现在已经快到晌午了，万里无云，可是因为在水上，还有些凉风，这风从南面吹过来，从稻秧上苇尖吹过来。水面没有一只船，水像无边的跳荡的水银。

几个女人有点失望，也有些伤心，各人在心里骂着自己的狠心贼。可是青年人，永远朝着愉快的事情想，女人们尤其容易忘记那些不痛快。不久，她们就又说笑起来了。

“你看说走就走了。”

“可慌（高兴的意思）哩，比什么也慌，比过新年，娶新——也没见他这么慌过！”

“拴马桩也不顶事了。”

“不行了，脱了缰了！”

“一到军队里，他一准得忘了家里的人。”

“那是真的，我们家里住过一些年轻的队伍，一天到晚仰着脖子出来唱，进去唱，我们一辈子也没那么乐过。等他们闲下来没有事了，我就傻想：该低下头了吧。你猜人家干什么？用白粉子在我家映壁上画上许多圆圈圈，一个一个蹲在院子里，托着枪瞄那个，又唱起来了！”

她们轻轻划着船，船两边的水哗，哗，哗。顺手从水里捞上一棵菱角来，菱角还很嫩很小，乳白色。顺手又丢到水里去。那棵菱角就又安安稳稳浮在水面上生长去了。

“现在你知道他们到了那里？”

“管他哩，也许跑到天边上去了！”

她们都抬起头往远处看了看。

“唉呀！那边过来一只船。”

“唉呀！日本，你看那衣裳！”

“快摇！”

小船拼命往前摇，她们心里也许有些后悔，不该这么冒冒失失走来，也许有些怨恨那些走远了的人。但是立刻就想，什么也别想了，快摇，大船紧紧追过来。

大船追的很紧。

幸亏是这些青年妇女，白洋淀长大的，她们摇的小船飞快。小船活像离开了水皮，一条打跳的梭鱼。她们从小跟这小船打交道，驶起来，就像织布穿梭，缝衣透针一般快。

假如敌人追上了，就跳到水里去死吧！

后面大船来的飞快。那明明白白是鬼子！这几个青年妇女咬紧牙制止住心跳，摇橹的手并没有慌，水在两旁大声的哗哗，哗哗，哗哗哗！

“往荷花淀里摇！那里水浅大船过不去。”

她们奔着那不知道有几亩大小的荷花淀去，那一望无边挤的密密层层的大荷叶，迎着阳光舒展开，就像铜墙铁壁一样。粉色荷花箭高高的挺出来，是监视白洋淀的哨兵吧！

她们向荷花淀里摇，最后，努力的一摇，小船窜进了荷花淀。几只野鸭扑棱棱飞起，尖声惊叫，掠着水面飞走了。就在她们的耳边响起一排枪！

整个荷花淀全震荡起来。她们想，陷在敌人的埋伏里了，一准要死了，一齐翻身跳到水里去。渐渐听清楚枪声只是向着外面，她们才又扒着船帮露出头来。她们看见不远的地方，那宽厚肥大的荷叶下面，有一个人的脸，下半截身子长在水里。荷花变成人了？那不是我们的水生吗？又往左右看去，不久各人就找到了各人丈夫的脸，啊，原来是他们！

但是那些隐蔽在大荷叶下面的战士们，正在聚精会神瞄着敌人射击，半眼也没有看她们。枪声紧紧的清脆，三五排枪过后，他们投出了手榴弹，冲出了荷花淀。

手榴弹把敌人那只大船击沉，一切都沉下去了。水面上只剩下一团烟硝火药气味。战士们就在那里，大声欢笑着，打捞战利品。他们又开始了沉到水底捞出大鱼来的拿手戏。他们争着捞出敌人的枪支、子弹带，然后是一袋子一袋子叫水浸透了的面粉和大米。水生拍打着水去追赶一个在水波上滚动的东西，是一包用精致纸盒装着的饼干。

妇女们带着浑身水,又坐到他们的小船上去了。

水生追回那个纸盒子,一只手高高举起,一只手用力拍打着水,好使自己不沉下去。对着荷花淀吆喝:

“出来吧,你们!”

好像带着很大的气。

她们只好摇着船出来。忽然从她们的船底下冒出一个人来,只有水生的女人认的那是区小队的队长。这个人抹一把脸上的水问她们:

“你们干什么去来呀?”

水生的女人说:

“又给他们送了一些衣裳来!”

小队长回头对水生说:

“都是你村的?”

“不是她们是谁,一群落后分子!”说完把纸盒顺手丢在女人们船上,一泅,又沉到水底下去了,到很远的地方才钻出来。

小队长开了个玩笑,他说:

“你们也没有白来,不是你们,我们的伏击不会这么彻底。可是,任务已经完成,该回去晒晒衣裳了。情况还紧的很!”

战士们已经把打捞出来的战利品,全装在他们的小船上,准备转移。一人摘了一片大荷叶顶在头上,抵挡正午的太阳。几个青年妇女把掉在水里又捞出来的小包裹,丢给了他们,战士们的三只小船就奔着东南方向,箭一样飞去了。不久就消失在中午水面上的烟波里。

几个青年妇女划着她们的小船赶紧回家,一个个像落水鸡似的。一路走着,因过于刺激和兴奋,她们又说笑起来,坐在船头脸朝后的一个撅着嘴说:

“你看他们那个横样子,见了我们爱搭理不搭理的!”

“啊,好像我们给他们丢了什么人似的。”

她们自己也笑了,今天的事情不算光彩,可是:

“我们没枪,有枪就不往荷花淀里跑,在大淀里就和鬼子干起来!”

“我今天也算看见打仗了。打仗有什么出奇,只要你不着慌,谁还不会爬在那里放枪呀!”

“打沉了,我也会浮水捞东西,我管保比他们水式好,再深点我也不怕!”

“水生嫂,回去我们也成立队伍,不然以后还能出门吗!”

“刚当上兵就小看我们,过二年,更把我们看得一钱不值了,谁比谁落后多少呢!”

这一年秋季,她们学会了射击。冬天,打冰夹鱼的时候,她们一个个登在流星一样的冰船上,来回警戒。敌人围剿那百顷大苇塘的时候,她们配合子弟兵作战，出入在那芦苇的海里。

（原载一九四五年五月十五日《解放日报》）

（选自《中国新文学大系 1937—1949·短篇小说卷三》，上海文艺出版社 1990 年版）

## 【背景资料】

《荷花淀》是孙犁短篇小说的代表作，发表于 1945 年 5 月 15 日延安《解放日报》。当时抗日战争已经进入最后阶段，《荷花淀》就是在这样的背景下，以冀中抗日根据地人民的斗争生活为题材，精心谱写的一曲爱国主义精神和革命乐观主义精神的赞歌。

## 【主题意蕴】

小说描写以水生嫂为代表的农村妇女送别丈夫走上战场的动人情景，以及她们深明大义、勇挑重担、乐于吃苦、不避艰险的美好心灵，真切感人。小说主人公是水生夫妻。水生是抗日根据地青年农民的典型，他是小苇庄的游击组长，党的负责人，具有“公而忘私，国而忘家”的高尚品质，在国难当头之际，他能自觉地把儿女私情和个人利益服从于国家和民族的利益，第一个报名参加了县委建立的“地区队”。水生嫂是个勤劳、质朴、进步的青年妇女，是个识大体、顾大局、明大义的农村先进妇女。当个人感情同国家的需要发生矛盾时，她能毅然地服从国家需要，挑起家庭重担，支持丈夫参军。这是一篇洋溢着诗情画意的小说，也是一首战斗的颂歌。

## 【艺术特色】

小说具有如下特色：首先，充分吸收了散文、诗歌的营养。小说不重在典型人物的刻画和塑造，而重在以散文的抒情笔触表现人物的心灵美。作品以散文的笔法叙述故事，既有小说的情节，又有散文的韵味；是叙事的散文，是抒情的小说。小说具有浓郁的抒情性，但又非常讲究分寸和节制，不过度渲染。其次，小说通过一连串的生活画面来刻画人物，展示主题，具有浓郁的地方色彩、泥土气息和时代特点。作品没有借助波澜起伏、硝烟弥漫的激烈战斗场面来塑造人物，而是通过月夜编席、夫妻话别、送夫参军、借故寻夫、归途遇攻、伏击战斗等一系列充满生活情趣的画面，把情节串联起来，表现白洋淀人民平凡而高尚的情操，反映白洋淀地区的风土人情。小说通过描绘人物的对话和动作来表现人物的内心世界，笔法简洁而细腻。再次，小说的景物描写充满诗情画意。小说多处描绘了白洋淀幽静而美丽的自然景色，这些景物描写，既烘托了人物性格，又加深了作品的主题。

## 【经典评论】

**荃麟、葛琴在评价作品的主题时说：**“这篇作品的主题，是表现出在人民抗日战争中，人民的英勇、愉快和自学的精神；他们没有畏惧、悲观和苦恼；但也不是什么英雄豪杰，他们是所谓‘一种常常有力量，微笑的，活泼而充满精力的人’。”

——《孙犁作品评论集》，百花文艺出版社 1982 年版，第 3 页

**子午认为：**“散文笔法欲详则详，欲略则略，如行云流水，十分灵活自由。《荷花淀》沿着时间顺序娓娓道来，但在故事的各个发展阶段上又不是平均用墨。小说选了一些场面加以工笔细描，而对其他内容则采取了粗线条勾勒或侧面暗示的方法。”

——《〈荷花淀〉的艺术特色》，《语文战线》1978 年第 3 期

## 【思考练习】

1. 以“水生嫂”为例说说孙犁小说中的女性形象塑造有何特点？
2. 谈谈本篇作品散文化的倾向。
3. 这篇小说对战争场面的描写有何特点？

# 丁 玲

## 太阳照在桑干河上（梗概）

富裕中农顾涌从八里桥驾着他亲家胡泰的胶皮大车，带着女儿回到了暖水屯，引起了人们的注意和猜测，尤其使村中的地主钱文贵疑虑不安。因为他意识到：胡泰借车给顾涌，是他得知要土改的消息而转移财产。钱文贵善于窥测方向，保护自己。八路军刚到暖水屯，他就让儿子钱义参军，使自己成为军属，又将女儿嫁给了村治安委员张正典。这时为对抗和逃避土改斗争，他派侄女黑妮去八里桥打探顾涌借车的真正原因，又与反动的小学教员任国忠密谋对策。接着让黑妮和农会主席程仁恋爱，再以假分家分散土地，骗得了中农的阶级成分。

工作队刚进村时，遇到不少困难和阻力，地主频繁活动，农民顾虑重重，村干部们也思想不一致。张裕民是暖水屯的第一个共产党员，他沉着、老练、对党忠心耿耿，但是在解放前，他的行为上有一些污点，发动群众斗地主时有一段时间他思想模糊，怕斗不倒钱文贵自己不好办，但他一旦思想明确，下了决心，便会勇猛顽强，坚决果敢。所以他在群众中有威信，在干部中有号召力，在村里处于举足轻重的地位。和张裕民一样从小受地主剥削的长工程仁，朴实憨厚，对地主阶级有本能的仇恨。因为和钱文贵的侄女黑妮的关系，他在斗争中也有思想矛盾，总感到有什么东西拉着他下垂。但他在斗争的暴风雨中还是站稳了自己阶级的立场，坚决和广大群众站在了一起。后来，工作队员杨亮深入群众，走访、发动了妇联主任董桂花、羊倌老婆周月英和张正国、李全等人，并与村党支部书记张裕民讨论干部如何带头的问题；赵得禄也提高了思想觉悟，斥退了企图收买他的地主江世荣老婆，还主动向张裕民提出要没收地主们的果树园。积极革命的刘满则向杨亮述说冤屈，说张正典仗势欺人，开除了他的党籍，希望工作队主持正义。经过一段时间的努力，工作队终于与村干部配合一致，初步取得了斗争胜利：没收了十一家地主的果园（包括小地主李子俊的），还查封了江世荣的财产，组成了临时评地委员会。

不久，刘满在没收果园的斗争中当众骂张正典，揭发他与岳父钱文贵同穿一条裤子，以至于打起架来。这时，县委宣传部长章品来到，关押和批斗了钱文贵。

斗倒钱文贵后，分了土地财产，人们改选村干部，鸣炮庆祝胜利。刘满率民兵构筑工事，准备配合解放军消灭蒋军。

## 【背景资料】

1946年夏天，丁玲参加了晋察冀中央局组织的土改工作队，去怀来、涿鹿一带进行土改，在温泉屯停留得稍久一些。温泉屯就是作品中暖水屯的原型。丁玲说："1946年7月，我参加了怀来土改工作团，后来我又转到了涿鹿县，九月底就匆促地回到了阜平。这一段工作没有机会很好总结。但住在阜平，我没有什么别的工作。同时还觉得还有些人物萦回在脑际，于是就计划动笔写这本小说。我当时的希望很小，只想把这个阶段的土改工作的进程写出来……"①小说1951年获斯大林文学奖金二等奖。

## 【主题意蕴】

《太阳照在桑干河上》是反映土改运动的优秀的长篇小说。作品以暖水屯这个村庄为一个点描写华北土改初期的情形，主要描写了群众怎样起来斗争恶霸地主钱文贵的故事。作品真实大胆地写出了农村中错综复杂的关系及土改在农村各个阶层中引起的巨大波澜，客观表现出土改的艰难性。同时，作品不仅显示了农民斗倒地主的伟大，而且写出了农民的弱点和缺点，写出了农民在土改的锻炼中克服不足，取得走向新生的更加伟大的成绩。正如丁玲自己所说："我描写了土地改革是如何在一个村子里进行的，这个村子是如何成功地斗倒地主，村里的人们又是如何在土改过程中成长起来的。"②

## 【艺术特色】

作品塑造了众多的人物形象，尤其是成功地塑造了一系列性格复杂丰满的农民形象，如张裕民、程仁等。他们是农民干部，是土改的带头人，但是自身都有这样那样的毛病，在斗争的过程中，他们逐渐成熟，克服了自身的弱点，显示了土改对农民精神面貌的根本改变，使得小说具有了深刻的现实意义。同时，作品对反面人物钱文贵的塑造也非常深刻。作家写了他的深思熟虑，写了他在心理上给农民带来的巨大威慑力，作家把她的爱憎隐藏在客观的精细的描写之中，这是现实主义创作的成功。在结构上，小说从顾涌驾着胡泰的胶皮大车回到暖水屯写起，又以胡泰从顾涌家要回大车收尾，做到了首尾照应、繁而不乱。而且小说在开篇着力烘托出"山雨欲来风满楼"的社会时代气氛，由之引出了一系列的正反人物和波澜起伏的事件，活灵活现地表现了农民期待、兴奋而又疑虑和地主阶级惶恐、挣扎而又抱着幻想的复杂心理，使得作品结构紧凑，又有利于下文的展

---

① 丁玲：《写在前边》，《〈太阳照在桑干河上〉前言》，1948年6月15日。

② 丁玲：《作者的话》，《读书》1981年第7期。

开。作者还善于描写一些典型的细节和场景，善于渲染环境和气氛，“果树园热闹起来了”一节便具有代表性。

## 【经典评论】

**冯雪峰认为：**“作者在依据其他具体的条件之外，又着重地从地主阶级权力在人民心理上的这种影响来看问题，这种观察是深刻而正确的。作者描写这个地主（钱文贵）时着重地注意到这种影响，描写农民时也着重地注意到这种影响，并且都写得深刻，这是这部小说及其人物写得成功的重要的原因之一。……她已经现实主义地写了真实的人，这是我们文学成长上不可少的必要的基础和第一步，也就是高大的典型人物的创造所必需的基础和第一步；同时也不能否认这本书中已经有不可磨灭的典型。”

——《〈太阳照在桑干河上〉在我们文学发展上的意义》，《文艺报》第 10 号，1952 年 5 月 25 日

**温儒敏认为：**“《太阳照在桑干河上》较真实地表现了农村的阶级斗争和生活的复杂性，《暴风骤雨》表现的则比较简单化、规范化。前者擅长有历史真实感的细致的心理刻画，后者擅长场面和生活气息的描写。前者结构较平板，语言细腻但可能失之沉闷，后者的情节处理有波澜，语言也较生动简净。”

——《中国现代文学课程学习指导》，北京大学出版社 2001 年版，第 274 页

## 【思考练习】

1. 在《太阳照在桑干河上》中，丁玲是怎样表现农村生活和阶级斗争的复杂性的？

2. 思考《太阳照在桑干河上》的结构展开方式，谈谈这样做的好处。

3. 《太阳照在桑干河上》和《暴风骤雨》同为反映土改的小说，你更喜欢哪一部，说说理由。

# 周立波

## 暴风骤雨（梗概）

1946年7月下旬的一个清早，土改工作队乘着老孙头的马车来到了元茂屯开展土改工作。工作队的到来，在元茂屯掀起了轩然大波。远近闻名的大地主韩老六开始采取一系列的行动对抗工作队。他派出了狗腿子打探消息，拉拢、威胁贫苦的农户，和杜善人等地主商量对策。面对村子里没有人愿意开口揭发地主的情况，工作队的一些同志主张先开大会，向老百姓宣传土改的政策，但是大会在韩老六派的人的破坏下失败了。萧队长及时总结经验教训，改变了工作策略，决定先和老百姓交朋友，深入了解这个地区的情况。小王和赵玉林交上了朋友，了解到赵玉林被韩老六迫害的经历和村子里的一些情况。几天后的一个晚上，一些老百姓在学校和工作队唠嗑，倒着被韩老六欺负的苦水。大家的愤怒被激起来，在赵玉林的带领下他们抓住了韩老六。但第一次的斗争会在坏人的破坏下失败了，韩老六被放回了家。小王和刘胜非常失望，一些贫苦的农户也不敢再说话了。在调整了思路后，工作队继续调动大家的积极性，萧队长和小王又发动了郭全海、白玉山及其他的一些基本农户。元茂屯成立了农工联合会，赵玉林当选为主任。韩老六并不示弱，他到处散布谣言，从各个角度对积极分子进行攻击，但是在萧队长的鼓励下，大家的干劲越来越足。八月初召开的对韩老六的又一次斗争会也失败了。这次的失败让很多人感到斗争地主不过是生活中起的小小的波浪。大家丧失了斗志。这时，萧队长认真研究了上级的指示，组织了农民自卫队，充分发挥农民干部的作用，以开唠嗑会的形式广泛发动群众。韩老六也不闲着，一方面使用美人计拉拢农会成员，一方面埋藏、偷运财产。他家的小猪倌因参加唠嗑会而遭到韩老六的毒打，这成为引发众人怒火的导火索。逃跑的韩老六被抓回后，大伙怀着激动、愤怒的心情再次斗争韩老六，他的种种罪行终于被揭发了出来，受到了死刑的惩罚，整个元茂屯沉浸在欢乐的海洋中。农民们分了地，分了地主的浮财，赵玉林入了党。正当大家沉浸在喜悦中时，韩老六的兄弟韩老七带领一百多胡子来给韩老六报仇，萧队长组织大家积极迎战，在他的果断指挥下，胡子被杀被抓，农民们取得了胜利，但是赵玉林却牺牲了。第一阶段的土改工作胜利结束，萧队长离开了元茂屯。

1947年10月的末尾，萧队长带领新的工作队再次来到了元茂屯，根据《中国土地法大纲》的精神，他要在这里展开一个新的群众运动，彻底消灭农村里的封建势力。元茂屯的农会主任一职被二流子张富英篡取，郭全海等正直的干部都被赶出了农会。萧队长的到来让屯里的人非常高兴,大家又鼓起干劲,要把地主真正斗倒。郭全海向萧队长介绍了屯里的情况,决定了下一步的方案。大家分成几个小组,去杜善人家起浮财,起枪支,并动员村子里所有的贫民一起挖地主的坏根。贫民和中农团结起来,取得了全部的胜利。郭全海成了家,并响应号召参了军。在他的带动下,屯子里的很多年轻人不再依恋平静的日子,高高兴兴地奔赴战场。

## 【背景资料】

1946 年冬天,东北地区开始进行土地改革,周立波随土改工作队到达东北解放区,担任松江省(今黑龙江省的一部分)尚志县元宝区区委副书记,领导了该地区的土改工作。他在工作中积累了丰富的素材。1947 年 5 月,周立波奉调主编《松江农民报》,开始构思长篇小说《暴风骤雨》,10 月完成上册,翌年 12 月完成下册,上、下册分别在 1948 年和 1949 年由东北书店出版。小说出版后引起了热烈的反响,和丁玲同期创作的《太阳照在桑干河上》被并誉为反映土地改革的具有史诗规模的长篇小说,获得了斯大林文艺奖金三等奖。

## 【主题意蕴】

《暴风骤雨》通过详尽描写松花江畔的小山村元茂屯土改斗争的全过程,反映了中国农村前所未有的巨大变革。小说共分两部,第一部写的是 1946 年中共中央"五四指示"下达后到 1947 年《中国土地法大纲》颁布前,元茂屯在工作队的领导下开展土地运动,通过发动群众,唤醒贫苦农民的阶级觉悟和斗争勇气,斗垮恶霸地主韩老六,打退土匪进攻,取得了斗争的初步胜利;第二部写的是 1947 年 10 月《中国土地法大纲》颁布后,工作队再进元茂屯深入调研,最终取得土改斗争的全面胜利。作品热情讴歌了在中国共产党的领导下农民同地主阶级进行坚决斗争,取得消灭封建土地所有制的伟大胜利。

## 【艺术特色】

小说的人物和故事情节比较单纯,紧紧围绕元茂屯土改斗争进程的主线展开,情节连贯,结构单纯严谨,基本按照土改斗争发展进程的时间顺序来结构作品,线索清晰明朗,着重描写了两个阶级之间的对立。小说刻画了一系列性格鲜亮的农村新人的形象典型,赋予他们较多的理想主义的色彩,宣扬了大公无私的高贵品质和无限忠于人民革命事业的传统美德,典型人物有第一部中的赵玉林和第二部中的郭全海。作家广泛地吸取了当地的方言口语,具有浓郁的时代色彩和东北农村的地方特色。

## 【经典评论】

**钱理群认为**:"《暴风骤雨》的写作,对于周立波来说,是一次自觉地与"过去"告别的努力,他一反自己的精美的艺术趣味,着意追求农民式的粗犷、质朴的美,却也获得了部分的成功。但原有的艺术教养与气质并不能如他所期望的彻底清除:他对于普通人的日常生活趣味的发现,仍时时流出笔端,如对白玉山家庭生活的富于诗意的入微的描写,虽用笔不多却成了小说给读者留下最深印象的部分,比作家极力渲染的'斗争会'等大场面,更具吸引力。"

——《新小说的诞生》,《文艺理论研究》1997年第1期

## 【思考练习】

1.《暴风骤雨》塑造了一些在土改中成长起来的农民形象,谈谈你对赵玉林、郭全海和老孙头等人物的看法。

2. 试比较《暴风骤雨》与《太阳照在桑干河上》这两部小说在描写土改方面存在哪些差异。

3.《暴风骤雨》大量吸收了东北方言,这种语言的选用对于表现作品有何意义?

# 钱锺书

## 围城（梗概）

1937年7月下旬，印度洋的海面上，一艘法国邮船正向中国驶来，船上坐着各国的乘客和回国的中国留学生，船上有法国文学博士苏文纨，有医学专业毕业、行为放荡的鲍小姐，有留学英、法、德三国的美国“克莱登大学”哲学博士方鸿渐。方鸿渐的博士文凭颇有来历，方鸿渐早已随家里做主订了婚，却没有恋爱体验，因为未婚妻没见过面就死了，此次留学主要靠挂名岳父点金银行经理周厚卿资助。方鸿渐在欧洲留学四年换了三所大学，最后从爱尔兰骗子手中买了子虚乌有的克莱登大学哲学博士学位，四年后与苏文纨乘同一条船回国。同学的时候，苏文纨没把方鸿渐放在眼里，她把自己的爱情看得太名贵了，成为女博士后她反觉得没人敢追求自己，这次同船回国对方鸿渐的家世略有所知，人也不讨厌，似乎也有钱，于是本已准备向方鸿渐示爱，但因为稍微矜持了一些，方鸿渐竟被已有未婚夫的鲍小姐引诱了去。苏小姐妒火中烧，骂他们无耻，而鲍小姐刚刚下船，她就马上来找方鸿渐。

到了上海之后，方鸿渐住在去世的未婚妻周家。周太太向方鸿渐打听苏小姐，并希望认他的太太为干女儿，这让方鸿渐很惊慌。方鸿渐回到本县探望自己的父母，听说方家留洋的博士回来了，当地的校长想请方鸿渐为学生们做一次演讲，谁知方鸿渐竟对学生们大讲特讲起鸦片和梅毒来，结果让校长很尴尬。

回到上海，方鸿渐出于礼貌去拜访苏文纨，在苏家认识了苏文纨的表妹唐晓芙和朋友赵辛楣。赵辛楣的父亲跟苏文纨的父亲是同僚，赵辛楣和苏文纨从小一起长大，所以对苏文纨一往情深，可苏文纨却心仪方鸿渐，赵辛楣与方鸿渐初次见面，就产生醋意。方鸿渐借看苏小姐为名去看唐晓芙，并暗中与唐晓芙恋爱。而赵辛楣和“新派诗人”曹元朗却一同与他争风吃醋，苏文纨也希望借此来抬高自己的身价。赵辛楣却由此醋意大发，在一次聚会上，故意将方鸿渐灌醉，让方鸿渐当众出丑，苏小姐对方鸿渐非常关心，并送方鸿渐回家，这让赵辛楣感到很失望。方鸿渐无意与赵辛楣为敌，因为他并不爱苏小姐，他爱的是漂亮、单纯、活泼的唐晓芙。苏文纨明白了这一切之后，恼羞成怒，将方鸿渐以往买假文凭、与鲍小姐鬼混等丑事添油加醋地告诉了唐晓芙，唐晓芙于是退回了方鸿渐写给她的情书，并要方鸿渐把她的信也全部退回，方鸿渐感到像从昏厥里醒过来，彻底绝望。

方鸿渐丢了报馆里的工作，赵辛楣为了让他远离苏文纨，介绍他到三闾大学去任教，而三间大学的校长高松年一再催赵辛楣到三间大学任政治系主任，在对苏文纨的示爱彻底被拒绝后赵辛楣答应去三间大学。赵辛楣、方鸿渐、孙柔嘉、李梅亭四人费尽了周折终于到了三间大学，三间大学是为了躲避战乱而重新组建的学校，学校只有158位学生，刚刚聘好的教授十之八九托故不来，方鸿渐由于学历中没有学位证书而被聘为中文系副教授。在一次晚宴上听范小姐说陆子潇追求孙柔嘉，给孙小姐写了好多信，而孙柔嘉已有意于方鸿渐，故意就此事向方鸿渐请教处理办法。方鸿渐对孙小姐虽然还只是朦朦胧胧有些好感，却下意识起了妒意，建议孙小姐将陆子潇的情书，不加任何答复地全部送还。赵辛楣与中文系主任汪处厚的年轻太太有了越轨交往，而老校长高松年也对汪太太抱有非分之想，就向汪处厚揭发他们的私情，赵辛楣被迫离开三间大学。他到了重庆之后进了国防委员会，事业很是得意。

赵辛楣走后，方鸿渐也不想在三间大学呆了，筹划着退掉高松年的聘书，谁知他并未接到聘书，孙柔嘉却有聘约，连薪水也升了一级。孙柔嘉退掉聘书与方鸿渐一同离开了三间大学。方鸿渐想从香港转飞机，然后再回上海，写信让赵辛楣给他弄飞机票，赵辛楣回信说他母亲也要从重庆到香港。方鸿渐与孙柔嘉在香港举行了婚礼，在香港遇到赵辛楣和苏文纨，而此时的苏文纨已是曹元朗的夫人。回到上海后，孙柔嘉不想立刻去婆家，婆婆嫌孙柔嘉架子太大，不温顺。对她初次见面没有给公婆叩头也耿耿于怀，因而常常旁敲侧击、指桑骂槐地挑拨她和儿子的关系。孙柔嘉有两个妯娌，她们本来矛盾重重，但有一次听见公公夸孙柔嘉是新式女性能自立的话，便马上把她认作共同的敌人，二人尽释前嫌，一致对外。

孙柔嘉和方鸿渐二人之间婚后争吵不断，他们都想按着自己的意志行事，结果经常发生冲突。他们为了选择职业争吵，为了亲戚关系争吵，为了朋友交往争吵，甚至无缘无故也要吵。夫妻结合犹如冤家相逢，互相把对方当做出气筒。孙柔嘉让方鸿渐到她姑母的厂里去做事，而方鸿渐想到重庆去找赵辛楣，两人为此事又大吵一顿，最后方鸿渐离家出走。一个人在大街上闲逛，当他决定回家向柔嘉道歉并和好时发现孙柔嘉已经离家而走。

## 【背景资料】

1941年，日本派兵占领上海租界。钱锺书和妻子杨绛被困在上海。1944年，钱锺书在看杨绛编写的话剧上演时受到启发，决定撰写一部长篇小说。于是他“锱铢积累”写成此书，从1944年动笔直到1946年方才完成。杨绛后来回忆钱锺书撰写此书的情况时说：“就像原《序》所说：‘两年里忧世伤生’，有一种惶急的情绪，又忙着写《谈艺录》；他三十五岁生日诗里有一联：‘书癖钻窗蜂未出，诗情绕树鹊难安'，正是写这种兼顾不来的心境。"①

## 【主题意蕴】

《围城》是一部优秀的现代讽刺小说，集中反映了抗战初期以归国留学生为主体的知识分子的生活风貌、思想状况和性格特征，所以钱锺书在《围城》序言中说："在这本书里，我想写现代中国某一部分社会，某一部分人物。写这类人我没忘记他们是人类，只是人类，具有两足无毛动物的基本根性。"

人在围城里乃是《围城》力图刻画和表现的主题，作者将对人生的讽刺和对人性的反思紧密地联系在一起。小说的核心意象就是"围城"，小说有一段提领全文的叙述：

慎明道："关于 BERTIE 结婚离婚的事，我也和他谈过。他引一句英国古话，说结婚仿佛金漆的鸟笼，笼子外面的鸟想住进去，笼内的鸟想飞出来，所以结而离，离而结，没了结局。"

## 【艺术特色】

《围城》是现代文学史上最能刻画知识分子众生相的舒卷自如的长篇小说。它以幽默精巧的语言、流畅别致的结构和细腻的世态人情描写，展现了中西文化撞击的社会历史图画，为读者开启了广阔的艺术视野。

《围城》的讽刺笔法富于变化，不拘一格，既有《儒林外史》式的冷嘲，也有马克·吐温式的热讽，还常常在叙述、描写之中夹杂大量新奇精辟的譬喻，融入广博的知识，随手拈来，涉笔成趣。作者用他那支妙笔描写了一批知识分子的丑相和卑劣，揭开他们虚伪的外衣，显露出他们的卑鄙和可笑的本相。作者善于在对某一现象进行讽刺时，夹进精粹的譬喻，使被讽刺的对象更加鲜明具体，达到一种喜剧化的效果，比如，对洋奴张吉民就入木三分："跟外国人住惯了，说话有个特征……喜欢中国话里夹无所谓的英文字，他并无中文难达的新意，却需要借英文来讲；所以他说话里嵌的英文字，还比不得嘴里嵌的金牙，因为金牙不仅妆点、尚可使用，只好比牙缝里嵌的肉屑，表示饭菜吃得好，此外全无用处。"

钱锺书以他对人生的独到见地和贯通中西的才学，或嬉笑，或怒骂，皆成"幽默"。他善于从极平常的事物中发现并吸取"笑料"，用富于表现力的语言将其展现出来，让读者透过他的"幽默窗"洞悉人物的灵魂。如书中对上海一个无名氏女孩子的一段生动描写："那女孩子不过十六七岁，脸化得就像搓油摘粉调胭脂捏出来的面具。鸿渐想上海不愧是文明先进之区，中学女孩子已经把门面

---

① 杨绛：《记钱锺书与〈围城〉》，《围城》，人民文学出版社 1991 年版，第 340 页。

油漆粉刷，招徕男人了，这是外国也少有的。”这里连用“搓”、“摘”、“调”、“捏”几个非常精准的动词，把都市女孩子的矫揉造作写得神态毕现，读来令人掩卷捧腹。

多种修辞方法特别是比喻的运用，是《围城》小说语言的一个鲜明特色。《围城》全书23万字，包含数百个比喻，有明喻、暗喻，有曲喻，有本体和喻体相隔很远的奇喻，有连珠成串的妙喻。各种比喻的自如运用，大大地增强了讽刺效果。

## 【经典评论】

**香港文学评论家司马长风在谈及钱锺书的幽默时说**：“林语堂号称幽默大师，其实他只是提倡幽默的大师，要讲幽默的才能，散文作家当属梁实秋，小说作家则老舍和钱锺书各有千秋。不过老舍比较温厚，所讽刺的人物，遍及各阶层，而且点到为止，钱锺书则专事揶揄知识分子，在技巧上不但深刻而且精致……纵览‘五四’以来的小说作品，若论文字的精练、生动，《围城》恐怕要数第一……钱锺书的文字做到纯白，又洗脱欧化语法，灵活多妙趣，如春风里的花草，清流里闪光的鱼，读起来最舒畅。”

——《中国新文学史》下卷，香港昭明出版社1978年版，第97～100页

**学者敏泽这样评价《围城》的写作艺术**：“《围城》在艺术上则不仅具有鲜明的个性和独特的风格，而且写得才情横溢，趣韵纵生，艺术技巧上超拔老练，是我国‘五四’以后现代文学史上最杰出的作品之一……我们说《围城》是现代中国文学史上的一部新的《儒林外史》，绝不只是就它所描写的知识分子生活的题材说的，更主要的，或者更准确些说，是他们同属于讽刺艺术，而且是最杰出的讽刺艺术。《儒林外史》是中国封建社会中最杰出的讽刺艺术；《围城》则是现代中国文学史上最杰出的讽刺艺术。而《围城》的讽刺艺术则不仅继承了，而且在一些方面超过了《儒林外史》。”

——《现代文学史上的一部艺术杰作——喜见〈围城〉新版》，《新文学论丛》1981年第1期

## 【思考练习】

1. 有人说《围城》是方鸿渐人生处处失败的全过程展示，你认为方鸿渐的失意主要是性格使然还是社会使然？

2. 关于《围城》的主题历来众说纷纭，你觉得它的主题应该是什么？

3. 钱锺书作为一名学者型的作家，其创作风格带有很强的学院色彩，对于《围城》是学者小说的说法你有何看法？

# 萧乾

## 梦之谷（节选）

### 二三 初次的稳秘

霹雷在天空闹腾了一宵。我的心也随着由窗口投进来的闪亮和隆隆声翻滚着。在昏沉中，我估计着明天将是一个大雨滂沱的日子。然而醒来，一夜雷雨却把污浊的天空洗涤成一片悦目的晴蓝。

可是我的心却阴云密布，没法放晴。

当我烦闷得恨不把自己撕成一叠碎片，抛到海里去时，袁君告诉我说，外间又有关于我的闲话了。然而想不到的，是他们竟认定我同陈素娟中间有了点什么，说她打扮得一天比一天妖艳，总往我房里跑。

我为这冤枉气红了脸。

袁君安慰我说，放心，至少他不相信那些流言。不怪别的，只怪我年轻。在这个学校里，我们俩是最年轻的。他毕竟还是有了家室的人哪（为了完成大学教育，他屈服于家庭的压迫，同一个陌生女子成了婚），外面尚且说他同另外那个女同事的闲话，更何况我这样一个单身小伙子呢。

“总而言之，这个社会混账！”他愤慨激昂地说，“师生为什么就爱不得！我们这里教生理卫生的就娶了个学生。当时许多人攻击他们，现在他俩过得不是很好吗！我们广东这地方真古怪，新起来顶新，保守起来也顶保守！”

他这席话打消了我的一些顾虑，可是并不能解除我心灵深处的烦恼，像一出英国诗剧里所写的，那这一种“甜馨的烦恼”。

一个那么随口哼的曲调，由于浸着了珍贵的晶莹泪珠，竟也引起了我的感怀。我想念起自己的亡母，更想念昨晚那个被我唱哭了的姑娘。我知道她有一个坏蛋的爸爸，但是并没想过她有没有母亲。

我还有一个忧虑：我怕她生了我的气。向天赌誓，我不会故意用一支歌去引起别人悲哀的，何况不是“别人”，而是她呢！

于是，下了最后一堂，我踩着散铺在微湿的山道上金黄色的夕阳，就朝那杏黄色楼房踱去了。隐在芭蕉园中的那座建筑宛如一道闪电，不时地在我心上掠过。我好像借着那一瞬强烈的光芒，窥见了一个灿烂世界。然而只是一瞬啊，一切终又为云翳掩盖起来。

我走进芭蕉园，叩了门，她走出来了。

啊，正像今天黎明，我揉着睡眼，揉出窗外那片晴蓝一样，立在我面前的苗条影子又是那么活泼，那么微笑的了。而且，笑容里还焕发着一种罕见的光辉，照亮了我整个心灵。

随着，我的心也豁然放晴了。

原本是来慰问她，向她道歉的，当前再提那些，反而煞风景，而且也是蠢笨的了。

不同于往回，我跟她说话的声音没那么理直气壮了，很低，有点颤悠；她那水灵灵的眼睛也不时地四下顾盼着，一有人走来，便羞涩地向犄角处躲闪。

活了十八年，这是我初次发现自己心灵的隐秘啊！第一次我想躲到人间以外，在太空里，用自己的一颗心去温暖另外的一颗，第一次我急于知道一个人，也急于把自己的一切都捧给她。

我的心悸跳。想藏躲不只是为了恐惧，冥冥中，我似乎意识到这是一件必须藏躲的事了。

我很冒昧地邀她出来走走。我这提议是吞吞吐吐地说出的，因为这回我是悬了空，我没有了另外的梯子。我是用一颗赤裸裸的心来接近她的。可是，她用来迎接我的心情似乎也不同于往常。她对这提议只表示了一下惊讶，随后便默默地向外移步了。

走出芭蕉园时，太阳早已落到后山去了。微湿的山道上，弥漫着热带植物特有的清香气味。是仲春季节，马鞍树开始结起绒球，道旁的剑麻也伸出新芽。

看见山道旁木瓜树上已钉上了“提倡国语”蓝底白字的标语搪瓷，我们相视骄傲地笑了。

拐过女子师范的芭蕉园，漪涟的玉塘便横在我们脚前了。拐过山石，塘里这时映满了天空的朱霞。一簇穿制服的孩子们正在塘里放着一只模型帆船。那一尺见长的玩具，漂在水面，任海风东西吹荡，用它的雪白影子支配着那么些只眼睛。

我的心这时是倾注在另一只雪白影子上。

为了不愿惊动那些蹲在陆地上的小航手，我们踏着乱石，绕过那怕人的安息堂，来到了果树园。

“累了吧！”

我看她脸上有些红涨。

“不！”

可是她却随手摘了一片木瓜叶，频频扇着那泛红了的脸庞。树叶的影子在她身上印出斑斓的条纹。

我轻轻扶了她，坐在果树园松软的土坡上。这是多么幽美的地势呀。山峦从后面环抱着我们，谷口外闪亮着一片黄昏的海。连玉塘我们都清楚地看得见，那三角帆船仿佛就飘在脚下。然而我们却深深隐在果树的叶丛里，嗅着浓烈的柠檬和橄榄的混合香味。

我读过许多恋爱故事，正如也读过泗水术。如今，我不止走到海滨，我早已深深沉在海底了，然而我还不知应该怎样呼吸，甚至怎样分水。我尽坐在那里，就地搓着脚下的沙土。我有话说，而且，我还看出她也有，就是不知道怎么开口。

还是提提上次分手时的事吧。

“昨晚上，真对不起你！”

“怎么，你唱得太动人了。是我不好。”这是她第一次删去了“先生”，拆掉一道篱笆。她偏过头去了。在她耳轮下面，我发现一颗红痣，上面还覆着一束丝穗般的鬓发。

“不，我应该唱点别的，”忽然，我又赶快改了口，“可是，我实在不知道。”

“不知道什么呀？”她转过头来，睁大眼睛问我。

“不知道会害你哭哇！”

“没什么，昨晚我也想过，哭也没用！是命！”

唉，该死，我又把她的喜悦心情驱走了。这时，在她脸上，我看见的是一股横了心的表情。像争草地时候的娜妲丽亚，她咬住牙根，眼睛怔忡地望着远方，连连摇着头。虽然还是个少女；她目光里却带出饱经世故的谙练神情。我害怕她那么看。我冒然地捉住她那白嫩柔软的手。

“你说是命，怎么会呢？”

“怎么会？”她像是气我这么蠢笨，她缩回了手，掉过脸去。“哪辈子造孽，修了个……唉，不说了……”

“不行，你说，你说——”我又抓住她的手。

“修了个坏爸爸……”她低下头去了。

“我知道这个。”

“你知道！你怎么知道？”她仰起头来，惊愕了。她显然是不愿人知道啊。我又后悔起来。

“不，你说吧。我不知道。我愿意从你口里知道。”

“知道了又有什么用！”她把我当成一个纨袴子弟，像是在鄙夷着我了。“我用不着人知道！你大概不很明白一个苦命人的心理——”

“我？你以为我的命甜吗？你以为我在可怜你？你可错啦！”

听了我的一番诉说，她睁大了黑亮亮的眼睛。她几乎不相信我的话。那么巧！一个爸爸荒唐，后娘狠毒，另一个却是个孤苦伶仃、沦落天涯的人。

她不再疑心我了。她告诉我许多气人的事。她一点也没想到会成为一个师范学生。照她后娘的意思，十二三岁上如果不把她卖给人贩子，也该让她在婢女的名分上等待个小星的美缺了。这时，她也承认“命”这东西是能凭人力改变的。小学快毕业时，她认识了一个姓刘的校董——一个乐善好施的地方绅士。

“……有人告诉我这条路走到头也是个火坑，可我没处走了。”

这以后，我们交替地说着各人埋在土里的母亲。我说她的母亲一定美极了，她告诉我小时候常常看见爸爸酒醉后，用粗大棍子打她的妈。终于，她撇下独生女儿，自己超脱了。不出十天，一个泼妇就进了门。

天色很晚了。海上一片苍茫，亮着点点渔火。天上闪烁着贼眉鼠眼的繁星。远处，我听到自习课的铃声响了。

我把她扶起来。乱石在黄昏里变得更巉巇了。我挽着她光润沁凉的胳膊，沿着果树园的土坡走下去。经过安息堂时，我的心一样在跳，但我还得给身边的人壮胆。她本能地贴近了我些，一个命运和她相同的人啊。

到了女子师范的芭蕉园跟前，她忽然挣脱了我的手。她低声说，一起走不便当了，得分开。

"那么，明天呢？"我低声问她。

"明天还见吗？"她故意用佯装的冷漠给我点苦味尝。

"怎么不见？我们得天天见了。"我认真地着急起来。我不愿她在我面前成为一个好戏子。

"你不能来。你知道，你来学校，对我不大便当。你明白吗？"

这是说，明天和以往所有的天已经截然不同了啊！

"那么……？"其实，我一点儿也不明白。我的思路为过多的狂喜所堵塞了。

"你等我的信。我们不能在学校见面了。有些人已经注意到了。刘校董如果知道了，他会不答应的——"

这话说完，她一转身便消失在无边的黑暗里了。

我木然地站在那里，倾听着她的脚步声，一直听到她把门推开，又关上，才怅然若失地踏上我自己的路。

中山服上配戴着青天白日徽章的刘校董！这种家伙对我并不生疏。就是他们，把我流放到这辽远的地方。

在漆黑的山道上，我摸索着。

难道灿烂的光亮后边，永远得跟踪着一片乌云吗？

黑暗中，我感到一个有党部靠山的胖大家伙，向我的喉咙伸出毛茸茸的双手了。

应该是最快乐的日子，我却揣了一颗沉重的心，踱回了象山堂。

## 二四　镀了银的日子

这一夜，我一连串做了几个噩梦，梦见吃人的大狗熊朝我扑来，梦见一堵高墙挡住我的去路。恍惚间，它们又都成了那个胖大的刘校董。

早晨，当我夹了书本走进课室时，照例由那个大嗓门的男生喊："一——"于是，坐在前排的陈素娟由座位上跃起得比谁都快，而且还跳跳蹿蹿，直像这是堂体操课。

然而,今天不同了。当全班学生应声站起来时,陈素娟却伏在桌边,呜咽起来。四十五分钟她露给我的都只是那截涂了厚粉的脖颈,还有,就是不时痉挛着的肩头。

起先,我还以为她是同什么人吵了架。我走到她桌边,按照作老师的职分,盘问她出了什么事,然而这样做,只不过使她哭得更厉害罢了。而且,我察觉出四下讪笑着的怪脸了。我只得走回讲台,继续做我分内的事。

下完课,我闷闷不乐地走回宿舍。在楼梯拐角处碰到了一个穿花格袄的小女孩。她背着一只草绿色书袋,正在吃力地攀着一层层的楼梯。走近一看,还不又是"巴黎"的女儿。

"克底个?(去哪里?)"我向这小孩练习起我的潮州话来了。

小孩子抬起头来望望我,很乖觉地由书袋里取出一个纤巧的小信封来。

"先桑,席勒盖呒席?(先生,是你的不是?)"

她张着小嘴,憨真地等待我告诉她,我是不是那个收信人。

"席(是)呀,猪仔(孩子),席哩!"

如果一个字曾经一瞬间在我通身燃起过幸福的火,那就是信封左下角这个"盈托'的"盈"字了。我什么也顾不得了。我忘了身边那孩子,我忘了适才的晦气,甚至忘了还有一大叠作文要改。我借着楼梯拐角窗口那点光亮,读完那封简短而且写得潦草的信。只有这么几个字:

同命的人:太阳落时,在玉塘东墓园相见。

啊,同命的人!我狂喜地把那小女孩紧紧抱住,在她耳边连连说着谢谢。

没有等太阳落,我便早已绕过玉塘。山道我已经跑得很熟了,可还弄不清哪块是墓园。走过果树园时,树丛里正有一个老园丁,佝偻着腰身,一面咳嗽一面修剪着枝叶。我生怕惊动老人家,就用脚尖轻轻踩着软土,悄悄走过去了。横在我面前的又是一片绿油油的稻田。初生的嫩苗,被晚风吹成柔和的波纹。沿着曲折的山路,我终于望见山坡上一座石碣。穿过一段蓬蓬的乱草,我走近了那座茔墓。

不像故乡的墓园,这里没有参天的古松,也没有卍字花墙。这是不是那座墓园呢?我踌躇不决。我向四下探寻。矗立在石碣后面的是一株硕大的木棉,灰白的杈桠上,稀疏地伸出厚阔的叶。和这山上许多树一样,对我,它也是陌生的。晴蓝的天,这时为黄昏蒙了层灰色,又为残阳染了层丹红,随即成为绛紫了。山脚下,夹在对山之间的是一道涧溪,它沿着大地的肋骨淙淙地流向玉塘。

立在那石碣旁,我感到焦急而且迷茫。我担心她指的不是这块地方,我奇怪她还不来。

忽然,啪的一声,谁向我脚下投了块石子。我直起身来,稻田旁一块苍黑巨石后边响出一阵笑声。

我拔腿追了过去，一把捉住了那圆润的胳膊，她咯咯笑得直不起腰来了。

“为什么来得这样晚?”

“你看!”她回过头来，指着鮀江上游朦胧的远山。“我是月亮。太阳不落，我出不来。”

“那我可不当太阳。”我噘起嘴来说。可还挽了她的臂，向石碣走去。“当太阳总碰不到月亮。我当星星好吗? 那样我就可以时刻陪伴着你。”

“要是有云彩呢?”快走到石碣跟前，她顽皮地问我。

“要是有云彩——”忽然由欢乐堕进冷酷的现实里了。我木然地站在那里，抓住她的肩膀，愣愣地望着她。

“没有云彩的!”她装作满不在乎地坐了下来。

“要是有云彩，月亮和星星就联合起来，用咱们所有的光把它燃烧掉，冲出去。”我望着远天渐渐乌暗下来的紫色，咬着牙说。

我们的眼光碰到一起时，两个又都笑了。笑里可各自还潜伏着忧虑和悲哀。(这种感觉隐在我们每次的会见中。)

于是，我们便拉着手，像古今中外传奇里所描写的少男少女那样，徜徉在梦之谷里了。

那是一段短短的日子，然而我们配备了一切恋爱故事所应有的道具:天空星辰那阵子嵌得似乎特别密，还时有殒落的流星在夜空划出美丽的线条。四五月里，山中花开得正旺，月亮像是分外皎洁，那棵木棉也高兴得时常摇出金属的笑声。当我们在月下坐在塘旁，把两双脚一齐垂到水里时，沁凉之外，月色像把我们通身镀了一层银，日子也因之镀了银。我们蜷曲着脚趾，互相替洗着。由于搔痒，又咯咯地笑着。

在那镀了银的日子里，除礼拜五的天籁团集会，黄昏时候没有人能在人间找到我了。吃过晚饭，我就把那只口琴揣到裤袋里，向梦之谷奔来。

你听，我现在还会吹那个口哨哪:“嘘——呼。”那是我们的暗号啊。(我们准备有一天在森林或夜雾里失去联系时，便用它来相呼应。)不会吹口哨的她，听了便像一只破了翅的蟋蟀般，由唇边硬挤出一声短促的应声。

然后，我们抱到一起了。她用唇在我耳边轻轻哑出一种尖锐如针的细声，宛如黎明时夜莺的啼啭。

“看看，你快成一只箭垛了!”

我低头发觉她腿上扎满了蒲公英的针刺，就赶紧弯下腰去，由那圆润的袜肚上为她一一拔掉。拔到脚踝时，她又会咯咯地笑着，把我推开了。

“太痒了，替我剩几支吧。我是一只受了伤的小鹿。”

于是，我们，小鹿同我，便开始寻访起满山的花草了。她喜欢采集红而且圆得像灯笼般的一种毒果，每每为了掐一只被荆棘密密围着的毒果，把手刺破了。

也爱一种无名的野草，它在黄昏里，吐出莹白如雪的泡沫。待疲倦了时，她便坐下听我吹口琴。

我最大的嗜好是搬巨块石头，让它沿着山坡滚下，一直看它跌进卷着雄狮白毛的海里去。噗通一声，白的水花溅高了，巨石消失在浪涛里了。它仿佛带走我心上的一块疣赘，一个障碍。返过身来，我畅快地笑了。

“你为什么要丢那个？”她好奇地问我。

“我丢的是刘校董。你看，他走了，沉底了；不，冲到港外面去了——”

我们挽着臂，望着一只刚开进港口的红色商船。

“看，‘金马’来了。”她嚷着。

“什么‘金马’呀？”

在她那乌黑眸子里，我瞥见一道神秘的光辉。

“你不知道‘金马’？它是走南洋的最大一条船。”

她很认真地告诉我，好像这事实是不容轻忽的。临了，她叹了口气说，什么时候她毕了业，就要坐这条“金马”去南洋。她要挣很多很多的钱，双倍地还那个刘校董。

这时，我情不自禁地告诉她我在做着的一个噩梦，我不放心那个刘校董。

她会意地点点头，沉吟了片刻，才告诉我：确实也有人替她捏把汗，说也许是个圈套。刘校董在潮州一带势力那么大，得了他的接济，到时候就得听他的摆布，逃不出他的手掌心！

“可是——要不然呢！”她反问道。接着她向我摆了她的处境，继母不但不会让她上学，还存心把她卖了。“我先得逃出那个火坑啊！”

她承认那个刘校董对她有时候也有不三不四的表示。“反正他已经四十来岁了，又有三四个娃娃……早晚我还他就是。”她对那个人好像蛮有把握。

为了证明这把握，她还告诉我，在这个校董以前，有个教童子军的老师看中她体格好，跑得快，曾要带她去上海，说是去专习体育。另外，女子师范的校长几次把她叫到办公室，也说些没头没脑的话，她全应付过去了。

“我不是个容易动情的人，咱们是因为同命。”她情意深厚地对我说。她想得真具体，说在今后五年内，两个人分头去充实自己。她劝我一定还要去升学，等待着“那一天”。只要能上进，只要能学习新的知识，她什么机会也利用。“也许，有一天我为了念书，临时当了回妓女，你还要我不？为了念书，为了我们的那一天！”

“不！”我毫不迟疑地摇了头。

“我的心可还是你的呀！”她大声地提醒着我。

“也不！”

“所以，男人比女人心眼窄，比女人……”

“别说了，我生气啦！”我堵住她那张可怕的嘴，我真地生了她的气。“不是男人女人，是得有点骨气。身子和心离不开。我不赞成你那么想——”

后来，她说是骗我玩的。她要我放心。她孤身一个挣扎了好几年，一文不名地念了师范，她用不着我担心。我告诉她，一回到北京，就想法挣钱。只要不出卖良心，我要挣多多的钱，寄给她，要她早些摆脱那个刘校董，然后一道去南洋。

随着，我们做起荒唐的梦了。

我们并坐在覆了湿湿青苔的山坡上，也像传奇里所描写的那样，说着种种昧于世故的傻话，梦着有一天我们阔了的时候，把两人母亲的棺材运来，一道埋在蜈蚣岭朝着海的那面，坟旁栽上两棵伞形的松树。每天黎明，让晨曦当作一份最新鲜的祭品。我们梦着到海里去看守灯塔，孤零零地，终日有海涛在窗下闹腾，可它就是跳不进来。

当我告诉她陈素娟哭的事情时，她说这个人真没道理。陈素娟还跑到她凌表姐那里闹过一阵。

“凌怎么说呢？”

“你知道，凌真是个老实人。”她又很得意地炫耀起自己的世故来了，我隐隐感到了些不安。“她告诉素娟说，咱们走不出朋友的圈子，因为咱们是同姓。”

“这怎么讲？”我不解了。

“广东的风俗，同姓的绝对不可能结婚。”

“结了呢？”我一半探听她的口气。

“结了？结了同族不答应。有时还会发生械斗。”

古怪的地方！风俗可以超越人性吗？凌可真是老实人了。

“那咱们不是冤家了吗？”我焦急地问她。

“怎么？同姓不好吗？以后谁也不用再改。而且，现在这不正好成为咱们的遮拦了吗？谁也不相信咱们会要好的，只因为风俗规定了不许咱们要好。”她很惬意地讥笑着“风俗”了，我也由她的话里又得到一份保证。

这时，一只海鸥像是要换换环境，竟掠过海面，飞进谷里来了，在我们头上展示那朱红尖锐的喙和银白的翅膀。它们飞得那样飘逸自在，翅膀扇动一下，可以盘旋许久，直到快要坠落时，才又轻轻扇动一下。多么安详、灵巧，而且善良的飞禽啊。

归途为了怕被人撞上，我们总是分手：一个走前山，一个走后山。都说夜间这里有狼，有毒蛇。我们却各有一颗青春的满不在乎的心。

## 二五　幸福的糖衣

要放春假了。七天里头，山谷里听不到铃声，课室里也没有了点名声。这份轻松，趁着慵懒的春天，便已经是无上快乐了，更何况楼梯角上还有用粉绿纸张写的去揭阳、去潮安旅行的招贴呢？然而，想想看，把这七天游荡完了，回到笼来不久，考课表便又贴在墙上，贴在每个学生紧蹙着的眉峰上了。师生阵线拉开，大考这个戏剧时辰即将到来。双方眼看就要斗法，就要火拼：一边的矛专朝冷门攻，一边的盾只是死板的记忆。

对于我，一个握了矛的，春假不仅意味着分数战场的将临，而且还有离别，也是一道不好过的关啊。

多少天来，在刘校董那只大手之外，我们心里又出现了一只较小、较无形，然而同样使我们苦恼的手：离别。我们开始清醒地认识到，梦毕竟是梦，少一个铜板也买不到船票的。一道北上只不过是坐在月光下说说而已，对于分手，我们又各怀着无限的担虑。

“如果你丢了我，我就像你滚的大石头那样，滚到海里去。”她指了山脚，半认真地吓唬着我。

“你要丢我呢?”我皱了眉头反问她。我看见了一汪眼泪，可又不淌下来，只把那对秀丽眼睛罩得晶晶发亮。

“同命的人，谁也不丢谁吧。”她抓紧了我的手，向我怀里扎来。

那以后，我们发誓相互不许再这么提了。我们心照不宣，各自都隐隐感到一只大手的威胁。然而预支悲哀是傻事。我们试着乐观地盘算以后的事：我能考上个学校，并且找到一个职业，完成大学教育。那时，她也早从师范毕了业，我们就双双远走南洋。

潮安的旅行她原是极力怂恿我去的。她一个劲儿地劝我（她时常在我面前充“大人”），说是既然从辽远的北国来到这里，过不多久就要走了，岭东这个西湖八景不可错过。

然而一个贪玩的人能贪到这样无心肝吗？韩退之也不过是一个勇于卫道的文人，我不想去拜他的祠堂。许多学生回来向我夸说府城御赐的石牌坊怎样多，韩江的水多么清澈见底，然而七天来，我却徜徉于自己用梦砌起的那个窄小而又辽阔的世界里，舐着了幸福的糖衣——但是从那以后，甜蜜的感觉便成为我记忆中的遗迹了。

春假以前，山谷住满着学生时，就像是一个蚂蟥窝，喧哗而且不息地蹦来蹦去。学生去旅行了，山也如一座抽去了柴的釜灶，山石还那么苍褐，树还是那么绿，什么都依旧，单只缺了一点生命的“闹意”。

对于一个没有梦的人，这副凄凉景象必是难以忍受的；然而在我们，那却是无比的方便。

在舐着糖衣的日子里，我不知道什么是“春困”。总是天还没有亮（有时照亮的是月色），我便醒了。而且一醒，我便得爬起来。洗漱完毕，便朝那杏黄色的楼房奔去。“嘘——呼”的口哨声很微弱，然而却有把握唤出一个等待着我的人。

于是，我们挽了臂，徜徉在铺满树阴的冷清清的山道上了。海滨这时正有人在水松丛里摸着蛤蜊，岸上还晒着一片苎麻。当我们走到墓园朝东那面山坡时，太阳却抢先升起了，海上射出万顷眩目的光彩。

就这样，我们开始了七天中的一天。

我们隐身在那株苦奈树下，她靠了我，我又靠了树干地那么半躺着，有时拿了一本《鲁拜集》或《雪莱诗选》，有时手捧卷了边的《苏辛词》，并肩诵读着，直像那些都是专为我们而咏的。如果有人把当时那两人的姿势神情塑了下来，题个“懒”字，我管保谁也不至于摇头；然而懒的不是我们，是整个的宇宙啊！

云彩好动吗？只要俯首看看海上那一块块的黑影，它们懒得直像是凝固在上面一般。水面虽有一圈圈推展开去的波纹，然而推展本身便是一种被动的慵懒。听，稻田上那嘎悠悠的水车声，低沉的牛鸣，都像是对工作在抗议，埋怨着哪。

我们念一会儿诗，就指天发一阵誓，说着年轻人的傻话，并用一柄小刀把傻话镌在苦奈树干上，偶尔还情不自禁地用四片嘴唇凑成一件傻事。“啊，我活得醉了——”这样，一直醉到太阳西沉，满天烧起能熊火焰。

这时，如果有月色，我们也许还在梦之谷里流连一会子，要不就雇一只小舢板。

“去哪里？”船家问。

我茫然不知所答。盈转了转眼珠，顺口告诉他：“去那条军舰。”

船家满脸的狐疑：去军舰做什么？

其实，我们只是要紧紧地挤在那仅容两人的座垫上，任海上的晚风在我们耳畔、身边呼啸着。她倚在我怀里，我们又双双卧在大海的怀里，没有主见，没有意向地飘荡着，飘荡着——不知不觉地就贴近了军舰。

是一条很庞大的家伙呢，灰色的舰身已为黄昏浸成黑黑的了。这时，船尾正吹着一只号角，声调缓慢，优雅，有点像击着舰底的波浪，一起一伏的。

我数着那灰色蠢物究竟生了多少只骷髅眼睛，她数着桅樯上容易和星星混在一起的灯。

忽然，甲板上有人用古怪的语言吆喝我们了，似还对我们挥着“速去”的手势，大概是要我们快快走开。

向舰尾一看，一面太阳旗正在晚风里飘扬着。那些骷髅眼睛正是瞪着我们的啊！

回程，心里好像罩上了一层阴影。然而为了使“糖衣”无缝，我什么也不曾说。

幸福有时是酿制出的，也有时是掩盖成的；像所有的恋人，我们眼前只是一片朦胧，而且昂了头只望着天空。把她送进芭蕉园去，我一个人又打着呼哨回去了。

## 二六　戏剧的时刻

“先生，都考些什么呀？少考一点吧！”

“先生，我可以及格吗？”

“发发慈悲吧，先生！”

走到课室，走到操场，几天来只要碰见学生，就必听到这样哀求的声音。我虽然屡次说着不会为难他们半点，甚至明白地告诉他们我是个反对考试、反对用分数卡学生的人，然而他们像是过去上了太多的当，我的话一点也不能消除他们的忧虑。连我的一些团员都骤然间对国语本身失掉了信念，终日为分数发起愁来。直像是还没上战场，就先受了伤，准备阵亡似的。

早晨，窗外扫兴地落着雨。我正在一面擦皮鞋，一面惘然地回忆着几天来两个人为即将来临的离别而预支了眼泪的傻事时，“巴黎”的女孩红涨着小脸蛋，淋了满身的雨珠跑进来了。她手里握的是一只颜色熟稔的信封。我赶紧为她撢着头发上的雨水，并且从她的肥圆小手里接过那微湿的信。多不幸啊，在这已够苦恼的当儿，她病倒了。由那临上医院前匆忙写成的歪歪拧拧的笔迹，我想象得出她的身子烧得多么烫。

我马上把脚伸到揩了一半油的鞋里，也顾不得看雨雾里的山和海，一口气跑到信上写着的医院。

慌慌张张地踏进那幢素洁静穆的楼房，门里横着的几排粗笨的长凳上，稀疏地坐了一些颈上缠着白绷带的病人。到处弥漫着药物的气息。

经那个喊号码的白衣护士指引，我上了楼。

“我要看一个刚住院的病人，一个女子师范的学生。”我向“护士处”那个窗口这么嚷着。

我的声音惊动了房角一个正在洗涤着刀剪的护士。她猛然回过头来。那双温柔的眼睛里闪出惊奇的光辉。然后，像是抑制住一种情绪，又很安详地走到窗口。她向我笑了一下，那笑我认得，是超乎职分的，但那是庄重的笑。

我认出了那是岷姑娘。多走运啊，我遇到了熟人。我向她重复了那个名字。

“请跟我来吧！’她推开窗口旁那个便门，走出来了。

我顾不得说什么，看什么。我两眼直直地跟了她，一个端庄、安详、圣洁的影子。

“先生，就在这个房间里。”她有礼貌地站在门旁，让我进去。

到这时候，我才记起该道一声谢。她按照职守地说，如果需要她做什么，请不要客气。

在白围屏后面，我摸到一张烧得红红的脸，鬓下那颗红痣这时已烧成了紫色。只一夜工夫，人已为无名的疾病折磨得这么清癯孱弱了。

看见一个熟人走近，她很费力地掀开疲惫的眼皮。还嗄声呼着我的名字。这以后，她还想说点什么，却什么也说不出了。

我紧紧地捏着帽檐，立在床头，望着裹在白布单下面的那瘦小身子发呆。

过好久，她又睁眼了，示意要我坐下。

“还烧吗？”我轻轻坐在床沿上，伸手抚摸她的前额，一只青春的小火盆。

“唉，我病的太——不是时候了！”她颓丧地叹息着。

我低声问她想吃点什么吗，她摇头。问她到底哪里疼，她也摇头。她只由白布单下面伸出一只滚烫滚烫的手来，那手即刻握在我的手里了。我默默坐在那里，感觉得出那疾速的脉息。

这时，一个看护妇蹑手蹑脚地走进来，说一位刘先生要见她。

哦，这话像是猛地扎了她一针。她睁大了眼，大得怕人。

“走吧，你，快点。”她挣扎着坐起来，惊慌失措地关照我。

我还莫名其妙呢！突然，外边有了橐橐的皮鞋声，随之，她因过分激动，虚弱地倒下了。

我忽然悟出这客人是谁来了。我握紧了拳头，我要等在那里。

然而她那苍白的脸上，是怎样一副焦急惊慌的神态啊！她通身的肌肉好像都在不安地悸跳着。

终于，我还是捏着帽檐，往房外踱去。

“求求你，不要叫我为难——”她嗫嚅着。

在门口，我遇上一个肥胖家伙：年纪虽已四十左右，宝蓝的西服还扎了条嫣红的领带，胸袋上别着那枚青天白日徽章。更可厌是那一股刺鼻的香水。

我用不屑的眼光瞪了一下他那张臃肿的脸，稀稀疏疏的口髭上面是一对细小的三角眼。他带着猜忌和疑惑的神情瞟了我一眼，和我擦肩而过。门外，像是来接纳我似的，站着岷姑娘。

哼，我不服气。我怎么这样懦弱，让那肥胖家伙安然进去。为什么不在他那张臃肿的脸上揍几下，打出包在那里面的一滩脓水！

“不参观我们的工作吗？”岷姑娘像是看出我在生气，她用这话来排遣我的愤怒。

我朝那个病房不放心地望了一眼，随即跟着她走到“配剂间”和“试验室”去了。对那些药瓶器械，我一点兴趣也没有。我想告诉她，我在爱着一个人，又在唾弃着另一个人。然而她是那样安详地引导着我，还连连向我解说着。她那温和的声音使我得到了一种“补偿”。

第二天，盈的烧退下不少去了，于是，我追问起来。

“是学校报告他的哟。因为履历表上他是我的监护人，我病了，他们自然得把他找来呀！”

然而我还是坐在那里，噘了嘴，不依不饶的。我要她同那人马上断绝往来，要她……

“你这小傻子，断绝了，下年谁替我交学费？而且，眼下拿什么还他呀！又忘记咱们在山坡上说的话了吗？”

我问她欠的数目，她说不清，但六七百总有的吧。

对金钱这个魔鬼，我从一懂事就领略过了。它能叫人饿肚皮，挨鞭笞，美好的灵魂被它践踏，如今，它又在分隔两颗已经接近了的心。没有它就谈不上自由。

大考以前，我忙着许多事。我得在蜡板上刻考题，看试卷，算分数，还得为天籁团办理结束工作，选举下届的职员，好让这火炬继续燃烧下去。然而占去我过半时间的，还是穿梭般出入那个洁白静穆地方。有时盈想吃水果或需要什么时，我就马上渡海去置办。即使在暴风雨的日子，也非弄到手才罢休。

终于，那个命定的离别的时刻到来了。

我在最后一份卷子上画了分数，又在毕业典礼上和全体师生一道留了影，天籁团还开了个欢送会。本说要在女子师范芭蕉园里开，终于，那片糖果皮屑还是丢在本校面海的一间大厅里了。

动身的前一天，我到医院去看盈：

"你这个样子我怎么能走？"

"怎么不能走！看，我不是很结实了吗？"她伸出瘦细的胳膊，还握了小拳头给我看。"而且，你既然下年打算升学，错过了北京的考期怎么成呀！听我的，挑一只快船。放心我——"

"我顶不放心的就是你！"

"告诉过你了，我不是一个容易动情的人。该敷衍的只好敷衍一下，但我心里有数！"

"别人心里也有数。"

"让他有数去，反正盈是你的，谁也抢不走。"

"真的吗？"我伏在她胸脯上，逼视着她。

"要是诓你，早晚一天我——"

"不许赌誓，"我用手堵住了她的嘴，"我相信你不会诓我，成了吧！"

于是，我们抱在一起了。我们颊贴着颊，半闭着跟睛，又说了一些不谙世故的傻话。分别时，我要她答应不来送行。我哀求她不要这样。初愈的身子是不适于走山道的。况且，为了心灵少受点刺激，为什么不省却这个戏剧性的场面呢！

相持了许久，我终于占了上风。她同意只从病房的窗口目送我。

那天下午，梁师母派她的儿子庆云喊我来了。那位好心的妇人请我晚上过去吃夜饭，说无论如何也得去，我只好答应了。

这晚上，那小楼里还挂起一对圣诞节时用过的红灯笼，灯笼下是一张张嫣红真挚的脸。梁师母一面把岷姑娘亲手煮的芋粥放在我面前，一面盘问我同医垸里那个女子师范学生的关系。这话不但窘住了我，也窘住了另外一个人。梁师母那样不厌其烦地打听着这件事，迫使对面那个红涨了脸的姑娘插嘴说："阿姑，不要打听人家的私事了吧，今晚咱们是给先生饯行的。"这样，话才转了题。

第二天，多承袁君好意，不但替我把船票买好了，还为我找到一个同船的旅伴。托他买的菠萝也办齐了，另外还添上了他的一份厚礼：桔油、椰子和一包柚皮糖。从个人来说，他是极希望我能升学的，但临行又郑重地代表学校当局说，希望我在稍优的待遇下回来继续任教。

趁阿笛为我捆铺盖，几个留校未走的学生帮我系网篮的当儿，我跑到医院去了。

我最后一次握住了那双白嫩的手，最后一次亲了那对秀丽的眼睛。我答应她回去后天天写信，她答应耐心地等候并信赖我。

这时，她由枕头底下拿出一块手帕，递给了我。这是她时常掖在月白制服上的一条丝手帕。如今，她用钢笔歪歪斜斜地写上了几行字，是我们俩曾经共同欣赏过的：

> 十年生死两茫茫，
> 不思量，自难忘。
> 千里孤坟，无处话凄凉。

为什么单写上这么凄凉的一段话呢？我心下感到一些不吉利。而且，在手帕的一角，她还缝进了一束头发呢！莫非这是生离死别吗？

我无言地把它塞进衣袋里。我什么也不要求于她，就只不让她扶病来送我。

她勉强地答应了，就立在那小楼的窗口，向走在山道上的我招手。

当我随了阿笛下山赶船时，听到有人在背后喊叫。回头一看，远远地有个穿着月白色女生制服的影子，一跛一跛地，像是气力不支，却又不住地向我们招着手，朝这边疯狂地奔来。

突然，我认出这个影子了。一个失约、不听话的人啊！

我抛下阿笛，撒开腿往回扑奔。在一棵苦奈树下，我迎着了她。我一把抓住她那汗涔涔而且微颤着的胳膊。

"你为什么这样不守信用呢！瞧，我能放心你什么呢，这么任性！"

我扶着她，在一座树墩上坐下了。

她喘嘘着，腔色苍白得可怕，茫然地听着我的埋怨。过好久，她才缓过气来，颤声地说："我在窗口里望着你，望着你，突然，你转了弯，你不见了。我怕你会永远不见了！"

"你为什么胡思乱想呢！"我责备着她，却又把她拢到怀里。

这时，阿笛大概是看见了我们在亲昵，就放下行李担，在稍远的地方停下来。

"船也许快开了，而且，坐统舱得早占地方。你走吧！"她清醒过来挣脱我的胳膊，神情声调又恢复了平日那种怕人的老练。

"你呢？"

"我跑到玉塘的山石上，我要亲眼望着你这只大船出港。"

我上船后不久，锣就敲了。舱里又黑又臭，我一直像个囚犯那样地由那圆圆的小窗口朝岸上望着，我的眼睛总盯着蜈蚣岭的山坡，徒然地搜寻着一个月白色的影子。

（选自《萧乾选集》，四川人民出版社 1983 年版。）

## 【背景资料】

《梦之谷》是根据萧乾亲身经历的一段爱情故事创作而成的。1928 年,在北京崇实中学读高中的萧乾,因为“闹学潮”被校方除名,本来还有半年就毕业的他,又听说上了市党部的黑名单。无奈之下,他跟随一位华侨同学南下岭南,到了广东汕头,改名为萧若萍。在这里他与一位女生(即小说中盈姑娘的原型)相恋了,但这段恋情以悲剧告终。《梦之谷》是萧乾唯一的一部长篇小说,创作于上海,完稿于 1937 年 7 月 15 日。1938 年 11 月,《梦之谷》由上海文化生活出版社出版。

## 【主题意蕴】

《梦之谷》采取倒叙的方式追忆了那段逝去的爱情。小说以“我”重回岭南故地开篇,回忆七年前,“我”因在信中骂耶稣、圣诞被校方开除,随一位朋友南下到了汕头,在那里人生地不熟,语言不通,生活陷入窘境。在朋友的帮助下,“我”被一所海滨中学聘为国语教员。为了推广国语,“我”与学生成立了“天籁团”,排演契诃夫的独幕剧《求婚》,并邀请到邻近师范学校的盈姑娘担任女主角。盈姑娘长着一对“秀丽如水”的眼睛,“我”为她出色的表演所倾倒。三天后,“我”在师范学校举行的庆功茶话会上演唱了一曲凄惨的北京民谣“小白菜”,她听着潸然泪下。原来,她是受当地一个有钱人(刘校董)的资助才来上学的,代价就是毕业以后嫁给他。可是,爱情已经在两颗飘零的心之间产生了,他们开始私下约会,甜蜜而欢心。“我”与盈相约,“我”先回北京读大学,打算挣足了钱还清刘校董的债务,然后一起去南洋。“我”在北平读书时,刘校董开始逼盈姑娘为妾,否则就让她偿还 750 元的债务。“我”得知以后,无力筹得那么多钱,只寄去了 55 元,结果被原件退回。于是,“我”开始踏上了寻找她的伤感旅程,终于在一家小学找到了她。可是,此时的盈姑娘对“我”十分冷漠,还留下了一封绝交信:“……如你心上还有我时,答应我这回。最后的一回了。一个女人不值一条命。”“我”以为盈姑娘变心了,带着一颗被撕裂的心离开。后来得知,如果她不与“我”绝交,“我”就会性命难保,于是陷入了深深的伤感之中……

小说首先写的是一对青年男女的爱情故事,那种热烈而纯洁、美丽而凄惨的恋情感动了一代又一代读者,直到今天仍然充满了生机和吸引力,令无数青年男女为之倾倒。小说融入了萧乾丰富的生活阅历和敏锐的社会观察力,从而充满了人生哲理和启示,“我”所经历的爱情模式是具有一定原型意味的:正是那些美好的东西而不是丑恶的东西使生活变得艰难,而美好的东西又正是在丧失中才更加显露出它的幻美与无法企及。

## 【艺术特色】

《梦之谷》是一部非常有感染力的作品。语言精美，情境充满诗意，是作品最大的特点。无论是它的景物描写，还是对话、心理、动作描写，都非常传神。如“海涛如豺狼一般，先是在篷外呼啸着，终于汹涌地闯进舱里来了”，“却是蜕了少女那层嫩壳的一位干练的母亲了”，等等。萧乾说过：“对于一个文学工作者，语言就如画家的线条，音乐家的旋律，是用以表达意象或情感的主要手段。”不仅如此，他还能在语言中折射出非常尖锐的人生矛盾和社会问题。如盈姑娘在和“我”秘密相见时，说过这样的话：“也许，有一天我为了念书，临时当了回妓女，你还要我不？为了念书，为了我们的那一天！”如此刺激灵魂的话，揭示了美好的事物在龌龊的社会中是那么脆弱和不堪一击。

## 【经典评论】

**著名小说史研究者杨义先生对《梦之谷》的评价是**：他（萧乾）的长篇小说《梦之谷》，无疑是中国现代文学中最有分量和魅力的自传性爱情悲剧的诗情小说之一。这类混合着自身的泪水和愤火的题材，若无足够的语言功力，当有情感的烈焰焚毁诗的用心之虞。但作家以出色的语言直觉，穿行于独特的意象和丰富的联想之间，以意识的滑动调节着情感的迸发和回流，在字里行间形成朦胧婉曲、掩映多姿的和声与暗示。

——杨义：《萧乾小说艺术论》，《文学评论》1992 年第 2 期

**《人生采访者——萧乾评传》的著者傅光明先生这样评价《梦之谷》**：与其说《梦之谷》是部小说，倒不如说它是一首优美、恬静、柔和、哀婉、冷艳的长篇抒情叙事诗，充满了谐美的田园情趣，流露出作者对自然、对人情的感性理解。它是浪漫情调与感伤色彩的调合，文字富于音乐感，对男女恋情的描写，像来自天国的竖琴发出的奏鸣，又像一泓涓涓细流，在读者的心底流淌，泛起涟漪。全篇以悲剧结束，哀感动人。

——傅光明：《诗意的〈梦之谷〉》，《萧乾研究专集》，华艺出版社 1992 年版

## 【思考练习】

1. 萧乾的长篇小说《梦之谷》虽然写的是爱情故事，但是读起来还有更加丰富的人生意蕴，请结合作品具体加以分析。

2. 语言的优美是《梦之谷》最精彩的地方，请在看完整篇小说后，选取你认为印象最深的地方加以评析。

3. 萧乾除了创作长篇小说《梦之谷》外，还是著名的纪实文学作家。请查阅相关材料，谈一谈萧乾纪实文学创作的情况及特色。

# 张恨水

## 啼笑因缘（梗概）

民国时期的一年春天，由杭州到北京来求学寄居在表兄陶伯和家的樊家树，一天出去到天桥游玩时结识了卖艺的关寿峰及其女儿秀姑，家树和关寿峰成为忘年交，经常去关家喝酒聊天。后来不知什么原因，关家忽然搬走。

一次街边的大鼓书演唱，让樊家树与沈凤喜相识，凤喜的聪明乖巧吸引了家树，在凤喜母亲沈大妈的撮合下，樊家树不但为凤喜一家租住了房屋，还出资助凤喜去读书。一次和凤喜约会后，意外遇见了秀姑，看她神情落寞，一问才知关寿峰得了重病，在家树的财力资助下，关寿峰很快好了起来，家树常去医院探望，秀姑对家树心生好感。但偶然见到凤喜和家树在一起，且凤喜闺房里有家树的照片后，回去大病一场，对家树疏远了。

樊家树在和表兄陶伯和夫妇去跳舞时结识了盐务署长何廉的女儿何丽娜，她和凤喜长得很相像。家树的态度冷淡，反倒勾起了心高气傲的何丽娜的兴趣，她几次借机接近家树，更有陶太太在旁撮合，而家树因有了凤喜，虽然无法将何丽娜置之不理，但依然不冷不热。陶太太偶然在家树那里见到凤喜照片，以为是何丽娜小姐，便尽量帮助他们交往。何小姐知道樊家树不喜欢她跳舞和出入张扬的场所，便改正了这些习惯，约家树去电影院或去听音乐。

正在家树不知如何处理几个人的关系的时候，他收到杭州来电，说他母亲生病需他回家一段时间。家树从陶伯和表兄家借了些钱给凤喜一家，叮嘱她好好读书，三个月后他一定回来，如有什么事情可以找关寿峰，又对关寿峰说明了情况。凤喜弹月琴给家树送行时，琴弦忽断。

家树回到表兄家，表兄给他买了些回家的用品。忽见到比较珍贵的几条人参，知道是何丽娜所送。原来她刚知道，打电话说到车站送行。丽娜和家树车站话别，关氏父女不便搭话，只好随车坐了一段路来送家树，让家树特别感动。关寿峰牢记家树安排，对凤喜的叔叔沈三玄好吃懒做提出批评。谁知事情正出在沈三玄身上，他的好友黄鹤声因其姑娘雅琴做了尚师长的姨太太而飞黄腾达，在找沈三玄时见到凤喜，见她标致，便想介绍给刘大帅做小妾。黄鹤声和沈三玄密谋让凤喜以见老朋友雅琴为名去尚师长家，凤喜在微妙心理作用下去了尚师长家，不料却被刘大帅的胞弟刘德柱看中。凤喜在尚家吃完饭又打起麻将，赢了好几百元，受虚荣心驱使，第二天凤喜又和刘将军去听戏。但受良心谴责，凤喜让母亲沈大娘把钱送给刘德柱，但刘德柱以堂会为名将凤喜留于家中。沈大娘找到关寿峰，关寿峰和几个徒弟连夜进入刘府，见到的却是凤喜变心，便没将其救出。

家树回到北京，闻知此事心灰意冷。何丽娜得知家树回京，对他殷勤备至。家树受到打击，一病不起，何丽娜前来探望。秀姑知是心病，以应征仆人名义打入刘府，安排凤喜和家树相见。家树满怀希望与凤喜逃走，得到的却是凤喜变心的消息，遂对她彻底死心。不料凤喜偷偷见家树的事情被刘将军得知，凤喜被毒打一顿。凤喜说明是让家树死心才相见的，刘德柱又换上和蔼嘴脸，让她唱曲。凤喜在大伤之下，唱曲晕倒，休养时无意听到仆人杨妈说起刘将军前太太因私通被开枪打死，精神受到刺激而发疯。此时刘将军又看上了秀姑，秀姑将凤喜的事情告诉家树，在公园见到家树和何丽娜并肩而行，便欲成全他们，她假装和刘德柱结婚而将其杀死。

家树得知此消息，远走天津避风头。何丽娜赶到天津，得知家树对她无意，伤心离去，开完化装舞会后踪迹不见。家树考入大学，搬进学校居住。一次外出被土匪绑架，幸得关氏父女相救。家树在秀姑安排下见到凤喜，凤喜时而清醒时而糊涂，家树将她送往医院救治。家树在拜访关氏父女时又见到何丽娜，二人见面恍惚梦中。

## 【背景资料】

1929年，上海《新闻报》副刊《快活林》主编严独鹤约张恨水写一个长篇。张恨水答应后拟了故事梗概，取名《啼笑因缘》，稿子陆续寄出。当第一部分寄去之后，并未得到重视，搁置五个月才开始刊载。《新闻报》登了《啼笑因缘》以后，销数猛增，广告客户纷纷要求刊登在靠近小说的位置。张恨水成了《新闻报》的财神，读者崇拜的偶像。后即出版单行本，并很快搬上银幕，甚至因争夺它的“电影拍摄权”而引起诉讼，一时竟出现了大量“啼笑因缘”迷。

## 【主题意蕴】

《啼笑因缘》的故事发生在北洋军阀统治时期的北京。它以樊家树的感情纠葛为线索，描写了他渴望真挚爱情，真诚地爱怜唱大鼓的女艺人沈凤喜的故事，全方面展示了当时北京的社会生活。小说突破了多角恋爱题材的窠臼，体现出一定的反封建色彩，反映了20世纪20年代旧中国畸形社会的某些生活侧影。另外，作者塑造的平民少爷樊家树的形象也迎合了小市民的愿望，他们希望这样的理想人物改变自己卑微的地位。

## 【艺术特色】

《啼笑因缘》吸取了中国传统章回小说的养分，注重巧妙的艺术构思、设置曲折离奇而大体上不失情理的情节、营造浓郁的故事气氛,作者将言情小说和武侠传奇熔于一炉,使不同阶层读者都喜爱。作者还善于以人物本身的语言和行动来刻画人物性格形象,笔下人物性格形象生动,随情节而发展。作品的理想人物樊家树写得并不滥情,对凤喜的描写也有其可信度,读来引人入胜。另外,作者对于故事发生地风土人情的逼真描写,也使作品充满了浓郁的地方特色,带有风俗画的意味。

## 【经典评论】

**杨义这样评价小说的主题:**“小说主要通过真诚忠厚的少年学子樊家树与寒素清媚的天桥鼓姬沈凤喜的爱情传奇及其悲剧的结局,呼唤着谴责强权和同情被损害者的平民主义。”

——《中国现代小说史》第3卷,人民文学出版社1986年版,第722页

**范伯群这样评价:**“在考察《啼笑因缘》受欢迎的原因时,还应看到作者张恨水是一位善于炙‘通俗化的三鲜汤’的能手。他能将缠绵悱恻的言情小说和惊险紧张的武侠传奇熔于一炉;他能将传统小说章回体和西洋小说新技法融为一体;他还能将满脑子‘板荡识忠臣’一类封建思想的关寿峰和受资产阶级教育的维新人物樊家树粘合在一道,成了‘忘年交’。”

——《漫谈<啼笑因缘>》,《啼笑因缘》,北京出版社1981年版,第7页

## 【思考练习】

1.《啼笑因缘》在当时为何能引起轰动,受到众多读者的欢迎?
2. 樊家树这一人物形象的主要特点是什么?
3.《啼笑因缘》中存在很多巧合之处,你对这类情节设置有何看法?

# 散 文 篇

# 鲁迅

## 秋　夜

在我的后园，可以看见墙外有两株树，一株是枣树，还有一株也是枣树。

这上面的夜的天空，奇怪而高，我生平没有见过这样的奇怪而高的天空。他仿佛要离开人间而去，使人们仰面不再看见。然而现在却非常之蓝，闪闪地䀹着几十个星星的眼，冷眼。他的口角上现出微笑，似乎自以为大有深意，而将繁霜洒在我的园里的野花草上。

我不知道那些花草真叫什么名字，人们叫他们什么名字。我记得有一种开过极细小的粉红花，现在还开着，但是更极细小了，她在冷的夜气中，瑟缩地做梦，梦见春的到来，梦见秋的到来，梦见瘦的诗人将眼泪擦在她最末的花瓣上，告诉她秋虽然来，冬虽然来，而此后接着还是春，蝴蝶乱飞，蜜蜂都唱起春词来了。她于是一笑，虽然颜色冻得红惨惨地，仍然瑟缩着。

枣树，他们简直落尽了叶子。先前，还有一两个孩子来打他们别人打剩的枣子，现在是一个也不剩了，连叶子也落尽了。他知道小粉红花的梦，秋后要有春；他也知道落叶的梦，春后还是秋。他简直落尽叶子，单剩干子，然而脱了当初满树是果实和叶子时候的弧形，欠伸得很舒服。但是，有几枝还低亚着，护定他从打枣的竿梢所得的皮伤，而最直最长的几枝，却已默默地铁似的直刺着奇怪而高的天空，使天空闪闪地鬼䀹眼；直刺着天空中圆满的月亮，使月亮窘得发白。

鬼䀹眼的天空越加非常之蓝，不安了，仿佛想离去人间，避开枣树，只将月亮剩下。然而月亮也暗暗地躲到东边去了。而一无所有的干子，却仍然默默地铁似的直刺着奇怪而高的天空，一意要制他的死命，不管他各式各样地䀹着许多蛊惑的眼睛。

哇的一声，夜游的恶鸟飞过了。

我忽而听到夜半的笑声，吃吃地，似乎不愿意惊动睡着的人，然而四围的空气都应和着笑。夜半，没有别的人，我即刻听出这声音就在我嘴里，我也即刻被这笑声所驱逐，回进自己的房。灯火的带子也即刻被我旋高了。

后窗的玻璃上丁丁地响，还有许多小飞虫乱撞。不多久，几个进来了，许是从窗纸的破孔进来的。他们一进来，又在玻璃的灯罩上撞得丁丁地响。一个从上面撞进去了，他于是遇到火，而且我以为这火是真的。两三个却休息在灯的纸罩上喘气。那罩是昨晚新换的罩，雪白的纸，折出波浪纹的叠痕，一角还画出一枝猩红色的栀子。

猩红的栀子开花时，枣树又要做小粉红花的梦，青葱地弯成弧形了……我又听到夜半的笑声；我赶紧砍断我的心绪，看那老在白纸罩上的小青虫，头大尾小，向日葵子似的，只有半粒小麦那么大，遍身的颜色苍翠得可爱，可怜。

我打一个呵欠，点起一支纸烟，喷出烟来，对着灯默默地敬奠这些苍翠精致的英雄们。

一九二四年九月十五日。

（选自《鲁迅全集》第2卷，人民文学出版社1981年版）

## 【背景资料】

《秋夜》是鲁迅《野草》集中的首篇，写于1924年9月15日，最初发表在1924年12月1日的《语丝》周刊第3期上。在《南腔北调集》的《〈自选集〉自序》中，鲁迅自己就曾经这样回忆过写作《野草》的这段特殊时期："后来《新青年》团体散掉了，有的高升，有的退隐，有的前进，我又经验了一回同一战阵中的伙伴还是会这么变化，……依然在沙漠中走来走去，……有了小感触，就写些短文，夸大点说，就是散文诗，以后印成一本，谓之《野草》。"可见创作《野草》时，鲁迅正处在他生命历程中的一个特有的"沙漠"期，同行的战友都四散离去，"寂寞新文苑，平安旧战场。两间余一卒，荷戟独彷徨"，这首为小说集《彷徨》出版写的题诗，非常恰切地展现了鲁迅当时虽然异常寂寞孤独但仍然在坚持悲壮的反抗和探求的精神状态。这种精神状态既源于当时沉闷到令人窒息的社会现实，也源于鲁迅作为一个时代的先觉者置身于荒漠一般的生存境地，并与之无法协调所形成的巨大的心理压力和他作为一个时代的抗争者永不屈服的个性品质。更为重要的是，鲁迅在面对这种生存困境时，能够入乎其间又超乎其上，运用象征化的手法、意象和意象的组合，将这一真实的生存状况抽象化、哲理化后传达给读者。

## 【主题意蕴】

孤独的抗争和韧性的战斗是鲁迅在《秋夜》这篇文章中传达的主要精神。在文中，鲁迅为我们描画了一组极富象征意味的形象系列：首先是两株并肩而立、互不相依的枣树，它们是鲁迅着力刻画的孤独的战斗者的形象；那些开在园里的"极细小"、极脆弱，但又是那样纯真的"粉红花"们是那些怀揣着好梦、敏感而脆弱的青年们的化身；还有那些为了追求光明、不惜以身赴火的"小青虫"们，则是鲁迅塑造的另一类勇于牺牲的战士的形象。而与枣树们相对峙的是"奇怪而高"的天空，它"仿佛要离开人间而去"，还"闪闪地睒着几十个行星的眼，冷眼"，它是黑暗而冷酷的现实社会的化身。鲁迅设置了这样几种形象，分别代表了几种不同的战斗姿态和精神状态，同时也体现出他对于不同生命形态的哲学思考和价值判断。相比较“粉红花”的柔弱、“小青虫”的勇猛，鲁迅显然更加赞赏的是枣树默默的抗争和“韧”的战斗精神。在他看来，小青虫的以身殉火也许能够壮烈一时，但终不能久长，在中国被长久包围得如同铁屋子一样的黑暗社会里，更多的是需要像枣树一样坚韧的战士们的坚持和坚守。

## 【艺术特色】

《秋夜》是一篇象征意味极浓的散文。它已经超出了一般意义上的借自然景物咏物抒怀的传统，通篇采用了西方象征主义散文诗的写法。

首先，散文以象征和暗示为主要的文学手段，通过象征化了的外在景物和作为观者的“我”的感受，表现出作者内心奔涌的与黑暗势力抗争的主题。其次，作者借助有声有色的物象，通过暗示、烘托、对比、联想、幻觉等艺术手法，将内心的真实寄托于绚丽多姿的艺术形象，在诗情洋溢的艺术画面中表达出作者的感触。再次，语言凝练、形象、生动，同时注重运用反复的手法和诗歌的节律，将艺术形象的音乐感和雕塑感立体画出，展现了象征主义艺术的特质。

这种象征主义手法的合理运用，有力地加强了作者这种感触的形象性，使作品真正做到了深刻的现实性和完美的形象性的有机结合，反映现实的“意”和绚丽多姿的“境”的完美统一。

## 【经典评论】

**美国学者夏济安认为《野草》是：**“真正的诗的雏形。充满着强烈感情的形象以奇形怪状的线条在黑暗的闪光中或静止或流动，正如熔化的金属，无法定型。”

——《黑暗的闸门》，见乐黛云编《国外鲁迅研究论集（1960—1980）》，北京大学出版社 1981 年版，第 370 页

**叶圣陶、夏丏尊认为《秋夜》：**“写景状物，想象分子极多，字字奇崛。”

——《文心》，上海开明书店 1934 年版，第 7 页

**孙玉石认为：**“《秋夜》已经远远超出一般自然景物咏怀式的抒情传统，用了传统中几乎没有的西方象征派散文诗的方法，通过诗的主述者‘我’所感受到的并且都已象征化了的外在景物和内在心理活动的描写，向人们展示了作者内心世界思考的关于同黑暗制度及其代表势力如何进行反抗斗争的主题。这种反抗斗争，又与不同的生命存在形态的哲学思考联系在一起。”

——《现实的与哲学的（连载一）——鲁迅〈野草〉研究》，《鲁迅研究月刊》1996 年第 1 期，第 38 页

## 【思考练习】

1. 你怎样看待《秋夜》中描写的“枣树”、“小青虫”和“粉红花”这些形象？

2. 对《秋夜》“两棵枣树”的开头，评论界历来褒贬不一，你是什么看法？为什么？

3. 同样是借物抒怀，《秋夜》与古代咏物抒怀散文有何不同？

# 颓败线的颤动

我梦见自己在做梦。自身不知所在，眼前却有一间在深夜中紧闭的小屋的内部，但也看见屋上瓦松的茂密的森林。

板桌上的灯罩是新拭的，照得屋子里分外明亮。在光明中，在破榻上，在初不相识的披毛的强悍的肉块底下，有瘦弱渺小的身躯，为饥饿，苦痛，惊异，羞辱，欢欣而颤动。弛缓，然而尚且丰腴的皮肤光润了；青白的两颊泛出轻红，如铅上涂了胭脂水。

灯火也因惊惧而缩小了，东方已经发白。

然而空中还弥漫地摇动着饥饿，苦痛，惊异，羞辱，欢欣的波涛……

"妈!"约略两岁的女孩被门的开阖声惊醒，在草席围着的屋角的地上叫起来了。

"还早哩，再睡一会罢!"她惊惶地说。

"妈!我饿，肚子痛。我们今天能有什么吃的?"

"我们今天有吃的了。等一会有卖烧饼的来，妈就买给你。"她欣慰地更加紧捏着掌中的小银片，低微的声音悲凉地发抖，走近屋角去一看她的女儿，移开草席，抱起来放在破榻上。

"还早哩，再睡一会罢。"她说着，同时抬起眼睛，无可告诉地一看破旧的屋顶以上的天空。

空中突然另起了一个很大的波涛，和先前的相撞击，回旋而成旋涡，将一切并我尽行淹没，口鼻都不能呼吸。

我呻吟着醒来，窗外满是如银的月色，离天明还很辽远似的。

我自身不知所在，眼前却有一间在深夜中紧闭的小屋的内部，我自己知道是在续着残梦。可是梦的年代隔了许多年了。屋的内外已经这样整齐；里面是青年的夫妻，一群小孩子，都怨恨鄙夷地对着一个垂老的女人。

"我们没有脸见人，就只因为你，"男人气忿地说。"你还以为养大了她，其实正是害苦了她，倒不如小时候饿死的好!"

"使我委屈一世的就是你!"女的说。

"还要带累了我!"男的说。

"还要带累他们哩!"女的说，指着孩子们。

最小的一个正玩着一片干芦叶，这时便向空中一挥，仿佛一柄钢刀，大声说道：

"杀!"

那垂老的女人口角正在痉挛，登时一怔，接着便都平静，不多时候，她冷静地，骨立的石像似的站起来了。她开开板门，迈步在深夜中走出，遗弃了背后一切的冷骂和毒笑。

她在深夜中尽走，一直走到无边的荒野；四面都是荒野，头上只有高天，并无一个虫鸟飞过。她赤身露体地，石像似的站在荒野的中央，于一刹那间照见过往的一切：饥饿，苦痛，惊异，羞辱，欢欣，于是发抖；害苦，委屈，带累，于是痉挛；杀，于是平静。……又于一刹那间将一切并合：眷念与决绝，爱抚与复仇，养育与歼除，祝福与咒诅……她于是举两手尽量向天，口唇间漏出人与兽的，非人间所有，所以无词的言语。

当她说出无词的言语时，她那伟大如石像，然而已经荒废的，颓败的身躯的全面都颤动了。这颤动点点如鱼鳞，每一鳞都起伏如沸水在烈火上；空中也即刻一同振颤，仿佛暴风雨中的荒海的波涛。

她于是抬起眼睛向着天空，并无词的言语也沉默尽绝，唯有颤动，辐射若太阳光，使空中的波涛立刻回旋，如遭飓风，汹涌奔腾于无边的荒野。

我梦魇了，自己却知道是因为将手搁在胸脯上了的缘故；我梦中还用尽平生之力，要将这十分沉重的手移开。

一九二五年六月二十九日。

（选自《鲁迅全集》第2卷，人民文学出版社1981年版）

## 【背景资料】

《颓败线的颤动》写于1925年6月29日，发表在1925年7月13日《语丝》周刊第35期，收入《野草》集。联系鲁迅创作《野草》期间的普遍心态，我们可以将其视为鲁迅内心生命体验的又一种形式的释放和表现。那么究竟是一种什么样的情绪和体验呢？鲁迅自己并没有对此做过特意的说明，但从这篇作品发表前后鲁迅的一些通信和自诉中我们却可以分辨出一些有效信息。在写作这篇文章的半个月前，鲁迅在给许广平的一封信中有过这样的话："我明知道几个人做事，真出于'为天下'是很少的。但人于现状，总该有点不平，反抗，改良的意思。只这一点共同目的，便可以合作。即使含些'利用'的私心也不妨，利用别人，又给别人做点事，说得好看一点，就是'互助'。但是，我总是'罪孽深重，祸延'自己，每每终于发现纯粹的利用，连'互'字也安不上，被用之后，只剩下耗了气力的自己一个。有时候，他还要反而骂你；不骂你，还要谢他的洪恩。我的时常无聊，就是为此，但我还能将一切忘却，休息一时之后，从新再来，即使明知道后来的运命未必会胜于过去。"（《两地书·二九》）《颓败线的颤动》一文写作后不久，鲁迅花了大量心血培养的狂飙社的有些青年，因为一些琐事或者是误解，就对鲁迅公开谩骂和诋毁，给他内心造成了很大伤害。对此鲁迅总结说："在这几年中，我很遇见了些文学青年，由经验的结果，觉他们之于我，大抵是可以使役时便竭力使役，可以诘责时便竭力诘责，可以攻击时自然是竭力攻击。”(《两地书·六九》)由此，我们大致可以窥到鲁迅创作这篇文章前后内心的痛苦、不平和怨愤，均源于现实社会中那些“饮过他的血”(《两地书·九五》)，反过来又嘲笑和攻击他的人，这使得他“愤怒，怨恨了，有时简直想报复”(《两地书·九五》)，《颓败线的颤动》中所描述的那个为子女奉献一生最终却被后代羞辱的老妇人正是鲁迅自己亲身经历的痛苦体验的表征。

## 【主题意蕴】

这篇文章有着极强的象征意蕴。从表面上看，鲁迅写的是两段相隔多年的梦境，第一段梦写的是一个年轻妇人忍辱卖身，为的是换回嗷嗷待哺的小女儿的一顿饱饭；第二个梦则是多年之后，妇人已经颓败老去，而用她的身体喂养大的女儿、女婿和他们的孩子却抱怨和鄙夷老妇人曾经的难堪与痛苦，看破了人生种种面目的老妇人在平静中酝酿着反抗和复仇。这两个梦境显然构成了一段完整的情节，叙述了一个忍辱负重却遭背叛的人终于奋起反抗的故事。在这样一个表层故事的背后，我们看到的是作者内心情绪的涌动和挣扎。作为一个先驱者，鲁迅甘心用自己的鲜血去培育和养护一些人，得到的却是他们的忘恩负义和以怨报德。鲁迅将自己内心深处所经历的那种极端痛苦的情绪和愤怒抗议的精神，全部倾注于那个老妇人的身上：“眷念与决绝，爱抚与复仇，养育与歼除，祝福与咒诅……她于是举两手尽量向天，口唇间漏出人与兽的，非人间所有，所以无词的言语。”垂老女人的这种心境和怒火，在象征的外表下，最强烈地传达了鲁迅内心对以怨报德的丑恶伦理道德复仇的情绪。

## 【艺术特色】

这篇文章是象征主义散文诗的典型范式，具有象征主义作品传达情感方式的典型特征，即具备了表层和隐层的双重结构和意蕴。它有文本叙述的故事所传达的表层意义，同时还有着这些看起来很清晰的故事背后所传达的深层含义，也就是潜在的象征意义。

在具体的文本中，作者借助梦境，设置了故事的表层和隐层，借助表层做梦梦到的情节来表达隐层的作者内心的真实感受。在这篇文章中表层就是作者的两个梦境所叙述的老妇人遭受屈辱奋起反抗的故事，隐层则是和老妇人有过类似经历的作者内心的痛苦和愤怒。文章的结尾，作者写到自己从梦魇中惊醒，但却知道在梦中“还用尽平生之力，要将这十分沉重的手移开”，在完成了梦境结构的叙述中也表达了作者内心渴望摆脱这种恶劣情绪的困扰。

## 【经典评论】

**冯雪峰在评价《颓败线的颤动》时指出：**“作者所设想的这个老女人的‘颤动’——猛烈的反抗和‘复仇’的情绪，不能不是作者自己曾经经验过的情绪，至少也是他最能够体贴的情绪，这种情绪是在爱与憎发生激烈的矛盾斗争时才有的，是一个热烈的爱人们而反抗性也极强烈的人，在遭着像这个老女人这样的待遇的时候才会发生的。这是一种最痛苦的情绪。”

——《论〈野草〉》，《冯雪峰论文集》，人民文学出版社1981年版，第375页

**孙玉石认为：**“鲁迅的这篇散文诗《颓败线的颤动》就是在老妇人的生命的悲剧与反抗的表层故事的后面，传达的主要是作者作为一个先驱者所经历的一种心灵深处的极端痛苦的情绪，和愤怒抗议的精神，即对于自己用鲜血养育的青年一代忘恩负义的道德恶行的复仇。”

——《现实的与哲学的（连载九）——鲁迅〈野草〉研究》，
《鲁迅研究月刊》1996年第9期，第45页

## 【思考练习】

1. 结合相关史实，谈谈你对《颓败线的颤动》创作背景的认识。
2. 你怎样看待《颓败线的颤动》中描述的老妇人？
3. 《颓败线的颤动》以“梦”开始，以“梦”结束，这样的艺术处理好吗？为什么？

# 朱自清

## 背　影

我与父亲不相见已二年余了，我最不能忘记的是他的背影。那年冬天，祖母死了，父亲的差使也交卸了，正是祸不单行的日子，我从北京到徐州，打算跟着父亲奔丧回家。到徐州见着父亲，看见满院狼藉的东西，又想起祖母，不禁簌簌地流下眼泪。父亲说，“事已如此，不必难过，好在天无绝人之路！”

回家变卖典质，父亲还了亏空；又借钱办了丧事。这些日子，家中光景很是惨淡，一半为了丧事，一半为了父亲赋闲。丧事完毕，父亲要到南京谋事，我也要回到北京念书，我们便同行。

到南京时，有朋友约去游逛，勾留了一日；第二日上午便须渡江到浦口，下午上车北去。父亲因为事忙，本已说定不送我，叫旅馆里一个熟识的茶房陪我同去。他再三嘱咐茶房，甚是仔细。但他终于不放心，怕茶房不妥帖；颇踌躇了一会。其实我那年已二十岁，北京已来往过两三次，是没有甚么要紧的了。他踌躇了一会，终于决定还是自己送我去。我两三回劝他不必去；他只说，“不要紧，他们去不好！”

我们过了江，进了车站。我买票，他忙着照看行李。行李太多了，得向脚夫行些小费，才可过去。他便又忙着和他们讲价钱。我那时真是聪明过分，总觉他说话不大漂亮，非自己插嘴不可。但他终于讲定了价钱；就送我上车。他给我拣定了靠车门的一张椅子；我将他给我做的紫毛大衣铺好座位。他嘱我路上小心，夜里要警醒些，不要受凉。又嘱托茶房好好照应我。我心里暗笑他的迂；他们只认得钱，托他们真是白托！而且我这样大年纪的人，难道还不能料理自己么？唉，我现在想想，那时真是太聪明了！

我说道，“爸爸，你走吧。”他望车外看了看，说，“我买几个橘子去。你就在此地，不要走动。”我看那边月台的栅栏外有几个卖东西的等着顾客。走到那边月台，须穿过铁道，须跳下去又爬上去。父亲是一个胖子，走过去自然要费事些。我本来要去的，他不肯，只好让他去。他看见他戴着黑布小帽，穿着黑布大马褂，深青布棉袍，蹒跚地走到铁道边，慢慢探身下去，尚不大难。可是他穿过铁道，要爬上那边月台，就不容易了。他用两手攀着上面，两脚再向上缩；他肥胖的身子向左微倾，显出努力的样子。这时我看见他的背影，我的泪很快地流下来了。我赶紧拭干了泪，怕他看见，也怕别人看见。我再向外看时，他已抱了朱红的橘子望回走了。过铁道时，他先将橘子散放在地上，自己慢慢爬下，再抱起橘子走。

到这边时,我赶紧去搀他。他和我走到车上,将橘子一股脑儿放在我的皮大衣上。于是扑扑衣上的泥土,心里很轻松似的,过一会说,“我走了;到那边来信!”我望着他走出去。他走了几步,回过头看见我,说,“进去吧,里边没人。”等他的背影混入来来往往的人里,再找不着了,我便进来坐下,我的眼泪又来了。

近几年来,父亲和我都是东奔西走,家中光景是一日不如一日。他少年出外谋生,独立支持,做了许多大事。那知老境却如此颓唐!他触目伤怀,自然情不能自已。情郁于中,自然要发之于外;家庭琐屑便往往触他之怒。他待我渐渐不同往日。但最近两年的不见,他终于忘却我的不好,只是惦记着我,惦记着我的儿子。我北来后,他写了一信给我,信中说道,“我身体平安,唯膀子疼痛利害,举箸提笔,诸多不便,大约大去之期不远矣。”我读到此处,在晶莹的泪光中,又看见那肥胖的,青布棉袍,黑布马褂的背影。唉!我不知何时再能与他相见!

一九二五年十月在北京

(选自中国社会科学院文学研究所现代文学研究室编:《中国现代散文选(1918—1949)》第1卷,人民文学出版社1982年版)

## 【背景资料】

《背影》创作于1925年10月。《背影》写作之前,朱自清和父亲因为经济问题生了罅隙。朱自清家原是小康之家,其父曾任江西石港盐酒税局局长和江苏徐州榷运局局长,家境颇为殷实。1917年冬,朱自清祖母病逝,父亲也因故失了官差,家里的主要经济来源中断,家境日益艰难。朱自清大学毕业后,父子俩在承担家庭多少经济负担的问题上产生了矛盾和争吵,最终失和。1923年暑假,朱自清携妻儿回扬州老家,父亲未予理睬,直到写作《背影》时,父子不曾相见已有“二年余”。关于写作这篇文章的原因,朱自清在1947年7月1日答《文艺知识》编者问时解释说:“我写《背影》就因为文中所引的父亲的来信里那句话。(笔者注:即指文末所提‘我身体平安,唯膀子疼痛利害,举箸提笔,诸多不便,大约大去之期不远矣’。)当时读了父亲的信,真的泪如泉涌。我父亲待我的许多好处,特别是《背影》里所叙的那一回,想起来跟在眼前一般无二。”

## 【主题意蕴】

《背影》想要传达的就是父子情深。虽然有很多的摩擦和不快,但骨肉至亲、血脉相连的感情终究是无法割舍的。父亲的那封来信是一个触发点,它让朱自清感到了父爱的深远和绵长,更让他长久以来无所依傍的爱父之情终于找到了应有的归宿。而父亲的“背影”则是联系这段失而复得的父子亲情的关键媒介,是“父亲待我的许多好处”的重要见证。尤其是作者在几番曲折之后终于能够真正体会和理解到父亲的苦衷，少年得意，老境颓唐，情郁于中，自然要发于外，然而父亲“终于忘却我的不好，只是惦记着我，惦记着我的儿子”，这让同样为人父的“我”更加感动，也更为珍视父亲的爱。如此的回环婉转、曲曲折折之后，终于成就了一段感人至深的父子情深。

## 【艺术特色】

在艺术表现上，《背影》最突出的特点就是情感表达的含蓄蕴藉，人间至情通过质朴简洁的白描手法油然画出。作者并没有用华丽的辞藻和情感的抒发，完全通过一系列的人物言行，刻画体现人物之间的人情微妙。比如写到父亲为儿子买橘子时，“他蹒跚地走到铁道边，慢慢探身下去”，“爬上那边月台”，“两手攀着上面，两脚再向上缩；他肥胖的身子向左微倾，显出努力的样子”。只这一连串的动词就足可以将一个慈父的形象跃然画出，同时父子情深也在这些平实的描写中得以展现。

其次，全文在语言上也非常质朴，运用了大量口语化的语言，尤其是父亲的短短几句话，简洁朴拙，却相当传神。比如不要茶房送坚持自己去给儿子送行时说的“不要紧，他们去不好”，非常生活化的表达却将父亲爱子心切的真情表露无遗，不加雕饰，尽显真淳。

## 【经典评论】

**叶绍钧在谈到《背影》这篇散文时认为朱自清：**“写他父亲的身材和穿戴，不过几句话，而且不放在文章开头他回家见着父亲的时候，而放在临别之前，父亲把他送上了火车，又经过铁轨到对面去给他买橘子的时候，在文章的结尾，朱先生写他记忆中的父亲的‘背影’：肥胖的身材，青布棉袍，黑布马褂，字用得更少了，给人的印象却很深刻。至于父亲的面貌，全篇中一个字没有提，似乎连表情也没有怎样描写，咱们读了，并不感觉缺少了什么。”

——《跟〈人民文学〉编辑谈短篇小说》，《叶圣陶论创作》，
上海文艺出版社 1982 年版，第 259 页

**李广田评论道：**“朱自清先生的《背影》，虽然只是薄薄的一本小书，而且出版已经那么多年了，但它一直也还是一个最好的散文范本，它叫我们感到写散文并不困难，并觉得无论甚么事物都可以写成很好的文章，它那么自然，那么醇厚，既没有那些过分的伤感，又没有那些飞扬跋扈的气息，假如说散文之中也有所谓的正宗的话，我以为这样的就是。”

——《谈散文》，《中国现代作家选集·李广田》，人民文学出版社 1984 年版，第 223 页

## 【思考练习】

1. 朱自清是在什么样的心理状态下创作《背影》的？
2. 谈谈《背影》是如何通过细节体现父子情深这一主题的？
3. 《背影》在语言运用上有哪些特点？试举例说明。

# 冰 心

## 宇宙的爱

四年前的今晨，也清早起来在这池旁坐地。

依旧是这青绿的叶，碧澄的水。依旧是水里穿着树影来去的白云。依旧是四年前的我。

这些青绿的叶，可是四年前的那些青绿的叶？水可是四年前的水？云可是四年前的云？——我可是四年前的我？

它们依旧是叶儿，水儿，云儿，也依旧只是四年前的叶儿，水儿，云儿。——然而它们却经过了几番宇宙的爱化，从新的生命里欣欣的长着，活活的流着，自由的停留着。

它们依旧是四年前的，只是渗透了宇宙的爱化出了新的生命。——但我可是四年前的我？

四年前的它们，只觉得憨嬉活泼，现在为何换成一片的微妙庄严？——但我可是四年前的我？

抬头望月，何如水中看月！一样的天光云影，还添上树枝儿荡漾，圆月儿飘浮，和一个独俯清流的我。

白线般的长墙，横拖在青绿的山上。在这浩浩的太空里，阻不了阳光照临，也阻不了风儿来去，——只有自然的爱是无限的，何用劳苦工夫，来区分这和爱的世界？

坐对着起伏的山，远立的塔，无边的村落平原，只抱着膝儿凝想。朝阳照到发上了，——想着东边隐隐的城围里，有几个没来的孩子，初回家的冰仲，抱病的冰叔，和昨天独自睡在树下的小弟弟，怎得他们也在这儿……

1921年6月18日，在西山。

（选自《冰心选集》第2卷，河北教育出版社1992年版）

【背景资料】

散文《宇宙的爱》发表于1921年6月23日的北京《晨报》。“爱的哲学”是冰心文学创作的主旨，在她早期的散文中，“爱”既是创作的根源，又是创作的归依，更是衡量审美价值的标准。《宇宙的爱》传达了冰心对“爱”的尽情吟咏。

## 【主题意蕴】

在《宇宙的爱》中，冰心以特有的轻灵笔法，细敏感触，丝丝入扣地展现了自己对自然之爱的领悟与回馈。文章虽短，却可分为三个情绪阶段。首先是“我”临清流而独观碧水、青叶与白云，发现它们受自然的佑护与滋养，参透了宇宙的奥妙，能“从新的生命里欣欣的长着，活活的流着，自由的停留着”，而“我”却难以领会造化的微妙，把握不到新生力量的源头。转而描写“我”举头遥望，皓月当空，天光云影之中，风儿自由来去，日光无处不在，使“我”瞬间有所体会：宇宙的爱是无界限的，是达及万物，不需区分物我的，只要“我”用心体会，尽情融入这永恒的宇宙，自然会蒙受宇宙之爱的恩宠。思接千载之后，“我”带着新的感悟重新面对自然，此时的“我”，更愿意将自己的深刻领悟分享于亲人：“想着东边隐隐的城围里，有几个没来的孩子，初回家的冰仲，抱病的冰叔，和昨天独自睡在树下的小弟弟，怎得他们也在这儿……”整篇文章，由追寻爱、感受爱、撒播爱三个情绪过程连接而成，是体现冰心“爱的哲学”的典范之作。

## 【艺术特色】

在冰心看来，散文比诗自由灵活，更便于即兴抒写心中的真情实感，有助于及时感应人生的变幻多姿，充分葆有生活的鲜活美感，可见散文随物赋形、自由发挥的文体特征极其适合冰心即兴式地阐释她对“爱”的感受与领悟。

冰心创作向来信守“须其自来，不以力构”的原则，“总想以‘真’为写作的唯一条件”，不肯不自然地、造作地、以应酬为目的地进行写作。她总是听凭文思，自由地进入所需要的情绪境界。

在《宇宙的爱》中，这种情至文生、意到笔随、率真见性、自然天成的即兴式笔法运用得极为娴熟。作家没有摆出俨然的姿态展示自己的领悟过程，而是以“我”面对自然时内心情绪的流转为渠道，因景生情，即物见义，行云流水般地传达着内心的情怀，别具一种清丽之美。

## 【经典评论】

**郁达夫认为**：“冰心女士散文的清丽，文字的典雅，思想的纯洁，在中国好算是独一无二的作家了；记得雪莱的咏云雀的诗里：仿佛曾说过云雀是初生的欢喜的化身，是光天化日之下的星辰，是同月光一样来把歌声散溢于宇宙之中的使者，是虹霓的彩滴要自愧不如的妙音的雨师，是……这一首千古的杰作，我现在也记不清了，总而言之，把这一首诗全部拿来，以诗人赞美云雀的清词妙句，一字不易地用在冰心女士的散文批评之上，我想是最适当也没有的事情。”

——《中国新文学大系·散文二集·导言》，上海良友图书印刷公司 1935 年版

## 【思考练习】

1. 作为一位女性作家，冰心以“爱”为自己的创作主旨，你能否结合当时的社会思想背景对此略加评论？

2. 冰心散文对“爱”的抒写多通过对母爱、儿童等意象的歌咏表现出来，你认为作家选择上述意象表现对“爱”的追求，与作家本人的经历与思想方式有何关系？

3. 请你谈谈本文的语言风格，这种语言风格与作家的创作主旨有没有内在关系？

# 周作人

## 故乡的野菜

我的故乡不止一个，我住过的地方都是故乡。故乡对于我并没有什么特别的情分，只因钓于斯游于斯的关系，朝夕会面，遂成相识，正如乡村里的邻舍一样，虽然不是亲属，别后有时也要想念到他。我在浙东住过十几年，南京东京都住过六年，这都是我的故乡；现在住在北京，于是北京就成了我的家乡了。

日前我的妻往西单市场买菜回来，说起有荠菜在那里卖着，我便想起浙东的事来。荠菜是浙东人春天常吃的野菜，乡间不必说，就是城里只要有后园的人家都可以随时采食，妇女小儿各拿一把剪刀一只“苗篮”，蹲在地上搜寻，是一种有趣味的游戏的工作。那时小孩们唱道：“荠菜马兰头，姊姊嫁在后门头。”后来马兰头有乡人拿来进城售卖了，但荠菜还是一种野菜，须得自家去采。关于荠菜向来颇有风雅的传说，不过这似乎以吴地为主。《西湖游览志》云：“三月三日男女皆戴荠菜花。谚云：三春戴荠花，桃李羞繁华。”顾禄的《清嘉录》上亦说：“荠菜花俗呼野菜花，因谚有三月三蚂蚁上灶山之语，三日人家皆以野菜花置灶陉上，以厌虫蚁。侵晨村童叫卖不绝。或妇女簪髻上以祈清目，俗号眼亮花。”但浙东人却不很理会这些事情，只是挑来做菜或炒年糕吃罢了。

黄花麦果通称鼠曲草，系菊科植物，叶小微圆互生，表面有白毛，花黄色，簇生梢头。春天采嫩叶，捣烂去汁，和粉作糕，称黄花麦果糕。小孩们有歌赞美之云：

黄花麦果韧结结，
关得大门自要吃：
半块拿弗出，一块自要吃。

清明前后扫墓时，有些人家——大约是保存古风的人家——用黄花麦果作供，但不作饼状，做成小颗如指顶大，或细条如小指，以五六个作一攒，名曰茧果，不知是什么意思，或因蚕上山时设祭，也用这种食品，故有是称，亦未可知。自从十二三岁时外出不参与外祖家扫墓以后，不复见过茧果，近来住在北京，也不再见黄花麦果的影子了。日本称作“御形”，与荠菜同为春的七草之一，也采来做点心用，状如艾饺，名曰“草饼”，春分前后多食之，在北京也有，但是吃去总是日本风味，不复是儿时的黄花麦果糕了。

扫墓时候所常吃的还有一种野菜，俗名草紫，通称紫云英。农人在收获后，播种田内，用作肥料，是一种很被贱视的植物，但采取嫩茎瀹食，味颇鲜美，似豌豆苗。花紫红色，数十亩接连不断，一片锦绣，如铺着华美的地毯，非常好看，而且花朵状若胡蝶，又如鸡雏，尤为小孩所喜。间有白色的花，相传可以治痢，很是珍重，但不易得。日本《俳句大辞典》云："此草与蒲公英同是习见的东西，从幼年时代便已熟识。在女人里边，不曾采过紫云英的人，恐未必有吧。"中国古来没有花环，但紫云英的花球却是小孩常玩的东西，这一层我还替那些小人们欣幸的，浙东扫墓用鼓吹，所以少年常随了乐音去看"上坟船里的姣姣"；没有钱的人家虽没有鼓吹，但是船头上篷窗下总露出些紫云英和杜鹃的花束，这也就是上坟船的确实的证据了。

一九二四年二月

（选自《周作人早期散文选》，上海文艺出版社 1984 年版）

## 【背景资料】

《故乡的野菜》是周作人自日本回国后辗转到北京定居后的作品，作于 1924 年 2 月，是周作人冲淡平和、悠远清新的小品散文的代表作之一。周作人曾在自己的散文《北京的茶食》中主张："我们于日用必需的东西以外，必须还有一点无用的游戏与享乐，生活才觉得有意思。"以对生活雅趣的追求，周作人在自己的小品散文中也努力营造出一种优游、陶然的境界，求得解脱现实忧患的精神慰藉。《故乡的野菜》就是这样一篇造梦的文字。

## 【主题意蕴】

作者在开篇虽然是以看似漫不经心的口吻提及自己对于故乡的看法，认为凡"住过的地方都是故乡"，但笔锋一转，当由西单市场的荠菜而想起自己的故乡浙东，一缕浓郁的思乡情怀就慢慢显露出来。以故乡的野菜为线索，作者细细叙说了家乡浙东人民的生活细节，对浙东的湖光山色、乡音人情，一一予以细腻而质朴的勾勒，为读者展现出一幅亦俗亦雅，物我无间的地域风情画。而在对故乡的悠长怀念中，作家似乎也渐渐摆脱了自身精神上的某种困顿状态，缓缓进入了陶醉心灵的美好幻境。

## 【艺术特色】

首先在题材的选择和运用上，《故乡的野菜》记叙了习见于作者故乡的各种植物的形状、颜色与用途，以及围绕它们而展开的浙东民俗。所叙事小，然而周作人却能够妥帖地使用各种资料，随手征引，构筑篇章。从明人田汝成的《西湖游览志》到顾禄的《清嘉录》，从故乡清明扫墓用的茧果到日本的"草饼"，以及家乡有关野菜的儿歌，都一一征引笔下，显示出作者渊博的知识。更重要的是，周作人使用这些材料完全是信手拈来，并无特定的焊接承转原则，而是随心而欲，自由生发，以情绪的跳跃，弥合连带各种材料，文字富有弹性，形成了作家特有的开放式文体风格。

其次与这种特定文体风格相符合，周作人在《故乡的野菜》中，运用了一种娓娓而谈的絮语方式。使用絮语，一方面可以拉近与读者的距离，显得亲切自然，易于营造一种闲适的家常氛围；另一方面，也有利于作者灵活自由地表达内心，能够根据自己情感的需要，随意回旋，不受约束，有国外随笔大师蒙田、培根等人的随笔遗风。

## 【经典评论】

**胡适认为**："这几年来，散文方面最可注意的发展乃是周作人等提倡的'小品散文'。这一类的小品，用平淡的谈话，包藏着深切的意味；有时很像笨拙，其实是滑稽。这一类的作品的成功，就可彻底打破那'美文不能用白话'的迷信了。"

——《五十年来中国之文学》，《胡适文集》第 2 卷，北京大学出版社 1998 年版，第 263 页

**郁达夫认为**："周作人的文体，又来得舒徐自在，信笔所至，初看似乎散漫支离，过于繁琐！但仔细一读，却觉得他的漫谈，句句含有分量，一篇之中，少一句就不对，一句之中，易一字也不可，读完之后，还想翻转来从头再读的。"

——《中国新文学大系·散文二集·导言》，上海良友图书印刷公司 1935 年版

## 【思考练习】

1. 周作人在《故乡的野菜》中寄寓了怎样的艺术追求？
2. 《故乡的野菜》怎样体现了周作人"旁征博引"的写作方式？
3. 结合《故乡的野菜》，谈谈周作人散文语言的独特风格。

# 乌篷船

子荣君：

接到手书，知道你要到我的故乡去，叫我给你一点什么指导。老实说，我的故乡，真正觉得可怀恋的地方，并不是那里；但是因为在那里生长，住过十多年，究竟知道一点情形，所以写这一封信告诉你。

我所要告诉你的，并不是那里的风土人情，那是写不尽的，但是你到那里一看也就会明白的，不必罗唆地多讲。我要说的是一种很有趣的东西，这便是船。你在家乡平常总坐人力车，电车，或是汽车，但在我的故乡那里这些都没有，除了在城内或山上是用轿子以外，普通代步都是用船。船有两种，普通坐的都是“乌篷船”，白篷的大抵作航船用，坐夜航船到西陵去也有特别的风趣，但是你总不便坐，所以我也就可以不说了。乌篷船大的为“四明瓦”(Sy-menngoa)，小的为脚划船(划读如 uoa)亦称小船。但是最适用的还是在这中间的“三道”，亦即三明瓦。篷是半圆形的，用竹片编成，中夹竹箬，上涂黑油；在两扇“定篷”之间放着一扇遮阳，也是半圆的，木作格子，嵌着一片片的小鱼鳞，径约一寸，颇有点透明，略似玻璃而坚韧耐用，这就称为明瓦。三明瓦者，谓其中舱有两道，后舱有一道明瓦也。船尾用橹，大抵两支，船首有竹篙，用以定船。船头着眉目，状如老虎，但似在微笑，颇滑稽而不可怕，唯白篷船则无之。三道船篷之高大约可以使你直立，舱宽可以放下一顶方桌，四个人坐着打麻将——这个恐怕你也已学会了吧？小船则真是一叶扁舟，你坐在船底席上，篷顶离你的头有两三寸，你的两手可以搁在左右的舷上，还把手都露出在外边。在这种船里仿佛是在水面上坐，靠近田岸去时泥土便和你的眼鼻接近，而且遇着风浪，或是坐得少不小心，就会船底朝天，发生危险，但是也颇有趣味，是水乡的一种特色。不过你总可以不必去坐，最好还是坐那三道船吧。

你如坐船出去，可是不能像坐电车的那样性急，立刻盼望走到。倘若出城，走三四十里路(我们那里的里程是很短，一里才及英里三分之一)，来回总要预备一天。你坐在船上，应该是游山的态度，看看四周物色，随处可见的山，岸旁的乌柏，河边的红蓼和白苹，渔舍，各式各样的桥，困倦的时候睡在舱中拿出随笔来看，或者冲一碗清茶喝喝。偏门外的鉴湖一带，贺家池，壶觞左近，我都是喜欢的，或者往娄公埠骑驴去游兰亭(但我劝你还是步行，骑驴或者于你不很相宜)，到得暮色苍然的时候进城上都挂着薜荔的东门来，倒是颇有趣味的事。倘若路上不平静，你往杭州去时可于下午开船，黄昏时候的景色正最好看，只可惜这一带地方的名字我都忘记了。夜间睡在舱中，听水声橹声，来往船只的招呼声，以及乡间的犬吠鸡鸣，也都很有意思。雇一只船到乡下去看庙戏，可以了解中国旧戏的真趣味，而且在船上行动自如，要看就看，要睡就睡，要喝酒就喝酒，我觉得也可以算是理想的行乐法。只可惜讲维新以来这些演剧与迎会都已禁止，中产阶级的低能人别在“布业会馆”等处建起“海式”的戏场来，请大家买票看上海的猫儿戏。这些地方你千万不要去。——你到我那故乡，恐怕没有一个人认得，我又因为在教书不能陪你去玩，坐夜船，谈闲天，实在抱歉而且惆怅。川岛君夫妇现在偁山下，本来可以给你绍介，但是你到那里的时候他们恐怕已经离开故乡了。初寒，善自珍重，不尽。

一九二六年一月十八日夜于北京

（选自《周作人早期散文选》，上海文艺出版社 1984 年版）

## 【背景资料】

在中国现代散文史上，周作人的小品散文拥有独特的地位，追求“生活的艺术”构成了他散文创作的审美追求。一切平凡的人生琐屑都能成为他的描写对象。而所描写的对象越平淡，似乎也越能引发他咀嚼的兴味，能够将各种细节统统纳入自己的写作格局，从容不迫、徐舒自在地缓缓写出，自然地形成了一种冲淡平和的氛围。

## 【主题意蕴】

《乌篷船》就是体现周作人冲淡风格的佳作。它以书信的形式款款而谈，由向友人介绍家乡风物而逐渐投射到“乌篷船”上，且文中多次穿插与友人的亲切对话，如“这个恐怕你也已学会了罢？”等句，如话家常，令读者倍感亲切自然。在信中，周作人又将乌篷船的用途、种类、结构、外形等娓娓道来。因为作者的文意在于寻觅生活中的趣处，故其笔下各种琐碎的描写，往往趣味盎然，既是对坐船之趣味的抒发，更在字里行间流露出对于家乡古朴闲适生活的眷恋，将读者带入了一种自然与人和谐相生的景象之中。可以说，《乌篷船》是以一种转意的方式，形象地给出了作家本人作为一个自由知识分子所追寻的精神向度：闲适恬淡的生活情境。正是时代的压抑促使周作人极力地追寻心中的田园牧歌，借此构建可以藏身的象牙之塔，他的平和冲淡之作，或许皆是为逃避动荡时代的无奈选择。明乎此，你也许会对《乌篷船》淡雅风味中的苦涩有所体会吧！

## 【艺术特色】

周作人于 1921 年 6 月发表《美文》，热情号召“治新文学的人”去大胆尝试现代的小品散文，并同时以他自己的创作实践积极推进现代小品散文的发展和繁荣。周作人的散文创作既继承古代公安派性灵小品“独抒性灵，不拘格套”的风格，又吸取了外国散文“漂亮”和“缜密”的写法。

首先，他善于在旁征博引之中自然而然地传授出丰富的知识，充分显示了学者式散文的特点；其次，他以散淡的笔法写出浓厚的生活情趣，以冲淡的笔触抒发悠悠的情感，于质朴中流露出一种恬淡深长的诗意；他还善于寓庄于谐、寓谐于庄，往往在轻松自如又不乏幽默感的叙述中表达出重要的思想内涵。这些特点在以家常式的絮语娓娓叙述中进行的《乌篷船》中都有着充分体现。

## 【经典评论】

**王晓明认为**：“但也还有另一种散文，它本身并没有涂着鲜艳的色彩来惊撼我们，但在它那些貌似平常的词句后面，却往往流动着一种特别的情趣，宛若浓荫下的一条暗溪，悄悄地滋润我们的心田。周作人的《乌篷船》似乎就属于这一类，倘在嘈杂的车厢里一目十行，你很可能觉得它淡而无味；但如果在静夜的台灯下从容品味，你或许却会在掩卷之后浮出会心的一笑呢。”

——《另外一种散文——读周作人的〈乌篷船〉》，人民文学出版社编辑部：《中华文学评论百年精华》，人民文学出版社 2002 年版，第 647 页

## 【思考练习】

1. 以《乌篷船》为例，谈谈周作人如何借助小品散文的写作，传达自己对于生活趣味的追求。

2. 你如何看待《乌篷船》的这种家常絮语式的叙述方式？

3. 请结合当时的时代背景，谈谈作家以趣味为散文创作主旨的内在原因。

# 丰子恺

## 给我的孩子们

我的孩子们！我憧憬于你们的生活，每天不止一次！我想委屈地说出来，使你们自己晓得。可惜到你们懂得我的话的意思的时候，你们将不复是可以使我憧憬的人了。这是何等可悲哀的事啊！

瞻瞻！你尤其可佩服。你是身心全部公开的真人。你甚么事体都像拼命地用全副精力去对付。小小的失意，像花生米翻落地了，自己嚼了舌头了，小猫不肯吃糕了，你都要哭得嘴唇翻白，昏去一两分钟。外婆普陀去烧香买回来给你的泥人，你何等鞠躬尽瘁地抱他，喂他；有一天你自己失手把他打破了，你的号哭的悲哀，比大人们的破产，失恋，broken heart，丧考妣，全军覆没的悲哀都要真切。两把芭蕉扇做的脚踏车，麻雀牌堆成的火车，汽车，你何等认真地看待，挺直了嗓子叫"汪——""咕咕咕……"来代替汽油。宝姊姊讲故事给你听，说到"月亮姊姊挂下一只篮来，宝姊姊坐在篮里吊了上去，瞻瞻在下面看"的时候，你何等激昂地同她争，说"瞻瞻要上去，宝姊姊在下面看"！甚至哭到漫姑面前去求审判。我每次剃了头，你真心地疑我变了和尚，好几时不要我抱。最是今年夏天，你坐在我膝上发见了我腋下的长毛，当作黄鼠狼的时候，你何等伤心，你立刻从我身上爬下去，起初眼瞪瞪地对我端相，继而大失所望地号哭，看看，哭哭，如同对被判定了死罪的亲友一样。你要我抱你到车站里去，多多益善地要买香蕉，满满地擒了两手回来，回到门口时你已经熟睡在我的肩上，手里的香蕉不知落在那里去了。这是何等可佩服的真率，自然，与热情！大人间的所谓"沉默"，"含蓄"，"深刻"的美德，比起你来，全是不自然的，病的，伪的！

你们每天做火车，做汽车，办酒，请菩萨，堆六面画，唱歌，全是自动的，创造创作的生活。大人们的呼号"归自然！""生活的艺术化！""劳动的艺术化！"在你们面前真是出丑得很了！依样画几笔画，写几篇文的人称为艺术家，创作家，对你们更要愧死！

你们的创作力，比大人真是强盛得多哩：瞻瞻！你的身体不及椅子的一半，却常常要搬动它，与它一同翻倒在地上；你又要把一杯茶横转来藏在抽斗里，要皮球停在壁上，要拉住火车的尾巴，要月亮出来，要天停止下雨。在这等小小的事件中，明明表示着你们的弱小的体力与智力不足以应付强盛的创作欲、表现欲的驱使，因而遭逢失败。然而你们是不受大自然的支配，不受人类社会的束缚的创造者，所以你的遭逢失败，例如火车尾巴拉不住，月亮呼不出来的时候，你们决不承认是事实的不可能，总以为是爹爹妈妈不肯帮你们办到，同不许你们弄自鸣钟同例，所以愤愤地哭了，你们的世界何等广大！

你们一定想：终天无聊地伏在案上弄笔的爸爸，终天闷闷地坐在窗下弄引线的妈妈，是何等无气性的奇怪的动物！你们所视为奇怪动物的我与你们的母亲，有时确实难为了你们，摧残了你们，回想起来，真是不安心得很！

阿宝！有一晚你拿软软的新鞋子，和自己脚上脱下来的鞋子，给凳子的脚穿了，刬袜立在地上，得意地叫"阿宝两只脚，凳子四只脚"的时候，你母亲喊着"龌龊了袜子！"立刻擒你到藤榻上，动手毁坏你的创作。当你蹲在榻上注视你母亲动手毁坏的时候，你的小心里一定感到"母亲这种人，何等杀风景而野蛮"罢！

瞻瞻！有一天开明书店送了几册新出版的毛边的《音乐入门》来。我用小刀把书页一张一张地裁开来，你侧着头，站在桌边默默地看。后来我从学校回来，你已经在我的书架上拿了一本连史纸印的中国装的《楚辞》，把它裁破了十几页，得意地对我说："爸爸！瞻瞻也会裁了！"瞻瞻！这在你原是何等成功的欢喜，何等得意的作品！却被我一个惊骇的"哼！"字喊得你哭了。那时候你也一定抱怨"爸爸何等不明"罢！

软软！你常常要弄我的长锋羊毫，我看见了总是无情地夺脱你。现在你一定轻视我，想道："你终于要我画你的画集的封面！"

最不安心的，是有时我还要拉一个你们所最怕的陆露沙医生来，教他用他的大手来摸你们的肚子，甚至用刀来在你们臂上割几下，还要教妈妈和漫姑擒住了你们的手脚，捏住了你们的鼻子，把很苦的水灌到你们的嘴里去。这在你们一定认为太无人道的野蛮举动罢！

孩子们！你们果真抱怨我，我倒欢喜；到你们的抱怨变为感谢的时候，我的悲哀来了！

我在世间，永没有逢到像你们这样出肺肝相示的人。世间的人群结合，永没有像你们样的彻底地真实而纯洁。最是我到上海去干了无聊的所谓"事"回来，或者去同不相干的人们做了叫做"上课"的一种把戏回来，你们在门口或车站旁等我的时候，我心中何等惭愧又欢喜！惭愧我为甚么去做这等无聊的事，欢喜我又得暂时放怀一切地加入你们的真生活的团体。

但是，你们的黄金时代有限，现实终于要暴露的。这是我经验过来的情形，也是大人们谁也经验过的情形。我眼看见儿时的伴侣中的英雄、好汉，一个个退缩，顺从，妥协，屈服起来，倒像绵羊的地步。我自己也是如此。"后之视今，亦犹今之视昔"，你们不久也要走这条路呢！

我的孩子们！憧憬于你们的生活的我，痴心要为你们永远挽留这黄金时代在这册子里。然这真不过像"蜘蛛网落花"，略微保留一点春的痕迹而已。且到你们懂得我这片心情的时候，你们早已不是这样的人，我的画在世间已无可印证了！这是何等可悲哀的事啊！

《子恺画集》代序，一九二六年耶诞节

（选自《丰子恺散文选集》，上海文艺出版社 1981 年版）

## 【背景资料】

丰子恺是我国现代著名的画家、教育家，也是卓有成就的散文家。从 20 世纪 20 年代至 70 年代，他写下了大量的散文随笔，并出版过多种散文随笔集，尤以《缘缘堂随笔》最为著名。他的散文随笔内容朴素自然，风格则隽永疏朗，在现代文学史上自成一格。丰子恺在创作散文时，始终坚持随意抒写、絮语漫谈的写作态度，专注于描写人生百态，艺术视角独特。

## 【主题意蕴】

在丰子恺的散文中，儿童的天真、可爱、率直是他贯穿始终的主题。他神往于儿童世界的纯真美好，厌恶世俗社会的虚伪污浊。在丰子恺看来，“一个人的童心，切不可失去。大家不失去童心，则家庭、社会、国家、世界，一定温暖、和平而幸福。”①因此，他关爱儿童，歌颂儿童，实则是期待一个和谐幸福的社会。

《给我的孩子们》是丰子恺描写儿童生活相的名篇，也是作家天赋童心的体现。作者将自己的所有心思、感觉、情绪完全融入儿童的心灵世界，细腻而敏锐地体察着原本属于儿童的生活感兴，赞美着孩子们身心全部放开的真性情，不受大自然支配的，不受人类社会束缚的强盛的创造力。在丰子恺眼中，儿童天真、纯洁、诚实、健全、活泼、热情、自然，心胸宽广，是成人世界永远难以企及的。丰子恺倾心于儿童世界并非因其思想幼稚或者脱离现实，而是感到孩子的“黄金时代有限，现实终于要暴露的”，他“眼看见儿时的伴侣中的英雄、好汉，一个个退缩，顺从，妥协，屈服起来，倒像绵羊的地步”，因此，他要用儿童生活的健全来反衬成人社会的病态，反省自己内心的异化，企图以此纠正世风，体现着他对于理想人性的不渝追求。

## 【艺术特色】

丰子恺一向反对“做”文章，反对写诗用艰深晦涩的词语，使别人看不懂，或看起来费力。他在《艺术漫谈》中曾形象地将艺术比作“米”、“麦”，认为艺术应当大众化，为大众所欣赏，如同家家户户每天能吃到的米、麦一样普通，不应当是那种只供少数人享用的山珍海味。他的散文也充分体现了他的个人理想，语言

---

① 丰子恺：《缘缘堂随笔集》，浙江文艺出版社 1983 年版，第 326 页。

质朴无华，平淡静穆，娓娓道来，就如与亲朋好友倾心交谈，然而却给读者以很深的诗情感染，具有清茶米酒般的生活情味。

散文《给我的孩子们》，用语平淡，质朴自然，不仅如此，由于丰子恺推崇儿童的赤子之真，并以这种"彻底的真"为理想人格的化身，因此，作者在文中成功地"返老还童"，完全以孩童的口吻，全力再现幼小心灵的童真，尽情地讴歌孩童世界的天真热诚。那特有的童真语言的运用，使文章稚趣横生，充满天真烂漫之气，呈现出独特的性灵之美。

## 【经典评论】

**赵景深评价说**："子恺的小品里既是包含着人间隔膜和儿童天真的对照，又常有佛教的观念，似乎，他的小品文都是抽象的，枯燥的哲理了。然而不然，我想这也许就是他的小品的长处。……他只是平易的写出，自然就是一种美，文字的干净流利和漂亮，怕只有朱自清可以和他媲美。"

——《丰子恺和他的小品文》，《人间世》第 30 期，1935 年 6 月 20 日

**郁达夫认为**："丰子恺是生长在嘉兴石门湾的人，所以浙西人的细腻深沉的风致，在他的散文里处处可以体会得出。少时入浙江师范，以李叔同（即弘一法师——引者注）为师；弘一剃度之后，那一种佛学的思想，自然也影响到了他的作品。人家只晓得他的漫画入神，殊不知他的散文，清幽玄妙，灵达处反远出在他的画笔之上。"

——《中国新文学大系·散文二集·导言》，上海良友图书印刷公司 1935 年版

## 【思考练习】

1. 本篇中表现的丰子恺眼中的儿童世界是怎样的？

2. 丰子恺散文的"谈话"色彩很浓，你如何看待这一点？

3. 现代作家冰心与丰子恺的散文都非常关注儿童，请你仔细比较，说明二者的儿童视野有无异同？

# 梁实秋

## 雅　舍

到四川来，觉得此地人建造房屋最是经济。火烧过的砖，常常用来做柱子，孤零零的砌起四根砖柱，上面盖上一个木头架子，看上去瘦骨嶙嶙，单薄得可怜；但是顶上铺了瓦，四面编了竹篦墙，墙上敷了泥灰，远远的看过去，没有人能说不像是座房子。我现在住的"雅舍"正是这样一座典型的房子。不消说，这房子有砖柱，有竹篦墙，一切特点都应有尽有。讲到住房，我的经验不算少，什么"上支下摘"，"前廊后厦"，"一楼一底"，"三上三下"，"亭子间"，"茆草棚"，"琼楼玉宇"和"摩天大厦"，各式各样，我都尝试过。我不论住在那里，只要住得稍久，对那房子便发生感情，非不得已我还舍不得搬。这"雅舍"，我初来时仅求其能蔽风雨，并不敢存奢望，现在住了两个多月，我的好感油然而生。虽然我已渐渐感觉它并不能蔽风雨，因为有窗而无玻璃，风来则洞若凉亭，有瓦而空隙不少，雨来则渗如滴漏。纵然不能蔽风雨，"雅舍"还是自有它的个性。有个性就可爱。

"雅舍"的位置在半山腰，下距马路约有七八十层的土阶。前面是阡陌螺旋的稻田。再远望过去是几抹葱翠的远山，旁边有高粱地，有竹林，有水池，有粪坑，后面是荒僻的榛莽未除的土山坡。若说地点荒凉，则月明之夕，或风雨之日，亦常有客到，大抵好友不嫌路远，路远乃见情谊。客来则先爬几十级的土阶，进得屋来仍须上坡，因为屋内地板乃依山势而铺，一面高，一面低，坡度甚大，客来无不惊叹，我则久而安之，每日由书房走到饭厅是上坡，饭后鼓腹而出是下坡，亦不觉有大不便处。

"雅舍"共是六间，我居其二。篦墙不固，门窗不严，故我与邻人彼此均可互通声息。邻人轰饮作乐，咿唔诗章，喁喁细语，以及鼾声，喷嚏声，吮汤声，撕纸声，脱皮鞋声，均随时由门窗户壁的隙处荡漾而来，破我岑寂。入夜则鼠子瞰灯，才一合眼，鼠子便自由行动，或搬核桃在地板上顺坡而下，或吸灯油而推翻烛台，或攀援而上帐顶，或在门框桌脚上磨牙，使得人不得安枕。但是对于鼠子，我很惭愧的承认，我"没有法子"。"没有法子"一语是被外国人常常引用着的，以为这话最足代表中国人的懒惰隐忍的态度。其实我的对付鼠子并不懒惰。窗上糊纸，纸一戳就破；门户关紧，而相鼠有牙，一阵咬便是一个洞洞。试问还有什么法子？洋鬼子住到"雅舍"里，不也是"没有法子"？比鼠子更骚扰的是蚊子。"雅舍"的蚊风之盛，是我前所未见的。"聚蚊成雷"真有其事！每当黄昏时候，满屋里磕头碰脑的全是蚊子，又黑又大，骨骼都像是硬的。在别处蚊子早已肃清的时候，在“雅舍”则格外猖獗，来客偶不留心，则两腿伤处累累隆起如玉蜀黍，但是我仍安之。冬天一到，蚊子自然绝迹，明年夏天——谁知道我还是否住在“雅舍”！

“雅舍”最宜月夜——地势较高，得月较先。看山头吐月，红盘乍涌，一霎间，清光四射，天空皎洁，四野无声，微闻犬吠，坐客无不悄然！舍前有两株梨树，等到月升中天，清光从树间筛洒而下，地上阴影斑斓，此时尤为幽绝。直到兴阑人散，归房就寝，月光仍然逼进窗来，助我凄凉。细雨蒙蒙之际，“雅舍”亦复有趣。推窗展望，俨然米氏章法，若云若雾，一片弥漫。但若大雨滂沱，我就又惶悚不安了，屋顶湿印到处都有，起初如碗大，俄而扩大如盆，继则滴水乃不绝，终乃屋顶灰泥突然崩裂，如奇葩初绽，砉然一声而泥水下注，此刻满室狼藉，抢救无及。此种经验，已数见不鲜。

“雅舍”之陈设，只当得简朴二字，但洒扫拂拭，不使有纤尘。我非显要，故名公巨卿之照片不得入我室；我非牙医，故无博士文凭张挂壁间；我不业理发，故丝织西湖十景以及电影明星之照片亦均不能张我四壁。我有一几一椅一榻，酣睡写读，均已有着，我亦不复他求。但是陈设虽简，我却喜欢翻新布置。西人常常讥笑妇人喜欢变更桌椅位置，以为这是妇人天性喜变之一征。诬否且不论，我是喜欢改变的。中国旧式家庭，陈设千篇一律，正厅上是一条案，前面一张八仙桌，一边一把靠椅，两旁是两把靠椅夹一只茶几。我以为陈设宜求疏落参差之致，最忌排偶。“雅舍”所有，毫无新奇，但一物一事之安排布置俱不从俗。人入我室，即知此是我室。笠翁《闲情偶寄》之所论，正合我意。

“雅舍”非我所有，我仅是房客之一。但思“天地者万物之逆旅”，人生本来如寄，我住“雅舍”一日，“雅舍”即一日为我所有。即使此一日亦不能算是我有，至少此一日“雅舍”所能给予之苦辣酸甜，我实躬受亲尝。刘克庄词：“客里似家家似寄。”我此时此刻卜居“雅舍”，“雅舍”即似我家。其实似家似寄，我亦分辨不清。

长日无俚，写作自遣，随想随写，不拘篇章，冠以“雅舍小品”四字，以示写作所在，且志因缘。

（选自《雅舍小品》，上海书店 1987 年版）

## 【背景资料】

《雅舍》创作于 20 世纪 40 年代，收入梁实秋的《雅舍小品》中。当时正值抗战期间，梁实秋受国民政府教育次长张道藩之邀，赴重庆加入教育部的“中小学教科书编辑委员会”，主持编写中小学使用的教科书。不久战势危及重庆，教科书编委会迁至北碚，梁实秋也随同前往，并开始了在那里长达 8 年的乡居生活。到北碚后不久，他就和原清华同窗吴景超、龚业雅夫妇合资购买了北碚主湾 10

号的一栋平房，作为居室，并以龚业雅之名，取名为“雅舍”，这便是“雅舍”的来由。虽名为“雅舍”，但它的居住条件却是非常简陋的。“雅舍”的四面都是竹扎的篱墙，敷了泥灰，然而门窗并不严实，各种声响皆可穿墙而过，老鼠蚊虫更是活跃异常。但它也并非绝无好处，由于地处半山腰，地势较高，视野颇为开阔，每当夜幕降临，看那月光皎洁，四野无声，甚为幽绝，梁实秋就晏然自得，安之若素。加之常有冰心、赵清阁、老舍、顾毓秀等好友的不时造访，围炉夜谈，他对“雅舍”生活也颇为满意了。从1940年11月起，应重庆的朋友刘英士的邀请，梁实秋开始在他主办的《星期评论》上以“子佳”为名发表小品文，每期一篇，每篇约有2 000字，第一篇就是《雅舍》。后来《星期评论》停刊，但同样风格的小品文却被继续写了下去，也相继得以发表。抗战结束后，梁实秋将这些文章共34篇辑为一册，定名为《雅舍小品》，准备交与商务印书馆印行，但当时通货膨胀，物价狂飙，一时无法成书，直到1949年他到台湾后交给正中书局才得以付印。此书一经出版，便风行不衰，创下中国现代散文发行的最高纪录，同时也奠定了梁实秋在中国文学史上的重要地位。

## 【主题意蕴】

“雅舍”其实并不雅，但梁实秋居住其中，却能于陋室中发现雅趣和诗情。譬如“雅舍”观月，看那“山头吐月，红盘乍涌”，“清光四射，天空皎洁，四野无声，微闻犬吠”，景色堪为幽绝。再有“雅舍”之陈设，虽仅“一几一椅一榻”，却能“俱不从俗”，“名公巨卿之照片”、“电影明星之照片”、“博士文凭”、“西湖十景”皆不入内，力求“疏落参差之致”。足可见出，梁实秋内心所葆有的中国传统知识分子对于生活的积极态度，安贫乐道、甘之若饴的操守和品性。在文章的结尾，梁实秋引刘克庄之词以抒怀抱，“客里似家家似寄”，本来人在旅途，就是在“客”与“家”之间不停地抉择、跳转和循环，最终都是为了寻找和追逐到最适合自己的“家园”。然而在经历了战乱的生死流离和政治抱负的幻灭后，梁实秋生出了一种人生如梦、人生如寄的超脱感和疏离感，他不再去刻意地追求“兼济天下”的宏图伟业，而是返归自身，以求内心世界的丰赡与宁静。“雅舍”正是这样一处心灵的净化所。梁实秋置身其中，领受和参悟到的是人生最为简陋处的丰盈和欣悦，这也正是梁实秋写作《雅舍》一文的主旨所在。

## 【艺术特色】

《雅舍》很好地体现了《雅舍小品》整体的特色和风韵。首先从取材上来说，《雅舍》写的就是日常生活中“衣食住行”的小事，表达的是作家一己的人生体验，切合了梁实秋所要贯彻的“均是身边琐事，既未涉及国是，亦不高谈中西文化问题”的写作理想。

其次就行文风格而言，《雅舍》行文幽默风趣，雅致含蓄，既有涉笔成趣的戏谑笔法，又含温厚通透的自我解嘲，既能叙写日常又能超乎其上，揶揄讽刺中自有一份清雅通脱的情怀。文章能够引经据典，贯通古今中外，这种纵横捭阖的开阔文风一直贯穿了《雅舍小品》的始终。

## 【经典评论】

**钱理群、温儒敏、吴福辉等认为《雅舍小品》**："不以抒情见长，而重议论，有意回避热点题材，不为时尚左右，多以生活中常见的事物为题，诸如男人、女人、理发、穿戴、吃饭、下棋，等等，但谈论中博雅的知见和幽默的情趣交织，把人生体味艺术化了，别有一种阅读的魔力。""其行文优雅怡裕，舒徐自如，虽有绅士和名士气，却还是让人读来感到亲切，可引发品尝人生诸多况味，获得生活的真趣与愉悦。"

——《中国现代文学三十年》，北京大学出版社 1998 年版，第 610 ~ 611 页

**汪文顶认为**："《雅舍》一文体现了一种人生艺术，是中年梁实秋长期修炼出来的一种处世妙方，是'雅舍'精神的内核。这种精神实质内在地决定了《雅舍小品》的艺术风貌，既充满生活气息又富有哲理意味，既朴素亲切又优雅深致，舒徐自在而又简洁隽永，锤字炼句又浑然天成，通体显得中和、适度、自然、大方。这样的人品文调，当属旷达俊逸、优雅淡远之类，与中国名士风一脉相承，在当时不能不说是一种特殊的存在。"

——《现代散文史论》，福建教育出版社 1994 年版，第 269 ~ 270 页

## 【思考练习】

1. 结合史实，谈谈《雅舍》表达了梁实秋怎样的思想情绪？

2. 有评论认为，《雅舍》在看似豁达通脱的背后是政治失意后的苦闷，你同意这一说法吗？为什么？

3. 作为《雅舍小品》的首篇，《雅舍》是如何体现《雅舍小品》整体风格的？

# 祝 土 匪

莽原社诸朋友来要稿,论理莽原社诸先生既非正人君子又不是当代名流,当然有与我合作之可能,所以也就慨然允了他们。写几字凑数,补白。

然而又实在没有工夫,文士们(假如我们也可以冒充文士)欠稿债,就同穷教员欠房租一样,期一到就焦急。所以没工夫也得挤,所要者挤出来的是我们自己的东西,不是挪用,借光,贩卖的货物,便不至于成文妖。

于短短的时间,要做长长的文章,在文思迟滞的我是不行的。无已,姑就我要说的话有条理的或无条理的说出来。

近来我对于言论界的职任及性质渐渐清楚。也许我一时所见是错误的,然而我实还未老,不必装起老成的架子,将来升官或入研究系时再来更正我的主张不迟。

言论界,依中国今日此刻此地情形,非有些土匪傻子来说话不可。这也是祝莽原恭维莽原的话,因为莽原即非太平世界,莽原之主稿诸位先生当然很愿意揭竿作乱,以土匪自居。至少总不愿意以“绅士”“学者”自居,因为学者所记得的是他的脸孔,而我们似乎没有时间顾到这一层。

现在的学者最要紧的就是他们的脸孔,倘是他们自三层楼滚到楼底下,翻起来时,头一样想到是拿起手镜照一照看他的假胡须还在乎?金牙齿没掉么?雪花膏未涂污乎?至于骨头折断与否,似在其次。

学者只知道尊严,因为要尊严,所以有时骨头不能不折断,而不自知,且自告人曰,我固完肤也,呜呼学者!呜呼所谓学者!

因为真理有时要与学者的脸孔冲突,不敢为真理而忘记其脸孔者则终必为脸孔而忘记真理,于是乎学者之骨头折断矣。骨头既断,无以自立,于是“架子”,木脚,木腿来了。就是一副银腿银脚也要觉得讨厌,何况还是木头做的呢?

托尔斯泰曾经说过极好的话,论真理与上帝孰重。他说以上帝为重于真理者,继必以教会为重于上帝,其结果必以其特别教门为重于教会,而终必以自身为重于其特别教门。

就是学者斤斤于其所谓学者态度,所以失其所谓学者,而去真理一万八千里之遥。说不定将来学者反得让我们土匪做。

学者虽讲道德,士风,而每每说到自己脸孔上去;所以道德,士风将来也非由土匪来讲不可。

一人不敢说我们要说的话，不敢维持我们良心上要维持的主张，这边告诉人家我是学者，那边告诉人家我是学者，自己无贯彻强毅主张，倚门卖笑，双方讨好，不必说真理招呼不来，真理有知，亦早已因一见学者脸孔而退避三舍矣。

唯有土匪，既没有脸孔可讲，所以比较可以少作揖让，少对大人物叩头。他们既没有金牙齿，又没有假胡须，所以自三层楼上滚下来，比较少顾虑，完肤或者未必完肤，但是骨头可以不折，而且手足嘴脸，就使受伤，好起来时，还是真皮真肉。

真理是妒忌的女神，归奉她的人就不能不守独身主义，学者却家里还有许多老婆，姨太太，上炕老妈，通房丫头。然而真理并非靠学者供养的，虽然是妒忌，却不肯说话，所以学者所真怕的还是家里的老婆，不是真理。

惟其有许多要说的话学者不敢说，惟其有许多良心上应维持的主张学者不敢维持，所以今日的言论界还得有土匪傻子来说话。土匪傻子是顾不到脸孔的，并且也不想将真理贩卖给大人物。

土匪傻子可以自慰的地方就是有史以来大思想家都被当代学者称为“土匪”“傻子”过。并且他们的仇敌也都是当代的学者，绅士，君子，士大夫……自有史以来，学者，绅士，君子，士大夫都是中和稳健；他们的家里老婆不一，但是他们的一副面团团的尊容，则无古今中外东西南北皆同。

然而土匪有时也想做学者，等到当代学者夭灭殇亡之时。到那时候，却要请真理出来登极。但是我们没有这种狂想，这个时候还远着呢，我们生于草莽，死于草莽，遥遥在野外莽原，为真理喝彩，祝真理万岁，于愿足矣。

只不要投降！

一九二五，十二，二十八

（选自《林语堂选集》（上），海峡文艺出版社 1988 年版）

## 【背景资料】

《祝土匪》一文创作于 1925 年 12 月 28 日，发表在 1926 年 1 月 10 日的《莽原》半月刊上，是林语堂在“语丝”时期的代表作品。1924 年 11 月和 1925 年 4 月，由鲁迅支持的《语丝》和《莽原》两个周刊相继在北京创刊，林语堂其时刚刚游学欧美归国不久，受到欧美文化的个性主义和自由主义的影响，他对于国内北洋军阀统治的黑暗腐朽极为不满和愤慨。而同时任教于北京大学、北京女子师范大学等高校的机会，也让他能够和鲁迅等一批正直的大学教授较近距离地接触和交往，同声相契、批评时政，很快林语堂就成为《语丝》和《莽原》这两个刊物的长期撰稿人，并成为“语丝派”的一员得力战将。对于这一段时期，林语堂在《自传》中有过一段较为中肯的自我评价：“我在北平，身为大学教授，对于时事政治常常信口批评，因此我怕被人视为那‘异端之家’——北大之一个激烈的教授。”1925 年 10 月，北洋政府教育部专门教育司司长刘百昭和现代评论派陈西滢之流辱骂鲁迅和其他支持北京女师大学生正义斗争的教员为“土匪”，鲁迅为此曾撰写《“公理”的把戏》一文予以严厉回击，而林语堂的这篇《祝土匪》则是对于鲁迅及其与黑暗社会勇敢斗争的青年学生的声援，后来收入到 1928 年底结集出版的《剪拂集》中。

## 【主题意蕴】

因为语丝社和莽原社的言论，对于当时的统治者，对于传统思想和传统文明，都有点揭竿而起的味道，因而被现代评论派贬斥为“学匪”、“土匪”。这篇文章旗帜鲜明地以“祝土匪”为题，将莽原社和自己以土匪自居，把所谓的“学者”作为“土匪”的对立面加以剖析。文章采用了对比的手法陈述观点，对比的焦点则是他们二者对真理的态度。“学者”最要紧的是他们的“脸孔”，是尊严、架子、地位和名声，一旦真理与脸孔发生冲突，那么“不敢为真理而忘记其脸孔者则终必为脸孔而忘记真理”；而“土匪”则不然，他们“生于草莽，死于草莽”，没有学者那种脸孔要顾及，因而对待真理的态度也是“为真理喝彩，祝真理万岁”，“敢说我们要说的话”，“敢维持我们良心上要维持的主张”，两相对比之下，显然“依中国今日此刻此地情形，非有些土匪傻子来说话不可”。林语堂正是借助了“学者”之卑微低劣映照出“土匪”的正直与崇高，赞扬了“土匪”坚持真理，敢说真话的精神。

## 【艺术特色】

作为林语堂早期散文的代表，《祝土匪》在整体风格上呈现出了他在大革命时期“浮躁凌厉”的风格和姿态，是林语堂曾经作为“斗士”的真实写照。

首先表现在题材选择上，《祝土匪》真正实践了“语丝派”所倡导的“任意而谈，无所顾忌”的信条。林语堂在《记周氏兄弟》中说到，他之所以接近“语丝”，是因为喜欢“语丝之放逸，乃天性使然”。这里的“放逸”表现在《祝土匪》中就是针砭时弊而无所顾忌。面对当权者刘百昭及摇尾乞怜的陈西滢之流的劣迹，林语堂敢于拍案而起、嬉笑怒骂，并运用恰当的对比手法，活画出这些当权者的不堪嘴脸，同时树立和高扬了自己为之努力的道德准则和精神标尺。

其次在语言上，这一“放逸”的文风还决定了《祝土匪》语言风格的热烈、明快、犀利的色彩，也使得这篇政治色彩较强的文章，在读者读来却并不感到枯燥晦涩，相反倒会在作者的层层论述中常常莞尔一笑。这主要体现在林语堂于夹叙夹议中运用了日常生活的诸多形象化的词汇，加强了语言的生动性。比如说“真理是妒忌的女神，归奉她的人就不能不守独身主义，学者却家里还有许多老婆，姨太太，上炕老妈，通房丫头。然而真理并非靠学者供养的，虽然是妒忌，却不肯说话，所以学者所真怕的还是家里的老婆，不是真理”。从这里我们也可以看出日后被林语堂进一步发扬的幽默品格在此已经初见端倪。

## 【经典评论】

**郁达夫在分析林语堂幽默风格的成因时认为**：“他是一个生长在牧师家庭里的宗教革命家，是一个受外国教育过度的中国主义者，反对道德因袭以及一切传统的拘谨自由人；他的性格上的矛盾，思想上的前进，行为上的合理，混合起来，就造成了他的幽默的文章。”“他的幽默，是有牛油气的，并不是中国向来所固有的笑林广记。”

——《中国新文学大系·散文二集·导言》，上海良友图书印刷公司1935年版

**唐弢认为**：“《剪拂集》中文章不仅论持公正，而且行文流畅生动，亲切活泼，深得英国随笔式散文（Familiar Essay）娓娓而谈、挥洒自如的气韵，并有林语堂的个人性格特征。其中如《祝土匪》、《咏名流》、《论语丝文体》等篇，莫不上下开合，生气勃勃，符合于文明批评和社会批评的要求。”

——《林语堂论》，《唐弢文集》第9卷，社会科学文献出版社1995年版，第604页

## 【思考练习】

1.《祝土匪》体现出了林语堂在“语丝”时期怎样的一种精神状态？

2. 林语堂为什么要“祝土匪”？文章中的“土匪”和“学者”分别指代了哪些人群？

3.《祝土匪》在语言运用上有什么特别之处？

# 萧　红

## 欧罗巴旅馆

楼梯是那样长，好像让我顺着一条小道爬上天顶。其实只是三层楼，也实在无力了。手扶着楼栏，努力拔着两条颤颤的，不属于我的腿，升上几步，手也开始和腿一般颤。

等我走进那个房间的时候，和受辱的孩子似的偎上床去，用袖口慢慢擦着脸。他——郎华，我的情人，那时候他还是我的情人，他问我了："你哭了吗？"

"为什么哭呢？我擦的是汗呀，不是眼泪呀！"

不知是几分钟过后，我才发现这个房间是如此的白，棚顶是斜坡的棚顶，除了一张床，地下有一张桌子，一围藤椅。离开床沿用不到两步可以摸到桌子和椅子。开门时，那更方便，一张门扇躺在床上可以打开。住在这白色的小室，我好像住在幔帐中一般。我口渴，我说："我应该喝一点水吧！"

他要为我倒水时，他非常着慌，两条眉毛好像要连接起来，在鼻子的上端扭动了好几下："怎样喝呢？用什么喝？"

桌子上除了一块洁白的桌布，干净得连灰尘都不存在。

我有点昏迷，躺在床上听他和茶房在过道说了些时，又听到门响，他来到床边。我想他一定举着杯子在床边，却不，他的手两面却分张着：

"用什么喝？可以吧？用脸盆来喝吧！"

他去拿藤椅上放着才带来的脸盆时，毛巾下面刷牙缸被他发现，于是拿着刷牙缸走去。

旅馆的过道是那样寂静，我听他踏着地板来了。

正在喝着水，一只手指抵在白床单上，我用发颤的手指抚来抚去。他说：

"你躺下吧！太累了。"

我躺下也是用手指抚来抚去，床单有突起的花纹，并且白得有些闪我的眼睛，心想：不错的，自己正是没有床单。我心想的话他却说出了！

"我想我们是要睡空床板的，现在连枕头都有。"说着，他拍打我枕在头下的枕头

"咯咯——"有人打门，进来一个高大的俄国女茶房，身后又进来一个中国茶房：

"也租铺盖吗？"

"租的。"

"五角钱一天。"

"不租。""不租。"我也说不租,郎华也说不租。

那女人动手去收拾:软枕,床单,就连桌布她也从桌子扯下去。床单夹在她的腋下。一切都夹在她的腋下。一秒钟,这洁白的小室跟随她花色的包头巾一同消失去。

我虽然是腿颤,虽然肚子饿得那样空,我也要站起来,打开柳条箱去拿自己的被子。

小室被劫了一样,床上一张肿胀的草褥赤现在那里,破木桌一些黑点和白圈显露出来,大藤椅也好像跟着变了颜色。

晚饭以前,我们就在草褥上吻着抱着过的。

晚饭就在桌子上摆着,黑"列巴"和白盐。

晚饭以后,事件就开始了:

开门进来三四个人,黑衣裳,挂着枪,挂着刀。进来先拿住郎华的两臂,他正赤着胸膛在洗脸,两手还是湿着。他们那些人,把箱子弄开,翻扬了一阵:

"旅馆报告你带枪,没带吗?"那个挂刀的人问。随后那人在床下扒得了一个长纸卷,里面卷的是一支剑。他打开,抖着剑柄的红穗头:

"你哪里来的这个?"

停在门口那个去报告的俄国管事,挥着手,急得涨红了脸。

警察要带郎华到局子里去。他也预备跟他们去,嘴里不住地说:"为什么单独用这种方式检查我?妨碍我?"

最后警察温和下来,他的两臂被放开,可是他忘记了穿衣裳,他湿水的手也干了。

原因日间那白俄来取房钱,一日两元,一月六十元。我们只有五元钱。马车钱来时去掉五角。那白俄说:

"你的房钱,给!"他好像知道我们没有钱似的,他好像是很着忙,怕是我们跑走一样。他拿到手中两元票子又说:"六十元一月,明天给!"原来包租一月三十元,为了松花江涨水才有这样的房价。如此,他摇手瞪眼地说:"你的明天搬走,你的明天走!"

郎华说:"不走,不走……"

"不走不行,我是经理。"

郎华从床下取出剑来,指着白俄:

"你快给我走开,不然,我宰了你。"

他慌张着跑出去了,去报告警察,说我们带着凶器,其实剑裹在纸里,那人以为是大枪,而不知是一支剑。

结果警察带剑走了,他说:"日本宪兵若是发现你有剑,那你非吃亏不可,了不得的，说你是大刀会。我替你寄存一夜，明天你来取。”

警察走了以后，闭了灯，锁上门，街灯的光亮从小窗口跑下来，凄凄淡淡的，我们睡了。在睡中不住想：警察是中国人，倒比日本宪兵强得多啊！

天明了，是第二天，从朋友处被逐出来是第二天了。

（选自《萧红全集》（下），哈尔滨出版社 1991 年版）

## 【背景资料】

《欧罗巴旅馆》收于萧红的散文集《商市街》（上海文化生活出版社 1936 年版）。这部散文集可以视为萧红记录自己坎坷青春的一部自叙传。她用真实细腻的笔触和充满感情的文字，记录了自己和萧军在哈尔滨度过的那段饥寒交迫、食不果腹的艰难岁月。“商市街”是他们寄寓的“欧罗巴旅馆”所在街道的名字。《商市街》收文 41 篇，字里行间既深蕴了女作家对自我身世飘零的深沉感叹，又涌动着她作为一个有尊严有个性的知识女性不甘屈服、执著于生的强烈的生命体验。《欧罗巴旅馆》即是其中代表作。当时，萧军是哈尔滨《国际协报》的编辑，因为局势恶化，他负责的栏目被停掉，生计没有着落，而萧红更是一文不名，还拖着刚刚生产后极度孱弱的身体。两个人在朋友家寄居不成，只能拿着仅有的五元钱投宿到欧罗巴旅馆。《欧罗巴旅馆》是他们恶劣生存状况的实录。

## 【主题意蕴】

整篇文章表达的是女作家对于生之艰难的喟叹，流露出的是对于自身命运和前途的不确定与渺茫，但在这种恶劣的情境下，我们还是能够通过女作家的自述，触摸到她虽然敏感、戒备但仍然良善，且不失希望的内心世界，对于警察的善行的体谅就是一种例证。生活是艰难的，但“天明了，是第二天”，日子仍旧会在爱人的彼此谅解和对明天的美好憧憬中慢慢逝去，这也是《欧罗巴旅馆》中萧红留给我们的一幅于艰难中见希望的内心素描。同时，《欧罗巴旅馆》虽然描写的是女作家个人的生活经历，但我们也能够从她一己的悲欢冷暖中觑见当时整个时代动荡不安的面影和底层作家普遍的生存困境。

## 【艺术特色】

在艺术上，这篇散文表现得较为突出的一点就是对于第一人称“我”的叙述视角的运用，这也是萧红大部分散文的特征。选择这种方式，主要是由于萧红突出的自我意识。她的大部分散文记录的都是她颠沛流离的生活，几乎都可以视做她的自叙传。在这篇《欧罗巴旅馆》中由于“我”的叙述口吻的运用，拉近了读者和作者的距离，读者跟随着“我”质朴的叙述，体会到的是女作家无比真实的生活状态和内心情绪，这也是萧红散文能够打动人心的原因之一。

其次，萧红散文的小说化特征也能够在这篇文章中找到某些痕迹：明确的故事情节，丰富的人物言行，有始有终的线索发展，一篇小说所应具备的要素和规模在《欧罗巴旅馆》中都能得到体现。这也是这篇文章不同于一般散文之处。

再次，在语言运用上，这篇文章也体现出萧红特有的清新、生动、细腻的语言风格。萧红善于以女性作家的敏锐眼光捕捉生活中的种种侧影和细节，并加以感性化的描写，同时伴之以对现实的忧时愤世和青春的感伤，从而让她的散文呈现出独特面貌。

## 【经典评论】

**林非评价说：**“萧红的散文比萧军写得有特色。这些篇章（引者注：指的是《商市街》中的文章）总是那样的纯朴、清新、明朗，而且还洋溢着一种很容易触动读者新鲜的抒情诗似的情调。”

——《中国现代散文史稿》，中国社会科学出版社 1981 年版，第 109 页

**杨义认为：**“萧红在本质上是才华横溢的散文家。在她的手中笔下，散文和小说并没有天然的鸿沟。”

——《中国现代小说史》中卷，人民出版社 1998 年版，第 577 页

## 【思考练习】

1.《欧罗巴旅馆》描述了女作家怎样的生活经历和体验？

2.《欧罗巴旅馆》是如何体现萧红“散文小说化”的特征的？

3. 萧红的大部分散文大都采用了第一人称的叙述视角，结合《欧罗巴旅馆》谈谈这种手法对她的散文创作有何影响？

# 何其芳

## 私塾师

见着五六岁的孩子，大人们总喜欢逗他一句，问他哪天“穿鼻”。这是把他比作小牛儿，穿他的鼻是送他上学。但说话的人常故意照着字面解释，仿佛私塾里的先生真有那么一根绳子，可以穿过顽皮的孩子的鼻孔，拴在书桌的腿上，像牧人把牵牛的绳子拴在树桩上。

这自然只能用来逗那些还没有上学的孩子。上过学的孩子都知道第一次进私塾的典礼不过择一个吉日，由大人带着他和香烛和贽见礼到学堂里去，向那贴在墙上的红纸写的“至圣先师香位”，也向那先生，磕两个头。香烛是敬神之物；贽见礼是钱，敬先生的；至于学堂，虽然叫起来很响亮，不过一间大屋而已。这样就开始读书了，没有星期日，也没有国庆和国耻等假日。在我们乡下这叫做“发蒙”。

除了一些单调的不合理的功课，私塾里还施行着体罚。它的名目很多，最普通的是罚跪，打手心，打屁股，敲脑袋，揪耳朵。最普通的工具是先生的手和竹板子。中国大概是一个尚刑之国，从衙门到土匪到旧日的家庭和私塾都很讲究用刑。当小孩的常会听见一句大人们的口头语，“黄荆棍子出好人”。我曾听过这样一个故事：某一位老先生有一个很愚蠢的儿子，他亲自教他读书。有一天他气极了，用棍子在屋里追着打他。那可怜的孩子想从门里逃出去的时候，他用棍子横着拦阻，但那孩子竟突然弯腰从棍子下面逃出去了。于是那位老先生十分惊异，欢喜，认为他那个儿子并不愚蠢。以后更勤苦地教他，结果那孩子也考取了和他一样的功名。也许我们觉得这位老先生很可笑吧。然而在旧日的家庭里，体罚就是一种教育。至于私塾先生，有许多是以严酷出名的，几乎越会打学生便越有人聘请。把一个孩子放在那种环境里，真是穿了他精神上的鼻子了。

但我在私塾里却没有挨过一次打，我从过的几位先生不是很老迈就很善良。

我的发蒙先生是一个老得不喜欢走动说话的老头儿。岁月已压弯曲了他的背。他会用一个龟壳和几个铜钱卜卦。我曾听见过他卜卦时的祝词，从文王、周公、孔子一直念到他的一位远祖。他那位远祖曾穷一生的精力著一部易经注解。由于那部书他才成了一名秀才，而且他的生平才有了一件众人皆知的大事：他曾到京城去献过那部书。

那时候从我们家乡到北京，没有汽船，没有铁路，是一半年的旅程。他沿途的经历是一些什么情形呢，可惜我没有听过他亲自的叙述，只是从大人们的口中，简略地知道他千辛万苦，终于到了京城，但又因为穷，那部书终于没有被皇帝亲眼见到。据说皇帝是不看刻印的书籍的，一定要翰林们抄写出来才能进呈，他既然很贫穷，哪能买通大臣或者请求翰林们呢。不过这一趟辛苦也并非完全白费，他那位远祖进了县里的乡贤祠，而他自己也落得了一名恩赐秀才。这和他的希望似乎差得很远。所以这件大事又成了他生平的憾事。

而且，从此他有了半疯狂的精神状态。据说他看见了穿红衣服的女子便会疯疯癫癫，胡言乱语，说她就是他年轻时在京城里遇见过的那位宰相家的小姐。他在京城由献书而郁郁不得意的时候，有一个夜里邻家忽然失了火，他在红色的火光中看见了一位年轻的女郎，从此他记忆里遂刻画着那么一个女子，并且和他幻想里的宰相家的小姐合二为一了。

人们都窃笑他，只要说到他这个故事。但我一点也记不起他有过什么疯狂的举动或者什么异乎常人的地方。我那时才六七岁。

他教我的期间很短，大概不过一年。以后他到哪儿去了呢，在什么时候才结束了他困顿的一生呢，无人说起。我十几岁时听说他的孙子已在当私塾先生了。也许他已埋葬了好几年了。在家藏的旧书箱里还有着半本他抄写来给我读的唐诗，我翻开了它，看着那些苍老的蜷曲的字便想起了他那向前俯驼的背。

我的第二个先生虽不更年老却更善良。这是在外祖母家里了。一片黄铜色的阳光铺在剥落的粉墙上。静静的庭院和迟缓的光阴。学堂门外立着一些蜜蜂桶，成天听得见那种营营的飞鸣声。在这样一个私塾里我已记不清读了一些什么书了，似乎玩的时间比做功课的时间更多。

先生善良得像一个老嫲姆，大的学生简直有点儿欺侮他，小的学生也毫不畏惧，常常在晚上要求他讲故事。他曾讲述过许多故事。我现在还记得一个关于孝子的，说从前有一位孝子，他的母亲病了，梦见神告诉他，要用雷公的胆做药才能医治好；他苦思了很久，居然想出了一条妙计，把雷公从天上引诱下来了，擒住了。这类简单的荒诞的故事曾多么迷惑人呵。现在我已无法想象在那生命之清晨，人的心灵是多么容易对人间的东西开放。

后来，这个私塾迁移地址了，从那古老的坐宅里搬到一所蹲在山脚下的祠堂里。周围是很荒芜。我每次一个人走出门外便提心吊胆，怕在那草丛里看见两头蛇。乡间传说看见了两头蛇是很不祥的，回家便会害大病，不死也要脱一层皮。我也曾在书上读到那个两千年前的故事：楚国孙叔敖有一天出外锄地，看见了两头蛇，他马上用锄头打死了，埋在土中，他怕别人看见了也要遭受不幸；回家后他向着他的母亲哭，从头至尾说了这件不祥的遭遇；他的母亲却说他不会死，因为他在那时候还想到别人；后来他竟做了楚国的宰相。说来很是惭愧，那时候我竟那样怯懦，一点儿没有想到效法那位古代贤人，只是准备见着两头蛇便马上应用一种乡下人的方法，把裤腰带解下来拴在身边的一棵树上。据说那就可以使那棵树代人受灾，渐渐衰萎以至枯死。

我的那些比我大几岁的舅舅，也就是我的同学，却比较生性豪放。他们常常斗鸡，斗蟋蟀。两只雄鸡对立在石板铺成的大院子里，颈间的羽毛因发怒而竖立，而成为一个美丽的领环，像两个骄傲的勇敢的将军。在这样对峙比势之后，它们猛烈地奔上前去，猛烈地战斗起来了，互相残忍地用角质的尖嘴啄着对方头顶上的红色肉冠，一直到彼此都肉破血流，那光荣的冠冕凋残得如一朵萎谢的花，自甘败北的一只才畏缩地退到后方去。有时战斗得很长久，有时退却之后又重新猛烈地攻击起来，仿佛至死不肯认输，必得两方的主人亲自去解开。

我也常是这种决斗的观众之一，但并不感到快乐。似乎也曾疑惑过为什么两只毫无仇怨的雄鸡，仅仅受了主人的嗾使，就会那样拼命地残杀起来。那时我不过是一个七八岁的孩子，不知很多动物都有好斗的天性。

至于蟋蟀那样渺小的东西也那样善斗，却是很使我惊异的。它们在草丛中唱着多么好听的歌呵。我和我那些舅舅便追踪着那歌声去捕捉它们。

对于这些课外活动，我们的先生毫不阻止，有时还和我们一块儿散步在那有蟋蟀歌唱的草野间。

离开家乡到外省去居住的日子来了。我辍学三年。等到重进私塾时，我那些背诵得很熟的经书几乎全忘了。

又是一个善良的先生。他并不十分衰老，但也总是不走动，不说话。人们都说他有点儿迂。关于他简直没什么事情可以叙述，他是那样呆板，那样平庸，使我过了两年很沉闷的日子。

后来听说他也疯了。

我最后的私塾先生从前曾教过我父亲和叔父们。他年轻时候是很厉害的。有一次他在某家教书，常常打得学生的脑袋发肿，惹得当母亲的忍不住出言语了，说孩子可以打但不应该打头部。从此不知他是赌气吗还是什么，再也不打学生了。但在我家里教书的时候他带着一个孙子，有时为着书没有读熟，有时为着替他取开水回来迟了，他还是残酷地鞭打着他。

那简直是一幅地狱里的景象：他右手执着长长的竹板子，脸因盛怒而变成狰狞可怕了；当他每次咬紧牙齿，用力挥下他的板子，那孩子本能地弯起手臂来遮护头部，板子就落在那瘦瘦的手指上；孩子呜咽着，颤抖着，不敢躲避，他却继续乱挥着板子，一直打到破裂或折断。

每当这样的暴风雨来临，我总是很不安地坐在自己的位子上，不能漠视无睹，又不能讲出一句求情的话。我并不是怕他迁怒于我，我知道那是不会的。他常常向我的祖父和父亲夸奖我，对于我他总是温和的，连轻微的责骂也不曾有过。但我看见一个人用他的手那样残酷地鞭打着别人，我在衷心里感到那是十分可怕的，十分丑恶，仿佛他突然变成了一匹食肉类的野兽。

他身材高高的，脸色发黑，本来就不使人感到可亲近。

他读过的书很少。他只称赞两部书：《诗经》和《左传》。他老是重复地拖起腔调读那两部书。而我那时候仿佛心灵的眼睛突然睁开了，在家藏的旧书箱里翻出许多书籍，狂热地阅读着，像一个饥饿的人找寻食物。

我实在暗暗地很不佩服我那位先生。

直到一件小事变发生后我才窥见了他生活的悲惨，并且似乎懂得了他那样折磨着他的孙子是一种情感的发泄。那是一个晴朗的上午，我们正在大声地读着书，他突然像受了暴病的袭击似地倒在床上，呻吟着，喘息着，仿佛在和死神挣扎；最后口吐白沫，昏迷过去了。这时大人们也来了。在一阵忙乱惊惶之后，才知道他是发了烟瘾。以前谁也不曾想到他吸鸦片。我祖父很憎恶吸鸦片的人，他到我家来后一直是偷偷地和着开水吞食烟丸子。这天他的孙子去替他取开水，故意很迟才回来，他的烟瘾又很大，所以这样厉害地发作起来了。

我十五岁才进学校。永别了私塾。在人群中我仍然是一个孤僻的孩子，带着一分儿早熟的忧郁，因为这些阴暗的悠长的岁月的影子是这样严重，没有什么手指能从我心上抹去。

假若我有另外一个童年我准会快乐点。

然而在乡下，我这上学的经历还成了一种被仿效的教育方法，我的一位叔父也要关闭他的孩子们在私塾里，到十五岁才让他们进学校。

（选自《何其芳文集》第2卷，人民文学出版社1982年版）

## 【背景资料】

1936年，何其芳大学毕业，来到山东莱阳乡村师范学校教书，对民间生活的接近使他开始关注于平凡人生活的艰难。他曾给艾青写信，申明自己找到了“精神上的新大陆”，并“感到人间充满了不幸”，且“断定人的不幸多半是人的手造成”①的。由此，他开始抛弃个人的哀乐，转而正视民生疾苦，其散文创作也由追求刻意画梦的唯美情调转向了平实地叙说平常人的真实故事。在这期间，何其芳共创作了8篇散文，多为他回乡的见闻，再糅以童年生活的记忆。《私塾

① 何其芳：《给艾青先生的一封信》，《文艺阵地》第4卷第7期，1940年。

师》就是其中一篇。

## 【主题意蕴】

《私塾师》记叙了何其芳年少时几位私塾先生的琐事。在现代知识分子眼中，中国旧社会的私塾先生往往是生活的挫败者，他们科举失利，仕途无门，又没有其他的生活技能，只能以教书混饭。他们常常因自己识文断字而不屑融入社会群体，孤傲自居却又呆笨无趣；但现实的经济困窘以及遭受世人的白眼，"书中自有黄金屋"美梦的破灭，又使他们寻觅不到精神上的依托与生活的信心，难以摆脱彷徨、迷茫，甚至最终走向癫狂与死亡。心智如此残缺的先生能取得何种教育成果呢？作者坦承，"在人群中我仍然是一个孤僻的孩子，带着一分儿早熟的忧郁，因为这些阴暗的悠长的岁月的影子是这样严重，没有什么手指能从我心上抹去"。而更可怕的是，"我这上学的经历还成了一种被仿效的教育方法"。何其芳的回忆是阴郁的，这也使整篇散文蒙上了一层忧郁灰色的基调。

## 【艺术特色】

在早期散文集《画梦录》中，何其芳以诗为文，又吸取象征暗示、梦幻冥想、直觉感悟等手法，精雕细琢，致力于意象的丰满，情调的柔和，文字的精美，具有浓郁的唯美风格。在创作《私塾师》等一系列散文的过程中，作者力求行文的平和，以淡然笔墨进行叙述，语言朴实自然，毫无雕饰，但依然延续着此前以情感灌注笔墨的特征。

首先是情感表现渐趋深挚委婉。在《私塾师》中，何其芳极力压制着内心的炽热情感，只是择取"我"作为一个年少的学生，所能知晓和所能亲见亲闻的事项。但经过"我"由成年人的立场再回观过去，对先生们不幸命运的同情，对戕害人性的科考制度的愤恨，对摆脱悲剧轮回的无望……种种复杂的感情交织在一起，就使得这种平静的叙说显得格外悲凉凄冷，引人深思。在作者深挚感情的勾连下，《私塾师》一文也别具诗意的浓郁哲思。

其次语言运用渐趋平实自然。和早期《画梦录》的精致绮丽相比，《私塾师》表现出的是截然两样的气象。作者只是用黯淡的口吻叙述了幼年求学的一段往事，显然作者关注的重心已经从早期自我内心的挣扎苦闷转向对现实疾苦、身边世事的关切，这在很大程度上决定了他语言风格上的改变，即从原来的过于沉湎内心的直觉感悟发展到关注外界现实的质朴自然，一派真纯。

## 【经典评论】

**评论家刘西渭认为何其芳的散文：**"气质上，却更纯粹，更是诗的，更其近于19世纪初叶。也就是这种诗人的气质，让我们读到他的散文，往往沉入多情的梦想。……他把若干情境糅在一起，仿佛万盏明灯，交相辉映；又像河曲，群流汇注，荡复洄环，又像西岳华山，峰峦迭起，但见神往，不觉险峻。他用一切来装潢，然而一紫一金，无不带有他情感的图记。这恰似一块浮雕，光影匀停，凹凸得益。由他的智慧安排成功一个特殊的境界。”

——《读〈画梦录〉》，《文季月刊》第1卷第4期，1936年

## 【思考练习】

1. 请你谈谈本篇中“私塾师”的形象有什么丰富内涵？

2. 以本文为例，请你简单谈谈何其芳散文的诗意风格。

3. 若同何其芳早期散文《画梦录》相比，你认为本篇的艺术风格有无异同之处？

# 夏衍

## 包身工

已经是旧历四月中旬了，上午四点一刻，晓星才从慢慢地推移着的淡云里消去，蜂房般的格子铺里的人们已经在蠕动了。

“拆铺啦！起来。”

穿着一身和时节不相称的拷皮衫裤的男子，像生气似地叫喊。

“芦柴棒！去烧火，妈的，还躺着，猪猡！”

七尺阔，十二尺深的工房楼下，横七竖八地躺满了十六七个“猪猡”。跟着这种有威势的喊声，在充满了汗臭、粪臭、和湿气的空气里，她们很快地就像被搅动了的蜂窝一般地骚动起来。打伸欠，叹气，叫喊，找衣服，穿错了别人的鞋子，胡乱地踏在别人身上，在离开别人头部不到一尺的马桶上很响地小便。成人期女孩所共有的害羞的感觉，在这些被叫做“猪猡”的人们中间似乎已经很钝感了。半裸体的起来开门，拎着裤子争夺马桶，将身体稍稍背转一下就会公然地在男人面前换衣服。

那男人虎虎地向起身得慢一点的女人们身上踢了几脚，回转身来站在不满二尺阔的楼梯上，向楼上的另一群人呼喊。

“揍你的！再不起来？懒虫！等太阳上山吗？”

蓬头，赤脚，一边扣着纽扣，几个睡眼惺忪的“懒虫”从楼上冲下来了。自来水龙头边挤满了人，用手捧些水来浇在脸上；“芦柴棒”着急地要将大锅子里的稀饭烧滚，但是倒冒出来的青烟引起了她一阵猛烈的咳嗽。十五六岁，除出老板之外大概很少有人知道她的姓名，手脚瘦得像芦棒梗一样，于是大家就拿芦柴棒当作了她的名字。

这是杨树浦福临路东洋纱厂的工房。长方形的，用红砖墙严密地封锁着的工房区域，被一条水门汀的弄堂马路划成狭长的两块。像鸽子笼一般的分割得很均匀。每边八排，每排五户，一共是八十户一楼一底的房屋。每间工房的楼上楼下，平均住宿着三十三个被老板们所指骂的“懒虫”和“猪猡”，所以，除出“带工”老板、老板娘、他们的家族亲戚，和那穿拷皮衣服的同一职务的打杂、请愿警……之外，这工房区域的墙圈里还住着二千个左右穿着破烂衣服而专替别人制造衣料的“猪猡”。

但是，她们正式的名称却是“包身工”。她们的身体，已经以一种奇妙的方式，包给了叫做“带工”的老板。每年——特别是水灾旱灾的时候，这些在东洋厂里有“脚路”的带工，就亲身或者派人到他们家乡或者灾荒区域，用他们多年熟练了的、可以将一根稻草讲成金条的嘴巴，去游说那些无力“饲养”可又不忍让他们儿女饿死的同乡。

“还用说，住的是洋式的公司房子，吃的是鱼肉荤腥，一个月休息两天，咱们带着到马路上去玩玩，嘿，几十层楼的高房子，两层楼的汽车，各种各样，好看好玩的外国东西，老乡！人生一世，你也得去见识一下啊！”

“做满三年，以后赚的钱就归你啦，块把钱一天的工钱，嘿，别人跟我叩了头也不替她写进去！咱们是同乡，有交情。”

“交给我带去，有什么三差二错，我还能回家乡吗？”

这样说着，咬着草根树皮的女孩子可不必说，就是她们的父母也会怨悔自己没有跟去享福的福分了。于是，在预备好了的“包身契”上画上一个十字，包身费一般是大洋二十元，期限三年，三年之内，由带工的供给住食，介绍工作，赚钱归带工者收用，生死疾病，一听天命，先付包洋十元，人银两讫，“恐后无凭，立此包身契据是实”！

福临路工房的二千左右的包身工，隶属在五十个以上的带工头手下，她们是顺从地替“带工”赚钱的“机器”，所以每个“带工”所带包工的人数，也就表示了他们的手面和财产。少一点的三十五十，多一点的带到一百五十个以上。手面宽的“带工”不仅可以放债，买田，起屋，还能兼营茶楼、浴室、理发铺一类的买卖。

东洋厂家将这些红砖墙围着的工房以每月五元的代价租给“带工”，“带工”就在这鸽子笼一般的“洋式”楼房里装进三十几部没有固定车脚的活动机器。这种工房没有普通弄堂房子一般的“前门”，它们的前门恰和普通房子的后门一样。每扇前门楹上，一律钉着一块三寸长的木牌，上面用东洋笔法的汉字写着：“陈永田泰州”、“许富达维扬”等等带工头的籍贯和名字。门上，大大小小地贴着褪了色的红纸春联，中间，大都是红纸剪的元宝、如意、八卦，或者木版印的“姜太公在此，百无禁忌”的图像。春联的文字，大都是“积德前程远”、“存仁后步宽”之类。这些春联贴在这种地方，好像是在对别人骄傲，又像是在对自己讽刺。

四点半之后，当没有影子和线条的晨光胆怯地显现出来的时候，水门汀路上和弄堂里，已被这些赤脚的乡下姑娘挤满了。凉爽而带有一点湿气的朝风，大约就是这些生活在死水一般的空气里的人们仅有的天惠。她们嘈杂起来，有的在公共自来水龙头边舀水，有的用断了齿的木梳梳掉拗执地粘在她们头发上的棉絮。陆续地、两个一组两个一组地用扁担抬着平满的马桶，吆喝着从人们身边擦过。带工“老板”或者打杂的拿着一叠叠的“打印子簿子”，懒散地站在正门出口——好像火车站轧票处一般的木栅子前面。楼下的那些席子、破被之类收拾掉之后,晚上倒挂在墙壁上的两张板桌放下来了。十几只碗,一把竹筷,胡乱地放在桌上,轮值烧稀饭的就将一洋铅桶浆糊一般的薄粥放在板桌的中央。她们的定食是两粥一饭,早晚吃粥,中午干饭。中午的饭和晚上的粥,由老板差人给她们送进工厂里去。粥,它的成分可并不和一般通用的意义一样。里面是较少的籼米、锅焦、碎米,和较多的乡下人用来喂猪的豆腐的渣粕!粥菜,这是不可能的事了,有几个"慈祥"的老板到小菜场去收集一些莴苣菜的叶瓣,用盐卤渍一浸,这就是她们难得的佳肴。

只有两条板凳,——其实,即使有更多的板凳,这屋子里面也没有同时容纳三十个人吃粥的地位,她们一窝蜂地抢一般地各人盛了一碗,歪着头用舌头舐着淋漓在碗边外的粥汁,就四散地蹲伏或者站立在路上和门口。添粥的机会,除出特殊的日子——譬如老板、老板娘的生日,或者发工钱的日子之外,通常是很难有的。轮着揩地板、倒马桶的日子,也有连一碗也轮不到的时候。洋铅桶空了,轮不到盛第一碗的人们还捧着一只空碗,于是老板娘拿起铅桶,到锅子里去刮下一些锅焦、残粥,再到自来水龙头边去冲上一些冷水,用她那双方才在梳头的油手搅拌一下,气烘烘地放在这些廉价的、不需要更多"维持费"的"机器"们的前面。

"死懒!躺着死不起来,活该!"

十一年前内外棉的顾正红事件,尤其是五年前的"一二八"战争之后,东洋厂家对于这种特殊的廉价"机器"的需要突然增加起来。据说,这是一种极合经营原则和经济原理的方法。有括弧的机器,终究还是血肉构成的人类。所以当他们忍耐到超过了最大限度的时候,他们往往会很自然地想起一种久已遗忘了的人类所该有的力量。有时候,愚蠢的"奴隶"会体会到一束箭折不断的理论,再消极一点他们也还可以拼着饿死不干。此外,产业工人的"流动性",这是近代工业经营最嫌恶的条件,但是,他们是决不肯追寻造成"流动性"的根源的。一个有殖民地人事经验的自称是"温情主义者"的日本人在一本著作的序文上说:"在这次争议(五卅)中,警察力没有任何的威权。在民众的结合力前面,什么权力都是不中用了!"可是,结论呢?用温情主义吗?不,不!他们所采用的,只是用廉价而没有"结合力"的"包身工"来代替"外头工人"(普通的自由劳动者)的方法。

第一,包身工的身体是属于带工的老板的,所以她们根本就没有"做"或者"不做"的自由,她们每天的工资就是老板的利润,所以即使在生病的时候,老板也会很可靠地替厂家服务,用拳头、棍子,或者冷水来强制她们去做工。就拿上面讲到过的芦柴棒来做个例吧(其实,这样的事倒是每个包身工都有遭遇的机会),有一次在一个很冷的清晨,芦柴棒害了急性的重伤风而躺在床(?)上了。她们躺的地方,到了一定的时间是非让出来做吃粥的地方不可的,可是在那一天，芦柴棒可真的不能挣起来了，她很见机地将身体慢慢地移到屋子的角上，缩做一团，尽可能的不占屋子的地位。可是，在这种工房里生病躺着休养的例子，是不能任你开的。很快的一个打杂的走过来了。干这种职务的人，大半是带工头的亲戚，或者在“地方上”有一点势力的“白相人”，所以在这种地方他们差不多有生杀自由的权利。芦柴棒的喉咙早已哑了，用手做着手势，表示身体没力，请求他的怜悯。

“假病！老子给你医！”

一手抓住了头发，狠命地举起往地上一摔，芦柴棒手脚着地，打杂的跟上去就是一脚，踢在她的腿上，照例，第二第三脚是不会少的，可是打杂的很快地就停止了，后来据说，那是因为芦柴棒露骨地突出的腿骨，碰痛了他的足趾！打杂的恼了，顺手夺过一盆另一个包身工正在揩桌子的冷水，迎头泼在芦柴棒的头上。这是冬天，外面在刮寒风。芦柴棒遭了这意外的一泼，反射地跳起来，于是在门口擦牙的老板娘笑了：

“瞧！还不是假病！好好的会爬起来，一盆冷水就医好了。”

这只是常有的例子的一个。

第二，包身工都是新从乡下出来，而且她们大半都是老板的乡邻，这一点，在“管理”上是极有利的条件。厂家除出在工房周围造一条围墙，门房里置一个请愿警，和门外钉一块“工房重地，闲人莫入”的木牌，使这些“乡下小姑娘”和别的世界隔绝之外，将管理权完全交给了带工的老板。这样，早晨五点钟由打杂的或者老板自己送进工厂，晚上六点钟接领回来，她们就永没有和“外头人”接触的机会。所以，包身工是一种“罐装的劳动力”，可以“安全地”保藏，自由地取用，绝没有因为和空气接触而起变化的危险。

第三，那当然是工价的低廉。包身工由“带工”带进厂里，于是她们的集合名词又变了，在厂方，她们叫做“试验工”或者“养成工”。试验工的期间表示了厂家在试验你有没有工作的能力，养成工的期间那就表示了准备将一个“生手”养成为一个“熟手”。最初的工钱是每天十二小时，大洋一角乃至一角五分，最初的工作范围是不需要任何技术的扫地、开花衣、扛原棉、松花衣之类，几个礼拜之后就调到钢丝车间、条子间、粗纱间去工作。在这种工厂所有者的本国，拆包间、弹花间、钢丝车间的工作，通例是男工做的，可是在上海，他们就不必顾虑到“社会的纠缠”和“官厅的监督”，就将这种不是女性所能担任的工作，加到工资不及男工三分之一的包身工们身上去了。

五点钟，第一回声很有劲地叫了。红砖罐头的盖子——那扇铁门一推开，就像放鸡鸭一般地无秩序地冲出一大群没锁链的奴隶。每人手里拿一本打印子的簿子，不很讲话，即使讲话也没有什么生气。一出门，这人的河流就分开了，第一厂的朝东，二三五六厂的朝西。走不到一百步，她们就和另一种河流——同在东洋厂家工作的"外头工人"们汇在一起。但是,住在这地域附近的人,对这河流里面的不同的成分是很容易看得出的。外头人的衣服多少的整洁一点,有人穿着旗袍,黄色或者淡蓝的橡皮鞋子,十七八岁的小姑娘们有时爱搽一点粉,甚至也有人烫过头发。包身工,就没有这种福气了,她们没有例外的穿着短衣,上面是褐色和油脏了的湖绿乃至青莲的短衫,下面是元色或者柳条的裤子。长头发,很多还梳着辫子。破脏的粗布鞋,缠过而未放大的脚,走路也就有点蹒跚的样子。在路上走,这两种人很少有谈话的机会。脏,乡下气,土头土脑,言语不通,这也许都是她们不亲近的原因。过分地看高自己和不必要地看轻别人,这在"外头工人"的心里也是下意识地存在着的。她们想:我们比你们多一种自由,多一种权利,——这就是宁愿饿肚子的自由,随时可以调厂和不做的权利。

红砖头的怪物已经张着嘴巴在等待着它的滋养物了。印度门警把守着铁门,在门房间交出准许她们贡献劳动力的凭证,包身工只交一本打印子的簿子,外头工人在这簿子之外还有一张粘着照片的入厂凭证。这凭证已经有十一年的历史了。顾正红事件之后,内外棉摇班(罢工)了,可是其他的东洋厂还有一部分在工作,于是,在沪西的丰田厂,有许多内外棉的工人冒混进去,做了一次里应外合的英勇的工作。从这时候起,由丰田厂的提议,工人入厂之前就需要这种有照片的凭证了。——这种制度,是东洋厂所特有的,中国厂当然没有,英国厂,譬如怡和,工人进厂的时候还可以随便地带个把亲戚或者自己的儿女去学习(当然不给工资),怡和厂里随处可以看见七八岁甚至五六岁的童工,这当然是不取工钱的"赠品"。

织成衣服的一缕缕的纱,编成袜子的一根根的线,穿在身上都是光滑舒适而愉快的。可是,在从棉制成这种纱线的过程,就不像穿衣服那样的愉快了。纱厂工人的三大威胁,——就是音响、尘埃和湿气。

到杨树浦去的电车经过齐齐哈尔路的时候,你就可以听到一种"沙沙"的急雨和"隆隆"的雷响混合在一起的声音。一进厂,猛烈的骚音,就会消灭——不,麻痹了你的听觉,马达的吼叫,皮带的拍击,锭子的转动,齿轮的轧轹……一切使人难受的声音,好像被压缩了的空气一般的紧装在这红砖墙的厂房里面,分辨不出这是什么声音,也决没有使你听觉有分别这些音响的余裕。纺纱间里的"落纱"(专管落纱的熟练工)和"荡管"(巡回管理的上级女工,日本人叫做"见回"),命令工人的时候,不用言语,不用手势,而用经常衔在嘴里的口哨,因为只有口哨的锐厉的高音才能突破这种紧张了的空气。

尘埃,那种使人难受的程度,更在意料之外了。精纺粗纺间的空间,肉眼也可看出飞扬着无数的"棉絮",扫地的女工经常地将扫帚的一端按在地上像揩地板一样地推着,一个人在一条"弄堂"(两部纺机的中间)中间反复地走着,细雪一般的棉絮依旧可以看出积在地上。弹花间、拆包间和钢丝车间更可不必讲了。

拆包间的工作，是将打成包捆的原棉拆开，用手扯松，拣去里面的夹杂成分；这种工作，现在的东洋厂差不多已经完全派给包身工去做了，因为她们“听话”，肯做别的工人不愿做的工作。在那种车间里，不论你穿什么衣服，一刻儿就会一律变成灰白。爱作弄人的小恶魔一般的在室中飞舞着的花絮，“无孔不入”地向着她们的五官钻进，头发、鼻孔、睫毛和每一个毛孔，都是这些纱花寄托的场所；要知道这些花絮粘在身上的感觉，那你可以假想一下——正像当你工作到出汗的时候，有人在你面前拆散和翻松一个木棉絮的枕芯，而使这枕芯的灰絮遍粘在你的身上！纱厂女工没有一个有健康的颜色，做十二小时的工，据调查每人平均要吸入〇·一五克的花絮！

湿气的压迫，也是纱厂工人——尤其是织布间工人最大的威胁。她们每天过着黄霉，每天接触着一种饱和着水蒸气的热气。按照棉纱的特性，张力和湿度是成正比例的。说得平直一点，棉纱在潮湿状态比较不容易扯断，所以车间里必须有喷雾器的装置。在织布间，每部织机的头上就有一个不断地放射蒸气的喷口，伸手不见五指，对面不见他人！身上有一点被蚊虱咬开或者机器碰伤而破皮的时候，很快地就会引起溃烂。盛夏一百十五六度的温度下面工作的情景，那就决不是“外面人”所能想象的了。

这大概是自然现象吧，一种生物在这三种威胁下面工作，加速度地容易疲劳，尤其是在做夜班的时候。但是打瞌睡是不会有的，因为野兽一般的铁的暴君监视着你，只要断了线不接，锭壳轧坏，皮辊摆错方向，乃至车板上有什么堆积，就会有遭“拿莫温”（工头）和“小荡管”毒骂和殴打的危险。这几年来，一般的讲，殴打的事实已经渐渐的少了，可是这种“幸福”只局限在“外头工人”的身上。拿莫温和小荡管打人，很容易引起同车间工人的反对，即使当场不发作，散工之后往往会有“喊朋友”、“品理”和“打相打”的危险，但是，包身工是没有“朋友”和帮手的。什么人都可以欺侮，什么人都看不起她们，她们是最下层的“起码人”，她们是拿莫温和小荡管们发脾气和使威风的对象。在纱厂，做了“烂污生活”的罚规，大约是殴打、罚工钱和“停生意”三种，那么，从包身工所有者——带工老板的立场来看，后面的两种当然是很不利了。罚工钱就是减少他们的利润，停生意不仅不能赚钱，还要贴她二粥一饭，于是带工头不假思索地就欢喜他们采用殴打这一种办法了。每逢端节重阳年头年尾，带工头总要给拿莫温们送礼，那时候他们总得卑屈地讲：

“总得请你帮忙，照应照应，咱的小姑娘有什么事情尽管打！打死不干事，只是不要罚工钱，停生意！”

打死不干事。在这种情形之下，“包身工”当然是“人人得而欺之”了。有一次，一个叫做小福子的包身工整好了的烂纱没有装起，就遭了拿莫温的殴打，恰恰运气坏，一个“东洋婆”走过来了，拿莫温为要在洋东家面前显出他的威风，和对“东洋婆”表示他管督的严厉，打得比寻常格外着力。东洋婆望了一会，也许是她不喜欢这种不“文明”的殴打，也许是她要介绍一种更合理的惩戒方法，走近身来，揪住小福子的耳朵，将她扯到太平龙头的前面，叫她向着墙壁立着，拿莫温跟着过来，很懂得东洋婆的意思似地拿起一个丢在地上的皮带盘心子，不怀好意地叫她顶在头上，东洋婆会心地笑了：

“迭个(这个)小姑娘坏来些！懒惰！”

拿莫温学着同样生硬的调子说：

“皮带盘心子顶在头上，就不会打瞌睡！”

这种“文明的惩罚”，有时候会叫你继续到两小时以上。两小时不做工作，赶不出一天该做的“生活”，那么工资减少而招致带工老板的殴打，也就是分内的事了。殴打之外，还有饿饭、吊、关黑房间等等方法。

实际上，拿莫温对待外头工人也并不怎样客气，因为除出打骂之外还有更巧妙的方法，譬如派给你难做的“生活”，或者调你去做不愿意的工作，所以外头有些工人就被迫用送节礼的办法来巴结拿莫温，希望保障自己安全。拿出血汗换的钱来孝敬工头，在她们当然是一种难堪的负担，但是在包身工，那是连这种送礼的权利也没有的！外头工人在抱怨这种额外的负担，而包身工人却在羡慕这种可以自主的拿出钱来贿赂工头的权利！

在一种特殊优惠的保护之下，吸收着廉价劳动力的滋养，在中国的东洋厂飞跃地膨大了。单就这福临路的东洋厂讲，光绪二十八年三井系的资本收买大纯纱厂而创立第一厂的时候，锭子还不到两万，可是三十年之后，他们已经有了六个纱厂，五个织布厂，二十五万个锭子，三千张布机，八千工人，和一千二百万元的资本。美国哲人爱玛生的朋友，达维特·索洛曾在一本书上说过，美国铁路每一根枕木下面，都横卧着一个爱尔兰工人的尸首，那么我也这样联想，在东洋厂的每一个锭子上面，都附托着一个中国奴隶的冤魂！

“一二八”战争之后，他们的政策又改变了，这特征就是劳动强化。统计的数字表示着这四年来锭子和布机数的增加，和工人人数的减少。可是在这渐减的工人里面，包身工的成分却在激剧地增加。举一个例，杨树浦某厂的条子车间，三十二个女工里面就有二十四个包身工，全般的比例，大致相仿。即使用最少的约数百分之五十计算，全上海三十家东洋厂的四万八千工人里面，替厂家和带工头二重服务的包身工总在二万四千人以上！

科学管理和改良机器，粗纱间过去每人管一部车的，现在改管一“弄堂”了；细纱间从前每人管三十木管的(每木管八个锭子)，现在改管一百木管了；布机间从前每人管五部布机，现在改管二十乃至三十部了。表面上看，好像论货计工，产量增多就表示了工资的增大，但是事实并不这样简单。工钱的单价，几年来差不多减了一倍。譬如做粗纱，以前每“亨司”(八百四十码)单价八分，现在已经不到四分了，所以每人管一部车子，工作十二小时，从前做八“亨司”可以得到六角四分，现在管两部车做十六“亨司”工钱还不过四角八分左右。在包身工，工钱的多少，和她“本身”无涉，那么当然这剥削就上在带工头的账上了。

两粥一饭，十二小时工作，劳动强化，工房和老板家庭的义务劳动，猪猡一般的生活，泥土一般的作践，——血肉造成的“机器”，终于和钢铁造成的机器不一样的，包身契上写明的三年期间，能够做满的大概不到三分之二。工作，工作，衰弱到不能走路还是工作，手脚像芦柴棒一般的瘦，身体像弓一般的弯，面色像死人一般的惨！咳着，喘着，淌着冷汗，还是被逼着在做工。譬如讲芦柴棒吧，她的身体实在瘦得太可怕了，放工的时候，厂门口的“抄身婆”（检查女工身体的女人）也不愿意用手去接触她的身体。

“让她扎一两根油线绳吧！骷髅一样，摸着她的骨头会做怕梦！”

但是，带工老板是不怕做怕梦的！有人觉得太难看了，对她的老板说：

“譬如做好事吧，放了她！”

“放她？行！还我二十块钱，两年间的伙食、房钱。”他随便地说，回转头来瞪了她一眼。

“不还钱，可别做梦！宁愿赔棺材，要她做到死！”

芦柴棒现在的工钱是每天三角八分，拿去年的工钱三角二分做平均，做了两年，带工老板在她身上实际已经收入了二百三十块了！

还有一个，什么名字记不起了，她熬不住这种生活，用了许多工夫，在上午的十五分钟休息时间里，偷偷地托一个在补习学校念书的外头工人写了一封给她父母的家信，邮票，大概是那同情她的女工捐助的了。一个月，没有回信，她在焦灼，她在希望，也许她的父亲会到上海来接她回去，可是，回信是捏在老板手里了。散工回来的时候，老板和两个打杂的站在门口。满脸横肉的老板赶上一步，一把扭住她的头发，踢，打，掷，和爆发一般的听不清的轰骂！

“死婊子！你倒有本事，打断我的家乡路！”

“猪猡，一天三餐喂昏了！”

“揍死你，给大家做个样子！”

“谁给你写的信？讲，讲！”

鲜血和惨叫使整个工房都怔住了，大家都在发抖，这好像真是一个榜样。打倦了之后，再在老板娘的亭子楼里吊一晚。这一晚上，整屋子除出快要断气的呻吟一般的呼唤之外，绝没有别的声息，屏着气，睁着眼，千百个奴隶在黑夜中叹息她们的命运。

人类的身体构造，有时候觉得确实有一点神奇。长得结实肥胖的往往会像折断一根麻梗一般的很快的死亡，而像芦柴棒一般的却偏能一天一天地磨难下去。每一分钟都有死的可能，可是她还有韧性地在那儿支撑。两粥一饭、十二小时骚音、尘埃和湿气中的工作，默默地，可是规则地反复着，直到榨完了残留在她皮骨里的最后的一滴血汗为止。

看着这种饲养小姑娘谋利的制度，我禁不住想起孩子时候看到过的船户养墨鸭捕鱼的事了。和乌鸦很相像的那种怪样子的墨鸭，整排地停在舷上，它们的脚是用绳子吊住了的，下水捕鱼，起水的时候船户就在它的颈子上轻轻的一挤。吐了再捕，捕了再吐，墨鸭整天的捕鱼，卖鱼得钱的却是养墨鸭的船户。但是，从我们孩子的眼里看来，船户对墨鸭并没有怎样的虐待，因为船户总还得养活它们，喂饱它们，而现在，将这种关系转移到人和人的中间，便连这一点施与也已经不存在了！

在这千万的被饲养者的中间，没有光，没有热，没有希望……没有法律，没有人道。这儿有的是二十世纪的烂熟了的技术、机械、制度，和对这种制度忠实地服务着的十五六世纪封建制下的奴隶！

黑夜，静寂的、死一般的长夜。表面上，这儿似乎还没有自觉，还没有团结，还没有反抗，——她们住在一个伟大的锻冶场里面，闪烁的火花常常在她们身边擦过，可是，在这些被强压强榨着的生物，好像连那可以引火，可以燃烧的火种也已经消散掉了。

不过，黎明的到来还是没法可抗拒的；索洛警告美国人当心枕木下的尸骸，我也想警告这些殖民主义者当心呻吟着的那些锭子上的冤魂。

一九三六年四月上海

（选自《夏衍选集》第3卷，四川文艺出版社1988年版）

## 【背景资料】

20世纪20年代初期，文坛出现了瞿秋白的《饿乡纪程》、《赤都心史》以及周恩来旅居欧洲期间写的《留法勤工俭学生之大波澜》、《勤工俭学生在法最后之运命》等长篇通讯，它们实际上是中国报告文学的萌芽之作。但是，只有到夏衍的《包身工》出现以后，中国报告文学才真正走向成熟。

夏衍在20年代初留学日本期间，就积极参加左翼文化活动，被日本当局驱逐回国后继续从事革命活动，30年代初成为“左联”的主要领导人。由于他始终保持着与革命政治斗争和进步文化活动的密切联系，在理论研究和创作实践中自觉地追求政治色彩、时代氛围与生活气息的高度统一，这一点既奠定了他文学创作的总体风格，也是他在报告文学方面取得独特成就的重要因素。1935年，夏衍通过一些朋友，开始搜集包身工的资料。经过数个月的努力，写就了为中国现代报告文学开创纪录的《包身工》。该文发表于1936年6月上海《光明》月刊创刊号。

## 【主题意蕴】

这篇作品通过叙述一群彻底失去人身自由的奴隶的生活遭遇，暴露出“在20世纪的帝国主义经营的工厂里，原来还公然保存着奴隶制度”。① 不仅展示了包身工们地狱般的生活，蕴涵着对下层劳动者的深切同情，而且探究了包身工罪恶制度存在的根源——资本家的残酷本性、半殖民地半封建的非人统治。夏衍以无可辩驳的事实，揭示了在帝国主义侵略之下，包身工制度的残酷和野蛮，同时剖析了包身工制度在中国得以出现的深刻的社会根源和阶级根源，揭露了国民党反动统治的腐败无能以及与帝国主义沆瀣一气的罪恶本质。因此，作品反映的虽是黑暗现实的一个角落，但它描绘出的却是当时整个中国半封建半殖民地社会的缩影。

## 【艺术特色】

夏衍在《从〈包身工〉引起的回忆》里反复强调：“这是一篇‘报告文学’，不是一篇小说，所以我写的时候力求真实，一点也没有虚构和夸张。”应该说强大的新闻效应是《包身工》得以成功的重要因素，但还应看到，《包身工》的成功并不仅仅在于单纯的真实性，浓厚生动的文学色彩同样是它的魅力所在。《包身工》运用的艺术技法是丰富多样的，作品以高度集中的电影特写手段，突出典型细节，烘托典型环境，把包身工这群居住在“蜂房般的格子铺里”，吃着“到锅里去刮下一些锅焦残粥、再到自来水龙头边去冲上一些清水”的“食物”，每天却“做十二小时的工”的“猪猡”的生活淋漓尽致地凸显出来。在此基础上，作品精心刻画了这群“生物”的代表——“芦柴棒”，对芦柴棒这一典型形象的刻画极大地强化了这部作品的艺术感染力。可以说，《包身工》的创作过程，从实地考察取证、收集研究资料，到酝酿主题、塑造人物及谋篇布局，都充分体现了夏衍对报告文学创作的深思熟虑：以新闻真实性为生命内核，以人的命运为报告主体，以多种艺术手法来增强作品的感染力。

## 【经典评论】

**魏金枝认为：**“我们可以从作品中，隐约地看得出来，作者显然是运用他精密的组织能力，把那些纷乱而又残缺不全的题材，有条不紊地用若干线索串联起来，然后又串联在一条总线上，使读者得到完整而明确的印象。从大体上讲，作者是把所有的题材——过去的历史，现在的现实，以及将来的命运，依照它的性

① 夏衍：《从（包身工）引起的回忆》，《人民日报》1959年4月3日。

质和事实，搭挂在从清晨到黄昏这个时间的纲领上，反转来说，作者也依着这个纲领的程序展开了多种多样的触目惊心的片段，叫人产生身入地狱的感觉。”

——《漫谈〈包身工〉》，《文艺报》1958年4月号

## 【思考练习】

1.《包身工》是在怎样的历史背景下创作出来的？

2. 本篇如何实现了新闻性与文学性的融合？

3. 为什么说本篇的出现标志着报告文学的成熟？

# 诗歌篇

# 胡适

## 应　该

他也许爱我,——也许还爱我
但他总劝我莫再爱他。
他常常怪我;
这一天,他眼泪汪汪的望着我,
说道:“你如何还想着我?
想着我,你又如何能对他?
你要是当真爱我,
你应该把爱我的心爱他,
你应该把待我的情待他。”
他的话句句真不错:——
上帝帮我!
我“应该”这样做!

(选自《尝试集》,上海亚东书局1922年版)

### 【背景资料】

胡适是中国现代新诗的开创者。他反对旧体诗词“以文胜质”的空洞,明确提出“要做真正的白话诗”。《应该》便是他写的白话诗之一。诗原有一篇前言,交代了写诗的缘由:胡适的朋友倪曼陀“为了一种很为难的爱情境地”而死,使他深为惋惜。诗人认为:“曼陀的真情有时被辞藻遮住,不能明白流露”,便决定做一首白话诗代好友表达心意。

### 【主题意蕴】

诗人设置了三个人物:“他”、“我”以及另外一个“他”。很明显,读完全诗后,我们会看出这是一个有关爱情纠葛的故事,若以旧诗词的格式来写,诗人一定不会如此直白无遗地把这份感情描述出来,而会像李商隐那样隐晦曲折地写出《无题》那样的感伤诗。胡适没有这么做,而是用极其通俗的口语将这段纠葛展开给人们看。胡适本人对此诗也颇为自得,并在《谈新诗》一文中提及此诗,认为它的味道是旧体诗表达不出来的,“别的不消说,单说‘他也许爱我,——也许还爱我’这十个字的几层意思,可是旧体诗能表达得出的吗?”

## 【艺术特色】

胡适的《应该》这类诗篇，开创了一个时代：诗体散文化，诗句长短不一，音节、句式和押韵相当自由，且用了一套新式标点符号。这在20世纪初的诗坛上是令人耳目一新的。今天读此诗，确感诗中人物的真诚，若“你要是当真爱我，/你应该把爱我的心爱他，/你应该把待我的情待他”。这一点，即使与当今的爱情诗比起来也毫无逊色。“尝试”至此有了可贵的初步成绩。

《应该》的价值在于以其新颖的白话诗登上了历史舞台，但为诗人用白话写诗喝彩的同时，我们也发现诗有明显的不足，这就是：过于强调说理。我们很难在这首诗中找到鲜明的形象和生动的比喻，更不用说丰富的诗味和优美的意境。本来，爱情题材的诗本身就很有诗意，但以“应该”立意便破坏了全部的神秘。其奥妙也正在于诗不能说得太白太露，隐约朦胧方为妙，正如窗户纸不能戳开，一戳开便美意顿减了。胡适在《尝试集》中引用陆游的诗句“但开风气不为师”来说明自己的创作的意义，他对自己在新文学史上的地位还是有清醒认识的。

## 【经典评论】

**朱自清认为**：“新诗运动从诗体解放下手；胡氏以为诗体解放了，‘丰富的材料，精密的观察，高深的理想，复杂的感情，方才能跑到诗里去’。这四项其实只是泛论，他具体的主张见于《谈新诗》。消极的不作无病之呻吟，积极的以乐观主义入诗。他提倡说理的诗。音节，他说全靠(一)语气的自然节奏，(二)每句内部所用的字的自然和谐，平仄是不重要的。用韵，他说有三种自由：(一)用现代的韵，(二)平仄互押，(三)有韵固然好，没有韵也不妨。方法，他说须要用具体的做法。这些主张大体上似乎为《新青年》诗人所共信；《新潮》、《少年中国》、《星期评论》，以及文学研究会诸作者，大体上也这般作他们的诗。《谈新诗》差不多成为诗的创造和批评的金科玉律了。”

——《中国新文学大系·诗集·导言》，上海良友图书印刷公司1935年版

**李丹认为**：“胡适的诗歌思维从传统的文言套路走出来，受英语诗句式长短不一的启发，领悟白话诗思维的自由度及其语言文字的现代性，进而用汉语白话尝试‘诗体大解放’，并于汉译英诗达到‘自然的音节’之鹄的，最终生成了白话新诗。”

——《胡适：汉英诗互译、英语诗与白话诗的写作》，《文学评论》2006年第6期

## 【思考练习】

1. 《应该》中的“你”、“我”和“他”是怎样的一种关系？

2. 这首诗在诗体上有何革新意义？

3.《尝试集》书名源自陆游诗“尝试成功自古无”，胡适改为“自古成功在尝试”，故名《尝试集》。以本篇为例，你认为胡适的“尝试”是否“成功”了呢？

# 郭沫若

## 凤凰涅槃

天方国古有神鸟名“菲尼克司”(Phoenjx),满五百岁后,集香木自焚,复从死灰中更生,鲜美异常,不再死。

按此鸟殆即中国所谓凤凰,雄为凤,雌为凰。《孔演图》云:“凤凰火精,生丹穴。”《广雅》云:“凤凰……雄鸣曰即即,雌鸣曰足足。”

### 序　曲

除夕将近的空中,
飞来飞去的一对凤凰,
唱着哀哀的歌声飞去,
衔着枝枝的香木飞来,
飞来在丹穴山上。

山右有枯槁了的梧桐,
山左有消歇了的醴泉,
山前有浩茫茫的大海,
山后有阴莽莽的平原,
山上是寒风凛冽的冰天。

天色昏黄了,
香木集高了,
凤已飞倦了,
凰已飞倦了,
他们的死期将近了。

凤啄香木,
一星星的火点迸飞。
凰扇火星,
一缕缕的香烟上腾。

凤又啄，
凰又扇，
山上的香烟弥散，
山上的火光弥满。

夜色已深了，
香木已燃了，
凤已啄倦了，
凰已扇倦了，
他们的死期已近了！

啊啊！
哀哀的凤凰！
凤起舞，低昂！
凰唱歌，悲壮！
凤又舞，
凰又唱，
一群的凡鸟，
自天外飞来观葬。

## 凤　　歌

即即！即即！即即！
即即！即即！即即！
茫茫的宇宙，冷酷如铁！
茫茫的宇宙，黑暗如漆！
茫茫的宇宙，腥秽如血！

宇宙呀，宇宙，
你为什么存在？
你自从哪儿来？
你坐在哪儿在？
你是个有限大的空球？
你是个无限大的整块？

你若是有限大的空球，
那拥抱着你的空间
他从哪儿来？
你的外边还有些什么存在？
你若是无限大的整块，
这被你拥抱着的空间
他从哪儿来？
你的当中为什么又有生命存在？
你到底还是个有生命的交流？
你到底还是个无生命的机械？

昂头我问天，
天徒矜高，莫有点儿知识。
低头我问地，
地已死了，莫有点儿呼吸。
伸头我问海，
海正扬声而呜唈。

啊啊！
生在这样个阴秽的世界当中，
便是把金刚石的宝刀也会生锈！
宇宙呀，宇宙，
我要努力地把你诅咒：
你脓血污秽着的屠场呀！
你悲哀充塞着的囚牢呀！
你群鬼叫号着的坟墓呀！
你群魔跳梁着的地狱呀！
你到底为什么存在？

我们飞向西方，
西方同是一座屠场。
我们飞向东方，
东方同是一座囚牢。
我们飞向南方，
南方同是一座坟墓。

我们飞向北方，
北方同是一座地狱。
我们生在这样个世界当中，
只好学着海洋哀哭。

## 凰　　歌

足足！足足！足足！
足足！足足！足足！
五百年来的眼泪倾泻如瀑。
五百年来的眼泪淋漓如烛。
流不尽的眼泪，
洗不尽的污浊，
浇不熄的情炎，
荡不去的羞辱，
我们这缥缈的浮生
到底要向哪儿安宿？

啊啊！
我们这缥缈的浮生
好像那大海里的孤舟。
左也是漶漫，
右也是漶漫，
前不见灯台，
后不见海岸，
帆已破，
樯已断，
楫已漂流，
柁已腐烂，
倦了的舟子只是在舟中呻唤，
怒了的海涛还是在海中泛滥。
啊啊！
我们这缥缈的浮生
好像这黑夜里的酣梦。
前也是睡眠，

后也是睡眠，
来得如飘风，
去得如轻烟，
来如风，
去如烟，
眠在后，
睡在前，
我们只是这睡眠当中的
一刹那的风烟。

啊啊！
有什么意思？
有什么意思？
痴！痴！痴！
只剩些悲哀，烦恼，寂寥，衰败，
环绕着我们活动着的死尸。
贯串着我们活动着的死尸。

啊啊！
我们年轻时候的新鲜哪儿去了？
我们年轻时候的甘美哪儿去了？
我们年轻时候的光华哪儿去了？
我们年轻时候的欢爱哪儿去了？
去了！去了！去了！
一切都已去了，
一切都要去了。
我们也要去了，
你们也要去了，
悲哀呀！烦恼呀！寂寥呀！衰败呀！

## 凤凰同歌

啊啊！
火光熊熊了。
香气蓬蓬了。

时期已到了。
死期已到了。
身外的一切！
身内的一切！
一切的一切！
请了！请了！

## 群 鸟 歌

**岩 鹰**

哈哈，凤凰！凤凰！
你们枉为这禽中的灵长！
你们死了吗？你们死了吗？
从今后该我为空界的霸王！

**孔 雀**

哈哈，凤凰！凤凰！
你们枉为这禽中的灵长！
你们死了吗？你们死了吗？
从今后请看我花翎上的威光！

**鸱 枭**

哈哈，凤凰！凤凰！
你们枉为这禽中的灵长！
你们死了吗？你们死了吗？
哦！是哪儿来的鼠肉的馨香？

**家 鸽**

哈哈，凤凰！凤凰！
你们枉为这禽中的灵长！
你们死了吗？你们死了吗？
从今后请看我们驯良百姓的安康！

**鹦 鹉**

哈哈，凤凰！凤凰！
你们枉为这禽中的灵长！
你们死了吗？你们死了吗？
从今后请听我们雄辩家的主张！

**日　鹤**

哈哈,凤凰! 凤凰!
你们枉为这禽中的灵长!
你们死了吗? 你们死了吗?
从今后请看我们高蹈派的徜徉!

## 凤凰更生歌

**鸡　鸣**

昕潮涨了,
昕潮涨了,
死了的光明更生了。

春潮涨了,
春潮涨了,
死了的宇宙更生了。

生潮涨了,
生潮涨了,
死了的凤凰更生了。

**凤凰和鸣**

我们更生了。
我们更生了。
一切的一,更生了。
一的一切,更生了。
我们便是他,他们便是我。
我中也有你,你中也有我。
我便是你。
你便是我。
火便是凰。
凤便是火。
翱翔! 翱翔!
欢唱! 欢唱!

我们新鲜,我们净朗,

我们华美,我们芬芳,
一切的一,芬芳。
一的一切,芬芳。
芬芳便是你,芬芳便是我。
芬芳便是他,芬芳便是火。
火便是你。
火便是我。
火便是他。
火便是火。
翱翔！翱翔！
欢唱！欢唱！

我们热诚,我们挚爱。
我们欢乐,我们和谐。
一切的一,和谐。
一的一切,和谐。
和谐便是你,和谐便是我。
和谐便是他,和谐便是火。
火便是你。
火便是我。
火便是他。
火便是火。
翱翔！翱翔！
欢唱！欢唱！

我们生动,我们自由,
我们雄浑,我们悠久。
一切的一,悠久。
一的一切,悠久。
悠久便是你,悠久便是我。
悠久便是他,悠久便是火。
火便是你。
火便是我。
火便是他。
火便是火。

翱翔！翱翔！
欢唱！欢唱！

我们欢唱，我们翱翔。
我们翱翔，我们欢唱。
一切的一，常在欢唱。
一的一切，常在欢唱。
是你在欢唱？是我在欢唱？
是他在欢唱？是火在欢唱？
欢唱在欢唱！
欢唱在欢唱！
只有欢唱！
只有欢唱！
欢唱！
　欢唱！
　　欢唱！

1920年1月20日初稿
1928年1月3日改削
（选自《郭沫若选集》第2卷，四川人民出版社1982年版）

## 【背景资料】

1920年1月30日、31日两天，上海《时事新报》的文学副刊“学灯”，破例以整版篇幅连续发表了郭沫若的抒情长诗《凤凰涅槃》，一时引起新文化运动中的人们的广泛关注。这首诗诞生之时，正值中国历史发生伟大转折的“五四”时期，这是一个充满生气、狂飙突进的时代，一个充满了破坏和建设、革新和创造的时代，被时代新潮唤醒了的人们，一方面热烈地追求个性的解放和祖国的新生，向往光明的社会前途；另一面激烈地反对旧道德、旧礼教、专制政治，抨击一切封建偶像和黑暗势力。正是这样峻急的时代精神和磅礴的历史气概深深触动了远在日本的郭沫若，使他几乎是一气呵成地完成了此诗。

## 【主题意蕴】

《凤凰涅槃》是讴歌祖国与个人在时代烈火里得到蜕变和新生的悲壮而热烈的交响曲。全诗分为一个序曲，四个乐章。序曲发生在除夕将近、送旧迎新的庄严时刻，一对凤凰为自己安排火葬而燃起的熊熊大火映红了天际。而此时，整个世界正呈现出“浩茫茫”、“阴茫茫”、“寒风凛冽”的凄凉景象。第二乐章乃是凤凰慷慨赴死，决意自焚之前的歌唱，感情浓烈悲怆，炽热奔放。临死之前的凤凰回旋起舞，天上地上，忽古忽今，翱翔在神异的领域和宏大的境界之中，哀恸的歌声响彻宇宙，凤鸟“即即”而鸣，凰鸟“足足”相应，对整个旧世界发出激愤的控诉和诅咒，斥之为“屠场”、“囚笼”、“坟墓”和“地狱”，从而激烈地对宇宙万物发出“天问”式的质问，在滔滔泪水中倾诉悲愤，诅咒在这沉睡、衰朽、死尸般的五百年里，看不到“新鲜”和“甘美”，“光华”和“欢爱”。正是在这样一种走投无路的对旧世界的痛恨中，激发了它们与旧世界和旧我一同彻底决裂的决心，而点燃了与之诀别的熊熊烈火。第三个乐章则写群鸟在观葬之时发出的鼓噪之音，将凤凰为求得新生而自焚的壮举与凡鸟的种种浅薄和委琐的表演相衬，更进一步地烘托出凤凰自焚行为的壮美和崇高。在最后的“凤凰更生歌”中，凤凰复生了：迎着灿烂的朝霞，拌着澎湃的春潮，从死灰中更生了不朽的凤凰，它们俯视千古，昂首未来，尽情地翱翔，欢唱……“凤凰更生歌”展示的乃是大地回春，万象更新的全新景象，与“序曲”中死气沉沉的景象形成了鲜明对比，它宣告了新生活的诞生，新个体的诞生。

## 【艺术特色】

《凤凰涅槃》的成功不是偶然的，诗人在上面倾注了自己的才情和天分。它具有以下的艺术特色：首先，在结构上，它以“凤凰”为核心意象，由“序曲”、“凤歌”、“凰歌”、“凤凰同歌”、“群鸟歌”和“凤凰更生歌”各个乐章组成，通篇布局严谨有序，而各章又开阔自如，既有内在的联系，又能独自充分展开。其次，它在音乐性上也颇具独创性。它打破了旧诗格律的束缚，达到了自由体诗歌的大解放，但又不是无节奏的乱，无节奏的自由，而是根据诗歌内在的情绪变化和内容来调整节奏的，在变化中见和谐。全诗仿佛是变奏曲，在主题的多次变奏中揭示其壮丽多彩；又像回旋曲，将若干互不相同的插段交织在基本乐段中，造成回旋反复、腾挪跌宕的效果。再加上自由体诗歌特有的诗节力度，使全诗有一种激昂向上的雄性的交响乐节奏。再次，《凤凰涅槃》体现了浓郁的浪漫主义特色。在诗人的笔下，神话传说成了一种艺术的再创造。火中再生的“凤凰”被人格化、时代化、诗意化，成为反抗黑暗时世的象征，成为“五四”时期狂飙突进、勇于破坏、勇于创造的时代精神的象征。而且它大胆的想象、瑰丽壮美的色彩、浪潮般的排比句式，都构成了气势磅礴的雄浑的浪漫主义诗风。

## 【经典评论】

**朱自清认为**，郭沫若“主张诗的本职专在抒情，在自我表现，诗人的利器只有纯粹的直观；他最厌恶形式，而以自然流露为上乘，说诗不是‘做’出来的，只是‘写’出来的。他说，只要是我们心中的诗意诗境底纯真的表现，命泉中流出来的 Strain，心琴上弹出来的 Melody，生底颤动，灵底喊叫，那便是真诗，好诗，便是我们人类底欢乐源泉，陶醉的美酿，慰安的天国。……他的诗有两样新东西，都是我们传统里没有的：——不但诗里没有——泛神论，与 20 世纪的动的和反抗的精神。中国缺乏冥想诗。诗人虽然多是人本主义者，却没有去摸索人生根本问题的。而对于自然，起初是不懂得理会；渐渐懂得了，又只是观山玩水，写入诗只当背景用。看自然作神，作朋友，郭氏诗是第一回。至于动的和反抗的精神，在静的忍耐的文明里，不用说，更是没有过的”。

——《中国新文学大系·诗集·导言》，上海良友图书印刷公司 1935 年版

## 【思考练习】

1.《凤凰涅槃》与它诞生的时代有怎样的联系？

2.《凤凰涅槃》采用了哪些修辞手法表达内心的激情？

3.《凤凰涅槃》讲述了怎样一个激动人心的神话故事？

# 夕　暮

一群白色的绵羊，
团团睡在天上，
四围苍老的荒山，
好像瘦狮一样。

昂头望着天，
我替羊儿危险，
牧羊的人哟，
你为甚么不见？

（选自《星空》，上海泰东书局1923年版）

## 【背景资料】

郭沫若喜欢打破常规抒写自身的体验，不愿被诗歌的形式束缚，所以他的诗的风格是多种多样的，很少被束缚在凝固的模式里。《女神》中的诗篇，有的长达数百行，如《凤凰涅槃》，也有的诗短短三两句，如《鸣蝉》；有的采用了诗剧的形式，具有较为完整的情节，有的则任凭情绪的发泄，没有任何章法。如果说，我们前面读到的《凤凰涅槃》是铿锵咆哮，气势粗犷，充满了“伟大的反抗的力”的；那么，这首《夕暮》则是缠绵低语，情感细腻，温情脉脉的。

## 【主题意蕴】

长诗难作，短诗也不易作。诗歌内蕴的就是诗情，诗情容量的多寡在一定程度上决定了诗歌的长短。通常，长诗会有较大的诗情内涵与空间，而短诗诗情内涵少，诗情空间也窄。但是，好的短诗也能于寥寥数句内包含巨大容量，这正是短诗的难作之处。郭沫若的《夕暮》就是这样一首诗作。诗人用“绵羊”比喻天上的白云，用“瘦狮”比喻四围苍老的荒山。第一节描述了白云飘在天上，四周群山环绕的情景，而这一情景在诗歌中是以比喻和想象的笔触表现出来的。在诗人的诗情中，白云与群山忽然幻化成对立的绵羊与雄狮，在恬美的自然情景中突然孕育了一种潜伏的危机。第二节是全诗的一个升华。“昂头望着天，我替羊儿危险”，可爱的羊儿，置身于瘦狮伏围下，怎么不令人担心。“牧羊的人哟，你为甚么不见？”一语道破了诗人内心的忧虑和探询，一气呵成，不着痕迹。

## 【艺术特色】

诗是这么短,语气又是这么平淡,诗人就是用这么异常平和的语气表达了异常丰富的想象。在那一瞬间,时间停止了,空间则无限地扩大,不断地膨胀,自然时空与心灵时空悄然融合,在貌似恬静的时空下跳动着一颗不能承受温柔之情的心灵。

这种短诗,篇幅短小,初读之时,语言平淡,及至卒读似亦难见其味。然而,当你摒弃杂念重读一次,淡淡的情绪中那缕淡淡的诗魂便悠然而出。也许这就是短诗的魅力所在。

## 【经典评论】

**废名把《夕暮》评为郭沫若的新诗"杰作",认为:**"不知诸位读了怎样,这首《夕暮》我甚是喜爱。新诗能够产生这样诗篇来,新诗无疑义的可以站得住脚了,不怕旧诗在前面威胁,也不怕新诗自己再生出别的花样来煽惑。……旧诗体裁不能写出这样的诗来,这首新诗也用不上什么新诗格律了。这首诗之成,作者必然诗来得很快,看见天上的云,望着荒原的山,诗人就昂首诗成了,写得天衣无缝。这首诗真能表现一个诗人。"

——《谈新诗及其他》,辽宁教育出版社 1998 年版,128 页

## 【思考练习】

1. 《凤凰涅槃》和《夕暮》是郭沫若诗歌中两种风格截然不同的诗作,谈谈它们存在怎样的差异?

2. 《夕暮》是采用怎样的修辞手法,以达到以小见大的艺术效果的?

3. 你觉得郭沫若的这首小诗表现了怎样一种生命体验?

# 汪静之

## 蕙的风

是哪里吹来
这蕙花的风——
温馨的蕙花的风？

蕙花深锁在园里，
伊满怀着幽怨。
伊底幽香潜出园外，
去招伊所爱的蝶儿。

雅洁的蝶儿，
薰在蕙风里：
他陶醉了；
想去寻着伊呢。

他怎寻得到被禁锢的伊呢？
他只迷在伊的风里，
隐忍着这悲惨然而甜蜜的伤心，
醺醺地翩翩地飞着。

（选自《蕙的风》，上海亚东图书馆1922年版）

### 【背景资料】

20世纪20年代，“湖畔”诗人的爱情诗在文坛上大放异彩，拨动了无数少男少女的心弦。其中，汪静之更是吟咏爱情、歌颂爱情的能手，他的情诗虽未脱稚气，却写得大胆直率，情挚意浓，为诗坛带来一股清新的风。1922年8月，他的个人诗集《蕙的风》由上海亚东图书馆出版，既受到了青年男女的广泛欢迎，同时也引起了封建卫道士的攻击谩骂，掀起了一场文坛论争。本诗即诗集《蕙的风》中的代表作，据说是汪静之为前女友H写的。

## 【主题意蕴】

我们可以想象这样的画面：春光明媚，花开时节，园中的花应时开放，轻风徐徐，花的香气时断时续，缥缥缈缈，随风飘向远处；翩翩飞舞着的蝴蝶为这幽远的香气所吸引、所陶醉，追寻着花儿。一幅多么美妙的蝶戏花中图！可是在这首诗里，花儿却被深锁在园中，蝶儿无处追寻，只好无可奈何地在醉人的花香中“醺醺地翩翩地飞着”，留下园中徒然有着美丽和芬芳的花儿幽怨不已。

诗中意象明了，“花”、“蝶”是中国诗歌的传统意象，喻男女相恋，前者喻恋爱中的女方，后者喻追逐女子的男方。“园”在此则喻为阻碍男女自由恋爱的封建势力。“蕙花深锁在园里”则喻少女怀春的天性是压抑不住的，内心不断涌动的情思给了她勇气，她决心冲破阻隔，去招她所爱的蝶儿，勇敢地找寻她的所爱。同时她的爱，她身上如温馨的蕙花的美好品质，也终于引起了同处于情思萌动中的少男的钟爱。“他陶醉了”，试图冒天下之大不韪，“想去寻着伊呢”。虽然郎有情女有意，可是两情不能相悦，因为冲不破顽固的封建势力。不合乎封建道德观念的规范，即所谓“父母之命，媒妁之言”，又怎能如愿以偿？于是怀春少女的命运进一步恶化，竟至于“被禁锢”；而善钟情的少男只能带着一颗甜蜜的然而更多是悲惨的心踯躅徘徊。本来应该是甜蜜幸福的爱情，就这样被扼杀了。此情仍在，此恨绵绵，令人怅惘不已。

诗抒写了青年男女对爱情的大胆真挚的追求，对纯洁爱情的渴慕和向往，以及由于可望而不可即而产生的幽怨和无奈，是欣慰与忧伤的交织。

## 【艺术特色】

这首诗意象明晰，语言朴实，写得单纯稚气，坦率大胆，体现了汪静之情诗的艺术特色。汪静之的情诗不事雕琢，不以华丽的辞藻、缠绵悱恻的笔致取胜，就像本诗所体现的艺术特点一样，是以清新质朴的语言，简单明了的手法来表达内心涌动的情感和热烈的追求，毫无顾忌，直率大胆，由此攫住了少男少女的心。

## 【经典评论】

**朱自清评价说：**“（汪静之的情诗）是孩子洁白的心声，坦率的少年气度，而表现法底简单、明了，少宏深、幽渺之致，也正显出作者底本色，他不用锤炼的工夫，所以无那精细的艺术。但若有了那精细的艺术，他还能保留孩子的心情么？”

——《蕙的风·序》，《荷塘月色》，江苏文艺出版社 2005 年版

《蕙的风》诗集出版后，遭到了封建卫道士的攻击，鲁迅、周作人等新文化阵

营成员则撰文大力支持,**周作人就评论说**:“静之的情诗,可以相信没有不道德的嫌疑……这种旧道德上的不道德,可以相信正是情诗的价值。”

——《情诗》,《自己的园地》,河北教育出版社2003年版,第53页

## 【思考练习】

1.《蕙的风》这类情诗,为何能引起如此大的社会反响?

2. 汪静之诗歌受到了民歌强烈的影响,试比较他的诗作与《诗经》情歌的异同。

3.《蕙的风》中的“蝶”、“花”、“园”等,分别象征什么?

# 冯　至

## 迟　迟

落日再也没有片刻的淹留，
夜已经赶到了，在我们身后。
万事匆匆地，你能不能答我一句？
我问你——
你却总是迟迟地，不肯开口。

泪从我的眼内苦苦地流；
夜已经赶过了，赶过我的眉头。
它把我面前的一切都淹没了；
我问你——
你却总是迟迟地，不肯开口。

现在无论怎样快快地走，
也追不上了，方才的黄昏时候。
歧路上是分开呢，还是一同走去？
我问你——
你却总是迟迟地，不肯开口。

（选自《冯至全集》第 1 卷，河北教育出版社 1999 年版）

**【背景资料】**

冯至曾被鲁迅誉为“中国最为杰出的抒情诗人”（《中国新文学大系·小说二集·导言》），这一方面是基于鲁迅对现代新诗创作的积极倡导，对年轻诗人的大力推介；另一方面也是因为冯至的诗歌表现出纯美自然的抒情色彩和舒展自如的艺术风貌，对中国新诗的发展起到了很好的导向作用。冯至现代文学时期的诗歌创作分为 20 世纪 20 年代和 40 年代两个时期，20 年代的抒情诗多是抒写个人爱情苦闷，表达内心寂寞的情诗。他的早期诗集《昨日之歌》、《北游及其他》中多为抒情短诗，真实表述了“五四”以后知识青年渴望光明的探求激情与艰难地寻找出路的苦闷心态，引起了他们深切的共鸣。本篇即其中代表作之一。

## 【主题意蕴】

《迟迟》写的是一对情人在人生道路上的不默契。“我”明显地被黄昏和降临的夜幕驱使着，感到人生的短促，要抓紧生活；而另一个却迟迟不作出抉择，致使逝去的光阴再也找不回来了——“现在无论怎样快快地走，/也追不上了，方才的黄昏时候。”追不上曙光倒罢了，因为还有可追；现在却连黄昏都追不上了，人生的意义在哪里呢？

人生有意义就意味着要去选择，而选择对象是有意义还是无意义的问题，又常使你心中产生矛盾。哈姆雷特的犹豫便是很好的例子。《迟迟》中的“我”对“你”的“迟迟”是着急的。然而“你”的迟迟不语，又着实令“我”难以舍“你”而去，因为人是有感情的。诗的最后一行又重复了“你却总是迟迟地，不肯开口”，让我们心里泛起了许多的无奈和怅然。是呀，有几个人能在抉择面前不“迟迟”呢？

## 【艺术特色】

冯至早年受过中国晚唐诗、宋词和德国浪漫派诗人的影响，故其诗的艺术特点有三：一是注重诗歌的音乐性，讲求语调的自然、节奏的舒缓和音韵的柔美；二是善于把真切的感受和难言的情感诉诸具体的形象和情境。本诗设置了一个凄美的情境，充满了缠绵惆怅的情思：“我”与“你”站在正要抉择人生的黄昏中，催促与沉默，紧张与安静，形成了一股对立的紧张；三是哲理性比较强。本诗虽是一首优美含蓄的爱情诗，但内涵又超越了爱情的范围，蕴涵着对人生意义的深沉思考，具有强烈的哲理性。

## 【经典评论】

**李广田高度赞扬了冯至诗歌的哲理性：**“有人说，最好的作品是‘深入浅出’。然而冯至先生的诗却不能这么说，它并不是先深入了而又去找了那最浅的语言来表现。他是沉思的诗人，他默察，他体认，他把他在宇宙人生中所体验出来的印证于日常印象，他看出那真实的诗或哲学于我们所看不到的地方。”

——《沉思的诗》，《明日文艺》1943 年 10 月第 1 期

## 【思考练习】

1. 本篇中“我”与“你”的内在冲突表现在哪些方面？你如何理解这些冲突？

2. 本篇表达了怎样一种哲理？

3. 冯至曾被鲁迅誉为“中国最为杰出的抒情诗人”，怎么理解这个评价？

# 李金发

## 弃　　妇

长发披遍我两眼之前，
遂隔断了一切羞恶之疾视，
与鲜血之急流，枯骨之沉睡。
黑夜与蚊虫联步徐来，
越此短墙之角，
狂呼在我清白之耳后，
如荒野狂风怒号，
战栗了无数游牧。

靠一根草儿，与上帝之灵往返在空谷里。
我的哀戚惟游蜂之脑深印着；
或与山泉长泻在悬崖，
然后随红叶而俱去。
弃妇之隐忧堆积在动作上，
夕阳之火不能把时间之烦闷
化成灰烬，从烟突里飞去，
长染在游鸦之羽，
将同栖止于海啸之石上，
静听舟子之歌。

衰老的裙裾发出哀吟，
徜徉在丘墓之侧，
永无热泪
点滴在草地。
为世界之装饰。

（选自《微雨》，北新书局1925年版）

【背景资料】

20世纪20年代，西方象征主义（symbolism）文学思潮开始影响到中国的诗坛，象征主义具有很浓的“世纪末”情绪，感伤色彩很强。20 年代中期，经历了新文化运动低潮的一些青年陷入了苦闷与彷徨，这时引进的象征主义让他们觉得格外亲切，纷纷学习波德莱尔、魏尔伦、瓦雷里等法国象征主义诗人的诗作。李金发便是其中的先驱，他的诗集《微雨》是中国新诗史上第一部象征主义诗集，1925 年由北新书局出版。《弃妇》既是李金发第一首公开发表的“象征诗”，也是《微雨》开卷的第一首诗。

## 【主题意蕴】

《弃妇》体现了李金发独特的思想和艺术追求，被视为他的代表作。诗人塑造了一个被抛弃的妇女形象。开篇便描写了弃妇的不幸遭遇：她长发披在眼前，看不到急流的鲜血和沉睡的枯骨，黑夜来临，蚊虫开始活动，在墙角、在弃妇耳旁叫着，如同旷野中呼叫的狂风，使许多游动着的东西恐惧战栗。接着描写了弃妇心中的哀戚。这哀戚无人关注，似乎只有游动的蜂子才能感到。她内心的哀戚隐忧表现在动作上，也表现在穿着上，她身上的裙裾十分破旧，仿佛发出哀吟，徘徊在死亡边缘。此诗描绘了弃妇的形象和她的悲惨遭遇，然而形象的描绘没有用传统的白描手法，而是借鉴了西洋的象征手法。这个形象是具体的，是一个弃妇的形象，同时又不只是弃妇形象本身，有着更为深广的象征意义，其背后隐藏着诗人内心感受。这就造成形象内涵的多义性：似乎有诗人对弃妇命运的同情，又似乎隐含着诗人自己因备受冷落，郁郁不得志的不平和愤慨。

## 【艺术特色】

《弃妇》这首诗具有李金发所代表的中国象征派较为鲜明的美学追求和艺术特征：第一，自觉从丑中挖掘出艺术美作为一种审美情趣来表现。李金发深受波德莱尔的影响，故此喜欢用那些丑恶残缺的阴冷意象，像《弃妇》中的“鲜血”、“枯骨”、“游蜂之脑”等都是阴森冷艳的意象，而这些意象的组合更形成了一个艺术中的怪象：弃妇，从而从丑恶中开掘出美来，从怪异中掘出了诗意。第二，通过无序自由的联想，将感觉或情感意象化。法国象征派认为：现实是丑陋的，而美乃存在于想象和象征之中。李金发受其影响，所以他的诗作注重象征和意象的使用，力避抽象和空洞的说教，追踪着自己独特的感觉，把种种抽象的内在的复杂的情绪化为一个个具体鲜明可感的具体意象，把主观色彩涂抹在这些意象上，创造出朦胧而奇异的意境。

## 【经典评论】

**朱自清认为，李金发的诗：**“不将那些比喻放在明白的间架里。他的诗没有寻常的笔法，一部分一部分可以懂，合起来却没有意思。他要表现的不是意思而是感觉或情感；仿佛大大小小红红绿绿一串珠子，他却藏起那串儿，你得自己穿着瞧。这就是法国象征诗人的手法；李氏是第一个人介绍它到中国诗里。许多人抱怨看不懂，许多人模仿着。他的诗不缺乏想象力，但不知创造新语言的心太切，还是母舌太生疏，句法过分欧化，教人像读着翻译；又夹杂着些文言里的叹词助词，更加不像——虽然也可说是自由诗体制。”

——《中国新文学大系·诗集·导言》，上海良友图书印刷公司1935年版

## 【思考练习】

1. 本篇中的“弃妇”是怎样的一种形象？暗含着哪些意蕴？
2. 《弃妇》采用了怎样的一种修辞格式？这给新诗带来了怎样的变化？
3. 李金发的诗曾流行一时，后来却逐渐为大多数读者淡忘，原因何在？

# 闻一多

## 死　水

这是一沟绝望的死水，
清风吹不起半点漪沦。
不如多扔些破铜烂铁，
爽性泼你的剩菜残羹。

也许铜的要绿成翡翠，
铁罐上绣出几瓣桃花；
再让油腻织一层罗绮，
霉菌给他蒸出些云霞。

让死水酵成一沟绿酒，
飘满了珍珠似的白沫；
小珠们笑声变成大珠，
又被偷酒的花蚊咬破。

那么一沟绝望的死水，
也就夸得上几分鲜明；
如果青蛙耐不住寂寞，
又算死水叫出了歌声。

这是一沟绝望的死水，
这里断不是美的所在；
不如让给丑恶来开垦，
看他造出个什么世界。

（选自《死水》，上海新月书店 1928 年版）

**【背景资料】**

《死水》是闻一多最重要的代表作，其初稿标明写于 1925 年 4 月美国留学期间，但据今人考证，这首诗实际作于诗人回国后的 1926 年 4 月。诗人在美国曾写过一系列思念祖国的爱国诗篇，如《忆菊》“我要赞美我祖国底花！我要赞美我如花底祖国”。但诗人回国后，却发现“如花底祖国”在帝国主义和封建军阀的残暴统治下民不聊生，一片黑暗。他愤激地喊道：“这不是我的中华，不对，不对！”他会见的是“噩梦”，是“恐怖”（《发现》）。在这种背景和情感的支配下，诗人写下了《死水》。

《死水》不仅表现了诗人独特的爱国主义思想情感，而且在艺术上集中体现了诗人提出的新格律诗“三美”主张，因而成为中国现代诗歌史上的著名诗篇。闻一多自己也非常喜欢此诗，其第二部诗集即以此诗命名。

## 【主题意蕴】

“死水”这一意象是带有象征意味的。诗人在第一节就点出了这一沟死水的总体特性：“这是一沟绝望的死水，清风吹不起半点漪沦。”这分明就是诗人留学归来后所“发现”的旧中国黑暗的社会现实，旧中国正像是这一沟恶臭的死水，毫无生机，在绝望中腐烂着。当时虽是轰轰烈烈的“五卅”运动和“三一八”惨案之后，但革命的运动和烈士的鲜血仍不能激起社会变革的波澜，很快又复归死水般的沉寂。诗人愤激地说：“不如多扔些废铜烂铁，爽性泼你的剩菜残羹。”这是对反动力量的诅咒，表达了诗人的极度憎恨。诗歌第二、三、四节，诗人进一步从不同方面描绘了这一沟死水的形象。其中第二节的前两句承接“废铜烂铁”，后两句承接“剩菜残羹”，用“翡翠”、“桃花”等美好艳丽的词语描绘丑恶力量加给死水的点缀和装饰，出诸反语讽刺了死水的假象，揭露了反动丑恶力量的本质。而死水自身呢，长期的阻滞不流而发酵成“绿酒”，产生出“珍珠”般的“白沫”和不断咬破这泡沫的“花蚊”，呈现出一片丑恶腐败的景象。联想及当时的中国，在不思变革、封闭僵化的社会状态下，不也不断滋生着种种丑恶腐败的现象吗？但就是这样一沟丑恶、腐败而绝望的死水，“也就夸得上几分鲜明”，这份“鲜明”是那“耐不住寂寞”的青蛙唱出来的。明明是丑恶腐败的死水，却不乏赞美的歌声，而唱出来的“鲜明”也正是上述种种虚伪的假象。这沟死水，并没有什么“鲜明”，也没有什么美，除了丑恶还是丑恶。丑恶之极，人们就会绝望之极，在绝望之中就会起来改变这丑恶的现实。这也是诗人出诸愤激表述之后的希望。

## 【艺术特色】

《死水》是闻一多最重要的代表作，也是他最早提出的“新格律”诗歌的典范之作。他的创作实践证明，“新格律”诗论是他对新诗的一大贡献。闻一多认为：新诗应讲究格律美，而这种格律又不是古典诗词的翻版，应该具有中国现代特色和形式。因此他主张新诗应该具有“三美”特征：一是“音乐美”，即诗歌的音节美、旋律美。《死水》一诗每节一韵，二四句押韵，从第一行起每行都有用两个字或者三个字构成的"音尺"（或称"顿"），念来极为顺口。收尾的又全是双音词，读来相当和谐；二是"绘画美"，即辞藻的选择和运用要体现象形文字状形绘声的优点。诗中用了"珍珠"、"翡翠"、"云霞"等词语，都是这样主张的生动体现；三是"建筑美"，要求节的对称和句的均齐。《死水》无疑是"三美"的最佳体现者。除此之外，由于深受波德莱尔的《恶之花》的影响，《死水》一诗还采用了在丑恶中开掘"恶之花"的艺术手法，在脏污的"铁罐"上要锈出"几瓣桃花"，用"油腻"织出一层"罗绮"，"霉菌给他蒸出些云霞"，达到了对黯淡、死寂、污秽的死水世界的有力反讽。此外，象征、比喻、反语等手法的恰当运用，也使作品对丑恶现实的暴露力透纸背，增加了诗深沉感人的艺术力量。

## 【经典评论】

**朱自清认为闻一多的诗歌：**"《死水》前还有《红烛》，讲究用比喻，又喜欢用别的新诗人用不到的中国典故，最为繁丽，真教人有艺术至上之感。《死水》转向幽玄，更为严谨；他作诗有点像李贺的雕镂而出，是靠理智的控制比情感的驱遣多些。但他的诗不失其为情诗。另一面他又是个爱国诗人，而且几乎可以说是唯一的爱国诗人。"

——《中国新文学大系·诗集·导言》，上海良友图书印刷公司 1935 年版

**毛泽东评价说：**"许多曾经是自由主义者或民主个人主义者的人们，在美国帝国主义者及其走狗国民党反动派面前站起来了。闻一多拍案而起，横眉怒对国民党的手枪，宁可倒下去，不愿屈服。"

——《别了，司徒雷登》，《毛泽东选集》第 4 卷，人民出版社 1991 年版，第 1495 页

## 【思考练习】

1. 闻一多是"新格律"诗歌理论的倡导者，本篇体现了他的哪些美学主张？
2. 本篇的"死水"、"花蚊"、"青蛙"等意象分别象征着什么？
3. 本篇体现了诗人对祖国怎样的一种复杂情感？

## 徐志摩

# 再别康桥

轻轻的我走了，
正如我轻轻的来；
我轻轻的招手，
作别西天的云彩。

那河畔的金柳，
是夕阳中的新娘；
波光里的艳影，
在我的心头荡漾。

软泥上的青荇，
油油的在水底招摇；
在康河的柔波里，
我甘心做一条水草！

那榆荫下的一潭，
不是清泉，是天上虹
揉碎在浮藻间，
沉淀着彩虹似的梦。

寻梦？撑一支长篙，
向青草更青处漫溯；
满载一船星辉，
在星辉斑斓里放歌。

但我不能放歌，
悄悄是别离的笙箫；
夏虫也为我沉默，
沉默是今晚的康桥！

悄悄的我走了，

　　正如我悄悄的来；

我挥一挥衣袖，

　　不带走一片云彩。

十一月六日中国海上

（选自《猛虎集》初版本，上海新月书店 1931 年版）

## 【背景资料】

《再别康桥》是徐志摩的代表作，也是他的诗中最为人们喜爱的一首。它抒写了诗人故地重游、乍逢即别的一段思绪、一片感情，如梦如烟，写得轻妙婉转，柔和细腻，是一首优美的抒情诗。英国的康桥（又译剑桥）乃是徐志摩最喜爱的地方。1920 年，徐志摩违背了父亲让他做个银行家的意愿，远渡重洋，从美国来到英国研究文学。他以一个特别生的资格在剑桥大学随意选科听课，度过了一年多逍遥自在的日子。后来他回忆说，这是他一生中最为幸福的日子。他在风景秀丽的康河两岸随意歇息，躺在草坪上，或读书，或看天上的云；有时候则到波平如镜的康河里划船，完全陶醉在大自然的怀抱里。1925 年和 1928 年，他又先后两次重游康桥。《再别康桥》即写于后一次告别康桥。

## 【主题意蕴】

徐志摩一生向往英美式的民主制度，这种理想在他的文学作品里多有体现。在徐志摩的心目中，“康桥”不仅仅是一个城市，而且蕴涵着他对英国式民主共和国的理想化追求，寄托了他对这一理想的倾慕和向往。写《再别康桥》之时，徐志摩已不复是缺乏阅历的年轻学生，而是中国的文化名流，已经在祖国接触到了残酷的社会现实，原有的“康桥之梦”已经渐渐幻灭，如今故地重游，不免思绪万千，倍感惆怅。所以此诗无疑包含着丰富而复杂的思想感情，而不仅仅是简单的道别。

告别康桥，诗人感慨万端，失落、哀伤、怅惘、寂寞等涌上心头。但诗人首先吟诵出的却是：“轻轻的我走了，正如我轻轻的来；我轻轻的招手，作别西天的云彩。”优美动听的音节，抒写出的是诗人飘逸而洒脱的风度，四句用了三个“轻轻的”，一“来”一“走”的短暂时间中落笔在走时的“别”。自古令人销魂断肠的离别在诗人笔下化作一缕青烟，既不扰动离别对象，自己更想表现出轻松。但康桥——在诗人笔下人格化了——毕竟令他留恋，就要走时不禁回顾：这康桥是怎样一种美的境界啊！接下来三节，诗人用三种美丽鲜明的意象，对康桥作了描写和渲染，金柳、青荇、潭水即是诗人视觉中的康桥美景，也寄托了诗人的情感和理想。在此，诗人写景，更抒情，在美景中融入了自己的深情，情景交融，构成了一个优美的艺术意境，暗喻出诗人的感情、追求和梦。这是现实景，还是忆中情？诗中已难以分辨。由景及情，虽可寓情于景，但景色依旧，人事全非，人情更成过去，彩虹似的梦，揉碎在康河的浮藻间。但诗人不甘心，他要“寻梦”。这次来康桥即是为了寻梦，寻找青春、理想、爱情之梦，并放声歌唱这青春、理想、爱情之梦，“在星辉斑斓里放歌”。但是，理想并未实现，现实中又临离别，诗人的感情一转而为低沉，“但我不能放歌”，伴随他的是寂寞、沉默，就连夏虫都因此而沉默。诗人本就是要“轻轻”告别的，只是告别的。刹那间回顾康桥而涌动起一片深情，回忆起曾经有过的理想之梦，心头稍起波澜，在结尾又复归于平静。

## 【艺术特色】

徐志摩这首《再别康桥》的成功不是偶然的。首先，它给人以语言的音乐美。全诗韵律和谐，节奏舒缓，并不一韵到底，每节皆自然换韵，灵巧自如，通脱轻盈；以韵律的流动来表现情感的流动，流畅悦耳，给人以音乐美的享受。其次，它有优美的意境。中国古典诗歌讲究意境的和谐、优美。徐志摩有很深的古典文学根基，并热衷于中西诗歌的融合，《再别康桥》中的“金柳”、“青荇”、“清泉”、“夏虫”等意象在全诗中组合成一个深邃幽静的世界，使人悠然向往之。再次，它的语言明白如话，却绝不平淡无味。徐志摩的诗歌语言虽然平易通俗，接近口语，很少有当时新诗的欧化气息，而用一种洗练的口语。这也是很难得的。

《再别康桥》充满了洋溢的诗情，清奇的韵味，令人追思无穷。而诗中轻烟似的微哀，依恋感喟般的追求，又无不显现出徐志摩“轻灵飘逸”的艺术特色。

## 【经典评论】

**朱自清评价徐志摩：**“没有闻（一多——引者注）氏那样精密，但也没有他那样冷静。他是跳着溅着不舍昼夜的一道生命水。”

——《中国新文学大系·诗集·导言》，上海良友图书印刷公司1935年版

**陈梦家认为：**“他（徐志摩——引者注）的诗，永远是愉快的空气，不曾有一些儿伤感或颓废的调子，他的眼泪也闪耀着欢喜的圆光。这自我解放与空灵的飘忽，安放在他柔丽清爽的诗句中，给人总是那舒快的感悟。好像一只聪明玲珑的鸟，是欢喜，是怨，她唱的皆是美妙的歌。”

——《新月诗选·序言》，《新月诗选》，上海新月书店1931年版

## 【思考练习】

1.《再别康桥》是徐志摩在怎样的心境中写下的？表达了怎样一种情绪？

2．本篇在描绘自然景物上采用了哪些修辞手法？

3．徐志摩和闻一多同是新月派中最著名的诗人，他们的诗歌创作有哪些异同？

# 沙扬娜拉

## ——赠日本女郎

最是那一低头的温柔，
　像一朵水莲花不胜凉风的娇羞，
道一声珍重，道一声珍重，
　那一声珍重里有蜜甜的忧愁——
　　沙扬娜拉！

（选自《志摩的诗》，上海新月书店 1928 年版）

### 【背景资料】

1924 年，印度作家泰戈尔访华，徐志摩陪同并任翻译，并陪泰戈尔访问日本，逗留了两个月。离别之时，诗人写下了一组诗《沙扬娜拉》，初有 18 首，收入《志摩的诗》时只留下这一首，可见这是诗人最满意的一首。诗中的"沙扬娜拉"是日语"再见"的意思。

### 【主题意蕴】

本诗仅仅五行，却十分紧凑、形象，是一篇独立完满的艺术品。全诗灵活运用白话、文言，交杂中外语汇，抒发了诗人对日本女友温良恭谦的离别之情。第一行第二行的节奏和旋律，是日本女郎与朋友道别时的神态和情绪的绝妙写真，轻微起伏的缓慢节奏，有着细致变化的柔和旋律，使我们仿佛看到了深情的娇羞的日本女郎一低头时那带有舞蹈美的姿态。第三行一连两句重复的平声多于仄声的诗句，是女郎与朋友道别时清脆的声音的艺术表现。第四行从内容上说，是对第三句的说明，是描写的深入，而在音乐上则是第三行的延伸和深化，是整首诗歌乐曲的高潮。第五行，是日本女郎道别时语言的直接记录。整幅画面之中有"低头温柔"的动作，有"不胜凉风的娇羞"的表情，有"道一声珍重，道一声珍重"的声音，有"甜蜜的忧愁"的心绪，十分形象地勾勒出日本少女的风韵和微妙的心理活动，由此可以看出徐志摩善于捕捉形象、捕捉感情的语言功力。

### 【艺术特色】

从整首诗歌来看，一、三、五行是短句，二、四行是长句，五行排列长短相间，音乐旋律规律性地变化。但也不是简单呆板的一长一短，第三行两句重复，不同于第一行的旋律，第五行收束时音乐短而余音回荡。这一首诗，从音乐节奏上说，人们简直无法增减一个字，无法改动一个标点。为了使诗的旋律柔和，诗的每一个音节中的几个字多数有平有仄,只有两三个音节中的字全是平声。这首诗,就整个旋律来说,是温柔的、多情的,却又不使人感到腻烦。

徐志摩注重诗的外形美观、追求诗的表现技巧的另一个突出表现,便是注意运用美的辞藻,注重辞藻之间的搭配组合,这也是他的诗歌不可忽略的特色。《沙扬娜拉》一诗中的"低头的温柔","甜蜜的忧愁",将女郎比喻为"不胜凉风"的"娇羞"的"水莲花",无一不见工巧。全诗充满了甜美的辞藻,但是毫无堆砌之感,每一个词都恰到好处,自然流动,有一种婉转之美。徐志摩调遣词句、谋篇布局的才情,由此可见。

## 【经典评论】

**胡适评价说**:"他(徐志摩——引者注)的人生观真是一种'单纯信仰',这里面只有三个大字:一个是爱,一个是自由,一个是美。他梦想这三个理想的条件能够会合在一个人生里,这是他的'单纯信仰'。他的一生的历史,只是他追求这个单纯信仰的实现的历史。"

——《追忆志摩》,《新月》第4卷第1期《志摩纪念号》,1931年

**茅盾认为**:"我以为志摩的许多披着恋爱外衣的诗,不能够把来当作单纯的情诗看的;透过那恋爱的外衣,有他的那个对于人生的单纯信仰。"

——《徐志摩论》,《现代》第2卷第4期,1933年2月

## 【思考练习】

1. 《沙扬娜拉》是采用何种手法来表现日本少女的清纯可爱的?

2. 除了最后一句"沙扬娜拉"以外,本诗只有四句,分析它与绝句在写法上存在哪些异同?

3. 结合本篇和《再别康桥》,谈谈你如何理解胡适对徐志摩的评价?

# 戴望舒

## 雨　　巷

撑着油纸伞，独自
彷徨在悠长、悠长
又寂寥的雨巷，
我希望逢着
一个丁香一样地
结着愁怨的姑娘。

她是有
丁香一样的颜色，
丁香一样的芬芳，
丁香一样的忧愁，
在雨中哀怨，
哀怨又彷徨；

她彷徨在这寂寥的雨巷，
撑着油纸伞
像我一样，
像我一样地
默默彳亍着，
冷漠，凄清，又惆怅。

她默默地走近，
走近，又投出
太息一般的眼光，
她飘过
像梦一般地，
像梦一般地凄婉迷茫。

像梦中飘过

一枝丁香地，
我身旁飘过这个女郎；
她默默地远了，远了，
到了颓圮的篱墙，
走尽这雨巷。

在雨的哀曲里，
消了她的颜色，
散了她的芬芳，
消散了，甚至她的
太息般的眼光，
丁香般的惆怅。

撑着油纸伞，独自
彷徨在悠长、悠长
又寂寥的雨巷，
我希望飘过
一个丁香一样地
结着愁怨的姑娘。

（选自《望舒草》，上海现代书局 1933 年版）

## 【背景资料】

“五四”以后，中国出现了东西文化大交流的局面，为创作新诗，世界各种诗歌流派一时纷纷被引进中国。其中，以诗人马拉美、魏尔伦为代表的象征主义影响很大，中国诗歌先后兴起了两次象征派诗歌浪潮。第一次是以李金发为代表的“初期象征派”，第二次则是以戴望舒为代表的“现代诗派”。本篇写于 1927 年，一发表即轰动文坛，是新诗史上的著名诗作。

## 【主题意蕴】

1927 年夏，蒋介石发动政变，对共产党及革命群众进行镇压，白色恐怖笼罩了全国。原先向往革命的青年，一下子坠入苦闷、迷惘、彷徨、幻灭中，找不到出路。戴望舒一直倾向革命，曾加入共产主义青年团，从事革命文艺活动。1927 年 3 月，他因宣传革命而被当局拘留过。“四一二”政变后，戴望舒隐居于江苏松江，深感痛苦，以隐晦的手法写下此诗。诗中那悠长寂寥、阴暗颓圮的“雨巷”正是令人压抑的时代氛围的象征；而“我”的孤独、彷徨，对“丁香一样的姑娘”的追慕和希望破灭后的惆怅、忧伤,正是戴望舒及部分革命青年忧郁失望情绪的流露。

## 【艺术特色】

有些象征派诗歌非常难懂,读者很难读懂其意象的象征意义,因此难以被大众接受,"五四"后的那些不讲韵律的绝对自由的象征诗就是如此。但是,戴望舒从古典诗词里找到一个能让中国人明白的美的意象——南唐中主李璟的"丁香空结雨中愁"(《浣溪沙》),从而解决了这个难题。丁香花是早春开放的淡紫色小花,有着带点苦味的香气,它是冷色的,使人消沉感伤。春天的雨又是那么连绵,引起人无限的思绪,正所谓"梅子黄时雨"。那巷子悠长悠长的,又叫人感到走不到头的苦闷。这一切都化作一幅图画,一个淡紫的、撑纸伞的姑娘,眼里结着丁香的愁,这是诗人的想象,还是真的有这么个姑娘,这些都不是主要的,关键是这画面、这色调、这氛围把我们引入了幽怨、迷蒙的意境中去了。

古代诗词,只要按照平仄用韵的规律去写,虽不是佳作,但读起来也倒通顺。《雨巷》则没有这么做,它的句式长短变化不一,用韵也不规律。它的成功在于它内在的韵律感,在于诗人把他内心的韵律表达了出来。换句话说,是诗人靠着语流的自然,声音的和谐,"ang"韵的不断出现,像用一架古老的钟磬敲出来的音节似的串起了一个丁香色的、迷蒙的意境,奏出了幽愁、惆怅的旋律。这旋律是从那么悠远的历史里走过来的,又在诗人的心头激荡着,似永远不能消逝。诗人冲破了中国古典诗歌在外在形式上的禁锢,又抓住了诗的韵律的本质,让这韵律在字里行间时时地回荡,悠远而绵长。

## 【经典评论】

**杜衡认为:**"说起《雨巷》,我们很不容易把叶圣陶先生底奖掖忘记的。《雨巷》写成后差不多有年,在圣陶先生代理编辑《小说月报》的时候,望舒才忽然想把它投寄出去。圣陶先生一看到这首诗就有信来,称许他替新诗的音节开了一个新的纪元。……圣陶先生底有力的推荐,使望舒得到了'雨巷'诗人的称号,一直到现在。"

——《望舒草·序》,《望舒草》,上海现代书局1933年版

**朱自清评价说:**"戴望舒氏也取法象征派。他译过这一派的诗。他也注重整齐的音节,但不是铿锵而是轻清的;也找一点朦胧的气氛,但让人可以看得懂,也有颜色,但不是像冯乃超氏那样浓,他是要把捉那幽微的精妙的去处。"

——《中国新文学大系·诗集·导言》,上海良友图书印刷公司1935年版

**【思考练习】**

1. 阅读南唐中主李璟的《浣溪沙》（“丁香空结雨中愁”），你觉得它和《雨巷》在艺术形式有哪些相同点？哪些不同点？

2. 本篇表达了诗人怎样一种情绪？

3. 本篇具有怎样的音乐效果？

# 何其芳

## 欢　　乐

告诉我，欢乐是什么颜色？
像白鸽的羽翅？鹦鹉的红嘴？
欢乐是什么声音？像一声芦笛？
还是从稷稷的松声到潺潺的流水？

是不是可握住的，如温情的手？
可看见的，如亮着爱怜的眼光？
会不会使心灵微微地颤抖，
而且静静地流泪，如同悲伤？

欢乐是怎样来的？从什么地方？
萤火虫一样飞在朦胧的树荫？
香气一样散自蔷薇的花瓣上？
它来时脚上响不响着铃声？

对于欢乐，我的心是盲人的目，
但它是不是可爱的，如我的忧郁？

六月二十七日

（选自《预言》，文化生活出版社 1945 年版）

**【背景资料】**

何其芳不但是著名的散文家，更是著名的诗人。20 世纪 30 年代，他以不多的诗篇，跻身于群星璀璨的诗坛，深深打动与吸引了读者。他的诗歌和他的散文一样，主要抒写青年人对爱情的憧憬和幻想，充满了纯真、灵性的美。何其芳喜欢“读着晚唐五代时期的那些精致的冶艳的诗词，蛊惑于那种憔悴的红颜上的妩媚”；同时又喜欢欧美的象征主义诗歌。因此，他致力于将两者融合在自己的创作中。他曾自述：“我不是从一个概念的闪动去寻找它的形体，浮现在我的心灵里的原来就是一些颜色，一些图案。……我从陈旧的诗文里选择一些可以重新燃烧的字，使用着一些可以引起新的联想的典故。”①本篇写于20世纪30年代，诗人当时才二十多岁。

## 【主题意蕴】

欢乐是什么？人们总是从情感的角度来设想它。它是一种感情的愉悦，片刻的心醉神迷，还是激动的欣喜之泪？是，又不是。诗人独辟蹊径，以一种独特的诗心对此作了观照：“告诉我，欢乐是什么颜色？/像白鸽的羽翅？鹦鹉的红嘴？”像一个急切想明白一切的小孩子，从诗人童心般的诗心中迸出的是一种光彩的幻想：“欢乐是什么声音？”是芦笛？是松声？还是水声？诗人从颜色跃向声音，这种跳跃似乎正构成了欢乐的某些性质。声音与颜色不可捉摸，那欢乐又是什么样子呢？“如温情的手？”“可看见的，如亮着爱怜的眼光？”既是询问，又是回顾，欢乐的情景一幕幕在眼前闪过。欢乐又是什么感觉呢？“会不会使心灵微微地颤抖，/而且静静地流泪，如同悲伤？”欢乐又是从哪里来的？是怎样来的？是“萤火虫一样飞在朦胧的树荫？”还是“香气一样散自蔷薇的花瓣上？”诗人的情绪之弦到此处一动：“它来时脚上响不响着铃声？”如万籁俱寂中忽有天使降临，诗人心中充满了神圣与痴迷。结尾两句，“对于欢乐，我的心是盲人的目，/但它是不是可爱的，如我的忧郁？”正中题旨，欢乐是什么，诗人一直没有看到，而是靠着情绪去体验的；欢乐是什么，它可如“我的忧郁？”正是诗心与诗眼叠合之处。

欢乐是什么？谁也很难说清楚，也许我们可以用科学的、理性的、僵硬的、呆板的词句给它下一个所谓准确的定义。然而，这又怎能真正地说清楚呢？对于诗人来说，欢乐首先是一种情绪体验，并由此出发用各种欢乐的情景与镜头表达了各种各样的愉悦，虽然表面不同，然而其中相通的不正是欢乐吗？

## 【艺术特色】

何其芳喜欢在回忆和梦幻中寻找美，本篇也是如此。诗人所抒写的“欢乐”，染满了强烈的自我色彩，又具有不可言说的朦胧性，给读者留下了相当广阔的联想余地，使诗有一种宁静、柔婉的朦胧美。

这首诗的语言富于音乐性，十四行大体押韵，每行的节顿又大体相等，读起来使人产生平和愉快的感觉。诗句本身的节奏又和情绪的抑扬顿挫相协调，从而产生了拨动心弦的音乐效果。

---

① 何其芳：《梦中道路》，《何其芳文集》第2卷，人民文学出版社1982年版。

## 【经典评论】

**陆耀东认为**："在《预言》集里，前半几乎全是抒写爱情，且得心应手。一切都那么多情，可爱，从用词，句子构建，到表现方法，到意蕴，到风味，使人感到是浑然天成；没有做作，没有矫饰，似流水，似温煦的风，细飘的雨，飞舞的云，幻化的彩虹。"

——《论何其芳的诗》，《长江学术》2006 年第 2 期

## 【思考练习】

1. 何其芳自称受影响于"晚唐五代时期的那些精致的冶艳的诗词"，请把本篇与一两篇晚唐五代词比较，说出两者有什么共通之处？

2. 本篇主要是从哪几个角度描绘"欢乐"这一抽象感受的？

3. 何其芳的诗歌和散文具有哪些共同点？举例说明。

# 卞之琳

## 雨同我

“天天下雨，自从你走了”；
“自从你来了，天天下雨”。
两地友人雨，我乐意负责。
第三处没消息，寄一把伞去？

我的忧愁随草绿天涯：
鸟安于巢吗？人安于客枕？
想在天井里盛一只玻璃杯，
明朝看天下雨今夜落几寸。

一九三七年五月

（选自《鱼目集》，浙江文艺出版社 1997 年版）

### 【背景资料】

20 世纪 30 年代现代派诗歌与中国传统的诗歌有着深刻的联系，他们注重主客体的交融，选用诸如“古井”、“残阳”、“芳草”、“烟雨”等传统意象，追求人与自然的和谐，营造一种感伤的情调，这些都显示了他们对传统的回归，“这也正是 30 年代的典型的现代‘诗情’”①。卞之琳也曾说 30 年代现代派诗歌是“倾向于把侧重西方诗风的吸收倒过来为侧重中国旧诗风的继承”②。他作为 30 年代现代派的代表人物，本身也代表了这一倾向，试图通过自己的创作在西方现代派和中国古典诗词之间搭建一座桥梁，醉心于“化古”、“化欧”，《雨同我》便是他这一时期诗歌实践的成果之一。

### 【主题意蕴】

这是一首写雨，写友情，写个人愁思的小诗。开头突兀，由两地友人对雨的埋怨写起，引出“我”与雨的瓜葛，一个是在“你走”后，一个是在“你来”后，都引起诗人莫名的惆怅，引人忧思的雨似乎与自己分不开了。“两地友人雨，我乐意

① 钱理群、温儒敏、吴福辉：《中国现代文学三十年》，北京大学出版社 1998 年版，第 365 页。
② 卞之琳：《〈戴望舒诗集〉序》，《戴望舒诗集》，四川人民出版社 1981 年版，第 3 页。

负责。”是诗人故作达观之语，因为“第三处没消息”，这种无法得知的情况反而加深了“我”的惦念。“第三处”可实指，即另一友人，也可泛指，即天下任何一个角落。“寄一把伞去?”则表达了诗人类似杜甫“大庇天下寒士”的胸襟。次节作者一开始就坦率地道出了忧愁无边，“随草绿天涯”，这既是对首节所写情景的一个小结，也把意境向下推进一层。随后的两个问句则道出了人生愁肠的根源，源于一对无法解除的矛盾：一方面不安于旧路，不断地寻求，去作新的探索，另一方面却又有寻梦者漂泊无依的倦行心态。去与留成为作者无法解开的愁思，两句平淡的问话传达了诗人内心复杂的心绪。最后两句，诗人突发奇想，以实写虚，玻璃杯中盛的不是雨，而是自己“随草绿天涯”的忧愁。这很容易让人想起“只恐双溪蚱蜢舟，载不动许多愁”，“一寸相思一寸灰”等句子，不过古典意象里装的是现代人的忧伤和惆怅。

## 【艺术特色】

卞之琳在这首诗中体现了他诗作的一个显著特点，即存在大量的直接引语。在《雕虫纪历》增订版的100首诗中，有接近三分之一的诗直接引入了他人的话语，有的只是一声叹息、一句唱词或一声叫卖，但也有《还乡》、《春城》等纷杂的众声。这首诗开头就直接引入了朋友温情的抱怨，第一句是远方的朋友来信所言，第二句是眼前朋友当面所说，看似无端而来的两句话，却暗藏两幅交往图景，生动细致地刻画了友人间轻松默契的关系。这样的直接引语可以最大程度地淡化诗人主观的介入，营造一种现场发生的生动性，这是诗的小说化、戏剧化具体而细微的表现。卞之琳称自己为“冷血动物”，在写作时总倾向于克制自己的情感，他常引入他人的言语来隐匿或节制自己的情感表达，这与卞之琳主智、追求抒情客观化的诗风是一致的。

## 【经典评论】

**废名评价说：**“‘明朝看天下雨今夜落几寸。’这个句子真是神乎其神。这个思想真是具体得很，是大家都可以看得见的几寸雨了，然而谁能有这一份美丽呢？李商隐有一句诗写雨真是写得奇怪，这句诗是：‘雨不厌青苔。’这雨该是多干净！卞之琳的天下雨也一点不拖泥带水了。新诗还不是美丽得溢露，是一座雕像，是整个的庄严。”

——《谈卞之琳的诗》，《诗探索》1981年第4期

## 【思考练习】

1. 谈谈“雨”同“我”之间的微妙关系。

2. 这首诗让你想到了古典诗词中哪些送别的名句？

3. 这首诗吸取了古诗词中一些传统意象的共向性，但又不完全相同，体会其中的不同之处。

# 殷　夫

## 血　字

血液写成的大字，
斜斜地躺在南京路，
这个难忘的日子——
润饰着一年一度……

血液写成的大字，
刻划着千万声的高呼，
这个难忘的日子——
几万个心灵暴怒……

血液写成的大字，
记录着冲突的经过，
这个难忘的日子——
狞笑着几多叛徒……

“五卅”哟！
立起来，在南京路走！
把你血的光芒射到天的尽头，
把你刚强的姿态投映到黄浦江口，
把你的洪钟般的预言震动宇宙！

今日他们的天堂，
他日他们的地狱，
今日我们的血液写成字，
异日他们的泪水可入浴。

我是一个叛乱的开始，
我也是历史的长子，
我是海燕，

我是时代的尖刺。

“五”要成为报复的枷子，
“卅”要成为囚禁仇敌的铁栅，
“五”要分成镰刀和铁锤，
“卅”要成为断铐和炮弹！……

四年的血液润饰够了，
两个血字不该再放光辉，
千万的心音够坚决了，
这个日子应该即刻销毁！

（选自《殷夫选集》，人民文学出版社 1982 年版）

## 【背景资料】

这首诗是为纪念“五卅”惨案 4 周年而写作的，是殷夫在 1929 年后写作的最能体现他创作特色的代表性诗作之一。1925 年 5 月 30 日，上海学生 2 000 余人为抗议日本纱厂资本家镇压工人大罢工，打死工人顾正红（共产党员），在租界内开展宣传，号召收回租界，被英国军警逮捕 100 多人。随后，群众近万人集中在英租界南京路巡捕房前，要求释放被捕群众，英国巡捕开枪杀害群众十余人，伤无数，造成“五卅”惨案。此次惨案是帝国主义在中国犯下的又一血腥罪行。诗人以这一重大的历史事件为题材，将革命者推倒旧世界，建立一个红色新世界的革命激情和理想融入其中，具有很强的战斗性、鼓动性和乐观性。

## 【主题意蕴】

全诗从对“五卅”事件血与火的回忆写起，在革命理想主义激情的催发下，从这个严酷的流血事件中升华出新的诗意——“五卅”四年的血液已经润泽了千千万万的后继者，一旦行动起来，旧的世界就会即刻坍塌，这是历史的预言。诗人在结尾发出的战斗宣言，有几层蕴涵：一是要复仇，“‘五’要成为报复的枷子，‘卅’要成为囚禁仇敌的铁栅”，我们今天用来书写大字的血液，要他们明天可入浴的泪水来偿还。这是一个被压迫民族反抗的决心。二是要主宰历史，巨人自称是敢于搏击风浪的“海燕”，是勇于“叛乱”的“时代的尖刺”，一个民族觉醒后，必然要成长为主宰历史的“长子”，这是历史的必然。三是历史的归宿，对胜利的信心。“四年的血液润饰够了”，千万个坚决的“心音”齐声说“这个日子应该即刻销毁”。“五卅”不是为了让人不纪念，而是让人去战斗，让这个充满血和罪恶的日子不再重现，它的消亡之日，就是革命胜利之时。这种必胜的信心，在当时颇能鼓舞人们的斗志。

## 【艺术特色】

这首诗艺术上最成功之处是将革命浪漫的崇高理想与现实的历史内容结合起来,用浪漫主义手法把现实的政治倾向转化为各种富有情感力量的意象。鲁迅说过诗人心中矗立着“爱的大纛”和“憎的丰碑”,对敌人的憎恨在诗人的笔下是滚烫鲜血凝成的“血字”,是死伤者“斜斜地躺在南京路”上的情景幻化出的视觉意象,是几千万暴怒心灵高呼的听觉意象,更是“报复的枷子”、“仇敌的铁栅”、“断铐和炮弹”等复仇的意象。而爱的大纛是同革命的理想一致的,革命的浪漫主义激情给诗人带来了大胆奇特的想象,“五卅”不再斜躺于南京路,而是把“刚强的姿态投映到黄浦江口”的历史巨人的意象。这种非凡的意象是诗人的战斗激情、坚定信念、崇高理想以及革命乐观精神世界和“五卅”事件化合后的产物,是主观与客观、理想与现实的互相融合。意象的成熟运用是现代革命诗歌趋于成熟的标志。

## 【经典评论】

**鲁迅认为**:“这《孩儿塔》的出世并非要和现在一般的诗人争一日之长,是别有一种意义在。这是东方的微光,是林中的响箭,是冬末的萌芽,是进军的第一步,是对于前驱者爱的大纛,也是对于摧残者的憎的丰碑,一切所谓圆熟简练,静穆幽远之作,都无需来作比方,因为这属于别一世界。”

——《白莽作<孩儿塔>序》,《鲁迅全集》第4卷,人民文学出版社1981年版,第248页

**丁玲评价说**:“我以为每首都像大进军的号音,都像鏖战的鼓声,我们听得见厮杀的声音,看得见狂奔的人群……我们感得到人们的决心。……诗人的心是沉重的,是坚定的,是激烈的,诗人的感情是炽热的,它紧紧拥抱着抗争的人们,他用力地握着真理。”

——《读殷夫同志诗有感》,《文艺新地》1951年第2期

## 【思考练习】

1. 这首诗是在怎样的历史背景下写成的?

2. 请分析“血字”这个中心意象的变化和发展,及其内涵。

3. 作者使用了什么艺术手法,将革命浪漫的崇高理想与现实的历史内容结合起来?

# 艾青

## 太阳

从远古的墓茔
从黑暗的年代
从人类死亡之流的那边
震惊沉睡的山脉
若火轮飞旋于沙丘之上
太阳向我滚来……

它以难遮掩的光芒
使生命呼吸
使高树繁枝向它舞蹈
使河流带着狂歌奔向它去

当它来时,我听见
冬蛰的虫蛹转动于地下
群众在旷场上高声说话
城市从远方
用电力与钢铁召唤它

于是我的心胸
被火焰之手撕开
陈腐的灵魂
搁弃在河畔
我乃有对于人类再生之确信

一九三七年春

(选自《艾青诗选》,人民文学出版社 1997 年版)

**【背景资料】**

这首诗写于 1937 年春,是艾青深受全民族抗战激情感染后,写下的追求光明、憧憬未来、呼唤生命的诗篇。1936 年底,西安事变之后,国内出现了“联合抗日”的新局面，艾青作为一个爱国主义者，在这样一种整体的时代氛围中受到鼓舞，期待着社会局势的转型，对国家和民族的未来充满希望，于是以难以抑制的诗情写下了这首极具有象征性的诗歌。太阳这个意象后来贯穿在艾青的诗歌创作中，如《向太阳》、《给太阳》、《黎明的通知》等，成为艾青诗歌的中心意象之一。

## 【主题意蕴】

太阳在艾青的诗歌中始终是光明、理想、美好生命的象征。这首诗也不例外，以讴歌太阳，来讴歌一个国家和民族新的希望，书写在这新的希望召唤下主体精神的觉醒。诗人主要从三个方面来构建这个主题：一是写“太阳向我滚来”的震动一切的气势，暗示了历史的不可阻挡，希望和光明到来的必然。二是写太阳带来的汹涌狂放的振奋一切的力量，描绘一派充满生机的景象。三是写太阳到来后，诗人内心的震动。“火焰之手”是希望强大的力量，它撕开“我”的心胸，抛弃“陈腐的灵魂”，让“我”获得新生。太阳那种摧毁旧有一切，赋予万物新的生机的力量是深广而强烈的，诗人精神也发生了新的转换，而个体的新生则是融合在整个民族新生的希望中。

## 【艺术特色】

艾青的诗歌语言富有色泽，往往根据抒情状物的需要运用各种对比色、补色，在营造美的视觉效果的同时，也丰富了主题意蕴，这是艾青诗歌绘画美的表现之一。《太阳》一诗主要运用了“黑”与“红”这组对比色，“黑”是同“远古的墓茔”、“黑暗的年代”、“人类死亡之流”联系在一起的，作为死亡、停滞等旧事物的象征，与“火轮”似的太阳形成强烈的视觉反差，“红”与“黑”两组意象间形成的巨大空间，表现了诗人在时代转型期对光明和希望的渴望，同时也表明了诗人在追求自新、追求光明的道路上遇到了巨大的障碍，耗费了极大的生命能量，而迎接太阳时又是如此地热烈，形成了空前强大的情感张力。最后“火焰之手”与“陈腐的灵魂”其实也是“红”与“黑”的对比，生动地表现了死亡与新生的拼搏和转化，以及诗人在光的照耀下主体精神的苏醒。

## 【经典评论】

**唐弢认为**：“我以为世界上歌颂太阳的次数之多，没有一个诗人超过艾青的了，那么，艾青是喜欢太阳的吗？是的。过去我爱读他充满古老气息的《手推车》，爱读他被寒冷封锁住周围的《雪落在中国的土地上》，爱读他看不见远方的由薄雾迷蒙着的《旷野》，爱读他眼里常含着泪水，对这土地爱得深沉的《我爱这土地》，我从这些诗篇里接触到作为中国人的共同的语言，共同的感情。而今我又见到了他的太阳，并且知道他为什么爱太阳，我的理解是，因为：

每个人的一生
不论聪明还是愚蠢
不论幸福还是不幸
只要他一离开母体
就睁着眼睛追求光明”

——《中国现代作家作品欣赏丛书. 新版序言》,《唐弢文集 · 文学评论卷》，社会科学文献出版社 1995 年版，第 659 页

## 【思考练习】

1. 思考“太阳”这个意象在这首诗中的内涵。

2. 请比较艾青诗作《向太阳》与《太阳》在主题与艺术手法上的异同。

3. 艾青的诗歌语言以色彩鲜明而著称，请仔细体会这首诗语言色彩的丰富性。

# 我爱这土地

假如我是一只鸟，
我也应该用嘶哑的喉咙歌唱：
这被暴风雨所打击着的土地，
这永远汹涌着我们的悲愤的河流，
这无止息地吹刮着的激怒的风，
和那来自林间的无比温柔的黎明……
——然后我死了，
连羽毛也腐烂在土地里面。

为什么我的眼里常含泪水？
因为我对这土地爱得深沉……

一九三八年十一月十七日

（选自《艾青诗选》，人民文学出版社 1997 年）

## 【背景资料】

“七·七事变”后，艾青投入到抗日救亡的洪流中，1937 年到 1940 年三年多的时间中，艾青从杭州辗转到北方，又由北向南，由南向西，最后到达重庆。艾青亲眼目睹大地的创伤和人民的苦难，土地上有炮火在燃烧，土地上到处是流浪的乞丐，土地上横躺着冰冷的尸体。这种灾难的景象正如他在《北方》一诗中描绘的那样“天上/看不见太阳/只有那结成大队的雁群/惶乱的雁群/击着黑色的翅膀/叫出它们的不安与悲苦/从这荒凉的地域逃亡”。对于一个挚爱土地与人民的诗人，不能不被这样的景象刺激，他带着悲愤写下了《雪落在中国的土地上》、《北方》、《手推车》等一系列诗篇，1938 年末写成的《我爱这土地》就是其中最为动人的一首。

## 【主题意蕴】

艾青是土地忠实的歌者，尽管这片土地承载着太多的苦难，尽管有太多的悲愤郁结于心，但他却由衷地爱着养育他灵魂的这片土地。他愿意用嘶哑的喉咙歌唱这片土地上的忧伤和希望，歌唱“被暴风雨打击着的土地”、“永远汹涌着的悲愤的河流”与“来自林间无比温柔的黎明”，他对这片土地不离不弃，即使最后死了，也要让羽毛“腐烂在土地里面”。这里传达的是一种至死不渝、刻骨铭心的爱国情感。这是艾青那一代知识分子最为普遍的情感，他们热爱自己的祖国，有着自觉的忧患意识，甘愿为光明、为民族而啼血歌唱，而艾青则把这样深沉复杂的情感融合在了对土地永恒的书写中。“为什么我的眼里常含着泪水？因为我对这土地爱得深沉……”这是真实而朴素的情感抒发，来自诗人灵魂的深处，也来自整个民族历史的深处，因而具有特殊的感人力量。

## 【艺术特色】

艾青非常强调主观情感对诗歌意象的渗透，把精心挑选的意象与自己内在的情感融合起来，从而创造出能唤起人情感共鸣而又具有广阔象征意义的视觉画面。在这首诗中，他选取了土地、河流、风、黎明等博大的自然意象，能引起我们多层次的联想，值得注意的是他在每个意象前都用了带有感情色彩的修饰语，“悲愤的河流”、“激怒的风”、“无比温柔的黎明”，其实悲愤、激怒、温柔都是诗人自己内心的情感体验，他却将之注入到所选取的自然意象中，二者的结合产生了奇妙的效果，意象转化为了一个个富有象征意味和暗示力的画面，既暗示了民族和国家坎坷的历史和命运，也暗示了人们不屈与顽强的抗争，还暗示了这片土地上正在不断生长的希望，由此诗人对土地深沉的情感才能在最后很自然地直接抒发出来。

## 【经典评论】

**牛汉认为**：“在抗战初的那两年(1937—1938)，艾青写的诗还带着一些过去的哀伤，这不能仅仅看作是他个人的，它是与整个民族的苦难历史不可分割的。这种民族的哀感和愤懑以及对土地的眷恋之情，不但不是消沉的，而且是更能激起一个哀伤的民族渴求解放的意志。”

——《中国新诗的大形象》，《艾青名作欣赏》，中国和平出版社 1993 年版，第 5 页

**郭宝臣评价说**：“诗人对于土地之爱，在他的许多诗篇中都表达过。而像这首诗写得这样集中，这样浓烈，这样撼动人心，还是不多见。……诗人采用了‘直接’的抒情方式，来表达自己对土地的感情。它像‘誓词’一样严肃，又像‘血’一样庄严。”

——《我是一只鸟》，《艾青名作欣赏》，中国和平出版社 1993 年版，第 182 页

## 【思考练习】

1. 谈谈你对艾青诗歌“忧郁”抒情特征的理解。
2. 思考“土地”这个意象在艾青诗歌中的独特内涵。
3. “悲愤的河流”、“激怒的风”、“无比温柔的黎明”在诗中的象征意义是什么？

# 田间

## 假使我们不去打仗

假使我们不去打仗
敌人用刺刀
杀死了我们
还要用手指着我们骨头说：
　“看，
　这是奴隶！”

——1938 年

（选自《田间诗选》，人民文学出版社 1983 年版）

### 【背景资料】

抗战初期，在延安兴起了“街头诗运动”。这个运动发起于 1938 年 8 月 7 日，田间是这场运动的骨干分子。“街头诗”就是这个运动的产物，是作为鼓动人民大众抗战激情的武器出现的。田间后来回忆当时的情景：“常常自己提着标语筒，和白粉笔、黑木炭，一路上写着。在门窗边，在巨石上，在被轰炸过的墙壁上，写着街头诗。”他的街头诗言简意赅，富于强烈的感情色彩，通俗易懂，便于记忆，因而具有很强的鼓动性，《假使我们不去打仗》就是其中最具代表性的作品。

### 【主题意蕴】

这是一首鼓舞人们拿起武器进行抗战的诗，全诗短小精悍，仅有 6 行 34 个字，平实的字眼，急促的节奏，没有任何多余的铺展，也没有任何荡气回肠的口号，有的只是一个由“假使我们不去打仗”一句引起的一个震撼人心的场面：肉体被敌人杀害，但并不止于此，精神上还要被敌人侮辱，被敌人用手指着骨头说：“看，这是奴隶！”全诗用这句极有分量的话戛然而止，没有多说一个字，而读者的心情却随之产生了强烈的震动，复仇与抗争的火苗迅速从心底燃烧起来，激起无穷的抗争力量。至于去不去抗战，已经不言而喻了。

### 【艺术特色】

田间是中国新诗史上个性十分鲜明的诗人。他认为，诗人首先必须是一个战士，然后才是一个诗人，在《诗，我的诗呵》中他写到："诗/强烈的节拍/战斗的生命/是属于民众和祖国。"他的诗歌有鲜明的革命现实主义和革命功利主义精神。因此他十分注重诗歌的鼓动性和激励人心的力量，认为诗歌，特别是短小的诗歌要写得不空洞，一针见血，像猎人手上的箭，一射即中。要达到这样的效果，并不是"随便呐喊几句"，诗的鼓动性还在于真实性和创造性，要到生活的具体形象中去挖掘感人心灵的力量。在《假使我们不去打仗》这首诗中，作者结合当时民众不愿当亡国奴的激愤心态，平实地陈述了一个简单的事实：肉体和精神上的双重侮辱，而这个事实又是具体而形象的，我们甚至可以感受到敌人轻蔑的眼神和语气，这个情景就如同一支箭直射人心，从真实与具象中获得意想不到的震撼效果。

## 【经典评论】

**闻一多认为：**"这里没有'弦外之音'，没有'绕梁三日'的余韵，没有半音，没有玩任何'花头'，只是一句句朴质，干脆，真诚的话，（多么有斤两的话！）简短而坚实的句子，就是一声声的'鼓点'，单调，但是响亮而沉重，打入你耳中，打在你心上。"

"它摆脱了一切诗艺的传统手法，不排解，也不粉饰，不抚慰，也不麻醉，它不是那捧着你在幻想中上升的迷魂音乐。它只是一片沉着的鼓声，鼓舞你爱，鼓动你恨，鼓励你活着，用最高限度的热与力活着，在这大地上。"

——《时代的鼓手——读田间的诗》，《闻一多全集》第3卷，三联书店1982年版，第399页

## 【思考练习】

1. 请结合《给战斗者》、《多一些》等诗，概括田间诗歌的节奏特征。
2. 思考这种节奏特征与他主张的诗的战斗性有何联系。
3. 诗人为了体现诗歌的战斗性，在诗中采用了怎样的艺术手法？

# 臧克家

## 老　马

总得叫大车装个够，
它横竖不说一句话，
背上的压力往肉里扣，
它把头沉重地垂下！

这刻不知道下刻的命，
它有泪只往心里咽，
眼前飘来一道鞭影，
它抬起头望望前面。

四，一九三二。

（选自《烙印》，浙江文艺出版社 1997 年版）

### 【背景资料】

20 世纪上半叶的中国，可以说是灾难深重。帝国主义的侵略，社会发展方向的迷茫，各种黑暗势力的压榨，让生活倍显艰难，而人民则是这一切苦难最大的承受者。感时忧国的诗人对此往往怀有深刻的同情，不禁拿起笔书写他们肩负苦难的命运。在现代白话诗萌发的时候，同情民生疾苦就成为了诗歌的重要的主题，到了 30 年代，以臧克家、艾青及中国诗歌会的诗人将这个主题推向了高潮。臧克家长期生活在农村，常把自己视为农民的一分子，不仅与农民有着天然的精神联系，对农民的深刻了解和同情也是其他诗人难以比拟的，农民的命运成为他诗歌最重要的主题，《老马》就是其中最优秀的诗篇。

### 【主题意蕴】

《老马》一诗是臧克家早期的作品，寓意很深，诗中“老马”凝缩了时空，象征着几千年来不堪重负、命运多艰的中国农民。第一节以肉体上实实在在的压力来暗示压在中国农民身上沉重、严峻的现实。“背上的压力往肉里扣”，面对这样的重压，老马却一句话都不说，而只是把头垂下默默地忍受，这正是农民生活现实和性格特点的高度概括。第二节则点出了老马内心深处精神上的痛苦。它永远不会知道它以后的命运将会是如何？等待它的还将有多少痛苦？它已经意识到了朝不保夕的生命，只能把泪水“往心里咽”。面对“飘来的一道鞭影”，它别无选择，只是抬起低垂的头“望望前面”，而望到的只能是坎坷不平永无尽头的路。这正是农民未来命运的象征性暗示。

对于“老马”，诗人的情感是十分复杂的，同情、赞美、批判等相互交织在一起。事实上，农民性格中的一切优点与不足都在“老马”这个形象上表现出来了。正是在忍辱负重中，他们推动着中国社会的发展。但是，也正因为如此，过分的内向、迟疑与对未来不切实际的幻想，又使得他们麻木与迟钝，浑浑噩噩地度日。这正是这首诗的深刻之处。

## 【艺术特色】

臧克家早期的诗歌受闻一多的影响很深，闻一多说：“不论表现一个意境或者一种感情，他总是煞费苦心地去找那个焦点，寥寥几字，就达到了最高的真实，诗的高度概括力——典型化的特点。”臧克家对这一创作手法十分赞同，在写诗时，也特别用力地构造具有高度概括力的象征性意象，“老马”是最成功的例子之一。臧克家从农村一个普通的生活场景出发，对其进行选择和提炼，剔除了画面中的无关因素，集中笔墨去字斟句酌地刻画老马这一形象。而老马对艰辛生活的忍耐力，痛苦而又无出路的精神状态就是作者寻找到的“焦点”，于是每个字词的选择都指向这个焦点，“横竖不说一句话”、“背上的压力往肉里扣”、“此刻不知道下刻的命”等如一束束集中的光射向一点，最后凸显出来的老马形象凝练而具有容载量，因而具有很大的广延性和历史纵深性，成为一代代农民的象征，同时现实生活中那些默默忍受生活艰辛，希望渺茫而内心痛苦的人们也很容易从中找到共同之处。这种筛选、突出、舍弃、寻找焦点等典型化的艺术处理，让老马这个形象获得了单纯和丰富的统一，具有高度的概括性，同时也获得了广阔的意蕴空间。

## 【经典评论】

**茅盾认为：**“没有所谓‘玄妙的哲理’以及什么‘珠圆玉润’的辞藻，《烙印》的二十首诗只是用了朴素的字句写出了平凡老百姓的生活。”

——《一个青年诗人的“烙印”》，《时代风雨铸诗魂——臧克家文学创作评论集》，作家出版社 1996 年版，第 10 页

**梁实秋评价说：**“在描写平民生活的苦痛的时候……他保持一种尊严健康的态度，他并不平铺直叙，他忠心考求艺术的各种贡献，只看他炼句造词，便可知他是忠于艺术的，他不曾因了同情的心热炽而抛弃了艺术的立场。这一点，我以为最难得。”

——天津《益世报·文学周刊》，1933 年 9 月 2 日第 9 期

## 【思考练习】

1. 整首诗都在写“老马”，并没有写农民，但“老马”的确是中国农民的一种象征。你是怎么理解这种象征的？

2. 作者对“老马”的感情是深厚和复杂的，请仔细体会这种情感。

3. 作者是如何对“老马”进行典型化的艺术处理的？

# 牛 汉

## 落雪的夜

北方，
落雪的夜里
一个伙伴
给我送来一包木炭
他知道我寒冷，我贫穷
我没有火。

祖国啊，
你是不是也寒冷？

我可以为你的温暖，
将自己当作一束木炭
燃烧起来……

你温暖了，
我也再没有寒冷。

（选自《牛汉诗选》，人民文学出版社1998年版）

### 【背景资料】

牛汉是"七月派"的一员，他在创作中自觉地实践着诗是诗人"主观战斗精神的燃烧"这一艺术观，坚信诗是作者内心矛盾斗争的产物，离不开个人的灵魂与血肉，所以他特别注重内心的生命冲动。他诗歌中对时代的关注，不是对黑暗现实的简单描摹和批判，也不是口号的呼喊，而是实实在在渗透于诗歌中的强烈的责任心和拯救意识——拯救苦难、拯救国家、拯救民族。以主观情感的力量去把握时代风云，使他的诗在中国20世纪40年代的诗坛中获得广泛赞誉。《鄂尔多斯草原》、《在牢狱》、《落雪的夜》、《锤炼》等都是牛汉这一时期创作的优秀诗篇。

## 【主题意蕴】

对民族苦难的感知，并由此激发出的深沉的爱国情怀，是20世纪上半叶有良知的知识分子共有的心理特征。从郭沫若的《炉中煤》、艾青的《我爱这土地》，再到牛汉的《落雪的夜》，对祖国强烈的爱伴随着为民族苦难而感到的灼心疼痛，疼痛中又暗含着甘愿为民族新生而奉献自身的决心，这种复杂的心理在不同的诗作中得到延续。

牛汉写作这首诗时正是国难当头，民族危亡的时刻，诗人那天生敏感的心与时代的脉搏一起跳动。他的眼前看到的是命运多舛的民族、贫瘠的土地、饥饿的生命，因而在"北方，落雪的夜里"产生了很深的感触，诗人为他所看到的而悲愤，同时也思考着"我"与"祖国"的共同的命运。"我寒冷，我贫穷，我没有火"，是实写个人困窘的状态，但是第二节开头的一句问话"祖国啊，你是不是也寒冷?"却把它置于一个更广阔的象征境地，寒冷、贫穷、没有火，不仅是"我"的困境，更象征着当时中国多灾多难的现状。"我"与"祖国"是一体的，是感同身受的，所以尽管寒冷、贫穷，但是我依然爱着这片土地，而且愿意"为你的温暖，将自己当作一束木炭燃烧起来……"这是诗人最自然最真挚的情感流露。

## 【艺术特色】

用陈述性、描述性的语言将主观情感与客观世界紧密地联系起来，是牛汉诗歌的一大特色。《落雪的夜》中，没有刻意地去提炼什么意象，而是以朴实平易的诗句讲述了友人在寒夜为自己送来煤炭，然后记录了由自己的寒冷想到祖国多灾的现状，而甘愿为祖国的温暖化为一束木炭燃烧的心理过程。作者对祖国深沉的爱国之情不是直接抒发出来的，而是在两节相互关联的叙述性语言中表达出来的。一些看似平常的叙事性的因素也强化了诗歌的主调，如雪夜的压抑与沉闷正是诗人内心深处苦闷情绪的象征，"他知道我寒冷、我贫穷"正如"我"清醒地感知到这片土地上的一切悲苦一样。在牛汉40年代的其他的诗作中，如《在牢中》、《爱》等，这种特色也十分明显。这样的处理方式，是牛汉追求深化的语义，于平实中渗透着深沉的情感，于朴素中蕴涵着饱满形象的诗歌理想作出的有力探索。

## 【经典评论】

**章燕、屠岸认为：**"牛汉不刻意修辞，却往往获得一种意外的修辞效果。这也许正是艺术理论上的一种悖论。"

——《牛汉诗歌中生命体验的潜质》，《秋水诗刊》台北2005年总第125期，第98页

**艾青评价说**："不是萎靡与陈腐的语言，不是飘忽而朦胧的语言，不是无力与柔弱的语言，不是唏嘘与呻吟的语言，而是明显与正确的语言，深沉与强烈的语言，诚挚与坦白的语言，朴素与真实的语言，健康与新鲜的语言，是控诉与抗议的语言。"

——《论抗战以来的中国新诗——〈朴素的歌〉序》，《文艺阵地》第6卷第4期，1942年4月10日

## 【思考练习】

1. 比较这首诗与艾青的《雪落在中国的土地上》在主题与艺术手法上的异同。
2. 作者用了怎样的艺术手法来表现内心深沉的爱国情感？
3. 请思考"落雪的夜"、"木炭"、"火"具有怎样的象征意义。

# 穆旦

## 赞美

走不尽的山峦和起伏，河流和草原，
数不尽的密密的村庄，鸡鸣和狗吠，
接连在原是荒凉的亚洲的土地上，
在野草的茫茫中呼啸着干燥的风，
在低压的暗云下唱着单调的东流的水，
在忧郁的森林里有无数埋藏的年代。
它们静静地和我拥抱：
说不尽的故事是说不尽的灾难，沉默的
是爱情，是在天空飞翔的鹰群，
是干枯的眼睛期待着泉涌的热泪，
当不移的灰色的行列在遥远的天际爬行；
我有太多的话语，太悠久的感情，
我要以荒凉的沙漠，坎坷的小路，骡子车，
我要以槽子船，漫山的野花，阴雨的天气，
我要以一切拥抱你，你，
我到处看见的人民呵，
在耻辱里生活的人民，佝偻的人民，
我要以带血的手和你们一一拥抱。
因为一个民族已经起来。

一个农夫，他粗糙的身躯移动在田野中，
他是一个女人的孩子，许多孩子的父亲，
多少朝代在他的身边升起又降落了
而把希望和失望压在他身上，
而他永远无言地跟在犁后旋转，
翻起同样的泥土溶解过他祖先的，
是同样的受难的形象凝固在路旁。
在大路上多少次愉快的歌声流过去了，
多少次跟来的是临到他的忧患；
在大路上人们演说，叫嚣，欢快，

然而他没有，他只放下了古代的锄头，
再一次相信名词，溶进了大众的爱，
坚定地，他看着自己溶进死亡里，
而这样的路是无限的悠长的，
而他是不能够流泪的，
他没有流泪，因为一个民族已经起来。

在群山的包围里，在蔚蓝的天空下，
在春天和秋天经过他家园的时候，
在幽深的谷里隐着最含蓄的悲哀：
一个老妇期待着孩子，许多孩子期待着
饥饿，而又在饥饿里忍耐，
在路旁仍是那聚集着黑暗的茅屋，
一样的是不可知的恐惧，一样的是
大自然中那侵蚀着生活的泥土，
而他走去了从不回头诅咒。
为了他我要拥抱每一个人，
为了他我失去了拥抱的安慰，
因为他，我们是不能给以幸福的，
痛哭吧，让我们在他的身上痛哭吧，
因为一个民族已经起来。

一样的是这悠久的年代的风，
一样的是从这倾圮的屋檐下散开的
无尽的呻吟和寒冷，
它歌唱在一片枯槁的树顶上，
它吹过了荒芜的沼泽，芦苇和虫鸣，
一样的是这飞过的乌鸦的声音。
当我走过，站在路上踟蹰，
我踟蹰着为了多年耻辱的历史
仍在这广大的山河中等待，
等待着，我们无言的痛苦是太多了，
然而一个民族已经起来，
然而一个民族已经起来。

1941 年 12 月

（选自《穆旦诗集》，人民文学出版社 2005 年版）

## 【背景资料】

1938年2月,抗日战争开始不久,年仅20岁的西南联大学生穆旦作为“护校”队员,和部分师生一起,从长沙出发,跨越湘、黔、滇三省,将学校迁往昆明,行程3 000里。诗人第一次感受到自我生命与生养自己的土地及土地上承受着太多灾难和痛苦的人民之间的血肉联系,开始在历史的长河中思考民族的未来。在现实的刺激下,诗人情思涌动,写下了《赞美》一诗。

## 【主题意蕴】

《赞美》完成于1941年12月,凝聚了诗人深沉的爱国之情,对整个民族苦难的沉郁思考和对“一个民族已经起来”的热切希望,意蕴丰厚。

首节以一幅调子暗缓的图景展开,起伏的山峦河流,密集的村庄、荒凉的土地、茫茫野草、干燥的风、低压的云、单调的东流水、忧郁的森林,这一组意象暗示了大地的辽阔与承受的灾难。负载整个民族沧桑和苦难的“我”有“太多的话语,太悠久的感情”,只能以一切来拥抱“在耻辱中生活的人民,佝偻的人民”,这是最诚挚的理解和同情,伴随他的还有对民族承受力和不屈精神的赞美,“因为一个民族已经起来”。

接下来的两节,镜头由全景聚焦在了“一个农夫”身上,诗人用重墨勾勒的“农夫”不是一个具体的人,“多少朝代在他的身边升起又降落”将时空凝缩,“农夫”成为了几千年来一代又一代农民的象征。他们有着顽强的忍耐力,承载着忧患和苦难,作为“受难的形象凝固在路旁”。然而如今的他选择了“放下古代的锄头”,在老妇期盼和孩子的饥饿中走上了一条“无限的悠长的”路,因为他将要改变的谷里隐藏着的“最含蓄的悲哀”,“一个民族已经起来”的希望让他变得无比刚毅。在诗人富有象征性的语言中,祖祖辈辈在“犁后旋转”的农夫,已经作为一个民族形象的代表汇入了时代和民族抗争的洪流。

面对这一切,诗人的情感是沉痛和亢奋相互交织的,“悠久的年代的风”,“无尽的呻吟和寒冷”,“踯躅”于这“多年耻辱的历史”,压着诗人的内心,焦虑而痛苦,但是太多的苦痛孕育的却是爆发,“然而一个民族已经起来,然而一个民族已经起来”,是诗人从相当高度寻找到的希望所在。

## 【艺术特色】

现代诗艺和现实情感的完美结合是穆旦在40年代孜孜探索的诗歌之路。在穆旦的眼中,现实是与自己心灵进行残酷搏斗后沉淀出来的内容,它是复杂而厚重、丰富而痛苦的,客观的描摹是无法传达的,因而需要现代诗歌中那些富有象征意味、具有复义效果的艺术手法来表现。《赞美》一诗就具有浓厚的现代派色彩,“在忧郁的森林里有着无数埋藏的年代”,“沉默的/是爱情,是在天空飞翔的鹰群/是干枯的眼睛期待着泉涌的热泪”,“一样的是从这倾圮的屋檐下散开的/无尽的呻吟和寒冷”,在这些诗句中,通感、时空转换、表面上无联系的意象的捕捉排列、句式的切割跃动都是西方现代派构筑意境的常用方法。

然而所有诗句的内在指向却不是西方现代派那种迷茫、空虚和幻灭感,而是民族的苦难、奋起和拼搏,是诗人“扩大到时代那么大的自我”,是作者心灵思索与时代纽结在一起的现实。《赞美》真实的时代历史内容,强烈的民族精神被诗人用现代派的艺术技巧传达出来,获得了丰富的层次和难得的深度。

## 【经典评论】

**谢冕认为:**“穆旦的魅力在于不脱离尘世,体验并开掘人生的一切苦厄,但又将此推向永恒的思索。他不停留于短暂。穆旦把他诗性的思考嵌入现实中国的血肉,他是始终不脱离中国大地的一位,但他又是善于苦苦冥思的一位,穆旦使现世的关怀和永恒的思考达于完美的结合。”

——《一颗星亮在天边——纪念穆旦》,《丰富和丰富的痛苦——穆旦逝世20周年纪念文集》,北京师范大学出版社1997年版,第12页

## 【思考练习】

1. 诗歌每一节都以“一个民族已经起来”作结尾,这有怎样的深意?
2. 《赞美》中使用了哪些西方现代派诗歌的艺术技巧?
3. 本诗有庞大的意象群,请谈谈其中主要的意象内涵。

# 春

绿色的火焰在草上摇曳，
他渴求着拥抱你，花朵。
反抗着土地，花朵伸出来，
当暖风吹来烦恼，或者欢乐。
如果你是醒了，推开窗子，
看这满园的欲望多么美丽。

蓝天下，为永远的谜蛊惑着的
是我们二十岁的紧闭的肉体，
一如那泥土做成的鸟的歌，
你们被点燃，卷曲又卷曲，却无处归依。
呵，光，影，声，色，都已经赤裸，
痛苦着，等待伸入新的组合。

1942 年

（选自《穆旦诗集》，人民文学出版社 2005 年版）

## 【背景资料】

在抗战的相持阶段，穆旦就读于西南联大外文系。在这相对平静的一角，穆旦得到了他诗歌创作最宝贵的一笔财富，充分吸收着西方现代文学的营养，并以开放的视野，与当代世界诗潮进行交流。冯至、卞之琳翻译和介绍了大量里尔克的诗歌，英国著名的现代派文学理论家与诗人威廉·燕卜逊讲授《当代诗》的课程，后期象征派诗人奥登在这期间访华，艾略特、瓦雷里、里尔克等人的著作在同学中被传阅讨论，在这样的氛围中，穆旦从西方 20 世纪现代派诗歌那里获得了新的诗歌写作观念和艺术技巧，如诗是经验的传达，而非热情的宣泄，诗是知性与感性的融和，追求敏锐的知觉、奇特的意象、玄学的思维等，这些都强烈地体现在他的诗歌创作中，《春》、《诗八首》、《还原作用》、《被围者》等大量诗作都有浓厚的现代派色彩。

## 【主题意蕴】

一反过去伤春咏怀的做法，《春》以独特的方式传达了 20 岁的青年人在春天诱惑下的种种情态和韵味，以及青春张扬的欲望、生命、理想在外在压抑下的焦灼与痛苦的心理体验。“绿色的火焰”是一个富有诱惑力的意象，既是对风吹草动情致的生动刻画，更象征了被春光撩动的尚未萌动的欲望和情思。“火焰”强烈而暗含活力，“他渴求拥抱你，花朵”，这是真挚地寻找爱情和灵魂伴侣的呼唤。“花朵”作出感应，在“暖风”的吹拂下，“反抗着土地”，伸了出来。暖风带来的“烦恼”与“欢乐”，是爱情的真实，二者的矛盾共生让爱更有诱人的魅力，所以花儿勇敢地反抗着土地，接受了爱的洗礼，而且“反抗”展现的是一种难以遏制的青春姿态，生机盎然。“如果你是醒了，推开窗子，看这满园的欲望多么美丽”，“欲望”是青春生命的一种本真状态，当你潜藏的生命意识觉醒时，品尝到爱的悲欢时，回归到那种本真的状态时，那感受到的将是推开窗户刹那间的美丽，这才是青春所应该拥有的自由活泼的春天。

诗的第二节更细腻地描绘了20岁的青春在春光诱惑下绽放，却又“无处归依”的复杂心理。蓝天下“我们二十岁的紧闭的肉体”，被“永远的谜蛊惑着”，“一如那泥土做成的鸟的歌”，这是一个十分奇特的比喻，富有玄想的色彩。“泥土做成的鸟的歌”象征一种混沌未开、朴实浑厚的生命形态，恰如“我们二十岁的肉体”充满理想的旋律，美妙动听而又混沌朴实，既被爱吸引，又为爱所困惑。当情感被点燃，欲望被唤醒，生命力开始扩张时，却受到外界的阻隔，只能“卷曲又卷曲”、“无所归依”，这是勃发的青春和爱受到限制的无奈与痛苦。“光、影、声、色，都已经赤裸”，象征着被青春点亮后的灵魂与肉体，渴望与真情被放逐后的焦灼状态，没有任何虚饰，但是痛定思痛，经过一番精神挣扎后，是更为执著坚定的追求，一切都“等待伸入新的组合”。

## 【艺术特色】

“用身体的感官去思想”是英国玄学派诗人常用的技巧，穆旦作为20世纪40年代最具有现代派色彩的诗人之一，在这首诗中巧妙地化用了这一方法，将行而下的感觉与形而上的玄思糅合在一起，既能给读者丰富的声色感受，又能在光影色彩中捕捉到一点玄妙的色彩。“绿色的火焰”、“满园的欲望”等是富有弹性的意象，通感和移情手法的运用，很容易调动起个体全身的情绪知觉。第二节中“我们二十岁紧闭的肉体，一如那泥土做成的鸟的歌”，“光、影、声、色，都已经赤裸”，欲望驱动下身心的焦虑状态被这一组带有肉感的意象群传达出来，但我们所感受到的又远不止于此，而是来自这些意象背后经过作者理性沉淀的渴望冲破一切的力量。感观上的焦灼和痛苦，促使生命意识的觉醒，让思想更加丰富。青春张扬的姿态伴随着“痛苦”，“痛苦”中却有“新的组合”的希望，二者相互纠结，是生命中永远存在的一组矛盾。浅层的身体感观意象自然地引导着读者探索潜流下的辩证之思，既亲切又深邃。

## 【经典评论】

**王佐良认为**："不止是所谓的虚实结合，而是出现了新的思辨，新的形象，总的效果则是感性化，肉体化，这才出现了'我们二十岁的紧闭的肉体'和'啊，光，影，声，色都已经赤裸/痛苦着，等待伸入新的组合'那样的名句——绝难在中国过去的诗里找到的名句，从而使《春》截然不同于千百首一般伤春咏怀之作。它要强烈得多，真实得多，同时形式上又是那样的完整。"

——《谈穆旦的诗》，《读书》1995 年第 4 期

## 【思考练习】

1. 你对"一如那泥土做成的鸟的歌"是怎样理解的？
2. 穆旦在《春》中是如何"用身体的感官去思想"的？
3. 请用几个词语来形容作者对"春"特殊的感受。

# 李季

## 王贵与李香香(节选)

### 四　掏苦菜(第一部第四节)

山丹丹开花红姣姣，
香香人材长得好。

一对大眼水汪汪，
就像那露水珠在草上淌。

二道糜子碾三遍，
香香自小就爱庄稼汉。

地头上沙柳绿蓁蓁，
王贵是个好后生。

身高五尺浑身都是劲，
庄稼地里顶两人。

玉米开花半中腰，
王贵早把香香看中了。

小曲好唱口难开，
樱桃好吃树难栽；

交好的心思两人都有，
谁也害臊难开口。

王贵赶羊上山来，
香香在洼里掏苦菜。

赶着羊群打口哨，
一句曲儿出口了：

“受苦一天不瞌睡，
合不着眼睛我想妹妹。”

停下脚步定一定神，
洼洼里声小像弹琴：

“山丹丹花来背洼洼开，
有那些心思慢慢来。”

“大路畔上的灵芝草，
谁也没有妹妹好！”

“马里头挑马四银蹄，
人里头挑人就数哥哥你！”

“樱桃小口糯米牙，
巧口口说些哄人话。

“交上个有钱的花钱常不断，
为啥要跟我这个揽工的受可怜？”

“烟锅锅点灯半炕炕明，
酒盅盅量米不嫌哥哥穷。

“妹妹生来就爱庄稼汉，
实心实意赛过银钱。”

“红瓤子西瓜绿皮包，
妹妹的话儿我忘不了。

“肚里的话儿乱如麻，
定下个时候说说知心话。”

“天黑夜静人睡下，
妹妹房里把话拉。

“满天的星星没月亮，
小心踏在狗身上！”

## 三　团圆（第三部第三节）

崔二爷来发了火：
“死丫头这样不抬举我！”

黑心歪尖赛虎狼，
下了毒手抢香香。

七碟子八碗摆酒席，
看下的日子腊月二十一。

崔二爷娶小狗腿子忙，
坐席的净是连排长。

当兵的每人赏了五毛钱，
猜拳赌博闹翻天。

香香哭得像泪人，
越想亲人越伤心。

红绸子袄来绿缎子裤，
死拉硬扯穿上身。

香香又哭又是骂：
“姓崔的你怎么不娶你老妈妈！

“有朝一日遂了我心愿，
小刀子扎你没深浅！”

听见只当没听见，
崔二爷炕上抽洋烟；

过足了烟瘾去看酒，
推推让让活像一群咬架狗。

你敬我来我敬你，
烧酒喝在狗肚里。

你恭喜来他恭喜，
崔二爷好比是他亲大哩。

崔二爷来笑嘻嘻：
“薄酒蔬菜大家要原谅哩；

“我娶这小房靠大家，
众位不帮忙就没办法。

“本来该叫她来敬敬酒，
酬劳诸位多辛苦。

“脑筋不转只是个哭，
往后闲了再叫她补。

“这个女人生来贱，
看不上有钱的爱穷汉；

“穷骨头王贵争又抢，
胳膊扭大腿他犯不上。

“我和她这婚姻天配就，
东捣西捣没脱过我的手。

“从来肥羊大圈里生，
穷鬼们啥也闹不成。

“说来说去还是我说的那句话：
太阳会从西边出来吗？”

喝酒赌博寨门口没放哨，
游击队悄悄进来了！

枪声一响乱喊“杀”，
咱们的游击队打来啦！

一人一马一杆枪，
咱们游击队势力壮！

大刀、马刀、红缨枪，
马枪、步枪、无烟钢。

白军当兵的哪个愿打仗，
乖乖地都给游击队缴了枪。

点起火把满寨子明，
庄户人个个来欢迎。

连排长没兵酒席桌前干着急，
崔二爷怕得钻到炕洞里。

连长跑了抓排长，
一个一个都捆上。

崔二爷浑身软不塌塌，
捆一个“老头来看瓜”。

连长翻身往外跳，
冷不防被牛四娃抓定了。

听见枪响香香笑，
十成是咱游击队打来了；

人逢喜事精神爽，
翻起身来跳下炕。

走起路来快又急，
看看我亲人在哪里？

队长跟前请了假，
王贵到上院来找她；

满院子火把亮又明，
不见我妹妹在哪里？

远远了见一个新媳妇，
上身穿红下身绿。

马有记性不怕路途长，
王贵的模样香香不会忘；

羊肚子手巾脖子里围，
不是我哥哥是个谁！

两人见面手拉着手，
难说难笑难开口；

一肚子话儿说不出来，
好比一条手巾把嘴塞。

挣扎半天王贵才说了一句话：
“咱们闹革命，革命也是为了咱！”

**1945年12月于陕北三边**

（选自《李季文集》第1卷，上海文艺出版社1982年版）

## 【背景资料】

由于“文艺为工农兵服务”成为解放区主流意识形态，解放区的新诗创作更自觉地吸收民间诗歌资源，借鉴各种传统歌谣的体式、表现手法、韵律和语言等来书写革命,新诗出现了“歌谣化”的倾向。这类新诗多为叙事长诗,语言朴实、易懂,风格清新而富有活力。1946年9月在《解放日报》上发表的《王贵与李香香》就是这一时期歌谣体新诗创作的代表,深受群众欢迎。

## 【主题意蕴】

这首长诗突破了20世纪30年代形成的“革命有碍于爱情或爱情有碍于革命”的公式,以1930年前后陕北土地革命为背景,以王贵和香香的爱情故事为线索,描写了三边地区农民群众在党的领导下开展的激烈斗争。长诗在传统的爱情故事原型中融入革命意识,恋爱的描写始终是和农民翻身、武装斗争联系在一起的,王贵和香香爱情的曲折和磨难是和革命的曲折和磨难一致的,他们的悲欢离合揭示了旧社会封建地主制度下鲜明的阶级对立和尖锐的矛盾冲突,他们对爱情的忠贞即是对革命的忠贞,最后团圆的结局形象地说明了革命与农民个人幸福的辩证关系,即王贵说的一句话:“咱们闹革命,革命也是为了咱!”这时,主人公在爱情和革命的磨炼下已经从普通的农民成长为了有觉悟的革命战士。“这样,诗人就将民间歌谣、戏曲‘情人历难而团圆’的模式创造性地转化为‘在革命(与爱情)的考验中成长为新人’的革命诗歌的新模式。”①

## 【艺术特色】

这首诗创造性地借用了“信天游”的形式,来表现边区人民的生活斗争。“信天游”是流行于陕北、晋南一带的一种民歌样式,两句一歌,相当自由,可以很好地容纳任何口语,具有丰富的表现力。诗人正是看到了这一点,所以大胆地吸收民歌资源,或直接采用民歌原句,或进行语言的创新,用“信天游”的形式讲述革命故事,并把抒情、写景、状物都巧妙地融入其中,从而扩大了原有“信天游”的容量。在具体的艺术表现手法上,这首诗还广泛采用了“信天游”的兴、比手法。诗中无论是用比兴描写人物,渲染神态,还是写景状物,叙事抒情,都能贴切生动,达到一种活泼自然的效果。“山丹丹开花红姣姣,香香人材长得好”,“一阵阵黄沙一阵阵沙,香香看着心上如刀扎”,无需繁复的描画,却营造了丰富的想象空间。

## 【经典评论】

**郭沫若认为**:“这儿有意识的美,生命的美,因而也就有形式上的充分的自然与健康的美。”

——《关于〈王贵与李香香〉》,《李季作品评论集》,时代文艺出版社1986年版,第4页

---

① 钱理群、温儒敏、吴福辉著:《中国现代文学三十年》北京大学出版社1998年版,第593页。

**茅盾评价说**:“这是一首叙事长诗,但它以两行为一韵的格式用的是陕北民歌‘信天游’的调子,它是一个卓绝的创造,就说它是‘民族形式’的史诗,似乎也不算过分。”

——《谈李季的〈王贵与李香香〉》,《李季作品评论集》,时代文艺出版社 1986 年版,第 7 页

**邵荃麟认为**:“用劳动人民自己的思想感情,劳动人民自己的语言,为劳动人民而歌唱。这和过去革命诗歌中基本上是用革命知识分子的思想、情感和语言来歌唱人民生活相比较,无疑是个重大的变化。”

——《谈〈王贵与李香香〉》,《李季作品评论集》,时代文艺出版社 1986 年版,第 8 页

## 【思考练习】

1. 这首诗使用了信天游的哪些艺术手法,请举例说明。
2. “情人历难而团圆”的传统模式是如何转化为革命诗歌新模式的?
3. 思考以民歌来写叙事长诗与新诗民族化、大众化的关系。

# 残剧篇

# 丁西林

## 一只马蜂（独幕喜剧）

**人　物**　吉老太太——年约五十余岁，身材细小，体质强健，淡素服装，非常的清洁。

吉先生——吉老太太的儿子，年约二十六七，强健活泼，极平常极自然的服装。

余小姐——年约二十五六，姿态美丽，面目富有表情，服装精致。

仆人。

**布　景**　一间小小长方形房子，后面墙壁中间，两扇宽门。门的左边置一衣架，靠墙一小桌，桌上置鲜花。右边靠墙立一书柜，内藏成套的中西书籍。右壁的里边，开一独门，门前为短门大窗，窗边置写字桌，上置文具。房的左壁，后半亦开一门，前半靠壁置书架，架上置装饰品。壁上悬字画。房子中央略偏前与右，置一小圆桌，上置茶具，桌的右侧置大椅（即安乐椅），左侧置可坐两人的长椅，两椅之间置一小椅，椅上皆置腰枕。

〔开幕时吉老太太睡卧在大椅上，脚下置高垫，手中报纸落地上。

**吉先生**　（将左门徐徐推开，见老太太睡卧椅上。轻步走至衣架，取了一件薄大衣，走至椅前，轻轻盖在老太太身上。老太太醒觉，吉先生含笑问）睡着了没有？

**老太太**　我本想闭了眼歇一会，不想一不留心，就睡着了。（坐起）

**吉先生**　老人家的眼睛，同小孩子的眼睛一样，闭不得。一闭了，就不由你做主。（将报纸拾起，坐在小椅上）

**老太太**　现在什么时候了？

**吉先生**　（由怀里取出一个表看了一看）三点一刻。

**老太太**　你在哪里一直到现在？

**吉先生**　在书房里写了两封信。

**老太太**　喔，不错，你替我把那封信写了吧。

**吉先生**　好，现在就写。（坐到写字桌，从抽屉里拿出信纸信封，瓶里倒了水，磨墨取笔，预备写字）怎样写法？

**老太太**　随便的写几句好了。你把我们动身的日子告诉他们，叫他们雇一只船到港口接一接。

**吉先生** 你一面说,我一面写吧。一定下星期二动身么?

**老太太** 喔,已经不是日子,还再不动身!

**吉先生** (一面写,一面念,一面说)“……十九日起程回南。”(停笔用手指计算日期)十九,二十,二十一。(写)“二十一日到港。叫张宏同江妈雇一只船到港口接一接。”(问)是不是?

**老太太** 是,最好叫到李老四家的船,干净。要是李老四的船出了门,叫邓祥发家的也可以。

**吉先生** (写)最好叫到李老四家的船。(一面写一面口中低声的念)……邓祥发家的也可以。(问)还有什么?

**老太太** (自己想她的心思)这几天太阳已经很厉害,不如叫他们先把南房里的皮衣服拿出来晒一晒。

**吉先生** 好,还有什么?

**老太太** 没有什么。(自言自语)王妈回家,说过了节就回来,不知现在已经回来了没有?

〔吉先生继续的写信。

**老太太** 余小姐,应该送她点礼物才好。

**吉先生** (先写完了信,然后答话,再接着写信封)你不是说送她一件衣料的么?(写完了信封)好了,写完了。

**老太太** (被吉先生打破她的深思)写完了吗?

吉先生 (走至椅前,将这信送出)要不要看一遍?

**老太太** 你念一念吧。

**吉先生** (念信)“二妹览:‘已经不是日子,还再不动身!’母亲说……”

**老太太** 这是写的什么?

**吉先生** 这是写信的一个帽子。(继续一句一句的念信)“母亲定于十九日动身。二十一日到港。叫张宏同江妈雇一只船到港口接一接。最好叫到李老四家的船,干净,要是李老四家的船出了门,叫邓祥发家的也可以。这几天太阳已经很厉害,不如叫他们先把南房里的皮衣,拿出来晒一晒。王妈回家,说过了节就回来,不知道现在已经回来了没有?”没有写错吧?

**老太太** (笑)喔,你们现在写信,都是这样写么?

**吉先生** 这是最时行的直写式的白话文,有一句,说一句。你没有旁的话要说么?

**老太太** 没有。

**吉先生** 这下边是我的事。(继续念信)“这次母亲在京,一切都好。唯有两件事,不大称心。……”

**老太太**　我有什么事不称心？

**吉先生**　（不答，继续念信）“第一，她这次来京的目的，本想劝她的儿子，赶紧讨个媳妇，她可早点抱个孙儿，方头大耳，既肥且皙。哎！不想来京两月，绝少成绩。媳妇，毫有影响，孙子，渺无消息；第二，她满心满意，想亲上加亲，把姊妹改做亲家，侄儿变做女婿。不想她那不肖之女，又刚愎自用，不顺母意。因此上，这几日来，口中不言，心中闷闷。不过那位表侄先生，现已广托亲友，多方物色。夫诚能动神，勤能移山，况在佳人才子聚会之首都，求一称心合意之老婆乎！故数月之内，定有良缘。将来一杯喜酒，或能稍慰老年人。愿天下有情人无情人都成眷属之美情也。”说得对不对？不要生气啊。

**老太太**　（稍有不快之意）我有这些闲工夫来同你们生气！你们的事，我老早就对你们讲过，由你们自己去，我一概不管。你们爱怎么说，就怎么说。

**吉先生**　（将信封好，贴了邮票，走至椅旁，一手放椅背上，一手理她的头发）妈，你是一个特殊的女人，你什么事都是非常。你是一个非常的贤妻，一个非常的良母。唯有这一件，你没有逃出了做母亲的公例。

**老太太**　把这件大衣挂起来。

〔吉先生将衣挂原处。

**老太太**　（追想到她以前的生活）“贤妻良母”，配不上这四个字！

〔吉先生坐到原处。

**老太太**　你父亲死的时候，你只有八岁。云儿只有五岁。那个时候，我就不相信那私塾先生的教书方法。——也一半舍不得你们去受那野蛮的管束——所以我就拿定主意，自己教你们。一直把你教到十六岁。那时所有的产业，就是那分来的五十亩坏田。现在你们可以不愁穿，不愁吃。不是说大话，要是你们不是每年上千块钱的学费用费，现在大约十倍那么多都不止了。

**吉先生**　所以我说你是一个特殊的女人。

**老太太**　是的，贤妻良母，有什么稀奇？现在的一般小姐们不是一天到晚所鄙薄不屑得做的么？

**吉先生**　你要原谅她们。她们因为有几千年没有说过话，现在可以拿起笔来，做文章，她们只要说，说，说，连她们自己都不知道说的些什么。

**老太太**　现在这班小姐们，真教人看不上眼。不懂得做人，不懂得治家。我不知道她们的好处在什么地方？

**吉先生**　她们都是些白话诗，既无品格，又无风韵。旁人莫名其妙，然而她们的好处，就在这个上边。

**老太太**　我问你，这样的人也不好，那样的人也不好，旧的，你说她们是八股文，新的，你又说她们是白话诗……

**吉先生** 是的，同样的没有东西，没有味儿。

**老太太** 那末你到底要怎样的一个人，你就愿意？

**吉先生** （耸肩）坏的就是连我自己都不知道。要是找老婆如同找数学的未知数一样，能够列出一个代数方程式来，那倒容易办了。

**老太太** 怎么你们表兄弟两个，这样的不同！那一个就请这个，托那个，差不多今天等不到明天。你是总不把它当一件正经事看。

**吉先生** 不把它当一件正经事看！因为我把它看得太正经了，所以到今天还没有结婚。要是我把它当做配眼镜一样，那么你的孙子，已经进了中学。

**老太太** （觉得对他没有办法）倒一杯茶给我。

〔吉先生倒了一杯茶送给老太太，自己亦倒了一杯，慢慢饮之。

**老太太** （沉思半晌）你知道不知道，你的表兄已经同我说了几次，要我替他做媒？

**吉先生** 怎么不知道？

**老太太** 你知道他要说的是谁么？

**吉先生** 余小姐，是不是？你问过了她没有？

**老太太** （很慢的答）没有。

**吉先生** 为什么不问她？

**老太太** 为什么不问？（少顿）我想今天问她，——好不好？（语时视吉先生）

**吉先生** 很好，看护妇配医生，互助的原则，合作的精神，结婚时最好的演说资料。

〔老太太微微的叹了一口气。

〔仆人推开左门。

**仆　人** 老太太，余小姐来了。

**老太太** 请她进来。

〔仆人走出，吉先生放下茶杯，忙走至写字桌，整理笔砚，折好了桌上报纸。

〔仆人由外面推开左门让余小姐走进，自己随后收去了桌上的茶具。

**余小姐** （带了帽子手套，一手提钱包，进来之后，一面与主人招呼，一面脱去手套，将钱包置门旁小桌上，解下帽子）老太太，吉先生。

**老太太**
**吉先生** 余小姐。

〔吉先生接过帽子，挂衣架上。

**余小姐** 老太太，对不住得很，劳你们等了。

**老太太** 没有什么，请坐。（让余小姐坐大椅）

余小姐　喔，老太太坐，老太太不用客气。我这儿坐好。

〔扶老太太坐大椅，自坐小椅。吉先生自坐长椅上。

余小姐　两点半钟就想来，忽然来了一个病人，要替他腾出一间房间来，忙了半天。还打算打电话，说不能来了，后来我想老太太就要回南，无论怎样忙，都要来陪老太太玩半天。

老太太　多谢你，我们也知道你医院里事情很忙，所以一向不常请你出来。今天是因为我们快要回南，想请你来，我们好当面向你道谢。这一次实在劳苦了你。起先是我们吉先生，住了两个星期，都是你招呼，后来又是我自己，我们实在感激你的了不得。

余小姐　老太太太客气，那是我们的职务。老太太这几天饮食可好一点？

老太太　胃口不强，我一向就是这样。那一次到北京来，因为在路上略微受了一点辛苦，所以觉得不大舒服，实在没有什么病。我们吉先生一定要我到医院去，说医院里怎样的舒服，怎样的干净。我总是不想去。后来他又说我精神不好，一定是睡觉不好，非得到一个清静的地方去静养几天不可。我被他说不过了，方才住到医院去。我出来的时候，他还要我再多住几天。

吉先生　我的母亲是不相信医院，不相信看护妇的。

老太太　我并没有说我不相信看护妇，我是因为常常听见讲医院里招呼不大周到。

吉先生　没有什么，你现在不但相信她们，并且喜欢她们。

余小姐　我们也知道，外面有很多的人说我们的坏话，现在不是我来替自己辩护，有时实在不是看护妇的疏忽，实在是这一班生病的太太小姐们的麻烦。我时常同其余的同事说着玩，说这些人什么事不会做，连生病也不会生。……

吉先生　要生病生得好，本来不是一件容易的事。

余小姐　她们第一，就不肯听医生的话，要这样要那样，一天要压几十次铃子。你对她们说，叫她们不要吃东西，她一会儿要到外边买些水果，一会儿想叫家里送点鸡汤。你想，要叫我们同平常人家的老妈子伺候太太小姐们一样，我们哪里有这么许多工夫？我们平均每人要招呼十个人。喔，说也是无用，她们哪里肯讲理？

吉先生　做看护妇本来是一种很苦的职业，因为世界上最不讲理的是醉汉，其次就要算病人。

余小姐　好笑得很，遇到一种奇怪的人，病快好的时候，他还要你陪他谈天。（看了吉先生一眼）

吉先生　那真是可想而知的讨厌。要是个男人，还没有什么，假若是个女人，那恐怕简直没有办法。

**老太太** 不过我终是不相信，其余的人能够同你一样。纵然有你这样的能干，也一定不会这样的和善，这样的体贴。

〔仆人由左门入，手里拿了一个盘，盘中置茶壶、茶杯、糖碟等物。

〔老太太欲倒茶。

**余小姐** 老太太请坐，让我自己来倒。（倒了一杯茶送老太太）

**老太太** 喔，谢谢你。

〔吉先生倒了一杯茶送余小姐。

**余小姐** （受吉先生之茶）谢谢。（欲代吉先生倒茶）

**吉先生** 谢谢，我不喝茶。

**余小姐** （一面喝茶）老太太为什么不在北京多住几天？有吉小姐在家，难道不放心么？

**老太太** 她倒什么都能够，不过我这次离家已经很久。我本是因为吉先生病了，所以来看看。

**余小姐** 我想吉小姐一定也是很能干。

**老太太** 什么叫能干。不过一个女孩子应该知道的事，我不容她们不知道。

**余小姐** 不过要想能同老太太一样的能干，恐怕不容易。

**吉先生** 做能干父母的子女，是一种很苦的事。暑假那么热的天，回到家，只有两个星期，两个星期一过，就一个赶到乡里去种田，一个赶到厨房里去烧饭。

**老太太** （笑）我是一个很顽固的人，——我现在也有了年纪，也不怕人笑话，——我以为一个人多知道一点事，一定不会有坏处。我不相信，一个女人会做了饭，就不会做文章。

**吉先生** 不错，不过困难的不是会做了饭的女人不会做文章，是会做了文章的女人就不会做饭。

**余小姐** 吉小姐会到北京来么？我很想认识她，我想她一定是同老太太一样的和气，可爱。

**老太太** 她旁的没有什么好处，不过还直爽。就是我嫌她有点新的习气。

**余小姐** （高兴）我想我们一定会变做好朋友，她来的时候，老太太一定要叫她写信给我。

**老太太** （问吉先生）你有她的照片没有？

**吉先生** 有一张的，不知到哪里去了。

**余小姐** （忆起）喔，吉先生信里说老太太要我一张照片，我今天带来了。（走向小桌）

**老太太** （不解）我没有说要照片。（向吉先生）我几时……？

**吉先生** 你怎么没有讲？真是有了年纪的人，说过去的话不要几天就忘了。

**余小姐** （装不听见，由钱包里取出一张小照片）这一张不大好，不十分像，等以后有了好的时候，再送老太太吧。（以照片送给老太太）

**老太太** （看照片）你已经长得很好看，这张照片更加好。

**吉先生** （向老太太取了照片，取笑老太太）你平常最讲究会说话的，怎么今天自己把话说差了？你应该说，这张照片固然很好看，但是总不及照片的主人好看。（与余小姐对看了一看）

**老太太** 我是说的老实话。

**吉先生** 你们还坐一会儿才去吧？（向老太太）我送你一个好看的照片框子。（带照片由左门走出）

〔两人不语者片刻。老太太对余小姐注视，余小姐不知所语，取了一块糖来吃。

**老太太** 余小姐，我有几句话，很久就想同你谈谈。（将椅移近）

〔余小姐忙将口里的糖吞下，理了一理裙子，坐直了身子，用心的听。

**老太太** 我想你一定以为我是一个很爱舒服的人，你知道我年轻的时候，很过了些辛苦的日子。我们吉先生，从小就没了父亲，家里大大小小的事情，都全靠我一个人去问，连他们的书，也都是我自己教他们。差不多吃了二十年的苦，才把他们带到这么大。现在他们什么事都用不着我去担心。不过还有一件，我放不了心，就是他们都还没有成家。

〔余小姐的身子略微的颤动了一下。

**老太太** 这一层，我也同吉先生说过好几次，他都不把它当一件事。——我也不知道他到底是什么意思。现在子女的婚姻，本来也用不着父母去管，所以我也只好由他们自己去。（叹了一口气，略顿）我有一个表侄。

〔余小姐转了一转身子，恢复了自然的呼吸。

**老太太** 你大概也认识他，他到医院看过我。他虽然只看见过你几次，但是因为他时常听见我说你怎样的好，所以他很敬重你。他向我说了好多次，托我说媒，我都没有提过。因为我自己儿子的事，我都不管，我哪里有工夫去管旁人家的事！不过他说，他一来不知道你的意思，所以不好向你开口，二来就是想对你说，也没有个好的机会。他，人是一个很好的人，他学的是医道，现在预备自己挂牌行医。他的脾气很好。也是一点坏的嗜好都没有。——喔，我知道我是一个很腐败的老太婆，说媒的事，是你们现在最不欢喜的。要是这样，我请你不要生气。

**余小姐** （如梦初觉）我很感谢老太太的好意，哪有生气的道理？

**老太太** 他还想在我回南之前，得一个回信。我想这也不是立刻就要怎样的一件事，你如要细细想一想，你回去写封信告诉我，我想也没有什么不可以。（略顿）你的意思怎么样？你有什么话，尽可对我说，你知道我差不多把你同自己的女儿一样的看待。

**余小姐** （思索了一会，打定了主意）我想我们年轻的人，一点经验没有，什么事都全靠年纪大一点的人到处指点教导。老太太的意思怎么样？

**老太太** 喔，这是你自己的事，总得你自己做主。

**余小姐** 老太太的意思，如果觉得很好，那自然不会有错。

**老太太** 那我就说你很愿意？

**余小姐** 不过我想总得写一封信回去，问问父母的意思。

**老太太** 不错，不错，自然应该这样。那你就写封信回去，等你接到家里回信之后，再说吧。

**余小姐** 我想单由我写信去，还不十分妥当。

**老太太** 那有什么不好？

**余小姐** 可以不可以请吉先生写一封详细的信，把老太太的意思告诉家里，我再另外写一封信，一齐寄去？

**老太太** 不错，不错，应该这样。回来我对吉先生说一说，叫他写起一封信来。写好了，我叫一个人送给你。你说好不好？

**余小姐** 老太太的主意很好。

**老太太** 我们还是坐一会，还是就到公园去？

**余小姐** 老太太意思怎么样？

**老太太** 我们就去好不好？我叫他们去请吉先生去。（走去压电铃）

**余小姐** 我借你们的电话用一用。

**老太太** 在那边院子里，你知道。

〔余小姐由右门出，仆人由左门入。

**老太太** 你去请吉先生，就说我们现在到公园去了。

〔仆人由左门出。老太太坐回原处。如有所思。吉先生由左门入。

**吉先生** （手里拿了照片，装好了框子。进来之后，将照片放在书架上，看了一看，移动一回）余小姐哪儿去了？

**老太太** （沉思中）打电话去了。

**吉先生** （坐到小椅上，取了一块牛奶糖，慢慢去其外皮，随便的问）你的媒做得怎么样，问了她没有？

**老太太** 问过了。

**吉先生** 她怎么样讲？（将糖送至嘴边）

**老太太** 她很愿意。

**吉先生** （将糖由嘴边拿回）她很愿意？她说很愿意吗？她怎样说？

**老太太** 她没有说什么。

**吉先生** 她没有说什么,你怎样知道她很愿意?

**老太太** 这用不着说的。

**吉先生** 喔,不错,这一类的事是用不着明说的,是不是?同天气一样,只要看看气色就知道了。

〔老太太对他严厉的看了一看。

**吉先生** 那么,已经定了?

**老太太** 她还要写封信回去,问问她的父母,要等……

**吉先生** 问问她的父母!(解悟)喔!(把一块糖投入口中)

**老太太** 你笑什么?你笑她把她的父母太看重了,是不是?我听了很欢喜。

**吉先生** 没有的事!我听了也很欢喜!(又拿了一块糖放进嘴去)她说了什么时候写信没有?

**老太太** 她要请你替她写。

**吉先生** 要我替她写!这真奇怪。我又不是她的亲兄弟,亲叔伯,她为什么要请我替她写信,这不是奇而又奇的事?

**老太太** 你看了奇怪吗?我看了一点也不奇怪。

**吉先生** 为什么不奇怪?

**老太太** 因为——因为你还没有认出她。她是一个大户人家出来的女孩子,知道什么是应说的,什么是不应说的。她知道害羞。

**吉先生** 喔喔!女孩子!害羞!(又拿了一块糖放进嘴去)

**老太太** 怎么你向来不吃糖的人,今天爱吃起糖来了?

**吉先生** 今天的糖特别有味儿!(高兴,跳起)你们现在就到公园去吗?

**老太太** 等余小姐打完了电话。

**吉先生** (想了一想)你不换一件衣服?

**老太太** 不过是到公园去坐一坐,谁再去换衣服?

**吉先生** 可是天气很凉,不换,也应该加一件。——在哪里?我替你去拿,好不好?

**老太太** 我自己去,你不知道。

〔吉先生开右门让老太太走出,将门关好,走到书架,取照片在手,细细的审看。将照片放回,在房里走了两转。余小姐由右门入。

**吉先生** 电话打通没有?

**余小姐** 打通了。(注意老太太不在房内,两人对看了一看)

**吉先生** (将长椅向前稍推)老太太到后面去换一换衣服,叫请你在这里等一会。请坐。

〔余小姐由女人的直觉,知将有有趣的谈判发生,为准备抵御起见,先摸了一摸头发,理了一理裙子,选了长椅离小椅远的一边坐了。吉先生坐小椅上。

**余小姐** 老太太真是一个很可佩服的人，那么大年纪，穿的衣服，比年轻的小姐们还要讲究。

**吉先生** 一个人什么都可以不讲究，唯有衣服不可以不讲究。

**余小姐** 为什么？

**吉先生** 因为人是一个社会动物。一个人生在世上，所有的一切物质上的幸福，精神上的愉快，都是社会给他的。所以一个人对于社会，应当尽量的报答。

**余小姐** 那与著衣服有关系么？

**吉先生** 关系大得很！因为报答社会，有种种不同的方法。有职业的，借他的职业，有技能的，用他的技能。当兵的可以替我们杀人，做律师的可以替我们打官司，做医生的可以替我们治病。不过还有一种人，——就像我们——既无职业，又无技能，最少也应该著几件好看的衣服，才不至走到人家面前，叫人家看了难过。

**余小姐** （笑）哈，我明白了。愈无用的人，愈应该著好看的衣服，对不对？

**吉先生** 对，不过有用的人，也不应该著不好看的衣服。社会上没有一种职业，我们可以承认他有不顾装束的专利。一个人，自生至死，也没有一个时期，我们可以承认他有无须修饰的特权。假若一个女人，因为她已经结了婚，就不管她头发的高低，因为她生了儿子，就不管她袖子的长短；或是一个男人，因为他能够诌得几句诗词歌赋，就不洗清他的面孔，因为他能够画得几笔山水草虫，就不剃光他的下巴，拉直了他的袜筒，那都是社会的罪人。

**余小姐** 这样讲，恐怕我们都是社会的罪人。

**吉先生** 你？喔！（欲言而止）

**余小姐** 我怎么样？

**吉先生** 你？两个月以前，你冤枉说我发烧的时候，我不是已经对你讲过么？

**余小姐** 我冤枉说你发烧？

**吉先生** 自然是冤枉。什么温度三十九，脉跳一百多，那都是你造的谣言，——是的，完全是谣言。——不过我很感激你，假使没有你的谣言，我如何能够住到两个星期？喔！那两个星期！那是我一生最快乐的两个星期！（叹）嗳！无论怎样，不会再有的。

**余小姐** （回想到那时的景况）是的，也不知说了多少话！从来没有看见过这样爱说话的病人。

**吉先生** 是的，那都是些极真诚，极平常，极正当的话。为什么平常我们不能讲？为什么要男人装了病，方才可以讲？为什么女人听了，一定要冤枉说他发烧？要是现在我说你眼睛生得怎样的动人，嘴唇怎样的可爱，你会装作没有听见，把我的额角摸一摸，枕头拥一拥，说一声："现在歇一会儿吧。你说话说得太多！"社会真是一个不自然的东西！这一类的话，有什么说不得？为什么现在不能说？

**余小姐** 因为——因为你现在不发烧！

**吉先生** 你怎么知道我不发烧？我一年到头，没有一天不发烧。你要不相信，你现在替我试一试。（伸手放在长椅边上）

〔余小姐从长椅那一边，移到这一边，先理了一理裙子，然后用右手把脉，同时看左手上的腕表。约数秒钟无语。

**吉先生** 我病的时候，说了很多的话，是不是？

〔余小姐点头。

**吉先生** 说了些什么？

**余小姐** （将手缩回）你说中国是一个可怜的社会，男人尤其可怜。除了赌钱，遇不到人家的小姐、太太，除了生病，得不到女人的一点同情；所以你一个星期要打一次牌，一个月要装一次病。

**吉先生** 对呀！这像生病的人讲的话吗？——发烧不发烧？

**余小姐** （犹豫）七十七次。

**吉先生** 可见得是说谎。

**余小姐** 为什么？

**吉先生** 因为你就没有数！

**余小姐** 喔，一个人可以随便说谎吗？

**吉先生** 自然不能随便。不过我们处在这个不自然的社会里面，不应该问的话，人家要问，可以讲的话，我们不能讲，所以只有说谎的一个方法，可以把许多丑事遮盖起来。

**余小姐** 我们从小就知道，说谎是不道德的。

**吉先生** 道德是没有标准的、随时代随个人而变的东西，平常所谓道德，不是多数人对于少数人的迷信，就是这班人对于那班人的偏见。

**余小姐** 这样说，世界上没有善恶好坏的标准了？

**吉先生** 世界上只有脏的习惯是坏习惯，丑的行为是恶行为。

**余小姐** 所以什么谎都可以说，只要说得好听。做贼，赌钱，都可以做，只要做得好看。

**吉先生** 一点都不错。不过世界上美神经发达的人很少。做贼同赌钱的时候，大半都是不大十分雅观。说谎，说得好的人很多，不过我最佩服的是你。

**余小姐** 我向来不说谎，你说我说谎，你有什么证据？

吉先生　对呀！所以佩服你的缘故，就是因为拿不出证据来。不过一个人说谎说得太多了，总有一天，转不过弯，要露出马脚来。

余小姐　我从来不喜欢说谎。

吉先生　好吧，白说是没有用的。我问你一件事。

余小姐　什么事？

吉先生　老太太替你做媒没有？

余小姐　（着急）你不应该问这句话。

吉先生　为什么不应该？

余小姐　因为这一类的话，连自己的父兄都不应该问，朋友更加不应该。

吉先生　喔，新文化！新文化！不过你知道不知道？一个人的婚事，从前，是父母专制，现在因为用不着父母去管，所以用不着父母去问。（吉先生的意见，以为婚姻的事如果不要人帮忙则已，如要帮忙，父母应该是最重要的人物，现在所以不要他们过问，一则因为他们专制，二则也因为他们不能帮忙，这一层似乎还没有人见到，所以附带声明）但是现在的婚姻是朋友专制，要想结婚，非靠朋友帮忙不可，所以你说朋友不应该过问，是完全错误。

余小姐　我去看看老太太去。（起立欲走）

吉先生　（起立阻之）不要走，不要走，我还有一件要紧的事，没有对你说。请坐。

〔两人同坐下。

吉先生　我不在这里的时候，老太太同你讲了很多的话，是不是？

余小姐　是的。

吉先生　她说到我不想结婚的话没有？

余小姐　说了很多。

吉先生　你知道，我不想结婚。

余小姐　为什么不想结婚？

吉先生　因为一个人最宝贵的是美神经，一个人一结了婚，他的美神经就迟钝了。

余小姐　这样说，还是不结婚的好。

吉先生　是的，你可以不可以陪我？

余小姐　陪你做什么？

吉先生　陪我不结婚。（走至余小姐前，伸出两手）陪我不要结婚！

余小姐　（为他两目的诚意与爱情所动）可以。（以手与之）

吉先生　给我一个证据。

余小姐　你要什么证据？

**吉先生** 你让我抱一抱！（释其手，作欲抱状）

**余小姐** （走开）等你再生病的时候。

**吉先生** 不过我的母亲告诉我，说你已经答应了做她的侄媳妇，那怎么办？

**余小姐** （得意）那没有什么，我的父母不愿意我嫁给医生！

**吉先生** 对，我知道，我们是天生的说谎一对！（趁其不防，双手抱之）

**余小姐** （失声大喊）喔！

〔老太太由右门，仆人由左门，同时惊慌入。吉先生已释手。

**老太太** 什么事，什么事？

〔余小姐以一手掩面，面红不知所言。

**吉先生** （走至余小姐前，将余小姐手取下，视其面）什么地方？刺了你没有？

**老太太** 什么事？怎么一回事？

**余小姐** （呼了一口深气）喔，一只马蜂！（以目谢吉先生）

——闭幕

（选自《丁西林剧作全集》上册，中国戏剧出版社 1985 年版）

## 【背景资料】

丁西林是中国现代戏剧史上一个奇异的存在，他既是一位风格独特的戏剧家，也是一位著名的物理学家。科学素质和艺术因子相反相成，相得益彰，使他成为中国现代独幕喜剧创作卓有成就的开创者。他善于发现生活中的喜剧因素，通过误会、遮掩等手法营造喜剧气氛和喜剧趣味，表达自我对生活的理解。他的喜剧观念与以悲剧为主的中国现代戏剧观念有明显异趣。1923 年，《一只马蜂》的问世，在中国剧坛引起极大反响，也激发了丁西林的创作激情，使他与戏剧结下不解之缘。1925 年 3 月《一只马蜂》在北京上演，好评如潮。它以独特的机智、幽默、含蓄的喜剧语言和反对封建统治、追求个性解放的主题，成为"五四"时期一部脍炙人口的佳作，给人以耳目一新的感觉，为"五四"以后的现代喜剧创作开创了新局面，是中国喜剧在舞台上最初的成功。

## 【主题意蕴】

《一只马蜂》是一部格调优雅、结构精致、诙谐幽默的轻喜剧。它主要写了吉先生、余小姐为追求自由恋爱与吉老太太发生的家庭矛盾，揭露了当时社会的虚伪风气。作者没有直接写吉、余二人与吉母之间的冲突，而是通过一系列颇具情趣的喜剧场面加以表现，巧妙而圆满地突出主题。剧本写一位具有封建意识的老太太，一心要为儿女安排婚事，她把女儿许配给表侄，女儿却不顺从她的心意。她又催着儿子赶紧娶妻，儿子却漫不经心，"绝少成绩"。后来，她煞费苦心，要替侄儿向余小姐求婚，却不知这位余小姐是儿子的恋人。两个机智的年轻人，在老太太的眼皮底下，以俏皮的“反语”、“谎话”谈情说爱，老太太却毫无察觉，直到吉先生与余小姐偷偷拥抱，被老太太撞见，他们却巧妙地宣称：“一只马蜂”。

该剧通过人物性格的展示，愿望与现实的矛盾，揭示了中国社会“不自然”的现实。一方面温和地嘲笑了吉太太这类半新半旧的人物的陈旧的婚姻观念，另一方面也婉转地表达了对青年男女争取恋爱自由的斗争的支持。值得注意的是，作者在剧中，安排了一段巧妙的对话。他借了吉先生的口，评论了当时的白话新诗：“吉老太太：现在这班小姐们，真教人看不上眼，不懂得做人，不懂得治家。我不知道她们的好处在什么地方？”“吉先生：她们都是些白话诗，既无品格，又无风韵。旁人莫名其妙，然而她们的好处，就在这个上边。”“老太太：我问你，这样的人也不好，那样的人也不好，旧的，你说她们是八股文，新的，你又说她们是白话诗……”“吉先生：是的，同样的没有东西，没有味儿。”这是值得玩味的。

## 【艺术特色】

《一只马蜂》的语言机智幽默，结构也很巧妙，不时令人发出会心的微笑，剧中一连串的反话和谎话造成了饶有风趣的喜剧效果。该剧虽短，但构思精巧，取材于日常生活琐事，却在“无事”中创造了无法调和的戏剧冲突。如吉先生与余小姐兴趣相投，早已眉目传情，心有灵犀，但不知情的老太太，又想将余小姐介绍给侄儿做媳妇，这一做法引出一系列矛盾，增添了不少笑料。丁西林还特别注重情节结尾的戏剧性，认为“独幕剧的结尾特别重要”。在《一只马蜂》结尾处，正当吉先生拥抱余小姐时，吉母偏偏闯入，余小姐急中生智，用“一只马蜂”掩盖了真情，蒙蔽了吉母，圆满地打开僵局，具有强烈的喜剧效果。

## 【经典评论】

**张继纯认为**：“作者在这出戏上所表现的布局，穿插，却是非常的完整；尤其在对话的轻俏和吉先生的个性描写上，更显出令人惊叹的才力。转弯处是用着日常的打电话，换衣服等等的事情，但并不像一个寻常的作家，要将这些实际的显露到舞台上来；行文是极其锐利的，而又在字里行间含着哲学的气氛。”

——《西林独幕剧》，《丁西林研究资料》，中国戏剧出版社 1986 年版，第 120 页

**唐弢评价说**：“《一只马蜂》写的是一位吉老太太表面上宣称子女婚姻自主，而实际上却包办着子女的婚姻。作者让吉先生和余小姐用机智的‘说谎’瞒过了她，取得自由恋爱的胜利。剧中一连串的反话和谎话造成了饶有风趣的喜剧

效果……作品的语言幽默俏皮，结构也很巧妙。”

——《中国现代文学史》第1卷，人民文学出版社1979年版，第227页

**陈瘦竹认为**：“这篇短剧的动人之处，除了其中所揭示的矛盾以外，还在于其中的幽默感和俏皮话，而这些也就是丁西林在创作第一篇喜剧时给现代戏剧文学所带来的新的东西。这是一篇相当夸张的作品，虽然其中对于当时的恋爱和婚姻问题上的矛盾没有作进一步的发掘，因而缺乏更深广的社会意义，可是它却以巧妙的语言和结构，给人一种新颖可喜的感觉。”

——《丁西林的喜剧》，《丁西林研究资料》，中国戏剧出版社1986年版，第168页

## 【思考练习】

1. 《一只马蜂》表现了作者怎样的思想倾向？
2. 举例说明剧本语言运用的幽默感。
3. 谈谈《一只马蜂》的夸张手法。

# 郭沫若

## 屈原(第五幕)

### 第一场

夜,月光皎洁。一带宫墙,于正中偏右处放置一木槛。

〔婵娟被囚于槛内。衣貌已颇狼藉,花环零乱,仍在颈上。

〔卫士甲于槛之附近,执戈看守,往来盘旋。公子子兰与宋玉沿墙壁由右首出场。此时宋玉已改着华丽之服装。

**卫士甲** (惊觉)谁呀?

**子　兰** 我是子兰公子!

**宋　玉** (同时)公子子兰啦!

〔卫士甲直立,静侍。

**子　兰** 那婵娟姑娘的囚槛是放在这儿的?

**卫士甲** 是,就在这儿。

**子　兰** 我有几句话要同她说,你可以方便一下。

**卫士甲** 是,公子是可以随便同她讲话的。不过要请原谅,因为我有看守的责任,我不能够离开这儿。

**子　兰** 那是用不着道歉的。

〔二人走近囚槛。

**子　兰** 是不是可以暂时放她出来一下?

**卫士甲** 只要有公子担待,我想是可以的。

**子　兰** 那就把她放出来一下。

**卫士甲** 是。(取腰间钥匙将开囚槛。)

**婵　娟** (在槛内)不,我不出去!我不愿意接受任何人的恩惠!

〔卫士甲踌躇,回顾子兰。

**子　兰** 婵娟,你又何必呢。听说你挨了皮鞭,周身都打伤了,出来舒展一下也是好的啦。

**婵　娟** 不,我不愿意接受任何人的恩惠!

**宋　玉** 不必那样倔强吧。

婵　娟　我不愿意同你讲话，我不愿意见你。你们走开，不要挨近我！

子　兰　好的，不要那样虎声虎气的。你不愿意出来也不勉强，我只想同你说几句话，并不多麻烦。

〔卫士甲让开，在槛之右侧稍远处伫立。

婵　娟　我是说过的，我不愿意讲话，也不愿意见谁。（说罢将两手紧复颜面，头向下。）

子　兰　讲不讲由你，见不见也由你，我们来是完全出于好意的。

〔婵娟姿态不动，无言。

子　兰　婵娟，我是一心想救你，我也不能在这儿多作逗留，我只直截了当的向你说几句话。（稍停）我希望你能够对我说：你是喜欢我。即使你心里不真是喜欢也不要紧，只要你听从我的话，在我的身边服侍我，我立刻便可以向母亲说，把你饶恕了，母亲是一定许可的。你究竟愿不愿意？

〔婵娟姿态不动，无言。

子　兰　（稍停后）你说吧。只要简单地说一个字都可以。只是说"愿"或者"不"，就只这样简单的一个字啦，你说吧，你请说吧。

〔婵娟姿态不动，始终无言。

子　兰　（更委婉地）你不肯说，就请把头动一下也好啦。或者点一点，或者摇一摇，我是绝对尊重你的意志的。

〔婵娟姿态不动，毫无表示。

子　兰　唉，简直就跟石头人一样啦。

宋　玉　婵娟，我知道你现在恐怕顶不高兴我，不过我也想尽我的一份友谊。你对于公子子兰的好意是不好辜负的。你自己恐怕还不知道，你的命运说不定就只有今天这一个晚上了。我们楚国的惯例，斩决囚犯是在清早行刑。下午捉着犯人的时候，罪轻的便丢监，罪重应该斩决的便囚在槛里，等到明天清早再推出去斩首示众。你怕还不知道吧，同你一道抓进城来的那位舞师都下了监，而你偏偏囚在了槛子里。可见南后是一定要处死你的。你也未免太倔强了。你骂了南后，又骂了国王，怎么不遭大祸呢？现在公子子兰的确是一片诚心，他放下了他的公子的身份来请求你，我看你是不好那么执拗的。

〔婵娟丝毫不动。

宋　玉　（停了一会之后）婵娟，你即使把你自己的性命看得很轻，但我知道你是把先生看得很重的。先生的命运同你也是一样啦，他得罪了南后，又得罪了国王，而且又在国王和南后面前侮辱了显贵的国宾。我是知道的，先生的命运怎么也延长不过明天！公子子兰此刻来救你，其实也是想救先生。只要你答应了公子的请求，公子可以立即在南后面前讲情，不仅你可以得救，先生也是可以得救的。这一点我是可以保证的。（稍停）我看，假使你不放心，你尽可以把救先生这件事作为交换条款啦。（回向子兰）公子子兰，你觉得怎样？我看婵娟可以向你这样提出，便是要你今天晚上便从南后那里得到赦免先生和婵娟的手诏。假使今天晚上你能得到那手诏，她便允许你。假使得不到手，那就没有话再说了。你看怎样呢？

**子　兰**　我是没有什么的。只要看婵娟怎样。

**宋　玉**　（又向婵娟）婵娟，你是听见的啦，你的意思是怎样呢？这是最近情理的办法了！

〔婵娟仍丝毫不动。

**宋　玉**　唉，你怎么总不表示态度呢？你把头点一点呢，摇一摇呢。

〔婵娟仍丝毫不动。

**宋　玉**　没有办法，简直是比先生还要顽固。你自己的性命不要紧，难道看到先生死到临头都还不想搭救吗？

**婵　娟**　（如水破闸门般地痛哭出声，并责骂）你们这些没灵魂的！先生死都死了，你们还在这儿假惺惺！

**宋　玉**　（出乎意外）唔，先生死了？

**子　兰**　谁对你说的？

**婵　娟**　（哭）谁对我说的？就是南后对我说的。

**子　兰**　妈在什么时候对你说的？

**婵　娟**　她在东门外看见我的时候。

**宋　玉**　怎么样死的呢？

**婵　娟**　是跳进东皇太一庙前的池塘里淹死了的。

**宋　玉**　南后看见他死的吗？

**婵　娟**　南后说：看见老百姓们把他的尸首打捞起来了，南后还把先生的切云冠和长剑拿了回来，又把先生戴过的这个花环给了我。（示二人以花环）这就是先生剩下的唯一的遗念啦！（说罢大哭）啊，先生，先生，你是白白被人陷害了！别人家轻易地残害了忠良，出卖了楚国，白白地把你陷害了。我知道你是死不瞑目的，死不瞑目的呀！……

〔宋玉与子兰二人亦惨然无言者有间。

**卫士甲**　（前进数步）子兰公子，好不让我说几句话？

**子　兰**　你有什么话要说？

**卫士甲**　三闾大夫并没有死，我知道得最清楚。南后的话是说来骗她的。

**婵　娟**　（止泣）什么？你说什么？

**卫士甲**　婵娟姑娘，我劝你不要伤心，你的先生并没有死。我是保护国王和南后去游东皇太一庙的一个人。哪有三闾大夫跳水的事啦？完全是假造的。我们回到东门的时候，还看见三闾大夫在城壕上大声地叫出“国王呀，南后呀，你们怎么那样的愚昧呀！”真是太不凑巧，端端就在那时候，我们走到东门大桥。他的话便被国王听见了。

**宋　玉**　后来怎么样呢？

**卫士甲**　国王很生气，立刻要我们去把他抓来，还是南后出了一个主意，说：逗逗疯子玩儿，是蛮有意思的。因此国王便叫我们去把他请了来。

**宋　玉**　请了来怎么样呢？

**卫士甲**　请了来呀，我们的南后便一直和他开玩笑。不过三闾大夫的装束也很稀奇，他戴着一顶高帽子，佩着一把很长的宝剑。脖子上还戴着花环——就是婵娟姑娘戴着的那个了。南后开始向他把花环要了来戴上，便装起疯来。一会儿是装巫山神女，一会儿又装湘君湘夫人，老是把三闾大夫来开玩笑。国王和那位秦国的什么丞相张仪便笑得个不亦乐乎。逼得三闾大夫对于那位秦国的丞相大骂了一场呢。

**宋　玉**　哦，原来还有那么一回事？

〔婵娟此时改变神志，注意谛听，表示十分关心。

**卫士甲**　哎，那骂得可真也是不亦乐乎。他骂他是小偷……

**宋　玉**　（向子兰）对喽，从前张仪是在令尹家里偷过璧玉的。

**卫士甲**　他骂他是卖国求荣的奸贼。他是魏国的公族余子，跑到秦国去便叫秦国征服魏国，跑回魏国去又劝魏国投降秦国。他骂他连自己的父母之邦都不爱的人，那里会爱我们楚国。我看三闾大夫这番话实在说得顶有道理啦。

**宋　玉**　后来又怎样？

**卫士甲**　后来他又骂他愚弄国王，愚弄南后，想离间齐国和楚国的邦交，好让秦国来渔人得利。他骂他是秦国的间谍，骂他简直不是人。

**宋　玉**　张仪怎么样了？

**卫士甲**　张仪被骂得哑口无言，只是无赖地说三闾大夫死了的夫人是齐国人。并且还说到婵娟姑娘上来了呢。……

**子　兰**　他说婵娟姑娘怎样？

**卫士甲**　他说婵娟姑娘是陪嫁货，自然也是齐国人。接着便说屈大夫是受了齐国的贿赂，吃了齐国的大钱啦。

**宋　玉**　我相信先生一定是很生气的。

**卫士甲**　不错，屈大夫真是大生其气。他便骂张仪才是四处受贿的奸猾小人，骂他昨天晚上还受了南后一千五百个大钱。

**宋　玉**　南后为什么要送钱给他呢？

卫士甲　那我怎么会知道。不过经屈大夫这样一提，南后便大生其气，她说：简直是疯子，简直是胡说八道！于是国王便叫我们把屈大夫抓起来，把他的帽子摘取了，宝剑拔掉了，押送到东皇太一庙里去了。

宋　玉　是呵，我们原是听说关在东皇太一庙的啦。

婵　娟　你这话是真的？

卫士甲　（含愠）我要骗你做什么呢！你该是听见的，那位钓鱼的人出来替你说话的时候，不是说过，你说的话是他告诉的，刚才三闾大夫说的话也是他告诉的吗？看那情形，恐怕是……

婵　娟　（有所恍悟）唔，是的，恐怕我走了之后先生来，先生走了之后我又来的。

子　兰　好了，话还是说回头吧。我是不好在这儿久留的。时间也不允许我久留，婵娟，先生是还在，我自信有本领救你，也有本领救先生。就看你的态度怎样。

婵　娟　我的态度怎样？我的态度就跟先生一样。先生说过：我们生要生得光明，死要死得磊落。先生决不愿苟且偷生，我也是决不愿苟且偷生的！这就是我的态度！

子　兰　好的好的，算我枉费了唇舌。我们恭喜先生成为烈士……

宋　玉　婵娟，也恭喜你成为烈女啦！

婵　娟　宋玉，我特别的恨你！你辜负了先生的教训，你这没有骨气的无耻的文人！

宋　玉　随你怎么骂都好，各人有各人的路，不好勉强的。公子子兰，我们走吧。

子　兰　（行而复返）婵娟，你究竟怎么样？

婵　娟　我决不服从你！你们要救先生，偏偏要拿我来做交换品，你们简直是禽兽！

子　兰　（拉着宋玉转身便走）好，我们走，我们走！简直不成话，受不了，受不了！……

〔二人由原路下。

〔舞台沉默，卫士甲复如前往复踯躅。

〔有顷，月光消失。一更夫手提红灯，执柝，由右首入场。

更　夫　（自语）吓，天气变得好快，怕要有雷雨啦。

卫士甲　现在什么时候了？

更　夫　我要准备打三更了。

卫士甲　就快半夜了吗？

更　夫　可不是！

〔更夫走过，卫士甲忽有所思，凝视其背影，欲呼而止者再。

〔俟更夫已下场，卫士甲终于决心呼出。

卫士甲　打更的朋友，你转来一下。

更　夫　（内声）什么事呀？

卫士甲　有点事同你商量。

〔更夫上。

更　夫　有什么事呀？

卫士甲　请你过来一下。

更　夫　（走至卫士甲前）你究竟有什么事呀？老兄！是不是要出恭呵？

卫士甲　是，就是打算要登登坑。这宫廷里的钥匙通在你老兄身上吗？

更　夫　（向腰间拍了拍，起金属之声）哼，到了晚上来，我们一个更夫比国王还要厉害。国王就要出宫，也非得启禀我们不可啦。

卫士甲　对你不住，要请你老兄帮我代理一下。借你的灯来用一用。

更　夫　不过，你要快点儿才行呢。老兄，我是有职务之人，把更头弄迟了，要受处分的啦。（以灯授之。）

卫士甲　（接灯后，却将灯与戈均插放于槛次。在身上搜索）
糟糕，没有方便的东西。

更　夫　真的，要快点呀，老兄！

卫士甲　对你不住。（出其不意地，将更夫颈子用两手套上。）

〔更夫一时气咽。

卫士甲　（见更夫气咽后，将其衣帽脱下，复取其钥匙与击柝之具，然后一面打开囚槛，一面向婵娟）婵娟姑娘，我要搭救你。请你一点也不要踌躇。乘着这月黑的时候，你装着打更的，我们一道跑出城去。我们去救三闾大夫。

婵　娟　你为什么要杀他，未免太残忍了吧？

卫士甲　姑娘，你不知道。这是我们的一种法术，叫作“活杀自在”。他并没有死，回头我要把他救活转来的。你赶快出来。

〔婵娟勉强出槛，虽身受鞭伤，但尚能行步，卫士甲解其锁链，以更夫衣帽授之。

卫士甲　你赶快改装吧。哦，你身子不方便，我帮助你。
（为之戴上更夫之帽。将为穿衣，欲取去其花环）
这个可以丢掉了。

婵　娟　（急止之）不，我要的！就把衣裳套在这上边好了。

〔卫士甲如嘱为之穿衣，一面用锁链将更夫之手反剪，一面更以衣物紧勒其口，拖入槛内，锁好，再隔栏按其颈而活之。

卫士甲　（向更夫）老兄，对你不住，我们真正出宫去了。

〔婵娟提灯，击柝，徐徐由右首下场。卫士甲随之下。舞台转暗。

## 第　二　场

东皇太一庙之正殿。与第二幕明堂相似，四柱三间，唯无帘幕。三间靠壁均有神像。中室正中东皇太一与云中君并坐，其前左右二侧山鬼与国殇立侍，右首东君骑黄马，左首河伯乘龙，均斜向。马首向左，龙首向右。左室为一龙船，船首向右，湘君坐船中吹笙。湘夫人立船尾摇橹。右室一片云彩之上现大司命与少司命。左右二室后壁靠外侧均有门，左者开放，右者掩闭。各室均有灯，光甚昏暗，室外雷电交加，时有大风咆哮。

〔靳尚带卫士二人，各蒙面，诡谲地由右侧登场。

**靳　尚**　（命卫士乙）你去叫太卜郑詹尹来见我。

**卫士乙**　是。（向湘夫人神像左侧门走入。）

〔俄顷，一瘦削而阴沉的老人，左手提灯，随卫士乙由左侧门入场。靳尚除去面罩，向郑詹尹走去。

**靳　尚**　刚才我叫人送了一通南后的密令来，你收到了吗。

**郑詹尹**　（鞠躬）收到了。上官大夫，我正想来见你啦。

**靳　尚**　罪人怎样处置了？

**郑詹尹**　还锁在这神殿后院的一间小屋子里面。

**靳　尚**　你打算什么时候动手？

**郑詹尹**　（迟疑地）上官大夫，我觉得有点为难。

**靳　尚**　（惊异）什么？

**郑詹尹**　屈原是有些名望的人，毒死了他，不会惹出乱子吗？

**靳　尚**　哼，正是为了这样，所以非赶快毒死他不可啦！那家伙惯会收揽人心，把他囚在这里，都城里的人很多愤愤不平。再缓三两日，消息一传开了，会引起更大规模的骚动。待消息传到国外，还会引起关东诸国的非难。到那时你不放他吧，非难是难以平息的。你放他吧，增长了他的威风，更有损秦、楚两国的交谊。秦国已经允许割让的商于之地六百里，不用说，就永远得不到了。因此，非得在今晚趁早下手不可。你须得用毒酒毒死了他，然后放火焚烧大庙。今晚有大雷电，正好造个口实，说是着了雷火。这样，老百姓便只以为他是遭了天灾，一场大祸就可以消灭于无形了。

**郑詹尹**　上官大夫，屈原不是不喝酒的吗？

**靳　尚**　你可以想出方法来劝他。你要做出很宽大，很同情他的样子。不要老是把他锁在小屋子里。你可让他出来，走动走动。他戴着脚镣手铐，逃不了的。

郑詹尹　（迟疑地）你们是不是有点小题大做呢？

靳　尚　（含怒）你这是什么话？

郑詹尹　我觉得你们把屈原又未免估计得过高。他其实只会做几首谈情说爱的山歌，时而说些哗众取宠的大话罢了，并没有什么大本领。只要你们不杀他，老百姓就不会闹乱子。何苦为了一个夸大的诗人，要烧毁这样一座庄严的东皇太一庙？我实在有点不了解。

靳　尚　哈哈，你原来是在心疼你的这座破庙吗？这烧了有什么可惜？国王会给你重新造一座真正庄严的庙宇。好了，我不再和你多说了。你烧掉它，这是南后的意旨。你毒死他，这是南后的意旨。要快，就在今晚，不能再迟延。南后的脾气，你是知道的。你尽管是她的父亲，但如果不照着她的意旨办事，她可以大义灭亲，明天便把你一齐处死。（把面巾蒙上，向卫士）走！我们从小路赶回城去！

〔靳尚与二卫士由左首下场。

〔郑詹尹立在神殿中，沉默有间，最后下出了决心，向东君神像右侧门走入，俄顷，将屈原带出。

郑詹尹　三闾大夫，请你在这神殿上走动走动，舒散一下筋骨吧。这儿的壁画，是你平常所喜欢的啦。我不奉陪了。

〔屈原略略点头，郑詹尹走入左侧门。

〔屈原手足已戴刑具，颈上并系有长链，仍着其白日所着之玄衣，披发，在殿中徘徊。因有脚镣行步甚有限制，时而伫立睥睨，目中含有怒火。手有举动时，必两手同时举出。如无举动时，则拳曲于胸前。

屈　原　（向风及雷电）风！你咆哮吧！咆哮吧！尽力地咆哮吧！在这暗无天日的时候，一切都睡着了，都沉在梦里，都死了的时候，正是应该你咆哮的时候，应该你尽力咆哮的时候！

尽管你是怎样的咆哮，你也不能把他们从梦中叫醒，不能把死了的吹活转来，不能吹掉这比铁还沉重的眼前的黑暗，但你至少可以吹走一些灰尘，吹走一些砂石，至少可以吹动一些花草树木。你可以使那洞庭湖，使那长江，使那东海，为你翻波涌浪，和你一同地大声咆哮呵！

啊，我思念那洞庭湖，我思念那长江，我思念那东海，那浩浩荡荡的无边无际的波澜呀！那浩浩荡荡的无边无际的伟大的力呀！那是自由，是跳舞，是音乐，是诗！

啊，这宇宙中的伟大的诗！你们风，你们雷，你们电，你们在这黑暗中咆哮着的，闪耀着的一切的一切，你们都是诗，都是音乐，都是跳舞。你们宇宙中伟大的艺人们呀，尽量发挥你们的力量吧。发泄出无边无际的怒火把这黑暗的宇宙，阴惨的宇宙，爆炸了吧！爆炸了吧！

雷！你那轰隆隆的，是你车轮子滚动的声音！你把我载着拖到洞庭湖的边上去，拖到长江的边上去，拖到东海的边上去呀！我要看那滚滚的波涛，我要听那鞳鞳鞺鞺的咆哮，我要飘流到那没有阴谋、没有污秽、没有自私自利的没有人的小岛上去呀！我要和着你，和着你的声音，和着那茫茫的大海，一同跳进那没有边际的没有限制的自由里去！

啊，电！你这宇宙中最犀利的剑呀！我的长剑是被人拔去了，但是你，你能拔去我有形的长剑，你不能拔去我无形的长剑呀。电，你这宇宙中的剑，也正是，我心中的剑。你劈吧，劈吧，劈吧！把这比铁还坚固的黑暗，劈开，劈开，劈开！虽然你劈它如同劈水一样，你抽掉了，它又合拢了来，但至少你能使那光明得到暂时间的一瞬的显现，哦，那多么灿烂的，多么炫目的光明呀！

光明呀，我景仰你，我景仰你，我要向你拜手，我要向你稽首。我知道，你的本身就是火，你，你这宇宙中的最伟大者呀，火！你在天边，你在眼前，你在我的四面，我知道你就是宇宙的生命，你就是我的生命，你就是我呀！我这熊熊地燃烧着的生命，我这快要使我全身炸裂的怒火，难道就不能迸射出光明了吗？

炸裂呀，我的身体！炸裂呀，宇宙！让那赤条条的火滚动起来，像这风一样，像那海一样，滚动起来，把一切的有形，一切的污秽，烧毁了吧，烧毁了吧！把这包含着一切罪恶的黑暗烧毁了吧！

把你这东皇太一烧毁了吧！把你这云中君烧毁了吧！你们这些土偶木梗，你们高坐在神位上有什么德能？你们只是产生黑暗的父亲和母亲！

你，你东君，你是什么个东君？别人说你是太阳神，你，你坐在那马上丝毫也不能驰骋。你，你红着一个面孔；你也害羞吗？啊，你，你完全是一片假！你，你这土偶木梗，你这没心肝的，没灵魂的，我要把你烧毁，烧毁，烧毁你的一切，特别要烧毁你那匹马！你假如是有本领，就下来走走吧！

什么个大司命，什么个少司命，你们的天大的本领就只有晓得播弄人！什么个湘君，什么个湘夫人，你们的天大的本领也就只晓得痛哭几声！哭，哭有什么用？眼泪，眼泪有什么用？顶多让你们哭出几笼湘妃竹吧！但那湘妃竹不是主人们用来打奴隶的刑具么？你们滚下船来，你们滚下云头来，我都要把你们烧毁！烧毁！烧毁！

哼，还有你这河伯……哦，你河伯！你，你是我最初的一个安慰者！我是看得很清楚的呀！当我被人们押着，押上了一个高坡，卫士们要息脚，我也就站立在高坡上，回头望着龙门。我是看得很清楚，很清楚的呀！我看见婵娟被人虐待，我看见你挺身而出，指天画地有所争论。结果，你是被人押进了龙门，婵娟她也被人押进了龙门。

但是我，我没有眼泪。宇宙，宇宙也没有眼泪呀！眼泪有什么用呵？我们只有雷霆，只有闪电，只有风暴，我们没有拖泥带水的雨！这是我的意志，宇宙的意志。鼓动吧，风！咆哮吧，雷！闪耀吧，电！把一切沉睡在黑暗怀里的东西，毁灭，毁灭，毁灭呀！

〔郑詹尹左手提灯，右手执爵，由湘夫人神像左侧之门入场。

**郑詹尹** 三闾大夫，你又在做诗了吗？你的声音比风还要宏大，比雷霆还要有威势啦。啊，像这样雷电交加的深夜，实在可怕。我连庙门都不敢去关了。你怎么老是不去睡呢？是的，我看你好像朗诵了好长的一首诗啦。你怕口渴吧。我给你备了一杯甜酒来，虽然没有下酒的东西，请你润润喉，也好啦。

**屈　原** 多谢你，请你放在那神案上，手足不方便，对你不住。

**郑詹尹** 唉，真是不知道要闹成个什么世界了。本来是"刑不上大夫，礼不下庶人"的，这个体统也弄得来扫地无存了。连我们的三闾大夫，也要让他戴脚镣手铐。三闾大夫，这脚镣手铐假如是有钥匙，我一定要替你打开的啦。可恨的是他们把钥匙都带走了啊。

**屈　原** 多谢你，这脚镣手铐我倒并不感觉痛苦，有这些东西在身上，倒反而增加了我的力量，不过行动不方便些罢了。

**郑詹尹** 我看你的喉嗓一定渴得很厉害的，这酒我捧着让你喝。还要睡一睡才能天亮呢。

**屈　原** 多谢你，我现在口不渴。我本来也是不喜欢喝酒的人。回头我口渴了，一定领你的盛情好了。请你不要关照。

**郑詹尹** （将爵放在神案上）慢慢喝也好。其实酒倒也并不是坏东西。只要喝得少一点，有个节制，倒也是很好的东西啦。

**屈　原** 是的，我也明白。我的吃亏处，便是大家都醉而我偏不醉，马马虎虎的事我做不来。

**郑詹尹** 真的，这些地方正是好人们吃亏的地方啦。说起你吃亏的事情上来，我倒是感觉着对你不住呢！

**屈　原** 怎么的？

**郑詹尹** 三闾大夫，你忘记了吧，郑袖是我的女儿啦。

**屈　原** 哦，是的，可是差不多一般的人都把这事情忘记了。

**郑詹尹** 也是应该的喽。她母亲早死，我又干着这占筮卜卦的事体，对于她的教育没有做好。后来她进了宫廷，我更和她断绝了父女的关系。她近来简直是愈闹愈不成个体统，她把你这样忠心耿耿的人都陷害成这个样子了。

屈　原　太卜，请你相信我，我现在只恨张仪，对于南后倒并不怨恨。南后她平常很喜欢我的诗，在国王面前也很帮助过我。今天的事情我起初不大明白，后来才知道是那张仪在作怪啦。一般的人也使我很不高兴，成了张仪的应声虫。张仪说我是疯子，大家也就说我是疯子。这简直是把凤凰当成鸡，把麒麟当成羊子啦。这叫我怎么能够忍受？所以别人愈要同情我，我便愈觉得恶心。我要那无价值的同情来做什么？

郑詹尹　真的啦，一般的老百姓真是太厚道了。

屈　原　不过我的心境也很复杂，我虽然不高兴他们的厚道，但我又爱他们的厚道。又如南后的聪明吧，我虽然能够佩服，但我却不喜欢。这矛盾怕是不可以调和的吧？我想要的是又聪明又厚道，又素朴又绚烂，亦圣亦狂，即狂即圣，个个老百姓都成为绝顶聪明，你看我这个见解是不是可以成立的呢？

郑詹尹　这是所谓“大智若愚，大巧若拙”的话啦。

屈　原　不，不是那样。我不是要人装傻，而是要人一片天真。人人都有好脾胃，人人都有好性情，人人都有好本领。可是我自己就办不到！我的性情太激烈了，我自己也觉得有点偏，要想矫正却不能够。你看我怎样的好呢？我去学农夫吧？我又拿不来锄头。我跑到外国去吧？我又舍不得丢掉楚国。我去向南后求情，请她容恕我吧？她能够和张仪合作，我却万万不能够和张仪合作。你看我怎样办的好呢？

郑詹尹　三闾大夫，对你不住。你把这些话来问我，我拿着也没有办法。其实卜卦的事老早就不灵了。不怕我是在做太卜的官，恐怕也是我在做太卜的官，所以才愈见晓得它的不灵吧。古时候似乎灵验过来，现在是完全不行了。认真说：我就是在这儿骗人啦。但是对于你，我是不好骗得的。三闾大夫，像我这样骗人的生活，假使你能够办得到，恐怕也是好的吧。我们确实是做到了“大愚若智，大拙若巧”的地步，呵哈哈哈哈……风似乎稍微止息了一点，你还是请进里面去休息一下吧，怎么样呢？

屈　原　不，多谢你，我也不想睡，请你自己方便吧。

郑詹尹　把酒喝一点怎么样呢？

屈　原　我回头一定领情的啦，太卜。

郑詹尹　你该不会疑心这酒里有毒的吧？

屈　原　果真有毒，倒是我现在所欢迎的。唉，我们的祖国被人出卖了，我真不忍心活着看见它会遭遇到的悲惨的前途呵。

郑詹尹　真的啦，像这样难过的日子，连我们上了年纪的人，都不想再混了。

屈　原　大家都不想活的时候，生命的力量是会爆发的。

郑詹尹　好的，你慢慢喝也好，我还想去躺一会儿。

屈　原　请你方便，怕还有一会天才能亮呢。

〔郑詹尹复提着灯笼由原道下场。

〔大风渐息，雷电亦止，月光复出，斜照殿上。

屈　原　啊，宇宙你也恬淡起来了。真也奇怪，我现在的心境又起了一个不可思议的变换。我想，毕竟还是人是最可亲爱的呵。不怕就是你所不高兴的人，在你极端孤寂的时候和他说了几句话，似乎也是镇定精神的良药啦。（复在殿中徘徊）啊，河伯！（徘徊有间之后，在河伯前伫立）请让我还是把你当成朋友，让我再和你谈谈心吧。你知道么？现在我所最担心的是我的婵娟呀！她明明是被人家抓去了的。她是很尊敬我的一个人，她把我当成了她的父亲、她的师长，她把我看待得比她自己的性命还要贵重。（稍停）她最能够安慰我。我也把她当成了我自己的女儿，当成了我自己最珍爱的弟子。唉，我今天实在不应该抛撇了她，跑了出来。她虽然在后园子里面看着那些人胡闹，她虽然把我的衣裳拿了一件出去，但我相信那一定是宋玉要她做的，宋玉那孩子，他是太阴柔了。（将神案上的酒爵拿起将饮，复搁置）唉，这酒的气味，我终竟是不高兴。河伯，你是不是喜欢喝酒的呢？你现在的情形又是怎样？我也明明看见，别人也把你抓去了。你明明是为我而受难，为正义而受难呀。啊，我真不知道该怎样报答你的好呵！（复在神殿中徘徊。）

〔此时卫士甲与婵娟由右首出场。屈原瞥见人影，顿吃一惊。

屈　原　是谁？

婵　娟　啊，先生在这儿啦，我婵娟啦！（用尽全力，踉跄奔上神殿，跪于屈原前，拥抱其膝，仰头望之，似笑，又似干哭。）

屈　原　（呈极凄绝之态）啊，婵娟，你怎么来的？你脸上怎么有伤呀？你怎么这样的装束？

婵　娟　（断续地）先生，我高兴得很。……你请……不要问我。……我……我是什么话都不想说。我只想……就这样……就这样抱着先生的脚……抱着先生的脚……就这样……死了去吧。

〔屈原不禁潸然，两手抚摩着婵娟的头，昂头望着天。如此有间。婵娟始终仰望屈原，喘息甚烈。

屈　原　（俯首安慰）婵娟，我没有想到还能够看见你，你一定是逃走出来的，你是超过了死线了。你知道宋玉是怎样吗？

婵　娟　（仍喘息）他……他跟着公子子兰……搬进宫里去了。

屈　原　那也由他去吧。谁能够不怕艰险，谁才可以登上高山。正义的路是崎岖的路，它只欢迎勇敢的人。……那位钓鱼的人呢？

**婵　娟**　听说丢进监里去了。

**屈　原**　（沉默一忽之后）婵娟，你口渴吧？

〔婵娟点头。

**屈　原**　（两手移去，将案上酒爵取来）这儿有杯甜酒，你喝了它吧。

〔婵娟就爵，一饮而尽，饮之甚甘，自己仍跪于地，紧紧拥抱着屈原的两膝，昂首望之。屈原以两手置爵于神案上之后，仍抚摩其头。俄而婵娟脸色渐变，全身痉挛。

**屈　原**　（屈膝俯身，以两手套其颈，拥之于怀）啊，婵娟，你怎样？你怎样？

**婵　娟**　（凝目摇头）先生，……那酒……那酒……有毒。……可我……我真高兴……我……真高兴！（振作起来）我能够代替先生，保全了你的生命，我是多么地幸运呵！……先生，我是一个普通人家的女儿，我受了你的感化，知道了做人的责任。我始终诚心诚意地服侍着你，因为你就是我们楚国的柱石。……我爱楚国，我就不能不爱先生。……先生，我经常想照着你的指示，把我的生命献给祖国。可我没有想到，我今天是果然做到了。（渐渐衰弱）我把我这微弱的生命，代替了你这样可宝贵的存在。先生，我真是多么地幸运呵！……啊，我……我真高兴！……真高兴！……

**屈　原**　（紧紧拥抱着婵娟）婵娟！你要活下去呵！活下去呵！婵娟！婵娟！……

**婵　娟**　（更衰弱）……啊，我……真高兴！……（喘息与痉挛愈烈。终竟作最大痉挛一次，死于屈原怀中，殿上灯火全体熄灭，只余月光。）

〔屈原无言，拥着婵娟尸体，昂首望天，眼中复燃起怒火。卫士甲在前直静立于殿下，至此始上殿至屈原之前。

**卫士甲**　三闾大夫，请你告诉我，那酒是谁个送给你的？

**屈　原**　（回顾，含怒而平淡地）是这儿的太卜郑詹尹。（说罢复其原有姿态。）

**卫士甲**　哼，就是那南后的父亲吗？我是认识他的。（急骤地向左侧房屋走入。）

〔屈原仍如塑像一般，寂立不动。

〔少顷，卫士甲复急骤而出。

**卫士甲**　三闾大夫，请你容恕我，我把那恶人郑詹尹刺杀了。在他的身上还搜出了一通密令，我念给你听。“太卜执事：比奉南后意旨，望执事于今夜将狂人毒死，放火焚庙，以灭其迹。上官大夫靳尚再拜。”密令是这样，因此我也就照着南后的意旨，在郑詹尹的床上放了一把火。这罪恶的神庙看看也就要和那罪恶的尸体一道消灭了。

**屈　原**　那很好。我还希望你帮助我，把婵娟安放在神案上，我们应该为她举行一个庄严的火葬。

**卫士甲** 待我先解除先生的刑具。(解除其刑具)婵娟姑娘穿的还是更夫的衣裳,应该给她脱掉啦。

**屈　原** (起立先解婵娟之衣)哦,戴得有这样的花环。

〔更进行其他动作。

**卫士甲** (一面帮助,一面诉说)先生,这还是你编的花环呢。在东门外被南后给你要去了,后来南后又给了婵娟姑娘。她一身都是挨了鞭打的,你看这手上都有伤,脸上都有伤,鞭打得很厉害。南后更打算明天便处死她,把她装在囚槛里,由我看守。……夜半将近的时分,你的两位弟子宋玉和公子子兰走来劝婵娟,要她听从公子子兰的要求,做他的侍女,他们便搭救她。但是婵娟始终不肯。……她所说的话和她的精神太使我感动了,因此我就决心救她。从宋玉口中听说先生今晚上也有生命的危险,所以我也就决心陪着她来救你。……我们是从宫中逃出来的,就是用了一点诡计把一个更夫来顶替了婵娟。在我替她换上更夫装束的时候,婵娟姑娘她还坚决地不肯把你这花环丢掉呢!

〔二人已经将婵娟妥置于神案,头在左侧。

**屈　原** (整理婵娟胸部,自其怀中取出帛书一卷,展视之)哦,这是我清早写的《橘颂》啦。我是写给宋玉的,是宋玉又给了你吧!婵娟,你倒是受之而无愧的。唉,我真没有想出,我这《橘颂》才完全是为你写出的哀辞呀。

**卫士甲** 先生,那么,你好不就拿给我念,我们来向婵娟姑娘致祭。

**屈　原** 好的,你就请从这后半读起。(授书并指示)一首一尾你要加些什么话,也由你斟酌好了。

〔屈原移至婵娟脚次,垂拱而立,左翼已有火光及烟雾冒出。

**卫士甲** (立于屈原之右,在神案右后隅,展读哀辞)维楚大夫屈原率其仆夫致祭于婵娟之前而颂曰:

呵,年轻的人,你与众不同。
你志趣坚定,竟与橘树同风。
你心胸开阔,气度那么从容!
你不随波逐流,也不故步自封。
你谨慎存心,决不胡思乱想。
你至诚一片,期与日月同光。
我愿和你永做个忘年的朋友。
不挠不屈,为真理斗到尽头!
你年纪虽小,可以为世楷模。
足比古代的伯夷,永垂万古!——哀哉尚飨。

〔屈原再拜，卫士甲亦移至其后再拜。礼毕，卫士甲将帛书卷好，奉还屈原。

**屈　原**　现在一切都完毕了，请问你叫什么名字？

**卫士甲**　先生，你不必问我的姓名，我要永远做你的仆人，你就叫我“仆夫”吧。

**屈　原**　你今后打算要我怎样？

**卫士甲**　先生，你怎么这样问我呢？

**屈　原**　因为我现在的生命是你和婵娟给我的，婵娟她已经死了，我也就只好问你了。

**卫士甲**　先生，我们楚国需要你，我们中国也需要你，这儿太危险了，你是不能久呆的。我是汉北的人，假使先生高兴，我要把先生引到汉北去。我们汉北人都敬仰先生，受了先生的感召，我们知道爱真理，爱正义，抵御强暴，保卫楚国。先生，我们汉北人一定会保护你的。

**屈　原**　好的，我遵从你的意思。我决心去和汉北人民一道，就做一个耕田种地的农夫吧。你赶快把服装换掉啦。那儿有现成的衣帽。（指示更夫衣帽。）

**卫士甲**　哦，我真糊涂，简直没有想到，幸好有这一套啦。（换衣。）

〔火光烟雾愈燃愈烈。

**屈　原**　（高举手中帛书）啊，婵娟，我的女儿！婵娟，我的弟子！婵娟，我的恩人呀！你已经发了火，你把黑暗征服了。你是永远永远的光明的使者呀！（执帛书之一端向婵娟抛去，帛书展布于尸上。）

——幕徐徐下

幕后唱《礼魂》之歌：
唱着歌，打着鼓，
手拿着花枝齐跳舞。
我把花给你，你把花给我，
心爱的人儿，歌舞两婆娑。
春天有兰花，秋天有菊花，
馨香百代，敬礼无涯。

1942年1月11日夜

（选自《郭沫若选集》第3卷上册，四川人民出版社1979年版）

## 【背景资料】

“皖南事变”以后，抗战前期蓬勃发展的救亡戏剧运动受到挫折，分裂和倒退的阴影沉重地压在全中国要求进步和抗战的人们心上。特定的国际国内环境使得这一时期创作和上演的话剧主要以历史剧居多，作家们通过这种相对隐蔽的方式，以古喻今，借古讽今，以中华民族历史上坚持正义、反对邪恶的斗争事迹，反映时代的愤怒，鼓舞人民的斗志。因此，在抗战后期，历史剧的创作蔚然成风，甚至形成了一个历史剧运动。郭沫若后期历史剧便是其中的卓越代表。从1941年底至1943年初，郭沫若连续写下了《棠棣之花》(1941)、《屈原》(1942)、《虎符》(1942)、《高渐离》(1942)、《孔雀胆》(1942)、《南冠草》(1943)六部历史剧。六个剧本都突出传达了反对侵略，反对卖国投降，反对专制暴政，反对屈从变节，颂赞爱国爱民，主张团结御侮，高扬坚守气节这样一个鲜明的主题。

## 【主题意蕴】

《屈原》写于1942年1月，是郭沫若历史剧的主要代表作，同时它也标志着现代文学史上历史剧创作的最高成就。全剧分五幕六场。作品以《史记·屈原贾生列传》的记载和诗人屈原伟大的爱国主义的悲剧生涯为基本史料，描写了屈原从祖国人民的利益出发提出的"联齐抗秦"的正确主张与以南后为代表的楚国统治集团"绝齐降秦"的投降主义主张之间的尖锐斗争。屈原的正确主张不仅不被怀王采纳，反而遭到楚国贵族的迫害。但屈原坚持斗争、始终不屈，最后以他的学生婵娟壮烈牺牲和屈原出走汉北结尾。通过屈原的悲剧，作品表现了反对分裂投降，主张团结御侮，诅咒黑暗、歌颂光明这一具有现实意义的重大主题，唱出了中华民族不畏强暴、争取解放的心声，有力地鞭挞了蒋介石反动派的专治独裁和卖国行径。

## 【艺术特色】

郭沫若有一套自己的较为系统全面的历史观和史剧理论。他认为历史研究是实事求是，而史剧创作则要"失事求似"；史学家是发掘历史的精神，而史剧家则是发展历史的精神。为此，在塑造人物形象时，他运用了在原有模特基础上典型化的方法，通过合理的夸张和虚构"再创"历史，力求以自己的感受和认识来重新解释历史，挖掘历史事件和人物身上的现实蕴涵。这就形成了其历史剧独特鲜明的艺术风格和魅力。

第一，在史剧的选材和剪裁方面，他比较注重历史与现实的有机关联和自我的独特感受。《屈原》所取材的战国时代合纵抗秦的历史故事与20世纪40年代初期中国当时抗日战争的特定形势有着极为相似和相通的精神内涵，而主人公屈原的性格和气质也正是当时中华民族迫切需要弘扬光大的。因此，既有作者独立人格和独特感受的创造力，又有鲜明的现实启发性和强烈的时代战斗性。在这些题材中我们看到的不只是历史，更是现实，尤其是作者独特的艺术个性。因此这些选材更贴近艺术的真实。

第二，在历史人物的重塑方面，郭沫若的根本依据并不全是史实，而是他自己内心情感的起伏和他所认定的人物性格应该发展的方向。因此，屈原不再是历史上那个郁郁不得志，后投汨罗江而死的三闾大夫，而是一个具有火一般刚强热烈性格的斗士；为增加子兰内心的丑恶而把他写成跛子；为了突出屈原精神而大胆虚构了忠诚的婵娟形象；为了祭祀婵娟又把郑詹尹写成坏人。可见，一切情节线索都是为人物性格和命运的塑造而设置的。郭沫若创造性的发挥和解释，使得屈原等一系列历史人物形象具有了更加崇高伟大和深沉悲壮的艺术感染力。

第三，剧本始终洋溢着浓烈的抒情色彩并贯穿着一种沉郁的悲剧气氛。屈原是伟大的浪漫主义诗人，郭沫若也是具有浓厚浪漫气质的现代诗人，所以剧中往往穿插着大量的歌和诗，如《橘颂》和《雷电颂》等，使全剧充满了音乐的节奏感和诗的激情，这种诗化的语言显示了郭沫若独有的诗剧合一的特色。这些抒情的诗和歌不仅渲染了氛围，突出了人物性格，强化了剧本主题，而且其本身已经融为整个剧本一个不可分割的有机组成部分。

## 【经典评论】

**刘勇认为**："郭沫若不同于一般之处，是他更注重以自己创造性的人格来认识、理解和反映历史，更注重自己的主观情感与历史事件和历史人物命运的强烈共鸣。他从不拘泥成说，决不单纯'再现'历史，而是极力'再创'历史，借古人的骸骨吹进新的生命，借古人的皮毛说自己的话，力求以自己的感受和认识来重新解释历史，挖掘历史事件和人物身上的现实蕴涵。作者主观个性的最大限度地投入，是郭沫若历史剧独特魅力的根本所在"。

——《在胆魄与睿智的结合点上——论郭沫若文学创作的创造性思维》，《郭沫若百年诞辰纪念文集》，社会科学文献出版社 1994 年 12 月版，第 690 页

**唐弢评价说**："郭沫若这时期的历史剧，已形成独特的革命浪漫主义的艺术风格。同作者早期的历史剧相比，它们不仅仍保持着鲜明的个性，浓厚的诗意，炽热的感情等一贯的特色，而且具有了更厚重的现实基础，更充足的信心和更坚定的理想。"

——《中国现代文学史》第 3 卷，人民文学出版社 1980 年版，第 103 页

## 【思考练习】

1. 郭沫若的史剧观是如何影响《屈原》的人物塑造手法的？
2. 《屈原》中的"雷电颂"反映了屈原怎样的精神气质？
3. 以《屈原》第 5 幕为例，谈谈剧本的抒情风格。

# 曹　禺

## 雷雨（第四幕）

**布　景**　周宅客厅内。半夜两点钟的光景。

〔开幕时，周朴园一人坐在沙发上，读文件；旁边燃着一个立灯，四周是黑暗的。

〔外面还隐隐滚着雷声，雨声淅沥可闻，窗前帷幕垂下来了，中间的门紧紧地掩了，由门上玻璃望出去，花园的景物都掩埋在黑暗里，除了偶尔天空闪过一片耀目的电光，蓝森森的看见树同电线杆，一瞬又是黑漆漆的。

**周朴园**　（放下文件，呵欠，疲倦地伸一伸腰）来人啦！（取眼镜，擦目，声略高）来人！（擦着眼镜，走到左边饭厅门口，又恢复平常的声调）这儿有人么？（外面闪电，停，走到右边柜前，按铃。无意中又望见侍萍的相片，拿起，戴上眼镜看）

〔仆人上。

**仆　人**　老爷！

**周朴园**　我叫了你半天。

**仆　人**　外面下雨，听不见。

**周朴园**　（指钟）钟怎么停了？

**仆　人**　（解释地）每次总是四凤上的，今天她走了，这件事就忘了。

**周朴园**　什么时候了？

**仆　人**　嗯，——大概有两点钟了。

**周朴园**　刚才我叫账房汇一笔钱到济南去，他们弄清楚了没有？

**仆　人**　您说寄给济南一个，一个姓鲁的，是么？

**周朴园**　嗯。

**仆　人**　预备好了。

〔外面闪电，朴园回头望花园。

**周朴园**　藤萝架那边的电线，太太叫人来修理了么？

**仆　人**　叫了，电灯匠说下着大雨不好修理，明天再来。

**周朴园**　那不危险么？

**仆　人**　可不是么？刚才大少爷的狗走过那儿，碰着那根电线，就给电死了。现在那儿已经用绳子圈起来，没有人走那儿。

周朴园　哦。——什么，现在几点了？

仆　人　两点多了。老爷要睡觉么？

周朴园　你请太太下来。

仆　人　太太睡觉了。

周朴园　（无意地）二少爷呢？

仆　人　早睡了。

周朴园　那么，你看看大少爷。

仆　人　大少爷吃完饭出去，还没有回来。

〔沉默半晌。

周朴园　（走回沙发前坐下，寂寞地）怎么这屋子一个人也没有？

仆　人　是，老爷，一个人也没有。

周朴园　今天早上没有一个客来。

仆　人　是，老爷。外面下着很大的雨，有家的都在家里呆着。

周朴园　（呵欠，感到更深的空洞）家里的人也只有我一个人还在醒着。

仆　人　是，差不多都睡了。

周朴园　好，你去吧。

仆　人　您不要什么东西么？

周朴园　我不要什么。

〔仆人由中门下。朴园站起来，在厅中来回沉闷地踱着，又停在右边柜前，拿起侍萍的相片。开了中间的灯。

〔冲由饭厅上。

周　冲　（没想到父亲在这儿）爸！

周朴园　（露喜色）你——你没有睡？

周　冲　嗯。

周朴园　找我么？

周　冲　不，我以为母亲在这儿。

周朴园　（失望）哦——你母亲在楼上。

周　冲　没有吧，我在她的门上敲了半天，她的门锁着。——是的，那也许。——爸，我走了。

周朴园　冲儿，（冲立）不要走。

周　冲　爸，您有事？

周朴园　没有。（慈爱地）你现在怎么还不睡？

周　冲　（服从地）是，爸，我睡晚了，我就睡。

周朴园　你今天吃完饭把克大夫给的药吃了么？

周　冲　吃了。

周朴园　打了球没有？

周　冲　嗯。

周朴园　快活么？

周　冲　嗯。

周朴园　（立起，拉起他的手）为什么，你怕我么？

周　冲　是，爸爸。

周朴园　（干涩地）你像是有点不满意我，是么？

周　冲　（窘迫）我，我说不出来，爸。

〔半晌。

〔朴园走回沙发，坐下叹一口气。招冲来，冲走近。

周朴园　（寂寞地）今天——呃，爸爸有一点觉得自己老了。（停）你知道么？

周　冲　（冷淡地）不，不知道，爸。

周朴园　（忽然）你怕你爸爸有一天死了，没有人照拂你，你不怕么？

周　冲　（无表情地）嗯，怕。

周朴园　（想自己的儿子亲近他，可亲地）你今天早上说要拿你的学费帮一个人，你说说看，我也许答应你。

周　冲　（悔怨地）那是我糊涂，以后我不会这样说话了。

〔半晌。

周朴园　（恳求地）后天我们就搬新房子，你不喜欢么？

周　冲　嗯。

〔半晌。

周朴园　（责备地望着冲）你对我说话很少。

周　冲　（无神地）嗯，我——我说不出，您平时总像不愿意见我们似的。（嗫嚅地）您今天有点奇怪，我——我——

周朴园　（不愿他向下说）嗯，你去吧！

周　冲　是，爸爸。

〔冲由饭厅下。

〔朴园失望地看着他儿子下去，立起，拿起侍萍的照片，寂寞地呆望着四周。关上立灯，面向书房。

〔蘩漪由中门上。不做声地走进来，雨衣上的水还在往下滴，发鬓有些湿。颜色是很惨白，整个面部像石膏的塑像。高而白的鼻梁，薄而红的嘴唇死死地刻在脸上，如刻在一个严峻的假面上，整个脸庞是无表情的，只有她的眼睛烧着心内的疯狂的火，然而也是冷酷的，爱和恨烧尽了女人一切的仪态，她像是厌弃了一切，只有计算着如何报复的心念在心中起伏。

〔她看见朴园，他惊愕地望着她。

**周蘩漪** （毫不奇怪地）还没有睡？（立在中门前，不动）

**周朴园** 你？（走近她，粗而低的声音）你上哪儿去了？（望着她，停）冲儿找你一晚上。

**周蘩漪** （平常地）我出去走走。

**周朴园** 这样大的雨，你出去走？

**周蘩漪** 嗯，——（忽然报复地）我有神经病。

**周朴园** 我问你，你刚才在哪儿？

**周蘩漪** （厌恶地）你不用管。

**周朴园** （打量她）你的衣服都湿了，还不脱了它？

**周蘩漪** （冷冷地，有意义地）我心里发热，我要在外面冰一冰。

**周朴园** （不耐烦地）不要胡言乱语的，你刚才究竟上哪儿去了？

**周蘩漪** （无神地望着他，清楚地）在你的家里！

**周朴园** （烦恶地）在我的家里？

**周蘩漪** （觉得报复的快感，微笑）嗯，在花园里赏雨。

**周朴园** 一夜晚？

**周蘩漪** （快意地）嗯，淋了一夜晚。

〔半晌，朴园惊疑地望着她，蘩漪像一座石像地仍站在门前。

**周朴园** 蘩漪，我看你上楼去歇一歇吧。

**周蘩漪** （冷冷地）不，不，（忽然）你拿的什么？（轻蔑地）哼，又是那个女人的相片！（伸手拿）

**周朴园** 你可以不看，萍儿母亲的。

**周蘩漪** （抢过去了，前走了两步，就向灯下看）萍儿的母亲很好看。

〔朴园没有理她，在沙发上坐下。

**周蘩漪** 我问你，是不是？

**周朴园** 嗯。

**周蘩漪** 样子很温存的。

**周朴园** （眼睛望着前面）

**周蘩漪** 她很聪明。

**周朴园** （冥想）嗯。

**周蘩漪** （高兴地）真年轻。

**周朴园** （不自觉地）不，老了。

**周蘩漪** （想起）她不是早死了么？

周朴园　嗯，对了，她早死了。

周蘩漪　（放下相片）奇怪，我像是在哪儿见过似的。

周朴园　（抬起头，疑惑地）不，不会吧。——你在哪儿见过她吗？

周蘩漪　（忽然）她的名字很雅致，侍萍，侍萍，就是有点丫头气。

周朴园　好，我看你睡去吧。（立起，把相片拿起来）

周蘩漪　拿这个做什么？

周朴园　后天搬家，我怕掉了。

周蘩漪　不，不，（从他手中取过来）放在这儿一晚上，（怪样地笑）不会掉的，我替你守着她。（放在桌上）

周朴园　不要装疯！你现在有点胡闹！

周蘩漪　我是疯了。请你不用管我。

周朴园　（愠怒）好，你上楼去吧，我要一个人在这儿歇一歇。

周蘩漪　不，我要一个人在这儿歇一歇，我要你给我出去。

周朴园　（严肃地）蘩漪，你走，我叫你上楼去！

周蘩漪　（轻蔑地）不，我不愿意。我告诉你，（暴躁地）我不愿意。

〔半晌。

周朴园　（低声）你要注意这儿，（指头）记着克大夫的话，他要你静静地，少说话。明天克大夫还来，我已经替你请好了。

周蘩漪　谢谢你！（望着前面）明天？哼！

〔萍低头由饭厅走出，神色忧郁，走向书房。

周朴园　萍儿。

周　萍　（抬头，惊讶）爸！您还没有睡。

周朴园　（责备地）怎么，现在才回来？

周　萍　不，爸，我早回来，我出去买东西去了。

周朴园　你现在做什么？

周　萍　我到书房，看看爸写的介绍信在那儿没有。

周朴园　你不是明天早车走么？

周　萍　我忽然想起今天夜晚两点半有一趟车，我预备现在就走。

周蘩漪　（忽然）现在？

周　萍　嗯。

周蘩漪　（有意义地）心里就这样急么？

周　萍　是，母亲。

周朴园　（慈爱地）外面下着大雨，半夜走不大方便吧？

周　萍　这时走，明天日初到，找人方便些。

周朴园　信就在书房书桌上，你要现在走也好。（萍点头，走向书房）你不用去！

（向蘩漪）你到书房把信替他拿来。

周蘩漪　（看朴园，不信任地）嗯！

〔蘩漪进书房。

周朴园　（望蘩出，谨慎地）她不愿上楼，回头你先陪她到楼上去，叫底下人好好地伺候她睡觉。

周　萍　（无法地）是，爸爸。

周朴园　（更小心）你过来！（萍走近，低声）告诉底下人，叫他们小心点，（烦恶地）我看她的病更重，刚才她忽然一个人出去了。

周　萍　出去了？

周朴园　嗯。（严重地）在外面淋了一夜晚的雨，说话也非常奇怪，我怕这不是好现象。——（觉得恶兆来了似的）我老了，我愿意家里平平安安地……

周　萍　（不安地）我想爸爸只要把事不看得太严重了，事情就会过去的。

周朴园　（畏缩地）不，不，有些事简直是想不到的。天意很——有点古怪，今天一天叫我忽然悟到为人太——太冒险，太——太荒唐，（疲倦地）我累得很。（如释重负）今天大概是过去了。（自慰地）我想以后——不该，再有什么风波。（不寒而栗地）不，不该！

〔蘩漪持信上。

周蘩漪　（嫌恶地）信在这儿！

周朴园　（如梦初醒，向萍）好，你走吧，我也想睡了。（振起喜色）嗯！后天我们一定搬新房子，你好好地休息两天。

周蘩漪　（盼望他走）嗯，好。

〔朴园由书房下。

周蘩漪　（见朴园走出，阴沉地）这么说你是一定要走了。

周　萍　（声略带愤）嗯。

周蘩漪　（忽然急躁地）刚才你父亲对你说什么？

周　萍　（闪避地）他说要我陪你上楼去，请你睡觉。

周蘩漪　（冷笑）他应当叫几个人把我拉上去，关起来。

周　萍　（故意装作不明白）你这是什么意思？

周蘩漪　（迸发）你不用瞒我。我知道，我知道，（辛酸地）他说我是神经病，疯子，我知道他，要你这样看我，他要什么人都这样看我。

周　萍　（心悸）不，你不要这样想。

周蘩漪　（奇怪的神色）你？你也骗我？（低声，阴郁地）我从你们的眼神看出来，你们父子都愿我快成疯子！（刻毒地）你们——父亲同儿子——偷偷在我背后说冷话，说我，笑我，在我背后计算着我。

周　萍　(镇静自己)你不要神经过敏,我送你上楼去。

周蘩漪　(突然地,高声)我不要你送,走开!(抑制着,恨恶地,低声)我还用不着你父亲偷偷地,背着我,叫你小心,送一个疯子上楼。

周　萍　(抑制着自己的烦嫌)那么,你把信给我,让我自己走吧。

周蘩漪　(不明白地)你上哪儿?

周　萍　(不得已地)我要走,我要收拾收拾我的东西。

周蘩漪　(忽然冷静地)我问你,你今天晚上上哪儿去了?

周　萍　(敌对地)你不用问,你自己知道。

周蘩漪　(低声,恐吓地)到底你还是到她那儿去了。

〔半晌,蘩漪望萍,萍低头。

周　萍　(断然,阴沉地)嗯,我去了,我去了,(挑战地)你要怎么样?

周蘩漪　(软下来)不怎么样。(强笑)今天下午的话我说错了,你不要怪我。我只问你走了以后,你预备把她怎么样?

周　萍　以后?——(贸然地)我娶她!

周蘩漪　(突如其来地)娶她?

周　萍　(决定地)嗯。

周蘩漪　(刺心地)父亲呢?

周　萍　(淡然)以后再说。

周蘩漪　(神秘地)萍,我现在给你一个机会。

周　萍　(不明白)什么?

周蘩漪　(劝诱地)如果今天你不走,你父亲那儿我可以替你想法子。

周　萍　不必,这件事我认为光明正大,我可以跟任何人谈。——她——她不过就是穷点。

周蘩漪　(愤然)你现在说话很像你的弟弟。——(忧郁地)萍!

周　萍　干什么?

周蘩漪　(阴郁地)你知道你走了以后,我会怎么样?

周　萍　不知道。

周蘩漪　(恐惧地)你看看你的父亲,你难道想象不出?

周　萍　我不明白你的话。

周蘩漪　(指自己的头)就在这儿,你不知道么?

周　萍　(似懂非懂地)怎么讲?

周蘩漪　(好像在叙述别人的事情)第一,那位专家,克大夫免不了会天天来的,要我吃药,逼我吃药。吃药,吃药,吃药!渐渐伺候着我的人一定多,守着我,像个怪物似地守着我。他们——

周　萍　(烦)我劝你,不要这样胡想,好不好?

周蘩漪　（不顾地）他们渐渐学会了你父亲的话，"小心，小心点，她有点疯病！"到处都偷偷地在我背后低着声音说话，叽咕着。慢慢地无论谁都要小心点，不敢见我，最后铁链子锁着我，那我真就成了疯子了。

周　萍　（无办法）唉！（看表）不早了，给我信吧，我还要收拾东西呢。

周蘩漪　（恳求地）萍，这不是不可能的。（乞怜地）萍，你想一想，你就一点——就一点无动于衷么？

周　萍　你——（故意恶狠地）你自己要走这一条路，我有什么办法？

周蘩漪　（愤怒地）什么，你忘记你自己的母亲也被你父亲气死的么？

周　萍　（一了百了，更狠毒地激惹她）我母亲不像你，她懂得爱！她爱她自己的儿子，她没有对不起我父亲。

周蘩漪　（爆发，眼睛射出疯狂的火）你有权利说这种话么？你忘了就在这屋子，三年前的你么？你忘了你自己才是个罪人；你忘了，我们——（突停，压制自己，冷笑）哦，这是过去的事，我不提了。（萍低头，身发颤，坐沙发上，悔恨抓着他的心，面上筋肉成不自然的拘挛。她转向他，哭声，失望地说着）哦，萍，好了。这一次我求你，最后一次求你。我从来不肯对人这样低声下气说话，现在我求你可怜可怜我，这家我再也忍受不住了。（哀婉地诉出）今天这一天我受的罪过你都看见了，这样子以后不是一天，是整月、整年地，以至到我死，才算完，他厌恶我，你的父亲；他知道我明白他的底细，他怕我。他愿意人人看我是怪物，是疯子，萍！——

周　萍　（心乱）你，你别说了。

周蘩漪　（急迫地）萍，我没有亲戚，没有朋友，没有一个可信的人，我现在求你，你先不要走——

周　萍　（躲闪地）不，不成。

周蘩漪　（恳求地）即使你要走，你带我也离开这儿——

周　萍　（恐惧地）什么。你简直胡说！

周蘩漪　（恳求地）不，不，你带我走，——带我离开这儿，（不顾一切地）日后，甚至于你要把四凤接来——一块儿住，我都可以，只要，只要（热烈地）只要你不离开我。

周　萍　（惊惧地望着她，退后，半晌，颤声）我——我怕你真疯了！

周蘩漪　（安慰地）不，你不要这样说话。只有我明白你，我知道你的弱点，你也知道我的。你什么我都清楚。（诱惑地笑，向萍奇怪地招着手，更诱惑地笑）你过来，你——你怕什么？

周　萍　（望着她，忍不住地狂喊出来）哦，我不要你这样笑！（更重）不要你这样对我笑！（苦恼地打着自己的头）哦，我恨我自己，我恨，我恨我为什么要活着。

周蘩漪　（酸楚地）我这样累你么？然而你知道我活不到几年了。

周　萍　（痛苦地）你难道不知道这种关系谁听着都厌恶么？你明白我每天喝酒胡闹就因为自己恨——恨我自己么？

周蘩漪　（冷冷地）我跟你说过多少遍，我不这样看，我的良心不是这样做的。（郑重地）萍，今天我做错了，如果你现在听我的话，不离开家；我可以再叫四凤回来。

周　萍　什么？

周蘩漪　（清清楚楚地）叫她回来还来得及。

周　萍　（走到她面前，声沉重，慢说）你跟我滚开！

周蘩漪　（顿，又缓缓地）什么？

周　萍　你现在不像明白人，你上楼睡觉去吧。

周蘩漪　（明白自己的命运）那么，完了。

周　萍　（疲倦地）嗯，你去吧。

周蘩漪　（绝望，沉郁地）刚才我在鲁家看见你同四凤。

周　萍　（惊）什么，你刚才是到鲁家去了？

周蘩漪　（坐下）嗯，我在他们家附近站了半天。

周　萍　（悔惧）什么时候你在那里？

周蘩漪　（低头）我看着你从窗户进去。

周　萍　（急切）你呢？

周蘩漪　（无神地望着前面）就走到窗户前面站着。

周　萍　那么有一个女人叹气的声音是你么？

周蘩漪　嗯。

周　萍　后来，你又在那里站多半天？

周蘩漪　（慢而清朗地）大概是直等到你走。

周　萍　哦！（走到她身旁，低声）那窗户是你关上的，是么？

周蘩漪　（更低的声音，阴沉地）嗯，我。

周　萍　（恨极，恶毒地）你是我想不到的一个怪物！

周蘩漪　（抬起头）什么？

周　萍　（暴烈地）你真是一个疯子！

周蘩漪　（无表情地望着他）你要怎么样？

周　萍　（狠恶地）我要你死！再见吧！

〔萍由饭厅急走下，门猝然地关上。

周蘩漪　（呆滞地坐了一下，望着饭厅的门。瞥见侍萍的相片，拿在手上，低声，阴郁地）这是你的孩子！（缓缓扯下硬卡片贴的相纸，一片一片地撕碎。沉静地立起来，走了两步）奇怪，心里静的很！

〔中门轻轻推开，蘩漪回头，鲁贵缓缓地走进来。他的狡黠的眼睛，望着她笑着。

**鲁　贵**　（鞠躬，身略弯）太太，您好。

**周蘩漪**　（略惊）你来做什么？

**鲁　贵**　（假笑）跟您请安来了。我在门口等了半天。

**周蘩漪**　（镇静）哦，你刚才在门口？

**鲁　贵**　（低声）对了。（更秘密地）我看见大少爷正跟您打架，我——（假笑）我就没敢进来。

**周蘩漪**　（沉静地，不为所迫）你原来要做什么？

**鲁　贵**　（有把握地）原来我倒是想报告给太太，说大少爷今天晚上喝醉了，跑到我们家里去。现在太太既然是也去了，那我就不必多说了。

**周蘩漪**　（嫌恶地）你现在想怎么样？

**鲁　贵**　（倨傲地）我想见见老爷。

**周蘩漪**　老爷睡觉了，你要见他什么事？

**鲁　贵**　没有什么，要是太太愿意办，不找老爷也可以。——（着重，有意义地）都看太太要怎么样。

**周蘩漪**　（半晌，忍下来）你说吧，我也许可以帮你的忙。

**鲁　贵**　（重复一遍，狡黠地）要是太太愿意做主，不叫我见老爷，多麻烦（假笑）那就大家都省事了。

**周蘩漪**　（仍不露声色）什么，你说吧。

**鲁　贵**　（谄媚地）太太做了主，那就是您积德了。——我们只是求太太还赏饭吃。

**周蘩漪**　（不高兴地）你，你以为我——（转缓和）好，那也没有什么。

**鲁　贵**　（得意地）谢谢太太。（伶俐地）那么就请太太赏个准日子吧。

**周蘩漪**　（爽快地）你们在搬了新房子后一天来吧。

**鲁　贵**　（行礼）谢谢太太恩典！（忽然）我忘了，太太，您没见着二少爷么？

**周蘩漪**　没有。

**鲁　贵**　您刚才不是叫二少爷赏给我们一百块钱么？

**周蘩漪**　（烦厌地）嗯？

**鲁　贵**　（婉转地）可是，可是都叫我们少爷回了。

**周蘩漪**　你们少爷？

**鲁　贵**　（解释地）就是大海——我那个狗食的儿子。

**周蘩漪**　怎么样？

**鲁　贵**　（很文雅地）我们的侍萍，实在还不知道呢。

周蘩漪　（惊，低声）侍萍？（沉下脸）谁是侍萍？

鲁　贵　（以为自己被轻视了，侮慢地）侍萍就是侍萍，我的家里的——，就是鲁妈。

周蘩漪　你说鲁妈，她叫侍萍？

鲁　贵　（自夸地）她也念过书。名字是很雅气的。

周蘩漪　“侍萍”，那两个字怎么写，你知道么？

鲁　贵　我，我，（为难，勉强笑出来）我记不得了。反正那个萍字是跟大少爷名字的萍我记得是一样的。

周蘩漪　哦！（忽然把地上撕破的相片碎片拿起来对上，给他看）你看看，这个人你认识不认识？

鲁　贵　（看了一会，抬起头）不认识，太太。

周蘩漪　（急切地）你认识的人没有一个像她的么？（略停）你想想看，往近处想。

鲁　贵　（摇头）没有一个，太太，没有一个。（突然疑惧地）太太，您怎么？

周蘩漪　（回思，自己疑惑）多半我是胡思乱想。（坐下）

鲁　贵　（贪婪地）啊，太太，您刚才不是赏我们一百块么？可是我们大海又把钱回了，您想，——

〔中门渐渐推开。

鲁　贵　（回头）谁？

〔大海由中门进，衣服俱湿，脸色阴沉，眼不安地向四面望，疲倦，憎恨在他举动里显明地露出来。蘩漪惊讶地望着他。

鲁大海　（向鲁贵）你在这儿！

鲁　贵　（讨厌他的儿子）嗯，你怎么进来的？

鲁大海　（冰冷地）铁门关着，叫不开，我爬墙进来的。

鲁　贵　你现在来这儿干什么？你为什么不看看你妈，找四凤怎么样了？

鲁大海　（用一块湿手巾擦着脸上的雨水）四凤没找着，妈在门外等着呢。（沉重地）你看见四凤了么？

鲁　贵　（轻蔑）没有，我没有看见。（觉得大海小题大做，烦恶地皱着眉毛）不要管她，她一会儿就会回家。（走近大海）你跟我回去。周家的事情也妥了，都完了，走吧！

鲁大海　我不走。

鲁　贵　你要干什么？

鲁大海　你也别走，——你先跟我把这儿大少爷叫出来，我找不着他。

鲁　贵　（疑惧地，摸着自己的下巴）你要怎么样？我刚弄好，你是又要惹祸？

鲁大海　（冷静地）没有什么，我只想跟他谈谈。

鲁　贵　（不信地）我看你不对，你大概又要——

鲁大海　（暴躁地，抓着鲁贵的领口）你找不找？

鲁　贵　（怯弱地）我找，我找，你先放下我。

鲁大海　好，（放开他）你去吧。

鲁　贵　大海，你，你得答应我，我可是就跟大少爷说两句话，你不会——

鲁大海　嗯，我告诉你，我不是打架来的。

鲁　贵　真的？

鲁大海　（可怕地走到鲁贵的面前，低声）你去不去？

鲁　贵　我，我，大海，你，你——

周蘩漪　（镇静地）鲁贵，你去叫他出来，我在这儿，不要紧的。

鲁　贵　也好，（向大海）可是我请完大少爷，我就从那门走了，我，（笑）我有点事。

鲁大海　（命令地）你叫他们把门开开，让妈进来，领她在房里避一避雨。

鲁　贵　好，好，（向饭厅下）完了，我可有事。我就走了。

鲁大海　站住！（走前一步，低声）你进去，要是不找他出来就一人跑了，你可小心我回头在家里，——哼！

鲁　贵　（生气）你，你，你——（低声，自语）这个小王八蛋！（没法子，走进饭厅下）

周蘩漪　（立起）你是谁？

鲁大海　（粗鲁地）四凤的哥哥。

周蘩漪　（柔声）你是到这儿来找她么？你要见我们大少爷么？

鲁大海　嗯。

周蘩漪　（眼色阴沉地）我怕他会不见你。

鲁大海　（冷静地）那倒许。

周蘩漪　（缓缓地）听说他现在就要上车。

鲁大海　（回头）什么！

周蘩漪　（阴沉的暗示）他现在就要走。

鲁大海　（愤怒地）他要跑了，他——

周蘩漪　嗯，他——

〔萍由饭厅上，脸上有些慌，他看见大海，勉强地点一点头，声音略有点颤，他极力在镇静自己。

周　萍　（向大海）哦！

鲁大海　好。你还在这儿，（回头）你叫这位太太走开，我有话要跟你一个人说。

周　萍　（望着蘩漪，她不动，再走到她面前）请您上楼去吧。

周蘩漪　好！（昂首由饭厅下）

〔半晌。二人都紧紧地握着拳,大海愤愤地望着他,二人不动。

**周　萍**　(耐不住,声略颤)没想到你现在到这儿来。

**鲁大海**　(阴沉沉)听说你要走。

**周　萍**　(惊,略镇静,强笑)不过现在也赶得上,你来得还是时候,你预备怎么样?我已经准备好了。

**鲁大海**　(狠恶地笑一笑)你准备好了?

**周　萍**　(沉郁地望着他)嗯。

**鲁大海**　(走到他面前)你!(用力地击着萍的脸,方才的创伤又破,血向下流)

**周　萍**　(握着拳抑制自己)你,你,——(忍下去,由袋内抽出白绸手绢擦脸上的血)

**鲁大海**　(切齿地)哼?现在你要跑了!

〔半晌。

**周　萍**　(压下自己的怒气,辩白地,故意用低沉的声音)我早有这个计划。

**鲁大海**　(恶狠地笑)早有这个计划?

**周　萍**　(平静下来)我以为我们中间误会太多。

**鲁大海**　误会?(看自己手上的血,擦在身上)我对你没有误会,我知道你是没有血性,只顾自己的一个十足的混蛋。

**周　萍**　(柔和地)我们两次见面,都是我性子最坏的时候,叫你得着一个最坏的印象。

**鲁大海**　(轻蔑地)不用推托,你是个少爷,你心地混账,你们都是吃饭太容易,有劲儿不知道怎样使,就拿着穷人家的女儿开开心,完了事可以不负一点儿责任。

**周　萍**　(看出大海的神气,失望地)现在我想辩白是没有用的。我知道你是有目的而来的。(平静地)你把你的枪或者刀拿出来吧。我愿意任你收拾我。

**鲁大海**　(侮蔑地)你会这样大方,——在你家里,你很聪明!哼,可是你不值得我这样,我现在还不愿意拿我这条有用的命换你这半死的东西。

**周　萍**　(直视大海,有勇气地)我想你以为我现在是怕你。你错了,与其说我怕你,不如说我怕我自己;我现在做错了一件事,我不愿做错第二件事。

**鲁大海**　(嘲笑地)我看像你这种人,活着就错了。刚才要不是我的母亲,我当时就宰了你!(恐吓地)现在你的命还在我的手心里。

**周　萍**　我死了,那是我的福气。(辛酸地)你以为我怕死,我不,我不,我恨活着,我欢迎你来。我够了,我是活厌了的人。

**鲁大海**　(厌恨地)哦,你——活厌了,可是你还拉着我年轻的糊涂妹妹陪着你,陪着你。

**周　萍**　（无法，强笑）你说我自私么？你以为我是真没有心肝，跟她开开心就完了么？你问问你的妹妹，她知道我是真爱她。她现在就是我能活着的一点生机。

**鲁大海**　你倒说得很好！（突然）那你为什么——为什么不娶她？

**周　萍**　（略顿）那就是我最恨的事情。我的环境太坏。你想想我这样的家庭怎么允许有这样的事。

**鲁大海**　（辛辣地）哦，所以你就可以一面表示你是真心爱她，跟她做出什么不要脸的事都可以，一面你还得想着你的家庭，你的董事长爸爸。他们叫你随便就丢掉她，再娶一个门当户对的阔小姐来配你，对不对？

**周　萍**　（忍耐不下）我要你问问四凤，她知道我这次出去，是离开了家庭，设法脱离了父亲，有机会好跟她结婚的。

**鲁大海**　（嘲弄）你推得很好。那么像你深更半夜的，刚才跑到我家里，你怎样推托呢？

**周　萍**　（迸发，激烈地）我所说的话不是推托，我也用不着跟你推托，我现在看你是四凤的哥哥，我才这样说。我爱四凤，她也爱我，我们都年轻，我们都是人，两个人天天在一起，结果免不了有点荒唐。然而我相信我以后会对得起她，我会娶她做我的太太，我没有一点亏心的地方。

**鲁大海**　这么，你反而很有理了。可是，董事长大少爷，谁相信你会爱上一个工人的妹妹，一个当老妈子的穷女儿？

**周　萍**　（略顿，嗫嚅）那，那——那我也可以告诉你。有一个女人逼着我，激成我这样的。

**鲁大海**　（紧张地，低声）什么，还有一个女人？

**周　萍**　嗯，就是你刚才见过那位太太。

**鲁大海**　她？

**周　萍**　（苦恼地）她是我的后母！——哦，我压在心里多少年，我当谁也不敢说——她念过书，她受了很好的教育，她，她，——她看见我就跟我发生感情，她要我——（突停）——那自然我也要负一部分责任。

**鲁大海**　四凤知道么？

**周　萍**　她知道，我知道她知道。（含着苦痛的眼泪，苦闷地）那时我太糊涂，以后我越过越怕，越恨，越厌恶。我恨这种不自然的关系，你懂么？我要离开她，然而她不放松我。她拉着我，不放我。她是个鬼，她什么都不顾忌。我真活厌了，你明白么？我喝酒，胡闹，我只要离开她，我死都愿意。她叫我恨一切受过好教育，外面都装得很正经的女人。过后我见着四凤，四凤叫我明白，叫我又活了一年。

**鲁大海**　（不觉吐出一口气）哦。

周　萍　这些话多少年我对谁也说不出的，然而——（缓慢地）奇怪，我忽然跟你说了。

鲁大海　（阴沉地）那大概是你父亲的报应。

周　萍　（没想到，厌恶地）你，你胡说！（觉得方才太冲动，对一个这么不相识的人说出心中的话。半晌，镇静下，自己想方才脱口说出的原因，忽然，慢慢地）我告诉你，因为我认你是四凤的哥哥，我要你相信我的诚心，我没有一点骗她。

鲁大海　（略露善意）那么你真预备要四凤么？你知道四凤是个傻孩子，她不会再嫁第二个人。

周　萍　（诚恳地）嗯，我今天走了，过了一二个月，我就来接她。

鲁大海　可是董事长少爷，这样的话叫人相信么？

周　萍　（由衣袋取出一封信）你可以看这封信，这是我刚才写给她的，就说的这件事。

鲁大海　（故意闪避地）用不着给我看，我——没有工夫！

周　萍　（半晌，抬头）那我现在再没有什么旁的保证，你口袋里那件杀人的家伙是我的担保。你再不相信我，我现在人还是在你手里。

鲁大海　（辛酸地）周大少爷，你想想这样我就完了么？（恶狠地）你觉得我真愿意我的妹妹嫁给你这种东西么？（忽然拿出自己的手枪来）

周　萍　（惊慌）你要怎么样？

鲁大海　（恨恶地）我要杀了你。你父亲虽坏，看着还顺眼。你真是世界上最用不着，最没有劲的东西。

周　萍　哦。好，你来吧！（骇惧地闭上目）

鲁大海　可是——（叹一口气，递手枪与萍）你还是拿去吧。这是你们矿上的东西。

周　萍　（莫明其妙地）怎么？（接下枪）

鲁大海　（苦闷地）没有什么。老太太们最糊涂。我知道我的妈。我妹妹是她的命，只要你能够多叫四凤好好地活着，我只好不提什么了。

〔萍还想说话，大海挥手，叫他不必再说，萍沉郁地到桌前把枪放好。

鲁大海　（命令地）那么请你把我的妹妹叫出来吧。

周　萍　（奇怪）什么？

鲁大海　四凤啊——她自然在你这儿。

周　萍　没有，没有。我以为她在你们家里呢。

鲁大海　（疑惑地）那奇怪，我同我妈在雨里找了她两个钟头，不见她。我想自然在这儿。

周　萍　（担心）她在雨里走了两个钟头，她——她没有到旁的地方去么？

鲁大海　（肯定地）半夜里她会到哪儿去？

周　萍　（突然恐惧）啊，她不会——（坐下呆望）

鲁大海　（明白）你以为——不，她不会，（轻蔑地）不，我想她没有这个胆量。

周　萍　（颤抖地）不，她会的。你不知道她。她爱脸，她性子强，她——不过她应当先见我，她（仿佛已经看见她溺在河里）不该这样冒失。

〔半晌。

鲁大海　（忽然）哼，你装得好，你想骗过我，你？——她在你这儿！她在你这儿！

〔外面远处口哨声。

周　萍　（以手止之）不，你不要嚷。（哨声近，喜色）她，她来了，我听见她！

鲁大海　什么？

周　萍　这是她的声音，我们每次见面，是这样的。

鲁大海　她在哪儿？

鲁大海　大概就在花园里？

〔萍开窗吹哨，应声更近。

周　萍　（回头，眼含着眼泪，笑）她来了！

〔中门敲门声。

周　萍　（向大海）你先暂时在旁边屋子躲一躲，她没想到你在这儿。我想她再受不得惊了。

〔忙引大海至饭厅门，大海下。

〔外面的声音：（低）！萍

周　萍　（忙跑至中门）凤儿！（开门）进来！

〔四凤由中门进，头发散乱，衣服湿透，眼泪同雨水流在脸上，眼角粘着淋漓的鬓发，衣裳贴着皮肤，雨后的寒冷逼着她发抖，她的牙齿上下地震战着。她见萍如同失路的孩子再见着母亲，呆呆地望着他。

鲁四凤　萍！

周　萍　（感动地）凤。

鲁四凤　（胆怯地）没有人吧。

周　萍　（难过，怜悯地）没有。（拉着她的手）

鲁四凤　（放开胆）哦！萍！（抱着萍抽咽）

周　萍　（如许久未见她）你怎么，你怎么会这样？你怎么会找着我？（止不住地）你怎么进来的？

鲁四凤　我从小门偷进来的。

周　萍　凤，你的手冰凉，你先换一换衣服。

鲁四凤　不；萍，（抽咽）让我先看看你。

**周　萍**　（引她到沙发，坐在自己一旁，热烈地）你，你上哪儿去了，凤？

**鲁四凤**　（看看他，含着眼泪微笑）萍，你还在这儿，我好像隔了多年一样。

**周　萍**　（顺手拿起沙发上的一床紫线毯给她围上）我可怜的凤儿，你怎么这样傻，你上哪儿去了？我的傻孩子！

**鲁四凤**　（擦着眼泪，拉着萍的手，萍蹲在旁边）我一个人在雨里跑，不知道自己在哪儿。天上打着雷，前面我只看见模模糊糊的一片；我什么都忘了，我像是听见妈在喊我，可是我怕，我拼命地跑，我想找着我们门口那一条河跳。

**周　萍**　（紧握着四凤的手）凤！

**鲁四凤**　——可是不知怎么绕来绕去我总找不着。

**周　萍**　哦，凤，我对不起你，原谅我，是我叫你这样，你原谅我，你不要怨我。

**鲁四凤**　萍，我怎么也不会怨你的。我糊糊涂涂又碰到这儿，走到花园那电线杆底下，我忽然想死了。我知道一碰那根电线，我就可以什么都忘了。我爱我的母亲，我怕我刚才对她起的誓，我怕她说我这么一声坏女儿，我情愿不活着。可是，我刚要碰那根电线，我忽然看见你窗户的灯，我想到你在屋子里。哦，萍，我突然觉得，我不能这样就死，我不能一个人死，我丢不了你。我想起来，世界大的很，我们可以走，我们只要一块儿离开这儿。萍啊，你——

**周　萍**　（沉重地）我们一块儿离开这儿？

**鲁四凤**　（急切地）就是这一条路，萍，我现在已经没有家，（辛酸地）哥哥恨死我，母亲我是没有脸见的。我现在什么都没有，我没有亲戚，没有朋友，我只有你，萍，（哀告地）你明天带我去吧。

〔半晌。

**周　萍**　（沉重地摇着头）不，不——

**鲁四凤**　（失望地）萍。

**周　萍**　（望着她，沉重地）不，不——我们现在就走。

**鲁四凤**　（不相信地）现在就走？

**周　萍**　（怜惜地）嗯，我原来打算一个人现在走，以后再来接你，不过现在不必了。

**鲁四凤**　（不信地）真的，一块儿走么？

**周　萍**　嗯，真的。

**鲁四凤**　（狂喜地，扔下线毯，立起，亲萍的一手，一面擦着眼泪）真的，真的，真的，萍，你是我的救星，你是天底下顶好的人。你是我——哦，我爱你！（在他身下流泪）

**周　萍**　（感动地，用手绢擦着眼泪）凤，以后我们永远在一块儿了，不分开了。

鲁四凤　（自慰地，在萍的怀里）嗯，我们离开这儿了，不分开了。

周　萍　（约束自己）好，凤，走以前我们先见见一个人。见完他我们就走。

鲁四凤　一个人？

周　萍　你哥哥。

鲁四凤　哥哥？

周　萍　他找你，他就在饭厅里头。

鲁四凤　（恐惧地）不，不，你不要见他，他恨你，他会害你的。走吧，我们就走吧。

周　萍　（安慰地）我已经见过他。——我们现在一定要见他一面，（不可挽回地）不然我们也走不了的。

鲁四凤　（胆怯）可是，萍，你——

〔萍走到饭厅门口，开门。

周　萍　（叫）鲁大海！鲁大海！—咦，他不在这儿，奇怪，也许他从饭厅的门出去了。（望着四凤）

鲁四凤　（走到萍面前，哀告地）萍。不要管他，我们走吧。

（拉他向中门走）我们就这样走吧。

〔四凤拉萍至中门，中门开，鲁妈与大海进。

〔两点钟内鲁妈的样子另变了一个人。声音因为在雨里叫喊哭号已经暗哑，眼皮失望地向下垂，前额的皱纹很深地刻在上面，过度的刺激使着她变成了呆滞，整个激成刻板的痛苦的模型。她的衣服像是已烘干了一部分，头发还有些湿，鬓角凌乱地贴着湿的头发。她的手在颤，很小心地走进来。

鲁四凤　（惊惧）妈！（畏缩）

〔略顿，鲁妈哀怜地望着四凤。

鲁侍萍　（伸出手向四凤，哀痛地）凤儿，来！

〔四凤跑至母亲面前，跪下。

鲁四凤　妈！（抱着母亲的膝）

鲁侍萍　（抚摸四凤的头顶，痛惜地）孩子，我的可怜的孩子。

鲁四凤　（泣不成声地）妈，饶了我吧，饶了我吧，我忘了您的话了。

鲁侍萍　（扶起四凤）你为什么早不告诉我？

鲁四凤　（低头）我疼您，妈，我怕，我不愿意有一点叫您不喜欢我，看不起我，我不敢告诉您。

鲁侍萍　（沉痛地）这还是你的妈太糊涂了，我早该想到的。（酸苦地）然而天，这谁又料得到，天底下会有这种事，偏偏又叫我的孩子们遇着呢？哦，你们妈的命太苦，我们的命也太苦了。

鲁大海　（冷淡地）妈，我们走吧，四凤先跟我们回去。——我已经跟他（指萍）商量好了，他先走，以后他再接四凤。

鲁侍萍　（迷惑地）谁说的？谁说的？

鲁大海　（冷冷地望着鲁妈）妈，我知道您的意思，自然只有这么办。所以，周家的事我以后也不提了，让他们去吧。

鲁侍萍　（迷惑，坐下）什么？让他们去？

周　萍　（嗫嚅）鲁奶奶，请您相信我，我一定好好地待她，我们现在决定就走。

鲁侍萍　（拉着四凤的手，颤抖地）凤，你，你要跟他走？

鲁四凤　（低头，不得已紧握着鲁妈的手）妈，我只好先离开您了。

鲁侍萍　（忍不住）你们不能够在一块儿！

鲁大海　（奇怪地）妈，您怎么？

鲁侍萍　（站起）不，不成！

鲁四凤　（着急）妈！

鲁侍萍　（不顾她，拉着她的手）我们走吧。（向大海）你出去叫一辆洋车，四凤大概走不动了。我们走，赶快走。

鲁四凤　（死命地退缩）妈，您不能这样做。

鲁侍萍　不，不成！（呆滞地，单调地）走，走。

鲁四凤　（哀求）妈，您愿您的女儿急得要死在您的眼前么？

周　萍　（走向鲁妈前）鲁奶奶，我知道我对不起您。不过我能尽我的力量补我的错，现在事情已经做到这一步，您——

鲁大海　妈，（不懂地）您这一次，我可不明白了！

鲁侍萍　（不得已，严厉地）你先去雇车去！（向四凤）凤儿，你听着，我情愿你没有，我不能叫你跟他在一块儿。——走吧！

〔大海刚至门口，四凤喊一声。

鲁四凤　（喊）啊，妈，妈！（晕倒在母亲怀里）

鲁侍萍　（抱着四凤）我的孩子，你——

周　萍　（急）她晕过去了。

〔鲁妈按着她的前额，低声唤“四凤”忍不住地泣下。

〔萍向饭厅跑。

鲁大海　不用去——不要紧，一点凉水就好，她小时就这样。

〔萍拿凉水洒在她面上，四凤渐醒，面呈死白色。

鲁侍萍　（拿凉水灌四凤）凤儿，好孩子。你回来，你回来。——我的苦命的孩子。

鲁四凤　（口渐张眼睁开，喘出一口气）啊，妈！

鲁侍萍　（安慰地）孩子，你不要怪妈心狠，妈的苦说不出。

鲁四凤　（叹出一口气）妈！

鲁侍萍　什么？凤儿。

鲁四凤　我，我不能不告诉你，萍！

周　萍　凤，你好点了没有？

鲁四凤　萍，我，总是瞒着你；也不肯告诉您（乞怜地望着鲁妈）妈，您——

鲁侍萍　什么，孩子，快说。

鲁四凤　（抽咽）我，我——（放胆）我跟他现在已经有……（大哭）

鲁侍萍　（切迫地）怎样，你说你有——（过受打击，不动）

周　萍　（拉起四凤的手）四凤！怎么，真的，你——

鲁四凤　（哭）嗯。

周　萍　（悲喜交集）什么时候？什么时候？

鲁四凤　（低头）大概已经三个月。

周　萍　（快慰地）哦，四凤，你为什么不告诉我，我，我的——

鲁侍萍　（低声）天哪。

周　萍　（走向鲁）鲁奶奶，您无论如何不要再固执哪，都是我错了：我求您！（跪下）我求您放了她吧。我敢保我以后对得起她，对得起您。

鲁四凤　（立起，走到鲁妈面前跪下）妈，您可怜可怜我们，答应我们，让我们走吧。

鲁侍萍　（不做声，坐着，发痴）我是在做梦。我的儿女，我自己生的儿女，三十年工夫——哦，天哪，（掩面哭，挥手）
你们走吧，我不认得你们。（转过头去）

周　萍　谢谢您！（立起）我们走吧。凤！（四凤起）

鲁侍萍　（回头，不自主地）不，不能够！
〔四凤又跪下。

鲁四凤　（哀求）妈，您，您是怎么？我的心定了。不管他是富，是穷，不管他是谁，我是他的了。我心里第一个许了他，我看得见的只有他，妈，我现在到了这一步：他到哪儿我也到哪儿；他是什么，我也跟他是什么。妈，您难道不明白，我——

鲁侍萍　（指手令她不要向下说，苦痛地）孩子。

鲁大海　妈，妹妹既然是闹到这样，让她去了也好。

周　萍　（阴沉地）鲁奶奶，您心里要是一定不放她，我们只好不顺从您的话，自己走了。凤！

鲁四凤　（摇头）萍！（还望着鲁妈）妈！

鲁侍萍　（沉重的悲伤，低声）啊，天知道谁犯了罪，谁造的这种孽！——他们都是可怜的孩子，不知道自己做的是什么。天哪，如果要罚，也罚在我一个人身上；我一个人有罪，我先走错了一步。（伤心地）如今我明白了，

我明白了，事情已经做了的，不必再怨这不公平的天；人犯了一次罪过，第二次也就自然地跟着来。——（摸着四凤的头）他们是我的干净孩子，他们应当好好地活着，享着福。冤孽是在我心里头，苦也应当我一个人尝。他们快活，谁晓得就是罪过？他们年轻，他们自己并没有成心做了什么错。（立起，望着天）今天晚上，是我让他们一块儿走，这罪过我知道，可是罪过我现在替他们犯了；所有的罪孽都是我一个人惹的，我的儿女们都是好孩子，心地干净的，那么，天，真有了什么，也就让我一个人担待吧。（回过头）凤儿，——

**鲁四凤** （不安地）妈，您心里难过，——我不明白您说的什么。

**鲁侍萍** （回转头。和蔼地）没有什么。（微笑）你起来，凤儿，你们一块儿走吧。

**鲁四凤** （立起，感动地，抱着她的母亲）妈！

**周　萍** 去（看表）不早了，还只有二十五分钟，叫他们把汽车开出来，走吧。

**鲁侍萍** （沉静地）不，你们这次走，是在黑地里走，不要惊动旁人。（向大海）大海，你出叫车去，我要回去，你送他们到车站。

**鲁大海** 嗯。

〔大海由中门下。

**鲁侍萍** （向四凤哀婉地）过来，我的孩子，让我好好地亲一亲。（四凤过来抱母；鲁妈向萍）你也来，让我也看你一下。（萍至前，低头，鲁望他擦眼泪）好你们走吧——我要你们两个在未走以前答应我一件事。

**周　萍** 您说吧。

**鲁侍萍** 你们不答应，我还是不要四凤走的。

**鲁四凤** 妈，您说吧，我答应。

**鲁侍萍** （看他们两人）你们这次走，最好越走越远，不要回头，今天离开，你们无论生死，永远也不许见我。

**鲁四凤** （难过）妈，那不——

**周　萍** （眼色，低声）她现在很难过，才说这样的话，过后，她就会好了的。

**鲁四凤** 嗯，也好，——妈，那我们走吧。

〔四凤跪下，向鲁妈叩头，四凤落泪，鲁妈竭力忍着。

**鲁侍萍** （挥手）走吧！

**周　萍** 我们从饭厅里出去吧，饭厅里还放着我几件东西。

〔三人——萍，四凤，鲁妈——走到饭厅门口，饭厅门开。蘩漪走出，三人俱惊视。

**鲁四凤** （失声）太太！

**周蘩漪** （沉稳地）咦，你们到哪儿去？外面还打着雷呢！

**周　萍** （向蘩漪）怎么你一个人在外面偷听！

周蘩漪　嗯，不只我，还有人呢。（向饭厅上）出来呀，你！

〔冲由饭厅上，畏缩地。

鲁四凤　（惊愕）二少爷！

周　冲　（不安地）四凤！

周　萍　（不高兴，向弟）弟弟，你怎么这样不懂事？

周　冲　（莫明其妙地）妈叫我来的，我不知道你们这是干什么。

周蘩漪　（冷冷地）现在你就明白了。

周　萍　（焦躁，向蘩漪）你这是干什么？

周蘩漪　（嘲弄地）我叫你弟弟来跟你们送行。

周　萍　（气愤）你真卑——

周　冲　哥哥！

周　萍　弟弟，我对不起！——（突向蘩漪）不过世界上没有像你这样的母亲！

周　冲　（迷惑地）妈，这是怎么回事？

周蘩漪　你看哪！（向四凤）四凤，你预备上哪儿去？

鲁四凤　（嗫嚅）我……我？……

周　萍　不要说一句瞎话。告诉他们，挺起胸来告诉他们，说我们预备一块儿走。

周　冲　（明白）什么，四凤，你预备跟他一块儿走？

鲁四凤　嗯，二少爷，我，我是——

周　冲　（半质问地）你为什么早不告诉我？

鲁四凤　我不是不告诉你，我跟你说过，叫你不要找我，因为我——我已经不是个好女人。

周　萍　（向四凤）不，你为什么说自己不好？你告诉他们！（指蘩漪）告诉他们，说你就要嫁我！

周　冲　（略惊）　四凤，你——

周蘩漪　（向冲）现在你明白了。（冲低头）

周　萍　（突向蘩漪，刻毒地）你真没有一点心肝！你以为你的儿子会替——会破坏么？弟弟，你说，你现在有什么意思，你说，你预备对我怎么样？说！哥哥都会原谅你。

〔冲望蘩漪，又望四凤，自己低头。

周蘩漪　冲儿，说呀！（半晌，急促）冲儿，你为什么不说话呀？你为什么不抓着四凤问？你为什么不抓着你哥哥说话呀？（又顿。众人俱看冲，冲不语）冲儿你说呀，你怎么，你难道是个死人？哑巴？是个糊涂孩子？你难道见着自己心上喜欢的人叫人抢去，一点儿都不动气么？

周　冲　（抬头，羔羊似地）不，不，妈！（又望四凤，低头）只要四凤愿意，我没有一句话可说。

**周　萍**　(走到冲面前,拉着他的手)哦,我的好弟弟,我的明白弟弟!

**周　冲**　(疑惑地,思考地)不,不,我忽然发现……我觉得……我好像我并不是真爱四凤(渺渺茫茫地)以前——我,我,我——大概是胡闹!

**周　萍**　(感激地)不过,弟弟——

**周　冲**　(望着萍热烈的神色,退缩地)不,你把她带走吧,只要你好好地待她!

**周蘩漪**　(整个消灭,失望)哦,你呀!(忽然,气愤)你不是我的儿子;你不像我,你——你简直是条死猪!

**周　冲**　(受侮地)妈!

**周　萍**　(惊)你是怎么回事?

**周蘩漪**　(昏乱地)你真没有点男子气,我要是你,我就打了她,烧了她,杀了她。你真是糊涂虫,没有一点生气的。你还是你父亲养的,你父亲的小绵羊。我看错你了——你不是我的,你不是我的儿子。

**周　萍**　(不平地)你是冲弟弟的母亲么?你这样说话。

**周蘩漪**　(痛苦地)萍,你说,你说出来;我不怕,你告诉他,我现在已经不是他的母亲?

**周　冲**　(难过地)妈,您怎么?

**周蘩漪**　(丢弃了拘束)我叫他来的时候,我早已忘了我自己,(向冲,半疯狂地)你不要以为我是你的母亲,(高声)你的母亲早死了,早叫你父亲压死了,闷死了。现在我不是你的母亲。她是见着周萍又活了的女人,(不顾一切地)她也是要一个男人真爱她,要真真活着的女人!

**周　冲**　(心痛地)哦,妈。

**周　萍**　(眼色向冲)她病了。(向蘩漪)你跟我上楼去吧!你大概是该歇一歇。

**周蘩漪**　胡说!我没有病,我没有病,我神经上没有一点病。你们不要以为我说胡话。(揩眼泪,哀痛地)我忍了多少年了,我在这个死地方,监狱似的周公馆,陪着一个阎王十八年了,我的心并没有死;你的父亲只叫我生了冲儿,然而我的心,我这个人还是我的。(指萍)就只有他才要了我整个的人,可是他现在不要我,又不要我了。

**周　冲**　(痛极)妈,我最爱的妈,您这是怎么回事?

**周　萍**　你先不要管她,她在发疯!

**周蘩漪**　(激烈地)不要学你的父亲。没有疯——我这是没有疯!我要你说,我要你告诉他们——这是我最后的一口气!

**周　萍**　(狼狈地)你叫我说什么?我看你上楼睡去吧。

**周蘩漪**　(冷笑)你不要装!你告诉他们,我并不是你的后母。

〔大家俱惊,略顿。

周　冲　（无可奈何地）妈！

周蘩漪　（不顾地）告诉他们，告诉四凤，告诉她！

鲁四凤　（忍不住）妈呀！（投入鲁妈怀）

周　萍　（望着弟弟，转向蘩漪）你这是何苦！过去的事你何必说呢？叫弟弟一生不快活。

周蘩漪　（失了母性，喊着）我没有孩子，我没有丈夫，我没有家，我什么都没有，我只要你说：我——我是你的。

周　萍　（苦恼）哦，弟弟！你看弟弟可怜的样子，你要是有一点母亲的心——

周蘩漪　（报复地）你现在也学会你的父亲了，你这虚伪的东西，你记着，是你才欺骗了你的弟弟，是你欺骗我，是你才欺骗了你的父亲！

周　萍　（愤怒）你胡说，我没有，我没有欺骗他！父亲是个好人，父亲一生是有道德的，（蘩漪冷笑）——（向四凤）不要理她，她疯了，我们走吧。

周蘩漪　不用走，大门锁了。你父亲就下来，我派人叫他来的。

鲁侍萍　哦，太太！

周　萍　你这是干什么？

周蘩漪　（冷冷地）我要你父亲见见他将来的好媳妇你们再走。（喊）朴园，朴园！……

周　冲　妈，您不要！

周　萍　（走到蘩漪面前）疯子，你敢再喊！

〔蘩漪跑到书房门口，喊。

鲁侍萍　（慌）四凤，我们出去。

周蘩漪　不，他来了！

〔朴园由书房进，大家俱不动，静寂若死。

周朴园　（在门口）你叫什么？你还不上楼去睡。

周蘩漪　（倨傲地）我请你见见你的好亲戚。

周朴园　（见鲁妈，四凤在一起，惊）啊，你，你——你们这是做什么？

周蘩漪　（拉四凤向朴园）这是你的媳妇，你见见。（指着朴园向四凤）叫他爸爸！（指着鲁妈向朴园）你也认识认识这位老太太。

鲁侍萍　太太！

周蘩漪　萍，过来！当着你的父亲，过来，跟这个妈叩头。

周　萍　（难堪）爸爸，我，我——

周朴园　（明白地）怎么——（向鲁妈）侍萍，你到底还是回来了。

周蘩漪　（惊）什么？

鲁侍萍　（慌）不，不，您弄错了。

周朴园　（悔恨地）侍萍，我想你也会回来的。

鲁侍萍 不，不！（低头）啊！天！

周蘩漪 （惊愕地）侍萍？什么，她是侍萍？

周朴园 嗯。（烦厌地）蘩你不必再故意地问我，她就是萍儿的母亲，三十年前死了的。

周蘩漪 天哪！

〔半晌。四凤苦闷地叫了一声，看着她的母亲，鲁妈苦痛地低着头。萍脑筋昏乱，迷惑地望着父亲，同鲁妈。这时蘩漪渐渐移到周冲身边，现在她突然发见一个更悲惨的命运，逐渐地使她同情萍，她觉出自己方才的疯狂，这使她很快地恢复原来平常母亲的情感。她不自主地愧恨地望着自己的冲儿。

周朴园 （沉痛地）萍儿，你过来。你的生母并没有死，她还在世上。

周　萍 （半狂地）不是她！爸，您告诉我，不是她！

周朴园 （严厉地）混账！萍儿，不许胡说。她没有什么好身世，也是你的母亲。

周　萍 （痛苦万分）哦，爸！

周朴园 （尊重地）不要以为你跟四凤同母，觉得脸上不好看，你就忘了人伦天性。

鲁四凤 （向母）哦！妈！（痛苦地）

周朴园 （沉重地）萍儿，你原谅我。我一生就做错了这一件事。我万没有想到她今天还在，今天找到这儿。我想这只能说是天命。（向鲁妈叹口气）我老了，刚才我叫你走，我很后悔，我预备寄给你两万块钱。现在你既然来了，我想萍儿是个孝顺孩子，他会好好地侍奉你。我对不起你的地方，他会补上的。

周　萍 （向鲁妈）您——您是我的——

鲁侍萍 （不自主地）萍——（回头抽咽）

周朴园 跪下，萍儿！不要以为自己是在做梦，这是你的生母。

鲁四凤 （昏乱地）妈，这不会是真的。

鲁侍萍 （不语，抽咽）

周蘩漪 （笑向萍，悔恨地）萍，我，我万想不到是——是这样，萍——

周　萍 （怪笑，向朴）父亲！（怪笑，向鲁妈）母亲！（看四凤，指她）你——

鲁四凤 （与萍互视怪笑，忽然忍不住）啊，天！（由中门跑下，萍扑在沙发上，鲁妈死气沉沉地立着）

周蘩漪 （急喊）四凤！四凤！（转向冲）冲儿，她的样子不大对，你赶快出去看她。

〔冲由中门跑下，喊四凤。

周朴园 （至萍前）萍儿，这是怎么回事？

周　萍　（突然）爸，您不该生我！（跑，由饭厅下）

〔远处听见四凤的惨叫声，冲狂呼四凤，过后冲也发出惨叫。

鲁侍萍　（同时叫）四凤，你怎么啦！
周蘩漪　（同时叫）我的孩子，我的冲儿！

〔二人同由中门跑出。

周朴园　（急走至窗前拉开窗幕，颤声）怎么？怎么？

〔仆由中门跑上。

仆　人　（喘）老爷！

周朴园　快说，怎么啦？

仆　人　（急不成声）四凤……死了……

周朴园　（急）二少爷呢？

仆　人　也……也死了。

周朴园　（颤声）不，不，怎……么？

仆　人　四风碰着那条走电的电线。二少爷不知道，赶紧拉了一把，两个人一块儿中电死了。

周朴园　（几晕）这不会。这，这——这不能够，不能够！

〔朴园与仆人跑下。

〔萍由饭厅出，颜色惨白，但是神气沉静地。他走到那张放鲁大海的手枪的桌前，抽开抽屉，取出手枪，手微颤，慢慢走进右边书房。

〔外面人声嘈乱，哭声，叫声，吵声，混成一片。鲁妈由中门上，脸更呆滞，如石膏人像。老年仆人跟在后面，拿着电筒。

〔鲁妈一声不响地立在台中。

老　仆　（安慰地）老太太，您别发呆！这不成，您得哭，您得好好哭一场。

鲁侍萍　（无神地）我哭不出来！

老仆人　这是天意，没有法子。——可是您自己得哭。

鲁侍萍　不，我想静一静。（呆立）

〔中门大开，许多仆人围着蘩漪，蘩漪不知是在哭在笑。

仆　人　（在外面）进去吧，太太，别看哪。

周蘩漪　（为人拥至中门，倚门怪笑）冲儿，你这么张着嘴？你的样子怎么直对我笑？——冲儿，你这个糊涂孩子。

周朴园　（走在中门中，眼泪在面上）蘩漪，进来！我的手发木，你也别看了。

老　仆　太太，进来吧。人已经叫电火烧焦了，没有法子办了。

周蘩漪　（进来，干哭）冲儿，我的好孩子。刚才还是好好的，你怎么会死，你怎么会死得这样惨？（呆立）

周朴园　（已进来）你要静一静。（擦眼泪）

周蘩漪　（狂笑）冲儿，你该死，该死！你有了这样的母亲，你该死！

〔外面仆人与鲁大海打架声。

周朴园　这是谁？谁在这时候打架。

〔老仆下问，立时另一仆人上。

周朴园　外面是怎么回事？

仆　人　今天早上那个鲁大海，他这时又来了，跟我们打架。

周朴园　叫他进来！

仆　人　老爷，他连踢带打地伤了我们好几个，他已经从小门跑了。

周朴园　跑了？

仆　人　是，老爷。

周朴园　（略顿，忽然）追他去，跟我追他去。

仆　人　是，老爷。

〔仆人一齐下。屋中只有朴园、鲁妈、蘩漪三人。

周朴园　（哀伤地）我丢了一个儿子，不能再丢第二个了。

〔三人都坐下来。

鲁侍萍　都去吧！让他去了也好，我知道这孩子。他恨你，我知道他不会回来见你的。

周朴园　（寂静，自己觉得奇怪）年轻的反而走我们前头了，现在就剩下我们这些老——（忽然）萍儿呢？大少爷呢？萍儿，萍儿！（无人应）来人呀！来人！（无人应）你们跟我找呀，我的大儿子呢？

〔书房枪声，屋内死一般的静默。

周蘩漪　（忽然）啊！（跑下书房，朴园呆立不动，立时蘩漪狂喊跑出）他……他……

周朴园　他……他……

〔朴园与蘩漪一同跑下，进书房。

〔鲁妈立起，向书房颠踬了两步，至台中，渐向下倒，跪在地上，如序幕结尾老妇人倒下的样子。

〔舞台渐暗，奏序幕之音乐（High Mass－Bach）若在远处奏起，至完全黑暗时最响，与序幕末尾音乐声同。幕落，即开，接尾声。

（选自《曹禺文集》第1卷，中国戏剧出版社1988年版）

## 【背景资料】

1933年，在清华大学念书时，曹禺完成了处女作也是其一鸣惊人的成名作——四幕话剧《雷雨》，时年23岁，这毫无疑问地显示了他非凡出众的艺术才华。但实际上，《雷雨》的创作从曹禺高中毕业起即开始构思，前后经过了五年的反复酝酿与修改,终于在1933年大学毕业前夕完稿。剧本首先深深打动了它的第一个读者巴金,令他“感动地一口气读完它,而且为它掉了泪”。于是经巴金推荐,《雷雨》在1934年的《文学季刊》第3期全文刊载。1936年由上海文化生活出版社正式出版单行本。《雷雨》发表和出版后,先后在东京、天津、上海、南京等地上演,历演不衰,受到观众热烈欢迎。它与1935年曹禺创作的另一部话剧《日出》前后辉映于剧坛,标志着中国话剧创作的成熟,同时也奠定了曹禺本人在中国现代话剧史上的地位。

**【主题意蕴】**

剧本在一天(上午到午夜两点)时间、两个地点(周家客厅和鲁家住所)内集中展开了周鲁两家前后30年的复杂矛盾纠葛以及由此而引发的一系列人生悲剧。更为重要的是,剧本在展示家庭悲剧和社会悲剧的同时,还写出了一种更为复杂、更为深刻的命运悲剧:即人对命运的抗争与命运对人的主宰这一对难以调和的巨大矛盾。曹禺自己在《雷雨》的序言中说到:“与《雷雨》俱来的情绪,蕴成我对宇宙间许多神秘的事物的一种不可言喻的憧憬,《雷雨》可以说是我的‘蛮性的遗留’,我如原始的祖先们对那些不可理解的现象,睁大了惊奇的眼。我不能断定《雷雨》的推动是由于神鬼、起于命运或源于哪种显明的力量。情感上《雷雨》所象征的对我是一种神秘的吸引,一种抓牢我心灵的魔。《雷雨》所显示的,并不是因果,并不是报应,而是我所觉得的天地间的‘残忍’。”①

周朴园是整个剧作的主人公,他是一个封建色彩浓厚的资本家典型,是封建专制独裁的象征,是《雷雨》人物悲剧的总根源。但这个人物的魅力和内涵更在于其性格和命运充满了深刻的矛盾。对侍萍的始乱终弃充分显露了他人性深处的矛盾和复杂情态:自私、冷酷、虚伪的本性与某种内疚、忏悔情绪交织纠缠,并没有使他得到轻松解脱。实际上,周朴园在毁灭整个家的过程中也毁灭了自己,在制造他人悲剧的同时也受到了命运的无情惩罚。周朴园也是这场命运悲剧的承担者与受害者,这是《雷雨》更深刻的地方。如果说周朴园是《雷雨》命运悲剧的核心人物,那么蘩漪则是其精神悲剧的核心人物。她首先是个受害者,然后是周家各条悲剧线索的“引爆人”,她是一个具有“雷雨般”性格、内心炽热的不幸人物。命运把她抛到了周家这口“残酷的井里”,渐渐被折磨成一个“石头样的人”,在周公馆这一孤立无援的环境中过着像“喝药”那样的生活。所以她要抗争,作“困兽犹斗”,以摆脱“母亲不像母亲,情妇不像情妇”的难言之隐。她与周萍的乱伦,就是这种“炽热”性格长期郁结后的畸形裂变,裂变的结果,是燃烧自

① 曹禺:《雷雨·序》,上海文化生活出版社1936年版。

己也毁灭别人。蘩漪的性格和命运显示出一种双重的精神悲剧，她的"爱"和"恨"把个人与社会、自尊与道德、自我与他人、内心与外界等诸多不同层次的矛盾交织在一起，她的性格裂变也更具有惊世骇俗的精神震撼力。

《雷雨》中的其他人物形象如周萍、鲁大海、侍萍、四凤、鲁贵等，也都以各自鲜明独特的性格从不同的角度展示着这场命运悲剧的深刻与复杂，揭示了《雷雨》整个悲剧的必然性。

## 【艺术特色】

曹禺既是现代话剧真正意义上的奠基人，又是现代话剧艺术史上的一座高峰。曹禺剧作的艺术风格主要表现在以下几方面：

首先，对命运之谜的憧憬与探寻。曹禺的戏剧善于表现人对命运的抗争与命运对人的主宰这一对难以调和的巨大矛盾。比如《雷雨》中周朴园的命运悲剧，蘩漪的命运悲剧，尤其值得注意的是周冲的命运悲剧。与剧中其他人物的命运不同，周冲的悲剧并不是某一个具体的社会问题造成的，而是带有很大偶然性的"巧合"，但恰恰是这种偶然"巧合"所蕴涵的必然因素最充分。与其说他是被社会毁灭的，不如说他首先是被自己的理想毁灭的，这样的悲剧命运的确是太残忍了。

其次，曹禺剧作结构严谨，戏剧冲突尖锐激烈，环环相扣，尤其擅长以艺术上的偶然性写出生活上的必然性，于偶然中蕴涵着必然。《雷雨》的时间跨度长达30年，但剧情却浓缩在不到24小时内，周、鲁两家复杂的血缘亲子关系和矛盾，作者用几条线索把它们串联起来，周公馆近年发生的事情一开始便在鲁贵和四凤的谈话中展开，差不多所有的人物都在第一幕里见了面。接着，周萍准备出走，侍萍的到来，矛盾不断激化，波澜起伏，扣人心弦。当蘩漪把周朴园与侍萍的"隐私"，蘩漪与周萍的暧昧关系，四凤与周萍萍水相逢的爱情纠葛全都暴露出来，周朴园自诩为"最圆满最有秩序"的家庭的种种矛盾也汇聚在这一瞬间，剧情也就被推上了高潮。

最后，语言浓烈、明丽、精确，具有强烈的个性化和动作性色彩。《雷雨》中人物语言的个性化不仅符合人物特定的身份地位，而且能最大限度地体现出人物的心理和情感特征，人物语言的动作性往往具有内在的张力和表现力，推动着剧情向预定的高潮快速发展。剧本还往往通过充满暗示性的潜台词来渲染奇特的舞台气氛，达到一种出其不意的戏剧效果。

## 【经典评论】

**钱理群认为：**"《雷雨》是曹禺的第一个戏剧生命，也是现代话剧成熟的标志。和一切经典性作品一样，《雷雨》也是说不尽的：人们可以从不同角度、不同方面去开掘与阐释。”

——《中国现代文学三十年》，北京大学出版社 1998 年版，第 412 页

**钱谷融评价说**：“台词的强烈的动作性，使曹禺的剧作生动紧张，扣人心弦；台词的浓厚的抒情性，使曹禺的剧作情味隽永，发人深思；而台词的鲜明的个性化，又使曹禺剧中的人物，显得那样具体、真切，仿佛就是在纸面上也可以触摸得到似的，给他的剧作带来了无限的艺术魅力。”

——《曹禺戏剧语言艺术的成就》，《曹禺研究资料》上卷，中国戏剧出版社 1991 年版，第 421 页

## 【思考练习】

1.《雷雨》在戏剧结构上有哪些特点？

2. 周朴园形象的基本内涵和典型意义是什么？

3.《雷雨》的台词（人物语言）具有哪些显著特征？

# 田 汉

## 名优之死（第二幕）

午后二时。

刘振声之家，刘凤仙居室，锦帐低垂。

〔刘振声之另一女弟子刘芸仙由右门轻轻登场，至榻前略掀帐子，唤刘凤仙起床。

**刘芸仙** 姐姐，姐姐，起来呀。

**刘凤仙** （在床上闭着眼睛答应）唔。

**刘芸仙** 起来呀，先生叫你起来吊嗓呀。

**刘凤仙** 唔，就起来了。（可是动也不动）

**刘芸仙** 怎么又不起来呢？时候真不早了。

**刘凤仙** （带愠）晓得了。

〔刘芸仙只好暂下。

〔帐子里面的刘凤仙仍无起意。

〔一会儿刘芸仙又轻轻走至榻前。

**刘芸仙** 姐姐，姐姐，起来呀，怎么还没有起来呢？

**刘凤仙** （刚入好梦，被其叫醒）尽在这里叫什么！好容易睡一忽儿又给你吵醒了。

**刘芸仙** 先生要我来催你的呀。

**刘凤仙** 催，催什么命！一会儿不就起来啦？

**刘芸仙** 一会儿一会儿的，洗脸水都凉了。

**刘凤仙** 凉了不好再打。

**刘芸仙** 我哪有工夫。

**刘凤仙** 你没有工夫，谁有工夫？人家每天黑更半夜地回来，教你打盆洗脸水都没工夫？——

**刘芸仙** （忍气换水）好，水打好哪，快起来吧，姐姐。张先生等了好一会儿了，见你没有起来，他找间壁左老板去了。

**刘凤仙** 好，别冤鬼似的在这里吵了，我就起来了。

〔刘芸仙见叫也没有用，废然再退。

〔帐子里的刘凤仙仍无起意。

〔一会儿刘老板自己上来了。刘芸仙跟在后面。

**刘振声** （走到榻前，略掀帐子，慈母似的）凤仙，凤仙！起来呀。

〔刘凤仙不语。

**刘振声** （略推刘凤仙）凤仙，凤仙！该起来了。快三点了。

**刘凤仙** 唔哦。先生，我一会儿就起来。

**刘振声** 就起来？咳，这“就”字是最坏事的。

**刘凤仙** （孩子似的）昨晚睡得太晚了。

**刘振声** 谁不睡得晚？我也是三点才睡，可是凭怎样睡得晚，早上十点总得起来的。

**刘凤仙** 谁都像您？胡老板他们起得比我还晚呢。

**刘振声** 所以我说我们戏班里的习惯太坏了。再说，胡老板原本是每天一早就练工的，好些年不间断，所以工夫扎实，后来有了嗜好才起得晚了，因此工夫也回去了，嗓子也差了。你又不抽大烟，干吗单学他起得晚呢？

**刘凤仙** （撒娇地）先生，我也学学他抽大烟好不好？（作抽烟声）

**刘振声** 好，那么一来你就有出息了。快起来，再不起来我要掀被窝了。

**刘凤仙** 嗡……（一翻身，又向里面睡去了）

〔刘振声离了她，坐到床边茶几椅上。刘芸仙给他点上香烟，桌钟敲三点。

**刘振声** （喝了一口茶，对帐子里）凤仙，听，三点了。再隔几个钟头，昨晚排的戏就得上了。快起来走一走吧。

**刘凤仙** 那样的新戏马马虎虎得了。

**刘振声** 马马虎虎？凤仙儿……新戏跟我们开路，更不应该马虎，晓得吗？（有许多话想说又不愿意说似的，但终于这么吐出来一部分）你还是听我的话爱重咱们的玩意儿吧。学咱们这一行，玩意儿就是性命。别因为有了一点小名气就把自己的命根子给毁了。玩意儿真好人家总会知道的，把玩意儿丢生了，名气越大越加不受用，你看多少有名的角儿不都是这样垮了的吗？……人总得有德行。怎么叫有德行呢？就是越有名气越用功，我望你有名气，可更望你用功。

**刘凤仙** 难道我没有用过功么？

**刘振声** 你自然用过功，你从前真是个有心眼儿的孩子，真不枉我教你一场。我望你成功比望我自己还要切，所以责备你就不能不严。凤仙，你比从前变多了。从前不管是下雨下雪，天还没亮，你就起来跟妹妹一块儿去喊嗓子，练工。现在你睡到这时候还不起来；从前你听我的话，现在你好像觉得我的话都是害你的了，你不知道那些恭维你的话才真是害你的哩。

刘凤仙　（不服）我知道了。

刘振声　但愿你知道才好。

〔琴师携琴上。

刘振声　啊，张先生你来了。

琴　师　来了，我到左老板那边坐了一会儿。

刘振声　左老板在家吗？

琴　师　在家。

刘振声　我当他到会里去了呢。他们不是组织了一个丑行联合会，今天开会吗？

琴　师　不，改了明天了。

刘振声　这个我倒很赞成。

琴　师　听说占行也要组织联合会了。

刘振声　这办法很好，从前咱们唱戏的靠大人先生们保护，可他们总是嘴里说得好，骨子里看不起咱们，吃咱们的。现在该咱们自己联合起来保护自己了。

琴　师　是呀，就是我们搞场面的现在也组织会了。

刘振声　场面也有会了吗？那好。……凤仙，快起来吧。张先生来了。

刘凤仙　（在被内）唔。

琴　师　我来了两趟了。我以为大小姐这会儿该起来了，怎么还歇着吗？哈哈。

刘振声　昨晚唱完了又接着排戏，睡得晚了些。

刘凤仙　（掀帐笑窥）啊呀，张先生这么早就来了吗？

琴　师　哎呀，大小姐，还早呢，都快吃晚饭了。

刘振声　快起来吊一吊吧。

刘凤仙　好，这就起来了。（一面披衣，揉眼）人家还没有睡够呢。叫妹妹先吊吧。张先生，您坐一会儿，我去洗洗脸就来。（著拖鞋匆匆由右门下）

〔琴师调好琴。

刘振声　那么芸仙，你吊吊吧。

刘芸仙　好。

琴　师　（一面弄琴）那么唱什么呢？……

刘振声　就把昨天学的《昭关》后段吊一吊吧。

琴　师　（奏弦）好，来呀。

刘芸仙　（唱）一事无成两鬓斑……

刘振声　口劲还不坏。

〔刘凤仙已洗好脸，上来。

〔刘芸仙停。

刘凤仙　唱呀。

〔刘芸仙继续唱完。

**刘振声**　还不错。不过尖团字还得分清楚一些。比方“马到长江”的“江”字就没有念好。（对刘凤仙）这一下该你了。

**琴　师**　来个什么呢？

**刘凤仙**　还是《汾河湾》吧。

**琴　师**　哪一段？

**刘凤仙**　唱四句好哪。

〔琴师拉［西皮原板］。

**刘凤仙**　（唱）儿的父投军无音信，全仗着儿打雁奉养娘亲，将弓袋和鱼膘付儿拿定，不等待红日落儿要早早回程。

**琴　师**　今儿个嗓子蛮好呀。

**刘振声**　像她这个年纪是应该好的。可是嗓子这玩艺儿好比爱闹别扭的牲口，你要不每天溜溜它，它就不听使唤，越大了越这样。

〔阿福上。

**阿　福**　老板，陈老板来找您来了。

**刘振声**　哦。那么张先生你多多指点她们吧。（下）

**琴　师**　好，您别客气。那么大小姐再吊一吊？

**刘凤仙**　好，妹妹再吊吧。（望望衣镜里）瞧我披头散发的。（下）

**琴　师**　把前儿教你的《法门寺》温一温，怎么样，二姑娘？

**刘芸仙**　头里起吗？

**琴　师**　“郿坞县”起吧。

**刘芸仙**　（唱）郿坞县在马上神魂不定。……

**琴　师**　这儿这样唱。（订正一句）

**刘芸仙**　（再唱）可怜我七品官不如黎民。

**琴　师**　对，唱下去。

**刘芸仙**　（唱到）叫衙役将人犯与爷……

〔这时刘凤仙从妆阁走出来。

**刘凤仙**　（匆匆地，对刘芸仙）妹妹，你快到永康去一趟，问问那鬼裁缝，我的旗袍倒是什么时候做好。他倒是还要不要我照顾他生意。快去。好妹妹。

**刘芸仙**　我不去。他不是说过明天就得吗？

**刘凤仙**　我知道，去催催他，要他给赶一赶，说姐姐今天要。

**刘芸仙**　等一天有什么要紧，我不去。

**刘凤仙**　你不去！姐姐帮过你多少忙，要你跑这儿步路也不干？我看你这孩子给先生宠的要上天了。

**刘芸仙** 瞧我不是在吊嗓吗？

**刘凤仙** 得了，你成角儿还早哩。忙在这一时半刻的？

**刘芸仙** 一会儿就上戏了，要旗袍有啥用？你也忙在这一时半刻的？

**刘凤仙** 唉，气死我了，你这不要脸的家伙竟敢顶起我来了。

**刘芸仙** 谁顶你？本来嘛，今天你又不出门，要新旗袍干嘛呀？

**刘凤仙** 你怎么知道我不出门？你居然替我做起主来了，真是不要脸的东西！

**刘芸仙** 哼！看谁不要脸！

**琴　师** 好，得了，得了，别闹了。二姑娘今天打住，明天再吊吧。千万别为小事伤了姊妹的和气。

**刘芸仙** 都是我不对，都是我不对！

**刘凤仙** 那么是我不对了，我得罪了你了？

**琴　师** 好了，好了，这都是我不对，我不该来请你们吊嗓。好了，我走了，我五点还有点事。真是，你们姊妹俩好好的闹什么呢？从前我们弟兄两个在一块的时候也老爱闹，好像这世界上就多了他一样，现在剩下我一个人，想要找一个兄弟说说话也没有了。

**刘凤仙** 您说的是，可是，她太不听话了，她太没出息了！

**刘芸仙** 哼，你听话？你有出息？

**刘凤仙** 不要脸的东西！

**刘芸仙** 你要脸？

**琴　师** 好了，好了，别闹了，都是我的不好，我去了就好了。大小姐回头园子里见。二姑娘回见。

**刘凤仙** 回见。

〔琴师下。

〔刘凤仙送琴师至门口，阖上门，回头很凶恶地走近刘芸仙。

**刘凤仙** 你这鬼东西，你敢说我不要脸。我什么地方不要脸？你说说。（揪她耳朵）

〔刘芸仙大哭。

**刘凤仙** 瞧你这不要脸的东西，人家还没有打着你，你就哭起来了。让先生听见了好栽我的不是，对不对？年纪这么小，心倒好险啊。

**刘芸仙** 可没有你那么险。

**刘凤仙** 我什么地方险？什么地方险？

〔外面敲门声。

**刘凤仙** （对刘芸仙）快出去看谁来了！

〔刘芸仙匆匆退场。

〔刘凤仙急忙对镜略整衣鬓。

〔刘芸仙鼓着嘴进来。

**刘凤仙**　(回头)谁来了?

**刘芸仙**　还不是那个坏蛋来了。

〔杨大爷很熟识地不待请,早进来了。

**杨大爷**　凤仙。

**刘凤仙**　哦,您来了,杨大爷。

**杨大爷**　刚起来吗?

**刘凤仙**　起来了老半天了。您请坐吧。

**杨大爷**　(坐)啊呀,二小姐有什么不舒服吗?

**刘凤仙**　她呀,生气了。

**杨大爷**　跟谁生气?该不是生了我的气吧。啊,我又忘了给你买朱古力糖,该打该打。

**刘芸仙**　谁爱吃你的,还朱古力,羊古力哩。

**杨大爷**　对,明天晚上没有戏,我请姐姐跟你去看回力球。

**刘芸仙**　我不要看回力球。

**杨大爷**　那么后天咱们上丽娥丽姐,好不好?

**刘凤仙**　客人来了,怎么不倒茶啊?

〔刘芸仙倒了一杯茶使气地往桌子上一放。

**刘凤仙**　怎么啦!要你上永康你不高兴,要你倒茶也不高兴吗?回头你可高兴吃饭?

**刘芸仙**　我可没有吃你的饭!我吃的是先生的饭。

**刘凤仙**　先生的饭就是我的饭!

**刘芸仙**　哼,这我倒不晓得。

**刘凤仙**　(对杨大爷)您看这孩子有什么用?真把我给气死了。

**杨大爷**　真是,二小姐,年纪小脾气倒不小呢。

**刘芸仙**　我脾气小不小不关你的事!

**杨大爷**　姑娘们脾气太大了容易老啊,二小姐。

**刘凤仙**　杨大爷别和这没有出息的噜嗦了。您今天打哪儿来的?

**杨大爷**　我是打家里来"专诚拜谒"的。

**刘凤仙**　不见得吧。

**杨大爷**　你去问阿土,我每天离了你这里就回到家里;离了家里就到你这里来了。

**刘凤仙**　今天怎么来的这么早呢?

**杨大爷**　前天在后台,《春申报》的老王不是问你要《玉堂春》的戏照吗?今天我陪你到光艺去拍那么一张,好不好?

**刘凤仙** 我就等着您哩。行头跟头面我叫阿蓉早给预备好了。

**杨大爷** 拍完《玉堂春》,我们也来一张吧。就是这个打扮吗?

**刘凤仙** 在永康做了一件新旗袍,要明天才得。我叫芸仙去催一催,她不去,我们刚才还吵嘴哩。

**杨大爷** 没关系,做得了再拍嘛。

**刘凤仙** 就去吗?

**杨大爷** 就去呀。我的新车子也开来了。

**刘凤仙** 哦,待一会儿,喝点酒去吧。我们家里有好酒。

**杨大爷** 有好酒?你爱喝酒吗?

**刘凤仙** 您知道我是从来不喝酒的,先生不许喝。说喝酒坏嗓子,唱戏的人坏了嗓子就是坏了命根子。尤其是我们唱青衣的,嗓子坏了人家想捧也没法儿捧了,对不对?

**杨大爷** 对呀。那么刘老板喝酒吗?他好像也是不喝的。去年有一回我跪着劝他,他还不喝哩。(望刘芸仙)那么莫非你们二小姐倒是个酒仙吗?难怪她脾气这么大了。

**刘芸仙** 瞎说!谁要喝酒。

**杨大爷** 那么,你们家哪来的好酒呢?人家送给你们的吗?

**刘凤仙** 不,是我买了预备送给人家的。芸仙,把我橱子里那瓶洋酒给我拿来,先让杨大爷尝,是不是好酒。

**刘芸仙** 咱们家哪有酒?

**刘凤仙** 我昨天买的。

**刘芸仙** 我不晓得。姐姐,你自己拿去吧。

**刘凤仙** 唔,好。现在不和你闹。(自己很快地从橱里拿出一瓶酒来)这不是酒!真是不会做事的丫头。……

〔刘芸仙一句话要出口却收回了。

**刘凤仙** 杨大爷您看看是不是好酒?

**杨大爷** (接瓶一看)哦呀,正是我最爱喝的威斯忌!你哪里买来的?

**刘凤仙** 那晚在舞场,我见您顶爱喝这种酒,昨天我上百货公司就顺便买了这一瓶,想送给您。我也不知道是怎么个称呼,只记得酒的颜色和瓶子的装潢。没有买错吗?

**杨大爷** (喝了一杯)不错,不错,正是这种酒,凤仙,你真聪明。(再喝一杯)啊,凤,你不但聪明而且多情。

**刘芸仙** (学着)不但多情,而且是个大浑蛋!

**杨大爷** 哈哈,二小姐的嘴可真是不含糊。来来来,喝一杯,咱们和气和气吧。

**刘芸仙** 谁跟你和气?

**刘凤仙** 好了,咱们走吧。别和这孩子生气了。她是先生的爱臣,谁也惹不起她的。

〔刘芸仙要说什么了,但……

**刘凤仙** 我们先到园子里去吧。头面和衣裳都在那儿呢。

**杨大爷** 好,叫车子转一转就得了。

**刘凤仙** 哦,杨大爷,您看我这件大衣做得好不好?

**杨大爷** 这就是前回做的那件吗?好极了。颜色太漂亮了。

**刘凤仙** 可是先生不大喜欢……

**杨大爷** (低声鬼脸)那有什么关系,我喜欢就成。(替她穿上大衣)好,走了。

**刘凤仙** 等一等。(重复理一理秀发)好,走吧。(走至门口回头见刘芸仙怒视,急带笑向她)好妹妹,别这么吹胡子瞪眼的了,多难看呀。

**刘芸仙** 我不要好看。

**刘凤仙** 这有什么意思呢?姐姐平日不是对你挺好吗?我问你,妹妹,回头先生回来了,你对他说我上哪儿去了?

**刘芸仙** 我说你坐那个大坏蛋的车一块儿走了。

**刘凤仙** 好,你真那么说我可饶不了你。好妹妹,别淘气了。姐姐回头替你做一件挺挺好看的衣裳,你可别告诉先生说我同杨大爷出去了,你就说我到永康去试旗袍样子去了,好不好?

〔刘芸仙低头不答。

**刘凤仙** 好妹妹,听话呀,回头我带些好东西你吃。姐是最疼你的,不是吗?

**杨大爷** (在门口)凤仙,走呀。

**刘凤仙** (对杨大爷)就来了。(回头)妹妹,别忘了。

〔刘凤仙下场。

〔刘芸仙望着他们出去,叹了一声气。替刘凤仙叠被窝。刘振声匆匆登场见帐子内叠被的以为是刘凤仙。

**刘振声** 凤仙!凤仙!(见不是,问)你姐姐呢?

**刘芸仙** 姐姐——出去了。

**刘振声** (也没有留神,随便坐下)又出去了吗?陈太太想找她呢。陈老板家里的孩子今天满周岁,请我们去吃晚饭。她上哪儿去了?到街上买东西去了吗?

**刘芸仙** (含糊地)唔……

**刘振声** 倒杯茶来。

**刘芸仙** 好。(取桌上杯倒去酒,换上茶)

**刘振声** (一饮而尽,忽感异味)唔?怎么有酒味呀?

〔刘芸仙不语。

刘振声　（见威斯忌瓶）这酒哪来的？你们在家里瞒着我喝酒吗？

刘芸仙　我——我不喝。我——我从没有喝过酒，先生。

刘振声　那么你姐姐喝酒？她什么时候学会喝酒的？怎么不告诉我？

刘芸仙　姐姐——也——也不喝。

刘振声　那么谁喝酒来着？左老板来过吗？

刘芸仙　不，没有来过。

刘振声　那么——谁来过了？

〔刘芸仙不语。

刘振声　这酒是谁买的？

刘芸仙　姐姐买的。

刘振声　她自己不喝，买给谁的？

〔刘芸仙不语。

刘振声　她一个人出去的吗？

刘芸仙　不。

刘振声　那么同谁出去的？

〔刘芸仙不语。

刘振声　（沉痛地）芸仙！我辛辛苦苦把你姐姐拉扯大，教她走上玩意儿的正路。好容易她翅膀硬了，她就离开正路，也离开我了，不对我说实话了。你——我把你也辛辛苦苦领到今天，你还没有成名，还用得着我，难道说，你——你也不肯对我说实话了吗？

〔刘芸仙悲从中来……

刘振声　凭你说，我把你们领大是想拿你们卖钱吗？是想靠你们养活我吗？都不是啊。我没有儿女，我只想多培养出几个有天分的，看重玩意儿的孩子，只想在这世界上得一两个实心的徒弟。这个想头也不算是太过分吧。怎么临了，连你这孩子都骗起我来了吗？

刘芸仙　先生，我怎么敢骗您？不过我不想您晓得这些事，晓得了您心里要难过的呀。

刘振声　你只说，这酒是姐姐买给谁的？

刘芸仙　这是她买给那时常来的那坏蛋的。

刘振声　唔。……那么，她是同那姓杨的出去了。

刘芸仙　坐他的汽车一块出去的，说是去照相。

刘振声　她还说了些什么没有？

刘芸仙　她要我别告诉先生。

刘振声　（悲声）是呀，你本不该告诉我的呀，你本应该瞒着我的呀。（狂笑）哈哈哈！（将威斯忌瓶对着口喝）

**刘芸仙**　（急上前跪，拉刘振声手哭）先生……

——幕落

（选自《田汉文集》第1卷，中国戏剧出版社1981年版）

## 【背景资料】

自1927年田汉担任上海艺术大学校长起，至1930年“左联”成立，是田汉思想的转变期与话剧创作的丰收期，代表作有《名优之死》、《江村小景》、《苏州夜话》、《湖上的悲剧》、《生之意志》、《南归》、《古潭的声音》等。其中大体上可分两类：一为直接揭露现实黑暗的社会剧，一为隐喻暗示的象征剧。《名优之死》属于社会剧，反映出田汉作为一个浪漫主义抒情诗人式的剧作家向着现实主义方向的逐步靠拢，体现了他用艺术暴露人生黑暗面的创作意愿，是田汉20世纪20年代最为出色的作品。《名优之死》写于1929年，表现一位名老生死于舞台的悲剧故事。故事是有模特的。据说名优老须生刘振声在上海唱戏时，不像当年走红，有一次演完一出戏后，又换上衣服准备演第二出时，看到台下观众极为稀少，长叹一声就猝然去世。作者以此揭示了在那个只讲金钱、不要艺术的黑暗社会里艺人的悲剧命运。

## 【主题意蕴】

一代名优刘振声德高艺绝。但在那个只讲金钱、不要艺术的黑暗社会，他根本没有掌握自己命运的自由，在资本家眼里，他只是一个卖艺的会赚钱的工具。杨大爷是当时恶势力的代表，刘振声与他的矛盾实际是一个势单力孤的老艺人与恶劣的社会环境和强大的权势者的矛盾，这就决定了刘振声命运悲剧的必然性。这个形象的意义不仅在于写出了那个年代被贱视的艺人们的命运悲剧，更重要的是，作者开掘出了其献身艺术的可贵精神。刘振声“最讲究戏德、戏味”。他不是把艺术当做追求人生享受的物质资本，而是在戏剧商业化的颓废风气中，竭力维护艺术的真善美精神，在他看来，“玩意（京戏）可比性命重要”。正因如此，当他看到女弟子刘凤仙的堕落时才会万分痛惜，继而促成悲剧。剧本通过刘振声的遭遇，暴露了旧中国社会的黑暗，表达了对那个扼杀艺术和一切美好事物的社会的愤怒和反抗，赞颂了刘振声执著于艺术为艺术献身的高尚品质。

## 【艺术特色】

田汉善于塑造艺人形象，善于把艺人的生活与戏剧的舞台糅合在一起，展示其思想性格与人物命运。三幕话剧《名优之死》自然巧妙地把艺术舞台和生活舞台融为一体，形成了演员演演员、戏中又有戏的独特效果，在戏剧舞台的有限时空里，展现了广阔的典型的社会大环境，具有很强的艺术表现力和感染力。

作品一反田汉早期作品的单线结构，采用了双线并举发展的结构方式。一是刘振声与杨大爷的冲突，这条线索在剧中或隐或显；一是刘振声与刘凤仙的矛盾，这是比较鲜明的线索。以这两条线索为基干，交织了其他几种线索，使得剧本结构单纯中孕育着复杂，展示了各个人物的不同性格。

《名优之死》还运用了"话剧加唱"的手法，富有音乐感。这些特点集中起来构成了田汉戏剧热烈奔放、浓郁抒情的艺术风格。

## 【经典评论】

**钱理群等著的《中国现代文学三十年》认为：**"田汉早期剧作的另一个主题是'美(爱情、艺术)的幻灭与毁灭(摧残，扭曲)'，这一部分作品更具有社会批判性，而且是越来越强烈的。……《名优之死》是田汉前期创作的一个总结，也是艺术上最为完整、相对成熟的剧作。"

——《中国现代文学三十年》，北京大学出版社 1998 年版，第 176 页

**唐弢认为：**"《名优之死》是一篇旧社会艺人苦难生活的实录。全剧手法洗练，风格沉郁，是田汉这两年内最好的作品。"

——《中国现代文学史》第 2 卷，人民文学出版社 1979 年版，第 220 页

## 【思考练习】

1. 刘振声悲剧的社会意义是什么？
2. 《名优之死》的主要结构线索是什么？
3. 以第二幕为依据，分析剧中不同人物的不同性格特点。

# 夏衍

## 上海屋檐下（第一幕）

〔上海东区习见的“弄堂房子”，横断面。右侧是开着的后门，从这可以望见在弄内来往的人物。接着是灶披间，前面是自来水龙头，和水门汀砌成的水斗，灶披间上方是亭子间的窗，窗开着，窗口稍下是马口铁做成的倾斜的雨庇，这样，下雨的日子女人们也可以在水斗左右洗衣淘米，亭子间窗口挂着淘箩，蒸架……和已洗未干的小孩尿布。灶披间向左，是上楼去的扶梯，匀配很急，楼梯的边上的中间已经踏成圆角，最下的一两档已经用木板补过。楼梯的平台，靠右是进亭子间的房门，平台上平斜挂着一张五支光的电灯，灯罩已经破了一半。平台向左，可以看见上前楼去的扶手。楼梯右侧，用白木薄板隔成的“后间”，不开灯的时候，里面阴暗得看不出任何的东西。再左隔着一层板就是“客堂间”，狭长的玻璃窗平门。最左是小天井，和前门的一半，天井和后门天井一样地搭着马口铁皮的雨庇，下面胡乱地堆着一些破旧的家具、小煤炉、板桌等等。这一楼一底的屋子一共住着五家。客堂间是二房东林志成一家，灶披间是小学教员赵振宇的房间，透过窗和门，可以看见和窗口成直角地搭着一张铁床，窗口是一张八仙桌，桌子对面是一架小行军床，门内里方的壁上是壁橱、筷笼等等，进门处是碎砖垫高了的煤炉、锅子、食具……失了业的洋行职员黄家楣住在亭子楼上，楼梯平台上放着一只火油炉子，这就是他们烧饭的地方。前楼只住着施小宝一个，她不开“火仓”，午饭夜饭都吃包饭。看不见的阁楼住着一个年老的报贩，常常酗酒，有一点变态，因为他老是爱哼《李陵碑》里面的“盼娇儿，不由人……”的词句，所以大家就拿“李陵碑”当作了他的名字。

〔客堂间是二房东住的地方，陈设比较整齐，从一张写字台和现在已经改作衣橱用了的一口玻璃书橱看来，可以知道林志成过去也许还是个“动笔头”的知识阶级。

〔这是一个郁闷得使人不舒服的黄梅时节。从开幕到终场，细雨始终不曾停过。雨大的时候丁冬的可以听到檐漏的声音，但是说不定一分钟之后，又会透出不爽朗的太阳。空气很重，这种低气压也就影响了这些住户们的心境。从他们的举动谈话里面，都可以知道他们一样地都很忧郁，焦躁，性急……所以有一点很小的机会，就会爆发出必要以上的积愤。

〔上午八点以前，天在下雨，室内很暗，杨彩玉正在收拾房间和已吃过了早餐的碗盏，葆珍独自向着桌子，按着一只玩具用的桌上小钢琴，眼睛热心地望着桌上的书本，嘴里低声地唱着。

〔后门口赵振宇的妻子正在后门边买小菜，阿香挤在身边。赵振宇戴着眼镜，热心地在看报，阿牛收拾着书包，预备去上学。

〔弄堂前后卖物与喧噪之声不绝。

**葆　珍**　(唱着)"……可是我问你：贩来一疋布，赚得几毛几？……(调子不对，重新唱过)……可是我问你：贩来一疋布，赚得几毛几？要知他们得了你的钱，立刻变成枪弹子……"

**杨彩玉**　葆珍！时候不早啦！

**葆　珍**　(撅一撅嘴，不理会)"……要知他们得了你的钱，立刻变成枪弹子，一颗颗，一颗颗……将来都是打在你的心坎里……"

**杨彩玉**　跟你说，时候不早啦！

**葆　珍**　我还没有唱会呐，今天放了学，要去教人的。……

**杨彩玉**　自己不会，还教人？(从床上拎起一件衣服)衣服脱了也不好好地挂起来，往床上一扔，十二岁啦，自己的身体管不周全，还想教别人，做什么"小先生"！

**葆　珍**　(将书本收拾)这件要洗啦！

**杨彩玉**　洗，你倒很方便，这样的下雨天，洗了也不会干。(将衣服挂起)

**葆　珍**　(跑过去很快地除下来，往洗了脸的脸水中一扔)穿不干净的衣服，不卫生！

**杨彩玉**　(又好笑又生气)我不知道，要你说！(端了面盆到天井里去)

**葆　珍**　(收拾了书包)阿牛！(拾了书包往灶披间走)

**赵　妻**　(声)卖就卖，不卖拉倒！(狠狠地提着菜篮进来，卖菜的手里数着铜板，好像受了什么天大的委屈似的挤进门来，拼命地说)

**卖菜的**　照你说，两个半铜板一两，也差三个铜板呐，连篮一斤二两，除了七两的篮，十一两，二百七十五……

**赵　妻**　谁说七两？(将篮里的茭白猛地覆在地上，用秤称着空篮)我说八两半……

**卖菜的**　(上前一步瞧着她的秤)嗳嗳，嗳，你瞧……

**赵　妻**　(做了一做称的样子，就算数了，向里面走)卖就卖，不卖拿去！

**卖菜的**　好啦好啦，添两个铜板……

**赵　妻**　(回身摸袋，故意迟疑，好容易将两个铜板交给卖菜的，当卖菜的挑起篰正要走的时候，她就很快地从他的篰里面拿了一支茭白）添一支！

**卖菜的** （情急）这怎么行？……

〔赵妻狠命地将门关上，阿香帮着将身子顶住。

**赵　妻** 你这卖菜的顶不爽快！（回头来自言自语地）下了这十天半个月的雨，简直连青菜茭白也买不起了！

**卖菜的** （声）喂喂……（推了几下门，也只得罢了，拖长了嗓子）嗳……茭白喽白菜——

〔赵振宇望妻子看了一眼，露出微笑，很快地又将眼光移向报纸上。

**葆　珍** （大声地）阿牛，昨天教你的歌学会了？

**阿　牛** （从灶披间伸出头来）不准你叫，你得叫我赵琛！

**葆　珍** （故意地）偏叫，阿牛，阿牛，牛——

**阿　牛** 你真的叫？

**葆　珍** 你不是属牛吗？

**阿　牛** 那我也叫！叫你阿拖，拖油……

**葆　珍** （急了）赵琛！

**阿　牛** 哈哈哈……（回进去拿书包）

〔彩玉正提了菜篮出来，葆珍撅起了小嘴，对她母亲瞪了一眼。

**杨彩玉** 什么？你——

**葆　珍** （指着阿牛）阿牛，他又说啦，叫我——

**杨彩玉** （一抹阴影从她的脸上掠过，低声而有力地）别理他，去念书吧！点心钱拿了没有？

〔葆珍摇头，彩玉回去拿钱给她。

〔此时林志成从前面推门进来，板着面孔，好像受了一肚子的委屈似的，一声不发，把弹簧锁的钥匙往袋子里一塞，从桌上拿起一杯开水，吞也似地喝了，胡乱地往床上一躺。

**杨彩玉** （有点讶异）什么，你不舒服？

〔林志成不语。

**杨彩玉** 衣服也不换……（将挂了的寝衣除了给他）

〔林志成仍不理。

**杨彩玉** （生气了）什么的？你这人，老是跟我寻气，我又不是你的出气洞！

〔林志成看见彩玉生气了，便挣起半个身子来，预备换衣服，欲言又止。

〔彩玉不理会他，提了菜篮和葆珍一同出去，随手将从客堂到后间的门带上。林志成换了衣服，纳头便睡。

**阿　牛** （看见葆珍去上学，喊）等一等，林葆珍！（回头对他母亲）妈，五个铜板买铅笔。

赵　妻　没有！

阿　牛　先生说要！

赵　妻　先生说要，我说不要！

〔赵振宇笑着从袋子里摸出了几个铜板来交给阿牛。

阿　牛　（对葆珍）后面的两句，我还不会唱……

葆　珍　后面的？……（带着调子）“一颗颗，一颗颗……”

阿　牛　唔，你再唱一遍……

〔二人欲下。

杨彩玉　（从后面）葆珍！放了学就回来，在外面乱跑，给你爸爸知道了又会……

葆　珍　（表示不快）什么爸爸爸爸……（下）

〔桂芬买了小菜回来，与彩玉遇个正着，赵妻悄悄地对彩玉望了一眼。

杨彩玉　（为着掩饰对桂芬）喔，你早啊！（出门去）

赵　妻　（很快地对桂芬）听见吗？

桂　芬　什么？

赵　妻　（用嘴望门外一撅低声地）说起了她爸，葆珍就生气，撅起了嘴。（模仿着）“什么爸爸爸爸”，唔，现在时势变了，小孩儿人事懂得早，一点儿事情也瞒不过啦！

桂　芬　（微笑）十二三岁啦怎么还不懂！（在水斗边把小菜一件件地拿出来）

赵　妻　（向客堂间方面听了一下，低声）可是听说姓林的跟她妈结婚，她还很小呐。

桂　芬　照理说，姓林的待她也很不错，我正在说呐，这样的晚爷，总算很少啦。

赵　妻　（抢着）可不是，我们搬到这儿来快一年啦，从来也没有听见打过骂过她，有时候，姓林的跟她妈妈寻事，发脾气，可是一看见她，就会什么话也没有啦。

桂　芬　唔，这是天性吧，不是自己生的，总有点儿两样。况且，她的同伴们又爱跟她开玩笑，什么拖油瓶……（笑）小孩儿总是好胜的。

赵　妻　（停了一停）你还不知道呐，她跟我们阿牛讲话，讲到姓林的事，总是林伯伯，从来也没听她叫过爸爸。

桂　芬　那不是他们以前就认识吗？

赵　妻　那止认识，姓林的和她自己的爸爸还是好朋友呐，听说。

桂　芬　喔，那为什么……

〔突然，天上骤雨一般的落下一阵大点子的雨来。

赵　妻　唧，做黄梅真讨厌，又潮又闷，人也闷死啦！

桂　芬　唔，接连的下雨，橡皮套鞋也漏啦！

赵　妻　（看见桂芬在洗鱼和肉）喔，今天买了这许多？

〔亭子楼上黄父高声地咳嗽。

桂　芬　（强笑着）乡下的爸爸来啦，总得买一点！

赵　妻　喔，我倒忘记啦！——上海没来过吧。（剥着茭白）

桂　芬　嗯，本来，去年秋天打算来的——

赵　妻　喔，（想起了似地）来看看新添的孙儿，对吗？

桂　芬　（勉强地笑着）他，也有五六年不回去啦！

赵　妻　老先生倒很清健，三公司，大马路，都陪他去玩过啦？

桂　芬　差不多，初到上海，总得这一套。

赵　妻　昨晚上回来很晚啦，你们黄先生陪他去玩了大世界？

桂　芬　不，就在这儿近处，上"东海"去看了影戏。（自发地笑了）可是花了钱，他倒不爱看，说，人的头一会儿大，一会儿小，看到有点儿懂的时候，便又卜的跳过去啦。

赵　妻　（同意她）电影儿我也不爱看，一闪一闪的把头也弄晕啦，老年人总是爱看大戏的，陪他去看一本《火烧红莲寺》吧。去年年底，我的哥哥陪我去看了一本，喔，真好极啦，行头又好，布景又新，电灯一黑，台上的什么都变啦。真的，让他看了回乡下去，（笑）也许，几天几晚也讲不完呢。

桂　芬　嗳，家楣也是这么说。

赵　妻　在上海还得住几天吧？

桂　芬　（俯下眼睛）说不定，总还有几天吧。

赵　妻　好福气！儿子在上海成了家，添了孙儿。……

桂　芬　可是……要是家楣有事情做……（望亭子间望了一眼，低声地）……这也叫一家不知道一家的事啊，在他老人家看来，像我们这样的生活也许很失望吧。种田人家好容易地把一个儿子培植起来，读到大学毕业，乡下人的眼界都是很小的，他们都在说，家楣在上海发了财，做了什么大事情呐，可是……（不禁有点儿黯然）到上海来一看，一家大小只住了一个亭子间！……（洗好了菜，站起来）

赵　妻　你们黄先生在乡下还有兄弟吗？

桂　芬　那倒好啦，还不是只有他一个。

赵　妻　（只能劝慰她）可是，你们黄先生有志气，将来总会……

桂　芬　（接上去）有志气有什么用，上海这个鬼地方，没志气的反而过得去；他，偏是那副坏脾气，什么事情也不肯将就……

赵振宇　（放下报纸，一手除眼镜，用手背擦一擦眼睛）不，不，随便将就，才是坏脾气，社会坏，就是人坏，好人，就应该从自己做起的。大家多跟你们黄先生一样的不随便,不马虎……

**桂　芬**　（要走了）不随便,就只配住亭子间,对吗？

**赵振宇**　不,不,不是这么说,做人但求问心无愧,譬如说……

**赵　妻**　（狠狠地）别再譬如说啦！再不去,又会脱班啦,几毛钱一点钟的功课,还要扣薪水……

**赵振宇**　没有的事,此刻八点差一刻,到学校里四分半钟就够啦。（回头对桂芬,诚恳地）譬如说……（一看,见桂芬已经上楼去了）

**赵　妻**　（带着冷笑）人家爱听你的话吗？这样的话,到课堂里去讲吧,骗骗小孩儿……

**赵振宇**　（坦然）听不听是人家的事,讲不讲却是我的事啊！我,我……

**赵　妻**　得啦,得啦,走吧,过一会儿姓林的走过来,话又会讲不完啦,海阔天空的……

**赵振宇**　（望着客堂间）这几天他又做夜班吗？

**赵　妻**　做日班做夜班,跟你有什么相干？

〔门外卖糍米饭的声音。

**阿　香**　（对她妈）妈,吃糍米饭！

**赵　妻**　（摸了一摸袋,大概没有钱了,便转换口气）不是才吃过稀饭吗？

**阿　香**　嗯！我要——

**赵　妻**　（狠狠地）你爸爸还没有发财呐！

〔阿香羡慕地望着门外。

〔前楼施小宝方才起来,室内很暗,伸了一个懒腰,把窗帷扯开,室内方才明亮,点了一支烟,开窗,望着窗外的雨,皱眉装了一个苦脸,拿了热水瓶,懒懒地下楼来,走到亭子间的平台上的时候向亭子间门缝里望了一眼,好像看见了什么好笑的事情似的,抿着嘴自笑。

〔她是一个所谓廉价的摩登少妇,很时髦地烫着头发,睡眼惺忪,残脂未褪。艳红色的印花旗袍,领口的两个纽扣摊着,拖着拖鞋,并不很美。但是眉目间自有风情,婀娜地走着。

〔走到灶披间门口。随手将尚余大半截的纸烟一掷,赵妻听见她下来,用憎恶的眼光对她望了一眼,故意地避开视线,用力地扇煤炉,白烟直冲上去。

**施小宝**　（对赵妻看了一眼）喔,你们多早啊！（打一个伸欠）又是下雨,听着滴滴答答的声音,就睡着不想起来啦！……（伸欠）

**赵　妻**　（有恶意地）你福气好啊！

**施小宝**　（对她一笑）喔,赵先生今天不上课？

〔赵振宇热心地看报。

施小宝　（有点儿意外）什么的，今天，往常人家不跟你讲话，你偏有说有笑，今天跟你说，你偏不理。

赵振宇　（连忙放下报）啊啊，你啊，瞧，报上说……

施小宝　（将热水瓶中的残水随手一倒）报上说什么？

〔水溅在赵妻的身上，赵妻虎虎地瞪了她一眼。

施小宝　啊，对不住！（悠然地开了后门，出去泡水了）

〔林志成辗转不能入睡，坐起来。

赵振宇　（看着他妻子的一副忿忿的神气，禁不住）哈哈！……

赵　妻　（突然回转身来）笑什么？

赵振宇　为什么老是跟她过不去呢？住在一个屋子里面，见了面就吵嘴，像个什么样儿！……

赵　妻　那副怪样子我就看不惯，野鸡不像野鸡，妖形怪状，男人不在家，不三不四的男人一个个地带到家里来。……

〔亭子楼上黄家楣猛烈地咳嗽着，从窗口扑出上半身来。苍白瘦削而带忧郁表情，用手挥着下面冲上去的煤烟，把窗关上。小孩哭声。

赵振宇　嗳，这跟你又有什么相干呐，况且这也不能怪她啊，我不是跟你说过吗，这也是为着生活啊，男人搭了大轮船全世界的漂，今天日本，明天南洋，后天又是美国，一年不能回来三两次，没有家产，没有本领，赚不得钱，你要她三贞五烈，这不是太……太……

赵　妻　讲道理到耶稣堂里去！什么事情，都要讲出一大篇的道理来，可是我看你也只强了一张嘴，你有才学，你能赚钱吗？哼！我跟她过不去，和你有什么相干？我跟别人讲话，不要你插进来！……

赵振宇　什么？我……笑话……（指手画脚地走到他妻子前面，还要发议论的时候——）

〔门外卖方糕的叫卖声，阿香奔回来，打断了他的话。

阿　香　妈，买方糕！

赵　妻　吃不饱的，刚才……

〔施小宝泡了开水回来，在门口，一手推开了门。

施小宝　（对门外）方糕，喂！（付钱买了几块，回头来看见了阿香的神气，又对卖糕的）喂！再给一块！（对阿香）来，来！

〔阿香走过去拿。

赵　妻　（大声地）不准拿。

施小宝　（笑着）这有什么关系呐，小孩儿总是爱吃的。

赵　妻　不准拿！跟你说！

〔阿香望着母亲，还是把手伸出来。

施小宝　不要紧，你吃好啦！……

赵　妻　（一把将阿香扯开）不争气的小鬼！你没有吃过方糕吗？（怒容满面地望着小宝）

施小宝　（耸一耸眉毛）嘿唷！……

赵　妻　嘿唷什么？

施小宝　小孩儿的事，认什么真！

赵　妻　孩子是我的，你不要认真，我偏要认真！跟你说，咱们穷是穷，可是不清不白的钱买的东西，是不准小孩儿吃的！

施小宝　（也生气了）什么，你说谁的钱不清白？

赵　妻　（冷笑）还问我呐？

施小宝　嗳，你这人为什么这样不讲理啊！连好歹也不知道，人家好心好意的——

赵　妻　（吐出来一般地说）用不着你的好心好意。

施小宝　用不着就算啦！（笑着）不讲理的——（往楼上走）蠢东西！

赵　妻　（赶上一步）蠢东西骂谁？

施小宝　（从楼梯上回头来做一个轻蔑的表情，但是依旧带着笑）骂你！（飘然上去）

〔赵妻正要再讲的时候，楼上黄家楣的父亲抱着两岁的小孩子下来了，桂芬手里拿着要洗的衣服跟在后面，赵妻只得吐了一口唾沫。

赵　妻　不要脸的！

〔黄父是一个十足的乡下人，褪了色的蓝粗布衫，系着作裙。须发已经有几根花白，得意地抱着孙儿，好像走不惯这狭斜的楼梯，一步步当心地下来。

桂　芬　（用好奇的眼光望了一眼施小宝，对她公公高声地说）在弄堂里走一走，别让他到弄口去，外面有汽车……

黄　父　（殷勤地和赵振宇招呼，指着小孩）他要我抱到街上去，哈哈，上海地方走不开，要是在乡下……

赵振宇　（接上去）老先生，上海比乡下好玩吗？

黄　父　（答非所问）前几天还怕陌生，一会儿就熟啦！瞧，尽是要我抱，嘿！……

赵振宇　（不懂似的）嗳？

桂　芬　（对赵振宇）他耳朵不方便，还没听见呐！

赵振宇　（点头，大声地）老先生，上海比乡下好玩吗？

黄　父　乡下？嗳嗳，还要住几天，阿楣和她（指着桂芬）不放我走。好在蚕事已经过啦，自己家里不做丝，卖了茧子，就没有事啦！……

赵振宇　唔，倒是很好玩，（对桂芬）你们怎么跟他讲啦？一点儿也听不见吗？

桂　芬　（笑着）大声的喊，或者跟他做手势！

〔黄父抱着小孩推门出去，阿香趁着机会跟着也去。

桂　芬　（赶上去）喂，（大声地）别买东西给他吃！肚子要吃坏的。（回身进来自言自语）欢喜他，什么东西都给他吃，讲又讲不清。（对赵妻）可是，耳朵不便也有不便的好处啊！有什么事情可以瞒过他，他到现在还不知道家楣没有事情做呐，跟他说，学校里在考试，这几天不上课，反正他又不懂得……

赵振宇　跟他说在教书？唔，我们是同行。

桂　芬　（寂寞地笑着）家楣跟他说，在青年会办的夜学校里教书，他相信得什么似的。前天咱们坐电车从青年会门口经过，他就大声地嚷起来，"啊！这就是阿楣的学校"。好像整座的大洋房全是他自己的一样，把全车的人多引笑啦！（洗衣服）

赵振宇　哈哈哈，这看法倒不错，大洋房全是我的！哈……

〔太阳忽然一亮，林志成踱来踱去，把平门推开。

赵　妻　（听见他的声音，很快地）时候到啦，还不去干吗？姓林的起来啦，过一会走到这儿来，又会讲得不能动身的。

赵振宇　不要紧。

赵　妻　什么叫不要紧啊！快，他已经起来啦。

赵振宇　怕什么，他又不是老虎，此刻又不会向你要房钱。

赵　妻　我就不爱看他那副样子，冷冰冰的好像欠了他的多，还了他的少，跟他打招呼，老是喉咙口转气，"唔"，连小孩子也怕他，（征求桂芬同意般地）对吗？

〔桂芬点头。

赵振宇　（有得意之色）可是，他偏跟我谈得来，见了我他就……

赵　妻　（抢着忿忿地）我听了就讨厌，海阔天空的，自个儿的事情管不了，还讲什么国家，社……社，社会，（对桂芬）这些鬼话，我学也学不会！

〔桂芬微笑。

施小宝　（走到楼梯边，低声地）黄先生！黄先生！

黄家楣　（从亭子间出来）什么事？（有点窘态）

〔二人走近。

黄家楣　我……这几天……你的钱……

施小宝　（嫣然一笑）不，别这样说，这点钱算得什么……嗳，黄先生，给我做件事情……

黄家楣　什么？

〔桂芬倾听。

**施小宝** （从袋里拿出一封信来）请您念给我听一听！

**黄家楣** （看了信）这是你……你老太爷寄来的，唔……他说家里都好……

**施小宝** （不等他念完，接着）可是，要钱用？对吗？

**黄家楣** 唔……大风把墙吹倒啦，所以要……

**施小宝** 反正是这么回事，黄先生，别念啦，你只告诉我，他要几块？

**黄家楣** ……唔，顶少要十五块。还有……

**施小宝** （一下就把信拿回去）哼，又是十五块，他女儿发了财，在做太太！……（要走了）

**黄家楣** 喔，我的那五块，月底……

**施小宝** （做一个眉眼）你——就太认真啦，这算得什么？（笑）世界上像你这样老实的男人就太少啦！（用染着紫红蔻丹的手指轻佻地在他下巴上一触，飘然地走了）

〔黄家楣有点窘，用手摸了摸被触的地方，慢慢地回亭子间去。

**林志成** （走到自来水龙头边去盥口，嘴里叽咕地）买什么小菜，还不回来！

**赵振宇** （笑容满面）早，做夜班？

**林志成** （没有一点笑意）唔……

**赵振宇** （也像自言自语）很忙吧，今年纱厂生意好……

**林志成** 哼！生意好坏，我们反正是一样。生意清，天天愁关厂，愁裁人；好容易生意好起来，又是这么一天三班，全夜工，不管人死活，反正有的是做不死的牛！——

**赵振宇** 可是，生意好总比生意坏好一点吧！譬如说……

**林志成** 没有的事，现在厂里不分日夜地赶工，货已经订到明年的三月份了。我们的大老板，历年不景气，亏空了千把万，现在，一年就统统还清啦。现在一共五个厂，每天平均要赚三万五千块，一个月，三五十五，三三见九，一个月就是一百多万，那一年不是一千二百万吗？吃苦的就是我们，工人过不下去，还可以摇班，可是当职员，就连这一点权利也没有，三十五十块钱一个月，就买去了你这么一个能算能写又能替他打人骂人的管理员……

**赵振宇** 唔，每天三万五，每年一千二百万，来这么十年，那不是一万二千万……

**林志成** 别的不说，单讲我发工钱，每半个月就是几千块，花花绿绿的纸，在我这手里经过的也够多啦。别人看，以为发工钱是一个好缺份；可是我，就看不惯那一套，做事凭良心，就得吃赔账。今天就为我少扣了三毛五分钱的存工，就给那工务课长训斥了一顿。哼，训斥，他比我后二年进厂，因为会巴结，会讨好，就当了课长啦。天下的事，有理可以讲吗？（不

胜愤慨）

**赵振宇**　（点点头）唔，吃一行怨一行，这是古话。可是，话又得说回来，像您这样的能够在一个厂里做上这么五六年，总已经算不错啦，像我们这样的生活，比上固然不足，可是比下还是有余……（指着报上的记事）上海有千千万万的人没饭吃，和他们比一下……

**林志成**　（不等他说完）不对，我以为，上就上，下就下，最不行的就像我们一样。有钱，住洋房，坐汽车，当然好喽；没有钱，索性像那阁楼上的“李陵碑”一样，倒也干脆，有得吃，吃一顿，没得吃，束束裤带上阁楼去睡觉。不用面子，不要虚名，没有老婆儿女，也没有什么交际应酬。衣服破啦，化三个子儿叫缝穷的缝一缝，跟我们一样的在街上走，谁也不会笑他。可是我们，大褂儿上打一个补丁，还能到厂里去吗？妈的“长衫班”，借了债，也得挣场面！

〔桂芬悄悄地看了他一眼。

**赵振宇**　可是，也许，从“李陵碑”的眼里看来，以为我们的生活比他好吧！人，反正是永远也不会满意的，不满意就有牢骚，牢骚就要悲观，悲观就伤身体，你说身体是咱们自己的，我为什么要跟自个儿的身体作对呢？所以我，就是这样想，有什么不满意的时候，我就把自己的生活和那些更不如我的比一比，那心就平下去啦，譬如说……

**赵　妻**　（从旁插嘴，爆发一般的口吻）譬如说，譬如说，只有你，没出息，老是望下爬！为什么不跟有钱有势的比一比？

**赵振宇**　（不去理会她，坐下来，预备长谈了）譬如说——

**赵　妻**　别譬如说啦，今天不上课吗？

**赵振宇**　（好像不听见）譬如说，我们有机会念书，能够懂得事情，能够这样的看着这个花花世界，有时候随意的发发议论，这也是一种权利啊！（大声地）哈哈哈——

**林志成**　（大不以为然）唔唔，这样的权利，我可不敢当！

**赵振宇**　可是，林先生，平心说，社会待我们念书人，已经很不错啦，中国能有多少人能够念书，能够有跟我们一样的……

**赵　妻**　（冷冷地）还算不错，哼，那你可以去当叫化啦！

**赵振宇**　我说，现在全世界上的人，都一样地在受难，各人有各人的苦处，你瞧，这段消息，（将报纸递过去）我们在马路上看见他们的时候，那一个不是雄赳赳，气昂昂，坐在铁甲车上，满脸的杀气，铁帽子下面的那双有凶光的眼睛，好像要将我们吃下去，可是把那套老虎皮脱下来，还不是跟我们一样！

**林志成**　（接过报纸来看，悲痛的表情）什么？……

〔黄家楣推开窗来下望。

**赵　妻**　(以为有什么新奇的消息了)什么事?

**赵振宇**　你不懂得!

**赵　妻**　不懂得才问你啊!

**赵振宇**　好,那么我讲给你听。(不自觉地流露出对小学生讲故事的姿态)报上说,在一个……咱们中国贴邻的国度里,有一个兵,他打过仗,得过勋章,懂吗?胸口挂的勋章……可是退了伍,他就养不活他的老婆和爹娘,在一个晚上,他偷偷地借了一个房间,吞鸦片烟……不,不,(连忙去看了一看报)吞毒药自杀啦!他在遗书上说,我卖尽了可以卖的东西,现在,只剩这一个父母传给我的身体啦,听说医学校里要买尸首,那么就把我的尸首卖了养家吧!……结果,根据他的遗嘱,把尸首卖了,卖了大洋三十六块,扣去旅馆的房钱一块二毛,他的爸爸淌着眼泪领回了三十四块八毛的遗产!报馆记者在这新闻上面安上一个标题——标题懂吗?就是题目,《壮士一匹,实价三十四元八毛》!

**林志成**　(愤愤地)妈的!(把报纸一掷)扣他一块二毛的那家伙简直是强盗!

**赵振宇**　可不是,只是为着钱,为着这一点点钱……(回头故意和他妻子开玩笑)所以,我见了钱就讨厌!

**黄家楣**　(悲怆的口吻)桂芬!

〔桂芬听得出神不应。

**林志成**　哼!……咱们中国,有的是浮尸,尸首也卖不到这样的价钱!

**赵振宇**　(又有新的话题了)嗳嗳,讲到浮尸,今天报上说……

〔小天津——一个"白相人"风的年轻人,推门进来,对大家望了一眼,一直地往楼上去了。赵妻对桂芬用一种轻蔑的表情耳语,态度间有多少的得意。

**桂　芬**　(睁着好奇的眼)当真?

**赵　妻**　(指着自己的眼睛)我亲自看见的,前晚上鬼鬼祟祟地陪她出去,昨天天快亮的时候才回来,昨晚上在这儿,(指指水斗边)我还看见他向女的要回扣!

**桂　芬**　(掩口)丢人的!

**林志成**　妈的,这世界真是男盗女娼,还不是为了钱,什么丢人的事都可以做!

〔楼上施小宝看见小天津便大声地喊,"滚出去!"大家抬头听。

**林志成**　有朝一日我有了势力,我一定要(恨恨地)把那些……(正要讲下去的时候——)

**赵振宇**　(大声地)啊!(跳起来)只有三分钟啦!(拿了桌上的书往外就跑)

**赵　妻**　(怒目瞪着他)死也改不好的坏脾气!

黄家楣　（从楼上）桂芬！桂芬！

桂　芬　（抬头）什么呀？

赵振宇　（猛然地推门进来）忘了帽子！（奔入屋内，取了帽子胡乱地往头上一套，奔出）

赵　妻　（赶出去，在门口喊）喂，为什么不换套鞋？……（望见他一溜烟的去了，只能回转，嘴里咕噜着）

〔桂芬把洗的衣服绞起。

林志成　（发牢骚和谈话的对手走了，只能回到自己房里去）买什么小菜啦，九点钟还不回来！

〔黄家楣走出亭子间往下走，这时候桂芬正揩着手迎上去。

黄家楣　来！

桂　芬　什么事，还有几件衣服没洗好呐。

〔赵妻收拾房间，林志成独自打水洗脸。

黄家楣　（站在楼梯中间）忙什么，这样的天气，一会儿就下雨，洗了又不会干。

桂　芬　（望着他）有什么事？

黄家楣　（稍稍迟疑了一下）还有吗？

桂　芬　（不懂）什么？

黄家楣　昨天的——（下半句咽了下去）

桂　芬　（会意了，低了头）买了小菜，还剩几毛钱。

黄家楣　那，今天……

桂　芬　（抬起头来望着他）今天？

黄家楣　（沉默了一刻，另找话题似的装着苦笑）桂芬！你觉得爸爸……你觉得爸爸对我很失望吧？看他的神气……

桂　芬　为什么？我看不出。

黄家楣　（沉痛地）为什么？卖了田，卖了地，典了房产，借了榨得出血来的高利钱，把一个儿子培植出来，可是今天……

桂　芬　（拦住他）你老讲这一套，什么用？你又不曾做过什么坏事情，又不是偷懒不愿找事情做，这样大的上海找不到一件小事情，这又有什么办法啦！

黄家楣　（抓着自己的头发，渐渐兴奋）全是那时候高等小学的姚先生讲坏的，他跟我爸爸说，这孩子是一个天才，学校里从来不曾有过这样的高材生，将来一定有成就，让他埋没在乡下太可惜啦！可是现在，要是他还活着，我倒要请他来看一看，天才在亭子间里面！（咳嗽）

桂　芬　怎么啦，你又是……（顾虑旁人听见制止他）

黄家楣　（沉默了一下，透了口气，放低声音）爸爸好容易到了上海，要他整天地在亭子间里管小孩，这不是太可怜吗！

桂　芬　我知道，可是——

黄家楣　小孩儿不是还有个锁片吗？（将视线避开桂芬）

桂　芬　（耸一耸眉毛）上次给你的三块几毛钱，不就是这金锁片换的吗？

黄家楣　唔！（黯然）咪咪很可怜，这一点东西也……

桂　芬　（望了他一眼，不语）

黄家楣　那么，你——（不讲下去）

桂　芬　什么？（望着他）

〔黄家楣俯着不语。

桂　芬　（慢慢地）本来，有钱，是有钱的样子，没钱，是没钱的样子，你爸爸在这儿也不会住得很久吧！……

〔黄家楣不语。

桂　芬　（自然流露）我倒耽心着今后呐。这边借三块，那边借五块，一天天地挣下去，总有一天……

黄家楣　（骤然地抬起头来，爆发似的）你以为我永远也不会有事情做吗？……（讲了这一句，又突然止住了，垂头）

桂　芬　（狼狈）不，不，我不是这样说，嗳，你又是，（改换了央求的口吻）家楣，我说错啦！

〔黄家楣无言地用手抚了一下她的肩膀，转身要上楼去。

〔这时候后门哑然地推开，黄父抱着咪咪进来，似乎很高兴。咪咪一只手拿着一块蛋糕，一只手拿着一串荸荠。阿香反背着手，鬼鬼祟祟地跟在后面，两只眼盯着她母亲。

黄　父　哈哈，对啦对啦，是这一家，你很聪明！

黄家楣　爸回来啦！（要迎下去，突然咳嗽起来）

桂　芬　你上去吧，这儿风很大。

赵　妻　（望着她女儿的手）什么？谁给你的？……

阿　香　（手里也是一串荸荠，哚着嘴）我说不要，他（指着黄父，）一定要给我的。

赵　妻　蠢东西，客气也不懂得！（对黄父正要讲话，一会儿想起，用手势表示感谢之意）

黄　父　（大声地）亏得她，上海的屋子全是一个样，一出门就找不到是哪一家啦！哈哈哈！（走向楼梯）

赵　妻　（取过阿香的荸荠，勒下三个）吃一半！（随手提起自己的围身裙，按在阿香的鼻上）哼！

〔阿香用力地一哼，发出很响的声音。

赵　妻　五岁啦，连鼻涕也不会哼！（带着阿香进房去）

**黄家楣** （忍住了呛，装着笑，接过咪咪）小东西，尽要老爹抱！（对父）爸爸，上去躺一下吧，今晚上去看大戏，《火烧红莲寺》。

〔桂芬望着小孩手里的荸荠。

**黄　父** （听不清，依旧答非所问）唉，不要紧，不要紧，算得什么，乡下的小孩儿一顿就吃这么三十五十个，吃吃，就吃惯啦！哈哈……

〔桂芬沉着脸回到水斗边。天上又是一阵骤雨，她只能退了一步站在灶披间门口，家楣用手帕按着嘴也走出亭子间来，好像为着不使他父亲看见一般地猛烈地咳呛，桂芬耸着耳听。

**赵　妻** （忠告似地）你们黄先生的毛病得去请先生看一看啊！清早咳得很厉害！

**桂　芬** 可是他……

**赵　妻** 噢，说起来，我倒有个好单方，已经治好了许多人啦，五月端午的正午时，用七七四十九个大蒜头，四眼不见……

〔突然施小宝的房内好像推倒了什么东西似的发出了怪响的声音，赵妻、桂芬、林志成一时抬头听，接着，小天津若无其事地嘴里吹着口哨，——大约是跳舞场里流行的歌曲吧，——施小宝虎虎地跟出来，嘴里一路喊。

**施小宝** 我不去，不去，偏不去！

〔小天津在楼梯上站住，回头望着她，尽吹口哨，不语。

**施小宝** （走到平台上）你去跟他说，我一点儿也没有错。要我跟他赔罪！休想！我打他是应该的，哼！他才不漂亮，请吃了一顿饭，就打别人的主意！跟他说，Johnie 快回来啦，有话跟他去讲！（回身欲走）

〔小天津用下巴招她下来。

**施小宝** （走下几档）什么？（竖起了眉毛）

**小天津** （随手将一根楼梯上的扶手档子攀过来，轻轻地一折两断，悠然地丢掉，拂去手上的木屑，然后冷冷地对施小宝说）你总还要在上海滩上走路吧，不听我的话，你的腿，总不比这木头还硬吧！（重新吹着口哨，在许多眼光凝视中下楼，悠然地开门而去）

〔赵妻很快地跟出去张望了一下，用力地将门关上。

**施小宝** （有点儿悚然，但在众人面前，不能不硬挺几句）狗东西！强盗！（回身上楼去，倒在床上）

**林志成** （听见争执，从客堂间里赶出来，直望着小天津走了之后，走到楼梯边来拾起折断了的扶手档，忿忿地）瞎了眼的，全租了些好房客！

〔林志成正要回身转去的时候，后门有人敲门，赵妻不敢去开，望着林志成。林没办法地壮一壮胆，上去扯开门。叩门的是一个须发蓬松的中年男子，穿着一套不称身的西装，肩上已经湿透了，他有一双善良而眼梢细长的眼睛，高耸的鼻子，但是态度可以看出他此刻正在一个饱经苦难而身心俱惫的状态之下，他就是彩玉的前夫，志成的好友，葆珍的父亲——匡复。

**匡　复**　请问，这儿有一位姓林……（看见志成，仔细地认了一下）啊，你就是志成！我真找遍啦！

**林志成**　（太意外了，使他睁着充血的眼睛，倒退了两步）你……你……

**匡　复**　你不认识我了吗？我……

**林志成**　（细细地看了之后，面色变了）啊，复生！什么……

**匡　复**　（热烈地伸手过去）啊，我变啦，要是在街上碰到，怕再也不会认识我吧！（苦笑）

**林志成**　（哑然如遭电击，不知所措）啊！——

**匡　复**　（热情地握住了他的手）志成！

**林志成**　（一瞬间爆发出遇见了旧友时的感情）复生！你回来了！你！（差不多抱住了他，但是一瞬间后，面色又惨变了）

**匡　复**　（举首四望了一下，看见赵妻等睁眼望着他，向桂芬和赵妻叮咛地招呼，对林）这全是你的家吗？……

**林志成**　（如梦初醒）啊，不，不，里面坐，里面坐！（陪着匡复到客堂间去）

〔赵妻等以惊奇的目光望着，林随手将门关上。

**匡　复**　（边走边说）这一带全变啦，无轨电车也通啦，屋子大半也拆造过啦。在七八年前我在这一带住的时候……

〔林志成失神似地望着他。

**匡　复**　什么，志成，你看我的样子……

**林志成**　（掩饰内心混乱）唔唔，坐，坐，你抽烟吗？（从抽斗里找香烟）

**匡　复**　什么，你忘了我不抽烟吗？

**林志成**　噢噢，那么……（拿起热水瓶，倒开水，但是他简直不感到瓶里已经没有水了，所以空做着倒水的姿势）喝杯开水！（手抖着）

**匡　复**　（望着他的手，对于他的那种张皇失措的神情开始吃惊）什么，志成，我来得太突兀，你觉得很奇怪吧？你，你身体怎样？有什么不舒服吗？

**林志成**　（愈加狼狈）不，不……

**匡　复**　那么，老朋友，为什么不替我的恢复自由高兴呢？我们分手之后，连我进去之前的一年半计算在内，已经整整的十年啦！

**林志成**　唔唔，复生，我，我，很高兴，可是，这，这不是做梦吧！

**匡　复**　（笑着）不，你捏我的手，这不是梦，这是现实！

〔林志成握着他的手，对他望了一眼，又垂头不语。

匡　复　（感慨）我在那鸽子笼里梦想了八年的事，今天居然实现了。我每逢放风的时候，吸着一口新鲜的空气，吹着一阵从远方吹来的风，我就很快地想到你，志成，期满了之后，第一就要找到你，见了你，就可以看见我的彩玉，我的葆珍！志成，她们，她们……

林志成　（眼睛里露出恐怖的光）她们，唔，她们……

匡　复　她们好吗？她们……（紧握着林志成的手）喔，志成，我不知道应该怎样感谢你，这几年，她们怎样过的，告诉我！……

〔林志成不语。

匡　复　她们好吗？志成，你说……

林志成　（塞住了喉咙）她们……（苦痛）

匡　复　（吃惊）什么？她们怎么样？

〔林志成仍旧不语。

匡　复　（站起来）志成，你告诉我，她们怎样了？她们……你用不着瞒住我，她们已经——（悲怆地）

林志成　不，不，她们很好，……过一会儿……

匡　复　（透了一口气）喔，她们很好吗？志成！要是没有你这个朋友，她们也许已经死掉，也许已经流浪在街头，我不知道做了多少的可怕的梦，梦见彩玉带了葆珍，乞丐一样地在街头要饭，啊……

〔正在他们谈话的时候，阿香蹑手蹑脚地走到门边来窃听。赵妻正在小风炉上炒菜，看见阿香跑去窃听，立即赶过去一把扯开她，用拳头威胁她，阿香没法地走开。但是赵妻听见匡复讲到彩玉这两个字，便立定了脚，不自禁地也以和阿香同样的姿势，从门缝里偷听。阿香站在楼梯边望着她母亲，哚起了嘴，瞪着。

〔匡复的话未完，突如的前门叩门声，林志成狼狈，站起来，不去开，好容易打定决心。

林志成　（对匡复）她……（还要说下去）

内　声　（从门外）老板娘，洋瓶申报纸有吗？

林志成　（紧张消失了，怒烘烘地）没有！

内　声　（习惯的口吻）阿有啥烂铜烂铁，旧衣裳，旧皮鞋换哦？（喊着去）

匡　复　（被他打断了话头，拿起杯子，看见没有水，又放下。这时候才将室内看了一遍，当他的视线射到挂着的一件女人的旗袍的时候）噢，志成，（强作精神）我还不知道，你已经结了婚吗？

林志成　（痛苦愈甚）唔！……

匡　复　几年啦，你太太呢？

〔林志成不语。

**匡　复**　为什么？在里面觉得日子过得很慢，可是想一想，时候还是很快的，在学校里面闹饭厅的老对手，现在都已经是中年人啦！（感慨系之，停了一下）志成，你今年是三十……五？

**林志成**　（终于忍不住了，突然地站起来）复生！这几年，你为什么不给我一封信？写一封平安信，总不该是不可能吧！

**匡　复**　什么？

**林志成**　从你在龙华的时候带了那封信给我之后，……就一个字也没有……那时候，案子又是那么严重！

**匡　复**　朋友，对不住，我不知道外面是个什么世界，寄信给你，也许会对你不方便……

**林志成**　（用一种差不多要哭的声音）可是，可是，复生！你这样做，你这样做，就使我犯了罪，犯了一种没有面目见朋友的罪啦！复生，请你唾骂我，我卑劣，我对不住你……

**匡　复**　（惊住）什么？你说——

**林志成**　我不是人，我没有面目见你，我……（双手抱住了头）

**匡　复**　什么事？志成，我一点也不懂，你说……你说……

**林志成**　复生！

**匡　复**　什么？

**林志成**　我——（停止）

**匡　复**　什么啊？你说。

**林志成**　我跟彩玉——

〔匡复一怔。

**林志成**　（咬紧牙根）我跟彩玉同居了！

**匡　复**　（混乱，但是无意识地）嗯——（颓然坐下，学语似的）同——居——了！

**桂　芬**　（大声地）啊哟，赵师母！你的菜炒焦啦！

〔赵妻狼狈地跑回。桂芬拿了洗好的衣服之类上楼去。

**林志成**　（低声地，有力地）自从我接到你从龙华辗转托人带给我的信，我就去找彩玉，跟你想象一样，那时候，她们潦倒在一家阁楼上。你家里的一切，差不多全在你出事的时候给拿去啦，我……（喘了一口气）我尽我的力量招呼她们，可是，一年，两年，得不到你一点儿消息，跟你同案子的人，死的死啦，变的变啦，足足的等了你三年，（渐兴奋而高声）简直不知道你死了还是活着……（很快地改语调）可是，不，不，这并不能作为我犯罪的辩解，我犯了罪，我对不住你……可是，复生！我是一个人，我有感情，我为着要使她们幸福，我就……

匡　复　（昂奋的声音）要使她们幸福？……（好容易才制止了自己的感情混乱）唔……等一等，我……让我想一想……

林志成　现在想起来，使我苦痛的原因，还是为了一点不值钱的所谓的义气，我要帮助朋友，帮助朋友的家属。每次看见葆珍的时候，我总暗暗地想，我一定要保护她，使她能够念书，能够继续你的志向……可是，这就使我犯了罪，我……

匡　复　（失神似的自言自语，好像不曾听见林志成的话）要使她们幸福——

林志成　（多少的有点歇斯底里）我也是男子汉，我也念过书，以前，你将我看作自己的兄弟一样，那么你在患难中的时候，我能做出对不住您的事吗？一两个月之后我感到了危险，我几次三番地打定主意，我要离开，离开这种我平生不曾经历过的危险，我想凑成一笔整数的钱，交给彩玉，那么，我可以不必经常地照顾她们的生活，可是——

匡　复　（好容易恢复了他的平静）那么彩玉呢？

林志成　也许，她也跟我一样，运命遮住了我们的眼睛，愈挣扎，愈危险，终于——

匡　复　慢，那么现在……

林志成　（不等他说完）现在？一切不都已经很明白吗？我犯了罪，就等着你的审判。不，在你来审判我之前，良心早已在拷问着我了，当我些微地感觉到一点幸福，感觉到一点家庭的温暖，这时候一种看不见的刑具就紧紧地压住了我的心。现在好啦，你来啦，我供认，我不抵赖……我在你面前服罪，我等着你的裁判！（一口气地讲完，好像安心似的透了口气，颓然）

匡　复　不，我不是这意思，我要知道，现在你和彩玉都幸福吗？

林志成　（反攻似的口吻，但是痛苦地）你说，幸福能建筑在苦痛的心上吗？

匡　复　（黯然）唔——

〔沉默片刻，桂芬拿了一个洋瓶从亭子间出来。

黄　父　（声）你别去打酒啊，我不喝……嗳嗳……

〔桂芬走到后门口，正值阁楼的住户“李陵碑”回来，臂下夹着几份卖不完的报，已经喝了一点酒，醉醺醺地谁也不理会，嘴里哼着，一径往楼上去。

李陵碑　（唱）“盼娇儿，不由人，珠泪双流……（苍凉之感）我的儿啊，七郎儿，回雁门，把兵求救，为什么，此一去，不见回头……”

匡　复　（跟着李陵碑的歌声，望了一望楼顶，颓丧地）我不该来看你们，我多事啦……

林志成　什么，你说……

〔匡复不语。

〔有人敲门，林志成毫不思索地站起来，决然。

**林志成** 好，她回来啦，我，我此刻出去，让你们谈话，怎么办我都愿意。朋友，我等着你的决定……（去开门）

〔但是进来的是一个穿工服的青年人。

**青　年** （张皇地）林先生，快，工务课长请你立刻去，厂里出了事，快……

**林志成** （冷冷地）日班的事，跟我有什么相干？

**青　年** 不，不，闹得很厉害，快，大家等着。（差不多强迫一样拉着他）

**林志成** 不，不，我有事……（被扯着只能换了衣服下场）

〔匡复重新再将室内仔细地观察了一下，走近案前，拿起一本葆珍方才剩下的唱歌本子，看了一下。

**匡　复** （独自地）林葆珍，唔，林！（将书放下，屈指计算）那时候她是五岁……（无意识地在葆珍的小钢琴上按了一下）

〔这时候太阳一闪，黄父抱着咪咪从亭子间窗口探出头来，望一望天。一刻，黄家楣拿了一个包袱匆匆地下楼来，当他走到水斗边的时候，正值桂芬打了酒回来。

**桂　芬** （望着他的包裹）什么？

**黄家楣** （有点忸怩）衣服！……

**桂　芬** （将露出在包裹外的一只衣角一扯，望了他一眼，然后）家楣，我只有这一件出客的衣服啦！……

〔黄父从楼窗口望着。

**黄家楣** （解嘲地）反正你又没有应酬，天气热了又用不着，过几天……（看见桂芬有不舍之意，硬一硬心肠不管她，望外就走）

**桂　芬** 家——

〔家楣头也不回地走了，望着他的背影，桂芬突然以手掩面，爆发一般的啜泣。黄父在楼上看见了这种情景，面色陡变，很快地从楼梯上走下来。二人在楼梯边相遇，桂芬看见他，狼狈地改换笑容。

**桂　芬** 老爹……

**黄　父** （望着她）唔……

〔后门，彩玉提着菜篮回来，好奇地望着他们。

〔雨渐大，弄内儿童喧噪声。

——幕下

（选自《夏衍选集》上册，人民文学出版社 1980 年版）

## 【背景资料】

《上海屋檐下》发表于1937年，它标志着作者的剧作题材已从历史转向现实，并自觉地运用严谨的现实主义创作方法进行创作。作者的目的是为了反映上海这个畸形社会中的一群小人物的喜怒哀乐，从小人物的生活中折射出大时代的印记，让读者或观众感受到将要到来的大时代的脚步声。剧本一度名为《重逢》，后受了一出外国戏剧《巴黎屋檐下》的影响，更名为《上海屋檐下》。

## 【主题意蕴】

《上海屋檐下》描写的是一群小市民和穷苦知识分子的生活。主要故事是讲述一对夫妇(匡复和杨彩玉)失散十年之后的尴尬重逢。剧本描写五个家庭的不同遭遇以及相同的不幸命运，揭示社会内在的矛盾，使人感到一种郁闷的时代气氛。置身其中，仿佛可以听到饱受凌辱和欺压的妓女施小宝归来后的啜泣，老报贩"李陵碑"精神错乱中的辛酸哭唱，失业的大学生黄家楣肺病第三期的咳嗽，清贫的小学教员赵振宇的得过且过，以及林志成的内心忏悔，杨彩玉的悲愤控诉，匡复的无可奈何。生活在社会底层的每个家庭都是不幸的，他们在地狱般的社会中挣扎着、煎熬着。他们本身的弱点又决定他们无力回天，只能在阴暗的日子里默默地度日，但他们在内心深处却从未失去对光明的向往，他们企盼天明，企盼着"总有一天会晴的"！作者通过对这些人物不幸命运的描写，表现了人物的命运和心灵的颤动，对黑暗势力和国民党反动统治发出了强烈的控诉，具有深刻的社会意义和鲜明的政治内容。

## 【艺术特色】

《上海屋檐下》显示了夏衍艺术上的成熟。作者巧妙地将人物组织在一起，通过严密的布局，使多条线索共同发展。故事来自生活，具有浓郁的生活气息，恬淡自然，使人感到洗练、隽永。其鲜明的艺术特色具体体现为：

第一，剧本善于表现普通人物命运，以平凡的生活琐事为题材，展示形形色色的社会世相，反映一个革命者对国家和民族命运的关注，对社会、生活的思考。他反对"'为戏剧而戏剧地'造成一个紧张刺激而又通俗有趣的剧本"(夏衍：《历史剧所感》，载《文章》1946年3月第2期)。对这种艺术主张，夏衍在自己的创作中身体力行，如《上海屋檐下》通过抗战前夕上海的一幢弄堂房子里看到的小市民的日常生活的困苦，也让人们精神上蒙受种种痛苦的描绘，激起了人们对恶势力的憎恨，并能在极大的压抑和苦闷后面谛听到革命风暴即将临近的历史脚步声。

第二，夏衍善于组织简约严谨的戏剧结构，把戏剧冲突生活化。作者利用上海弄堂屋子的特殊结构，将五户人家用一个场景画面，在同一舞台空间，同时展开。这一独特的设计，不仅丰富了剧作的情节，扩大了反映生活的视角，减少了场次，突出了主题，而且大大加强了舞台的生活实感。这里几乎不采用人物上场下场这些常见的戏剧手段，剧情的叙述只是依靠各条线索穿插交替的手法。尽管头绪繁杂，但又有主有从，繁而不乱。

第三，善于把自然环境与社会环境结合在一起。作者把剧情发生的时间精心安排在一个郁闷得使人不舒气的黄梅时节。象征着抗战前夕如黄梅天一样晴雨不定、郁闷阴晦的政治气候，反映出小人物的苦闷、悲哀和失望，更显示了革命风暴的即将到来。这种高超的艺术构思，使剧作收到了极其强烈的戏剧效果。

以上这些因素，构成了夏衍剧作质朴、自然、素淡、深远的艺术风格。夏衍的剧作正是以通俗易懂、贴近现实生活而赢得了更多的观众，为中国现代戏剧的民族化和大众化做出了努力。

## 【经典评论】

**李健吾认为：**“他们属于一群弱者。施小宝是一个沦落天涯的弃妇，四顾无依，在狂风暴雨之中憔悴；赵妻无时不在絮叨，接受贫苦，却又永远抱怨；李陵碑失去了人生实感，活在错觉的酩酊之中；黄家楣夫妇是失业型知识分子，不曾养成意志，却养成了肺病；赵先生似乎达观了，不幸属于一种随遇而安的乐天主义，或者马虎主义。有谁不是弱者呢？然而真正可爱的却是未来，给我们带来希望。”

——《上海屋檐下》，《李健吾戏剧评论选》，中国戏剧出版社 1982 年版，第 122 页

**王瑶认为：**“这是他所熟悉的材料，没有惊人的传奇材料，没有惊人的传奇情节和英雄人物，有的只是灰色的平凡暗淡的日常生活；但当这些人可笑而又可怜地在观众面前出现的时候，我们深深地受了感动。一种阴沉的调子写出了这些在生活和社会桎梏之下呻吟着的人物，虽没有紧张的场面，却在众生相中显出了严重的生活面貌。”

——《王瑶全集》第 3 卷，河北教育出版社 2001 年版，第 368 页

## 【思考练习】

1. 《上海屋檐下》反映了怎样的时代环境？
2. 《上海屋檐下》在结构方面有哪些独到之处？
3. 在剧本第一幕中，作者是怎样描写各种人物的性格的？

# 陈白尘

## 升官图（第三幕）

〔次日下午。

〔客厅里悬灯结彩，愈加辉煌。

〔结婚仪式快要开始了，新娘之一——省长夫人即原来的知县太太，亦即刘小姐刘科长，在她过去住过的那间内室里化妆。另一位新娘——马小姐，则在后花园一所洋房里化妆。

〔听差们穿出穿进，女傧相们不时地从两边门里出来要这要那。

〔马局长自天井中奔上。

**马局长** 新娘子都装扮好了吗？（急急忙忙地去推内室的门）快点吧，还有十分钟！

〔省长夫人声："不要催！"

**马局长** （敢怒而不敢言，低声嘀咕）不催不催，只有十分钟了。（转身再向后花园去）那边新娘子，好了没有？

**听差二** 快了，快了。（穿堂而过）

**马局长** 只有十分钟了呀！（下）

〔侍从从天井上。

**侍　从** （向内室）省长大人说，请快点了！

**内　声** 知道了。

〔侍从打算由天井下，艾局长急上，碰个照面。

**侍　从** 艾局长，您忙？

**艾局长** （急藏手中的大纸包）唔，二爷，您忙！

**侍　从** 您找谁？

**艾局长** 哎，我找知县大人。

**侍　从** 唔。（看一眼）艾局长，请不要弄错了，现在这儿是省长夫人的房间。

**艾局长** 二爷，不会错，您放心。她是省长夫人了。

**侍　从** 那就对，艾老爷。（下）

〔马局长上。

**马局长** 要命，要命，只有五分钟了。——艾局长您在这儿？……哦，您是向省长夫人请安来了？（笑向天井下）

**艾局长** 哎，马局长现在是该你得意了。

〔萧局长自天井潜步上。

**萧局长** （鬼祟地）艾局长，传单印好了没有？

**艾局长** （将纸包交给他）刚刚才印好，准备去发！——哦，你跟秘书长说了没有？

**萧局长** 还没找到他。

**艾局长** 快点找他！——一定在举行婚礼以前跟他说！我是两套计划：软的不行再来硬的！——传单先别动，要听到我的信号，再发。——你带来多少人？

**萧局长** 五十多人！

**艾局长** 让他们都埋伏在大礼堂四周，听我号令。快去！

〔萧局长急下。

〔艾局长向内室窥探，踟蹰着。

〔假知县着大礼服上。

**假知县** 快点啦！省长夫人！

**艾局长** 知县大人，省长夫人还没有装扮好！

**假知县** 急死人！只有三分钟啦！

**艾局长** 急什么呢？迟早今天总要结婚的，坐下休息一会儿吧！——您今天看了报没有？

**假知县** 看报？我今天还有心思看报？

**艾局长** （掏出一份报递给他）大人！今天的报您得看一下，上面有两篇好文章呐！

**假知县** 什么文章？

**艾局长** （笑）您看了再说。

**假知县** 哎呀！现在哪有工夫看报！——秘书长！秘书长！（奔下）

〔内室门开，女傧相引新娘——省长夫人出。

**省长夫人** 怎么，省长呢？直在催，直在催，省长还没有来！

**艾局长** 恭喜夫人！

**省长夫人** 哦……（惊止）

**艾局长** 怎么，夫人不认识我了？

**省长夫人** （向女傧相）你们先进去，替我找一朵花来。

〔女傧相下。

**省长夫人** 你来干吗？

**艾局长** （狠毒地）你好了，你就把我卖了！

**省长夫人** 我卖了你？——前天你为什么把那个死鬼找回来，你想丢我的人？

**艾局长** 那是因为别人先出卖了你！——你上了人家的当啦！

省长夫人　我上了人家的当？我也不是三岁孩子！

艾局长　那你是甘心情愿嫁给老头子？

省长夫人　你要我不明不白地跟你一辈子？

艾局长　那好吧，请你付出点代价！

省长夫人　代价？

艾局长　省长大人娶一位夫人，还能不出点代价？

省长夫人　那你去找他！（愤然欲去）

艾局长　我是找他，可要请你传话。

省长夫人　我不管！

艾局长　唷，那么无情无义呀！告诉你：我连老头子都告下了！

省长夫人　笑话！你告老头子？哪一家法院？

艾局长　法院自然不敢管喽，我有报纸。

省长夫人　报纸？封掉它！谁敢登？

艾局长　尽可以封，可是我会把新闻发到国外去！

〔省长夫人无言。

艾局长　请你在他面前美言两句吧，唉！就说报纸上的文章是我写的，看他是不是还我一个价钱？——如若不然，咱们还有一手。——得，话就说到这儿，静候好音。再见了，省长夫人。（急下）

省长夫人　该死的，你别走呀！

〔艾局长的声音："省长大人来了！您快点吧，新娘子化妆好了，等着您呢！"

〔许多人的脚步声。

〔省长夫人退进内室。

〔假秘书长引省长上，侍从及男傧相随后。

假秘书长　（回顾）您看他这副神气！我想这篇文章（指报纸）一定是他写的！

侍　从　刚才我就看见他在这儿鬼鬼祟祟的，不知干什么。这文章当然是他搞的！

省　长　好大胆！他到太岁头上来动土了！查明白，干掉他！

侍　从　对，应该永除后患！

假秘书长　那马上抓他起来吧？大人。

省　长　嗨！今天是我大好日子，总不能杀人呀！——得，先别管他，结了婚再说！（奔进内室）

〔假知县奔上，后面随着男傧相。

假知县　秘书长，秘书长，你看这报上在骂我们！

假秘书长　您也看见了？

假知县　(拖假秘书长在一边)这家报馆是谁办的？封门，马上封他的门！

假秘书长　马上就封？省长大人说，今儿是好日子，过了今天再说。

假知县　还要等到明天？你瞧，这儿一个“偷”字，这儿又是个“假”字，你说你说，这不是骂你我二人！这一定说咱们是偷——说咱们是假的！

假秘书长　(看报)唔，您说的是这个？这并不是骂我们的，这个“偷”字是一个影片的名字，叫做《偷香窃玉》，这是一部最伟大的美国电影！

假知县　(惊)哦，那个“假”字呢？

假秘书长　这是道尹大人请假的新闻，他请假养病去了，与我们没有关系的，大人！

假知县　(难为情)不行，不行，今天是我结婚的好日子，他们在报上偏偏要用这两个字，一定是有意捣蛋！

〔省长大人急上，同侍从低声商量。

假秘书长　(注意省长动态，心不在焉地)是！是！

假知县　从此以后报纸上不许用这两个字，谁用了就封门！

假秘书长　可是报上另外有两篇文章在骂您和省长大人，您可看见？

假知县　怎么？骂我什么？

假秘书长　人家要打倒您和省长大人啦！

假知县　(怒)打倒我？打倒省长？那还了得！是谁？抓来砍了！

省　长　(点头)嗯，嗯，是要重办！可是呢……

假秘书长　大人，您不能再宽容他了，前天他带那个疯子来冒充知县，您都没有处罚他，所以他更加胆大妄为了。

省　长　可是秘书长，他能够调皮捣蛋，可见得倒很有点本领。——有这种本领的人就能作官；而要作官的人，也非有这种本领不可。所以我现在认为他倒是一个人才，应该收服他！

假秘书长　是的，这是大人的远见，不过……

省　长　当然，我也并不是特别赏识他。你们知道，他既能写这篇文章，难道他就不会把这篇文章送到外国去吗？家丑不可外扬，让我们友邦知道这些丑事也是大可不必！

〔马局长奔上。

马局长　快点呀，二位大人，已经过了二十分钟啦！——二位大人，快去迎新娘吧！

省　长　好，结婚要紧！

假知县　对！

〔马局长领假知县及男傧相下。

〔省长引男傧相进内室。

〔侍从随省长欲下，假秘书长拉住他。

**假秘书长** 二爷，省长大人这是什么意思？

**侍　从** 我们大人是主张“大事化小，小事化无”的，什么事都希望搁得平、放得稳，平平安安过去就得了。

**假秘书长** 那么大人打算怎么处置他呢？

**侍　从** 当然还是两面光呀，大家都过得去。

**假秘书长** 现在怎么能够两面光呢？

**侍　从** 他攻击省长是假的，只不过是想攻走你们知县。

**假秘书长** 可是知县只有一个，不是他的就是我们的，省长大人总不能让我们落空呀？……

**侍　从** （笑）秘书长，刚才报上不是还有一个消息，说本道道尹请假了？

**假秘书长** （恍然）哦！（大喜）二爷，您得帮忙！

**侍　从** 可是我们省长大人头又要痛啦！

**假秘书长** 那么是前脑？后脑？

**侍　从** （不悦）秘书长，这是一个道尹呀！（用手在头上画一圈）双份！

**假秘书长** （伸出五指，翻覆）十根？太多了，二爷！

**侍　从** 现在不必谈，省长大人还要看看动静，如果他拿不出别的花样来，理都不理他！

〔音乐奏婚礼曲。

〔通花园的门和内室的门同时开了，两对新人各领男女傧相出，走向天井去。萧局长自天井飞奔而入。

**萧局长** 不得了！不得了！——大人，停一停！——秘书长，不得了！老百姓要暴动！

〔婚礼行列停止了，音乐停止了，省长及假知县奔过来。

〔马局长也从后花园奔出。

**假秘书长** 暴动？

**侍　从** 怎么一回事？

**萧局长** 老百姓混进衙门来了，要暴动！

**马局长** 萧局长，你是存心丢我的面子，还是开玩笑？我警察局长怎么会不知道？

〔齐局长并不很热心地走进来。

**萧局长** （冷笑）等您知道了，二位大人性命都难保了！

**假知县** （大惊）呀！到底怎么回事？

**萧局长** 今天客人太多，进进出出，什么人都有，混进来好几百老百姓！

**假知县** 好几百？

萧局长　是！有五六百！

马局长　胡说，五六百人怎么没看见？

齐局长　哎哎，你们二位别抬杠，先让他报告！

萧局长　你让齐局长说，是不是来了很多人？

齐局长　我……我没有十分看清楚，我的眼睛有点近视。

萧局长　有许多人暗藏武器，带着手枪，有许多人带着传单标语。——齐局长你没看见吗？

齐局长　是的，是的，大概有，我看不清楚。

马局长　你的消息可靠不？

萧局长　（反攻）对了，马局长，算我多事，这当然是你警察局的责任，还是请你去调查一下吧。

省　长　别废话了！——他们打算干什么？

萧局长　（掏出两张标语）大人看，这是我捡来的两张标语。（打开来，一张是“打倒省长”，一张是“打倒知县”）

省　长　他们打算怎么干呢？

萧局长　据说他们等候二位大人行结婚礼的时候，就实行暴动。现在前院、后院、前厅、后厅、大礼堂、后花园，到处都布置有他们的人！

假知县　（惊惶无主）大人这……这怎么办？

马局长　这一定都是乱党——革命党！把他们抓起来！

假知县　对，对，马上抓起来！

萧局长　当然这又是马局长的差事了！

侍　从　（向省长）大人，这还是一码子事！

省　长　（点头）嗯。（作态）好，他们闹到我面前来了。马上派人来弹压！——马局长，你马上可以调动多少武装力量？

马局长　（惊）武装力量？

萧局长　省长大人问你马上能够调动多少人马？

省　长　前天你说十分钟之内可以召集十万人，你这句话有几成可以兑现？

马局长　这……

萧局长　（冷讽地）几万人总可以有吧！

省　长　不必客气了，我知道那是一句大话。但有几成呢？有几成说几成！

马局长　（窘急）那！……那十万人是可以动员，但不是十分钟之内，卑职恐怕说错了，是十天之内。

省　长　那还说什么！——你还想抓人？

假秘书长　大人，我看大事化小，小事化无，也不必大动干戈了！

省　长　对，你的话对，一个政治家绝不能与民为仇，绝不能妄动干戈，我们要以人民的幸福为重，要化干戈为玉帛！

假秘书长　是的，卑职们很能体谅大人为国为民的苦心！

〔外面忽起吼声，隐隐听到“打倒”之声。

萧局长　哎呀，大人，您听！……

假知县　（几乎哭出声来）大人，大人，怎么办？

马局长　（全身发抖）大人这……

〔吼声又起。

萧局长　这不得了，不得了！

齐局长　这真是不得了！

假知县　大人！

马局长　大人！

省　长　嚷什么！

假秘书长　大人自有办法，你们别乱嚷！

〔第三次吼叫声起。

〔同时艾局长自天井中慢慢走来。

艾局长　（笑容满面）二位大人，时间已经过了，请去行礼啦！大家都等着吃喜酒哩！

省　长　（镇静地微笑）马上就来了，可是我还在计划一件事。

艾局长　哦，大人有什么计划？

省　长　今天是我和你们知县大人双喜的好日子，我想凑凑热闹，再喜上加喜，让大家痛快一下。——可是外面吼叫什么？

艾局长　没有什么，他们是在欢呼大人万岁。

省　长　这声音不大好听，要欢呼万岁让他们叫得清楚一点。

艾局长　是，卑职马上通知他们。——可是请大人指示，是什么计划？

省　长　（目视侍从）我现在要宣布一件喜事……

〔侍从目视假秘书长作探询状。

〔假秘书长拍拍胸脯举手作五数，反复两次。

侍　从　（向省长点头）O. K.！

省　长　好，我是一不做二不休，我再宣布两件喜事，加上我们两对结婚，四件喜事，合并举行。来个事事如意！第一件，本道道尹请假出缺，我升任本县知县做本道道尹！

假知县　（大喜过望）什么？大人！

假秘书长　省长大人升任您做本道道尹，快点叩谢大人！

假知县　（跪倒在地，叩头如捣蒜）叩谢大人！叩谢大人恩典！

省　长　第二件，本县知县既然升任道尹，就以本县财政局艾局长升任本县知县！

**艾局长**　谢省长大人栽培！

**省　长**　好了，今天是喜上加喜，四件喜事，合并举行。艾局长——新任知县，你去宣布一下吧。

**艾局长**　是。（急奔出门外，向外举手为号）

**省　长**　好了，没有事了，去结婚吧！

〔音乐奏婚礼曲。

〔婚礼行列排好了。

〔省长与侍从耳语，侍从再向假秘书长耳语。

〔外面高叫："省长大人万岁万岁万万岁！"

〔艾局长退让在一边，婚礼行列出发。

〔艾局长向萧局长有所指示，萧局长偕齐局长下。

〔台上仅艾局长与假秘书长留下。

**假秘书长**　新任知县大人，卑职恭喜您了！

**艾局长**　（大笑）秘书长，（握手）怎么如此称呼呢？您一定也跟道尹大人升迁了？（打哈哈）我们这叫做不打不相识！（真是惺惺相惜）秘书长，我们都是一家人了！

**假秘书长**　（大笑）真是不打不相识。大人，您真是（竖大拇指）政界的杰出人才！

**艾局长**　秘书长，您才了不起，真是宦场中的能手，道尹又被您抢去了。（大笑）

〔二人握手大笑。

〔欢呼声又起。

**假秘书长**　哦，刚才省长大人吩咐：明天早上，省长就起程回省；道尹大人明天也就启程赴任；知县大人——您明天也好走马上任了。可是（低声）您今天报上的文章，还有今天这许多布置，对于省长和我们知县大人都有点太难看了，解铃还是系铃人，您得想个办法，让二位大人面子上光彩光彩呀！

**艾局长**　（笑）秘书长放心，这早在我的计划之中了。我知道省长大人和秘书长都是聪明人，绝不会让我走到极端的。既不走极端，我就得预先布置一条退路。

**假秘书长**　已经布置好了？

**艾局长**　我的计划是可战可和，可进可退，可攻可守，而且是可左可右的双轨计划。

〔假秘书长惊疑。

艾局长　说得明白点，就是我拟定了两套计划，同时进行。一面在准备打倒的计划，一面也准备了拥护的计划。省长大人和秘书长懂得我的意思，我就拥护；不理，我就打倒！

假秘书长　哦，（笑）您这真叫三刀两面了！

艾局长　（大笑）……所以我也准备好了拥护计划。比如说：明天在报纸上，就发表这篇（掏出大批文件）拥护省长大人和知县大人的文章，这里是拥护的传单、标语、宣言，这里是拥护大会的口号，这里是拥护大会的提议案……甚至今天我带来的群众，也都带着两件东西：一件是武器，还有一件是拥护的小旗子！

假秘书长　好极了，好极了，那我们今天是不是就可以开一个欢送省长大人和知县大人的群众大会？

艾局长　可以，可以，当然可以。只要把所有拥护的字样改做欢送就行啦！——我已经请萧局长去办了！

假秘书长　那就好极了！好极了！我说您是了不起的人才，真是了不起的人才！我们相见恨晚了！

艾局长　（握手）秘书长，我们是英雄识英雄，真是相见恨晚了！

〔音乐奏婚礼曲。

假秘书长　婚礼已经完了？

艾局长　大人他们已经回来了。

〔婚礼行列回来了。

〔马局长、萧局长、齐局长及省长侍从也进来了。

〔于是艾局长、假秘书长及各局长向省长、假知县贺喜，各局长再向艾局长贺喜，省长夫人也向马小姐贺喜。

萧局长　（向艾局长耳语之后）你看，他们已经来了！

〔老百姓子、丑、寅、卯、辰、巳、午、未等上。前面举一面横幅大旗，旗上是："欢送省长大人！欢送知县大人！"十二个大字。每人手中一根童子军式的木棍，棍头上都是写着欢送标语的小旗子。大家列队向客厅走来，后面，留在天井里的还有好多人。

老百姓们　欢送省长大人，欢送知县大人！

艾局长　（狂喜）好极了，好极了，你们来得正好！你们是来欢送省长、知县二位大人的？

老百姓们　是。

艾局长　那，好极了，好极了！——省长大人！道尹大人！因为听说大人们明天就要回省上任，所以老百姓们马上就赶来欢送二位大人！卑职现在正式代表本县各机关、团体、学校以及全县一百万民众向二位大人

表示热烈的欢送！（掏出文稿来）

〔萧局长向老百姓举手示意，众百姓随即鼓掌。

**艾局长** 卑职来代表民众致欢送词。（读）“省长大人，知县大人，你们是老百姓的伟大救星！”

〔萧局长领头鼓掌。

**艾局长** “你们是老百姓的救命恩人呀！……”

〔萧局长领头鼓掌。

**艾局长** “自从省长、知县莅任以来，我们老百姓好像生活在天堂里一般……”（向萧局长）鼓掌！

〔萧局长又领头鼓掌。

**艾局长** “我们每人都住了洋房，我们每人都有了汽车，我们每天都在吃大菜，我们真是丰衣足食，安居乐业呀！”

〔萧局长领着大家鼓掌。

**艾局长** “我们感谢二位大人，我们从没受过苛捐杂税的剥削，我们从没受过土豪劣绅的压迫，我们从没受过贪官污吏的敲诈，我们从没受过特务和集中营的威胁。我们从没有——不！我们都有人身的自由，言论的自由，以及一切的自由！这都是二位大人的德政！我们感激二位大人！……”

〔萧局长领着拼命地鼓掌。

〔在鼓掌声中，悬在那里的铃铛忽然大响起来。

〔鼓掌声突然停止。

**假知县** （大惊）哎呀！

**假秘书长** （大惊）哎呀，什么事？

〔就在同时，老百姓手中的横幅大旗翻转来了，变做“打倒省长，打倒知县”八个大字。

〔就在同时，老百姓手中木棍上的纸旗都撕去了，木棍举了起来，每个人都被监视起来。

〔就在同时，艾局长被老百姓从领后一把抓住。

〔两位新娘子惊叫起来。

**假秘书长** （掏出手枪，但被背后的老百姓抓住了手）艾局长，你这是怎么一回事？

**艾局长** 天哪，我也不知道是怎么一回事呀？

〔天井里一片吼叫。

**老百姓子** 对不起，你们欺骗了我们，出卖了我们，一会儿要我们来欢送什么，一会儿又要我们来打倒什么，你们这伙混蛋把老百姓当着什么呀？都一起替我滚吧！

**艾局长**　到哪儿去？

**老百姓子**　我们，要审判你们！走！

〔老百姓齐声大吼。

**众官员**　天哪，这可完啦！

〔老百姓抓住每一个官员的后领要拖走，被抓的人都惊叫起来。

**假知县**　（拖住一个老百姓不放）我不是知县呀！放了我吧！我不是知县呀！放了我吧！我不是知县呀！……

〔天井里一片怒吼。

——暗转

（选自《陈白尘文集》第4卷，江苏文艺出版社1997年版）

## 【背景资料】

1945年10月，陈白尘完成了他最重要的代表作——政治讽刺喜剧《升官图》。当时，国民党的反动官员贪污腐化，敲诈勒索成风，整个官僚机构已经溃烂不堪。作者对国统区官场的黑暗和腐败非常痛恨，但为了避免国民党文化专制机构的无理刁难，所以将剧中所描写的故事背景移到了民国初年，通过两个被追捕的流氓强盗的梦境，对国民党官僚政权官匪一家的本质给予了猛烈的抨击和辛辣的讽刺，活画出一部新的“官场现形记”。

## 【主题意蕴】

陈白尘的《升官图》是现代讽刺喜剧的一个高峰。这部剧除了序幕和尾声，中间分为三幕五场。故事主要描写了民国初年两个强盗为躲避官方的追捕，在一个风雨之夜藏进一所古老的住宅。他们在这里做了一个升官的黄粱美梦，在梦中干尽了营私舞弊、贪赃枉法的罪恶勾当，最后被群众抓去，从梦中惊醒后也最终被官方捕获。这部讽刺喜剧在思想上的突出特点是取材的现实性和暴露的尖锐性。在《升官图》中，作家假托两个强盗的一场升官发财的美梦，赤裸裸地揭露了国民党统治下的黑暗现实，尖锐地讽刺和揭露了国民党官僚集团贪赃枉法、巧取豪夺、狼狈为奸而又互相争斗的反动本质和种种丑态，反映出当时被压迫人民的觉醒，预示着反动势力必然灭亡的历史命运。剧作情节近于荒诞，却在荒诞中极其真实地暴露了国民党官僚集团逢迎谄媚、无恶不作的可鄙嘴脸，展现了“官即是匪，匪即是官”的国民党统治集团的丑陋内幕。剧作还进一步反映出在这集团中的官僚，愈是权力大、地位高，就愈是无耻、腐败、贪婪、虚伪。假秘书长之流的地方官员，本身即是官僚、土匪、流氓三位一体的结合，而表面道貌岸然、自称廉洁奉公、一再声称“最恨的就是贪污”的省长，实则是一个男盗女娼、口是心非的老高级官僚，其腐败之程度、贪污之手腕、好色之作为，远胜于地方官员。可以说，《升官图》就是一部群丑图，一部活生生的国民党政府的“官场现形记”。

## 【艺术特色】

《升官图》戏剧性很强，人物形象各具特色，语言风格泼辣犀利，集中体现了陈白尘讽刺喜剧的主要艺术特色：

其一，构思新颖、结构精彩。这部剧采用序幕、尾声为框架，梦境为主体的形式，把梦境嵌入序幕和尾声构成的现实中，表面是一场梦，在梦境中展开情节，但实质是现实社会官场丑态的真实写照，呈现的是梦境，揭露的是现实。作者通过误会、巧合等奇妙的艺术构思制造离奇荒诞的笑料，引人发笑的同时又催人深思。

其二，漫画、夸张的手法和泼辣、犀利的语言是陈白尘讽刺喜剧在艺术上的又一突出特征。《升官图》显示了陈白尘卓越的讽刺才能。全剧把反动官吏发迹起家的卑鄙勾当托之于两个强盗的美梦，这样，作者给自己思想的进攻阵地找到了一个很巧妙的掩护体，从而有了自由驰骋的艺术天地。作者无拘无束地采用漫画和夸张的手法，使用强烈的讽刺语言，把全部的主旨、故事淋漓尽致地表现出来。警察局长“身材奇短，但总爱耀武扬威地全副武装”；省长一面叫嚷以俭养廉，一面大肆贪污，金条竟成了医治他“头痛病”的良方！“左边头痛，一根金条就够；右边头痛，要两根；前脑痛，三根；后脑痛，四根；左右前后都痛呢？那就要五根！”这些讽刺技巧的成功运用，极度夸张地放大了人物自身的荒诞，使读者在捧腹之中激起对国民党反动统治的无比憎恨。

陈白尘喜剧创作不仅吸收了中国传统戏曲如唐传奇《枕中记》和明传奇《邯郸记》在整体构思上的精华因子，而且大胆借鉴了外国戏剧家如莫里哀、果戈理创作的思路和手法，从《升官图》中我们可以看到果戈理话剧《钦差大臣》的影响痕迹。这种大胆的想象和奇妙的构思，看似荒诞不经，实则合情合理，使人物的漫画化和性格化高度统一。这使得《升官图》成为现代讽刺喜剧艺术的集大成者，将“五四”以来逐渐发展成形的讽刺喜剧推进到一个新的高度。

## 【经典评论】

**唐弢认为**：“剧本在喜剧艺术上达到了很高的成就，从俄国作家果戈理的《钦差大臣》和中国传统戏曲中的丑角戏吸取了经验，大胆而又合理地运用夸张这一艺术手段，在波澜起伏的情节发展中，展现反面人物腐朽的灵魂，达到‘假中有真’的戏剧效果，把‘五四’以来的讽刺喜剧推进到一个新的水平，提高了话剧在广大观众中的威望”。

——《中国现代文学史》第3卷，人民文学出版社1980年版，第434～435页

**冯牧认为：**“为广大人民所爱好，为反动集团所嫉恨——这就是《升官图》所得到了的。对于一部艺术作品，难道还可能得到比这更值得作者夸耀的凡响么？……作者很聪明地把他的中心故事和主题安置在了一个‘梦’的帷幕里面，这样，他一方面为自己的思想的进攻阵地找到了一个很巧妙的掩蔽体；另一方面，他可以无顾忌地采用夸张的手法（这种手法，如果不是出现在梦里，也许别人是难于置信的），把自己的全部宗旨和故事自由地表现了出来。”

——《关于〈升官图〉》，《中国当代文学研究资料·陈白尘专集》，
江苏人民出版社1983年版，第353页

## 【思考练习】

1. 《升官图》中主要人物的性格特征及形象意义是什么？
2. 举例说明《升官图》中夸张手法的运用。
3. 剧本受到了俄国作家果戈理的《钦差大臣》的哪些影响？

# 贺敬之、丁毅等

## 白毛女(第一幕)

一九三五年冬,

河北省某县杨格村,村前平原,村后大山。

### 第 一 场

〔除夕。天降大雪。

〔佃户杨白劳之女喜儿手拿玉茭子面在风雪中上。

〔音乐奏第一曲。

**喜 儿** (唱第二曲)

北风吹,雪花飘,
雪花飘飘年来到。
爹出门去躲账整七天,
三十晚上还没回还。
大婶子给了玉茭子面,
我等我的爹爹回家过年。(推门进屋)

〔屋中穷苦简陋,内有一灶,旁有灶神,柴火及盆罐散放在角落里,锅台上放一油灯。

**喜 儿** 呵,今儿年三十啦,家家都蒸黄米糕,包饺子,烧香,贴门神……过年啦。爹出门七八天啦,还没回来,家里过年的东西什么也没有。(稍停)家里就是我爹跟我两个人啦,三岁上就死了娘,爹种了财主黄世仁家六亩地:爹种地,我跟后,风里来,雨里走……年年欠东家的租子,一到快过年的时候,爹就出去躲账了。今儿年三十晚上,天这么黑了。爹怎么还不回来?(焦虑地)唔,刚才我到大婶家去,她给了我一些玉茭子面,我再掺上些豆渣,捏上几个窝窝,等爹回来好吃。

(舀水,和面,做窝窝。)

〔音乐奏第三曲。

〔屋外,风把门吹开。喜儿跑去看,无人。

呵,是风把门吹开了。

(唱第四曲)

风卷雪花在门外，
风打着门来门自开；
我盼爹爹快回家，
一脚踏进门里来，
一脚踏进门里来。

(白)爹出去的时候是挑着豆腐担子出去的，要是卖了豆腐，称回二斤面来，那还能吃上一顿饺子哪。

(唱第五曲)

我盼爹爹心中急，
等爹回来心欢喜，
爹爹带回白面来，
欢欢喜喜过个年，
欢欢喜喜过个年！(继续做窝窝。)

〔杨白劳身上落了一层雪，背着豆腐担子，披着盖豆腐的布，踉踉跄跄地上。

〔音乐奏第六曲。

**杨白劳** (唱第七曲)

十里风雪一片白，
躲账七天回家来；
指望着熬过这一关，
挨冻受饿，我也能忍耐。

(一面畏缩地看看四周，一面打门。白)喜儿，开门！

**喜　儿** (开门，惊喜)爹！你回来啦？

**杨白劳** 嗯。(以手急止喜儿不要大声。)

**喜　儿** (给爹打身上的雪)爹，外面的雪下得真大，你身上落了这么厚一层……

**杨白劳** (急切地)喜儿，我走了这几天，少东家打发人来要账了没有？

**喜　儿** 二十五那天，穆仁智来了一回。

**杨白劳** (一惊)怎么？来过一回！他说什么来着？

**喜　儿** 他看你不在家就回去了。

**杨白劳** 后来呢？

**喜　儿** 后来再没有来过。

**杨白劳** (半信半疑)真的？

**喜　儿** 真的，爹。

**杨白劳** (还是不大相信)呵？

**喜　儿**　那谁还哄你呢，爹！

**杨白劳**　（放下心来）唉，这就好了，喜儿，你听听外面风刮的这么厉害！……

**喜　儿**　雪下得那么大！

**杨白劳**　天也快黑了。

**喜　儿**　道儿也难走，爹！

**杨白劳**　我看穆仁智这回不会来啦。咱欠东家这一石五斗租子，二十五块钱驴打滚的账，这回总算又躲过去啦。

**喜　儿**　（欢喜地）又躲过去啦，爹！

**杨白劳**　喜儿，掐把柴火叫爹烤烤火。

音乐奏第八曲。

**杨白劳**　（审视地，看锅台）怎么这点儿玉茭子面还没吃完？

**喜　儿**　早就吃完了，这是刚才王大婶给的。（抓柴火。）

**杨白劳**　怎么这么冷的天，你一个人上山去打柴了？

**喜　儿**　这是我和大春哥一块儿去的。（点起柴火）爹！你饿了吧？

**杨白劳**　（烤火）爹饿了，饿了。（喜悦地）哈哈……

**喜　儿**　窝窝捏上了，我去蒸去。

**杨白劳**　等一等，喜儿，你看这是什么？（从怀中掏出一个口袋。）

**喜　儿**　（惊喜地抢过来）什么，爹？

**杨白劳**　（唱第九曲）

卖豆腐赚下了几个钱，
集上称回了二斤面，
怕叫东家看见了，
揣在怀里四五天。

**喜　儿**　（唱第十曲）

卖豆腐赚下了几个钱，
爹爹称回来二斤面，
带回家来包饺子，
欢欢喜喜过个年。
哎！过呀过个年！

（白）爹，我去喊王大婶过来包饺子。

**杨白劳**　（止喜）再等会儿，喜儿，你看这又是什么？

**喜　儿**　什么，爹？

**杨白劳**　（从怀里掏出一小纸包，包了很多层，一层一层剥开，原来是红头绳，边剥边唱第十一曲）

人家的闺女有花戴，

爹爹钱少不能买，

扯上了二尺红头绳，

给我喜儿扎起来！

哎！扎起来！

〔喜儿跪在杨白劳膝前，杨白劳给喜儿扎头绳。

**喜　儿**　（唱第十二曲）

人家的闺女有花戴，

我爹钱少不能买，

扯回来二尺红头绳，

给我扎起来。

哎！扎呀扎起来。（起立。）

**杨白劳**　哈哈，喜儿，转过来叫爹看看，（喜儿转身）好，一会儿叫你大春哥和王大婶子也过来看看。（喜儿羞涩又撒娇地一扭身）唔，爹还请了两张门神来，把它贴上吧。（取门神。）

**喜　儿**　门神？

〔二人贴门神。

**喜　儿**　（唱第十三曲）

门神门神骑红马，

**杨白劳**　（唱）

贴在门上守住家；

**喜　儿**　（唱）

门神门神扛大刀，

**杨白劳**　（唱）

大鬼小鬼进不来。

**杨白劳、喜儿**（唱）

哎！进呀进不来！

**杨白劳**　唔，叫大鬼小鬼进不来。

**喜　儿**　叫那要账的穆仁智也进不来！

**杨白劳**　好孩子，叫咱们过个平安年。

〔两人关门。

〔王大婶子上。

〔音乐奏第十四曲。

**王大婶**　今儿大春从集上称回二斤面来，我去看看他杨大伯回来了没有，要是回来了，喊他们爷儿俩过来包饺子。

（到杨白劳门口一看）呵，准是他杨大伯回来了，看那门神都贴上啦！

（打门）喜儿，开门！

**喜　儿**　谁呀？

**王大婶**　你大婶子嘛！

〔喜儿开门，王大婶进门。

**喜　儿**　大婶子，你看我爹回来啦。

**王大婶**　他大伯，你多会回来的？

**杨白劳**　才回来一袋烟的工夫。

**喜　儿**　大婶，我爹称回二斤面来，我才说喊你过来包饺子，你可就先来了，你看！你看！

**王大婶**　好孩子，你大春哥也称回二斤面，二升米还换了一斤肉，我是喊你爷儿俩过去包饺子的。

**喜　儿**　就在这儿包吧！

**王大婶**　还是过去包吧！

**喜　儿**　就在这儿包嘛，大婶子。

**杨白劳**　咳，就在这儿包嘛。

**王大婶**　看你们这爷儿俩！这还能让到外人去吗？（转身悄声对杨白劳）他杨大伯……过了这个年，喜儿和大春都大了一岁了，我还等着你的信儿呢！

**杨白劳**　（怕喜儿听见，又要让喜儿听见）她大婶，你先不要着急，只要等上个好年月，咱就准给孩子们办，咳……

**喜　儿**　（故作不知，打断话头）大婶过来和面嘛！

**杨白劳**　唔，唔，快和面去吧，快和面去吧！

**王大婶**　（笑）哈哈哈……（去和面。）

穆仁智上，手提红灯，上面有“积善堂黄”四字。

**穆仁智**　（唱第十五曲）

讨租讨租，
要账要账，
我有四件宝贝身边藏：
一支香来一支枪，
一个拐子一个筐——
见了东家就烧香，
见了佃户就放枪，
能拐就拐，
能诳就诳。

今儿晚上，我们少东家叫我到佃户杨白劳家里去给他办一件事，一件心事，一件不叫人知道的事。少东家给我定下一计，叫杨白劳到我们少东家家里谈谈。（到门边打门）老杨，开门！

**杨白劳** 谁呵？

**穆仁智** 我，穆仁智。

**众** 呵？（一惊。）

〔王大婶和喜儿急把面盆等物藏起。

**穆仁智** 老杨，快开门呵！

〔杨白劳无法，只得开门。穆仁智进来，众哑然。

**穆仁智** （持灯照屋内一圈，喜儿躲在王大婶背后）老杨……（异乎寻常地和气）预备好过年了吧？

**杨白劳** 咳，穆先生，还没动烟火呢。

**穆仁智** 唔。老杨，麻烦你一下，我们少东家请你去一趟，有事商量商量。

**杨白劳** 呵！（惊）这，这，穆先生，我打不起租子，还不起账呵！

**穆仁智** 哎，不是，这回少东家叫你去，一不打租，二不要账，有要事商量。今儿年三十啦，少东家心里高兴，有话好说，有事好办。走一趟吧！

**杨白劳** （哀求地）我……穆先生……

**穆仁智** （指门）没有什么，走一趟。

〔杨白劳只好走。

**喜　儿** （急切地）爹，你……

**穆仁智** （用灯照喜儿，轻薄地）唔，不要紧，喜儿，少东家给你花戴，叫你爹给带回来。嘿嘿……

**王大婶** （把豆腐包给杨白劳披上）他大伯，披上吧，外面雪又下大了……你到了那里，给少东家多跪上会子，总不能不让咱过这个年呵。

**穆仁智** 是呀！（推杨白劳出门。）

〔杨白劳走出，又回头。

**喜　儿** 爹……

〔音乐奏第十六曲。

**杨白劳** 咳……

**穆仁智** 快走吧。（推杨白劳走下。）

**喜　儿** 大婶，我爹……（哭。）

**王大婶** （安慰地）你爹一会儿就回来啦。走，先到大婶家和面去吧！（挽喜儿下。）

## 第　二　场

地主黄世仁家，靠近客厅的一间偏房。桌旁有椅子，桌上放着一个高台蜡烛，烛光之下照着账本、算盘、砚台、水烟袋等物。

幕开，音乐奏第十七曲，幕内一片欢笑豁拳碰杯的声音。

黄世仁微醉，心满意足地剔着牙齿上。

**黄世仁**　（唱第十八曲）

花天酒地辞旧岁，
张灯结彩过除夕，
堂上堂下齐欢笑，
酒不醉人人自醉。
我家自有谷满仓，
哪管他穷人饿肚肠。

〔大升端漱口水上。

**黄世仁**　（漱口）大升，去告诉老太太，说我头痛，不能陪客人们喝酒啦，叫她老人家陪他们吧。

**大　升**　是。（下。）

**黄世仁**　我黄世仁这辈子总算没有白过，家有良田十五顷，每年要收上千石的租子。自幼我就学会了大斗进小斗出，里里外外都是能手，这几年家产越闹越发达了。去年我女人死了，娘要我续一个，其实，没有一个在家里，我倒反而自在一些。女人吗，那还不就是墙上的泥坯，扒了一层又一层，我要是想要谁，比如今天晚上这个吧，那还不是很容易的事情么！

〔穆仁智领杨白劳上。

**杨白劳**　（畏畏缩缩地，唱第十九曲）

廊檐下红灯照花了眼，
这叫我老汉心不安，
不知道这一去是何事？
喜儿等我快回还。

**穆仁智**　老杨，少东家在这，这儿走。

〔两人进门。

**黄世仁**　（客气地）唔，老杨来了，请坐！（示位。）

〔杨白劳不敢坐。

**穆仁智**　（倒茶）喝茶，喝茶。

〔杨白劳不敢喝。

**黄世仁** 老杨,家里的年货办齐全了吧?

**杨白劳** 咳,少东家,你不知道呵,大雪屯门十几天,家里没柴没米,几天都没动锅了。

**穆仁智** 哎,我说老杨,你不用在这里哭穷啦,少东家不是外人,他还能不知道。

**黄世仁** 是呵,老杨,你家里不宽裕我也知道,可是这一年又过去啦,租子嘛还是要麻烦你一下。(翻账本)你种我家是六亩地,去年拖下了五斗租,今年夏天是四斗半,秋天再加五斗五……

**穆仁智** (打算盘)五的五,二五一十……

**黄世仁** 还有你欠我的钱,你记着:我父亲在的时候,你老婆死了买棺材,借了我五块钱,前年你有病,打发王大春来借了两块半,去年又一个三块整,当时同人言明是五分利,这利打利,利滚利一共是……

**穆仁智** (打算盘)利打利,利滚利一共是……五五二十五,二五一十,四退六进一……一共二十五块五毛,一石五斗租子。

**黄世仁** 一共是二十五块五毛,一石五斗租子。对不对,老杨?

**杨白劳** 是,少东家……对……

**黄世仁** 老杨,你看这是白纸黑字写的清清楚楚的,一丝不差,一毫不错。老杨,今儿是年三十啦,这账是不能再拖啦!你要带来了的话,那就当面交钱,立地勾账;要没带来,那出去想个办法,叫穆先生陪你走一趟。

**穆仁智** 两条道叫你拣,叫我跑腿也情愿。怎么样,老杨?

**杨白劳** (哀求地)咳,穆先生……少东家……我求求你,再让过我这一回吧。我实在没钱,打不起租子,还不起账呵!(呜咽地)少东家……穆先生……

**黄世仁** 咳,老杨,不要这样子嘛,你过年,我也过年,你为难,我更为难。今儿这笔账是一定要清了。

**杨白劳** (趋前哀求)少东家……

**黄世仁** (不耐烦地)咳!人呵,有理走遍天下,无理寸步难行!今儿你欠我的账,说到天上也要还呀!

**穆仁智** 老杨,今儿我们少东家的话是说下啦,少东家说一是一,决不改口。老杨,你一定想个法子。

**杨白劳** 少东家,我有什么法子呀,我这个孤老头子,没有亲朋贵友,叫我到哪儿想法子去呀?少东家……(苦苦哀求。)

**黄世仁** (看时机已到,向穆仁智示意)咳……

**穆仁智** (对杨白劳)咳,我说老杨,有个办法了,我们少东家给你指下一条阳关大道,看你走不走……

**杨白劳** (不解地)穆先生,你说……

**穆仁智**　你回去，把你闺女喜儿领来顶租子，怎么样？

**杨白劳**　（晴天霹雳）呵？

**穆仁智**　回去领喜儿来顶租子！

**杨白劳**　（下跪，哀号地）少东家，这可不行呵！

（唱第二十曲）

猛听叫喜儿顶租子，
好比晴天打霹雳！
喜儿呵是我的命根子，
父女俩死也不能离！

（白）少东家我求你……

（唱）我求求少东家大发慈悲，
再让我老杨这一回，
我一生只有这一个女，
人不到难处不落泪。……

**黄世仁**　（愤然起立）咳，我这是为你着想呵，老杨。把喜儿领到我家来过几年好日子，不比在你家少吃没穿受罪好得多吗！再说，喜儿来了，我还能亏待她？这么一来，你的账也就勾了，这不是两全其美的事吗！

**杨白劳**　少东家，不……可不行呵……

**穆仁智**　哎，老杨，听我说，穷生奸计，富长良心，少东家这是一片好心，为你一家呵。你想想：喜儿要来了，还不是享福来了，这以后，吃好的，穿好的，饭来张口，水来伸手，不比在你家少吃没穿强多啦！再说叫喜儿受那个罪，咱们少东家看了也过意不去呀。咳，我看就这么办吧！

**杨白劳**　咳，少东家，穆先生，喜儿这孩子是我的命呵，她三岁上就死了娘，我一泡屎一泡尿把她拉扯大的，一滴水一滴汗把她养活大的。我老杨这么大年纪，就这么一个丫头，这丫头就当是我一个儿呵，我怎么也不能离开她……（向黄世仁）少东家……

**黄世仁**　哼！（不答理。）

**杨白劳**　（向穆仁智）穆先生……

〔穆仁智不答理。

**黄世仁**　（少顷）老杨，我可不能再等啦，两条路你自己拣吧：给人，还是还账？

**穆仁智**　老杨，今儿少东家满高兴的，不要得罪少东家吃不了兜着！

**黄世仁**　（怒）不要给他讲了！快给他写个文书，叫他明天把人送来！（怒，欲下。）

**杨白劳**　（上前拖住）少东家，你可不能走呵！

**黄世仁**　去你的！（推开杨白劳，急下。）

**穆仁智** 好，就这么办吧，老杨。（到桌旁写文书。）

**杨白劳** （疯狂地拦住穆仁智）你……你不能呵！

（唱第二十一曲）

我杨白劳犯了什么罪？
立逼着卖我的亲生女！
受苦我受了这一辈子，
想不到我落到了这步田地！

**穆仁智** 老杨，想开点，不要糊涂一时，今儿这个事是答应也得答应，不答应也得答应！（推开杨白劳，拿笔写文书。）

**杨白劳** （拉住穆仁智的手）呵！

（接唱第二十一曲）

老天单杀独根草，
大水尽淹独木桥，
我一生只有这一个女，
离开了喜儿我活不了！

**穆仁智** （大怒）你别糊涂了！一会少东家生了气可不是玩的！

**杨白劳** 我……我……我找个说理的地方去！（欲冲出门去。）

**穆仁智** （拍案）哪里说理去！县长和咱们少东家是朋友，这就是衙门口，你到哪里说理去！

**杨白劳** （惊住）我……我……

**穆仁智** （又缓和地）老杨，不行呵，胳膊抗不过大腿去，我劝你写个文书按个手印，不就结了吗！（写文书。）

**杨白劳** （又去拦）你……你……

〔黄世仁急上。

**黄世仁** （声色俱厉）怎么还嘴硬？杨白劳！告诉你说：今儿行也得行，不行也得行，（对穆仁智）快给他写文书！

**杨白劳** （愣住）呵？

**穆仁智** （写文书，念）……“立约人杨白劳，欠东家租子一石五斗，大洋二十五块五毛，因家贫无法偿还，愿将亲生女喜儿卖与东家，以人顶账，两相情愿，决不反悔，空口无凭，立此为证……立约人黄世仁杨白劳，中人穆仁智”……（写毕）好啦，说话为空，落笔为实，来，老杨，按个手印吧。

**杨白劳** （疯狂似地）少东家，可不行呵……

**黄世仁** （威吓地）怎么？好，那叫刘三黑把他捆起来，送到县上去！

**杨白劳** （大惊，昏迷地，战抖着）呵？把我送到县上去……少东家！

**穆仁智** （拉住杨白劳的手）按上个手印吧！（按手印。）

**杨白劳** （看自己的手指有墨迹，惊）呵？……（倒地。）

**穆仁智** 哈，一个手印还了几十年的账……（把文书给黄世仁。）

黄世仁向穆仁智示意。

**穆仁智** （用手试杨白劳呼吸后，向黄世仁）没什么。

**黄世仁** 杨白劳，你也该回去啦，明儿把喜儿送过来。（对穆仁智）把那一张文书给他带上。

**穆仁智** （扶起杨白劳）这一张是你的，给……（给文书）明儿送喜儿来给少东家拜年，叫她到这儿来，过个好年，去吧！（推杨白劳出门，反手关门。）

〔杨白劳出门不支，倒地。

**黄世仁** 老穆，明儿一早多带几个人去，不要叫老头子回去一闹不认这个账，跑了的话，那可落个人财两空。

**穆仁智** 是。

**黄世仁** 还有，千万不要把风声闹大了，大年初一，不太好看。叫那些穷人们闹出去，有理也说不清。有人问就说老太太要看看喜儿，领喜儿来给老太太拜年的。

**穆仁智** 对。（下。）

**黄世仁** 哼！杀不了穷汉，当不了富汉，弄不了杨白劳，就得不到喜儿。（满意地，下。）

〔黄世仁家门口。

**杨白劳** （在门外苏醒过来，爬起）老天呵，杀人的老天呵！

（唱第二十二曲）

　　老天杀人不眨眼！

　　黄家就是鬼门关！

（白）杨白劳，糊涂的杨白劳呵，

（唱）为什么文书上按了手印？

　　亲生的女儿卖给了人！

（白）喜儿呀，你爹对不起你呵！

（唱）你等爹回家来过年，

　　爹怎能有脸把你见？（踉跄走下。）

## 第　三　场

〔村边道上。

〔赵老汉挎一小篮上，里面有一小块肉一壶酒。

**赵老汉** （唱第二十三曲）

大风大雪吹的紧，
十家灯火九不明。
人家过年咱过年，
穷富过年不一般：
东家门里有酒肉，
佃户家里无米面。

〔隐约听见地主家里欢闹声。

哎！富家主儿过年乐也乐死啦，穷人过年苦也苦死啦！老杨哥出去躲账七八天了，也该回来啦。我打上四两烧酒，到他家喝上两盅，心里有话，呱啦他一顿，也算是过个穷年。

（唱第二十四曲）

官向官来民向民，
穷人向的是穷人；
我找老杨过三十，
四两水酒一片心。（下。）

〔杨白劳上。

**杨白劳** （唱第二十五曲）

杨白劳昏沉沉如醉酒，
这么大的风雪往哪里走？
怀揣着文书杀人刀，
杀了自己的亲骨肉。哎……

（白）喜儿你在哪里？你不知道你爹……（倒下。）

〔赵老汉上。

**赵老汉** （发现有人跌倒，上前搀起一看）老杨哥，是你？

**杨白劳** 你，你是谁？

**赵老汉** 我是老赵！

**杨白劳** 唔，老赵兄弟……

**赵老汉** （把杨白劳搀起）老杨哥，你这是怎么回事？

**杨白劳** 呵？（一下子发狂似地，但又压了下去）没……没有什么，刚才我到财主家去啦……

**赵老汉** 唔，又是在财主家受了气啦。雪下大啦，先回去吧，回去好好地说，痛痛快快地说。（扶杨白劳走。）

**杨白劳** 说……说……好好地说……痛痛快快地说……

〔杨白劳家。

**赵老汉** 到了。怎么门还搭着？（开门搀杨白劳入）怎么灯也不点？……（摸火点灯）喜儿哪？

**杨白劳** （听见提起喜儿，不自禁地大声惊呼）呵，喜儿呢？喜儿！

**赵老汉** （感到有些异样）你怎么啦，老杨哥？

**杨白劳** （压制自己平静下来）没什么，喜儿是到她大婶家包饺子去啦。

**赵老汉** 唔，今天过年还有饺子吃，孩子也该喜欢喜欢啦。老杨哥，你看我给你送来了一斤肉，留着明天你爷俩吃。我还打了这四两酒，今晚上咱哥儿俩喝两盅。（烧火，暖酒。）

**杨白劳** （应付地）唔，喝……喝两盅，喝……两盅。（烤火。）

两人喝酒。

**赵老汉** 老杨哥，刚才你到东家去到底是怎么回事？

**杨白劳** 那……没有什么……老赵……

**赵老汉** 到底是怎么回事？给我说，我是老赵，不是旁人。

**杨白劳** 唉，说……

**赵老汉** 快说嘛，老杨哥，在这里还怕什么呢？

**杨白劳** 我……

**赵老汉** （急切地）真急死人啦！你先前有话不对旁人说，总是闷在肚子里，可是咱哥俩，从来就是说的一个心里的话，今晚上可不能低头打闷雷，说，老杨哥，说。

**杨白劳** （不安地）唉，我说。我今个躲账才回来，穆仁智把我叫到财主家里去啦。

**赵老汉** 唔。

**杨白劳** 少东家翻开账本，穆仁智打着算盘，当面逼我还账，我还不起，他……

**赵老汉** 他怎么样？

**杨白劳** 他就要喜儿顶租子！

**赵老汉** （一惊）呵？（急追问）你答应没有？

**杨白劳** 我……我……（紧快地）我没有！

**赵老汉** （兴奋）好！老杨哥，你办的对呀，叫喜儿到财主家顶了租子，那是把孩子推到火坑里去啦！俗话说：佛烧一支香，人争一口气，咱就争的这口气。老杨哥，你做的有志气！（举杯）来，老杨哥，再喝。

**杨白劳** （内心极度痛苦，不知如何应对）老赵……老赵，你不知道财主家明天，不，明年，明年还是叫咱们的喜儿去呀！

**赵老汉** 明年？唉，老杨哥，我心里捉摸这么个事：明年咱不在这里蹲啦，咱到口外去！

杨白劳　哪里？口外去？……（恍忽地）唉，穷家难舍，热土难离呀，到了外头还不是要饿死……

赵老汉　我看也兴饿不死吧？在这种东家这二亩嘎咕地，光叫租子逼的也活不成啦。今年我给财主打了五十天短工，还没还清他那五亩瓜地的租子，昨儿还逼我哪。咳！我这没儿没女的孤老头子，一辈子就死在那几亩嘎咕地里啦？我看，咱还是一块带上喜儿到口外去混混，把喜儿拉扯成人。咱们这把年纪还能活几天，咱们死了没什么，可不能害了孩子。

杨白劳　（伤心地，重复赵老汉的话）咱们死……死了没什么，可不能害了孩子……

赵老汉　老杨哥，你捉摸捉摸是这么个理儿吧？我看咱明年一开了春，就拾掇着走。（又举酒）再喝。

杨白劳默不作声。

王大婶、喜儿、王大春端饺子上。

王大婶　大春，你大伯真回来啦？

王大春　我看见他从财主家门口出来的。（对喜儿）喜儿，路不好走，我端吧。

喜　儿　我能端，大春哥。

〔杨白劳听见门外话语声，急忙揩干眼泪，故作无事。

喜　儿　（走近，见门缝有亮光）大婶，你看我爹真回来啦！

〔王大婶、喜儿、王大春进门。

喜　儿　（惊喜地）爹，你回来啦！

王大春　大伯你回来啦！

王大婶　他赵大叔，你也在这儿……

赵老汉　我们哥儿俩早拉了有一会子啦。

王大春　大伯，你到财主家里去，怎么样啦？

杨白劳　（吞吞吐吐地）我……我去啦，打不起租子，还不起账，他……

众　　他怎么样？

杨白劳　不……我……我就给他跪了会子，没有什么，我就回来啦。

王大春　大伯，是真的？

喜　儿　是真的？爹，真没什么？

杨白劳　真的，孩子，我哪回哄过你……

赵老汉　（肯定地）可不是真的！

王大婶　（拭泪）咳，谢天谢地，这就好啦，咱们总算过了个年。（向赵老汉）他赵大叔，亏了这几斤面还没叫财主家拿去，包了些饺子，他大伯，他赵大叔，来吃饺子吧！

赵老汉　（亲近地）好，吃！……

杨白劳　（敷衍地）吃……

王大婶　大春，把蒜臼子里的蒜倒出来。把这碗端给你大伯。喜儿，这碗端给你赵大叔。

王大春　（把碗端给杨白劳）大伯，吃吧。

〔杨白劳接碗。众吃饺子。

喜　儿　（唱第二十六曲）

爹爹躲账回家转，

王大春<br>王大婶　（唱）

包上饺子过新年。

众　（合唱）

一家大小团团坐，<br>欢欢喜喜过个年。<br>哎！过呀过个年！

王大婶　（唱）

大雪屯门十几天，

众　（合唱）

一家总算能团圆。

王大婶　（唱）

盼望着孩子都长大，

众　（合唱）

平平安安过几年。<br>哎！过呀过几年！

喜　儿　爹，你快吃吧。

杨白劳　吃，吃……

赵老汉　（触景生情，回忆地）大春，喜儿，今儿过年吃饺子啦，你听大叔说过去有一回吃饺子的个事儿，那是民国十九年上，五月十三，关老爷磨刀那天，天上下着麻秆子小雨，从南边山上来了一起子队伍，叫做红军……

王大婶　你赵大叔，你又说这些啦，快吃吧。

喜　儿　大婶，你让赵大叔说吧，我喜欢听。

赵老汉　唔，身上披红挂红，腰里缠着个红疙瘩，个个都是红脸大汉，这就叫红军。红军来到了城南赵家庄，那会我就在那儿。红军一来，就把那个赵阎王赵财主给杀了。后来就给穷人放粮分地，五月十三，家家穷人都是几箥箩几箥箩的白面，都包饺子吃。那会儿，我到哪家哪家都拉我吃饺子……哈哈哈哈……

王大春　（关心地）大叔，后来红军上哪里去啦？

赵老汉　后来到城里去啦。唉，占了不长时间，又来了起子绿军，红军就上了大北山，再没下来。红军走了以后，穷人就又遭了殃啦！

王大春　大叔，你说，那起子红军还来不来？

赵老汉　（半晌，满怀希望地）我看，要来的。

喜　儿　（急切地）大叔，你说他们多咱来？

赵老汉　（意味深长地）九九归一，有一天，到了关老爷磨刀的那一天，红军还会来的。哈哈哈……

〔王大春、喜儿齐笑。

王大婶　别老说啦，快吃吧。（对杨白劳）你大伯，你吃呀，还有哪！

喜　儿　爹，快吃。

杨白劳　（手端着碗难以下咽，痛苦地，半晌）唔，喜儿，你看你大婶好不好？

喜　儿　大婶子好。

杨白劳　你大婶，你看喜儿这孩子好不好？

王大婶　好孩子嘛！

杨白劳　喜儿，我再问你，你看爹好不好？

喜　儿　看你，爹好嘛！

杨白劳　（痛苦已极，别有用意地）好……好……爹不好……

王大婶　（一惊）唉，你看你杨大伯是怎么啦，说这话做什么？

赵老汉　（解释地）刚才我们哥儿俩喝了两盅，八成是醉啦……哈……那还用说，你们都好呀，喜儿，大春，（暗示地）快啦！哈哈！

〔喜儿害羞地转身。

王大婶　别说啦，吃吧。

杨白劳　吃……吃……

众又吃。

喜　儿　（唱第二十七曲）

爹爹躲账回家转，

王大春<br>王大婶　（唱）

包上饺子过新年。

众　（合唱）

一家大小团团坐，<br>欢欢喜喜过个年。<br>哎！过呀过个年！

王大婶　（唱）

大雪屯门十几天，

**众** （合唱）

一家总算能团圆。

**王大婶** （唱）

盼望着孩子都长大，

**众** （合唱）

平平安安过几年。

哎！过呀过几年！

〔杨白劳坐立不安，最后偷向一个角落，以颤抖的手伸向怀中，掏卖身文书。

**王大婶** 你大伯，你掏什么，快吃吧。

**杨白劳** （惊慌地）我掏，我掏……（掩饰）唉，袄里子扯啦。我腰里连一个钱也没有啦，想给孩子两个压岁钱，都不行啦。

**王大婶** 算了吧，有顿饺子吃还不好？你大伯，你快吃吧。

**杨白劳** 我……歇一会再吃。

**王大婶** 他赵大叔，吃嘛。

**赵老汉** 我可是吃好啦。

**王大婶** （对王大春、喜儿）你俩呢？

**王大春**<br>**喜　儿** 吃饱啦。

**王大婶** 那咱收拾家具吧，（众收拾家具）你大伯今儿在外头跑了一天，累啦，该歇啦。

**杨白劳** （机械地）该歇啦。

**王大婶** 家常话说不完，明儿再说，明儿叫大春给你拜年。

**赵老汉** 我也要走啦，喜儿，好好照护你爹。老杨哥，明儿我过来给你拜年，我走啦。

**杨白劳** 老赵，你好走……

赵老汉下。

**王大春** 大伯，我们也走啦。

**杨白劳** 大春，好好照护你娘回去吧。

**喜　儿** 大婶，你走啦？

**王大婶** 唔。

〔王大婶和王大春出门，喜儿去关门。

**王大春** （在门口向喜儿）喜儿，大伯累了，叫他早些歇吧。

**喜　儿** 嗯！（关门。）

〔王大婶和王大春下。

**杨白劳** 喜儿，你歇去吧。

**喜　儿** 你也歇吧，爹。

**杨白劳** （无可奈何地）爹……爹要守岁……

**喜　儿** 那我也要守岁。

**杨白劳** 那就再抓把柴火烧点火……

〔音乐奏第二十八曲。

〔喜儿烧火。杨白劳和喜儿烤火。

**杨白劳** （咳嗽起来）喀……喀……喜儿，爹老啦，不中用啦。

**喜　儿** （给杨白劳捶背）爹，你说这干什么？快烤火吧。

两人烤火，空气沉静压抑，屋外落雪。半晌。

**杨白劳** 喜儿，睡着了？

**喜　儿** 没有，爹……

**杨白劳** 叫爹把灯挑亮一点。（挑灯。）

〔又一会，灶上小油灯渐暗。喜儿渐渐入睡。

**杨白劳** （看灯）捻儿点完了。油也没了。（灯灭）灯也灭了。（轻呼）喜儿！

〔喜儿已经睡熟。

**杨白劳** 睡着啦。喜儿，喜儿！

（唱第二十九曲）

喜儿喜儿你睡着了，
爹爹叫你你不知道。
你做梦也想不到呵，
你爹有罪不能饶！

喜儿呀，爹对不起你。他王大婶子，我对不起你。老赵兄弟，我对不起你。我写了文书，按了手印呀！……喜儿她娘呀，你死的时候说："好歹把喜儿这孩子拉扯大……"我把她拉扯大啦，喜儿跟我风里雨里受罪受了十七年，今天……喜儿她娘，我对不起你，我卖了她啦！……明天财主要把喜儿带走呀！你们活着的，死了的，你们是人，是神，是鬼，你们都不能饶我。我糊涂，我有罪呀！我不能叫你走！我要和他们拼！（疯狂地冲出门去，风雪迎面扑来）呵，县长，财主……狗腿……衙役……我哪里去？哪里走呵？

（手抓文书）哎……

（唱第三十曲）

县长，财主，狼虫虎豹！
我欠租欠账，

（白）还有你们逼着我写的呀……

（唱）卖身的文书。

北风刮，大雪飘，

哪里走？哪里逃？

哪里有我的路一条？

（昏迷地，稍停，决心已定）唔，我还有点点豆腐的卤水，我喝了它吧……（喝卤）我再喝点凉水……（喝水，脱下身上棉衣给喜儿盖上。跑出门外，跌倒在雪地里，死去。）

〔音乐奏第三十一曲。

〔一连串的鞭炮声在村上响起来，大年初一到了。

## 第四场

〔王大春在鞭炮声中兴奋地上。

**王大春** 杨大伯，杨大伯，给你拜年来啦！（脚下突然触着尸首）呵？（看见地下杨白劳的尸首，拂去死者脸上的雪花，认出是杨白劳）呵，杨大伯，是你呀？这是怎么啦？（急走到门口打门）喜儿，喜儿，快开门！（又急转向幕内）娘！娘！快来呀！快来呀！

**喜　儿** （从睡梦中惊起）爹！爹！（不见爹爹。）

**王大春** 喜儿，（一下推开了门）喜儿，你看你爹……

**喜　儿** 我爹怎么啦？（跑出门外一下发现爹的尸首，扑上去，大哭）爹呵！爹！

**王大春** 喜儿，这是怎么啦？

**喜　儿** （唱第三十二曲）

昨天黑夜爹爹回到家，

心里有事不说话，

天明倒在雪地里，

爹爹爹爹为什么？

**王大春** （无法，又向幕内）娘，你快来！

〔王大婶上。

**王大婶** 大春，怎么啦？

**王大春** 娘，你看杨大伯，他……（指尸首。）

**王大婶** 你杨大伯怎么啦？（在尸首边跪下来，掐了又掐，希望使死者活转）大春，快去叫你赵大叔他们来！

〔王大春下。

**王大婶** （知道死者已僵硬，毫无活转的希望，干嚎地）他杨大伯，他杨大伯！

**喜　儿**　爹！（哭）

〔王大春引赵老汉、李拴、大锁上。

**赵老汉**　这是怎么啦？

**大　锁**　大春，怎么回事？

**李　拴**　这是老杨呵？

**王大婶**　（哭诉）他大叔们哪，夜儿晚上回来还好好价，谁知道今儿一早就……（说不下去。）

**赵老汉**　（伏下身去看了看情形）是喝了卤啦！

**喜　儿**　爹呀！

**赵老汉**　（看见死者紧握的手）呵？

〔赵老汉用手掐杨白劳的手，王大春和大锁一起帮助掐开，取出了卖身的文书。

**李　拴**　（念文书）“立约人杨白劳，欠东家租……因家贫无法偿还，愿将亲生女喜儿……卖与……”（念不下去，契约落地。）

〔众悲痛填胸。

**王大婶**　天哪！这是……

**喜　儿**　（大哭）爹呀！

（唱第三十三曲）

猛听说把我卖给人，
好比烈火烧在身！
莫非爹爹不疼儿？
莫非嫌我不孝顺？

**赵老汉**　（悲愤地，对死者）老杨哥，昨晚上你只把话给我说了一半呀！你不该死呵，你离不开那二亩地，你是叫人逼死的！

**大　锁**　（气愤地）昨晚上把我的驴拉走了，今儿这两颗租子就逼死了杨大叔，这还有穷人活的？不行！……（气极，说不下去，向后冲去。）

**王大春**　（怒不可遏）逼死了大伯，喜儿也叫……咱豁出去给他拼啦！（跟着大锁往后冲去。）

〔赵老汉和李拴拉住大锁，王大婶拉住王大春。

**王大婶**　大春，大春……

**李　拴**　（劝阻）不行呵，大锁，大春。白纸上写了黑字的呀，杨大叔按了手印的。

**王大春**　手印？手印还不是他们逼着按的！咱往上告！

**大　锁**　对！往上告去！

**李　拴**　咳，上哪里告去？区长，县长，还不是和有钱人一个鼻孔出气，我看这口气能咽下去还是咽下去吧。

**大　锁**　咽下去？我咽不下去！

**王大春**　这就没有咱穷人活的啦！（顿足。）

**赵老汉**　（热泪盈眶）大春，大锁，干打雷不中用。时候不早啦，财主家等会就要来带人啦，快点收拾收拾，先把死人埋了吧，还能叫喜儿送她爹入土。今天的世道咱们都看得清楚，刀把子攥在他手里，穷人上哪里去说理去？……（对喜儿）喜儿，今天这事情都是我们老年人不中用，千错万错，对不起你，孩子！……她王大婶子，快收拾收拾给孩子戴上孝吧！

〔众低头，无语，悲愤，拭泪。

〔穆仁智带两个打手上。

**穆仁智**　好，爷儿们过年好呵！恭喜恭喜，发财发财！

〔众一惊。

**穆仁智**　（一下子看见众围着的尸首，早已想到八九分，却故作吃惊）呵？这是……

**李　拴**　这是老杨。

**穆仁智**　唔，老杨呵……昨晚上不是还好好的，怎么就……唉，（故表同情）这真是想不到，老杨这么个忠厚人就……（一转）唔，那……咱们大家给帮一把，快给他料理后事吧……唔，喜儿在这里啦，那我看就这样办吧，叫喜儿跟我到东家跟前去磕个头，给她爹求口棺材去，喜儿，走！（要上去拉喜儿。）

**王大春**　（怒不可遏，冲上向穆仁智举起拳头，穆仁智躲开）早知道你来干什么的了，你不能把喜儿带走！

**大　锁**　（也冲上去）你敢……

**打　手**　（以手中匣枪对住王大春、大锁）干什么！不要动！

**穆仁智**　（一翻脸）好，那咱们就打开窗子说亮话吧！老杨把喜儿卖给咱们少东家啦，这是文书。（掏出文书）老杨按了手印的。天理人情都摆在这里……王大春，对不起，今天喜儿是我们少东家的人啦。

**王大春**　穆仁智，你不要狗仗人势，欺侮穷人！

**穆仁智**　你要怎么着？……你还骂我，好小子，走着瞧吧！

**赵老汉**　穆先生……这道理也太说不过去了，孩子爹才死了，大年初一就来拉人走呵？

**穆仁智**　什么叫理？（指文书）这就是理。少管闲事。

**王大婶**　穆先生，你叫孩子送她爹入了土再……

**穆仁智**　那不行，咱们少东家叫马上把人带去，走……（看情形，又稍缓和）唉，其实我也做不得主，有话给少东家说去。唉，不过我看好在这以后喜儿就享福啦嘛，（又拉喜儿）走吧，喜儿。

**王大春**
**大　锁**　你！（又欲冲上。）

〔狗腿们的枪堵住王大春和大锁，王大婶在背后恐惧地拉住王大春。

**赵老汉**　（暗示地制止着）大春，大锁！

**喜　儿**　（从穆仁智手上挣脱，扑到赵老汉和王大婶怀中）大叔！大婶！（又扑到死者身上，痛哭）爹！爹！……

**穆仁智**　（又拉喜儿）咳，喜儿，人死如灯灭，不中用啦。还是走吧！（用力拉喜儿。）

**喜　儿**　（惊恐地挣扎，大呼）大叔！大婶！

**王大婶**　穆先生，我求求你，叫孩子给她爹戴个孝吧！

**穆仁智**　好，戴个孝！

〔王大婶回屋中取出白布，缠在喜儿头上。

**赵老汉**　（扶住喜儿，向死者，沉痛地）老杨哥！喜儿今个不能给你摔老盆啦。这都是我们老年人的过，对不起孩子……（向喜儿）喜儿，来，给你爹磕头！

**喜　儿**　大叔！大婶！（磕头。）

〔穆仁智拉喜儿下，喜儿哭叫，王大婶跟下。

〔王大春、大锁欲追，被赵老汉拦住。

**赵老汉**　大春，大锁！……今天是人家的世道，有什么法子？……黄家害死了多少人呵……咱们记住吧。他黄家总有气数尽的一天！总有一天会改朝换代的！……（众呜咽）别哭了，来，把死人埋了吧！

〔众抬杨白劳尸下。

〔音乐奏第三十四曲。

——幕落

（选自《延安文艺丛书·歌剧卷〈白毛女〉》，湖南人民出版社1985年版）

## 【背景资料】

新歌剧《白毛女》是在毛泽东《在延安文艺座谈会上的讲话》精神影响下，解放区新秧歌运动蓬勃发展的必然产物。为了向即将召开的中共“七大”献礼，由延安鲁迅艺术学院集体创作，贺敬之、丁毅执笔共同完成了这部作品，1945年5月由延安新华书店出版。后又经过三次大的修改，从思想到艺术日臻完善，影响经久不衰，成为中国现代民族歌剧的奠基之作。它是根据40年代初流传于河北阜平一带的民间传说“白毛仙姑”的故事改编而成的。意在反映地主阶级残酷剥削压迫下农民的血泪生活，歌颂中国共产党领导下工农群众为翻身解放而进行的反抗斗争,以及解放区的光明天地。

## 【主题意蕴】

歌剧共分五幕十六场,描写的是一个人民大众家喻户晓的故事。歌剧以河北某县杨格村佃农杨白劳女儿喜儿翻身前的悲惨遭遇和翻身后的扬眉吐气为主要情节,从中提炼出“旧社会把人逼成鬼——新社会把鬼变成人”这个革命主题,向人们揭示出,只有在共产党的领导下,农民群众才能翻身做主人。剧中的主人公喜儿,是作为一个遭受巨大苦难和不幸却不向命运低头、决心报仇反抗的性格坚强的女性形象出现的。在中国现代人物形象画廊中,喜儿是体现工农兵美学理想的最为动人的女性艺术形象之一,也是中国现代文学史上一个不朽的艺术形象。歌剧一问世便受到广大群众的热烈欢迎,特别在解放战争和土改斗争中,成为鼓舞战士和鼓舞人民奋起斗争的有力武器,在中国革命历程中发挥了极为突出的作用。

## 【艺术特色】

在艺术创作上,它较好地解决了革命内容与艺术形式、继承传统与借鉴西洋、民族性与现代性、抒情性与戏剧性等长期困扰我国歌剧创作的基本问题,在我国歌剧史上树立了一座里程碑,标志着我国歌剧艺术经过多方探索与实践,终于找到了适合我国国情的独特发展道路,创造了较为完美的具有中国作风和中国气派的新的歌剧样式。它的艺术经验影响和哺育了几代中国歌剧艺术家。

《白毛女》全剧情节跌宕起伏,人物个性鲜明,冲突尖锐激烈,结构线索单纯,故事性极强,符合中国观众的传统审美习惯。

在音乐上,《白毛女》注意运用民歌、小调和地方戏曲的曲调来表现剧中人物的思想感情和性格特征,同时借鉴西洋歌剧的某种艺术形式的处理方法。像《北风吹》一段唱词即有河北民歌“青阳传”的调子;喜儿在黄家受欺压时,为表达幽愤情绪,则采取了河北民歌“小白菜”的曲调;喜儿在奶奶庙里巧遇黄世仁的唱腔,则吸收了山西梆子的高亢、激昂的特点。

在艺术表现上,《白毛女》也借鉴了中国戏曲歌唱、吟诵、道白三者结合的传统手法,突破西洋歌剧只唱不说的约束:或用歌唱介绍戏剧发生的特定情景,揭示人物的内心活动;或用吟诵、道白来回忆历史,叙述事件的发展过程。唱词的设置高度诗化,洗练而富于感情,具有强烈的艺术感染力。

《白毛女》一方面有着浓厚的浪漫主义色彩,另一方面贴近生活,真实感人。无论从思想内容、人物塑造,还是从艺术含量上看,《白毛女》都有着巨大影响力。

## 【经典评论】

**郭沫若评价说：**“《白毛女》这个剧本的产生和演出也就毫无疑问，是标志着悲剧的解放。这是人民解放胜利的凯歌或凯歌的前奏曲。要欣赏这个剧本，单是欣赏故事的动人或旋律的动人，是不够的。故事固然动人，但我们要从这动人的故事中看出时代的象征。旋律固然是那么动人，但我们要从这动人的旋律中听取革命的步伐。‘白毛女’固然是那个时代受苦受难、有血有肉的喜儿，但那个喜儿实在就是整个受苦受难、有血有肉的中国妇女的代表，不，是整个受封建剥削的中国人民的代表。”

——《悲剧的解放——为〈白毛女〉演出而作》，《华商报》1948年5月23日

**唐弢认为：**“《白毛女》是创造我国的民族新歌剧的奠基石。它在群众艺术实践的基础上，继承了民间歌舞的传统，同时也借鉴我国古典戏曲和西洋歌剧，在秧歌剧基础上，创造了新的民族形式，为创造新歌剧开辟了一条富有生命力的道路。”

——《中国现代文学史》第3卷，人民文学出版社1980年版，第229页

## 【思考练习】

1. 新歌剧《白毛女》表现了什么样的主题？
2. 新歌剧《白毛女》的艺术独创性体现在哪些方面？
3. 根据第一幕所提供的素材，谈谈《白毛女》借鉴了哪些民间艺术形式？